이것은 소설이 아니다

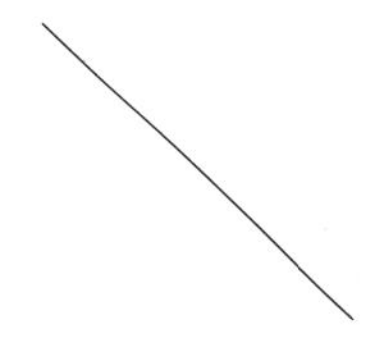

창 비 세 계 문 학 단 편 선

프랑스

창비세계문학 · 프랑스
이것은 소설이 아니다

초판 1쇄 발행 / 2010년 1월 8일
초판 5쇄 발행 / 2024년 11월 1일

지은이 / 드니 디드로 외
엮고 옮긴이 / 이규현
펴낸이 / 염종선
책임편집 / 황혜숙
펴낸곳 / (주)창비
등록 / 1986년 8월 5일 제85호
주소 / 10881 경기도 파주시 회동길 184
전화 / 031-955-3333
팩시밀리 / 영업 031-955-3399 편집 031-955-3400
홈페이지 / www.changbi.com
전자우편 / lit@changbi.com

ISBN 978-89-364-7178-1 03860
ISBN 978-89-364-7975-6 (전9권)

* 책값은 뒤표지에 표시되어 있습니다.

이것은 소설이 아니다

드니 디드로 외 지음
이규현 엮고 옮김

창비세계문학단편선
프랑스

창비

| 책을 엮으며 |

외국 문학작품이라도 우리말로 정확하게 번역된 것이면 우리 문학의 자산이 된다. 게다가 문학을 대하는 정신에 충격이나 자극을 줄 수 있는 작품을 골라 공유할 수 있도록 하는 것은 외국문학을 공부한 사람으로서 갖는 즐거운 의무이자 권리이다. 그러나 프랑스의 단편을 엄선하고자 했을 때 모든 작품이 이러한 요청에 부응하는 것은 아니었으며, 또한 지금 우리에게 필요한 소설이 무엇이냐 하는 문제는 논쟁거리이기도 하다. 그래서 무엇보다 우리 문학작품과는 색다른 경향을 보이고 프랑스 문화와 문학의 감칠맛이 우러나는 수준높은 작품을 소개하되 이미 번역된 것은 가능한 한 배제하자는 큰 원칙을 우선 세우게 되었다.

프랑스 문학사는 저마다 세계를 해석하는 독창적인 방식과 풍성한 상상력을 자랑하는 작품들로 가득하다. 단편소설의 경우에도 다양한 주제의식과 과감한 실험정신으로 이 장르의 묘미를 충족시키는 작품들이 많다. 그중에서도 프랑스 소설의 참맛을 볼 수 있게 해주는 단편들을 고르기 위해, 앞서 언급한 원칙의 테두리 내에서 문학에 대한 생각과 인간의 심리와 환상적인 것이라는 세 가지 기준을 세워보았다. 그 결과로 독자로 하여금 문학 또는 소설이란 무엇인지에 대해 생각해보게 하고, 인간심리에 대한 깊은 이해를 드러내며, 강렬한 환상으로 독자를 다른 차원으로 이끌어가는 작품들이 여기 모이게 되었다. 또한 여기 실린 작품들은 18세기 후반부터 20세기 후반까지 제법 긴 기간에 걸쳐 있다. 독자 역할을 하는 인물을 끌어들여 소설이란 무엇인가를 묻고 있는 디드로의 작품부터 시적인 문체가 돋보이는 르 끌레지오의 작품까지 이백여년의 흐름을 따라 다양한 시대의 '걸작'들을 읽어나가다보면, 소설이 가진 본래의 매력에 젖어들 뿐만 아니라 프랑스 문학에 대한 관심도 갖게 되지 않을까 기대한다.

작품을 이해하고 감상한다는 것은, 작품세계의 이미지와 은유와 상징들을 체감하고 다시 현실세계로 돌아와서, 그것들이 생겨나는 장소에 독자 나름대로 이름을 붙이는 일일 터이다. 소설가는 무의식과 더불어 작업하므로, 그 의미생성의 장소를 온전히 의식하지 못하고 언뜻 '엉성해' 보이게끔 어렴풋이 형상화한다. 사실을 말하자면, 그래야만 독자의 참여나 자기 것으로 하기 또는 자기전이가 이루어질 수 있거니와, 작품은 독자에게 그 공간에 대해 온갖 추측을 가능케 하는 단서를 제공한다. 이러한 해석의 실마리를 찾아 작품과 오래 대화를 나누는 것만이 독서를 창작의 수준으로 끌어올리고, 오직 그때에만 독자는 작품의 '무드'에 젖어들 수 있다. 독자 여러분이 그 내밀한 기쁨과 자유의 세계에 한껏 빠져들 수 있기를 바란다.

차례

* 이 책의 주는 모두 옮긴이의 것이다.

Denis Diderot

| 드니 디드로 |

1713~84

18세기 프랑스를 가장 잘 대변한다고 알려진 다면적인 인물로, 18세기 프랑스의 풍향계라고 말할 수 있는 사상가이다. 그의 저작들은 앎에 대한 병적인 굶주림의 소산이자 끊임없이 변하는 그의 얼굴 자체이다. "내 생각들은 나의 논다니들"이라는 『라모의 조카』에 등장하는 철학자 '나'의 말은 반(反)체제성, 반(反)왕정주의, 회의주의, 실험적 유물론 등을 얼개로 하는 그의 자유로운 사유를 잘 나타내준다. 그의 문학작품은 주제 및 구조 들의 뒤얽힘, 현기증 나는 거울놀이, 물음의 정신과 거부의 몸짓, 영속적인 대답의 회피를 특징으로 하는 열린 텍스트들이다.

■ 이것은 소설이 아니다 Ceci n'est pas un conte

"이것은 소설이 아니다"라는 제목의 단언은 두 가지 물음으로 곧장 이어진다. 그렇다면 '이것'은 무엇일까? '소설'이란 무엇일까? 디드로는 자기 시대에 창작되던 소설들을 마뜩잖게 여기고 소설다운 소설을 쓰려 한 것 같다. 이러한 탐색의 상황을 소설로 피력한 것이 바로 이 단편인 셈이다. 그러나 디드로에게 이 단편은 자신이 생각하는 좋은 소설이 아니다. 전체적인 구성이 세 부분으로 되어 있고, 각 부분은 서론, 본론, 결론을 연상시킨다. 게다가 가운데 부분은 독자라 할 수 있는 인물을 끌어들여 화자의 두 이야기를 대상으로 논의하거나 대화하는 형식으로 전개된다. 이 두 가지 점에 비추어볼 때 이 단편은 소설이라기보다는 오히려 소설론에 가깝다.

이 작품에서 '소설이자 소설론'이라는 이중성은 너무나 쉽게 간파되는 뻔한 전략이지만, 그 의의는 결코 낮게 평가할 수 없다. 왜냐하면 언어의 자기반성, 즉 언어가 자기를 돌아보고 언급한다는 점은 바로 근대문학의 한가지 표지이기 때문이다. 소설의 자기부정은 소설이 무엇인지에 대해 캐묻는 정신과 더불어 새로운 소설이 출현하기 위한 필요조건이다. 그러나 충분조건은 아니다. 그리고 조건에 대한 성찰은 사건 이후의 일이다. 자기부정과 물음의 정신이 새로운 작품의 탄생으로 이어지지 않는다면 아무런 사건도 일어나지 않은 것이고 따라서 조건에 대한 성찰은 애초부터 불가능하다. 새로운 작품만이 자기 출현의 조건을 실증한다. 이 단편은 완전히 새롭다고 말할 수는 없지만, 근대 리얼리즘 소설이 형태를 갖추기 시작하는 상황을 보여주는 하나의 사례라 할 수 있다.

이것은 소설이 아니다

소설은 읽는 사람을 전제로 씌어지게 마련이고, 소설이 조금이라도 길어지면, 읽는 사람이 이야기꾼의 말을 가로막고 나서는 일도 종종 일어난다. 그래서 나는 다음에 펼쳐질 이야기, 당신은 소설이라고 생각하겠지만, 소설이 아니거나 아니면 형편없는 소설인 이야기 속에다 독자라 할 수 있는 인물을 집어넣었다. 그럼 이야기를 시작하겠다.

"그런데 결론은 내렸습니까?"

"요컨대, 그렇게 흥미로운 주제라면 모든 이의 마음을 들뜨게 하고, 도시의 온갖 모임에서 한달 동안이나 화제가 되며, 따분해질 때까지 돌고 돌뿐더러, 수많은 논쟁, 적어도 스무 편의 소책자와 수백편의 운문 희곡에 찬반의 소재를 제공할 것이 틀림없으리라고 예상했는데요, 저자의 감성이 뛰어나게 섬세하고, 지식이 탁월하며, 재치가 온전한데도, 작품은 그다지 열광적인 반응을 불러일으키지 못했으니, 보잘것없어요, 아주 시시해요."

"하지만 하루 날 잡아서 제법 유쾌한 저녁나절을 보내는 데는 충분할 듯하고, 게다가 읽고 나면……"

"뭐요? 쌍방이 모두 서로에게 쏘아붙이곤 하는데다가 아주 옛날부터 뻔한 사실, 즉 남자나 여자나 다 아주 못돼먹은 짐승이라는 사실만을 말하고 있을 뿐인 짤막한 이야기들의 지루한 반복이라니까."

"하지만 선생도 여느 다른 사람처럼 그 시답잖은 유행에 한몫했잖아요."

"그거야 누구나 좋든 싫든 타고난 말투가 편하기 때문이고, 사교계에 출입하면서부터는 만나게 될 여자들에 따라 표정까지 바꾸기 때문이며, 속으로는 슬프면서도 겉으로는 즐거운 척, 웃기려 하면서도 슬픈 척, 모르는데도 다 아는 척하려 들기 때문이오. 가령 문인인 주제에 정치를 논하는 사람, 정치인에 불과한데도 형이상학을 논하는 사람, 형이상학자이면서 도덕론을 펴는 사람, 도덕가이면서 재정을 논하는 사람, 금융가이면서 문학이나 기하학을 논하는 사람이 많아요. 저마다 귀를 기울이거나 입을 다물기보다는 오히려 모르는 것에 관해 떠들어 대고, 모든 이가 터무니없는 허영심이나 번거로운 예의범절에 지긋지긋해하니 말이오."

"기분이 언짢아 보이는군요."

"평소에도 늘 그렇지, 뭐."

"그럼 제 짤막한 이야기는 나중에, 좀더 적절한 때 하는 게 좋겠네요."

"내가 준비되기를 기다리시겠다는 말이오?"

"그게 아닙니다."

"아니면 내가 사교계에서 상관없는 사람을 대할 때보다 당신과 단둘이 있을 때 덜 너그러울까봐 염려하는 게요?"

"그렇진 않습니다."

"그렇다면야 무슨 이야기인지 거리낌없이 말해도 되잖소."

"제 짤막한 이야기 역시 당신을 짜증나게 할 거라서요."

“그래도 좋으니 말해보시오.”

“아닙니다, 말할 수 없습니다, 금방 싫증을 내실 텐데요, 뭐.”

“내 화를 돋우는 방식들 중에서 당신의 방식이 가장 불쾌하다는 것을 알고나 하는 말이오?”

“제 방식이 뭔데요?”

“자기가 하고 싶어 죽을 지경인 것을 남더러 간청하게 하는 방식이지. 그래, 좋소! 이봐요, 제발, 뜸 들이지 말고 그냥 당신 맘대로 해버리시오.”

“제 맘대로요?”

“시작해요, 제발 좀, 시작하라니까.”

“그러면 짧게 하도록 노력해보겠습니다.”

“그것도 과히 나쁘지는 않겠지.”

이쯤에서 나는 심술궂게 헛기침을 하고, 침을 뱉었으며, 손수건을 꺼내 코를 푼 다음에, 코담뱃갑을 열고서 한번 들이마셨는데, 그때 나에게 이야기를 들려줄 사람이 어물어물 말했다. “이야기는 짧은데, 서두가 길어요.” 갑자기 나는 심부름시킬 일이 있을 경우에 대비해 하인을 부르고 싶어졌으나 다음과 같이 생각하고는 그만두었다.

이것은 소설이 아니다

“아주 착한 남자들과 아주 못돼먹은 여자들이 있다는 것을 인정할 필요가 있습니다.”

“그거야 날마다, 때로는 자기 집안에서도 겪는 일이잖소. 그래서요?”

“그다음에요? 저는 아름다운 알자스 여자 한명을 알게 되었는데, 그녀는 늙은이들을 달려오게 만들고 젊은이들을 별안간 멈추게 할 정도로 미인이었죠."

"나도 그녀를 알고 있소, 레메르 부인 아니오."

"그렇습니다. 낭씨에서 새로 온 따니에라는 사람이 그녀에게 정신없이 반해버렸어요. 그는 가난했습니다. 많은 식구를 거느린 부모의 어려운 형편 때문에 가출하고, 운명이 더는 나빠지지 않을 것이라는 본능적인 확신에 이끌려 무엇이 될지 알지 못한 채 세상으로 뛰어드는 그런 떠돌이들 중 하나였죠. 따니에는 레메르 부인에게 너무나 반한 나머지, 그녀의 눈에 고결해 보이는 행동만을 하리라는 굳은 마음가짐으로, 자기 애인의 곤궁을 덜어주기 위해 아무리 고되고 비천한 일이라도 싫은 기색 없이 묵묵히 해냈습니다. 낮 동안은 이 선창 저 선창으로 일하러 다녔고, 날이 저물면 이 거리 저 거리에서 구걸을 했습니다."

"참 고약한 경우였소, 하지만 오래갈 수는 없었지."

"게다가 따니에는 가난과 싸우는 데에도, 더 정확히 말해서 주변의 부유한 남자들이 매력적인 그 여자에게 저런 가난뱅이 따니에를 쫓아내라고 압박하는 상황에서 궁핍을 무릅쓰고 그녀를 붙잡는 데에도 하나같이 지쳤고……"

"보름이나 한달 뒤에는 그녀도 그렇게 되었을 것이오."

"또한 그들이 부를 과시하는 꼴도 보기 싫어서, 그녀를 떠나 멀리 가서 운을 시험해보기로 마음먹었습니다. 그는 여기저기 부탁하고 다닌 끝에, 어느 근사한 선박에 승선 허가를 얻게 됩니다. 출항의 순간이 다가왔습니다. 그는 레메르 부인에게 작별인사를 하러 갑니다. 그가 그녀에게 말했어요. '이봐요, 당신의 애정을 더 오랫동안 누릴 수는 없을 것 같소. 결심을 했소, 떠나기로.' '떠난다고요!' '그렇소.' '어디로 가실 거죠?' '서인도제도로요. 당신은 나 같은 남자와 함께 살 운명이 아니고, 나로서도 당신이 누려 마땅한 또다른 운명을 더는 늦출 수가 없소.'"

"착한 따니에!"

"'그럼 저는 어떡해요?'"

"음흉한 여자 같으니!"

"'당신의 마음을 얻고 싶어하는 사람들이 주변에 많지 않소? 당신이 한 약속들은 없었던 걸로 합시다. 당신이 한 맹세들도 그렇고. 그 구혼자들 중에서 가장 마음에 드는 남자를 만나시오. 그를 받아들이시오, 제발 그렇게 하시오.' '아! 따니에 씨, 다른 사람도 아닌 당신이 제게……'"

"레메르 부인의 몸짓은 흉내내지 않아도 좋소. 눈에 다 보이는 것 같으니까."

"'떠나는 마당에 당신에게 뭘 요구하겠소만, 한가지만 부탁하겠소. 우리를 영원히 갈라놓을 약속일랑은 절대로 하지 말아주시오. 자, 내게 맹세할 수 있겠소? 이 세상 어느 곳에 살게 되건, 당신한테 변함없는 애정의 확실한 증거를 보내지 않은 채로 일년이 지나간다면, 난 정말로 불행할 놈이 될 것이오. 그만 울음을 그치시오.'"

"여자들이란 마음만 먹으면 언제나 울 수 있지."

"'이것은 내가 마음의 가책 때문에 세우게 된 계획이니 반대하지 마시오. 설령 당신의 반대로 말미암아 내 계획이 철회된다 해도, 오래지 않아 나는 또다시 그런 시도를 하게 될 게 뻔하니까요.'"

"그리고 따니에는 산또 도밍고로 출발했겠지, 그것도 레메르 부인에게나 자기 자신에게나 아주 적절한 시기에 말이야."

"아니, 어떻게 알고 계시죠?"

"누구나 알 수 있는 일이오. 따니에가 그녀에게 남자를 하나 고르라고 했을 때 이미 결판난 일 아니겠소."

"아, 그렇군요!"

"이야기나 계속하시오."

"따니에는 상당히 재기가 있었고 사업수완도 좋았습니다. 그는 얼마 지나지 않아 유명해지고, 까쁘 지방의 고등법원에 취직했는데, 거기에서 풍부한 식견과 공정한 일처리로 두각을 나타냈습니다. 그는 큰돈을 벌려는 야망은 없었지만, 정직하게 벌어 빨리 부자가 되고 싶은 생각만큼은 무척이나 강했지요. 해마다 그는 벌어들인 돈의 일부를 레메르 부인에게 보냈습니다. 그가 돌아온 것은……"

"9, 10년만이야. 그렇지, 더 오랫동안 떠나 있지는 않았을 게요."

"돌아와서는 작은 지갑을 애인에게 선사했는데, 그것은 그의 덕행과 고난을 함축하는 선물이었죠."

"따니에에게는 잘된 일이었소, 그녀가 마지막 애인과 결별한 직후였으니까."

"마지막 애인과요?"

"그렇소."

"그러니까 여러 남자가 거쳐갔다는 말씀입니까?"

"물론이오. 어서 이야기나 마저 끝내시오."

"그런데 저보다 더 잘 알고 계시니, 이야기할 게 별로 없는데요."

"상관없소, 그래도 계속하시오."

"레메르 부인과 따니에는 쌩뜨-마르그리뜨 가(街)에서도 제가 사는 곳과 아주 가까운 곳에 제법 때깔이 좋은 집을 장만했습니다. 저는 따니에를 무척 대단한 인물이라고 생각했고, 다른 이유도 있고 해서 그의 집을 자주 드나들게 되었는데, 그의 살림살이는 호사스럽지는 않았지만 적어도 넉넉해 보이기는 했습니다."

"내가 계산을 해본 적은 없지만, 따니에가 귀국하기 전에 그 몹쓸 여편네 레메르는 1만 5천 리브르 이상의 연금을 받고 있었던 것이 틀림없소."

"아니 따니에에게 자기 재산을 숨겼단 말입니까?"

"그렇소."

"왜요?"

"인색하고 탐욕스러운 여자였기 때문이오."

"탐욕스럽다는 건 소문이 나서 알고 있었지만, 인색하기까지 하다니! 인색한 창부라! 오륙년 전만 해도 그 두 연인은 더할 나위 없이 사이좋게 지냈는데 말입니다."

"한쪽의 극단적인 교활함과 다른 한쪽의 끝없는 신뢰감 덕분이었지."

"오! 정말이지 따니에처럼 순수한 영혼에는 의심의 그림자도 깃들 수 없었습니다. 제가 때때로 알아차린 것이라고는 결국 레메르 부인이 이전의 빈궁한 삶을 잊어버리고는 사치와 부에 몹시 신경을 썼다는 점뿐입니다. 자기처럼 아름다운 여자가 걸어다닌다는 것은 모욕이라고 생각했을 정도니까요."

"호화로운 사륜마차를 타고 다녔다는 말이오?"

"그리고 악덕의 광채에 의해 천한 모습이 감춰졌다는 점도 눈에 띄었습니다. 웃으시는 겁니까? 바로 그 시기에 드 모르빠 씨가 북방에 상사(商社)를 설립하려 했습니다. 사업이 성공하자 부지런하고 머리가 좋은 사람이 필요하게 되었지요. 드 모르빠 씨는 까쁘 지방에 머물러 있는 동안 따니에에게 여러가지 중요한 일거리를 맡겼는데, 따니에가 그 일들을 이 대신(大臣)이 만족할 정도로 깔끔하게 해냈으니만큼, 그로서도 따니에를 눈여겨볼 수밖에 없었죠. 따니에는 자신의 탁월함 때문에 드 모르빠 씨의 눈에 든 것을 유감스럽게 생각했습니다. 아름다운 애인과 함께 지내면서 그토록 만족해하고 그토록 행복해했으니까요! 그는 사랑했고, 사랑받았거나 자신이 사랑받는다고 생각했지요."

“옳은 말이오.”

“돈을 더 번다고 그가 더 행복해질 수 있었겠습니까? 천만에요. 하지만 대신은 고집을 꺾지 않았으니, 따니에로서도 결정을 내려야 했고, 레메르 부인에게 터놓고 말하지 않을 수 없었죠. 때마침 그의 집을 방문할 일이 있어서 가보니 그 난처한 장면이 막 끝났나봐요. 가련한 따니에는 얼굴이 온통 눈물범벅이었습니다. 제가 그에게 말했죠. ‘아니, 도대체 무슨 일로 이러시오?’ 그는 흐느끼면서 저에게 말했습니다. ‘이 여자 때문입니다!’ 레메르 부인은 조용히 수놓기에 열중하고 있었습니다. 따니에가 갑자기 일어나더니 밖으로 나가버렸죠. 저와 그의 애인만 남아 있게 되었는데, 그녀는 따니에의 분별없음에 관한 자신의 생각을 제게 굳이 감추려 들지 않았습니다. 자신의 초라한 처지를 부풀리고, 치밀한 정신의 소유자가 야심을 궤변으로 얼버무릴 때 쓰는 온갖 기교를 다 동원해 자신을 변호했습니다. ‘무슨 큰일이라도 일어난 건가요? 기껏해야 이삼 년 떨어져 있는 거잖아요.’ ‘당신이 사랑하고 따니에만큼 당신을 사랑하는 남자에게는 긴 세월이죠.’ ‘그이가 절 사랑한다고요? 만약 저를 사랑한다면, 제가 바라는 것을 망설이지 말고 들어줘야잖아요?’ ‘그런데 부인, 왜 그를 따라가지 않는 거죠?’ ‘제가요? 말도 안될뿐더러, 아무리 괴짜라지만, 그이는 저에게 그런 제안을 할 생각이 전혀 없었거든요. 그이가 저를 의심하는 걸까요?’ ‘그럴 리가 있겠습니까?’ ‘제가 그이를 기다린 열두 해의 세월에 비하면 이삼 년 동안 저의 선의를 믿고 떠나 있는 거야 대수롭지 않은 일이죠. 게다가 이런 기회는 평생 한번밖에 오지 않는 특별한 것이니만큼, 저로서는 그이가 나중에 좋은 기회를 놓쳤다고 후회하면서 저를 나무라지나 않을까 걱정이 되기도 해요.’ ‘당신이 그를 마음으로 받아들이는 한, 그는 변함없이 행복해할 것이고, 어떤 것도 후회하지 않을 것이오.’ ‘아주 정중하게 말씀하시니 몸둘 바를 모를 지경입니다만, 제가 늙어 꼬부라질 때에야 비로소 그이가 만족할 만큼 많은 돈을 벌어들이게 된다면 무슨 소용이 있겠어요. 여자들의 결점은 미래를 전혀 생각하지 않는다는 것이지만, 저는 그렇지 않답니다.' 드 모르빠 대신은 빠리에 머무르고 있었는데요, 그의 저택은 쌩뜨-마르그리뜨 가에서 엎어지면 코 닿을 곳이었습니다. 따니에는 거기로 가서 대신의 권유를 받아들이겠다고 약속하고 돌아왔는데, 제가 보니, 그의 눈은 물기가 말라붙어 감정이 없어 보였지만, 마음만은 굳게 다잡은 듯했습니다. 그가 그녀에게 말했습니다. '드 모르빠 씨를 만나고 왔소. 그분에게 단단히 약속을 했으니, 나는 떠날 것이고, 내가 떠나면 당신은 만족하겠지.' '아! 내 사랑……' 레메르 부인은 자수틀을 밀쳐버리고 따니에에게 달려들어서는, 두 팔로 그의 목에 매달려 그의 볼에 수차례 입을 맞추고 달콤한 말을 퍼붓습니다. '아! 이번에야말로 제가 당신에게 소중한 존재라는 것을 알겠어요!' 따니에는 냉정하게 대답했습니다. '당신의 꿈은 부유해지는 것이잖소.'"

"탕녀 같으니, 그런 여자는 거지꼴이 되어야 마땅해."

"'그러니 당신은 부자가 될 게요. 당신이 사랑하는 것은 황금이니까, 황금을 구하러 가야 하지 않겠소.' 그때가 화요일이었으니까, 대신이 따니에의 출발날짜로 정한 금요일까지는 이틀밖에 남아 있지 않았습니다. 제가 그에게 작별인사를 하러 갔더니, 그는 아름답고 비열하며 매정한 레메르의 품에서 몸을 빼려고 자기 자신과 싸움을 벌이고 있었습니다. 그에게서 머릿속의 혼란, 절망감, 고뇌가 비슷한 예를 찾아볼 수 없을 정도로 처연하게 드러났습니다. 그것은 하소연이 아니라 긴 외침이었어요. 아직 침대에 앉아 있는 레메르 부인의 한쪽 손을 그는 꼭 붙잡고 있었어요. 그는 끊임없이 되풀이해 말했습니다. '매정한 여자 같으니! 냉혹한 여자 같으니! 그대가 누리는 생활의 여유, 그리고 나와 같은 친구, 나 같은 연인, 이 이상 무엇이 더 필요하단 말이오? 나는 그녀를 위해 아메리카의 몹시 뜨거운 지방으로 한몫 단단히 벌려고 갔었는데, 이제는 나더러 또다시 북방의 얼음구덩이로 가서 큰돈을 벌어오라고 하는구려. 이보시오, 이 여자는 미친 것 같고 나는 정신병자로 보일 테지만, 그녀를 슬픔에 빠뜨리느니 차라리 내가 죽는 편이 덜 끔찍할 겁니다. 그대는 내가 떠나길 바라니, 바라는 대로 그대 곁을 떠나겠소.' 그는 그녀의 침대맡에 무릎을 꿇고 침대보에 얼굴을 묻은 채, 그녀의 손에 줄곧 입을 맞추었는데, 그의 억눌린 흐느낌으로 인해 처량함과 전율이 더욱 심해 보였죠. 침실의 문이 열리고, 그가 별안간 머리를 쳐들었습니다. 마부가 들어와서는 마차에 말들을 매놓았다고 그에게 알렸지요. 그는 날카로운 소리를 내지르더니 얼굴을 침대보에 다시 처박았습니다. 얼마간 정적이 감돈 후에, 그는 몸을 일으켜 애인에게 말했습니다. '이별의 포옹을 나눕시다, 부인, 다시 한번 나를 껴안아 주시오, 다시는 나를 못 볼 테니 말이오.' 그의 예감은 정말로 딱 맞아떨어졌습니다. 그는 빠리를 떠나 뻬쩨르부르그에 도착한 지 사흘째 되는 날 열병에 걸려 이튿날 사망했습니다."

"내가 다 아는 이야기군."

"그럼 선생도 그녀의 애인들 가운데 한사람이었던가요?"

"아무렴, 그렇고말고, 그 역겨운 미녀 때문에 내 사업에 막대한 차질이 생겼소."

"정말 따니에만 불쌍하게 되었죠!"

"세상에는 그를 바보라고 말할 사람들도 있소."

"저로서는 사람들이 그렇게 말하는 것을 막을 수 없겠습니다만, 그들이 고약한 운명에 부딪혀 레메르 부인만큼 예쁘고 교활한 여자에게 걸려들기를 마음속으로 바란답니다."

"복수심이 엄청 강하시군."

"그리고 또 아주 못된 여자들과 아주 착한 남자들이 있는 반면에, 아주 착한 여자들과 대단히 못된 남자들도 있는데요, 제가 덧붙일 이야기도 앞의 이야기와 마찬가지로 소설이 아닙니다."

"믿어 의심치 않소."

"데루빌 씨라고……"

"아직 살아 있는 사람? 국왕 근위대 사령관? 롤로뜨라는 무척 매혹적인 여자와 결혼한 남자 말이오?"

"바로 그 사람이에요."

"신사인데다가 학문을 좋아하는 사람이지."

"학자들의 친구이기도 하고요. 오랫동안 그는 모든 시대, 모든 민족의 전쟁에 관한 일반적인 역사를 탐구하는 데 몰두했습니다."

"방대한 계획이군."

"그는 작업을 진행하기 위해, 『수학사』의 저자 드 몽뛰끌라 씨를 비롯해, 재능이 뛰어난 몇몇 젊은이를 불러모았습니다."

"제기랄! 그에게 그런 엄청난 영향력이 있었소?"

"그런데 가르데유라는 남자가, 제가 지금 선생에게 들려드리려는 연애 사건의 주인공인데요, 자신의 전문분야에서 드 몽뛰끌라 씨에 그다지 뒤지지 않는 명성을 누리고 있었습니다. 가르데유와 저는 그리스어 연구에 대해 열의가 있다는 공통점 때문에 서로 알게 되었는데, 둘 다 집에 틀어박혀 있기를 좋아하는데다, 꽤 오래 조언을 주고받는 사이에, 무엇보다 쉽게 만나볼 수 있어서 제법 친해졌습니다."

"당신 거처가 에스트라빠드에 있었으니까 그럴 만하오."

"그는 쌩-띠아쌩뜨 가에, 그의 애인 라 쇼 양은 쌩-미셸 광장에 살고 있었습니다. 이렇게 그녀의 이름을 밝히는 이유는 그 가련하고 불행한 여자가 이미 세상을 떴기 때문이고요, 또한 그녀의 삶 이야기를 듣는다면 말이죠, 정신이 똑바로 박힌 사람들은 그녀를 존경할 수밖에 없을 것이고, 그녀의 영혼에 깃든 감성을 조금이라도 타고난 사람들이라면 그녀를 위해 마땅히 찬탄과 회한과 눈물을 바칠 것이기 때문입니다."

"아니 당신 목소리가 자꾸만 끊기는군, 울고 있는 것 아니오?"

"그녀의 커다란 검은 눈동자가 아직도 부드럽게 반짝이는 듯하고, 그녀의 애처로운 목소리가 여전히 내 귓가에 울리며 제 마음을 뒤흔들어 놓는 것 같습니다. 매력적인 여자였어요! 이 세상에 하나밖에 없는 여자였다고요! 그대가 저승으로 떠났다니! 그대가 세상을 뜬 지 벌써 이십년이건만, 그대를 생각하면 아직도 가슴이 조이는 듯 아려오는군요."

"그녀를 사랑했소?"

"아닙니다. 오, 라 쇼! 오, 가르데유! 당신들은 둘 다 비범한 사람, 놀랍도록 다정다감한 여자, 경악스러울 정도로 배은망덕한 남자였소. 라 쇼 양은 점잖은 집안 출신이었는데, 부모의 집을 나와 가르데유의 품에 안겨버렸습니다. 가르데유는 가진 게 아무것도 없었고, 라 쇼 양에게는 얼마간의 재산이 있었지만, 그 재산도 몽땅 가르데유의 필요와 변덕의 제물로 탕진되고 말았습니다. 그녀는 사라진 재산도 빛 바랜 명예도 애석해하지 않았어요. 그녀에게는 애인이 전부였죠."

"그러니까 가르데유 녀석이 매우 매력적이고 상냥한 남자였단 말인가?"

"전혀요. 키가 작고 무뚝뚝하며 유머가 없을 뿐 아니라 입이 거친 남자로, 얼굴에 정감이 없고 안색이 거무스레한데다가, 전체적으로 보잘것없는 소인배였죠. 재기발랄하지만 얼굴이 못생긴 남자였습니다."

"매력적인 아가씨가 그런 남자에게 정신없이 홀렸단 말이오?"

"의외라고 생각하세요?"

"물론이오."

"정말입니까?"

"그렇소."

"하지만 선생도 데샹 양과의 연애를 경험하지 않았습니까? 그 여자가 선생의 면전에서 현관문을 닫아버렸을 때 선생이 빠져든 절망을 이제는 잊었나봐요?"

"그 일은 내버려두고 하던 이야기나 계속하시오."

"제가 선생에게 물었죠. '그녀는 과연 아름다운가요?' 그러자 선생은 서글프게 대답했습니다. '아니요.' '그럼 재기가 있는 여자입니까?' '멍청한 여자요.' '그렇다면 그녀의 재능에 선생의 마음이 사로잡혔을까요?' '한가지 재능이 있기는 하지.' '그 희귀하고 숭고하며 경이로운 재능 말입니까?' '껴안는 재능이오. 나는 어떤 다른 여자의 품에 안길 때보다 그녀의 품에 안길 때 더 행복해지니까.'"

"그런데 라 쇼 양은?"

"정숙하고 정이 많은 라 쇼 양은 선생이 경험한 것과 같은 행복을 은근히, 본능적으로, 자신도 모르는 사이에 기대했습니다. 선생으로 하여금 데샹 양에 대해 다음과 같이 말하게 한 행복 말입니다. '저런 엉뚱한 여자, 저런 가증스러운 여자가 끝까지 나를 자기 집에서 쫓아낸다면, 나는 그녀의 응접실에서 권총으로 내 머리를 부숴버리겠어.' 이렇게 말했죠, 아닙니까?"

"그렇게 말했거니와, 지금도 왜 내가 그렇게 하지 않았는지 후회가 되오."

"그러니 인정하시죠."

"당신의 마음에 든다면 모든 것을 인정하겠소."

“이봐요, 우리 중에서 제일 현명한 사람은 말이죠, 예쁘건 못생겼건, 재기발랄하건 멍청하건, 남자를 쁘띠뜨-메종(8세기 후반의 광인 수용시설)에 감금될 정도로 미치게 했을 여자를 정말 다행스럽게도 만나지 않았지요. 남자들이란 참 불쌍한 존재이니, 그들을 너무 심하게 비난하지는 맙시다. 그리고 우리의 지난 세월에 대해서도, 우리를 뒤쫓던 악의로부터 벗어나게 된 시기라고 생각한다면 애석해할 이유가 없죠. 어떤 천성적인 매력이 특히 열정적인 영혼과 활발한 상상력에 미치는 강렬한 효과를 몹시 두려운 것으로 생각해야지 별수 없잖아요. 화약통 위로 우연히 떨어지는 불꽃이라 해도 이보다 더 끔찍한 결과를 초래하지는 않을 것입니다. 선생이나 저는 아마 이 치명적인 불꽃을 손가락으로 털어낼 준비가 되어 있을 것입니다.

데루빌 씨는 작업속도를 높이고 싶어서 협력자들을 혹사시켰어요. 이로 인해 가르데유는 건강을 해치게 되었습니다. 라 쇼 양은 그가 맡은 일을 덜어주기 위해 히브리어를 배웠고, 자신의 애인이 쉬는 동안, 밤 늦도록 히브리 저자들의 발췌본을 해독하고 번역했죠. 그리스 저자들의 자료를 검토할 때가 되자, 라 쇼 양은 배웠지만 어설프게 알고 있던 그리스어를 서둘러 완벽하게 익혔고, 가르데유가 잠자는 동안, 크세노폰과 투키디데스의 구절들을 번역하고 베껴쓰는 데 전념했습니다. 그리스어와 히브리어 외에 이딸리아어와 영어도 습득했습니다. 특히 영어는 흄의 초기 형이상학 시론들, 주제가 한없이 까다롭고 어려운 관용어가 많이 사용된 그 저작물을 프랑스어로 번역할 정도로 잘했어요. 그녀는 연구를 하느라 체력이 바닥날 때면 음악을 연주하면서 기분을 전환했고, 자기 애인이 지루해할까 염려해 노래를 불렀습니다. 절대로 과장이 아닙니다. 의학박사 르 까뮈 씨를 증인으로 내세울 수도 있어요. 그는 그녀의 노고를 위로했고, 그녀를 빈곤에서 빠져나오도록 해주는 등 그녀에게 지속적으로 도움을 주었을 뿐 아니라, 그녀가 가난 때문에 살게 된 다락방으로 그녀를 따라갔고, 그녀가 숨을 거둘 때 눈을 감겨주었으니까요. 아니, 그녀가 처음에 당한 불행 중 하나를 잊고 있었군요. 그것은 애인에 대한 공공연하고 터무니없는 애착에 격분한 가족으로부터 그녀가 받아야 했던 박해입니다. 그녀의 가족은 진실뿐 아니라 거짓까지도 이용해, 비열하게라도 그녀의 자유를 빼앗으려 했습니다. 그녀의 부모와 사제들은 이 동네 저 동네, 이 집 저 집으로 그녀를 추적했고, 그래서 그녀는 여러 해 동안 혼자 숨어 살아야 할 지경에 이르렀습니다. 그녀는 가르데유를 위해 일하면서 낮 시간을 보냈기 때문에, 밤이 되어서야 우리는 그녀에게로 갔는데, 애인이 와 있다는 사실만으로 그녀의 온갖 고뇌, 그녀의 모든 불안은 흔적도 없이 사라지곤 했습니다."

"뭐라고요! 젊고 심약하며 다감한 아가씨가 그토록 심한 역경의 한가운데에!"

"그녀는 행복했습니다."

"행복했다고!"

"그렇습니다. 그녀가 행복하지 않은 것은 오직 가르데유가 배은망덕하게 굴 때뿐이었습니다."

"하지만 그토록 드물게 고귀한 품성과 무수한 애정 표현, 온갖 희생에 대한 보상이 배반이라니, 있을 수 없는 일이오."

"있을 수 없는 일이 아닙니다. 가르데유는 은덕을 저버렸습니다. 어느날 라 쇼 양은 이 세상에 명예도 돈도 의지할 데도 없이 혼자가 되었습니다. 선생이 오해할까봐 말씀드리는데요, 저는 얼마 동안만 그녀 곁에 머물렀고, 언제나 그녀를 지켜본 사람은 르 까뮈 박사입니다."

"오 남자들, 남자들이란!"

"누구를 말하시는 겁니까?"

"가르데유지 누구겠소."

"선생 눈에는 악한 남자만 보이고 바로 옆의 착한 남자는 안 보이는 모양이군요. 그 괴로움과 절망의 날에, 그녀는 제 집으로 달려왔습니다. 아침이었어요. 그녀는 시체처럼 창백했죠. 그녀는 전날 밤에야 자신의 처지를 알게 되었을 뿐인데도, 오랫동안 괴로워한 기색이었습니다. 울지는 않았지만, 이미 실컷 울었다는 것을 분명히 알아차릴 수 있었어요. 그녀는 안락의자에 몸을 던졌습니다. 아무런 말이 없었죠. 말을 할 수가 없었던 것입니다. 이윽고 저를 향해 두 팔을 내밀더니, 곧바로 비명을 지르더군요. 저는 깜짝 놀라 그녀에게 물었습니다. '무슨 일입니까? 그가 죽었나요?' '더 나쁜 일이에요. 그는 더이상 절 사랑하지 않아요. 그 사람이 저를 버렸어요.'"

"자, 어서 계속하시오."

"이야기를 계속하기가 어렵군요. 그녀의 모습이 보이고, 그녀의 목소리가 들려오니, 눈에 눈물이 가득 차네요. '이제는 그가 당신을 사랑하지 않는다고요?' '예.' '그가 당신을 버렸다고요?' '휴! 그래요. 제가 그렇게 정성을 다 쏟았는데! 선생님, 어찌해야 좋을지 모르겠어요. 저를 불쌍히 여겨주세요. 제 곁을 떠나지 말아주세요. 제발, 제 곁에 있어주세요.' 그녀는 이렇게 말하면서 제 팔을 꽉 쥐었습니다. 마치 자기 옆의 누군가에게 끌려가지 않으려는 듯이 말입니다. '두려워하지 마세요, 아가씨.' '저는 다만 저 자신이 두려울 뿐이랍니다.' '당신을 위해 무엇을 해야 하죠?' '우선 저를 저 자신으로부터 지켜주세요. 그는 더이상 저를 사랑하지 않아요. 저 때문에 힘들고 짜증이 난답니다. 제가 지겹답니다. 저를 버렸어요. 헤어지자고 해요. 결별하자는 거예요!' 이런 말이 되풀이되더니 깊은 침묵이 흘렀고, 침묵에 뒤이어 발작적인 폭소가 터져나왔는데, 절망한 말투나 죽어갈 때의 헐떡거림보다 훨씬 더 소름끼치는 것이었습니다. 그러고 나서 눈물을 흘리고 비명을 질렀으며, 알아듣기 어려운 말을 웅얼거리다가 처연히 하늘을 바라보고, 입술을 부르르 떨었으며, 고통의 격류에 휘둘렸는데, 저로서는 한동안 그대로 내버려둘 수밖에 없었고, 한참 뒤에 그녀가 넋나간 듯 멍해진 것을 보고서야 비로소 그녀의 분별력에 호소하기 시작했습니다. 제가 말을 이었어요. '허 참, 그가 당신을 싫어한다니, 그가 당신과 헤어진다니! 누가 당신에게 그런 말을 했죠?' '그이가요.' '자, 아가씨, 조금이나마 희망을 갖고 용기를 내봐요. 그가 괴물은 아니잖소.' '선생님은 그이를 모르고 계시니, 알려드리죠. 그이는 세상에 없는, 결코 존재한 적이 없는 괴물이랍니다.' '믿기지 않는군요.' '두고 보면 알게 되실 거예요.' '그가 다른 여자를 사랑하게 되었나요?' '아닙니다.' '그에게 어떤 의혹도 어떤 불만도 표시하지 않았나요?' '그럼요.' '그럼 도대체 무엇 때문일까요?' '제가 필요 없게 된 거죠. 이제는 제게 아무것도 없고, 저는 더이상 어떤 것도 잘해내지 못하는데, 그이의 야심은 누그러질 줄 모르고, 그이는 점점 더 야심가가 되어갔어요. 저는 건강이 나빠지고, 매력을 잃고, 심한 고생으로 너무나 지쳤으니, 어떻게 되었겠어요, 권태와 혐오의 대상이 된 거죠.' '연인관계는 아니라도 친구로는 남아 있을 수 있잖아요.' '저는 지긋지긋한 대상이 되어버렸어요. 제가 그이 곁에 있으면 그이는 부담을 느끼고, 제가 그이를 바라보면 그이는 고통 받고 상처를 입어요. 그이가 제게 무슨 말을 했는지 아신다면! 네, 선생님, 그이가 제게 말하길, 저와 함께 스물네 시간을 보내야 한다면 창문으로 뛰어내리겠다고 하더군요.' '그렇게까지 정이 떨어진 것은 어제오늘의 일이 아니군요.' '글쎄요, 본래 그이는 매사에 상관없다는 태도를 보이는 아주 거만하고 냉정한 사람이죠. 그런 사람의 속마음을 읽어내기란 무척 힘들고, 누구나 자신의 사형판결은 읽으려 하지 않는 법이죠! 그이는 제게 사형선고를 내렸어요. 그것도 얼마나 단호했는지!' '전혀 이해가 안 가는군요.' '제가 선생님을 찾아온 것은 한가지 부탁이 있어서인데요, 들어주시겠어요?' '무슨 부탁인가요?' '말씀드리죠. 그이는 선생님을 존경해요. 선생님도 아시다시피 그이는 저에게 온갖 신세를 졌어요. 어쩌면 그이는 부끄러워서 자신의 모습을 있는 그대로 보이려 들지 않을 거예요. 그래요. 그이는 그럴 만큼 뻔뻔스럽지도 않을 테고 그럴 힘도 없을 거예요. 저는 한낱 여자일 뿐이고 선생님은 남자죠. 인정있고 정직하며 공정한 남자에게는 누구나 경외심을 갖는 법입니다. 그이도 선생님 앞에서는 꼼짝 못할 거예요. 제 편이 되어, 그이의 집으로 함께 가주세요. 선생님이 보시는 앞에서 그이에게 말하고 싶어요. 선생님이 계시는 가운데 제가 괴로움을 토로하면 효과가 있지 않겠어요? 저와 함께 가주시는 거죠?' '기꺼이 가지요.' '정말 고맙습니다.'"

"당신이 그녀와 함께 간다고 해도 별 효과가 없지 않을까? 정이 떨어졌다는 것! 사랑하는 여자에게 정이 떨어졌다는 것은 무시무시한 일이니 말이오."

"저는 2인용 마차를 부르러 사람을 보냈어요. 그녀는 거의 걸을 수가 없었거든요. 우리는 가르데유의 집, 쌩-미셸 광장을 통해 쌩-띠아쌩뜨 가로 접어들어 오른쪽에 있는 유난히 큰 새집에 도착했습니다. 마차꾼이 마차의 문을 열어주었습니다. 제가 먼저 내려 기다렸는데, 그녀가 나오질 않았어요. 다가가서 보니 여자는 전신경련을 일으켰더라고요. 마치 열병으로 오한이 엄습할 때처럼 이가 맞부딪치고, 양 무릎이 마주쳤어요. 그녀가 제게 말했습니다. '잠깐만요, 선생님. 죄송합니다, 죄송합니다, 도저히 못하겠어요. 저기서 제가 무엇을 하겠어요? 괜히 선생님 일에 지장만 드렸네요. 쓸데없는 부탁을 드려서 죄송합니다.' 그렇지만 저는 그녀에게 팔을 내밀었고, 그녀는 제 팔을 붙잡고 일어서려고 했지만 허사였습니다. 그녀가 말했어요. '잠깐만 더요, 선생님. 선생님께 폐만 끼치는군요. 저 때문에 괜한 괴로움을 겪으시네요.' 마침내 그녀는 약간 진정되었고, 마차에서 밖으로 나오면서 아주 낮은 목소리로 덧붙였습니다. '들어가야 해요. 그이를 만나봐야겠어요. 어떻게 될지는 모르겠어요. 어쩌면 저는 저기서 죽을지도 몰라요.' 우리는 앞마당을 가로질러, 아파트의 현관문에 이르렀고, 가르데유의 서재로 들어갔습니다. 그는 실내복을 입고 나이트캡을 쓴 차림으로 책상에 앉아 있다가, 제게 인사의 손짓을 하고는, 한동안 하던 일을 계속했습니다. 곧이어 그가 제게 와서 말했습니다. '이봐요, 선생, 여자들이란 매우 성가신 존재죠. 아가씨의 괴상한 언동에 대해 진심으로 사과하오.' 뒤이어 살아 있다기보다는 차라리 죽어 있다고 하는 편이 맞을 그 가련한 여자에게 말했어요. '아가씨, 내게 무엇을 더 원하지? 내 생각을 구체적으로 분명히 밝혔잖아, 우리 사이는 끝장났다고. 내가 당신에게 말했지, 난 당신을 더이상 사랑하지 않는단 말이야. 단둘이서 마주 보고 그렇게 말했어. 맞아! 당신의 의도는 다른 사람 앞에서 되풀이하라는 것이로군. 그래 좋아! 아가씨, 나는 그대를 더이상 사랑하지 않아. 그대를 향한, 아, 그리고 당신에게 위안이 된다면 덧붙이겠는데, 모든 다른 여자를 향한 사랑의 감정은 내 마음속에서 꺼져버렸어.' '하지만 왜 당신이 저를 더이상 사랑하지 않는지 말해주세요.' '모르오. 내가 아는 것이라고는 왜인지 모른 채 시작했고 왜인지 모른 채 그만두었다는 것뿐이오. 그처럼 열렬한 사랑이 되돌아오기란 불가능하다고 느껴질 뿐이오. 그것은 내가 젊은 혈기로 저지른 엉뚱한 짓이오. 이제는 거기서 완전히 회복되었다고 생각하고 만족하오.' '제 잘못이 뭐죠?' '당신이 잘못한 것은 없어.' '제 행실에 어떤 남모를 불만이 있지는 않았나요?' '추호도 없었어. 당신은 남자라면 누구나 탐낼 만한 아주 의연하고 정숙하며 상냥한 여자였지.' '제가 할 수 있는데도 소홀히 한 일이 있었나요?' '전혀 없었소.' '저는 당신을 위해 부모까지 희생하지 않았나요?' '그건 사실이지.' '저의 재산도요?' '그에 대해서는 매우 유감스럽게 생각하오.' '제 건강도요?' '그렇다고 할 수도 있지.' '제 명예, 제 평판, 제 휴식도요?' '어디 마음대로 다 말해보구려.' '그런데도 당신은 제가 밉살스러운가요?' '그건 말하기도 듣기도 곤란하오만, 사실이 그러니, 인정해야지 어쩌겠소.' '그이에게 내가 가증스러운 여자라니!……' '감정이 그런 걸 어떻게 해, 난 그저 내 느낌에 충실할 뿐이야.' '가증스러운 여자라니! 아! 하느님!' 이런 말이 오가는 동안 그녀의 얼굴에는 극도로 창백한 기색이 번지고, 입술에 핏기가 가셨으며, 뺨에 맺힌 식은땀과 눈에서 흘러내린 눈물이 한데 뒤섞였을 뿐 아니라, 눈이 감기고, 머리가 안락의자의 등받이 위로 젖혀졌으며, 이가 악물리고, 팔다리가 마구 떨리면서, 그런 전율에 이어 급기야는 실신하기에 이르렀는데요, 저는 이것을 보고 그 집 현관문 앞에서 그녀가 품은 희망이 실현되는 것이라고 생각했습니다. 그런 상태가 지속되자 저는 불안해지기 시작했습니다. 그래서 그녀의 반코트를 벗기고, 드레스와 치마의 끈을 풀어 늦추었으며, 얼굴에 찬물을 몇방울 뿌렸습니다. 그러자 그녀의 눈이 반쯤 뜨이고, 목에서 알아들을 수 없는 중얼거림이 새어나왔습니다. 그녀가 입 밖에 내려 한 말은 그이에게 난 가증스러운 여자야, 라는 것이었는데, 제 귀에는 마지막 음절 몇마디만 들려왔을 뿐입니다. 그러고 나서는 날카로운 비명을 지르고 눈꺼풀이 풀리면서 다시 실신했어요. 가르데유는 안락의자에 냉정하게 앉아, 한쪽 팔꿈치를 탁자에 대고 머리를 손으로 받친 자세로, 냉랭하게 그녀를 바라보고 있었습니다. 그녀를 돌보는 일은 오로지 제 몫이었습니다. 제가 그에게 거듭 말했어요. '이봐요, 여자가 죽어갑니다. 의사를 불러야겠소.' 그는 웃음을 띠고 어깨를 으쓱하면서 제게 대답했습니다. '여자들은 생명력이 질겨요, 그리 쉽게 죽지 않소. 아무 일도 아니오. 곧 깨어날 거요. 선생은 여자를 모르오. 여자들은 무엇이건 원하는 것을 몸으로 행한다오.' '이봐요, 이 여자는 죽어가고 있소.' 실제로 그녀의 몸은 기력도 없고 생기도 없는 듯했어요. 몸이 안락의자 밑으로 미끄러졌지요. 제가 붙들지 않았다면, 오른쪽이나 왼쪽 바닥으로 굴러떨어졌을 것입니다. 그런데도 가르데유는 갑자기 일어나 방안을 거닐면서 안달과 신경질이 섞인 어조로 말했습니다. '이런 따분한 장면은 정말 딱 질색이오. 이번이 마지막이길 바라오. 이 여자는 도대체 누구를 원망하는 거죠? 이 여자를 사랑하긴 했어요. 이 말에 조금이라도 거짓이 있다면, 성을 갈겠소. 하지만 이제는 이 여자를 사랑하지 않아요. 이 여자는 알고 있을 겁니다. 아니, 모른다 해도 상관없소. 이미 끝난 일이니까요.' '아니요, 선생, 아직 끝나지 않았어요. 뭐요! 유덕한 남자가 해야 할 일이 고작 한 여자에게서 모든 것을 빼앗고 그 여자를 버리는 것이란 말이오?' '나더러 어쩌란 말이죠? 나도 그녀만큼 가난뱅이요.' '당신더러 무얼 하라는 거냐고요? 그녀를 비참에 빠뜨렸으니, 당신도 비참해지길 바라오.' '농담이시겠죠. 그렇다고 그녀가 좋아질 리도 만무하고, 내 형편은 훨씬 더 나빠질 거요.' '당신을 위해 모든 것을 희생한 친구를 그렇게 대할 셈이오?' '친구라고요? 난 친구에게 큰 기대를 걸지 않소. 그리고 이번 경험으로 열렬한 사랑도 믿어서는 안된다는 것을 배웠어요. 좀더 일찍 알지 못한 게 애석합니다.' '이 불행한 여자가 당신의 잘못된 생각 때문에 희생당하는 것도 당연하단 말이오?' '한 달이나 하루 뒤라면 내가 그녀의 그릇된 마음으로 인해 똑같이 호되게

당하지 않으리라는 근거는 무엇입니까?' '무슨 근거냐고요? 그녀가 당신을 위해 행한 모든 것, 그리고 당신이 지금 보고 있는 그녀의 상태를 생각해봐요.' '그녀가 나를 위해 행한 것이라고요! 오! 내 시간의 손실은 그것을 갚고도 남아요. 틀림없고말고요.' '아! 가르데유 선생, 당신이 빼앗긴 시간을 당신이 그녀에게서 빼앗은 모든 것, 값을 따질 수 없을 정도로 귀중한 것들과 감히 비교하다니 될 말이오?' '나는 이루어놓은 것이 하나도 없어요. 난 보잘것없는 사람이오. 나이는 서른살이나 먹었는데 말이오. 이제야말로 나 자신을 생각하고 그 하찮은 일들에 무슨 가치가 있는지 따져볼 때죠. 지금 아니면 기회는 다시 없을 테니까요.' 그동안 가련한 아가씨는 약간 의식을 회복했어요. 이 마지막 말에 그녀는 제법 생기를 되찾았습니다. '시간 손실이 어떻다고요? 저는 그이의 작업을 도우려고 4개국어를 배우고 수많은 책을 읽었을 뿐 아니라 밤낮으로 글을 쓰고 번역하고 옮겨적었어요. 그러느라 기력이 다 떨어지고 눈이 나빠지고 피가 말랐어요. 게다가 어쩌면 평생 낫지 않을지도 모르는 좋지 않은 병을 얻었습니다. 그이의 애정이 사라진 이유를 그이는 감히 고백하지 못할 거예요. 자, 선생님께 알려드리죠.' 그녀는 곧바로 숄을 벗더니, 한쪽 팔을 드레스 밖으로 꺼내 어깨를 드러내, 저에게 단독(丹毒, 고열과 염증을 동반하는 피부병)으로 생긴 자국을 보여주면서 말했습니다. '그이가 변한 것은 바로 이것 때문이랍니다. 이것은 제가 뜬눈으로 지새운 밤들의 결과입니다. 아침마다 그이는 양피지 두루마리들을 들고 와서는, 데루빌 씨가 급히 내용을 알고 싶어 한다고 말하곤 했어요. 내일까지 마쳐야 하는 일이라는 거예요. 그렇게 했죠.' 그때 현관문 쪽에서 다가오는 누군가의 발걸음 소리가 들렸습니다. 하인이 데루빌 씨가 왔다고 알렸습니다. 가르데유의 얼굴이 창백해지더군요. 제가 라 쇼 양에게 옷매무새를 고치고 일어서기를 권하자, 그녀가 말했습니다. '싫어요, 남아 있겠어요. 비열한 자의 가면을 벗기고 싶어요. 데루빌 씨를 기다리겠어요. 그분에게 말하겠어요.' '그런다고 무슨 소용이 있겠습니까?' '아무 소용도 없겠죠. 선생님 말씀이 옳아요.' '내일이면 후회할 텐데요. 그가 정말 못된 짓을 저지른 건 사실이오만 그냥 내버려둬요. 그렇게 하는 것이 당신다운 복수일 게요.' '하지만 그에게 합당한 복수일까요? 보셨잖아요? 저 인간은…… 나가죠, 선생님, 빨리 여기를 떠나요. 제가 무슨 일을 저지를지, 제가 무슨 말을 할지 저 자신도 두려워요.' 라 쇼 양은 단독 자국을 보이느라 흐트러진 옷매무새를 눈 깜작할 사이에 고치고는 가르데유의 서재에서 쏜살같이 뛰쳐나갔습니다. 저도 뒤따라 나갔는데, 곧장 현관문이 세게 닫히는 소리가 들렸습니다. 나중에 알아보니 그가 문지기에게 그녀의 인상착의를 알려줬던 거예요.

저는 그녀를 집으로 데려다주었습니다. 그녀의 집에서는 르 까뮈 박사가 우리를 기다리고 있었어요. 그가 라 쇼 양에 대해 품은 연정은 그녀가 가르데유에 대해 느낀 연정과 거의 비슷한 것이었습니다. 그에게 방문의 전말을 이야기하느라 무척 애를 먹었어요. 그가 어찌나 노여움과 괴로움, 분개한 기색을 적나라하게 내보이던지 원……"

"당신들의 방문이 그다지 성공적이지 않았다는 사실을 듣고 그가 싫지 않은 기색을 보였다는 것은 어렵잖게 알 수 있었을 테지요?"

"그렇습니다."

"인간이란 그런 것이오. 그도 더 나을 게 없소."

"그 결별 이후로 그녀는 심하게 앓았습니다. 그러자 선량하고 성실하며 다정한데다 세심한 그 의사는 프랑스의 가장 지체 높은 귀부인에게도 기울이지 않는 정성을 그녀에게 쏟았어요. 하루에도 서너 번 그녀를 방문했습니다. 병세가 심상치 않을 때에는 그녀의 침실에 야전침대를 들여놓고 잤습니다. 마음이 몹시 괴로울 때는 병이 오히려 행복이죠."

"병에 걸리면 자신을 돌아보게 되고 다른 사람들에 대한 추억을 떨쳐버리는 법이오. 게다가 병을 핑계로 마음놓고 상심할 수도 있잖소. 그렇게 해도 무례하게 보이지 않고 말이오."

"다른 관점에서 보면 그런 지적이 옳을지 모르지만, 라 쇼 양에게는 들어맞지 않습니다.

그녀가 회복되는 동안, 우리는 그녀의 하루 일과를 회복에 도움이 되게끔 조정했어요. 그녀의 재기, 상상력, 취향, 지식은 비평 및 문학 아까데미(프랑스의 다섯 개 아까데미 가운데 하나로 주로 사학, 고고학, 문헌학 분야의 학자들로 구성된다)의 회원이 되고도 남을 정도였습니다. 그녀는 우리가 늘어놓는 형이상학을 많이 들었기 때문에, 아무리 추상적인 주제라도 쉽게 이해했습니다. 그녀의 첫번째 시도는 흄의 초기 저작물들을 번역하는 일이었습니다. 그녀의 번역은 제가 교정을 보았는데, 정말로 수정할 데가 거의 없었어요. 그 번역은 네덜란드에서 출간되었고, 독자로부터 좋은 반응을 얻었습니다.

저의 『농아에 관한 서한』(*Lettre sur les sourds et muets*(1751), 디드로의 실제 작품이다)이 이와 거의 동시에 출간되었는데요, 그녀가 제게 매우 날카로운 반론을 제기한 덕분에, 저는 개정판을 써서 그녀에게 헌정할 수 있었습니다. 게다가 그것은 제 책들 중에서도 상당한 수준의 것입니다.

라 쇼 양은 어느정도 쾌활함을 되찾았습니다. 의사는 이따금 우리를 초대했는데, 그때마다 저녁식사 분위기는 그다지 침울하지 않았습니다. 가르데유가 멀어지자, 르 까뮈의 연정은 놀랍도록 깊어졌어요. 어느날 저녁식사가 끝나갈 즈음에, 그가 아주 정직하고 다정다감하게,

어린이처럼 천진스럽게 사랑을 고백하자, 그녀는 그에게 솔직히 말했는데, 그녀의 솔직함은 한없이 제 마음에 들었지만, 아마도 다른 사람들의 마음에 들지는 않았을 것입니다. '의사 선생님, 선생님에 대한 저의 존경은 갈수록 커져만 갑니다. 선생님은 제게 넘칠 만큼 많은 도움을 주셨고, 지금도 저를 도와주고 계십니다. 만일 깊은 감사의 마음으로 가득하지 않다면, 저 역시 쌩-띠아쌩뜨 가의 그 괴물만큼이나 악독한 여자겠죠. 선생님의 재치는 제 마음을 더없이 즐겁게 해주어요. 사랑을 고백하면서도 어찌나 섬세하고 우아하게 말씀하시는지 자꾸만 더 듣고 싶은 심정입니다. 저는 선생님과 만나지 못한다거나 선생님의 호의를 잃어버린다는 생각만으로도 불행해져요. 선한 사람이 있다면 선생님이야말로 그런 분이시죠. 선생님은 비할 데 없이 어질고 성품도 온화하세요. 어떤 여자도 더 나은 남자의 품에 안길 수 없으리라고 생각합니다. 저는 아침부터 저녁까지 선생님께 다정해져야지 하고 마음을 타이릅니다만, 행실이 올바르지 않은 사람은 아무리 훈계해도 소용없습니다. 저는 한발짝도 더 나아가지 못하고 있어요. 그동안 선생님은 고통을 겪고, 선생님이 괴로워하시는 모습에 저는 마음속으로 혹독한 아픔을 느낍니다. 선생님이 간곡히 구하는 행복에 선생님보다 더 어울리는 사람은 제가 알기로 하나도 없고, 그래서 저는 선생님을 행복하게 해드리기 위해서라면 감행하지 못할 일이 없습니다. 예외없이 어떤 일이든 할 수 있어요. 저를 보세요, 선생님, 저는…… 그래요, 저는 함께 잘 수 있어요. 그것까지 포함해서요. 저하고 자고 싶으세요? 말씀만 하시면 돼요. 선생님을 위해 제가 할 수 있는 일이라고는 이것뿐이에요. 그런데 선생님은 저에게서 사랑받기를 바라시고, 저는 이제 사랑할 여력이 없으니 어쩌죠?' 의사는 그녀의 말에 귀를 기울였고, 그녀의 손을 잡고는 거기에 입을 맞추었으며, 그녀의 손을 눈물로 적셨습니다. 저는 웃어야 할지 울어야 할지 난감했습니다. 라 쇼 양은 의사를 잘 알고 있었어요. 이튿날 제가 그녀에게 '그런데, 아가씨, 만약 의사가 당신의 말을 곧이곧대로 받아들였다면?' 하고 묻자, 그녀는 이렇게 대답했습니다. '저는 약속을 지켰을 거예요. 하지만 그런 일은 일어날 리 없었어요. 저의 제안은 그분 같은 남자가 얼씨구나 하고 받아들일 성질의 것이 아니었습니다.' '왜죠? 의사의 입장이었다면 나는 나중 일이야 어찌 되건 받아들였을 겁니다.' '그러실 테죠. 하지만 제가 의사 선생님의 입장이었다면 라 쇼 양이 그런 제안을 하지 않기를 바랐을 거예요.'

흄의 번역으로 그녀가 큰돈을 벌지는 못했습니다. 네덜란드인들은 자기 돈이 들지 않는 한 사람들이 원하는 대로 출판해주잖아요."

"우리 프랑스인들에게는 다행이오. 우리나라에서는 정신에 족쇄를 씌우니, 일단 그들이 저자들에게 돈을 지불하려고만 하면, 출판업 전체가 그들 나라로 옮겨갈 테니 말이오."

"우리는 그녀에게 더 많은 명성과 이익을 가져다줄 흥미 위주의 책을 내보라고 권했습니다. 그녀는 네다섯 달 동안 작업에 몰두한 끝에, 『세 애첩』이라는 제목의 길지 않은 역사소설을 제게 가져왔습니다. 문체가 경쾌하고 묘사가 섬세한데다 흥미로운 작품이었어요. 그런데 그녀는 어떤 악의도 없었으므로 짐작하지 못했지만, 왕의 정부 뽕빠두르 후작부인에게나 들어맞을 수많은 독설이 여기저기 흩어져 있었습니다. 그래서 저는 그녀에게 숨기지 않고 말했죠. 아무리 힘들게 작업했어도, 그런 대목들을 누그러뜨리거나 없애지 않고 출판하면 평판이 나빠질 것이고, 만족스러운 것을 망치는 괴로움을 당하고도 다른 괴로움으로부터 보호받지도 못할 것이라고 말입니다.

그녀는 저의 충고가 전혀 틀리지 않다는 것을 직감했고, 그래서 더욱 상심했습니다. 착한 의사는 그녀에게 필요한 모든 것을 미리 알아서 챙겨주었지만, 그녀는 그가 바라지 않는 만큼 그에게 감사를 표하기도 어쭙잖은 일이라고 느꼈기 때문에, 그의 친절을 받아들이는 데 그만큼 더 신중했습니다. 게다가 당시에 르 까뮈 박사는 부유하지 않았고, 앞으로도 그다지 부자가 될 사람이 아니었습니다. 때때로 그녀는 서류가방에서 원고를 꺼내 서글픈 목소리로 제게 말하곤 했습니다. '아이참! 이걸 어떻게 할 방법이 없을까요? 이대로 썩혀야 하나요?' 저는 그녀에게 별난 조언을 하나 했습니다. 그것은 뽕빠두르 부인에게 작품을 있는 그대로, 완화하지도 고치지도 않고, 사정을 알려줄 짤막한 편지와 함께 보내자는 것이었습니다. 이 착상은 그녀의 마음에 들었습니다. 그녀는 어느 모로 보나 매력적인 편지를 설득력 있는 어조로 작성했습니다. 하지만 두세 달 동안 아무런 말도 들려오지 않았고, 그녀는 괜한 시도를 했다고 생각하고 있었는데, 바로 그때 쌩-루이 수도회의 회원 한사람이 후작부인의 답장을 들고 찾아왔습니다. 답장에서 후작부인은 당연하게도 작품에 찬탄했고, 그녀의 희생에 대해 감사를 표했으며, 자신에게 들어맞는 점들이 있다고 인정했을뿐더러, 그렇다고 해서 감정이 상하지는 않았다고, 그러니 저자를 베르싸이유로 초대한다고 말했는데, 만일 저자가 베르싸이유로 오면 힘 닿는 대로 도와줄 의향이 있다는 것이었습니다. 심부름꾼은 라 쇼 양의 집을 나서면서, 50루이 꾸러미를 벽난로 위에 슬쩍 놓아두었더군요.

의사와 저는 뽕빠두르 부인의 호의를 받아들이라고 그녀를 다그쳤습니다만, 겸손함과 소심함이 재능에 못지않은 처녀를 상대로 한 말이니, 그게 어디 쉬웠겠습니까. 이런 누더기를 걸치고 어떻게 거길 가죠? 의사는 곧장 이 문제를 해결해주었습니다. 그러나 의상 문제에 뒤이어 그녀는 다른 핑계를 댔고, 그런 다음에 또다른 핑곗거리를 내세웠습니다. 베르싸이유 여행은 하루하루 연기되다가, 급기야는 실행이 바람직하지 않게 되어버렸습니다. 우리가 이 건에 관해 그녀에게 말하지 않은 지도 꽤 오래되었을 때, 지난번의 그 심부름꾼이 몹시 호의적이긴 하나 비난의 낌새가 엿보이는 두번째 편지를 갖고 다시 와서는, 처음과 똑같은 액수의 하사금을 또다시 슬그머니 놓아두고 갔습니다. 뽕빠두르 부인의 이러한 후의는 금시초문이었죠. 이것에 관해 저는 후작부인의 은밀한 후의를 전달하는 심복 꼴랭 씨에게 말해보았습니다만, 그도 자세한 사정은 모르고 있었고, 그래서 저는 후작부인이 이것만 무덤까지 가져간 것은 아니로구나 하는 생각이 절로 들었습니다.

이처럼 라 쇼 양은 곤궁에서 벗어날 기회를 두 번이나 놓쳤습니다.

그뒤 그녀는 변두리로 이사를 갔고, 제 시야에서 완전히 사라졌습니다. 제가 그녀의 여생에 관해 알게 된 것은 번민과 쇠약과 빈곤의 연속이었다는 것뿐이었습니다. 그녀의 가족은 완강하게도 그녀에게 문을 열어주지 않았지요. 그녀는 자신을 그토록 심하게 박해한 그 고결한 인사들에게 중재를 부탁했지만 허사였습니다."

"세상사가 다 그렇죠."

"의사는 결코 그녀를 버리지 않았습니다. 그녀는 어느 다락방의 밀짚 침대에서 숨을 거두었고, 반면에 쌩-띠아쌩뜨 가의 잔인한 녀석, 그녀가 유일하게 사랑한 남자는 몽뻴리에라든가 뚤루즈에서 의사노릇을 했고, 지극히 여유로운 생활 속에서 교활한 사람에게는 합당하지만 신사로서는 부당한 명성을 누렸습니다."

"세상사는 거의 그렇게 되어 있소. 선량하고 성실한 따니에 같은 남자가 있으면, 신은 그런 남자를 레메르 같은 여자에게 보내오. 착하고 정숙한 라 쇼 같은 여자가 있으면, 그런 여자는 가르데유 같은 남자의 몫이 될 것이오. 그래야 모든 것이 아주 훌륭하게 풀려나가지 않겠소."

어떤 사람들은 아마 나에게 단 하나의 행동만으로 한 사람의 성격에 관해 결정적인 판단을 내리는 것은 성급한 처사라고, 그토록 엄격한 잣대를 들이대면 선한 사람의 수는 기독교 신자의 복음서에 따라 하늘나라에 들어가게끔 선택된 사람들보다 더 적을 것이라고, 바람둥이처럼 구는데다 심지어 여자들을 그다지 숭배하지 않는다고 뽐내더라도 명예와 정직성의 손상을 입지 않을 수 있다고, 불붙는 연정을 억제하는 것도 꺼져버린 연정을 연장하는 것도 마음대로 되지 않는다고, 망나니들을 무한히 증가시킬 가상의 범죄들을 생각해내지 않더라도 가정과 거리에는 이미 망나니라는 말을 들어 마땅한 사람이 상당히 많다고 말할 것이다. 또 어떤 사람들은 나에게 아무런 이유 없이 여자를 배반한 적도 속인 적도 버린 적도 없는지 물을 것이다. 내가 이런 물음에 대답하려 해도, 분명히 내 대답에는 대꾸가 따라붙을 것이고, 논쟁은 최후의 심판에서야 비로소 끝날 것이다. 그러나 가슴에 손을 얹고 말해보라, 사기꾼과 부정(不貞)한 사람의 옹호자 양반아, 뚤루즈의 의사를 친구로 삼을 것인지. 대답이 궁한가? 상황이 바뀔 여지는 전혀 없다. 그러니 나는 당신이 간절히 경의를 표하고 싶어할 모든 여자를 제발 보호해달라고 하느님께 기도하겠다.

더 읽을거리

『라모의 조카』(황현산 옮김, 세계사 1998, 고려대출판부 2006) 『수녀』(이봉지 옮김, 장원 1993) 『운명론자 자크』(김희영 옮김, 현대소설사 1992) 『달랑베르의 꿈』(김계영 옮김, 한길사 2006) 등이 번역되어 있어서 프랑스 18세기가 그 안에 요약되어 있는 사상가 디드로의 다양한 면모를 맛볼 수 있다. 특히 『라모의 조카』는 우리의 단편 「이것은 소설이 아니다」와 맥을 같이하는 대화체 소설로서 미셸 푸꼬의 『광기의 역사』에서 하나의 축으로 제시되어 유명해졌거니와 디드로 사유의 참모습에 접근할 수 있게 해준다.

Honoré de Balzac

| 오노레 드 발자끄 |

1799~1850

근대 리얼리즘 문학의 문을 열어젖힌 소설가라는 것이 정설이다. 그렇지만 환상문학의 측면도 없지 않다. 어쨌든 발자끄가 리얼리스트인지 환상을 좇는 작가인지에 관한 논란은 가짜 논쟁이다. 중요한 것은 그의 방대한 '인간희극'(*Comédie humaine*)이 여전히 전인미답의 밀림으로 남아 있을 뿐 아니라 종합적인 발자끄 이해가 아직 이루어지지 못하고 있다는 점이다. 그의 작품세계를 답파한 사람은 매우 드물다. 게다가 그의 작품들 대부분에서는 욕망, 그 벗어날 수 없는 올가미, 이로 인해 부르주아 사회에 내재된 소외와 타락의 악순환에 빠져드는 근대인의 딜레마, 달리 말해서 누구나 자연적으로 야망을 가지고 있는데 부르주아 사회에서는 야망이 있는 한 누구도 결백할 수 없다는 사실, 곧 궁지에 몰린 근대인이 반복적으로 문제화되고, 이 점에서 발자끄는 줄기찬 소설 쓰기를 통해 정의의 문제를 붙들고 씨름했다고 볼 수 있는데도, 이러한 문제의식이 제대로 평가받지 못하고 있는 것이 사실이다. 설령 이것이 발자끄의 본뜻은 아니었다 해도, 후세에 말을 하는 것은 작품이 아닌가. 세부의 작가인 그의 소설들은 도스또옙스끼에 필적하는 언어의 바다이거니와, 거기에는 루카치가 말한 비판적 리얼리즘을 넘어 근대적 현실의 모순들에 대한 분석의 도구, 오늘날의 사회현실을 읽어내는 도구가 수장되어 있다 하겠다.

■ 붉은 여인숙 L'auberge rouge

이 단편의 소재는 19세기 전반기 동안 온 프랑스를 떠들썩하게 만든 영구 미제 사건, 곧 '붉은 여인숙' 사건이다. 1831년 10월 26일 한 부농(富農)의 부어오른 시신이 강가의 어느 절벽 아래에서 발견되었는데, 번창하는 여인숙을 경영하다가 얼마 전에 그만둔 부부와 그들의 하인이 범인으로 지목되었다. 어느 부랑자가 법정에서 증인으로 나서는 바람에 그들은 사형선고를 받아 1833년 10월 2일 범죄 현장인 여인숙 앞에서 구경꾼이 3만명이나 몰려든 가운데 참수당했다. 그들은 투숙객의 돈을 뺏기 위해 오십여 차례의 살인을 저질렀다는 혐의를 받기도 했다.

사유의 힘, 생각의 마력은 긍정적인 효력을 발휘하기도 하고 부정적인 결과를 낳기도 한다. 산을 옮길 정도의 믿음, '뜻이 있는 곳에 길이 있다'라는 식의 격언은 우리에게 의지와 노력을 불러일으킨다. 그러나 불길한 예감이 맞아떨어지거나 누군가에게서 저주를 받고 있다는 느낌이 드는 때도 있는데, 이럴 때면 우리는 섬뜩한 불안과 공포를 경험한다. 누구나 평소에는 이성에 맞게 생각하다가도 어떤 때는 야릇하고 혼란스러운 생각에 빠져드는 것이다. 하루에도 여러번 몹시 매력적인 환상에 정신이 사로잡힌다. 대개의 경우 생각은 뜬구름이나 바람처럼 흩어지고 사라진다. 그렇지만 어떤 생각들은 구체적인 행위로 이어지기도 한다. 생각과 말과 행위가 어떤 끈으로 이어져 있는지도 모른다. 발자끄의 매력 중 하나는 그가 이러한 끈에 줄기찬 관심을 갖고 '사유의 파괴적인 힘'을 분신의 형상에 의거하여 소설화한 데 있다.

이 단편은 두 지층을 갖고 있다. 말하자면 2층짜리 구조물처럼 보이는데, 하나는 헤르만 씨가 들려주고 화자가 정리했다는 이야기(살인자가 참석한 만찬에서 이야기되므로 공포가 배가되는 이야기)이고, 다른 하나는 화자와 빅또린 사이에서 벌어지는 사랑과 정의의 드라마이다. 전자는 '진짜 무서운 독일 이야기'로 호프만의 환상소설을 넌지시 가리킨다. 후자는 특히 화자의 갈등에 비추어, 즉 『고리오 영감』(*le Père Goriot*)에 등장하는 라스띠냐끄라는 젊은이를 예고한다는 점에서 본격적인 발자끄 소설세계의 문턱, 즉 '인간극'의 출발점을 구성한다.

이야기 속의 이야기를 구조로 갖는 이 작품은 발자끄가 환상소설에서 리얼리즘으로 이행하는 과정을 보여준다고 해석될 수도 있다. 즉 프로스뻬르 마냥으로 표상되는 독일 낭만주의적 발상에 머무르지 않고 이 단편의 화자인 '나'를 거쳐 이 단편 이후의 라스띠냐끄, 뤼씨앙 샤르동, 보트랭 등의 인물들에게로, 달리 말하자면 소설의 미래를 향해 뻗어나가는 발자끄 자신의 모습이 이 작품에 비쳐 보인다.

붉은 여인숙

꿔스땐 후작에게

독일과 매우 폭넓게 교역을 하는 빠리의 한 은행가가 있었는데, 어느 해인가 그는 무역업자들이 서신교환으로 이곳저곳에 만들게 되는, 그래서 오랫동안 면식이 없게 마련인 친구들 중 한 사람을 열렬히 맞아들였다. 뉘른베르크의 꽤 영향력 있는 어느 회사의 사장인 이 친구는 사람 좋고 몸집이 큰 독일인으로, 취미가 고상하고 아는 것이 많으며 특히 파이프 담배를 즐기는 남자로, 얼굴은 통통하고 뉘른베르크 사람답게 넓적했으며, 훌렁 벗겨진 네모반듯한 이마에는 성긴 금발 머리카락이 몇가닥 흘러내려와 있었다. 그는 고결한 성품에 일곱 차례나 침략을 받은 뒤에도 온화한 풍속이 전혀 변하지 않은 그 순수하고 고상한 게르마니아 어린이들의 전형적인 모습을 지니고 있었다. 이 외국인은 꾸밈없이 웃고, 주의 깊게 귀를 기울이고, 유난히 술을 잘 마셨는데, 아마 샴페인을 요하니스베르크의 밀짚 포도주(밀짚 위에서 익힌 포도로 만든 백포도주의 일종)만큼이나 좋아하는 듯했다. 작가들의 작품에 등장하는 독일인의 이름이 대개 그렇듯 그의 이름도 헤르만이었다. 그는 어떤 것도 가볍게 끝내지 않는 사람답게, 은행가의 식탁에 느긋하게 자리를 잡고 앉아 유럽에서 그토록 유명한 튜턴 민족의 식욕을 과시했으며, 양심에 거리낌 없이 사순절 설교집(說敎集)의 요리(사순절은 금식기간이므로 대식가라는 의미)와 결별했다. 집주인은 손님의 체면을 세워주기 위해, 절친한 자본가와 상인 친구 몇명, 우아한 수다와 솔직한 태도가 게르만식의 질박함과 잘 어울리는 상냥하고 예쁜 여자 몇명을 초대해둔 터였다. 그렇게 함께 모여 장사꾼의 발톱을 감추고 짐짓 삶의 기쁨을 누리는 척하는 사람들을 내가 보았듯이 당신들도 볼 수 있었다면, 고리(高利)의 어음할인을 혐오하거나 파산시키는 것을 저주하기가 참으로 힘들었을 것이다. 인간은 늘 나쁘게만 행동할 수는 없는 법이다. 그러니, 해적들의 모임에서도 얼마 동안의 달콤한 시간은 보내게 마련인데, 그동안에는 그들의 흉포한 배 안에서도 마치 그네를 타고 노는 듯한 여유로운 느낌이 드는 것이다.

"헤르만 씨, 떠나기 전에, 진짜 무서운 독일 이야기 하나 해주세요. 그러실 거죠?"

아마 호프만의 꽁뜨와 월터 스콧의 장편소설을 읽었을, 금발의 창백한 젊은 여자가 후식시간에 이런 말을 했다. 그녀는 은행가의 외동딸로, 김나지움에서 교육을 마쳤고 거기서 공연하는 연극을 몹시 좋아하던 매혹적인 여자였다. 그때 손님들은 소화능력을 약간 과신하여 맛있는 식사를 한 뒤에 잠기게 되는 나른하고 고요한 행복감에 젖어 있었다. 손님들은 각자 의자에 등을 기대고 식탁 가장자리에 손목을 살짝 걸치고서, 금도금된 칼을 느긋하게 놀려댔다. 이처럼 저녁식사가 막바지에 이르면, 어떤 사람들은 배의 씨를 갖고 놀고, 또 어떤 사람들은 엄지와 검지 사이에 빵의 속살을 넣고 동그랗게 굴리며, 연인들은 과일 조각들을 일정치 않은 글자 모양으로 배열하는가 하면, 구두쇠들은 과일의 씨를 세고, 극작가가 단역배우들을 무대의 배경에 배치하듯이 그것들을 접시에 가지런히 늘어놓는다. 이것은 다른 면에서는 그토록 완벽한 작가인 브리야-싸바랭(『미각의 생리학』을 저술한 프랑스 미식가)마저 자신의 책에서 다루지 않은 식도락의 사소한 기쁨들이다. 하인들은 이미 물러나 있었다. 후식은 전투를 끝낸 함대처럼 온통 엉망으로 흐트러져 거덜이 났거나 빛이 바랬다. 제자리에 놔두려고 안주인이 끈질기게 노력했지만 접시들은 식탁 위에 이리저리 널브러져 있었다. 몇몇 사람은 식당의 잿빛 벽 안쪽에 대칭으로 걸어놓은 스위스 풍경화들을 바라보았다. 손님 가운데 어느 누구도 지루해하지 않았다. 맛있는 저녁식사가 소화되는 동안 다시금 서글퍼지는 사람은 결코 만나볼 수 없는 법이다. 그럴 때는 뭔지 모르는 평온한 상태, 사색가의 몽상과 생각하는 동물로서 느끼는 만족감 사이의 중용 상태에 머무르기 쉬운데, 그런 상태는 마땅히 식도락에 따르는 육체의 멜랑꼴리라고 불러야 할 것이다. 그래서 손님들은 모두 재미가 없더라도 귀 기울여 들을 이야기가 있다는 사실에 매우 만족한 표정으로, 자연스럽게 사람 좋은 이 독일인을 돌아보았다. 이 나른한 휴식시간 동안 둔해진 감각에는 이야기하는 사람의 목소리가 언제나 감미로운 듯하니, 이로 인해 조금은 행복감이 더해지게 마련이다. 그림 애호가인 나는, 미소로 쾌활해지고 촛불로 밝게 빛나며 맛있는 음식을 먹어 단풍잎처럼 붉게 물든 이 얼굴들에 탄복했는데, 이 인물들의 다채로운 표정은 가지가 많이 달린 큰 촛대, 자기로 된 바구니, 과일, 수정제품 들과 어우러져 자극적인 효과를 주었다.

나는 바로 앞에 앉아 있는 손님을 보고 갑자기 그 용모에 대한 상상에 사로잡혔다. 조금 전까지만 해도 내 눈에 띄지 않았던 그는 꽤 뚱뚱하고 생글생글 잘 웃는 중키의 남자로, 어음중개인 같은 풍채와 태도가 엿보였고 매우 평범한 듯했는데, 아마 조명상태가 좋지 않아서 어두워진 탓이겠지만 순간 그의 표정이 변한 것 같았고, 흙빛이 된 듯 보였으며, 보랏빛이 도는 긴 자국들이 생겨나 마치 죽어가는 사람의 파리한 얼굴 같았다. 그는 디오라마 안에 그려진 인물처럼 움직임 없이 수정 마개의 반짝이는 결정면(結晶面)들을 얼빠진 눈으로 물끄러미 바라보고 있었지만 의식적으로 결정면들을 세고 있는 것은 아니었고, 미래나 과거에 대한 꿈결 같은 생각에 깊이 잠긴 듯했다. 나는 이 수상쩍은 얼굴을 오랫동안 살펴보고 나서 생각했다. '아픈 데가 있는 걸까? 술을 너무 마셨나? 공채 가치가 떨어져서 파산했나? 채권자들을 속여먹을 생각을 하는 건가?'

"저기 좀 봐요! 완전히 파산한 사람 얼굴 아니오?" 나는 옆자리에 앉은 여자에게 그 낯선 남자의 얼굴을 가리키면서 말했다.

"오! 곧 명랑해질 거예요." 그녀가 나에게 대답했다. 그런 다음 우아하게 머리를 끄덕이면서 덧붙였다. "저 사람이 언젠가 파산한다면, 저는 베이징으로 알리러 가겠어요! 땅이 얼마나 많은지 몰라요! 제국 군대의 옛 납품업자로, 꽤나 유별난 사람이죠. 타산적으로 재혼했는데도 아내를 끔찍이 위한대요. 예쁜 딸이 하나 있는데, 오랫동안 친딸로 인정하지 않다가 불행히도 아들이 결투에서 죽자, 더는 자식을 가질 수 없으니까 어쩔 수 없이 그녀를 받아들였어요. 이렇게 해서 가난한 처녀가 갑자기 빠리에서 가장 부유한 상속자 중 한 사람이 되었죠. 저 분은 외아들이 죽은 것 때문에 비탄에 잠겼었는데, 그때의 슬픔이 때때로 재발한답니다."

이때 납품업자가 나를 향해 눈을 들어올렸는데, 그의 시선이 나를 소스라치게 했다. 그만큼 침울하고 생각에 잠긴 듯한 시선이었다. 분명이 시선은 하나의 삶 전체를 단적으로 보여주는 것이었다. 그러나 갑자기 그의 표정이 밝아졌고, 그는 수정 마개를 집어 기계적인 동작으로 자기 접시 앞에 있는 물이 가득 찬 물병 위에 얹더니, 웃으면서 헤르만 씨 쪽으로 고개를 돌렸다. 식도락의 즐거움으로 하늘나라의 행복을 누리게 된 이 사람의 머릿속에는 아마 두 가지 생각이 자리할 틈이 없었을 테니 어떤 것에도 유념하는 것 같지 않았다. 그래서 나는 살찐 재력가의 '비루한 영혼'에 나의 점술을 이를테면 헤프게 사용한 것이 부끄러웠다. 쓸데없이 내가 골상학적 관찰을 하는 동안, 사람 좋은 독일인은 코담배를 한줌 들이마시고 나서 이야기를 시작했다. 그의 이야기는 빈번하게 중단된데다 수다스러운 여담으로 인해 그대로 재현하기가 상당히 어려우리라는 생각이 들었다. 그래서 자기 책의 제목 옆에 '독일어로부터 번역됨'이라는 말을 써넣는 것을 잊어버리는 작가들처럼 순진하게, 뉘른베르크 사람의 이야기 중에서 서투른 부분은 빼버리고 시적이고 흥미로운 부분만을 낚아채어, 그의 이야기를 내 방식대로 옮겨 적었다.

관념과 행위

"현행 역법에 따르면 1799년 10월 20일에 해당하는 공화력 7년 포도월 말(혁명력 7년 포도월 말일은 30일, 즉 1799년 10월 21일이다) 무렵에, 이른 아침 본을 떠난 두 젊은이가 해질녘에 코블렌츠에서 얼마쯤 떨어진 소도시, 라인 강 왼편에 위치한 안더나흐 부근에 도착했습니다. 이때, 라인 강의 오른편을 점하고 있는 오스트리아 군대의 눈앞에서, 오주로 장군(Pierre Augereau, 1757~1816. 혁명 시기의 랭-에-모젤 군의 사령관이자

'오백인 평의회'의 일원)의 지휘 아래 프랑스군이 훈련하고 있었어요. 공화국 사단의 사령부는 코블렌츠에 자리했고, 오주로 부대에 소속된 연대들 중 하나는 안더나흐에서 숙영하는 중이었죠. 두 여행자는 프랑스인이었습니다. 소맷부리가 붉은 벨벳으로 장식되고 흰색이 섞여 있는 푸른 제복, 군도(軍刀), 특히 초록색 방수포로 덮이고 삼색 깃털장식이 달린 모자로 보아, 그들이 군대뿐 아니라 우리 부대가 침공한 지방에서조차 환영받는 군의(軍醫), 유능한 과학자라는 것을 독일 농부들도(독일인인 헤르만 씨가 아니라 발자끄의 관점에서 한 말. 화자가 헤르만 씨의 이야기를 기록했다는 증거가 된다) 알아차렸을 것입니다. 이 시대에, 주르당 장군이 발의하여 통과된 최근의 징병법(1798년 '오백인 평의회'에 의해 제정됨)에 따라 의학 연수를 받다가 징집된 여러 명문가 자제들은 당연히 자신들의 기본 교육 및 평온한 운명과는 어울리지 않는 군복무만을 억지로 수행하기보다는 전장에서일망정 학업을 계속하고자 했지요. 온순하고 친절한 과학도인 이 젊은이들은 그토록 불운한 역경 속에서도 무언가 좋은 일을 했으며, 공화국의 혹독한 문명이 거쳐 간 여러 고장의 박식한 사람들과 의기투합했습니다. 여행증명서를 발급받고 꼬스뜨(Jean-François Coste, 1741~1819. 빠리 상이군인병원의 원장)와 베르나도뜨(Jean-Baptiste Bernadotte, 1763~1844. 프랑스군 원수)의 서명이 들어 있는 '초급 군의관' 위임장을 갖춘 이 두 젊은이는 소속 연대를 찾아가는 길이었어요. 둘 다 보베 출신으로, 별로 부유하지는 않지만 시골 태생답게 인정어린 풍속과 올바름이 가풍으로 전해오는 부르주아 집안의 일원이었죠. 그들은 군의관의 직무를 부여받기 전에, 젊은이로서 갖는 아주 당연한 호기심 때문에 전쟁 무대에 마음이 끌려, 스트라스부르크까지 역마차로 여행한 적이 있었습니다. 신중한 어머니가 여비를 조금만 주었는데도 그들은 루이 금화 몇개를 갖고 있었던 덕분에 스스로 풍족하다고 여겼는데, 당시는 아씨냐(1789~97년 프랑스의 통화) 지폐의 가치가 떨어질 대로 떨어져 있었고 금값은 매우 비쌌으므로, 루이 금화는 정말 큰돈이었습니다. 나이가 많아야 스무살인 두 초급 군의관은 청춘의 열정을 다하여 이 상황의 시적 정취에 빠져들었습니다. 스트라스부르크에서 본까지 그들은 예술가로서, 철학자로서, 관찰자로서 선제후(選帝侯)의 영지와 라인 강 연안을 방문한 적이 있었어요. 과학자의 길을 가게 되어 있는 사람이 그 나이일 때에는 정말 다양한 모습을 지니는 법이죠. 초급 군의관의 경우를 예로 들자면, 그는 사랑이나 여행을 하면서도, 다가올 성공과 영광의 기초를 놓게 마련입니다. 그러니까 두 젊은이는 마인츠와 쾰른 사이에 펼쳐진 라인 강 연안과 쑤아베(남독일의 지방. 사실상 라인란트)의 풍경, 거칠고 다채롭고 대단히 기복이 심하며 봉건제의 유물로 가득하면서도 곳곳에 칼과 불의 흔적을 간직하고 있는 푸른 자연을 보고, 교양인이라면 누구나 사로잡히는 깊은 경탄에 절로 빠져들었던 것입니다. 루이 14세와 뛰렌은 이 기막힌 고장을 전란의 불길로 황폐하게 만들었지요. 여기저기 흩어져 있는 폐허는 베르싸이유에 있는 왕의 오만함 또는 그의 예지력에 대한 증거가 되는데, 그는 독일의 이 지역에 우뚝 솟아 있던 경탄할 만한 성들을 무너뜨렸습니다. 숲으로 덮여 있고 중세의 풍부한 생동감이 폐허로나마 살아 있는 이 경이로운 지방을 보면 누구라도 독일의 정수와 몽상 그리고 신비 신앙을 이해하게 되죠. 그렇지만 두 친구가 본에 체류한 목적은 의학의 경험을 쌓는 동시에 풍광을 즐기려는 것이었습니다. 갈로-바따브 부대와 오주로 사단의 대규모 병원은 바로 선제후의 궁전 안에 설립되어 있었어요. 그래서 최근에 초급 군의관으로 임관된 두 사람은 거기로 가서 동료들을 만나고, 상관들에게 추천장을 건네드렸으며, 자신들이 수행해야 할 직무를 파악하려고 여기저기를 둘러보았습니다.

또한 다른 곳에서도 그랬듯이 그들은 조국의 유적과 명승지에 대해서라면 유독 오랫동안 호의적인 태도를 보이는 배타적인 선입견 중 몇가지를 떨쳐버렸습니다. 선제후의 궁전을 장식하고 있는 대리석 기둥들의 모습에 놀란 그들은 독일 건축물의 웅장함에 찬사를 연발했고, 매순간 고대나 근대의 새로운 보물을 발견하곤 했지요. 때때로 두 친구는 안더나흐 쪽으로 나아가면서 길을 잃고 이리저리 떠돌았는데, 그러다가 유난히 우뚝 솟은 화강암 산봉우리로 접어들었습니다. 거기에서 그들은 들쭉날쭉한 숲과 울퉁불퉁한 바위산 사이로, 사암에 둘러싸여 있거나 가장자리에 생명력 강한 초목이 무성하게 자란 라인 강의 풍경을 언뜻언뜻 보았습니다. 계곡과 오솔길과 나무는 몽상을 자극하는 가을 향기를 발산했고, 숲의 꼭대기는 노랗게 물들거나 한 해가 끝나감을 나타내는 따뜻한 갈색 빛을 띠기 시작했으며, 나뭇잎은 떨어졌지만 하늘은 여전히 아름다운 쪽빛이었고, 바싹 마른 길은 때마침 석양의 기름한 빛을 받아, 풍경 속에서 노란 선의 모양을 이루었지요. 두 친구는 안더나흐에서 2킬로미터 정도 떨어진 곳에 이르러, 마치 이 아름다운 고장이 전쟁으로 유린되지 않은 것 같은 착각을 불러일으키는 깊은 정적 속에서, 부글거리며 흐르는 라인 강 양쪽에 자리한 높고 푸르스름한 화강암 장벽을 가로질러, 염소들의 통행을 위해 닦아놓은 길을 따라갔습니다. 이윽고 그들은 협곡의 한쪽 비탈로 내려갔는데, 협곡 안쪽의 강가에는 멋진 부두를 갖춘 작은 마을이 아담하게 자리잡고 있었지요. '독일은 정말 아름다운 나라야.' 바구니 안의 달걀들처럼 가지런하고 나무와 정원과 꽃으로 경계 지워진 안더나흐의 그림 같은 집들을 언뜻 본 순간 두 젊은이 가운데 이름이 프로스뻬르 마냥인 자가 외쳤습니다. 그러고 나서 들보가 튀어나온 뾰족한 지붕, 나무계단, 즐비한 주택들의 평온한 회랑, 선창에서 물결에 가만히 흔들리는 조각배들을 보며 한동안 감탄했습니다."
헤르만 씨가 프로스뻬르 마냥이라는 이름을 말했을 때, 납품업자는 물병을 쥐고 유리잔에 물을 따라 단숨에 들이켰다. 이 동작이 내 관심을 끌었고, 그래서 나는 이 자본가를 유심히 살폈는데, 그는 두 손을 가볍게 떨고 이마가 땀으로 촉촉해지는 것 같았다.
"저 전직 납품업자는 이름이 어떻게 되죠?" 내가 옆자리에 있는 지나치게 관대한 여자에게 물었다.
"따이유페르예요." 그녀가 내게 대답했다. "몸이 불편하세요?" 이 특이한 인물의 얼굴이 창백해지는 것을 본 내가 그에게 짐짓 큰 소리로 말했다.
"전혀 그렇지 않습니다." 그가 예의를 갖추는 몸짓으로 나에게 감사를 표하면서 말했다. "말씀하세요." 그가 손님들에게 고갯짓을 하면서 덧붙이자, 한순간 모두가 그를 바라보았다.
"다른 젊은이의 이름은 잊어버렸어요." 헤르만 씨가 말했다. "다만 프로스뻬르 마냥이 저에게 털어놓은 속내에 따르면, 그의 동료는 갈색 머리에 꽤 수척하지만 쾌활한 사람이었답니다. 허락하신다면, 이 이야기가 좀더 명료하게끔, 그를 빌렘이라 부르겠습니다."
사람 좋은 이 독일인은 프랑스의 초급 군의관에게 이처럼 낭만적이지도 않고 지방색에도 걸맞지 않은 게르만 이름을 붙인 후에 이야기를 계속했다.
"그러니까 두 젊은이가 안더나흐에 도착했을 때는 밤이 이슥했어요. 상관들을 찾아가서 부임신고를 하고 이미 병사들로 가득한 도시에서 숙소를 지정받노라면 많은 시간을 허비할 것이라고 생각한 그들은 안더나흐에서 백여 걸음 떨어진 곳에 위치한 한 여인숙에서 마지막으로 자유로운 밤을 보내기로 했습니다. 그들은 바위산 꼭대기에서 이미,

석양을 받아 더욱 돋보인 이 여인숙의 다채로운 색채에 감탄했기 때문이죠. 온통 붉은색으로 칠해진 이 여인숙은 도시의 전체적인 분위기와는 동떨어져 보이는데다, 넓은 자주색 커튼이 갖가지 푸른 잎과 대조를 이루고 발랄한 색채는 강물의 잿빛 색조와 대조되어서, 풍경과 대비되어 짜릿한 인상을 주었지요. 이 건물의 이름은 설립자의 변덕 때문에 아마 먼 옛날부터 이 건물에 억지로 덧씌워져 있었을 외부 장식에서 유래했어요. 라인 강의 뱃사람들 사이에서 명성이 높은 이 숙박업소의 수차례 바뀐 소유주들이 상업적 미신 때문에 외관을 세심하게 보존했던 것인데, 그들 입장에서는 그럴 만했죠. 붉은 여인숙의 주인이 말발굽 소리를 듣고는 정문의 문턱까지 나와 소리 높여 말했어요. '하느님께 맹세코, 신사 양반들, 조금만 더 늦었더라면, 안더나흐의 저쪽에서 야영하는 당신들의 동향인들처럼 총총한 별 아래에서 잠을 자야 했을 것입니다. 저희 여인숙도 방이 다 나갔어요! 꼭 멋진 침대에서 주무시고 싶다면, 제 침실을 제공할 수밖에 없겠는데요. 말들은 어떻게 한담…… 안마당 구석에 건초더미를 깔아놓으면 되겠지 뭐. 오늘은 마구간이 기독교 신자들로 가득하니까.' '신사 양반들은 프랑스에서 오는 길입니까?' 그가 잠시 뜸을 들이고 나서 말을 이었습니다. '본에서요.' 프로스뻬르가 외쳤어요. '그런데 우리는 오늘 아침부터 지금껏 아무것도 못 먹었소.' '오! 식사 문제라!' 여인숙 주인이 고개를 끄덕이며 말했습니다. '사방으로 십리 밖에서도 붉은 여인숙으로 흥청대러 온답니다. 라인 강의 물고기로 진수성찬을 차려드리겠어요! 더이상 말할 필요가 없다니까요.' 초급 군의관들은 공연히 하인들을 부르는 주인의 배려에 지친 말들을 맡기고 나서 여인숙의 공동거실로 들어갔습니다. 흡연자들이 잔뜩 모여 내뿜는 짙고 희끄무레한 연기 때문에 그들은 함께 자리하게 될 사람들을 첫눈에 구별할 수 없었지만, 소란을 떨어봐야 소용없음을 알아차린 달관한 여행자인 그들은 실속있게 인내심을 발휘하여 식탁 근처에 앉았고, 담배연기를 가로질러 독일 여인숙에 꼭 있게 마련인 부속품들, 즉, 난로, 괘종시계, 탁자들, 맥주잔들, 긴 담뱃대들, 여기저기 앉아 있는 유대인과 독일인 들의 너저분한 모습, 몇몇 뱃사람의 투박한 얼굴을 차츰 알아보게 되었습니다. 프랑스 장교들의 견장이 이런 연기 속에서 반짝였고, 박차와 군도가 달가닥거리는 소리가 포석을 깐 바닥 위에서 끊임없이 울렸어요. 어떤 이들은 카드놀이를 하고 있었고, 또 어떤 이들은 말다툼을 하거나 가만히 있었고, 먹거나 마셔댔으며, 이리저리 옮겨다니기도 했습니다. 검은 벨벳 모자, 은색 바탕의 파란 조끼, 실꾸리, 열쇠꾸러미, 은 브로치, 땋은 머리로 독일 여인숙 여주인 특유의 모습을 하고, 게다가 많은 날염으로 너무 정확하게 채색되어 이루 말할 수 없이 통속적인 옷을 입은 땅딸막한 여자, 그러니까 이 여인숙의 안주인은 아주 능숙한 솜씨로 두 친구를 참고 기다리게 만들기도 하고 짜증나게 만들기도 했어요. 서서히 소음이 줄어들더니, 여행자들이 자리를 떴고, 자욱하던 담배연기가 사라져갔습니다. 두 초급 군의관에게 식탁이 차려지고 라인 강의 정통 잉어요리가 나왔을 때, 시계가 열한시를 쳤고, 거실은 텅텅 비었습니다. 밤의 정적 속에서 말들이 사료를 먹거나 앞발로 땅을 걷어차는 소리, 라인 강의 출렁거리는 물소리, 각자 잠자리에 들 때에 만원 여인숙을 들뜨게 하는 야릇한 술렁거림이 들려왔어요. 출입문과 창문이 여닫혔고, 어렴풋한 말소리가 새어나왔으며, 침실에서는 갑자기 종업원을 부르는 목소리가 울렸습니다. 이 고요와 소란의 시간에, 안더나흐, 식사, 자기가 내놓은 라인 강 포도주, 공화국 군대, 아내를 칭찬하기에 골몰한 주인과 그런 말을 나름대로 흥미롭게 듣고 있는 두 프랑스인에게 몇몇 뱃사람의 쉰 고함소리와 배가 선창에 닿는 미미한 소리가 아련히 들려왔습니다. 아마 강에서 도선업자들이 뭔가를 물어볼 때 내는 걸걸한 목소리에 익숙해져 있었을 여인숙 주인은 황급히 나갔다가 오래지 않아 돌아왔습니다. 그는 키가 작고 뚱뚱한 남자를 데리고 왔는데, 이들 뒤로는 뱃사람 둘이 무거운 가방 하나와 봇짐 몇 덩어리를 들고 따라왔습니다. 작달막한 남자는 자기 짐이 거실에 놓이자, 손수 가방을 자기 옆으로 옮기고 나서, 두 초급 군의관 앞의 식탁에 아무렇게나 앉았습니다. '여인숙이 꽉 찼으니 배에 가서 자게.' 그가 뱃사람들에게 말했습니다. '잘 생각해보니, 그게 더 나을 듯하군.' '손님, 먹을 거라고는 이것밖에 없는데요.' 주인이 새로 도착한 사람에게 말했습니다. 그러고 나서 두 프랑스인에게 내놓은 밤참을 보여주었죠. '빵 부스러기, 뼈 한 조각 없습니다요.' '양배추절임은?' '제 아내의 골무에 들어갈 만큼도 없는데요! 죄송한 말씀이지만, 지금 앉아 계시는 의자에서 주무셔야겠습니다. 이 거실 말고 다른 방은 없습니다.' 이 말에 키 작은 남자는 조심성과 두려움을 동시에 드러내며 주인과 거실 그리고 두 프랑스인을 둘러보았습니다.

여기서 여러분께 환기해드려야 할 점이 있는데요, 그것은 우리가 이 낯선 사람의 진짜 이름도 내력도 알지 못했다는 것입니다. 다만 그의 신분증명서에 따르면, 그는 엑스-라-샤뻴 출신이었고, 발헨퍼라는 이름을 사용했으며, 노이비트 부근에 제법 규모가 큰 장식 핀 공장을 소유하고 있었어요. 이 나라의 모든 제조업자가 다 그렇듯이, 그도 평범한 나사(羅紗) 프록코트에다 진한 녹색의 벨벳 반바지와 조끼를 입고, 가죽 장화를 신고 폭이 넓은 벨트를 매고 있었습니다. 그는 둥글둥글한 얼굴에다 솔직하고 다정한 태도를 지니고 있었습니다만, 그날 저녁에는 남모를 근심이나 어쩌면 쓰라린 걱정이 있는 모양으로, 그것을 완전히 감추기란 그로서도 매우 어려운 일이었나봅니다. 여인숙 주인의 변함없는 견해는 이 독일 무역상이 그의 조국으로부터 도피중이었다는 것이니까요. 나중에 저는 그의 공장이 전시에는 그토록 빈번히 일어나는 우연한 사고로 인해 불행히도 불타버렸다는 사실을 알게 되었지요. 그는 전반적으로 걱정스러워하는 표정인데도, 얼굴 생김새로 보아 상당한 호인임이 분명했습니다. 이목구비가 뚜렷했고, 특히 하얗고 굵은 목이 검은 넥타이로 인해 너무나 돋보여서, 빌렘은 프로스뻬르에게 그의 목을 좀 보라고 빈정거릴 정도였어요……"

이 대목에서 따이유페르 씨는 물을 한잔 마셨다.

"프로스뻬르는 무역상에게 밤참을 함께 들자고 정중하게 제의했고, 발헨퍼는 이러한 예의바른 태도에는 마땅히 고마움을 표할 수 있어야 한다고 느끼는 사람답게 허물없이 수락했습니다. 그는 자신의 가방을 바닥에 누이고는 그 위에 발을 올려놓았고, 모자를 벗은 다음 식탁에 앉았으며, 장갑을 벗어서 벨트에 차고 있던 권총 두 정과 함께 내려놓았습니다. 주인이 재빨리 그에게 식사도구를 내주었으므로, 세 손님은 비교적 조용히 주린 배를 채우기 시작했습니다. 거실이 너무 덥고 파리가 너무 많아서, 프로스뻬르는 주인에게 출입구로 통해 있는 십자형 유리창을 열어 환기를 시켜달라고 부탁했습니다. 이 창문은 쇠막대로 굳게 가로질려 있었는데, 쇠막대는 양 끝이 창틀의 두 구석에 뚫린 구멍 속에 들어가 있었어요. 더욱 안전을 기하기 위해서인 듯, 겉창마다 고정된 암나사 두 개에 수나사가 끼워져 있었지요. 우연히 프로스뻬르는 주인이 창문을 어떻게 여는지 눈여겨보았습니다.

참, 장소에 관한 말이 나온 김에, 여인숙의 내부 배치를 묘사해야겠네요." 헤르만 씨가 우리에게 말했다. "왜냐하면 이 이야기의 재미는 현장을 정확히 아는 데 달려 있기 때문이죠. 제가 여러분께 말씀드리고 있는 세 인물은 거실에 모여 있었는데, 거실은 출구가 두 군데입니다. 하나는 라인 강 가장자리를 따라 뻗어 있는 안더나흐 길 쪽으로 나 있었습니다. 거기, 여인숙 앞에는 당연히 작은 선창이 있고, 무역상이 여행을 위해 빌린 배는 바로 그곳에 정박해 있었지요. 다른 출구는 여인숙 안마당으로 통해 있었습니다. 이 안마당은 매우 높은 담으로 둘러싸여 있었고, 그날따라 마구간까지 사람들이 가득 차 있었으므로, 안마당도 역시 가축과 말로 꽉 차 있었습니다. 이 커다란 문은 조금 전에 매우 철저히 단속한 상태였고, 그래서 조금 전에 주인은 무역상과 뱃사람들을 좀더 빨리 여인숙 안으로 데려오려고 길 쪽으로 난 출입구를 이용했던 것이죠. 그는 프로스뻬르 마냥의 바람에 따라 창문을 열었다가, 그 문을 닫기 시작했는데, 어떻게 하는고 하니, 빗장들을 구멍 안으로 밀어넣고 암나사를 조이는 것이었습니다. 두 초급 군의관이 자게 되어 있는 주인의 침실은 공동거실과 맞붙어 있었고, 그다지 두껍지 않은 벽으로 부엌과 분리되어 있었는데, 여주인과 그녀의 남편은 아마 이 부엌에서 밤을 보내게 되어 있었을 것입니다. 하녀는 조금 전에 여물통 안이나 다락방 구석 또는 다른 어디론가 잠자리를 찾으러 나갔습니다. 공동거실과 주인의 침실 그리고 부엌이 여인숙의 나머지 부분과 떨어져 있어 말하자면 고립되어 있다는 것을 알아차리기란 어렵지 않았습니다. 안마당에 있는 큰 개 두 마리는 낮게 으르렁거리는 소리로 보아 경계를 게을리하지 않는 매우 성마른 보초임에 틀림없었습니다. '정말 고요하고 아름다운 밤이군!' 주인이 문단속을 마쳤을 때, 빌렘이 하늘을 쳐다보면서 말했습니다. 그때 들려오는 것이라고는 강물이 찰랑거리는 소리뿐이었어요. '장교 양반들, 당신들의 잉어요리에 곁들일 포도주 몇병을 내가 내고 싶군요.' 무역상이 두 프랑스인에게 말했습니다. '술로 하루의 피로를 풀어봅시다. 기색과 옷차림으로 보아, 당신들도 나처럼 오늘 오래도록 여행한 것 같군요.' 두 친구는 수

락했고, 주인은 부엌 출입문을 통해, 아마 건물의 이 부분 바로 아래에 위치해 있을 지하 저장고로 갔습니다. 여인숙 주인이 오래 묵은 포도주 다섯 병을 가져와 식탁 위에 놓았을 때, 그의 아내는 음식 차리기를 끝낸 상태였어요. 그녀는 안주인으로서 거실과 요리에 눈길을 던졌고, 여행자들의 모든 요구사항을 미리 알아서 챙겨주었다고 확신하고는 부엌으로 돌아갔습니다. 주인이 합석하여 네 명이 된 그들은 그녀가 자는 소리를 듣지 못했지만, 나중에 술꾼들의 한담이 멈추었다가 다시 이어지는 사이로 침묵이 흐를 때마다, 그녀가 몸을 웅크리고 들어간 고미다락의 오목한 판자들로 인해 코 고는 소리가 아주 크게 들려왔고, 이 소리에 젊은 친구들과 특히 주인이 미소를 지었지요. 자정 무렵, 식탁 위에 과자, 치즈, 말린 과일, 고급 포도주만이 남았을 때, 손님들, 주로 두 프랑스 젊은이는 서로 마음을 터놓게 되었습니다. 그들은 조국, 학업, 전쟁에 관해 이야기를 나누었습니다. 마침내 대화는 활기를 띠었지요. 프로스뻬르 마냥은 삐까르디 사람다운 솔직함과 선량하고 다감한 사람이 지닌 순진함을 내보이면서, 자신이 라인 강 연안에 있는 이때, 어머니는 무엇을 하고 계실까, 하고 생각했는데, 그러자 도피중인 무역상의 눈에 눈물이 약간 맺혔습니다. '잠자리에 드시기 전에 저녁기도문을 읽으시는 모습이 눈에 선하네요!' 그가 말했습니다. '날 잊지 않으신 게 분명하고, 틀림없이 가엾은 프로스뻬르는 어디 있을까? 하고 자문하실 거예요. 하지만 이웃집 여자와—어쩌면 자네 어머니일지도 몰라,' 그가 빌렘의 팔꿈치를 밀면서 덧붙였습니다. '이웃집 여자와 게임을 해서 몇푼 따신다면, 레쥬빌의 그리 넓지 않은 당신 소유지 안으로 움푹 들어와 있는 토지 30아르빵을 구입하는 데 필요한 돈을 모으려고 그걸 커다란 황토 항아리에 넣어두실 거예요. 그 땅 30아르빵은 대략 잡아도 6만 프랑의 가치가 나갈 겁니다. 훌륭한 초원이죠. 아! 언젠가 그곳을 소유한다면, 평생 레슈빌에서 욕심 없이 살겠어요! 아버지께서도 그 땅과 거기에 구불구불 흐르는 멋진 개울을 정말 탐내셨어요! 결국 아버지께서는 그곳을 구입하지 못하고 돌아가셨죠. 저는 그곳에서 종종 뛰놀았지요!' '발헨퍼 씨, 당신도 '소원했던 대상'(hoc erat in votis. '이것은 내 소원의 대상이었다'라는 뜻의 라틴어 문장으로 호라티우스가 한 말)이 있지 않나요?' 빌렘이 물었다. '예, 군의관 양반, 있고말고요! 하지만 그건 이미 지난 일이고, 지금은……' 이 호인은 말을 얼버무리고 침묵을 지켰어요. '저는요, 십년 전부터 탐내던 포도밭을 지난해에 사들였습니다.' 주인이 살짝 붉어진 얼굴로 말했습니다. 그들은 이처럼 포도주로 인해 혀가 풀린 사람들답게 수다를 떨었고, 서로에 대해 일시적으로 우정을 품었는데, 여행중에는 그러한 우정에 인색하지 않은 법이지요. 그래서 잠자리에 들 시간이 되자, 빌렘은 자기 침대를 무역상에게 내어줬습니다. '난 프로스뻬르와 함께 자면 되니까, 그렇게 하세요.' 빌렘이 무역상에게 말했습니다. '앞으로도 당연히 이렇게 해야겠죠. 당신은 우리보다 연장자이고, 우리는 노인을 공경해야 하잖아요.' '그렇고말고요!' 주인이 말했습니다. '제 아내의 침대에는 매트리스가 여러 개 있으니까요, 그중 하나를 바닥에 깔면 될 겁니다.' 그러고는 십자형 유리창을 닫으러 갔고, 뒤이어 그 신중한 작업에 뒤따르는 소음이 들렸습니다. '그럽시다.' 무역상이 말했습니다. '사실은 바라고 있던 바요.' 그가 두 친구를 바라보면서 목소리를 낮춰 덧붙였습니다. '내 도선업자들이 수상해 보였소. 오늘밤 친절하고 선량한 두 젊은이, 두 프랑스 군인과 함께 있게 되어 여간 만족스럽지 않소! 내 가방에는 금과 다이아몬드 10만 프랑어치가 들어 있단 말이오!' 이 경솔한 속내 이야기에 두 젊은이는 애정어린 조심성을 내보였고, 그들의 이러한 반응은 사람 좋은 독일인을 안심시켰습니다. 주인은 침구 하나를 이리저리 나누는 데 손을 보탰어요. 그러고 나서 모든 것이 최선의 상태로 정리되자, 나그네들에게 인사를 하고는 자러 갔습니다. 무역상과 두 초급 군의관은 베개의 특성에 대해 농담을 했습니다. 발헨퍼가 지나친 조심성을 보이며 자신의 가방을 침대의 머리맡에 밀어놓았을 때, 프로스뻬르는 자신과 빌렘의 의료기 상자를 긴 베개 대용으로 삼기 위해 매트리스 밑으로 밀어넣었습니다. '우리는 각자 자기 재산 위에서 잠들겠군요. 당신은 황금 위에서, 나는 의료기 상자 위에서! 내가 의료 도구로 당신이 획득한 황금만큼 벌 수 있을지는 두고 봐야겠지만 말입니다.' '충분히 그럴 수 있을 게요.' 무역상이 말했습니다. '노동과 성실은 모든 것을 이겨내지요. 하지만 조급해하지는 마시오.' 이윽고 발헨퍼와 빌렘은 잠이 들었습니다. 침대가 너무 딱딱해서인지, 극도의 피로가 불면을 초래해서인지, 아니면 떨칠 수 없는 어떤 기분 탓인지, 프로스뻬르 마냥은 여전히 깨어 있었습니다. 그의 생각은 서서히 사악한 쪽으로 변해갔어요. 그는 잠든 무역상의 침대맡에 놓여 있는 10만 프랑을 거의 외곬으로 생각했어요. 그에게 이 10만 프랑은 온전히 자기 손에 들어온 막대한 재산이었죠. 잠들기 전에는 모두가 그토록 행복감에 젖어 온갖 상상을 다 하듯이, 그는 황당무계한 계획을 세우는 등 수많은 방식으로 10만 프랑을 쓰는 것으로 상상을 시작했습니다. 그는 자기 어머니의 소원을 들어주고, 30아르빵의 초원을 사들이고, 당시에는 재산 정도가 걸맞지 않아 감히 넘볼 수조차 없던 보베의 한 아가씨와 결혼했습니다. 그는 이 돈으로 온전한 열락의 삶을 설계하고는, 자신이 행복하고 부유하며 자기 고장에서 존경받는 가장(家長), 어쩌면 보베의 시장이라고 상상했습니다. 그는 삐까르디 사람답게 머리에 열이 오르자, 상상을 현실로 변화시킬 궁리에 몰두했습니다. 그는 비상한 열의를 보이며 이론상으로 범죄를 계획했습니다.

그는 무역상의 죽음을 공상하면서, 황금과 다이몬드를 똑똑히 보았습니다. 황금과 다이아몬드로 인해 눈이 부셨습니다. 가슴이 두근거렸습니다. 아마 그 숙고가 이미 범죄였을 것입니다. 이 금덩어리에 홀린 그는 마음속으로 살인의 추론에 도취했습니다. 그는 이 가련한 독일인을 살려둘 필요가 있을까 하고 자문했고, 그가 아예 존재하지 않았다고 생각하게 되었습니다. 요컨대 그는 완전범죄를 구상했습니다. 라인 강의 저쪽 연안은 오스트리아 군대가 점거하고 있었고, 창문 아래에는 조각배 한 척과 도선업자들이 있었으며, 그는 이 남자의 목을 잘라 라인 강에 던져버리고는, 가방을 들고 십자형 유리창을 통해 달아나, 뱃사람들에게 금을 주겠다고 제의하여, 오스트리아로 사라질 수 있었습니다. 그는 자신의 제물이 비명 한마디 지르지 않게끔 머리를 절단하기 위해, 외과 도구들을 쓰면서 터득한 솜씨가 어느 정도나 되는지를 계산하기까지 했습니다……"

바로 그때 따이유페르 씨는 이마를 닦고 또다시 물을 조금 마셨다.

"프로스뻬르는 천천히 아무런 소리도 내지 않고 일어났습니다. 아무도 깨지 않았다고 확신한 그는 옷을 입고 공동거실로 가서, 인간이 자기 속에서 발견하는 치명적인 지능, 계획을 수행할 때 죄수에게도 범죄자에게도 없어서는 안되는 강력한 의지와 재간을 발휘하여, 쇠막대들의 나사를 풀고, 아주 작은 소리도 내지 않으면서 쇠막대를 구멍에서 빼내어 벽 근처에 내려놓았으며, 삐걱거리는 소리를 줄이기 위해 경첩을 힘주어 누르면서 겉창을 열었습니다. 파리한 달빛이 이 현장을 비추고 있었기에, 그는 빌렘과 발헨퍼가 잠자고 있는 방의 물건들을 희미하게 볼 수 있었습니다. 그가 제게 말하길 거기서 한순간 멈칫했답니다. 심장이 너무 세게 뛰고 그 소리가 너무도 격렬하고 울려퍼지는 듯해서, 그는 거의 공포에 사로잡힐 지경이었습니다. 그러자 곧장 냉정하게 행동할 수 없을까봐 두려웠습니다. 손이 떨리고, 불타는 석탄을 밟고 있는 듯했습니다. 하지만 계획을 실현시키면 그토록 바라던 행복이 뒤따를 것이기에, 그는 이 운명의 호의를 일종의 필연이라고 여겼지요. 그는 창문을 열고 침실로 돌아와서는, 의료기 상자를 꺼내 범죄를 실행에 옮기기에 적합한 도구를 찾았습니다. '나는 침대에 다가갔을 때, 기계적으로 신의 가호가 있기를 빌었어요.' 그가 제게 말했습니다. 그는 온 힘을 모아 팔을 들어올리는 순간, 마음속에서 목소리를 들었고 언뜻 빛을 본 듯했습니다. 그는 침대 위로 도구를 내던지고 달아나 창가에 서게 되었습니다. 거기에서 그는 자기 자신에 대한 가장 깊은 공포를 느꼈는데, 그 와중에서 자신의 미약한 덕성을 의식하고는 자신이 휩싸였던 유혹에 또다시 굴복할까봐 두려운 나머지 길 쪽으로 급히 뛰어내려, 이를테면 여인숙의 보초를 서는 것처럼 라인 강을 따라 걸었습니다. 그는 빠른 걸음으로 안더나흐에 이르렀고, 또 여인숙으로 가기 위해 내려왔던 비탈까지 가기도 했는데, 밤의 정적이 너무나 깊었고 집 지키는 개들을 너무 믿었기 때문에, 자신이 열어놓은 창문을 시야에서 놓쳤습니다. 그의 목적은 스스로 싫증을 내고 잠을 부르는 것이었습니다. 그렇지만 그는 이처럼 구름 한점 없는 하늘 아래에서 걸으면서, 아름다운 별들에 경탄하면서, 어쩌면 밤의 맑은 공기와 철썩대는 강 물결의 우수어린 소리에 사로잡히기도 하면서, 몽상에 잠겼고 점차 건전하고 도덕적인 생각으로 이끌렸습니다. 이성은 마침내 그의 순간적인 광란을 완전히 몰아냈습니다. 그가 받은 교육과 종교적 가르침 그리고 특히, 그가 제게 말하길, 온정이 넘치는 집에서 여태까지 영위한 검소한 삶의 이미지가 그의 사악한 생각들을 물리쳤습니다. 그는 라인 강가에서 오랫동안 깊이 잠겼던 명상에서 깨어나 돌아가면, 제게 말하길, 잠을 자지 않고 엄청난 금 곁에서 밤샘을 할 수도 있을 것이라고 생각했답니다. 이 투쟁으로부터 그의 성실성이 당당하고 강한 상태로 회복되었을 때, 그는 황홀과 행복감에 휩싸여 무릎을 꿇고 신에게 감사했으며, 말로도 행위로도 생각으로도 죄를 짓지 않고 하루를 보내어 스스로 천사들과 어울릴 만하다고 생각하던 첫 영성체의 날처럼 행복하고 유쾌했으며 기뻤습니다. 그는 여인숙으로 돌아와 소리가 날까 두려워하지도 않고 창문을 닫고는 당장 침대에 누웠습니다. 그는 정신적으로도 육체적으로도 지쳤기 때문에 몰려오는 잠에 저항할 수가 없었습니다. 그는 매트리스 위에 머리를 얹고 나서 얼마 지나지 않아, 깊은 잠에 앞서 으레 나타나게 마련인 환상적인 반수면상태 속으로 떨어졌습니다. 그럴 때는 감각이 둔해지고 점차 생기가 사라지며 사유가 불완전할뿐더러, 감각의 마지막 동요가 일종의 몽상 같아 보이죠. '공기가 무척 갑갑하구나.' 프로스뻬르가 속으로 말했어요. '축축한 안개를 들이마시는 것 같군.' 그는 스스로 공기의 이러한 인상을 방안의 기온과 시골의 맑은 공기 사이에 있게 마련인 온도 차이 탓이라고 막연하게 이해했습니다. 하지만 그는 이윽고 샘의 대롱에서 물방울이 떨어질 때 나는 소리와 상당히 흡사한 주기적인 어떤 소리를 들었습니다. 갑작스럽고도 강한 공포에 오싹해진 그는 자리에서 일어나 주인을 부르고 무역상이나 빌렘을 깨우고자 했지만, 불운하게도 그때 목재 괘종시계가 생각났고, 시계추가 움직이는 것이려니 하고는 이 불분명하고 혼란스러운 지각 속에서 잠이 들었습니다."

"물 드릴까요, 따이유페르 씨?" 집주인이 무의식적으로 물병을 잡는 전직 납품업자를 보고는 말했다.

물병은 비어 있었다.

헤르만 씨는 납품업자를 바라보느라 잠시 중단한 이야기를 다시 이어 나갔다.

“이튿날 아침, 프로스뻬르 마냥은 매우 시끄러운 소리 때문에 잠에서 깼습니다. 날카로운 비명이 들려온 것 같았고, 우리도 잠들 때 시작되었던 고통스러운 감각을 잠이 깨면서 다시 느낄 때면 섬뜩하잖아요, 그런 격렬한 전율이 그의 온 신경을 타고 퍼져나갔습니다. 그럴 때 우리에게는 하나의 생리현상이 나타나는데, 통속적인 표현을 사용하자면, 그것은 소스라침이라는 것으로, 과학의 관점에서는 신기한 현상인데도 아직 충분히 관찰되지 않았어요. 아마 자는 동안에는 거의 언제나 분리되어 있는 우리의 두 가지 본성이 너무 급작스럽게 합쳐지기 때문에 일어나는 이 견디기 힘든 불안증은 보통 순식간에 왔다가 사라지는 법인데, 불쌍한 초급 군의관이 자신의 매트리스와 발헨퍼의 침대 사이에서 흥건한 피의 늪을 갑자기 발견했을 때는, 그 불안증이 지속되었고 심지어 느닷없이 고조되었으며 극도로 역겨운 소름을 돋게 했습니다. 불쌍한 독일인의 머리는 바닥에 떨어져 있었고, 몸통은 침대에 그대로 놓여 있었습니다. 목에서 피가 완전히 분출했던 것이죠. 프로스뻬르 마냥은 아직 뜨고 있는 고정된 눈, 자신의 침대 씨트와 두 손을 물들인 피를 보고, 침대 위에 놓여 있는 자신의 외과 도구를 알아보고는, 의식을 잃고서 발헨퍼의 피가 흥건한 바닥으로 쓰러졌습니다. ‘그것은 이미 내가 했던 생각에 대한 벌이었어요.’ 그가 제게 말했지요. 그는 의식을 되찾았을 때, 공동거실에 있었어요. 의자에 앉은 그를 프랑스 병사들이 에워싸고 있었고, 벌써 많은 사람이 몰려와 호기심 어린 눈으로 그를 주의 깊게 바라보고 있었습니다. 몇몇 증인의 진술을 기록하고 조서를 작성하는 데 몰두해 있는 듯한 한 공화국 장교를 그는 멍하니 쳐다보았습니다. 그는 여인숙 주인, 안주인, 하녀, 두 뱃사람을 알아보았습니다. 살인자가 사용한 외과 도구는……”

이 대목에서 따이유페르 씨는 기침을 하더니, 주머니에서 손수건을 꺼내 코를 풀고 이마를 닦았다. 그의 동작은 꽤나 자연스러워서 나만 주목했을 뿐, 손님들은 헤르만 씨에게 시선을 고정시킨 채 게걸스레 귀를 기울이고 있었다. 납품업자는 식탁에 팔꿈치를 갖다대고, 오른손으로 머리를 받치고는 헤르만 씨를 뚫어져라 바라보았다. 그때부터 그는 어떠한 마음의 동요나 관심도 전혀 드러내지 않았지만, 그의 얼굴은 그가 물병 마개를 쳐다보았을 때처럼 여전히 생각에 잠긴 듯한 표정이었고 흙빛이었다.

"살인자가 사용한 외과 도구는 프로스뻬르의 의료기 상자, 지갑, 서류와 함께 탁자 위에 놓여 있었습니다. 모여든 사람들의 시선은 이 증거물들과 젊은이에게로 번갈아 향했는데, 젊은이는 죽어가는 것처럼 보였고, 눈에 광채가 없었으며, 아무것도 보고 있지 않는 듯했습니다. 밖에서 들려오는 어수선하고 떠들썩한 소리로 보아 사람들이 범죄의 소문을 듣고 살인자가 누구인지 알고 싶은 욕망에 이끌려 여인숙 앞에 몰려와 있었던 거죠. 거실의 창문 아래에 배치된 초병의 발소리와 소총의 덜거덕거리는 소리가 군중의 소곤거리는 대화보다 더 크게 들렸지만, 여인숙은 닫혀 있었고 텅 빈 안마당은 고요했습니다. 조서를 작성하는 장교의 시선을 견뎌낼 수 없었던 프로스뻬르 마냥은 누군가가 자기 손을 꽉 쥐는 느낌이 들었고, 이 적대적인 무리 중에서 자신의 보호자가 누구인지 보려고 눈을 들었습니다. 그는 안더나흐에 숙영하는 연대의 외과전문 군의를 제복으로 알아보았습니다. 이 남자의 눈초리 역시 너무나 날카롭고 준엄해서 불쌍한 젊은이는 몸을 떨었고, 의자의 등 쪽으로 스르르 머리를 떨어뜨렸습니다. 한 병사가 그에게 각성제를 맡게 하여 그는 곧 의식을 되찾았습니다. 그렇지만 얼빠진 눈은 어찌나 생기가 없고 멍해 보였던지, 외과전문 군의는 프로스뻬르의 맥박을 짚어보더니 장교에게 말했습니다. '대위님, 지금 이 사람을 심문하는 것은 불가능합니다.' '그렇겠군! 그를 연행해.' 대위가 외과전문 군의의 말을 끊고 초급 군의관 뒤에 서 있는 하사에게 명령했습니다. '빌어먹을 겁쟁이 같으니, 공화국의 명예를 지키려면 적어도 저 부산스러운 독일인들 앞에서는 꼿꼿하게 걷도록 해.' 병사가 낮은 목소리로 그에게 말했어요. 이 갑작스러운 질책에 프로스뻬르는 기운을 차리고는 의자에서 일어나 몇걸음 걸었지만, 문이 열리고 바깥의 찬 공기가 얼굴에 닿으면서, 군중이 밀려들어오는 것을 보자마자 힘이 쑥 빠지고 무릎이 구부러져 비틀거렸습니다. '이 빌어먹을 의대생 같으니, 넌 두 번 죽어 마땅해! 자, 걸으란 말이야!' 양쪽에서 그의 팔을 부축한 두 병사가 말했습니다. '오! 겁쟁이! 겁쟁이! 이자다! 바로 이자야! 나온다! 나와!' 이런 말이 그에게는 욕설을 퍼부으면서 따라오는 군중의 소란스러운 목소리와 한목소리가 되어 들려오는 듯했고, 이 소리는 그가 앞으로 걸어나갈수록 커졌습니다. 여인숙에서 감옥으로 가는 도중에, 군중과 병사들이 걸으면서 내는 떠들썩한 소리, 온갖 사람들이 토론하는 목소리, 맑은 하늘과 신선한 공기, 안더나흐의 광경, 라인 강의 찰랑거리는 물소리, 이런 인상들은 그가 잠에서 깨어나고부터 맛본 모든 감각처럼 초급 군의관의 영혼에 어렴풋이, 희미하게, 흐릿하게 감지되었습니다. 때때로 그는 제게 말하길, 자기 자신이 더이상 존재하지 않는 것 같은 느낌이 들었답니다."

"당시에 저는 투옥되어 있었습니다." 헤르만 씨가 이야기를 중단하고 말했다. "우리 모두가 스무살 때는 다 그렇듯이 쉽게 열광하는 성격이었던 저는 조국을 지키고자 했고, 안더나흐 인근에서 조직한 의용군 중대를 지휘했죠. 며칠 전 저는 한밤중에 8백명으로 구성된 프랑스 분견대의 포위망에 걸려들었어요. 우리는 기껏해야 2백명이었습니다. 적의 첩자들이 저를 팔아넘겼던 것이죠. 저는 안더나흐의 감옥에 갇혔습니다. 저는 독일을 협박하기 위한 본보기로 총살당할 예정이었습니다. 프랑스인들은 또한 보복에 관해 말했습니다만, 공화주의자들이 복수를 하려 한 선제후 영지에서의 살인 사건은 실제로는 일어나지 않았던 것입니다. 제 아버님은 사흘의 집행유예를 얻어내셔서 오주로 장군에게 저를 사면해달라고 요청하러 갔는데, 오주로 장군은 제 아버님의 청원을 들어주었습니다. 그래서 저는 프로스뻬르 마냥이 안더나흐의 감옥에 수감될 때 그를 볼 수 있었는데, 그의 모습은 저에게 깊은 연민을 불러일으켰습니다. 그는 창백하고 초췌했으며 온통 피범벅이었는데도, 그 천진하고 순수한 얼굴 표정은 저에게 깊은 감명을 주었습니다. 제가 보기에, 그의 긴 금발과 파란 눈에는 독일이 살아 숨쉬는 듯했어요. 저에게 그는 살인자가 아니라 희생자, 말하자면 스러져가는 제 조국의 진정한 이미지로 보였지요. 그는 제 감방의 창문 아래로 지나갈 때, 순간적으로 이성의 빛을 되찾은 정신병자처럼 씁쓸하고 침울한 미소를 어디론가 던졌습니다. 그의 미소는 확실히 살인자의 것이 아니었습니다. 저는 간수에게 새로 온 죄수에 관해 물었어요. '독방에 갇히고부터 말이 없어. 자리에 앉아서, 두 손으로 얼굴을 감싸고는, 잠을 자거나 자신의 일을 숙고할 뿐이야. 프랑스인들의 말에 따르면, 내일 아침에 호된 대가를 치를 거라는데, 스물네 시간이 지나면 총살당할 거야.' 저녁에 저는 감옥의 안마당에서 산책하는 짧은 자유시간 동안 그 죄수의 창문 아래로 가서 그와 이야기를 나누었는데, 그는 저의 갖가지 물음에 제법 정확히 대답하면서, 자신이 겪은 일을 제게 꾸밈없이 말해주었습니다. 이 첫번째 대화 이후로 저는 그의 결백을 더이상 의심하지 않았습니다. 저는 몇시간 동안만 그와 함께 있게 해달라고 요청하여 승낙을 받았습니다. 그러니까 저는 그를 여러 차례 만나보았고, 그 불쌍한 젊은이는 자신의 생각을 제게 기탄없이 털어놓았습니다. 그는 자신이 결백하며 동시에 유죄라고 생각했어요. 끝까지 넘어가지 않았던 끔찍한 유혹을 떠올리면서, 깨어 있을 때 공상한 범죄를 혹시라도 잠자는 동안 몽유병의 발작으로 실행한 것은 아닐까 하고 두려워했어요. '그런데 당신의 동료는?' 제가 그에게 말했지요. '오! 빌렘은 그런 짓을 저지를 사람이 아닙니다……' 그가 흥분하여 외쳤습니다. 그는 말을 온전히 끝맺지도 못했어요. 젊은 기운과 미덕으로 가득한 이 열렬한 말에 저는 그의 손을 잡았지요. '그는 깨어나서 아마 겁에 질렸을 테고, 정신이 없었을 것이고, 단순히 그런 이유로 도망쳤을 것입니다.' 그가 말을 이었습니다. '당신을 깨우지 않고 말입니까?' 제가 그에게 말했죠. '하지만 그랬다면 당신을 변호하기가 쉬울 게요. 왜냐하면 발헨퍼의 가방은 도둑맞지 않았을 것이기 때문이오.' 갑자기 그가 울음을 터뜨렸습니다. '오! 그래요, 저는 결백합니다.' 그가 외쳤어요. '저는 살인하지 않았습니다. 제 꿈이 기억나네요. 꿈에서 중학교 때 친구들과 술래잡기를 하고 있었지요. 달리는 꿈을 꾸었으니, 무역상의 머리를 잘랐을 리가 없어요.' 그렇게 말하고 나서 때때로 약간의 평정을 되찾게 해주는 듯한 희미한 희망의 빛에도 불구하고, 그는 회한에 짓눌리는 듯했습니다. 그는 분명히 무역상의 머리를 자르려고 팔을 들어올렸습니다. 그는 자기 자신을 책망했고, 비록 생각으로나마 범죄를 저지른 뒤에는, 스스로 자신의 마음이 순수하지 않다고 생각했습니다. '그렇지만 저는 착한 놈입니다!' 그가 외쳤어요. '오 불쌍한 어머니! 아마 지금 어머니는 장식융단이 걸려 있는 좁은 거실에서 이웃 여자들과 즐겁게 카드놀이를 하고 계시겠죠. 제가 그저 한 사람을 살해하기 위해 손을 들어올렸다는 것을 아신다면…… 오! 어머니는 돌아가실 겁니다! 그런데 저는 범죄를 저지른 피고인으로 수감되어 있어요. 제가 사람을 죽이지 않았다 해도, 어머님은 이 사실을 전해 듣는 것만으로도 틀림없이 돌아가실 거예요!' 그는 이런 말을 하면서 눈물은 흘리지 않았지만, 삐까르디 사람이라면 으레 그렇듯 순식간에 매서운 격분에 휩싸여 벽으로 돌진했는데, 만약 제가 만류하지 않았다면 그의 머리는 산산조각이 났을 것입니다. '재판을 기다리시오.' 제가 그에게 말했습니다. '당신은 결백하니 무죄판결을 받을 것이오. 당신의 어머니는……' '어머니는 우선 제가 기소되었다는 것을 알게 되겠죠. 작은 도시에서는 소문이 빨리 퍼지잖아요. 그 가련한 분은 번민으로 돌아가실 겁니다. 게다가 저는 결백하지도 않아요. 온전한 진실을 알고 싶으세요? 저는 제 양심의 순결을 잃었다고 느끼고 있습니다.' 이 무시무시한 말을 마친 그는 자리에 앉아 가슴 위로 팔짱을 끼더니, 머리를 숙이고 어두운 표정으로 바닥을 내려다보았습니다. 그때 열쇠를 보관하는 사람이 와서 저에게 감방으로 돌아갈 것을 부탁했지만, 저는 그토록 깊은 낙담에 빠진 듯 보이는 동료를 그대로 내버려두고 떠나는 것이 못내 안쓰러워서, 두 팔로 그를 껴안았습니다. '참고 기다리시오.' 제가 그에게 말했습니다. '아마 모든 것이 잘될 것이오. 정직한 사람의 목소리가 당신의 의혹을 잠재울 수 있다면, 내가 당신을 존경하고 사랑한다는 것을 알아두시오. 나의 우정을 받아들이고, 당신이 자신의 마음과 화목할 수 없다면, 내 마음에 기대어 잠을 청해보시오.' 이튿날 아홉시쯤에 하사 한 명과 소총수 네 명이 초급 군의관을 데리러 왔습니다. 저는 창가에 서서 병사들이 내는 소리를 듣고 있었습니다. 젊은이는 안마당을 가로지르면서 제게 눈길을 던졌습니다. 생각, 예감, 체념, 그리고 뭔지 모를 슬프고 우울한 감사로 가득 찬 그 눈길을 저는 결코 잊지 못할 것입니다. 그것은 한 친구가 자신의 마지막 친구에게 자신의 빗나간 삶을 남기는, 말 없이도 이해 가능한 일종의 유언이었습니다. 아마 그에게 밤은 무척이나 견디기 힘들고 황량했을 것이고,

그의 얼굴에서 배어나오는 창백함은 어쩌면 자기 자신에 대한 새로운 존중에서 생겨난 극기의 표시였을 것입니다. 아마 그는 회한에 의해 정화되었을 것이고, 괴로움과 부끄러움으로 자신의 잘못을 씻은 것 같은 느낌이 들었을 것입니다. 그는 꼿꼿한 걸음으로 나아갔고, 본의 아니게 자신에게 묻은 핏자국을 동이 트자마자 없앤 상태였습니다. '저는 잠자는 동안 운명적으로 거기에 손을 적신 거예요. 늘 꿈자리가 사나웠으니까요.' 전날 밤 그가 참혹한 절망의 어조로 나에게 말했지요. 저는 그가 군법회의에 출두하러 간다는 것을 알게 되었습니다. 그다음다음날 사단이 이동하게 되어 있었고, 연대장은 범죄가 저질러진 현장에서 재판을 진행하고 나서 안더나흐를 떠나고 싶어했습니다…… 군법회의가 지속되는 동안 저는 극도의 불안에 잠겨 있었어요. 마침내 정오 무렵에 프로스뻬르 마냥이 다시 감옥으로 이송되었습니다. 그때 저는 여느 때처럼 산책을 하고 있었는데, 그가 저를 보고는 제 품안으로 뛰어들었습니다. '망했어요.' 그가 제게 말했어요. '아무런 희망이 없단 말입니다! 그러니까 저는 이 세상에서 모든 이에게 살인자로 낙인찍힐 것입니다.' 그가 당당하게 고개를 들었습니다. '이런 부당한 결정으로 나는 온전히 결백해졌어요. 내가 살게 되었다면 내 삶은 여전히 혼란스러웠겠지만, 내 죽음은 나무랄 데 없이 완전할 것입니다. 하지만 미래가 있을까요?' 19세기 전체가 이 갑작스러운 질문에 들어 있었습니다. '그나저나 당신은 어떻게 대답했소? 당신에게 무엇을 물어보던가요? 나에게 이야기한 대로 사실을 솔직하게 말하지 않았소?' 생각에 잠겨 있는 그에게 제가 말했습니다. 그는 저를 한동안 뚫어져라 바라보았고, 얼마쯤 끔찍한 침묵이 흐른 뒤, 열에 들뜬 듯 활기차게 대답했습니다. '그들은 우선 '당신은 밤에 여인숙 밖으로 나갔습니까?' 하고 물었고, 저는 '예' 하고 말했죠. '어디를 통해서입니까?' 저는 얼굴을 붉히고서 대답했어요. '창문을 통해 나갔습니다.' '그러니까 당신은 창문을 열었습니까?' '그렇습니다!' 제가 말했어요. '당신은 매우 조심스럽게 창문을 열었습니다. 여인숙 주인이 어떤 소리도 듣지 못했다고 합니다!' 저는 아연실색했어요. 뱃사람들은 제가 어떤 때는 안더나흐로, 또 어떤 때는 숲 쪽으로 걸어가는 것을 보았다고 진술했대요. 그들은 제가 여러 차례 왕복했다고 말했습니다. 제가 금과 다이아몬드를 파묻었다는 것입니다. 하지만 결국 가방은 발견되지 않았습니다! 게다가 저는 변함없이 회한과 싸우고 있었고요. 제가 말을 하려 했을 때, '너는 범죄를 저지르고 싶어했어!' 하는 준엄한 고함소리가 들려왔어요. 모두가 저에게 적대적이었습니다. 저마저도 그랬고요!…… 그들은 제 동료에 관해 물었고, 저는 그를 완벽하게 변호했어요. 그러자 그들이 제게 말했습니다. '범인은 당신과 당신 동료, 여인숙 주인과 그의 아내 가운데 하나임이 분명합니다. 오늘 아침까지도 모든 창문과 출입문이 닫혀 있었습니다!' 이 소견에 저는 목소리가 나오지 않았고 힘이 빠지고 넋이 나갔어요.' 그가 말을 이었습니다. '제 친구를 제 자신보다 더 믿는 저로서는 그를 고발할 수 없었지요. 우리가 둘 다 똑같이 살인범으로 간주되었고 제가 좀더 서투른 공범으로 알려져 있다는 것을 저는 깨달았습니다! 저는 범죄를 몽유병 탓이라고 설명하고 제 친구의 무죄를 증명하고 싶어했으며, 그러다보니 횡설수설하게 되었습니다. 파멸한 것입니다. 재판관들의 눈에서 유죄판결을 읽었습니다. 그들은 의혹 어린 미소를 지어보였습니다. 모든 것이 끝났어요. 이제 의심스러운 것은 없어요. 내일이면 총살당할 것입니다. 이제는 저 자신이 아니라 제 어머니를 생각합니다.' 그가 말을 계속하다가 멈추고는 하늘을 쳐다보았는데, 눈물을 흘리지는 않았어요. 그는 눈에 눈물이 말랐고 심하게 경련을 일으켰어요.

프레데릭! 아! 다른 한 사람의 이름은 프레데릭, 프레데릭이었습니다! 그래요, 분명히 이 이름입니다!" 헤르만 씨가 득의만연한 표정으로 외쳤다.

내 옆의 여자가 내 발을 건드리면서 나에게 따이유페르 씨를 보라는 몸짓을 했다. 전직 납품업자는 무심히 손으로 눈을 가렸으나, 손가락 사이로 우리는 그 시선에서 뿜어져나오는 어두운 불꽃을 본 것만 같았다.

"뭐라고요?" 그녀가 내 귀에 대고 소곤거렸다. "그의 이름이 프레데릭이라면."

나는 그녀에게 "쉿, 조용히!"라고 말하려는 듯 그녀에게 곁눈질을 했다.

헤르만 씨는 이야기를 계속했다. "'프레데릭, 프레데릭은 비겁하게도 저를 버렸어요.' 초급 군의관이 외쳤습니다. '그는 겁이 났을 거예요. 아마 여인숙 어딘가에 숨었을 겁니다. 왜냐하면 우리 말 두 필이 아침까지도 안마당에 매여 있었으니까요. 정말 이해할 수 없는 불가사의죠.' 그가 잠시 동안 이어진 침묵 뒤에 덧붙였습니다. '몽유병, 몽유병이라! 발작은 평생 단 한번, 그것도 여섯살 때 일어났을 뿐입니다. 세상의 모든 우정을 가지고 이 세상을 떠날 것인가?' 그가 발로 바닥을 두드리면서 말을 이었어요. '다섯살에 시작되어 중학교, 대학까지 계속되어온 우정을 의심함으로써 두 번 죽어야 한단 말인가! 프레데릭은 어디에 있을까요?' 그가 눈물을 흘리더군요. 우리는 생명보다는 오히려 어떤 감정에 더 집착하는 법이죠. '들어가죠.' 그가 제게 말했습니다. '감방에 있는 편이 낫겠어요. 제가 우는 모습을 아무도 보지 않았으면 해요. 용감하게 죽음을 맞이하겠지만, 어쭙잖게 영웅적으로 굴 줄도 모르고, 솔직히 젊고 아름다운 제 생명이 아쉽기는 하답니다. 그날 밤 저는 잠을 이루지 못했고, 제 유년기의 장면들을 회상했으며, 아마 소유하고 싶다는 욕심과 이로 인한 파멸의 원인이었을 그 초원에서 달리는 제 모습을 보았어요. 저에게는 미래가 있었지요.' 그가 말을 잠시 끊었다가 다시 이어나갔습니다. '열두시, 어깨총, 총들어, 발사! 하고 외치는 소위, 탕탕 울리는 총소리, 그리고 불명예! 이제는 바로 이것이 저의 미래입니다. 오! 신은 있어요. 아니면 이 모든 것이 지극히 어리석은 짓일 테죠.' 그때 그가 두 팔로 저를 껴안고는 힘을 주었어요. '아! 당신은 제 심정의 토로를 들어줄 마지막 사람입니다. 당신은 풀려날 것입니다. 당신은! 제 어머니를 만나주세요! 당신이 부유한지 가난한지 모르지만, 상관없어요! 제게는 당신이 전부입니다. 전쟁이 영원히 계속되지는 않을 것입니다. 그러니, 평화가 찾아올 때, 보베로 가주세요. 제가 죽었다는 소식을 접하고 나서도 살아 계신다면, 찾아봐주세요. 어머니에게 '그는 결백했다!'는 위로의 말을 해주세요. 어머니는 당신 말을 믿으실 겁니다.' 그가 말을 이었어요. '물론 제가 어머니에게 편지를 쓰겠지만, 당신은 제 마지막 안부를 전해주시고, 제가 껴안은 마지막 사람이 당신이라는 것을 말씀드려주세요. 아! 가련한 여인! 어머니는 당신을 진심으로 사랑하실 겁니다. 저의 마지막 친구일 당신을 말입니다. 여기서 저는 지휘관들과 병사들을 알 시간이 없었고, 지금 그들 모두는 저에게 혐오감을 느끼고 있어요.' 그는 기억의 무게에 짓눌리는 듯 한동안 침묵한 뒤에 말했습니다. '당신이 없다면, 저의 결백은 하늘과 저 자신 사이의 비밀로 남겠지요.' 저는 그의 마지막 뜻을 경건하게 이행하겠다고 그에게 맹세했지요. 제 말, 제 진심의 토로는 그를 감동시켰습니다. 얼마 지나지 않아 병사들이 다시 와서 그를 찾았고, 그를 군법회의로 다시 데려갔습니다. 그는 유죄판결을 받았어요. 저는 이 일심판결에 반드시 뒤따르거나 수반되는 절차를 모르고, 젊은 외과의사가 모든 규정에 따라 정정당당하게 자신의 생명을 지키려고 노력했는지도 알지 못하지만, 그는 이튿날 아침에 집행될 총살형을 기다렸고, 자기 어머니에게 편지를 쓰면서 밤을 보냈습니다. '우리는 둘 다 자유를 얻을 것입니다.' 제가 이튿날 그를 만나러 갔을 때, 그는 제게 미소를 띠고 말했어요. '장군이 당신의 사면 서류에 서명했다는 것을 알게 되었어요.' 저는 제 기억 속에 그의 용모를 뚜렷하게 새겨두기 위해, 말없이 그를 바라보았습니다. 그때 그가 혐오의 표정을 짓더니 저에게 말했습니다. '저는 한심한 겁쟁이였어요! 밤새 이 벽에 대고 저를 사면해주기를 요구했습니다.' 그러고 나서 제게 자기 감방의 벽을 보여주었습니다. '예, 그래요, 절망으로 울부짖었어요. 격분했지요. 정신의 가장 끔찍하고 모진 고통을 겪었어요.' 그가 말을 이었습니다. '저는 혼자였습니다! 이제는 다른 사람들이 무슨 말을 할지에 대해 생각합니다…… 용기는 맞춰 입어야 할 옷과 같은 것이죠. 점잖게 죽으러 가야겠어요…… 그래서……' "

두 가지 정의(正義)

"오! 끝내지 마세요!" 이 이야기를 요청했던 젊은 여자가 느닷없이 소리치면서, 이 뉘른베르크 사람의 말을 가로막았다. "끝나지 않은 채로 남겨두고 그가 목숨을 구했다고 믿고 싶어요. 그가 총살당했다는 것을 오늘 알게 된다면, 밤에 잠을 못 이룰 것 같아요. 나머지 부분은 내일 이야기해주세요."

우리는 식탁에서 일어섰다. 내 옆자리의 여자가 헤르만 씨의 도움을 받아 일어서면서 그에게 말했다. "총살당했죠, 그렇지 않은가요?"

"그렇습니다. 제가 처형의 증인이었습니다."

“어떻게 증인이 될 수 있으셨나요……” 그녀가 말했다.

“그가 원했습니다, 부인. 살아 있는 사람, 사랑하는 사람, 결백한 사람의 장례행렬을 뒤따라가는 데에는 매우 소름끼치는 무엇인가가 있어요! 그 불쌍한 젊은이는 끊임없이 저를 바라보았어요. 그는 제 마음속에서만 살고 있는 듯했어요! 자신의 마지막 숨을 제가 어머니에게 그대로 가져가주기 바란다고 말했습니다.”

“그럼, 그의 어머니를 만나보셨나요?”

“아미앵 평화조약이 체결되자, 그의 어머니에게 ‘그는 결백하다’라는 기분 좋은 말을 해주기 위해 저는 프랑스로 갔어요. 경건한 마음으로 순례에 나섰습니다. 하지만 마냥 부인은 폐결핵으로 사망했더군요. 전해드리려던 편지를 태울 때는 정말 마음이 울컥했습니다. 게르만 사람답게 무슨 일에나 쉽사리 열광하는 저를 어쩌면 빈정대실지도 모르지만, 사막 한가운데에서 갑자기 사자와 맞닥뜨린 여행자의 비명처럼 온 세상에 의해 잊히고 영원한 비밀이 되어 묻혀버린 두 무덤 사이의 그 작별인사에서 저는 숭고한 애수의 드라마를 보았습니다.”

“그런데 만일 누군가가 이 쌀롱에 있는 한 사람을 당신 앞에 세워놓고 ‘이 사람이 살인자다!’라고 당신에게 말한다면, 또다른 드라마가 아닐까요?” 내가 그의 말을 끊으면서 물었다. “그러면 어떻게 하실 거죠?”

헤르만 씨는 모자를 집어들고 막 나가려고 했다.

“젊은이처럼 매우 경솔하게 행동하시는군요.” 내 옆자리의 여자가 나에게 말했다. “따이유페르를 보세요! 저기 벽난로 한구석 안락의자에 앉아 있잖아요. 파니 양이 그에게 커피를 한잔 갖다주는군요. 그가 웃네요. 틀림없이 그 사건 이야기에 몹시 괴로웠을 살인자로서, 어찌 저렇게 태연자약할 수 있을까요? 정말로 부족의 우두머리처럼 보이지 않나요?"

"그렇군요. 참, 그에게 가서 독일로 종군하지 않았느냐고 물어보세요." 내가 외쳤다.

"못할 거야 없죠."

그래서 내 옆자리의 여자는 유혹이 웃음지을 때나 정신이 호기심에 휩싸일 때 여자들에게서 흔히 나타나는 대담성을 발휘하여, 납품업자 쪽으로 갔다.

"독일에 간 적이 있죠?" 그녀가 그에게 말했다.

따이유페르는 찻잔의 받침접시를 떨어뜨릴 뻔했다.

"나 말이오, 부인? 없어요, 전혀."

"지금 무슨 말을 하는 거야, 따이유페르?" 은행가가 끼어들어 응수했다. "바그람 대대에 식량을 납품하지 않았나?"

"아, 그래!" 따이유페르가 대답했다. "그때는 갔었지."

"당신이 잘못 생각한 거예요. 그는 착한 사람이네요." 내 옆자리의 여자가 내 옆으로 돌아와서 말했다.

"아, 좋아요, 연회가 끝나기 전에 살인자를 숨어 있는 진흙탕의 바깥으로 쫓아내겠소." 내가 소리쳤다.

날마다 몹시 놀랄 만한 정신현상이 우리 눈앞에서 일어나지만, 너무 단순해서 이목을 끌지 못한다. 어느 쌀롱에서 두 사람이 마주친다면, 그중 한 사람이 다른 사람을, 후자의 오점인 내밀하고 겉으로 드러나지 않는 사실의 인식 때문이든 숨겨진 신분 또는 심지어 장래의 복수 때문이든 증오할 권리가 있다면, 이 두 사람은 서로를 간파할뿐더러, 자신들 사이를 갈라놓고 있거나 틀림없이 갈라놓게 될 심연을 예감하는 법이다. 그들은 자기들도 모르는 사이에 서로를 주의 깊게 지켜보고 서로에게 신경을 쓰는데, 그들의 시선과 몸짓에서는 뭐라 말하기는 힘들지만 그들의 생각이 배어나오고, 그들 사이에는 서로 끌어당기는 힘이 작용하게 된다. 복수나 범죄, 증오나 모욕 중에서 어느 것이 더 강하게 끌리는 것인지는 알 수 없다. 악마의 면전에서 면병을 봉헌할 수 없었던 사제처럼 그들은 둘 다 어색해하고 경계한다. 즉, 어느 쪽인지는 모르지만, 한 사람은 정중하게 대하고 다른 사람은 침울해하며, 한 사람은 얼굴이 붉어지거나 창백해지고, 다른 사람은 몸을 떤다. 흔히는 복수하는 사람이 복수를 당하는 사람만큼이나 비겁하다. 당연한 일이라 해도 해악을 야기할 용기가 있는 사람은 별로 없고, 그래서 많은 사람이 시끄러워지는 것을 싫어하거나 비극적인 결말을 두려워한 나머지 입을 다물거나 용서해버린다. 우리의 영혼과 감정이 이처럼 맞물려 있기 때문에, 납품업자와 나 사이에 야릇한 투쟁이 성립된 것이다. 헤르만 씨가 이야기하는 동안 내가 그에게 처음으로 말을 걸었을 때부터 그는 내 눈길을 피했다. 어쩌면 모든 손님의 눈길을 피했을 것이다! 그는 은행가의 경험 없는 딸 파니와 이야기를 나눴는데, 이는 아마 결백에 가까이 다가가고 싶어하는 모든 범죄자처럼 그녀 곁에서 마음의 안정을 얻을 속셈이었을 것이다. 하지만 나는 그와 멀리 떨어져 있는데도 그의 말에 귀를 기울였고, 예리한 시선으로 그의 눈을 쏘아보았다. 그가 나를 아무런 탈 없이 염탐할 수 있다고 생각했을 때, 우리의 눈길이 마주쳤고, 곧바로 그는 눈을 내리깔았다. 이러한 고문에 지친 따이유페르는 서둘러 카드놀이를 하기 시작함으로써 나의 시선으로 인한 고통을 모면하려고 했다. 나는 그의 상대자에게 돈을 걸려고 다가갔지만, 오히려 내 돈을 잃기를 바랐다. 이 바람은 실현되었다. 나는 밖으로 나가는 사람을 대신해서 놀이에 끼어들었고, 살인자의 맞은편에 자리를 잡았다……

"있잖아요, 그것 그대로 놓고, 뒤집기 연장전 한판 어때요?" 그가 나에게 카드를 나눠주는 동안 내가 그에게 말했다.

그는 순순히 자신의 칩들을 왼쪽에서 오른쪽으로 옮겼다. 내 옆자리의 여자가 내 곁으로 다가왔고, 나는 의미심장한 눈길로 그녀를 힐끗 쳐다보았다.

"프레데릭 따이유페르 씨, 나는 보베에 있는 여러 집안과 친분이 있는데, 당신도 혹시 그곳 출신입니까?" 내가 납품업자에게 물었다.

"예, 그렇소만." 그가 대답했다. 그는 자신의 카드를 내려놓았고, 얼굴이 창백해져서 두 손으로 얼굴을 문지르더니, 자기에게 돈을 건 사람들 중 한 사람에게 자기 대신 게임을 하라고 부탁하고는 일어났다.

"여긴 너무 덥군. 걱정되는 게 있는데……" 그가 큰 소리로 말했다.

그는 말꼬리를 얼버무렸다. 그는 갑자기 얼굴에 극심한 고통을 드러내더니 느닷없이 밖으로 나가버렸다. 집주인이 기민하게 배려하는 태도를 내보이며 그를 따라 나갔다. 내 옆자리의 여자와 나는 서로 바라보았는데, 뭐라 말하기 어려운 씁쓸하고 슬픈 기색이 그녀의 얼굴에 나타났다.

"그렇게 한 것이 정말로 자비로운 행동일까요?" 내가 돈을 잃고서 자리를 뜨자, 그녀가 나를 창문 쪽에 있는 움푹한 구석으로 데리고 가면서 물었다. "모든 이의 속마음을 읽어낼 능력이 있으면 좋겠어요? 왜 인간의 정의와 신의 정의에 맡기지 않는 것이죠? 하나를 피한다 해도, 다른 하나는 결코 모면할 수 없다고요! 중죄재판소 재판장의 특권이 과연 부러움의 대상이 되어 마땅한 것일까요? 당신은 거의 사형집행인처럼 행동했어요."

"나와 호기심을 함께하고 내 호기심을 자극하더니 이제 와서 나를 훈계한단 말이오!"

"당신이 나를 곰곰이 생각하게 만들었잖아요." 그녀가 나에게 대꾸했다.

“그래, 흉악범들에게 평화를, 불행한 이들에게 전쟁을, 그리고 황금을 숭배합시다! 에이, 그만두죠.” 내가 웃으면서 덧붙였다. “아니, 저길 봐요, 지금 쌀롱으로 들어오는 젊은 여자 말이오.”

“그런데요?”

“사흘 전에 나뽈리 왕국 대사의 무도회에서 보았는데, 그만 열렬히 반해버리고 말았어요. 제발, 그녀의 이름을 말해주세요. 아는 사람이 아무도……”

“빅또린 따이유페르 양이에요.”

나는 아찔한 현기증을 느꼈다.

“의붓어머니가 얼마 전에 수녀원에서 데려왔어요. 교육과정을 늦게 마쳤지요.” 내 옆자리의 여자가 나에게 말했는데, 나는 그녀의 목소리를 거의 알아들을 수 없었다. “그녀의 아버지는 오랫동안 그녀를 딸로 인정하려 들지 않았죠. 여기는 처음으로 오는 거예요. 정말 아름답고 부유한 아가씨랍니다.”

이런 말에는 빈정대는 웃음이 담겨 있었다. 그때 날카로운 비명소리가 들려왔다. 인접한 건물에서 새어나오는 듯했고, 정원으로 약하게 울려퍼졌다.

“따이유페르 씨의 목소리 아닌가요?” 내가 큰 소리로 말했다.

우리는 모든 신경을 귀에 집중했고, 그러자 이번에는 더욱 끔찍한 비명이 이어졌다. 은행가의 아내가 우리 쪽으로 부랴부랴 달려오더니 창문을 닫았다.

“아무 일도 없는 척합시다.” 그녀가 우리에게 말했다. “따이유페르 양이 자기 아버지의 비명소리를 듣게 되면, 정말로 신경발작을 일으킬지 몰라요!”

은행가가 쌀롱으로 돌아와서는 빅또린을 찾아 그녀에게 낮은 목소리로 몇마디 소곤거렸다. 곧바로 젊은 여자가 외마디 소리를 지르고는 출입문 쪽으로 달려가더니 모습을 감췄다. 이 사건은 커다란 파문을 일으켰다. 게임들이 중단되었다. 각자 옆사람에게 질문을 던졌다. 웅성거리는 소리가 커져갔고, 무리가 형성되었다.

"따이유페르 씨가 혹시……" 내가 말을 꺼냈다.

"죽었나요." 내 옆자리의 빈정대기 좋아하는 여자가 외쳤다. "내 생각에 당신은 즐거운 마음으로 조문을 가겠군요!"

"그런데 그에게 도대체 무슨 일이 일어났을까요?"

"그 불쌍한 호인에게 병이 있답니다." 안주인이 대답했다. "병명은 브루쏭 씨가 제게 꽤 자주 말해주었는데도 기억이 나질 않는군요. 조금 전에 그는 그 병의 발작을 일으킨 것이죠."

"도대체 어떤 병인데요?" 수사판사가 느닷없이 물었다.

"오! 무시무시한 병이랍니다." 그녀가 대답했다. "의사들이 그러는데 치료할 수 없대요. 지긋지긋한 고통이 따르나봐요. 어느날 불행한 따이유페르가 제 농지에 머물러 있을 때 발작을 일으켰는데, 끔찍한 고함을 내지르죠, 자살하려고 하죠, 저는 도저히 듣고 있을 수가 없어서 이웃집으로 피신해야 했고요, 그래서 그의 딸이 그를 침대에 눕히고는 광인용 구속복을 입혀야 했어요. 불쌍한 따이유페르는 자기 머릿속에서 동물들이 뇌를 갉아먹는다고 주장하더군요. 격심한 통증, 톱으로 써는 듯한 느낌, 무서운 경련이 신경의 마디마디에서 일어난대요. 고통이 어찌나 엄청난지, 예전에는 그의 기분을 풀어주기 위해 뜸을 사용했는데, 그는 아무런 느낌도 없다고 했고요, 그래서 그의 주치의 브루쏭 씨는 신경질환, 즉 신경의 염증이니, 목덜미에서 피를 뽑고 머리 위에 아편을 올려놓아야 한다고 하면서 뜸을 금했는데, 그랬더니 과연 발작이 뜸해져서 해마다 늦가을에만 일어났지요. 따이유페르는 회복될 때마다 이와 같은 고통을 다시 겪느니 차라리 거열형(車裂刑)을 받는 것이 나을 것이라고 끊임없이 되뇌곤 했죠."

"저런, 고통이 만만찮은가봐요." 쌀롱의 재롱둥이인 환중개인이 말했다.

"오! 지난해에는 죽을 뻔했어요." 그녀가 말을 이었다. "급한 일로 혼자 자기 농지를 둘러보러 갔는데, 아마 도와줄 사람이 없었을 테고, 그래서 스물두 시간 동안이나 시체처럼 뻣뻣하게 누워 있었대요. 아주 뜨거운 물에 온몸을 담그고 나서야 살아나기 시작했어요."

"그러니까 일종의 경직경련인가요?" 환중개인이 물었다.

"모르겠어요." 그녀가 말을 이었다. "그가 군대에서 이런 병을 얻은 지도 거의 삼십년인데, 그가 말하길, 배 안으로 떨어지면서 목재 파편이 머릿속에 박혔답니다만, 브루쏭은 치료를 기대하고 있지요. 청산(青酸)으로 아무런 위험 없이 치료할 방법이 영국에서 발견되었다는 주장도 있고요."

그때 전보다 더 날카로운 소리가 집안에 울려퍼졌고, 우리는 공포로 얼어붙었다.

"휴우, 제가 늘 듣던 소리랍니다." 은행가의 아내가 말을 이었다. "이 소리를 들으면 의자에서 벌떡 일어나게 되고 신경이 곤두섰지요. 그런데, 참 이상한 일이죠! 불쌍한 따이유페르는 상상을 초월한 고통을 겪으면서도, 결코 죽을 염려는 없어요. 저런 끔찍한 괴로움을 겪는 가운데에도 고통이 멈추는 동안에는 평소처럼 먹고 마시니 말입니다.(기질도 참 괴상하지 뭐예요!) 어느 독일 의사는 그에게 머릿속에 일종의 물방울이 생긴 탓이라고 말한 적이 있다는데요, 그것은 브루쏭의 견해와 상당히 일치하는 듯싶어요."

나는 안주인을 중심으로 모여 있는 사람들을 떠나서, 하인이 찾으러 온 따이유페르 양을 데리고 밖으로 나갔다……

"오! 하느님! 하느님!" 그녀가 울면서 외쳤다. "저희 아버지는 도대체 하늘에 무슨 죄를 지었기에, 저렇게 고통을 겪어야 하는 걸까요?…… 너무나 착한 분이신데!"

나는 그녀와 함께 계단을 내려와, 그녀가 마차에 오르는 것을 도와주다가 그녀의 아버지를 보았는데, 그는 허리가 완전히 접혀 있었다. 따이유페르 양은 자기 아버지의 입을 손수건으로 덮어 비명소리를 억누르려고 애썼지만, 불행히도 그는 나를 언뜻 보더니 얼굴이 더욱 심하게 떨리는 듯했고, 발작적인 고함소리가 대기를 갈라놓았으며, 나에게 소름끼치는 눈길을 던졌다. 그러고 나서는 곧바로 마차가 출발했다.

그날의 저녁식사와 연회는 나의 삶과 감정에 혹독한 영향을 미쳤다. 아무리 좋은 아버지와 좋은 남편일 수 있더라도 살인자와 인척관계를 맺는 것은 명예와 섬세함에 어긋나는 처사이지만, 다른 한편으로는 아마 바로 이러한 이유 때문에, 나는 따이유페르 양을 사랑했다. 터무니없는 운명에 이끌린 나는 빅또린과 마주칠 수 있다고 알고 있는 집들에 모습을 드러냈다. 종종, 그녀와 만나는 것을 그만두겠다고 스스로 다짐한 뒤에도, 저녁이면 그녀 곁에 다가가 있었다. 나의 즐거움은 엄청난 것이었다. 나의 사랑은 정당한 것이면서도 비현실적인 회한으로 가득한만큼, 범죄적인 정념의 색조를 띠고 있었다. 우연히 따이유페르가 딸과 함께 있을 때에는, 따이유페르에게 인사하는 것이 혐오스러웠지만, 결국 인사를 하고 말았다! 어떻든, 불행하게도, 빅또린은 예쁜 여자일 뿐 아니라, 교양 있고 재능과 매력이 가득하면서도 현학적인 태도나 자만하는 기색이 전혀 없는 여자이다. 대화할 때에는 조심성이 있고, 그 성격에는 누구도 거부할 수 없는 우아한 애조가 느껴지며, 나를 사랑하거나 적어도 나로 하여금 나를 사랑한다고 믿게 만들 뿐 아니라, 내게만 웃어보이고, 내게 말할 때는 목소리가 한층 정겨워진다. 오! 그녀는 나를 사랑한다! 하지만 그녀는 자기 아버지를 우상처럼 떠받들고, 내게 자기 아버지의 착하고 온화하며 우아한 품성을 자랑한다. 이런 예찬은 내 가슴을 찌르는 비수와 같다. 어느날, 나는 나 자신도 따이유페르 집안에 풍요를 가져다준 범죄의 공범이나 마찬가지라고 느꼈다. 즉, 빅또린과 결혼해도 좋다는 승낙을 얻고 싶었다. 그래서 달아났다. 여행을 떠났다. 독일로, 안더나흐로 갔다. 하지만 돌아왔다. 다시 만난 빅또린은 창백했다. 수척해져 있었다! 그녀가 건강하고 쾌활했다면, 내 영혼은 구제받았을 텐데! 기이할 정도로 격렬하게 정념의 불꽃이 다시 타올랐다. 나는 내 양심의 가책이 고정관념으로 변질될까 두려운 나머지, 이 고상한 도덕과 철학의 문제를 어느정도 밝혀보기 위해, 순수한 양심들의 의회를 소집하기로 결심했다. 이 문제는 내가 여행에서 돌아왔더니 더욱 복잡해져 있었다. 그래서 그저께 내 생각에 친구들 중에서 가장 성실하고 섬세하며 명예를 중시하는 사람들을 불러모았다. 영국인 두 명, 그러니까 영국 대사관의 서기관과 청교도, 정치인생이 완숙기에 접어든 전직 장관, 아직 순수한 매력에 사로잡혀 있는 젊은이 몇명, 사제, 노인, 예전에 나에게 후견 결산을 해주면서 재판소에 보관해야 할 정도로 아주 뛰어난 결산보고서를 작성한 적이 있는 고지식한 옛 후견인, 변호사, 공증인, 재판관, 요컨대 온갖 여론, 모든 실천적인 미덕을 이미 초대해놓은 상태였다. 우리는 잘 먹고 떠들고 소란을 피우는 것으로 모임을 시작했는데, 후식이 나왔을 때, 나는 결혼하고자 하는 여자의 이름을 제외하고는 내 문제를 있는 그대로 이야기했고, 조금이라도 도움이 될 만한 좋은 견해를 말해달라고 했다.

“여러분, 조언을 부탁합니다.” 내가 이야기를 끝내면서 그들에게 말했다. “법률안을 심의하는 것처럼, 오랫동안 자세히 검토해주세요. 투표함과 당구공이 곧 도착할 것입니다. 비밀투표의 방식에 따라, 제 결혼에 대한 찬성과 반대를 당구공을 고르는 것으로 결정하고 선택한 당구공을 투표함에 넣으시면 됩니다!”

갑자기 깊은 정적이 퍼졌다. 공증인은 의견 개진을 회피했다.

“작성해야 할 계약서가 있어서요.” 그가 말했다.

나의 옛 후견인은 포도주를 많이 마셔서 말도 못하게 되었고, 나중에 그가 어떤 불행한 일도 없이 무사히 자기 집에 도착하도록 하려면 그를 돌봐주어야 했다.

“좋습니다!” 내가 소리쳤다. “의견을 표명하지 않는 것도 제가 어떻게 해야 하는지에 대한 하나의 단호한 견해가 되겠죠.”

모인 사람들 사이에 술렁임이 일었다.

어린이들과 푸아 장군(Maximilien Sébastien Foy, 1775~1825)을 위해 토지를 기부한 지주 한 사람이 큰 소리로 말했다.

미덕처럼 범죄도 등급이 있습니다!(라씬느의 『페드르』 4막 2장에 나오는 대사)

“말이 많군!” 전직 장관이 내 팔꿈치를 밀면서 낮은 소리로 말했다.

“뭐가 문제란 말이오?” 한 공작이 물었는데, 그의 재산은 바로 낭뜨 칙령이 폐지될 때 저항하는 신교도들에게서 몰수한 것이다.

“우리에게 맡겨진 소송사건은 법적으로 전혀 문제가 되지 않을 것입니다. 공작님이 옳아요!” 법률의 대변자인 변호사가 일어나 외쳤다.

"시효라는 것이 있지 않습니까? 재산의 유래를 조사해야 한다면, 우리 모두는 어디까지 나아가게 될지 알 수 없을 것이오! 이것은 양심의 문제입니다. 이 소송을 기어이 법정으로 가져가고 싶다면, 고해의 법정으로 가시오."

법전의 화신은 입을 다물고 다시 자리에 앉아 샴페인을 한잔 마셨다. 복음서를 설명할 책임이 있는 사람, 그저 그런 사제가 일어났다.

"하느님께서는 우리를 불완전한 존재로 만드셨어요." 그가 단호히 말했다. "만일 당신이 범죄인의 상속녀를 사랑한다면, 그녀와 결혼하되, 부부의 재산으로 만족하고 아버지의 재산은 가난한 사람들에게 기부하시오."

"하지만 그 아버지는 아마 단지 부유해졌기 때문에 근사한 결혼을 했을 텐데요." 세상에서 숱하게 마주칠 수 있는 무자비한 궤변가 중 한 사람이 큰 소리로 말했다. "따라서 그의 가장 작은 행복일지라도 그것은 언제나 범죄의 결과가 아니었을까요?"

"토론은 그 자체로 판결이오! 인간이 토의할 수 없는 문제들이 있는 법이오." 나의 옛 후견인이 취기에 못이겨, 자신이야말로 회중을 계몽하고 있는 사람이라고 생각하고서 소리쳤다.

"옳소!" 대사의 서기관이 말했다.

"옳소!" 사제가 외쳤다.

이 두 사람은 내 옛 후견인의 말을 서로 다르게 이해했다.

선출되는 데 155명의 유권자 중에서 150표만 부족할 뿐 거의 흠잡을 데가 없는 순리론자(doctrinaire, 왕정복고기에 자유주의자와 왕당파 사이에서 중도적 입장을 취한 정치집단. 주로 대학교수와 변호사로, 성가신 궤변가들이라는 평가를 받았다) 한 사람이 일어나서 말했다.

"여러분, 현상계에서 찾아보기 힘든 지적인 성격을 띤 이 사건은 사회의 정상상태에서 확연히 벗어나는 사건 중 하나입니다. 따라서 내려야 할 결정은 양심의 즉각적인 행위, 즉흥적인 관념, 교훈적인(instructif, intuitif(직관적인)의 오기가 아닐까 생각된다. 그러나 이 인물의 헛점을 보여주기 위해 일부러 이 단어를 썼을지도 모른다) 판단, 취향의 감각이 번득이는 것을 제법 닮은 내면적인 예감의 순간적이고 미묘한 변화이어야 합니다. 다수결로 합시다."

"다수결로 합시다!" 나의 손님들이 외쳤다.

나는 손님들에게 각각 흰 공과 붉은 공을 나눠주게 했다. 순결을 상징하는 흰색은 결혼을 금하는 의사를, 붉은색은 결혼을 승인하는 의사를 표시하도록 되어 있었다. 내가 투표할 것인지는 미묘한 문제여서 안하기로 했다. 내 친구들은 열일곱 명이었으니, 절대 과반수는 아홉 명이었다. 조를 짤 때 번호를 매긴 구슬들을 넣어두는 목 좁은 버들광주리에 각자 선택한 공을 넣으러 갔고, 도덕의 정화를 위한 이 투표에는 뭔가 독창적인 요소가 있는만큼, 우리는 제법 강한 호기심에 들떠 있었다. 개표를 해보니 흰 공이 아홉 개였다! 나는 이런 결과에 그다지 놀라지는 않았지만, 나의 재판관들 중에서 내 나이 또래의 젊은이가 몇명인지 세어보았다. 교묘한 논리로 양심과 쉽게 타협하는 이 결의론자들은 아홉 명이었는데, 모두가 똑같은 생각을 한 것이다.

'오! 오! 결혼을 찬성하는 비밀스러운 만장일치와 나에게 결혼을 금하는 만장일치가 있구나!' 내가 속으로 말했다. '어떻게 이 난관을 벗어나지?'

"장인은 어디 계시지?" 다른 사람들에 비해 본심을 잘 드러내는 편인 내 중학교 친구가 경솔하게 물었다.

"이제 장인은 안 계십니다." 내가 소리쳤다. "예전에 내 양심의 명령은 여러분의 판결이 필요 없을 만큼 제법 분명했습니다. 그런데 오늘

내 양심의 목소리가 약해졌다면, 내 소심함의 이유는 바로 여기에 있습니다. 두 달 전에 이 유혹적인 편지를 받았지요."

나는 지갑에서 다음과 같은 부고를 그들에게 보여주었다.

따이유페르 상사의 장-프레데릭 따이유페르 씨, 옛 식료품 납품업자, 생전에 레지옹도뇌르 훈장과 황금박차 훈장(교황이 성직자나 사인(私人)에게 수여하는 훈장. 1821년에 프랑스 정부에서는 전국민에게 받거나 착용하는 것을 금지했다)을 받은 기사, 빠리 국민병(1789~1821년의 의용병)의 제2외인부대 제1척탄중대 중대장께서 5월 1일 주베르 가의 자택에서 사망하셨기에 삼가 알립니다. 장례행렬, 의식, 매장은 ……에서 거행될 예정이고…… 호상……

"이제 어떻게 하죠?" 내가 말을 이었다. "여러분께 전후 사정을 매우 간략하게 말씀드리겠어요. 따이유페르 양의 농지에는 틀림없이 피의 늪이 있을 것이고, 그녀 아버지의 상속 재산은 드넓은 아쎌마(hacelma, '피의 들판'을 의미하는 히브리어 haceldama를 이렇게 썼다. 이 단어는 유다가 예수를 배반하고 받은 30데라니우스로 구입한 밭을 암시한다)입니다. 그렇습니다. 하지만 프로스뻬르 마냥은 상속자를 남기지 않았고, 안더나흐에서 살해된 장식 핀 제조업자의 가족을 찾는 것은 제게는 불가능한 일이었습니다. 누구에게 재산을 되돌려주어야 할까요? 과연 모든 재산을 반환해야 하는 걸까요? 간파한 비밀을 드러내고, 아무것도 모르는 아가씨의 지참금 위에 잘린 머리를 얹어주고, '당신의 모든 재산은 피로 얼룩진 것'이라고 말함으로써, 그녀에게 악몽을 꾸게 하고 아름다운 환상을 빼앗고 자기 아버지를 두 번 죽일 권리가 제게 있을까요? 저는 어느 연로한 성직자에게서 『양심문제 사전』(1626년에 성직자 안또니오 에스꼬바르이 멘도사(Antonio Escobar y Mendoza)에 의해 출간된 *Summula casuum conscientae*)을 빌렸지만, 거기서도 제 고민에 대한 해결책을 결코 발견하지 못했습니다. 19세기도 벌써 중반에 접어들었군요. 이제 와서 프로스뻬르 마냥, 발헨퍼, 따이유페르의 명복을 빌기 위한 재단을 만들까요? 구제원을 세우든가 덕행상을 제정할까요? 덕행상은 교활한 사람들에게 돌아갈 겁니다. 오늘날 우리의 구빈원들은 대부분이 악덕의 보호소가 된 것 같아요! 게다가 허영심이나 길러주기에 적합한 그런 곳들에 기부한들 과연 속죄가 될 수 있을까요? 제가 이런 것들을 해야 합니까? 게다가 저는 그녀를 사랑합니다. 그것도 열렬히 사랑합니다. 제 사랑은 제 생명입니다! 만일 제가 호사, 우아함, 예술을 향유하는 풍요로운 삶에 익숙한 젊은 처녀에게, 부퐁에서 느긋하게 로씨니의 음악을 감상하기 좋아하는 젊은 처녀에게 아무런 이유 없이 제의를 한다면, 그러니까 우둔한 노인들이나 타락한 공상가들을 위해 150만 프랑을 포기하라고 제의한다면, 그녀는 웃으면서 제게서 등을 돌릴 것이고, 그녀의 절친한 친구는 저를 고약한 농담을 하는 사람이라고 여길 것입니다. 만일 제가 사랑에 도취되어 그녀에게 평범한 삶의 매력과 루아르 강가의 내 초라한 집을 자랑한다면, 만일 제가 그녀에게 사랑의 이름으로 빠리 생활의 희생을 요구한다면, 이는 우선 고상한 거짓말일 것이며, 설령 그렇게 된다 해도, 나는 아마 어떤 통탄할 경험을 하게 될 것이 뻔할 뿐 아니라, 무도회를 좋아하고 몸치장에 열중하며 지금은 제게 홀딱 빠져 있는 그 아가씨의 마음을 잃어버릴 것이고, 그러다가 콧수염을 아주 멋지게 기르고 피아노를 연주하며 바이런의 시를 애독하는데다 멋지게 말을 타는 날씬하고 씩씩한 어느 장교에게 그녀를 빼앗길 것입니다. 어떻게 해야 하죠? 여러분, 제발, 조언을……?”

내가 이미 말한 적이 있고 그때까지 아무 말도 하지 않은 신사, 제니딘스의 아버지와 상당히 비슷한 유형의 청교도가 어깨를 들썩이고는 나에게 말했다. "멍청한 녀석, 왜 그에게 보베 출신이냐고 물었어!"

더 읽을거리

많은 작품이 소개되었지만 90편에 달하는 '인간희극' 전체에 비하면 극히 일부일 뿐이며 중복이 많다. 무엇보다 먼저 『잃어버린 환상』(이철 옮김, 서울대출판부 1999)과 『고리오 영감』(이동렬 옮김, 서울대출판부 1998)을 읽어보는 것이 발자끄의 소설세계로 접어드는 지름길이라고 생각한다. 이밖에도 『골짜기의 백합』 『외제니 그랑데』 『종매 베트』 『랑제 공작부인』 『골동품 진열실』 『웃는 남자』 『절대의 탐구』 등의 장편과 「미지의 걸작」 「사라진느」 등의 단편이 번역되어 있다.

Prosper Mérimée

| 프로스뻬르 메리메 |

1803~70

낭만적인 상상력을 고전주의적 절제의 문체로 표현해낸 희세의 문장가이자 단편소설의 거장이다. 이국취향, 향토색, 치밀한 심리묘사, 환상으로 특징지을 수 있는 그의 작품세계는 추리소설적인 구성을 갖추어 흥미를 자극할뿐더러 잘 읽히는 편이다. 그는 1834년부터 프랑스 각지와 꼬르씨까, 이딸리아, 그리스, 에스빠냐를 돌아다녔는데, 이러한 여행은 『꼴롱바』(*Colomba*) 『까르멘』(*Carmen*) 등의 걸작을 낳는다. 특히 후자는 비제의 오페라로 각색되어 유명해진다. 1844년에는 아까데미 프랑쎄즈의 회원으로, 1853년에는 상원의원으로 선출되는 등 메리메에게는 직업적인 소설가로서의 모습보다는 여자들에 둘러싸인 호사가로서의 면모, 다시 말해서 긍정적인 의미의 아마추어리즘이 다분하다.

푸른 방 La chambre bleue

레옹은 플로베르의 『보바리 부인』에서 엠마 보바리를 유혹하는 남자이다. 그들의 관계는 몇시간 동안이나 마차를 타고 달리는 대목에서 절정을 이루는데, 그 안에서 무슨 일이 벌어지는지는 "마차의 창밖으로 흰 팔이 나와 바람에 날려보내는 편지 조각들이 하얀 나비처럼 길가의 꽃에 내려앉는다"는 묘사에 암시되어 있을 뿐이다. 「푸른 방」의 여자 역시 기혼자이다. 푸른 방은 마차보다 "훨씬 더 효과적으로 호기심을 차단할" 터이나, 후자의 레옹은 전자의 레옹에 비하면 약간 희극적인 인물이다. 이에 비추어 메리메는 프랑스 소설사에서 등대와도 같은 장편소설 『보바리 부인』을 의식하고 이 단편을 쓴 것이 아닐까 한다. 아무튼 「푸른 방」은 『보바리 부인』의 패러디로 보인다.

방의 장식이 예사롭지 않다. 침대 커튼에 보라색으로 날염되어 있는 피라모스와 티스베 이야기(로미오와 줄리엣의 원형), 벽지의 나뽈리 풍경과 여행객들이 수염과 파이프를 덧그려놓은 인물들, 국왕 루이-삘리쁘가 공화제를 승인하는 장면의 그림, 루쏘의 『누벨 엘로이즈』에 나오는 쥘리와 쌩-프뢰의 첫만남이 묘사된 그림(아벨라르를 환기한다), 행복의 기대와 그리움(후회)이라는 사랑의 양면성을 제목으로 하는 그림들은 이 단편의 심리 드라마를 감상하는 데 꼭 고려해야 할 요소이다.

색깔에 대한 의미부여도 감상에 필수적이다. 여자는 검은 옷에 짙은 베일을 쓰고 있다. 그녀가 들고 있는 모로코 가죽가방은 갈색이다. 가방 안에는 파란색 쌔틴 실내화가 들어 있다. 레옹은 파란 안경을 쓰고 있으며 그의 가방은 검은색이다. 방의 이름은 푸른 방이고, 침대의 커튼에는 바빌로니아의 전설이 보라색으로 묘사되어 있다. 문틈을 통해 푸른 방으로 흘러들어오는 갈색의 띠들을 레옹은 살해당한 영국인의 피라고 생각한다.

메리메는 길지 않지만 혼란스러운 정보들로 가득한 이 이야기에 극적 통일성을 부여하는데, 그것은 엿보는 즐거움을 주는 관찰자적 시점, 군더더기를 잘라내버리는 깔끔한 처리, 긴장의 조성, 웃음을 통한 긴장 해소에 힘입어 이룩된다. 그렇지만 살인의 환상과 불륜의 정사 사이에 무슨 긴밀한 관계가 있는가, 왜 레옹은 '피 묻은' 파란색 쌔틴 실내화 한짝을 소중히 간직했는가 하는 문제는 독자들 대부분에게 여전히 수수께끼로 남을 텐데, 이 수수께끼들을 푼다면 작품 형식의 아름다움을 넘어 더 깊은 즐거움을 맛볼 수 있을 것이다.

푸른 방

라 륀 부인에게

한 젊은이가 어느 기차역 입구에서 들뜬 기색으로 서성거렸다. 파란 안경을 끼고 있었고, 감기에 걸리지 않았는데도 손수건을 끊임없이 코로 가져갔다. 왼손에 든 작은 검은색 가방에는, 나중에 알게 되었는데, 비단 잠옷과 펑퍼짐한 터키 바지가 들어 있었다.

그는 이따금 출입문으로 가서 거리를 바라보았고, 그러고는 회중시계를 꺼내보고 정거장의 시계를 올려다보았다. 기차는 한 시간 후에야 출발할 것이었지만, 늦을까봐 늘 걱정하는 사람들이 있는 법이다. 이 열차는 바쁜 사람들이 타는 것이 아니었다. 일등칸이 거의 없었다. 환전상들이 장사를 끝내고 별장으로 저녁을 먹으러 떠나는 시간이 아니었다. 승객들이 하나둘 보이기 시작했을 때, 빠리 사람이라면 농부들이나 교외의 소상인들을 외모로 알아보았을 것이다. 그렇지만 역 안으로 여자가 들어올 때마다, 마차가 출입구에 멈출 때마다, 파란 안경을 낀 젊은이는 가슴이 풍선처럼 부풀고, 무릎을 가볍게 떨었으며, 가방이 손에서, 안경이 코에서 떨어지려 했는데, 지나는 김에 말하자면, 안경은 코에 비스듬히 걸쳐 있었다.

오랜 기다림 끝에, 유일하게 주시하지 못한 바로 그 지점을 지나 옆문으로, 검은 옷을 걸치고 짙은 베일을 쓴 여자가 손에 갈색 모로코 가죽 가방을 들고 나타났을 때는 더욱 가관이었는데, 나중에 알아낸 것이지만, 그녀의 가방에는 멋진 잠옷과 파란색 쌔틴 실내화가 들어 있었다. 여자와 젊은이는 앞은 보지도 않고 좌우만 부지런히 살피면서 서로 다가갔다. 그들은 마주 서서 악수했으며, 잠시 동안 말 한마디 하지 않고서, 나라면 철학자의 삶 백년에 해당하리라고 말할 만한 가슴 시린 감격에 겨워, 심장이 두근거리고 숨이 막힐 듯한 상태로 우두커니 서 있었다.

그들이 기운을 차렸을 때, 젊은 여자(젊고 예쁘다는 것을 깜빡 잊고 말하지 않았다)가 말했다.

"레옹, 레옹, 정말 다행이에요! 파란 안경을 쓰고 있어서 못 알아볼 뻔했어요."

"정말 다행이야!" 레옹이 말했다. "검은 베일 때문에 당신인 줄 모를 뻔했어."

"정말 다행이에요!" 그녀가 말을 이었다. "빨리 우리 자리로 가요. 우리가 타기도 전에 기차가 출발해버리면 어떡해요…… (그녀가 그의 팔짱을 꽉 끼었다) 아무도 눈치 못 챌 거예요. 난 지금 끌라라와 그녀의 남편을 따라 그녀의 별장으로 가는 중인 거죠. 거기서 내일 끌라라와 헤어지게 되어 있고요……" 그러고 나서 그녀는 고개를 숙이고 웃으면서 덧붙였다. "끌라라는 한 시간 전에 출발했고, 내일…… 끌라라와 마지막 저녁을 보낸 다음…… (다시 그녀가 그의 팔짱을 끼었다) 내일, 오전중으로, 끌라라가 나를 정거장에 내려놓을 텐데, 거기서 난 아주머니 댁에 보내놓은 위르쐴을 만나는 거죠…… 오! 계획이 다 서 있어요! 차표를 사요…… 누군가가 우리를 알아보는 일은 절대로 없을 거예요! 오! 여인숙에서 우리에게 이름을 물으면? 벌써 잊어버렸네……"

"뒤뤼 부부라 하지 뭐."

"오! 아니에요. 뒤뤼는 안돼요. 하숙집에 그런 이름의 구두수선공이 있었어요."

"그럼, 뒤몽은 어때?"

"도몽이라고 하죠."

"좋아, 하지만 아무도 우리에게 뭘 묻지는 않을 거야."

종이 울리고 대합실 문이 열리자, 젊은 여자는 여전히 베일로 얼굴을 세심하게 가린 채 젊은 동반자와 함께 객차 안으로 뛰어들었다.

두번째로 종이 울리자 승객들이 자기 객실의 문을 닫았다.

"우리 둘뿐이야!" 그들은 환성을 질렀다.

하지만 그러자마자 검은 옷을 입은 쉰살쯤 되어 보이는 남자가 근엄하고도 난처한 표정을 짓고서 객실 안으로 들어와 구석에 자리를 잡았다. 기관차에서 기적이 울리고 열차가 움직이기 시작했다. 성가신 승객에게서 가능한 한 멀리 물러난 두 젊은 남녀는 낮은 목소리로, 게다가 좀더 신중을 기하기 위해 영어로 얘기했다.

"저기, 비밀 이야기가 있다면 내 앞에서 영어로 말하지 않는 것이 좋을 게요." 낯선 승객이 똑같은 언어로, 훨씬 더 완벽한 영국인 억양을 과시하며 말했다. "나는 영국인이오. 신경 쓰이게 해서 미안합니다만, 다른 객실에는 남자 하나뿐이었고, 남자와 단둘이서는 결코 여행하지 않는 것이 나의 신조인데다…… 그 남자는 얼굴이 주드(당시의 악명 높은 살인범)를 닮았더군요. 그리고 이것이 그를 부추길지도 모르는 일이잖소."

그는 자기 앞의 쿠션 위에 놓아둔 가방을 가리켰다.

"아, 그리고 나는 잠을 자든가 책을 읽을 거요."

그는 정말 자려고 애썼다. 가방에서 챙이 달린 수수한 모자를 꺼내 머리에 쓰고 몇분 동안 눈을 감고 있었는데, 그러다가 안절부절못하며 눈을 떴고, 가방에서 안경과 그리스어 책을 찾아 매우 집중해서 읽기 시작했다. 가방에서 책을 꺼내기 위해서는 뒤죽박죽 넣어둔 많은 물건을 흐트러뜨려야 했다. 그중에서도 특히 영국은행의 제법 두툼한 지폐뭉치를 가방의 깊숙한 곳에서 꺼내, 자기 정면의 긴 의자 위에 올려놓았고, 이 지폐뭉치를 가방에 도로 넣기 전에, 젊은 남자에게 보여주면서 N○○○에서 환전을 할 수 있을지 물었다.

"아마 가능할 겁니다. 영국으로 가는 길목이니까요."

N○○○은 두 청춘남녀의 목적지였다. N○○○에는 꽤 말끔한 작은 호텔이 있는데, 그곳은 토요일 저녁 빼고는 손님이 거의 없다. 머물기에 불편함이 없는 곳이라고들 한다. 빠리에서 그렇게 멀리 떨어져 있지 않아서, 주인과 종업원들이 웬만큼 세련되어 보인다. 내가 이미 레옹이라 부른 이 젊은이는 얼마 전에 파란 안경을 쓰지 않고 이 호텔을 답사하러 갔었고, 그의 연인은 이 호텔을 보고 온 그의 이야기를 듣고서 한번 가보고 싶어하던 눈치였다.

더구나 그날 그녀는 레옹과 함께라면 감옥에 갇힌다 해도 감옥의 벽마저 온통 근사해 보일 것 같은 기분이었다.

그동안에도 기차는 계속 달렸고, 영국인은 자신의 우연한 여행 동반자들 쪽으로 고개를 돌리는 일 없이 그리스어 책을 읽었으며, 두 청춘남녀는 자기들만 들을 수 있을 만큼 매우 낮은 목소리로 대화를 나누었다. 두 젊은이가 연인 사이였다고 말한다 해도 아마 독자들은 놀라지 않을 것인데, 다만 안타까운 점이 있다면, 그들이 결혼하지 않았다는 것으로, 그들은 무슨 사연이 있었는지 결혼에 이르지 못하고 있었다.

기차가 N○○○에 도착했다. 영국인이 먼저 내렸다. 연인이 정강이를 보이지 않고 객차에서 나오도록 레옹이 돕는 동안, 한 남자가 옆 칸에서 불쑥 나와 승강장 쪽으로 뛰어내렸다. 그는 얼굴이 창백하다 못해 노랗게 보이고, 움푹 들어간 눈은 핏발이 서 있었으며, 수염이 덥수룩했는데, 이런 모습은 흔히 큰 범죄자의 특징으로 간주되는 것이다. 그의 옷은 깨끗했지만 낡아빠진 것이었다. 예전엔 검은색이었겠지만 지금은 등과 팔꿈치가 회색으로 변한 프록코트는 턱까지 단추가 채워져 있었는데, 이는 필시 훨씬 더 해진 조끼를 안 보이게 하기 위해서였을 것이다. 그는 영국인에게 다가가서 매우 공손한 어조로 말했다.

"삼촌……"

"저리 꺼져버려, 이 염치없는 놈아!"

영국인이 소리를 질렀는데, 그의 회색 눈은 격노로 이글거렸다.

그러고 나서 영국인은 역 밖으로 나가기 위해 한 걸음을 내디뎠다.

"저를 절망에 빠뜨리지 마세요." 남자가 애처롭고 위협적이다시피 한 투로 말을 이었다.

"내 가방을 잠시 맡아주면 고맙겠소." 나이가 많은 영국인이 자기 여행 가방을 레옹의 발치에 던지며 말했다.

그러고는 곧바로 자신에게 무례하게 접근한 그 남자의 팔을 잡고 말소리가 들리지 않을 만한 구석으로 그를 끌고 갔다. 아니, 끌고 갔다기보다는 구석에 밀어넣었다. 거기서 그는 매우 거친 어조로 이야기를 하는 것 같았다. 그러고 나서 주머니를 뒤져 지폐처럼 보이는 것을 몇 장 꺼내 구겨서는 자신을 삼촌이라 부르는 그 남자의 손에 쥐여주었다. 그 남자는 사양하는 기색도 없이 받아들더니 곧바로 멀어져 모습을 감추었다.

N○○○에는 호텔이 하나밖에 없으니, 몇분이 지나, 사실 그대로인 이 이야기의 모든 등장인물들이 거기서 다시 만난다 해도 놀랄 것은 없다. 프랑스에서는 운이 좋아 여자의 팔짱을 끼고 여행하는 사람이라면 어느 호텔에서나 가장 좋은 방을 얻게 되는데, 그러니 우리가 유럽에서 가장 예의바른 민족이라는 것은 확실하다.

레옹에게 가장 좋은 방이 제공된다고 해서, 그것이 감탄할 만한 방이라고 결론짓는다면 경솔한 판단일 것이다. 커다란 호두나무 침대가 있었고, 인도 사라사 커튼들에는 피라모스와 티스베의 매혹적인 이야기(바빌로니아 전설의 주인공들로, 서로 사랑하지만 부모의 반대로 결혼하지 못한다. 그러던 어느날 함께 도망치기로 결심하고는, 뽕나무 아래에서 만나기로 한다. 먼저 도착한 티스베는 암사자를 만나 스카프를 떨어뜨리고 달아나고, 나중에 도착한 피라모스는 암사자가 발기발기 찢어놓은 스카프를 보고 그녀가 죽었다고 믿고서 단검으로 자살한다. 약속 장소로 돌아온 티스베는 죽은 피라모스를 발견하고 자신도 단검으로 자살한다)가 보라색으로 날염되어 있었다. 벽지에는 나뽈리 풍경과 많은 인물들이 묘사되어 있었는데, 불행히도 모든 남녀의 얼굴마다 무료하고 분별없는 여행객들이 수염과 담배 파이프를 덧그려놓았고, 하늘과 바다에는 운문과 산문으로 된 우스꽝스러운 연필 낙서가 무수히 씌어 있었다. 그 안쪽에는 판화 몇개가 걸려 있었는데, 그것들은 뒤뷔페풍으로 제작된 「1830년의 헌장에 서약하는 루이-뻴리쁘」「쥘리와 쌩-프뢰의 첫번째 대담」「행복의 기대」「그리움」 들이었다. 이 방은 벽난로의 양쪽에 놓인 안락의자 두 개가 위트레흐트 산(産) 푸른색 벨벳으로 되어 있어서 푸른 방이라 불렸지만, 안락의자들에는 여러 해 전부터 맨드라미 색의 장식 줄이 있는 회색 무명 덮개가 씌워져 있었다.

호텔의 여종업원들이 새로 도착한 여자의 비위를 맞추고 그녀에게

도와드리겠다고 하는 동안, 사랑에 빠져 있기 때문이긴 하지만 상식이 없는 레옹은 저녁식사를 주문하러 주방으로 갔다. 그는 온갖 미사여구와 몇가지 매수 수단을 써서 저녁식사를 방으로 가져다주겠다는 약속을 얻어내긴 했으나, N○○○에서 제3보병대의 장교들 및 이들과 교대할 제3경기병부대의 장교들이 바로 그날 식당에서, 즉 자신의 방 옆에서 열렬한 송별식을 벌일 예정이라는 것을 알고는 크게 걱정이 되었다. 프랑스 군인은 모두 천성적으로 쾌활하다는 것을 별도로 친다면, 이곳에 모일 장교들은 온 도시에서 온화하고 점잖은 사람으로 알려져 있으며, 자정 이전에는 식탁에서 일어나는 것이 그들의 관례이므로, 그들이 가까이 있더라도 부인에게는 조금도 불편이 없을 것이라고 주인은 단언에 단언을 거듭했다.

레옹은 이러한 확약의 말을 듣고도 불안을 떨쳐버리지 못한 채 푸른 방으로 돌아오다가, 바로 옆방이 영국인의 방이라는 것을 알아차렸다. 문은 열려 있었다. 영국인은 술병과 잔이 놓인 탁자 앞에 앉아, 마치 천장 근처에서 돌아다니는 파리라도 세는 듯이, 천장을 아주 주의 깊게 바라보고 있었다.

“문제될 것 없어!” 레옹이 혼잣말을 했다. “영국인은 곧 취할 테고, 경기병들은 자정 이전에 나갈 거야.”

푸른 방으로 들어온 그가 맨 먼저 신경을 쓴 것은 사잇문들이 잘 닫혀 있고 빗장이 있는지 확인하는 일이었다. 영국인 쪽으로는 이중문이 있었고 벽이 두꺼웠다. 경기병들 쪽으로는 칸막이벽이 더 얇았지만 문에 자물쇠와 빗장이 있었다. 이만하면 마차의 차양보다는 훨씬 더 효과적으로 호기심을 차단할 수 있어. 마차를 타고 있으면서 자신이 세상으로부터 고립되어 있다고 생각하는 사람들도 많은데 뭐!

오랜 기다림 끝에, 질투하는 사람들과 호기심 많은 사람들에게서 멀리 떨어져, 단둘이서, 서로 지난 괴로움을 한가로이 이야기하고 완벽한 만남의 열락을 맛볼 수 있게 된 젊은 연인들의 기쁨보다 더 완벽한 기쁨은 아무리 상상력이 풍부한 사람이라도 마음속에 그려볼 수 없을 것이 확실하다. 하지만 악마는 언제나 자신의 압생뜨 한방울을 행복의 잔에 따를 방법을 찾아낸다.

존슨은, 어느 그리스인의 말이라고 했으니 최초는 아니겠지만, "오늘 나는 행복하다"라고 자기 자신에게 말할 수 있는 사람은 아무도 없다고 썼다. 아주 먼 옛날 가장 위대한 철학자들이 인정한 이 진실을 많은 사람이 특히 대다수의 연인들은 여전히 무시한다.

푸른 방에서 레옹과 그의 연인은 보병들과 경기병들의 향연에 쓸 요리에서 슬쩍 빼낸 몇가지 요리로 꽤나 초라한 저녁식사를 하면서, 인접한 식당에서 장교들이 대화에 몰두해 있는 탓에 무척 고통을 겪어야 했다. 그들은 전략이나 전술과는 상관없는 얘기를 하고 있었는데, 그런 말은 옮겨 적지 않는 것이 나을 듯하다.

아주 심하게 외설스럽고 기발한 얘기들이 오가고, 폭소가 곁들여진 만큼, 우리의 연인들은 때때로 이런 폭소에 따라웃지 않기가 꽤 힘들었다. 레옹의 연인은 근엄한 여자가 아니었지만, 사랑하는 남자와 마주보고 있을 때에는 듣고 싶지 않은 것들이 있는 법이다. 상황은 점점 더 거북스럽게 되었고, 장교들의 후식이 나올 때쯤 되자, 레옹은 주방으로 내려가서, 식당의 옆방에 고통을 겪는 여자가 있으니 그들에게 좀 조용히 해달라고 하라고 주인에게 말해야겠다는 생각이 들었다.

단체 만찬이 있을 때면 으레 그렇듯이, 호텔 주인은 얼이 빠져서, 누구에게 먼저 대답해야 할지 몰랐다. 레옹이 장교들에 대한 전갈을 그에게 전했을 때, 한 종업원은 경기병들을 위한 샴페인을, 한 여종업원은 영국인을 위한 포트와인을 그에게 요청했던 것이다.

“없다고 했어요.” 여종업원이 덧붙였다.

“이런 바보. 우리 호텔에는 온갖 포도주가 있잖아. 없으면 만들어내야지! 라따피아하고 15도 포도주 그리고 브랜디를 한 병씩 갖다다오.”

주인은 포트와인을 순식간에 제조한 다음, 넓은 식당으로 들어갔고, 레옹이 조금 전에 그에게 표명한 전갈을 장교들에게 전했다. 그의 말은 곧 격앙된 반응을 불러일으켰다.

그러고는 한 장교가 다른 모든 장교를 제압하는 낮은 목소리로, 어떤 여자가 옆방에 있는지 물었다. 잠시 침묵이 흘렀다. 주인이 대답했다.

“아이고! 장교님들, 무슨 말을 해야 할지 잘 모르겠네요. 그 여자는 매우 얌전한데다가 수줍음을 잘 타고요, 마리-잔의 말로는 손가락에 결혼반지를 끼고 있답니다. 이따금 있는 일인데요, 결혼식을 하려고 여기 오는 신부일지도 모르겠군요.”

“신부라고?” 마흔 명의 목소리가 소리쳤다. “우리한테 건배하러 와야지! 그녀의 건강을 위해 건배하고 남편에게 부부간의 성적 의무를 가르쳐줍시다!”

이 말에 이어 요란한 박차소리가 들렸고, 우리의 연인들은 자신들의 방에 장교들이 몰려들 것이라는 생각에 소스라쳤다. 그런데 갑자기 한 목소리가 높아지더니 웅성거림이 멈춘다. 우두머리의 목소리임이 분명했다. 그는 장교들에게 무례한 언행을 질책했고, 다시 자리에 앉아 작은 소리로 점잖게 말하라고 명령했다. 그러고 나서 푸른 방에서는 들을 수 없을 만큼 낮은 목소리로 몇마디 덧붙였다. 그의 말에 모두 가만히 귀를 기울였지만, 어느정도 억제된 폭소가 이따금 터져나왔다. 그때부터 식당의 분위기는 비교적 조용했고, 우리의 연인들은 규율이 주는 유익한 권위에 대해 진심으로 기꺼워하면서, 좀더 마음 놓고 이야기를 나누기 시작했다…… 하지만 그토록 심한 소동이 있은 뒤에,

걱정과 지루한 여행과 특히 옆 식당에서 벌어진 요란한 향연으로 인해 몹시 흐트러져버린 부드러운 애정의 분위기를 되찾는 데에는 시간이 필요했다. 그렇지만 젊은이들은 어려움을 쉽게 떨쳐버리는 경향이 있고, 그래서 그들도 곧 자신들의 대담한 여행에서 느낀 모든 불쾌감을 잊어버리고서 여행의 가장 중요한 결과들만을 생각했다.

그들은 경기병들과 체결한 평화협정을 믿었으나, 슬프게도 그것은 휴전협정에 지나지 않았다. 그들이 전혀 예상하지 못했을 때, 그들이 이승에서 수천리나 떨어져 있었을 때, 프랑스 병사들 사이에 널리 알려진 「승리는 우리의 것이다!」라는 노래가 몇대의 트롬본으로 연주되는 가운데, 트럼펫 스물네 개의 소리가 울려 퍼졌다. 이러한 소동을 견뎌낼 사람이 있을까? 가련한 연인들은 정말 동정할 만했다.

*

아니, 그다지 동정할 만하지는 않았다. 왜냐하면 마침내 장교들이 식당을 떠나, 칼과 박차의 요란스러운 소리와 함께 푸른 방의 문 앞으로 열을 지어 행진했고, 한 사람씩 차례로 외쳤기 때문이다.

"안녕하십니까, 신부 마님!"

그러고 나서 모든 소음이 그쳤다. 아, 착각했다. 영국인이 복도로 나와 소리쳤다.

"이봐! 포트와인 한 병 더!"

N○○○의 호텔에 평온이 회복되었다. 온화한 밤이었고, 보름달이 떠 있었다. 아득한 옛날부터 연인들은 우리의 위성을 바라보면서 사랑을 속삭여왔다. 레옹과 그의 연인은 작은 정원 쪽으로 난 창문을 열고서, 아치형 통로를 이루고 있는 클레마티스(미나리아재빗과의 덩굴나무)의 향

기를 즐겁게 들이마셨다.

그렇지만 창가에 오래 머물지는 않았다. 정원에서 한 남자가 입에 여송연을 문 채 고개를 숙이고 팔짱을 끼고서 서성거리고 있었다. 레옹은 그가 맛있는 포트와인을 좋아하는 영국인의 조카라는 느낌이 들었다.

*

나는 쓸데없는 세부묘사를 싫어하는데다가, 독자가 쉽게 상상할 수 있는 것을 죄다 말하거나 N○○○의 호텔에서 일어난 일을 모두 시간대별로 이야기해야 한다고 생각하지 않는다. 그래서 하는 말인데, 푸른 방의 불 없는 벽난로 위에서 타던 촛불이 절반 이상 닳았을 때, 조용하던 영국인의 거처에서, 무거운 물체가 떨어지면서 나는 것 같은 이상한 소리가 들렸다. 그 소리에 이어 어떤 메마른 소리, 그 소리만큼이나 이상한 우지끈하는 소리가 났고, 숨이 막힐 것 같은 고함과 저주 비슷한 알아듣기 어려운 몇마디 말이 뒤따랐다. 푸른 방의 두 젊은 손님은 몸을 떨었다. 아마 소스라쳐 잠이 깼을 것이다. 원인을 알 수 없는 그 소리들은 두 사람에게 거의 불길한 느낌마저 불러일으켰다.

"영국인이 꿈을 꾸는 거야." 레옹이 애써 미소를 지으면서 말했다.

이런 식으로 그는 애인을 안심시키고자 했으나, 자기도 모르게 몸이 부르르 떨렸다. 이삼 분 뒤에, 복도에서 누군가가 문을 조심스레 여는 듯했고, 뒤이어 문이 아주 조용히 닫혔다. 필시 발걸음을 감추려 할 때 나는 것 같은 느리고 서투른 발소리가 들렸다.

"빌어먹을 여인숙 같으니!" 레옹이 외쳤다.

"아! 여긴 낙원이에요……" 젊은 여자는 레옹의 어깨 위로 머리를 기대며 대꾸했다. "졸려 죽겠어요……"

그녀는 한숨을 내쉬더니 곧바로 다시 잠들었다.

인간은 더이상 요청할 것이 없으면 수다를 떨지 않는다고 어느 저명한 모랄리스뜨(16~18세기 프랑스에서 인간성과 인간이 살아가는 법을 탐구하여 수필이나 단편적인 글로 표현한 문필가를 이르는 말)가 말했다. 그러니 레옹이 대화를 다시 이어가거나 N○○○의 호텔에서 들은 소리에 관해 전혀 얘기해보려 하지 않았다고 해서 놀랄 것은 없다. 그는 자신의 뜻과는 달리 그 소리에 신경이 쓰였고, 다른 정신상태에서라면 아무런 관심도 기울이지 않았을 여러 상황을 상상했다. 영국인의 조카가 내보인 험상궂은 표정이 기억났다. 아마 삼촌에게 돈을 요구하느라 그랬을 텐데, 말은 공손하게 하면서도 삼촌에게 던지는 시선에는 증오가 묻어 있었다.

아직 젊고 원기왕성한데다가 절망에 빠진 사람으로서, 정원에서 옆방의 창문으로 기어오르는 것보다 더 쉬운 일이 어디 있겠어? 게다가 밤에 정원에서 어슬렁거린 점으로 보아, 호텔에 묵고 있는 것이 분명해. 어쩌면…… 아마도…… 의심할 여지 없이, 자기 삼촌의 검은색 가방에 두툼한 지폐뭉치가 들어 있다는 것을 알았을 거야…… 그리고 대머리를 둔기로 내리치는 것 같은 그 둔탁한 소리!…… 그 억눌린 고함!…… 그 소름끼치는 저주의 말! 또한 곧이어 들려온 그 발소리! 그 조카는 살인자의 용모를 하고 있었어…… 하지만 장교들로 가득한 호텔에서 설마 살인을 저지를 사람은 없겠지. 아마 저 영국인은 신중한 사람답게, 특히 부근에서 건달이 얼쩡거린다는 것을 알고 있으니, 빗장을 질러놓았을 거야…… 손에 가방을 든 채로는 건달에게 가까이 가려고 하지 않았던만큼, 그를 불신하고 있으니까…… 이토록 행복한데 무엇 때문에 끔찍한 생각에 빠져드는 것일까?

이렇게 레옹은 생각에 잠겨 있었다. 그의 생각을 더 길게 분석하는 것은 삼가겠으나, 그는 거의 꿈속의 환영들만큼이나 혼란스러운 생각에 휩싸여, 푸른 방과 영국인의 방 사이에 나 있는 사잇문에 무의식적으로 시선을 고정했다.

프랑스에서는 출입문이 빈틈없이 닫히지 않는다. 사잇문과 마루판 사이에는 적어도 2센티미터쯤 되는 틈이 있었다. 마루판에서 반사되는 빛에 의해 가까스로 보이는 이 틈 사이로, 칼날처럼 보이는 거무스름하고 평평한 것이 갑자기 나타났다. 실제로 가장자리가 촛불의 빛을 받아, 매우 두드러지게 가느다란 선의 형태를 띠었다. 그것은 이 사잇문에서 그다지 멀리 떨어지지 않은 곳에 아무렇게나 벗어놓은 파란색 작은 쌔틴 실내화 한 짝을 향해 천천히 다가갔다. 지네 같은 곤충인가?…… 아니야, 곤충은 아냐. 형태가 일정하지가 않잖아…… 갈색의 띠 두세 개가 방으로 침투했는데, 모두 가장자리가 빛을 받아 반짝였어. 마루판이 기울어져 있어서, 움직임이 빨라지는군…… 순식간에 작은 실내화를 스쳐지나가는구나. 더이상 의심할 여지가 없어! 액체야, 촛불의 흐릿한 빛에 색깔이 뚜렷이 보였잖아, 피였어! 그런데 레옹이 미동도 하지 않은 채 이 끔찍한 띠 모양의 것들을 혐오스럽게 바라보는 동안, 젊은 여자는 여전히 편안하게 자고 있었고, 그녀가 규칙적으로 내쉬는 숨이 연인의 목과 어깨를 자극했다.

*

레옹이 N○○○의 호텔에 도착하면서부터 저녁식사를 주문하는 데 무척 세심한 주의를 기울였다는 사실로 충분히 입증되듯이, 그는 꽤 머리가 좋고 이것저것 치밀하게 예측할 줄 아는 사람이었다. 이미 누구나 인정할 수 있는 그 성격은 이 경우에도 여실히 발휘되었다. 그는 조금도 움직이지 않은 채, 자신을 위협하는 무서운 불행 앞에서 어떤 결심을 하기 위해 온 정신을 애써 긴장시켰다.

나는 내 독자와 특히 여성 독자 들 대부분이 영웅적인 감정에 북받쳐, 이런 상황에서 아무런 조치도 취하지 않은 레옹을 비난하리라고 생각한다. 영국인의 방으로 달려가서 살인을 제지하거나, 적어도 방울을 흔들어 호텔의 종업원들에게 알려야 했다고 나에게 말할 것이다. ―이에 대해 나는 우선, 프랑스의 호텔에는 방울이 장식용으로만 비치되어 있을 뿐이며 문을 열 때 쓰는 끈이 어떤 금속 장치에도 연결되어 있지 않다고 대답하겠다. 다음으로, 자기 옆에서 영국인 한 사람을 죽게 내버려두는 것이 나쁜 짓이긴 해도, 그를 위한답시고 어깨에 머리를 기대고 자는 여자를 희생시키는 것은 칭찬할 만하지 않다고, 정중하지만 단호하게 덧붙이겠다. 만일 레옹이 야단법석을 떨어 모든 이를 깨웠다면 무슨 일이 일어났을까? 헌병들, 제국 검사와 그의 서기가 즉각 도착했을 것이다. 이 양반들은 그에게 무엇을 보고 들었는지 묻기 전에, 직업상 모든 것을 알아야 하므로, 먼저 다음과 같이 말했을 것이다.

"이름이 무엇입니까? 신분증명서를 보여주시겠습니까? 부인 것은요? 푸른 방에서 함께 무엇을 했습니까? 중죄재판소로 출두하여 어느 달 며칟날 밤 몇시에 어느 사건을 목격했다고 증언해주셔야겠습니다."

그런데 레옹의 머리에는 정확히 이러한 제국 검사와 법률가들이 가장 먼저 떠올랐다. 살아가다보면 때로 해결하기 어려운 양심 문제들이 있는 법이니, 모르는 여행자의 목이 잘리도록 내버려두는 것이 나을까, 아니면 사랑하는 여자를 욕보이고 잃어버리는 것이 나을까?

이와 같은 문제를 스스로 제기해야 한다는 것은 난처한 일이다. 나는 가장 약삭빠른 사람에게 해결책을 간략히 제시하겠다.

그래서 레옹은 여러 사람이 그의 입장이라면 십중팔구 했을 만한 것을 했다. 즉, 움직이지 않았다.

파란 실내화 한 짝과 그것에 닿는 가느다란 붉은 핏줄기를 홀린 듯 오랫동안 바라보았는데, 관자놀이가 식은땀으로 젖었고, 가슴이 터질 듯이 고동쳤다.

일련의 기묘하고 끔찍한 생각과 이미지 들이 머리에서 떠나지 않았고, 매순간 내면의 목소리가 소리쳤다. '한 시간만 지나면, 모든 것이 알려질 것이고, 그것은 네 잘못이다!' 그렇지만 '그 생지옥에서 나는 무얼 하려 했던 것일까?' 하고 생각하게 되고, 그러면 결국 몇가닥 희망의 빛을 언뜻 보는 법이다. 그는 마침내 속으로 말했다.

'옆방에서 일어난 일이 발견되기 전에 이 빌어먹을 호텔을 떠나면, 아무도 우리의 흔적을 찾지 못할 거야. 여기에는 우리를 아는 사람이 하나도 없고, 나는 파란 안경을 쓴 모습으로만, 그녀는 베일로 얼굴을 가린 모습으로만 남의 눈에 띄었어. 여기서 정거장까지는 아주 가까우니까, 한 시간이면 N○○○에서 아주 멀리 벗어나 있겠지.'

그는 여행을 준비하느라 오랫동안 『안내서』를 뒤적거린 덕에, 빠리까지 가는 기차가 아홉시에 지나간다는 것을 기억해낼 수 있었다. 얼마 후면, 그토록 많은 죄인이 숨어드는 그 거대 도시로 가서 종적을 감출 수 있을 거야. 누가 거기에서 죄 없는 두 사람을 찾아낼 수 있겠어? 하지만 누군가가 여덟시 전에 영국인의 방으로 들어가면 어떡하지? 바로 그것이 문제로구나.

다른 방책이 없다고 확신한 그는 아주 오래전부터 사로잡혀 있는 무기력 상태에서 벗어나기 위해 필사적으로 노력했지만, 그가 막 움직이자마자, 그의 젊은 애인이 깨어나 그를 무턱대고 껴안았다. 그의 차디찬 뺨이 닿자, 그녀에게서 작은 외침이 새어나왔다.

"무슨 문제가 있나요?" 그녀가 걱정스러운 어조로 그에게 말했다.

"이마가 대리석처럼 차가워요."

"별것 아냐." 그가 자신 없는 목소리로 대답했다. "옆방에서 어떤 소리가 들렸어……"

그는 그녀의 품에서 몸을 빼내고는, 이제는 더이상 퍼지지 않고 마루판 위에 제법 널찍한 얼룩을 만들고 있는 흉측한 액체를 애인이 보지 못하도록 우선 파란 실내화를 치우고, 안락의자 하나를 사잇문 앞으로 갖다놓았다. 그러고 나서 복도 쪽으로 난 문을 조금 열고는 주의 깊게 귀를 기울였다. 영국인의 방문 앞으로 감히 다가가기까지 했다. 잠겨 있었다. 호텔에는 벌써 어떤 기척이 있었다. 날이 샜다. 안마당에서는 마구간 하인들이 말들에게 글겅이질을 하고 있었으며, 이층에서 한 장교가 박차를 울리면서 계단을 내려오고 있었다. 그는 인간보다 말에게 더 기분좋은, 전문 용어로 '보뜨(마량(馬糧) 분배를 알리는 나팔소리)'라 부르는 그 흥미로운 일을 감독하러 가는 중이었다.

레옹은 푸른 방으로 돌아왔고, 사랑에서 생겨나는 온갖 배려를 다하여, 온갖 에둘러 하는 말로, 연인에게 자신이 처한 상황을 설명했다.

머물러 있는 것도 위험하고, 너무 황급히 출발하는 것도 위험하며, 호텔에서 옆방의 참사가 밝혀지기를 기다리는 것은 훨씬 더 위험해.

이런 대화로 인해 공포가 야기되고, 눈물이 뒤따랐으며, 엉뚱한 제안들이 나왔다는 것은 말할 필요도 없다. 이 불우한 사람 둘은 서로 "미안해! 미안해!"라고 말하면서, 수도 없이 껴안았다. 각자 자신에게 더 큰 잘못이 있다고 생각했다. 그들은 함께 죽자고 약속했다. 왜냐하면 젊은 여자는 사법기관이 그들을 영국인 살해범으로 생각하리라는 것을 의심하지 않았기 때문이다. 그들은 사형대에 오르면 더이상 껴안을 수 없으리라 확신했으므로, 누가 먼저랄 것도 없이 눈물을 뿌리면서 숨이 막히도록 포옹했다. 터무니없는 말과 정답고도 애절한 말을 무수히 쏟아낸 그들은 수도 없이 입맞춤을 하면서도 마침내, 레옹이 궁리해낸 계획, 다시 말해서 여덟시 기차로 떠나는 것이 사실상 유일하게 실행 가능한 가장 좋은 방책이라고 생각했다. 하지만 견디기 힘든 두 시간을 보내야 했다. 복도에서 발걸음 소리가 들릴 때마다, 그들은 팔다리가 떨렸다. 딱딱거리는 장화 소리가 날 때마다, 그들은 제국 검사가 나타난 것이려니 하는 예감에 몸서리쳤다.

그들은 눈 깜짝할 사이에 짐을 꾸렸다. 젊은 여자는 파란 실내화를 벽난로에 넣어 태워버리자고 했으나, 레옹은 그것을 주워들고 침대 바닥깔개에 문지른 다음, 입을 맞추고 주머니 안에 집어넣었다. 그는 실내화에서 바닐라향이 난다는 것을 깨닫고 당황했는데, 그의 연인이 쓰는 향수는 황후 외제니의 방향(芳香)이었다.

이미 호텔의 모든 사람이 잠에서 깼다. 남자 종업원들의 웃음소리, 여자 종업원들의 노랫소리, 병사들이 장교들의 옷을 솔질하는 소리가 들렸다. 조금 전에 시계의 종소리가 일곱시를 알렸다. 레옹은 연인에게 우유가 든 커피를 한잔 마시게 하고 싶었지만, 그녀는 목구멍이 몹시 조여서 뭘 마시려고 하면 죽을 것 같다고 손사래를 쳤다.

레옹은 파란 안경을 쓰고, 숙박비를 내러 내려갔다. 주인은 지난밤의 소음에 대해, 장교들이 내내 그토록 조용했는데 무슨 소리가 그렇게 났는지 모르겠다고 하면서, 그에게 거듭 용서를 구했다! 레옹은 주인에게 자기는 곯아떨어져서 아무 소리도 듣지 못했다는 것을 확실히 했다.

"가령 다른 쪽의 옆방 손님에게는 틀림없이 시달리지 않으셨을 테죠." 주인이 말을 이었다. "그 손님은 심하게 떠들지 않으니까요. 아직도 푹 자고 있는 것이 분명합니다."

레옹은 쓰러지지 않으려고 계산대에 몸을 단단히 기댔고, 그를 굳이 따라온 젊은 여자는 눈앞의 베일을 꽉 쥐면서 그의 팔에 매달렸다.

"영국 귀족이죠." 무정한 주인이 계속 말했다. "그분께는 늘 최선을 다해야 한답니다. 아! 정말이지 품위있는 사람이에요! 하지만 영국인이라고 다 그분 같지는 않아요. 쩨쩨한 영국인이 한 사람 여기 있었지요. 그는 숙박비, 저녁식사 등 모든 것을 너무 비싸다고 생각하더라고요. 한번은 5파운드짜리 영국지폐를 125프랑으로 쳐달라고 했다니까요…… 사람만 좋다면야!…… 아마도, 손님, 그를 잘 아실지도 모르겠네요. 손님이…… 부인과 영어로 말하는 것을 들은 적이 있거든요…… 괜찮은 사람이던가요?"

주인은 이렇게 말하면서, 그에게 5파운드짜리 은행권을 보여주었다. 한귀퉁이에 붉은색의 작은 얼룩이 있었는데, 레옹은 그것이 무엇인지 금방 눈치챘다.

"아주 좋은 사람이라고 생각해요." 그가 목이 멘 소리로 말했다.

"오! 시간은 충분합니다." 주인이 말을 이었다. "기차는 여덟시에만 있는데, 언제나 연착이랍니다. 그러니 좀 앉으시죠, 부인, 피곤해 보이시는군요……"

그때 뚱뚱한 여종업원 한 사람이 들어왔다.

"따뜻한 물 좀, 빨리요, 영국 귀족에게 차를 끓여줘야 해요! 스펀지도요! 그분이 술병을 깨뜨려서, 온 방안이 흥건해요."

이 말에 레옹은 의자 위로 스르르 주저앉았고, 그의 연인도 마찬가지였다. 둘 다 웃고 싶어 안달이 날 지경이었고, 터져나오는 웃음을 참느라 몹시 애를 썼다. 젊은 여자가 유쾌한 기분으로 그의 손을 꽉 쥐었다.

"정말이지, 두시 기차로나 떠나야겠어요." 레옹이 주인에게 말했다. "우리에게 근사한 점심 요리를 해주세요."

더 읽을거리

단편집 『모자이크』(*Mosaïque*)는 아직 완역되지 않았다. 다만 「마떼오 팔꼬네」(Mateo Falcone)는 여러 군데에 번역되어 있다. 이밖에 『카르멘』(남희영 옮김, 바움 2004)을 포함하여 역사소설 『샤를르 9세 존위연대기』(강거배 옮김, 휘문출판사 1980)와 『콜롱바』(박순만 옮김, 정음사 1976) 등을 읽어볼 수 있다.

Jules-Amédée Barbey d'Aurevilly

| 쥘-아메데 바르베 도르비이 |

1808~89

도르비이는 노르망디의 유서깊은 가문 출신으로 하느님과 국왕의 편에서 과학만능주의, 실증주의, 평등주의를 매섭게 공격한다. 모든 것의 저편, 사람과 사물의 감춰진 면모, 표면보다는 이면을 들여다보려는 성향으로 인해 악마주의에 매혹되어 불안과 환상으로 가득한 풍경을 즐겨 그리는 그의 이야기들에서는 어느정도 지옥의 냄새가 풍긴다. 그는 에밀 졸라의 반대편에 서 있는 작가이자, 시대의 이단아라고 말할 수 있다. 1869년부터 『꽁스띠뛰씨오넬』(*Constitutionnel*)이라는 잡지의 문학담당자가 되어 발자끄, 스땅달, 보들레르를 정당하게 평가했다. 그의 소설은 대부분 노르망디가 무대이고 병적인 열정과 기괴한 범죄를 다루는 공포소설이다. 대표작으로는 『마법에 걸린 여자』(*L'ensorcelée*, 1854), 반혁명 올빼미당원의 반란을 그린 『데 투슈 기사』(*Le Chevalier des Touches*, 1864), 새로운 체제하에서 성직자가 겪는 고통이 주제인 『결혼한 사제』(*Un prêtre marié*, 1865), 단편집 『악마 같은 사람들』(*Les diaboliques*, 1874) 등이 있다.

■ 무신론자들의 저녁식사 A un dîner d'athées

흔히 만찬에는 흥미로운 이야기들이 곁들여진다. 만찬은 이야기의 경연장이다. 특히 이 「무신론자들의 저녁식사」에서는 먹는 장면의 묘사가 전혀 없다. 전직 사제와 퇴역군인들의 신성모독의 경험이 이야기될 뿐이다. 그중에서 메닐의 이야기가 단연 압권이다.

로잘바는 장미(rose)와 새벽(aube)을 뜻하고 그녀의 별칭 뿌디까는 정숙한(순결한) 여자를 의미한다. 그러나 이름과는 달리 그녀는 부대의 창녀이다. 이도프라는 묘한 미남장교의 아내이자, 수많은 군인들과 관계를 맺는 여자다. 그런데도 수줍어하는 처녀의 모습을 하고 있다. 몸이 곧 영혼인 여자, 관능과 수줍음의 화신, 창녀이면서 동시에 동정녀 마리아 같은 여자이다. 게다가 이른 나이에 죽어버리긴 하지만 아들을 낳았으니 어머니이기도 하다. 여성성의 총체라 해도 과언은 아닐 것이다. 이런 여자가 남편과 싸우면서 내뱉는 욕설, 남자를 미쳐 날뛰게 하는 모욕적인 말, 그리고 남편과 번갈아가며 죽은 아기의 심장을 무기처럼 사용하는 모습은 끔찍하다 못해 전율적이기까지 하다.

처음의 성당 장면은 메닐 이야기의 마지막 장면과 조응된다. 성모 마리아의 제실에서 사제-아버지는 노란 밀랍 양초의 불을 끄고 고해실로 다시 들어가 나오지 않는다. 남자-아들은 오랫동안 지니고 다니던 아기 심장을 주머니에서 꺼내 사제에게 건네준다. 어둠이 깔린 성당은 "보는 것보다 듣는 것이 더 수월하다"는 점에서 메닐이 벽장에 숨어 싸우는 소리를 엿듣는 장면과 비슷하다. 게다가 어둠속에서 사랑하는 남녀의 관계는 신과 신자 사이의 관계와 마찬가지라는 것이 작가의 생각인만큼 더욱 그렇다. 그러나 분위기는 정반대이다. 처절하고 참혹한 이야기의 마지막 장면에 비해 첫 장면은 대단히 서정적이고 차분하게 가라앉은 듯한 분위기를 풍긴다.

저녁을 먹다가 랑쏘네의 윽박지름 때문에 시작된 메닐의 이야기는 메닐(Menil)이 메닐그랑(Menilgrand, 'grand'은 크고 위대하다는 뜻)으로 변화하는 과정을 보여준다고도 할 수 있다. 이 사실을 간파하는 사람은 그의 아버지뿐이다. 이 작품에서 시종일관 늙은 메닐그랑 씨라 불리는 그의 아버지는 '커피가 그의 이야기만큼 진하다면 맛있을 것'이라고 말함으로써 흐뭇함을 표시한다. 시대상황 때문에 거세된 삶을 살아야 했던 이 남자들의 이야기는 그야말로 진한 진실의 커피 한잔을 함께 마신 것 같은 깊은 공감을 안겨준다. 그러나 랑쏘네를 비롯한 모든 사람들은 충격을 받은 듯 "의미심장한 침묵에 눌려" 아무 말도 하지 못한다. 이 작품의 독서를 끝낸 독자들의 반응도 이와 같을 것이다.

무신론자들의 저녁식사

이것은 신 없는 사람들에게 걸맞다.

—알랭

○○○시의 거리에 얼마 전부터 땅거미가 지고 있었다. 하지만 서부 지방의 이 활기찬 소도시의 성당에는 이미 어둠이 깃들어 있었다. 성당은 거의 언제나 먼저 어두워진다. 채색유리창의 흐린 반사광 때문이건, 곧잘 숲의 나무와 궁륭의 그림자에 비유되곤 하는 기둥들의 교차 때문이건, 성당에는 다른 어떤 곳보다 더 빨리 어둠이 깔린다. 이렇게 성당은 바깥에서 햇빛이 사라지는 것보다 조금 먼저 어두워지는데도, 성당의 문이란 문은 좀처럼 닫히지 않는다. 대체로 성당의 문들은 삼종기도 시간을 알리는 종이 울릴 때까지, 예컨대 경건한 도시들에서는 성대한 축일의 전날 밤이면 이튿날의 영성체를 위해 수많은 사람이 고해하러 오기 때문에 때로 매우 늦게까지 열려 있다. 지방 성당들은 하루 중 저녁시간에 가장 붐비는데, 일이 끝나고 빛이 사그라지면서 사람들은 기독교도의 영혼이 죽음과 닮게 되고 죽음이 찾아올지도 모르

는 밤을 맞이하려고 준비한다. 이런 저녁시간에는 누구나 기독교가 지하묘지의 딸이며 기독교에는 언제나 어린시절의 애수 같은 무언가가 깃들어 있음을 아주 분명히 느낄 수 있다. 아직도 기도의 힘을 믿는 사람들이 영혼의 가장 깊은 욕구에 확실히 부합하는 텅 빈 중앙 홀의 그 신비한 어둠속에서 무릎을 꿇고 팔꿈치를 괴고 두 손으로 얼굴을 감싸러 오는 것은 바로 이때인데, 실제로 사교생활을 좋아하는 정열적인 우리들이 사랑하는 여자와 단둘이서 몰래 마주 보는 일도 어둠속에서라야 더 친근감이 들고 더 관능을 자극하는 듯하다면, 하느님과 함께하는 독실한 신자들의 경우에도, 감실 앞에 어둠이 내리고 그들이 어둠속에서 하느님께 직접 말할 때에는 우리와 마찬가지 기분이 들지 않겠는가?

그런데 그날 평상시처럼 저녁 기도를 하러 ○○○성당에 온 경건한 사람들은 바로 이런 식으로 하느님께 말하는 듯했다. 그날은 일요일이었으므로 저녁 예배가 끝난 지 두 시간도 더 되었고, 그뒤로도 내진(內陣, 성당에서 성직자와 성가대가 차지하는 자리)의 둥근 천장에 자욱하게 훈향이 피어올라 오랫동안 푸르스름한 구름 닫집을 만들었지만, 안개 낀 가을날의 황혼으로 흐릿한 도시의 가로등에도, 바랑주리의 기숙학교 정면에 있었지만 지금은 거기 없는 성모상의 철망 씌운 작은 등잔에도 아직 불이 켜지지 않았다. 성당 안에는 벌써 어둠의 장막이 짙게 드리워, 돛대에서 펼쳐지는 돛처럼 궁형의 통로들을 가로막은 듯했다. 중앙 홀의 서로 멀리 떨어진 두 기둥 사이의 모퉁이에 놓인 가느다란 촛대 두 개와, 캄캄한 주변보다 더 깊은 내진의 어둠속에서 고정된 작은 별장식을 날카롭게 비추는 성소의 등잔에서는, 유령 같은 희미한 빛이 흘러나와 중앙 홀과 측랑을 뒤덮은 어둠 위로 흐물거렸다. 이렇게 스며든 흐릿한 빛 속에서는 어렴풋하게 서로 바라보는 것은 가능했지만, 얼굴을 알아보는 것은 불가능했다…… 어슴푸레한 빛 속 여기저기에는 배경 위로 어렴풋이 드러나지만 배경보다는 좀더 불투명한 무리들, 구부린 등들, 바닥에 무릎을 꿇은 몇몇 서민 여자들의 하얀 머리쓰개들, 두건이 앞으로 기울어져 있는 소매 없는 짧은 외투(성직자들의 의복) 두어 개가 언뜻 보였지만, 그것이 전부였다. 보는 것보다는 듣는 것이 더 수월했다. 고요하고 소리가 잘 울리는데다 정적 때문에 목소리가 더 낭랑하게 들리는 이 넓은 내부 공간에서, 낮은 목소리로 기도하는 모든 입에서는 하느님의 눈에만 보이는 무수한 영혼의 소리 같은 독특한 중얼거림이 새어나왔다. 이따금 한숨으로 끊기는 이 가느다란 중얼거림의 연속, 적막한 성당의 어둠속에서 그토록 인상적으로 들려오는 이 속삭이는 듯한 입술소리는, 측랑의 문들 가운데 하나가 방금 막 들어온 사람 뒤로 다시 닫히면서 경첩이 삐걱거리는 소리, 제실들의 가장자리를 따라 걷는 사람의 민첩하고 낭랑한 나막신 소리, 어둠속에서 의자가 발에 걸려 넘어지는 소리, 믿음이 깊은 사람들답게 주님의 거처의 성스러운 울림을 존중하여 억지로 참는 바람에 플루트의 곡조처럼 순해지는 그 모든 기침 사이로 한두 차례 터져나오는 제법 큰 기침소리에 의해 때때로 흐트러질 뿐 어떤 것에 의해서도 중단되지는 않았다. 게다가 이 잡음들도 빠르게 지나갈 뿐, 주의 깊고 열렬한 영혼들이 변함없이 되풀이하는 기도와 끝없이 내뱉는 중얼거림 속에 묻혀버렸다.

매일 저녁 ○○○성당에 모여들어 명상에 잠기는 이 독실한 가톨릭 신자들의 무리 중에서 아무도 그 한 사람에게 주목하지 않은 것은 바로 이러한 사정 때문이었는데, 만일 그를 알아볼 수 있을 만큼 날이 밝았다면 그는 확실히 여러 신자들을 놀라게 했을 것이다. 그는 성당에 나오는 사람이 아니었다. 성당에서 그를 본 사람은 아무도 없었다. 그는 여러 해 동안 고향 도시를 떠나 있다가 돌아와 임시로 머물게 된 이래로 성당에 발을 들여놓지 않았다. 그렇다면 도대체 왜 그날 저녁에는 성당에 갔던 것일까?…… 어떤 감정, 어떤 생각, 어떤 계획에서 그는 하루에도 여러 번 마치 존재하지 않는 듯이 지나치곤 했던 이 문의 문턱을 넘기로 결심하게 되었을까?…… 그는 어느 모로 보나 몸집이 큰 사람이었는데, 비가 많이 내리는 서부지방의 습한 기후 때문에 녹색으로 변한 문, 자신이 들어가기 위해 접어든 궁형의 낮고 작은 그 문 아래로 지나가려면 그는 큰 키만큼이나 자존심도 굽혀야 했을 것이다. 요컨대 그의 정열적인 머릿속에는 시적인 정취가 없지 않았던 것이다. 그는 이곳으로 들어갈 때 충격을 받았을까? …… 그는 아마 잊고 있었을 테지만, 이 성당의 내부는 광장의 보도보다 낮은데다 주 제단보다 높은 곳에 위치한 정면의 현관에서 몇 단의 계단을 통해 안쪽으로 내려가게 되어 있는 구조 탓으로 지하 납골당처럼 음산했다. 그는 성 비르기타(당시에 프랑스어로 번역된 성 비르기타의 『계시』를 말한다)를 읽은 적이 없었다. 만일 읽었다면, 알아듣기 힘든 속삭임으로 가득한 이 어두운 분위기 속으로 들어가면서 연옥의 광경이라든가, 아무도 보이지 않는 가운데 벽에서 낮은 목소리와 한숨이 들려오는 음울하고 소름끼치는 공동침실을 떠올렸을 것이다…… 게다가 어떤 인상을 받았건, 그다지 자신감도 없고 기억이 남아 있다 해도 별로 확실하지 않은 탓에, 측도(側道)에 들어가서 한가운데에 멈춰선 것은 사실이다. 그를 지켜본 사람이 있었다면, 틀림없이 그가 어둠 때문에 알아보기 힘든 어떤 사람이나 물건을 찾고 있다고 생각했을 것이다…… 그렇지만 눈이 어둠에 약간 익숙해지고 주변 사물의 윤곽이 다시 보이기 시작하자, 마침내 빈민 좌석의 끝자리에서 무릎을 꿇었다기보다는 오히려 주저앉은 자세로 묵주기도를 드리고 있는 한 거지 노파가 얼핏 보였고, 그래서 그녀의 어깨를 건드리면서 성모 마리아 제실이 어디인지, 본당 신부의 이름을 대고는 그의 고해소가 어디인지 물었다. 아마 오십년 전부터 ○○○성당의 집기였을, 빗물받이 돌에 새겨진 괴물들만큼이나 이 성당에 특유한 빈민 좌석, 그 좌석에 앉은 이 늙은 단골이 알려준 대로, 문제의 남자는 하루의 성무일과로 인해 이리저리 흩어져 있는 의자들을 가로질러 큰 어려움 없이 제실 안쪽의 고해소에 이르렀고 그 앞에 우뚝 섰다. 성당에 기도하러 온 것은 아니지만 그래도 예의바르고 근엄한 태도를 취하고자 하는 사람들이 으레 그렇게 하듯이, 그는 팔짱을 낀 자세로 서 있었다. 그때 이 제실 주위에서는 성 로사리오 회(會)의 부인 몇몇이 기도를 하고 있었는데, 그녀들은 이 사람이 눈에 띄었다 해도 그를 불경스럽다고 말할 수는 없었겠지만, 믿음이 없어 보이는 것은 분명히 알아볼 수 있었다. 사실, 고해성사가 있는 저녁이면, 색 테이프로 장식된 방추형의 성모 마리아 과일나무 곁에 제실을 밝히는 구부러진 노란 밀랍 양초 하나가 켜져 있는 것이 보통이었으나, 많은 무리가 오전에 영성체를 하고 이제 고해소에는 아무도 없었으므로, 고해소의 사제는 혼자 명상에 잠겨 있다가 밖으로 나와서 노란 밀랍 양초를 끄고 나무로 된 작은 독방 같은 자기 자리로 돌아가 마음을 흩뜨리는 외부의 모든 것을 차단해주고 묵상을 풍요롭게 해주는 어둠속에서 다시 명상을 계속했다. 사제의 매우 단순한 이 행동은 명상을 위해서였을까, 아니면 우연, 변덕, 절약 또는 이런 종류의 어떤 다른 이유 때문이었을까? 그런데 제실로 들어와 잠시 동안만 머물렀을 뿐인 그 남자가 자기 신분을 굳이 감추려 했다면, 확실히 이 상황은 그에게 큰 도움이 되었을 것이다…… 그가 도착하기 전에 촛불을 끈 사제는 격자무늬 문살을 가로질러 그를 얼핏 보고는, 고해소 안쪽에 그대로 앉은 채 문을 활짝 열었고, 남자는 팔짱을 풀더니 알아볼 수 없는 물건 하나를 주머니에서 꺼내 사제에게 내밀었다.

"자요, 신부님!" 그가 낮지만 분명한 목소리로 말했다. "제법 오랫동안 지니고 다녔습니다!"

그러고는 더이상 말이 없었다. 사제는 마치 그 물건이 무엇인지 알고 있기라도 한 듯 받아들고는 고해소의 문을 침착하게 다시 닫았다. 성 로사리오 회의 부인들은 사제에게 말을 건 남자가 무릎을 꿇고 고해를 하리라고 생각했지만, 제실 계단을 민첩하게 내려가서 처음에 들어올 때 이용한 측도로 돌아가는 그의 모습을 보고는 대단히 놀란 기색이었다.

하지만 그녀들이 놀랐다 해도 그는 그녀들보다 훨씬 더 놀랐다. 성당 밖으로 나가기 위해 되짚어 올라간 측도 한가운데에서 갑자기 건장한 두 팔에 붙들렸고, 그토록 신성한 장소인데도, 끔찍스러울 만큼 파렴치한 웃음소리가 코앞에서 들리기 시작했기 때문이다. 다행히도 그는 바로 눈앞에서 웃고 있는 치아를 보고 상대방을 알아보았다!

"제기랄!" 상대방이 웃으면서 동시에 낮은 목소리로, 그렇지만 가까이에 있는 사람은 이 불경하고도 무례한 언사를 들을 수 있게끔 말했다. "이봐 메닐, 이런 시간에 성당에서 도대체 무얼 하고 있는 거야? 이제 우리는 아비야에서 수녀들의 두건을 그토록 멋지게 구겨놓던 시절처럼 에스빠냐에 있는 게 아니잖아."

그가 '메닐'이라고 부른 사람은 화난 몸짓을 했다.

"입 다물어!" 그가 곧 폭발할 듯한 목소리를 억누르며 말했다. "취한 거야?…… 여긴 경비대 안이 아니라 성당이야, 악담을 늘어놓을 곳이 아니라고. 어서! 욕은 그만 해! 자 자, 얌전히 여기서 나가자고."

그러고 나서 그는 발걸음을 빨리했고, 상대방이 뒤따르는 가운데 작고 낮은 출입문을 빠져나가, 마침내 그들은 바깥 거리의 넓은 곳으로 나와서 한껏 큰 소리로 말할 수 있게 되었다.

"지옥의 벼락이나 맞아 뒈져버려, 메닐!" 몹시 화가 난 듯 보이는 상대방이 말을 이었다. "프란체스코 파 수도사가 될 거야 뭐야?…… 그러니까 미사로 먹고살 거야?…… 너, 메닐그랑이, 너 샹보랑 대대장이, 하찮은 성직자처럼, 성당에서!"

"그래, 정확히 맞혔어!" 메닐이 침착하게 말했다.

"너를 뒤따라왔어. 네가 성당으로 들어가는 걸 보고 깜짝 놀랐어. 내 명예를 걸고 말하지만, 설령 내 어머니가 능욕당하는 걸 봤다 해도 그렇게 놀라진 않았을 거야. 속으로 중얼거렸지. 사제라는 족속들이 있는 저 곳간에 도대체 무얼 하러 가는 걸까?…… 그러고는 몹시 수상하다고 생각했고, 그래서 어떤 천하고 바람기 있는 젊은 여공이나 유명한 귀부인 때문에 네가 거기로 가는 것인지 확인하고 싶었다고."

"거기엔 오직 나만을 위해서 간 거야, 이 친구야," 메닐이 상대방의 속을 알 수 없을 때 지어보이는 표정, 즉 가장 철저한 경멸을 나타내는 냉정한 표정으로 말했다.

"그래서 어느 때보다 더 크게 놀라는구먼!"

"이 친구야," 메닐이 걸음을 멈추면서 말을 이었다. "……나 같은 사람들은 아주 먼 옛날부터…… 자네 같은 사람들을 놀라게 하는 데에는 정말로 재주를 타고났지."

그는 추적당하기를 원하지 않는 중요한 사람처럼 등을 돌리고 발걸음을 재촉하여 지조르 가로 올라가서는, 한 모퉁이에 자기 집이 있는 뛰랭 광장으로 되돌아왔다.

그는 자기 아버지, 그 도시 사람들이 이야기할 때 부르는 이름으로는 늙은 메닐그랑 씨의 집에 살고 있었다. 그의 아버지는 부유하고 인색한(인색하다고들 하는), 사람들 말로는 구두쇠인 노인으로, 여러 해 전부터 빠리에 사는 아들이 ○○○시에 머무르는 석 달 동안을 제외하고는 어느 누구와도 어울리려 하지 않았다. 그때가 되면, 평소 아무도 만나지 않던 이 늙은 메닐그랑 씨는 아들의 옛 친구와 군대 동료 들을 초대해 대접하며, 음식(속담에서 찬양된 그 **평민 음식**(이때 속담이란 "Il n'est chère que de vilain"으로, 직역하면 '음식은 평민의 것만한 게 없다'라는 뜻. 따라서 구두쇠가 식사 대접을 작정할 때에는 다른 사람보다 훨씬 더 성대하게 차린다는 의미이다))이 몹시 근사한만큼, 이 고장의 호방한 사람들이 말하듯이, 곳곳에서 아주 방탕하고 보기 흉하게 벌어질 수차례의 호화로운 구두쇠의 저녁식사에 돈을 쓰기 시작했다.

이에 대해 독자의 어림짐작을 위해 말하건대, 그 시기에 ○○○시에는 유명하고 유별난 징세청부인(관직이나 귀족 신분을 얻기 위해 내야 하는 돈(세금)을 받아 국왕에게 전달하는 일을 하는 관리)이 있었는데, 그가 거기에 도착할 때면 여섯 필의 말이 끄는 호화로운 사륜마차가 성당으로 들어가는 듯한 인상을 주었다. 이 뚱뚱한 남자는 꽤나 하찮은 징세청부인이었지만, 얄궂게도 타고난 소질 덕분에 대단한 요리사가 되었다. 1814년에 그는 강(1794년 프랑스에 병합되었으나 오늘날은 벨기에에 속하는 항구도시)으로 도망치는 루이 18세에게 한 손으로는 자기 담당지역의 돈궤를, 다른 한 손으로는 송로(松露) 쏘스를 가져다줬는데, 송로 쏘스는 일곱 가지 죄악의 악마들에 의해 조리된 듯싶을 만큼 감미로웠다는 이야기가 나돌았다. 루이 18세는 당연히 사례 한마디 하지 않고 돈궤를 받았지만, 쏘스에 대해 감사하는 마음에서, 학자나 예술가를 제외하고는 거의 수여하지 않는 성 미카엘 훈장의 커다란 검은색 리본을, 바쁜 징세업무에 종사하게 된 이 탁월한 요리사의 불룩한 윗배에 달아주었다는 것이다. 물결무늬가 있는 이 넓은 리본을 언제나 흰 조끼에 붙이고 뚱뚱한 배에는 불을 밝힌 듯한 금빛 훈장을 다는데다가, 성 루이 축일이면 칼을 차고 프랑스식 벨벳 옷을 걸쳐서 마치 은색으로 분칠한 영국 마부 서른여섯 명처럼 오만하고 건방져 보이고, 자신이 만든 쏘스의 절대적 권위에 모두가 굴하게 되어 있다고 생각하는 그 뛰르까레(르싸주의 산문희곡, 징세청부인에 대한 날카로운 풍자극 『뛰르카레 또는 징세청부인』(*Turcaret ou le Financier*, 1709)에 나오는 주인공) 같은 델또끄 씨(그의 이름은 델또끄였다)는 ○○○시에서 거의 태양과 같은 호사를 누리는 허영심 넘치는 인물로 통했다…… 저런! 저녁식사를 하면서 마흔아홉 가지 서로 다른 종류의 기름기 없는 고기수프를 만들 수 있다고 자랑했지만 그것들이 얼마나 기름진 음식인지 알지 못하는—이런 일은 한없이 많았다—바로 이 고위 인물과 늙은 메닐그랑 씨의 여자요리사는 늘 싸우곤 했고, 그래서 늙은 메닐그랑 씨는 아들이 ○○○에 머무르는 동안 이것에 늘 신경이 쓰였다!

이 귀족 노인은 아버지로서 아들을 자랑스럽게 여겼고, 또한 아들 때문에 서글퍼했는데, 여기에는 그럴 만한 이유가 있었다. 그의 젊은이(이것은 그가 아들을 부를 때 쓰는 호칭이다)는 마흔살이나 먹었는데도, 제정(帝政)의 붕괴를 초래한데다 마치 자신의 역할과 영광을 잃어버린 듯이 당시 그저 황제일 뿐이던 분의 운명을 뒤집어놓은 타격, 그 동일한 타격으로 인해 그 역시 삶의 의욕이 꺾여버렸던 것이다! 그 시대에 장군이 될 소질을 갖추고 열여덟살에 근위간부 후보생으로 출발한 그는 소망이 어려 있는 온갖 깃털장식을 챙 달린 털모자에 꽂고서 제정 시기에 벌어진 여러 전쟁에 종군했지만, 워털루의 마지막 천둥소리가 그의 야심을 마침내 잿더미로 만들어버렸다. 아무리 강한 남자라도 자기가 했던 맹세를 잊게 만드는 엘베 섬으로부터의 귀환에, 마치 자유의지를 잃어버린 듯이 저항할 수 없을 정도로 매혹되었기 때문에, 왕정복고를 맞이하여 자기 부대로 복귀하지 않은 사람들 중에는 그도 포함되어 있었다. 소설에 나오는 것처럼 용감한 그 샹보랑 연대의 장교들에게서 "누구라도 메닐그랑만큼 용맹할 수는 있지만 그를 넘어서는 것은 불가능하다"라는 찬사를 받은 사람, 대대장 메닐그랑은 근무상태가 자신과 비교할 수조차 없을 정도로 뒤처지는 연대 동료들 중 몇몇이 보란 듯이 국왕 근위대의 가장 뛰어난 연대들을 지휘하게 되는 것을 지켜보았는데, 비록 그가 질투심이 없다 할지라도 이것은 그에게 가혹한 번민이었다…… 그는 놀랍도록 강한 성격의 소유자였다. 18년 전 고향 도시를 격분에 휩싸이게 했고 그 자신을 죽을 뻔하게 하기도 했던 이 과격한 사람의 말할 수 없이 무시무시한 정열은 거의 고대 로마시대와 같은 군대 규율만이 저지할 수 있었다. 실제로, 18년 전, 그는 과도한 여성편력과 무분별한 방종 때문에 신경질환, 일종의 척추 노점(癆漸, 몸이 점점 수척해지는 중추신경질환)에 걸렸는데, 이로 인해 등줄기를 따라 몹시 뜨거운 뜸을 떠야 했다. 과거의 그 방탕함과 마찬가지로 ○○○시를 공포에 빠뜨린 이 끔찍한 치료행위는, 공포를 통해 민중들을 교화하듯, 도시에서 집안의 아버지가 자기 자식을 교화하기 위해 자식에게 타산지석으로 삼으라고 강요하는 일종의 형벌이었다. 아버지들은 자기 자식을 이끌어 젊은 메닐그랑의 살이 뜸으로 타들어가는 것을 보게 했는데, 그 와중에도 그가 불의 고통에서 벗어나는 것은 오로지 의사들이 말하는 지옥 체질 덕분이었고, 그가 불꽃을 그토록 잘 견뎌낸 것으로 보아 이것은 적절한 말이었다. 따라서 뜸 치료가 끝나고 나중에 피로와 상처 그리고 군인에게 닥칠지 모르는 신체상의 모든 골칫거리를 버텨낸 그토록 대단히 특출난 체질에 힘입어 여전히 건장한 메닐그랑이, 팔은 부러지고 칼은 칼집에 꼼짝없이 처박힌 채, 군인으로

서 꿈꾸던 위대한 미래에 대한 생각을 접고 이제부터는 목적도 없는 중년 남자로서 자기 모습을 바라보았을 때, 그의 마음은 극심한 분노로 끓어올랐다…… 그가 자기 처지를 이해하고 받아들이도록 하기 위해 자신과 비교할 수 있는 사람을 역사에서 찾아야 한다면, 유명한 부르고뉴 공 샤를 호담왕(豪膽王, 1467년 부르고뉴 공이 되어 루이 11세의 절대왕정 강화에 맞섰으므로 이 별명을 얻었다)까지 거슬러 올라가야 할 것이다. 어처구니없는 갖가지 운명에 관심을 기울인 어느 기발한 모랄리스뜨는, 이를 설명하기 위해, 인간이란 어떤 사람들은 액자에 의해 머리나 가슴이 잘리고 다른 사람들은 액자가 터무니없이 커서 난쟁이의 모습으로 줄어들어 사라지는 초상화와 같다고 주장했다. 위대한 역사적 영광을 위해 태어났으나 그럴 기회를 잃어버린 뒤 사생활의 어둠속에서 죽게 된 메닐그랑, 바스-노르망디의 보잘것없는 시골 귀족의 아들은 역사에서 냉혹한 자라 불리는 그 호담왕처럼 지속적인 격노, 독기, 지독한 궤양과도 같은 무서운 힘을 갖게 되었는데, 그것으로 무엇을 할 것인가? 비록 한 곳과 두 곳이라는 차이는 있지만, 그를 길거리로 내던져버린 워털루에 대해 그가 맺고 있는 관계는 그랑쏭과 모라에 대한 호담왕의 관계, 낭씨의 눈밭 속에서 숨을 거둔 그 벼락같은 인간(그랑쏭과 모라에서 치러진 전투에서 패배하고 이듬해 낭씨를 앞에 두고 죽은 샤를 호담왕. 그의 시신은 눈에 반쯤 파묻힌 상태로 발견되었다)의 관계와 같았다. 다만, 누구든지 끌어내리려는 사람들이 속된 말로 얘기하는 경쟁에서 밀려난 대대장 메닐그랑에게는, 눈이, 그리고 낭씨가 없었을 뿐이다. 그 시절에는 누구나 그가 자살하거나 미쳐버릴 것이라고 생각했다. 그러나 그는 결코 자살하지 않았고, 그의 머리는 멀쩡했다. 그는 광인이 되지 않았다. 농담하기 좋아하는 사람들은 그를 두고 이미 미치광이라고 말했다. 웃기기 잘하는 사람은 늘 있는 법이다. 그가 자살하지 않았다 해도 그의 친구들이라면 그에게 그 이유를 물을 수 있었을 테지만 그의 기질이 워낙 유난한 탓에 실제로 묻지는 않았는데, 그는 독수리의 부리를 짓이기려 할 사람도 아니었고 자기 심장이 독수리에게 먹히도록 내버려둘 사람도 아니었다. 아는 것이라고는 말을 길들이는 것밖에 없었지만 나이 사십에 그리스어를 배우고 심지어 그리스어로 시를 쓴 그 놀라운 의지의 사나이 알피에리처럼, 메닐그랑은 그림 그리기에 뛰어들었다. 다시 말해 창문으로 몸을 던지고 싶을 때 가장 높은 곳에서 떨어짐으로써 더 확실히 죽어버리려고 칠층으로 올라가듯이, 그는 자기 자신에게서 가장 멀리 떨어진 것에 뛰어든 것이다. 더 정확히 말하자면 돌진하듯 달려들었다. 그는 소묘에 관해 전혀 아는 바가 없었으나 제리꼬의 경우처럼 화가가 되었는데, 제리꼬는 아마 총사들에게서 얻어들어 알게 되었을 것이다.(Jean Louis Théodore Géricault, 1791~1824. 프랑스의 화가. 실제로 백일천하 이전에는 총사였다) 그 자신이 쓴웃음을 지으며 말하곤 했듯이, 그는 적 앞에서 패주할 때와 같은 격노에 휩싸여 작업했고…… 전시했으며, 빈축을 샀고, 더이상 전시하지 않았고, 그림을 그린 다음 화포를 찢어버렸으며, 지칠 줄 모르는 열정으로 다시 작업하기 시작했다. 말을 타고 유럽을 가로지르면서 손에는 늘 기병용 칼을 쥐고 살았던 이 장교는 그림판을 놓는 틀 앞에서 화포를 벨 듯 붓질을 하면서, 또한 전쟁에 진저리를 치면서 세월을 보냈는데, 전쟁에 대한 그의 염증은 뭔가를 숭배하는 사람들이 품는 것으로 어찌나 강했던지, 그가 가장 많이 그린 것은 자신이 유린했던 것과 같은 풍경들이었다. 그는 그림을 그리면서도 뭔지 모를 아편조각을 담배에 섞어 씹었고, 담배는 밤낮으로 피워댔다. 실제로 그는 일종의 수연통(水煙筒)을 손수 제작했고, 그것으로 자면서도 담배를 피울 수 있었다. 하지만 마취제도, 마약도, 사람을 마비시키고 부분적으로 죽이는 어떠한 독도 이 괴물 같은 분노를 진정시킬 수 없었고, 그의 마음속에서 분노는 조금도 가라앉지 않았다. 그는 이러한 분노를 샘의 악어, 불의 샘에서 희미한 빛을 발하는 악어라고 불렀다. 그를 잘 알지 못하는 사람들은 누구나 그를 까르보나리 당원이라고 믿었다. 하지만 그를 잘 아는 사람들이 생각한 바에 따르면, 까르보나리 운동은 과장된 수사가 너무 많고 터무니없는 자유주의적인 색채가 너무 짙어서, 그처럼 고압적이고 완강한 사람이라면 그것을 자기 나라의 단호한 법에 따라 어리석은 짓으로 판단하여 절대로 거기에 빠져들지 않았을 것이다. 사실, 때때로 한없이 괴상해지는 정열을 제외하면, 그는 노르망디 사람의 특징인 명확한 현실 감각이 있었다. 그는 결코 모반을 꾀하려는 환상에 빠지지 않았다. 그는 베르똥 장군(Jean-Baptiste Berton, 1769~1822. 프랑스의 장군으로, 제정시대에 많은 공을 세웠으나 왕정복고 후에는 수차례의 모반과 까르보나리 운동에 가담했다. 쏘뮈르에서 봉기를 시도하다 체포되어 사형당했다)의 운명을 예언한 바 있었다. 다른 한편으로, 왕정복고 때 제정주의자들이 더 효율적으로 음모를 꾸미기 위해 기대려 한 민주주의 사상에 대해서도 그는 본능적으로 혐오감을 느꼈다. 그는 마음속 깊이 귀족이었다. 그는 태생, 계급, 사회적 신분의 면에서 귀족이었을 뿐 아니라, 다른 사람이 되지 않는 한, 또한 자기 도시의 마지막 구두수선공으로 전락한다 해도 여전히 귀족이었을 것이므로 **천성적으로** 귀족이었다. 요컨대 그는 결코 부르주아라든가 남보다 나은 무언가가 있으면 밖으로 드러내고 싶어 안달하는 벼락출세자나 벼락부자와는 달리, 하인리히 하이네가 말하듯이 "위대한 감성 때문에" 귀족이었다. 그는 자기가 받은 훈장들을 달고 다니지 않았다. 그의 아버지는 그가 대령으로 승진하기 직전, 제정이 붕괴되었을 때, 그를 만나 남작의 작위를 주고 이 작위에 따르는 유산의 상속자로 지정했지만, 그는 남작의 작위를 결코 취하지 않았으며, 자신의 명함에서나 모든 사람에게 말할 때나 단지 '메닐그랑 기사' 일 뿐이었다. 작위란 예전에는 정치적 특권으로 가득 차 있었으나 이제는 아무런 정치적 특권도 없을뿐더러, 설령 작위에 정치적 특권이 다소 있다 하더라도 그것이 진정한 전쟁 무기는 아닌만큼, 그의 눈에 작위란 알맹이 빠진 오렌지껍질에 지나지 않았으며, 그는 작위를 존중하는 사람들 앞에서조차 정말로 작위에 대해 경멸을 표했다. 어느날 그는 귀족의 위세가 사그라지지 않은 ○○○소도시에서 이를 증명해 보였다. 이 소도시에서 대혁명 때문에 몰락하고 노략질을 당한 옛 토지 귀족들은 아마 마음을 달래기 위해서일 텐데, 예전에는 그들 가문이 매우 유서 깊은 탓에 작위가 없어도 대단히 귀족다웠으므로 결코 지니지 않았던 백작이니 후작이니 하는 작위를 서로에게 부여하려 드는 대수롭지 않은 편집증이 있었다. 이 도시의 가장 귀족적인 가문 가운데 한 곳에서 모임이 있던 어느날 저녁에, 그가 하인에게 말했다. "메닐그랑 공작이 왔다고 알리게." 그러자 깜짝 놀란 하인이 우렁찬 목소리로 그의 내방을 알렸다. "메닐그랑 공작님 납시오!" 이러한 외침에 모두가 몸을 움찔했다. 그가 자신으로 인해 빚어진 결과를 알아차리고서 말했다. "정말이지, 모든 이가 작위를 하나씩 갖는 마당이니, 이왕이면 공작의 작위를 갖는 게 좋지 않겠소!" 한마디 말도 없었다. 몇몇 사람이 좁은 구석에서 유쾌한 기분으로 웃기 시작했지만, 더이상 웃음이 번지지는 않았다. 세상에는 언제나 떠돌아다니는 기사들이 있는 법이다. 그들은 이제 창으로 정의를 바로잡지 않고, 조롱으로 우스꽝스러운 세태를 꾸짖는데, 메닐그랑은 이러한 기사 중 하나였다.

그에게는 빈정거리는 재능이 있었다. 하지만 이것은 능력의 하느님이 그에게 불어넣은 유일한 재능은 아니었다. 거의 모든 행동파의 경우처럼 그의 동물적인 체질에서 성격이 제1선에 자리한다 해도, 제2선에 머물러 있는 정신 역시 자신을 위하고 다른 사람들에게 대항하는 힘이라는 점은 마찬가지였다. 메닐그랑 기사가 행복한 사람이었다면 그가 매우 재기발랄했으리라는 것은 의심의 여지가 없지만, 불행하게도 그는 절망한 사람이 갖는 사고방식을 지니고 있었고, 드문 일이지만 그가 명랑해 보일 때조차 그의 명랑함은 절망한 사람의 그것이었는데, 불행이라는 고정관념은 정신의 다채로운 활동에 가장 큰 지장을 초래하고 정신이 눈부시게 돌아가는 것을 가장 확실하게 방해하는 것이다. 다만, 그의 가슴속에서 들끓는 정열과 함께 그가 지닌 특별한 것은 비범한 웅변 능력이었다. 미라보에 대해 말했던 것, 그리고 모든 웅변가에 대해 할 수 있는 얘기, 즉 "당신이 그의 말을 들었더라면!……" 이라는 말은 특히 그에게 들어맞는 듯했다. 조금이라도 논쟁이 일면, 가슴이 화산처럼 들끓고 낯빛이 점점 더 창백해지며, 사나운 태풍에 바다가 요동치듯 이마가 주름살의 거친 물결로 이랑질뿐더러, 마치 대화 상대자들을 쏘려는 듯이 두 눈동자가 불타는 총알처럼 이글거리는 그의 모습을 봤어야 했다! 그가 숨을 헐떡이고 파닥거리는 모습, 짧은 호흡, 점점 갈라질수록 더욱 비장해지는 목소리, 비꼬는 말을 하고 나서 오랫동안 떨리는 입술 위에서 부서지는 거품, 그가 이렇게 폭발한 뒤에 피로해져서 오레스테스 역을 맡은 딸마(François Joseph Talma, 1763~1826. 프랑스의 비극 배우)보다 더 숭고해 보이고, 그보다 더 멋지게 녹초가 되지만 죽지는 않으며, 분노로 인해 파멸하지 않고 이튿날, 한 시간 뒤에, 일 분 뒤에 분노를 되찾는 모습, 자신의 재 속에서 언제나 다시 태어나는 불사조의 광란을 봤어야 했다!…… 실제로, 어느 순간 그의 마음속에 영원히 팽팽하게 당겨져 있는 줄을 몇가닥 건드리면, 거기서는 무모하게 이 줄들을 건드린 사람을 쓰러뜨릴 만한 울림이 퍼져나왔다. "그가 어제는 우리 집 저녁모임에 왔어." 한 아가씨가 자기 친구에게 말했다. "그런데 말이지, 시종일관 얼굴을 붉히더라고. 악마 같은 사람이야. 누구라도 메닐그랑 씨를 더이상 초대하지 않으려 할 거야." 쌀롱에도, 쌀롱을 찾아오는 사람에게도 맞지 않는 이러한 괴로운 어조의 울부짖음이 없었다면, 그는 아가씨들의 혹독한 비웃음을 사지 않았을 것이고, 그녀들의 관심을 사로잡았을 것이다. 그 시대에는 바이런이 매우 크게 인기를 끌기 시작했는데, 말이 없고 감정을 겉으로 드러내지 않을 때 메닐그랑에게는 바이런의 주인공들 같은 면모가 있었다. 그는 냉정한 마음의 젊은 사람들이 바라는 반듯한 미남은 아니었다. 그는 몹시 못생긴 남자였지만, 여전히 윤기가 흐르는 밤색 머리카락 아래로 보이는 창백하고 초췌한 얼굴, 라라나 꼬르쎄르(바이런의 작품 속 주인공들)의 이마처럼 너무 일찍 주름살이 진 이마, 표범의 코를 닮은 납작코, 매우 거칠어서 길들이기 어려운 말의 눈처럼 흰자위에 살짝 핏발이 선 청록빛 눈은 ○○○시의 아무리 빈정대기 좋아하는 여자조차도 동요하게 만드는 생기를 지니고 있었다. 그가 있을 때에는 아무리 냉소적인 여자라도 더이상 냉소를 보이지 않았다. 마치 짊어진 삶이 너무 무거운 갑옷이라는 듯 등의 윗부분이 약간 구부정하긴 해도, 키가 크고 강건하며 몸매가 호리호리한데다 유행하는 옷을 걸치는 메닐그랑 기사에게서는 몇몇 위풍당당한 가문의 초상화들에서나 찾아볼 수 있는 호탕한 풍모가 엿보였다. "그는 걸어다니는 초상화야." 그가 쌀롱으로 들어가는 것을 처음으로 본 한 아가씨가 말했다. 게다가 메닐그랑의 이 모든 장점은 이 아가씨들의 눈에 다른 모든 장점보다 우월하게 보이는 한가지 장점으로 절정에 이르렀다. 즉, 그는 언제나 옷을 완벽하게 차려입었다. 이 절망한 사람에게 이것은 여자들에 대한 남자로서의 삶에서, 구름 뒤로 가라앉은 석양이 마지막 장밋빛 광선을 새어나가게 하듯이, 이 끝장나고 매장된 삶이 뒤에다 남기는 마지막 걸

멋이었을까?…… 샹보랑 연대가 해산되었을 때 늙은 구두쇠인 아버지에게서 단지 자기 안장깔개와 붉은 장화에 들어간 호랑이 가죽에 대해서만 2만 프랑이나 보상을 얻어낸 이 장교가 예전에 과시하던 호사스러운 생활의 흔적이었을까? 어쨌든 빠리나 런던의 어떤 젊은 남자도 세련된 멋으로는 이 염세주의자를 이길 수 없었는데, 그는 더이상 사교계에 속해 있지 않았고, ○○○에 체류하는 석 달 동안 몇차례 사교계 모임에 참석했을 뿐이며, 나중에는 이마저도 그만둬버렸다.

거기서도 그는 빠리에서처럼 밤늦게까지 그림 그리기에 몰두하며 지냈다. 그는 몽상가들을 위해 세워졌고 몽상하기에 좋은 이 깨끗하고 매력적인 도시, 시인을 많이 배출할 것 같지만 어쩌면 시인이 한사람도 없을 것 같기도 한 이 도시에서 좀처럼 산책을 하지 않았다. 때때로 그는 어떤 거리들을 지나갔는데, 그럴 때 그의 고상한 풍채를 눈여겨보는 외지인에게 상점주인은 마치 모든 이가 메닐그랑 지휘관을 알고 있어야 한다는 듯이 “메닐그랑 지휘관이야”라고 말했다. 그를 한번이라도 본 사람은 그를 잊지 않았다. 삶에서 더이상 어떤 것도 기대하지 않는 모든 이처럼 그도 경외감을 갖게 만드는 그런 사람이었다. 왜냐하면 삶에서 어떤 것도 기대하지 않는 사람은 삶보다 더 고매하며, 그때 우리에게 야비하게 구는 것은 바로 삶이기 때문이다. 그는 왕정복고기의 지휘관 명부에서 이름이 삭제된 다른 장교들과 우연히 마주칠 때면 어김없이 악수를 나누면서도 결코 그들과 함께 까페에 가지는 않았다. 지방 까페들은 귀족 신분인 그에게 혐오감을 주었다. 그런 곳에 들어가지 않는 것은 그의 취향 문제였다. 그렇다고 해서 빈축을 살 이유는 없었다. 친구들은 그의 아버지 집에서 그를 만나게 되리라고 언제나 확신했는데, 그의 아버지는 그가 없을 때에는 인색하다가도 그가 머무르는 동안에는 관대해져서, 비록 성서를 읽은 적은 없지만 발타자르의 잔치(「다니엘서」 5장에 나오는 바빌로니아 왕의 성대한 연회)라고 부르는 향연을 베풀었다.

향연에서 그는 아들 맞은편에 앉았는데, 비록 나이가 지긋한데다 옷차림 탓에 희극에 등장하는 인물처럼 보였을지라도, 당시에는 틀림없이 그러한 자랑스러운 자식을 낳을 만한 아버지일 것이라고들 생각했다…… 그는 키가 큰데다 배의 돛대처럼 곧고 매우 수척한 노인으로서, 늙는 것에 도도하게 맞서고 있었다. 언제나 짙은색의 긴 프록코트를 입고 있어 실제보다 훨씬 더 커 보이는 그에게서는, 사색가 또는 세상살이를 시들하게 생각하는 사람에게서 찾아볼 수 있는 준엄함이 드러났다. 몇년 전부터 그는 늘 넓은 자홍색 머리띠가 달린 면직 모자를 쓰고 있었지만, 어떤 짓궂은 사람이라도 이 면직 모자, 「상상으로 앓는 사나이」(몰리에르의 마지막 희극)가 쓰던 전통적인 머리쓰개를 조롱할 생각이 일지는 않았을 것이다. 늙은 메닐그랑 씨는 누구의 화젯거리도 되지 않았던 것과 마찬가지로 희극의 대상도 되지 않았다. 그는 르냐르(Jean François Regnard, 1655~1709. 프랑스의 극작가로 마리보의 재치를 예고하는 여러 희극을 썼다)의 유쾌한 입술에서 웃음을 떼어놓았을 것이고, 생각에 잠긴 듯한 몰리에르의 시선을 더 생각에 잠긴 듯하게 만들었을 것이다. 이 제롱뜨(몰리에르의 희극 「억지 의사」에 나오는 인물), 또는 거의 위풍당당하다고 할 만한 이 아르빠공(역시 몰리에르의 「수전노」에 나오는 인물)의 젊은시절은 어쨌거나 너무 아득한 옛일이어서 아무도 기억하고 있지 않았다. 그는 비록 마리-앙뚜아네뜨의 의사 비끄 다지르의 친척이었다 해도, 대혁명 쪽으로 기울어졌지만(기울어졌다고들 말하지만), 이러한 성향이 오래 지속되지는 않았다. 위업의 인간(노르망디 사람들은 재산을 위업이라고 부르는데, 참으로 오묘한 표현이다), 즉 부동산과 토지의 소유자인 그는 재빨리 자기 마음속에 사상가를 다시 세워놓았다. 다만 그는 대혁명에 가담할 때 경건한 무신론자였듯이 대혁명에서 멀어질 때에는 정치적 무신론자였으며, 이 두 가지 무신론이 마음속에서 굳게 결합되어, 볼떼르도 경악할 만큼 격렬하게 대혁명을 부정하는 자가 되었다. 그런데 그는 자신의 견해를 거의 말하지 않았지만, 자기 아들을 위해 연회를 베푸는 그 남자들의 저녁식사 자리에서는 예외적으로 상념에 휩싸여, 도시 여기저기에서 사람들이 그에 관해 말하는 바의 타당성을 증명할 만한 번득이는 견해를 피력했다. 이 도시에 가득한 경건한 사람들과 귀족들에게 그는 세상에서 배척당한 늙은이로 만나볼 수 없는 사람이었고 자신의 분수를 깨달아 어느 누구의 집에도 가지 않는 자였다…… 그의 삶은 매우 단순했다. 그는 절대 외출하지 않았다. 그에게는 자기 집 정원과 안마당의 경계가 세상의 끝이었다. 겨울이면 그는 넓은 팔걸이가 있고 위트레흐트 산 벨벳으로 된 적갈색의 커다란 안락의자를 부엌 벽난로의 커다란 선반 아래로 옮겨놓게 하고는 거기에 말없이 앉아 있음으로써, 하인들로 하여금 감히 큰 소리로 말하지 못하게 하고 성당 안에서처럼 목소리를 낮추어 대화하게 하여 그들을 거북하게 했으나, 여름에는 하인들의 이러한 거북함을 덜어주었으니, 서늘한 식당에 틀어박혀 경매장에서 구입한 신문이라든가 옛 수도사 도서관의 몇몇 고서를 읽거나, 비록 식당용 가구는 아니지만 소작인들이 왔을 때 한 층을 올라갈 필요가 없도록 모서리에 구리를 씌운 작은 단풍나무 책상을 식당에 갖다놓게 해서 그 앞에 앉아 영수증을 분류하곤 했다. 그가 머릿속으로 이자 계산 외에 다른 무엇을 하는지는 그 누구도 알 수 없었다. 그의 생각은 난롯가에서 가르랑거리는 고양이의 생각만큼이나 수수께끼 같아서, 약간 납작하고 길지 않은 코에 분을 바른 듯 하얗고 마마자국이 남아 있는 얼굴에는 그의 생각이 조금도 드러나지 않았다. 천연두는 얼굴을 구멍투성이로 만들어놓았을 뿐 아니라 눈을 붉게 물들였고, 속눈썹을 안쪽으로 뒤집어 놓아 잘라내지 않을 수 없게 만들었는데, 여러 차례 해야 했던 이 끔찍한 수술 때문에 눈을 수시로 깜빡거리게 되었고, 그래서 그는 상대방에게 말할 때면 시선을 확보하기 위해 램프 갓 같은 눈꺼풀을 손으로 조금 까뒤집어야 했는데, 이 동작 때문에 대단히 무례하고 동시에 자존심이 강한 사람으로 보였다. 늙은 메닐그랑 씨가 당신에게 말을 걸 때, 당신을 더 잘 응시하기 위해 눈꺼풀에 떨리는 손을 갖다대는 무례함의 효과는 확실히 어떤 코안경으로도 얻을 수 없는 것이었다…… 그의 목소리는 다른 사람들에 대한 명령권을 갖고 있는 자의 목소리, 가슴보다는 머리가 먼저인 사람처럼 가슴에서보다는 오히려 머리에서 나오는 목소리였지만, 그는 그런 목소리를 많이 사용하지 않았다. 그는 돈에 인색한 만큼 목소리에도 인색한 것 같았다. 그는 100세의 퐁뜨넬(Bernard le Bovier, sieur de Fontenelle, 1657~1757. 프랑스의 작가)처럼은 아니지만, 문장을 중단할 때라든가, 마차가 지나가다가 멈춘 뒤 그 마차를 타려고 할 때 목소리를 아꼈다. 늙은 메닐그랑 씨는 늙은 퐁뜨넬처럼 자신의 균열을 감시하는 데 끊임없이 열중하는 금간 도자기 같은 노인이 아니었다. 그는 고대의 견고한 화강암 고인돌이었고, 그가 말을 적게 한 것은 고인돌이 라퐁뗀의 정원처럼 말수가 적기 때문이다. 게다가 말을 해야 할 때에는 타키투스(Cornelius Tacitus, 55~120. 로마의 역사가)를 본받아 간결하게 끝맺었다. 대화를 나눌 때 그는 말을 새겼다. 그는 간결체를, 심지어 돌로 때려죽이는 문체를 구사했다. 실제로 그는 타고난 독설가였고, 그가 다른 사람들의 정원으로 던지는 돌은 어김없이 어떤 사람에게 적중했다. 예전에는 다른 많은 아버지들처럼 그도 아들의 지출과 미친 짓거리에 대해 가마우지 같은 고함을 질러댔으나, 가족끼리 메닐이라 줄여부르는 이 아들이 무너진 제정의 산 아래에 거인처럼 사로잡혀 있던 때부터는, 온갖 멸시의 덫을 감안하여 삶을 가늠하고 결국 어처구니없는 운명에 짓눌린 인간의 힘보다 아름다운 것은 아무것도 없다고 생각하는 사람에게 누구나 표하게 마련인 경의를 아들에 대해 품게 되었다!

그는 아들에게 나름대로 이러한 경의를 표시했는데, 그의 방식은 의미심장한 것이었다. 아들이 자기 앞에서 말할 때에는 그의 차갑고 창백한 얼굴에 열렬한 관심이 일었고, 얼굴이 회색 종이 위에 흰 색연필로 그린 달처럼 보였으며, 그렇지 않아도 천연두 때문에 붉게 변한 눈이 아예 적철석 빛깔을 띠었다. 게다가 그가 아들 메닐에 대해 갖는 존중과 관련하여 제시할 수 있는 가장 분명한 증거는 자기 집에 아들이 머무르는 동안에는 그가 사로잡혀 있던 구두쇠 근성, 조금도 느슨함이 없던 그 열정, 옹근 냉정을 언제 그랬느냐는 듯 완전히 잊어버린다는 점, 말하자면 델또끄 씨를 잠들지 못하게 방해하고 그의 햄에 든 월계수 잎을…… 그의 머리 위로 흔들어대는 그 유명한 저녁식사, 악마만이 자신의 귀염둥이들을 위해 획책할 수 있는 것 같은 그런 저녁식사였다…… 실제로 그 저녁식사에 초대된 손님들은 악마가 매우 총애하는 사람이 아니었을까?…… "이 도시와 주변 지역의 망나니와 악당은 모두들 거기에 모이지." 1815년의 정열을 여전히 간직하고 있는 왕당파와 독실한 기독교도들이 웅얼거렸다. "틀림없이 야비한 말들이 엄청나게 쏟아질 거야. 어쩌면 야비한 짓거리가 행해질지도 모르지." 그들이 덧붙이곤 했다. 돌바크 남작(baron d'Holbach, 1723~89. 독일 출신의 프랑스 철학자 겸 작가)의 야식에서처럼 식사가 마무리될 때까지 돌아가지 못하는 하인들은 그 진수성찬에서 무슨 말이 오갔는지에 관한 가증스러운 소문을 온 도시에 퍼뜨렸는데, 또한 좋지 않은 여론이 너무나 들끓어서, 늙은 메닐그랑의 여자요리사는 자기 친구들에게서 농락당했고, 주임신부에게서 아들 메닐그랑이 아버지를 방문하는 동안에는 성사(聖事)에 참여하도록 내버려두지 않겠다는 위협을 받았다. 당시 ○○○시의 주민은 귀에 못이 박이도록 들은 뛰랭 광장의 그 연회에 대해, 중세에 기독교도들이 면병(麵餠, 미사 때 성체를 이루기 위해 쓰는 밀떡)을 모독하고 어린이를 제물로 바치는 유대인들의 식사에 대해 갖는 감정에 거의 맞먹는 혐오감을 느꼈다. 이러한 혐오감은 매우 강렬한 감각적 쾌락을 추구하는 갈망 때문에, 그리고 누군가가 늙은 메닐그랑 씨의 저녁식사에 관해 이 도시의 미식가들 앞에서 말할 때 그들의 입에 침이 고이게 하는 모든 이야기 때문에 조금 누그러지긴 했다. 지방 소도시에서는 모든 것이 알려지는 법이다. 지방 소도시에서 열리는 시장은 로마인의 유리로 된 집보다 더 비밀이 없으니, 벽 없는 집이나 마찬가지이다. 매주 벌어지는 뛰랭 광장의 저녁식사에서 무슨 일이 일어날 것인지 또는 무슨 일이 일어났는지에 대해서는, 경찰이나 미련한 계집애까지 다들 알고 있었다. 시장에 있는 가장 좋은 생선과 조개는 보통 금요일마다 열리는 이 식사를 위해 모조리 팔려나갔다. 왜냐하면 역겹고 불행하게도 감미로운 이 향연에서는 누구나 마구잡이로 경찰의 식사(기름진 음식과 기름기 없는 고기를 가리지 않고 먹는 식사)를 했기 때문이다. 가톨릭 교회에서 권장하는 금욕과 고행의 율법에 더욱 분명하게 위반되도록, 호사스럽게도 고기에 생선이 곁들여졌다…… 이 착상은 늙은 메닐그랑 씨와 악마같이 고약한 손님들의 머리에서 나왔다! 이로 인해 그들은 고기를 먹지 않는 날을 고기 먹는 날로 만들고 기름진 음식 외에도 기름기 없는 감미로운 음식까지 만들어 저녁식사의 흥취를 돋우었다. 기름기 없는 식사라 해도 그것은 정말이지 추기경들이나 먹을 법한 것이었다! 그들은 쏘르베(과즙, 술, 향료로 만든 일종의 아이스크림이나 음료)가 맛있다고 말하지만 만약 그것이 하나의 죄악이었다면 더 맛있다고 생각했을 그 나뻘리 여자를 닮았다. 아니다, 한 가지 죄악이라니! 이 불경한 사람들의 경우에 틀림없이 그것은 여러 가지 죄악이었을 것이다. 사실상 그 저주받은 식탁에 앉는 사람들은 몇명이 되었건 모두 다 노골적이고 도도하기 짝이 없는 불경한 사람이며, 그들이 가톨릭 교회 전체로 여기는 사제의 치명적인 적이자, 당시의 무신론은 매우 특별한 것이니만큼 그 시대 사람들이 그랬던 것처럼 절대적이고 격앙된 무신론자였다. 실제로 당시의 무신론은 가장 막대한 에너지로 대혁명과 제정기의 전쟁들을 거쳤고 그 무시무시한 시대의 모든 광신에 빠졌던 행동파 시대의 그것이었다. 물론 18세기의 무신론에서 싹튼 것이지만, 18세기의 무신론은 전혀 아니었다. 진실과 사유에 대한 포부가 있었던 18세기의 무신론은 이치를 추론했고 궤변적이었으며 과장되어 있었을뿐더러 무엇보다 엉뚱했다. 그러나 제정의 난폭한 군인들과 1793년의 시역(弑逆)에 가담한 변절자들의 오만불손한 태도는 들어 있지 않았다. 이런 사람들 이후에 태어난 우리에게도 무신론이 있다. 즉, 절대적이고 농축되어 있으며 난해한데다 싸늘한 증오의 감정을 담고 있는, 들보를 쏠아대는 벌레에 대한 증오를 종교적인 모든 것에 대해 품는만큼 누그러뜨릴 수 없을 정도의 감정에서 비롯되는! 무신론이 있다. 그러나 금세기 초의 사람들, 즉 자신들의 아버지인 볼떼르주의자들에 의해 길러졌고 성인이 되면서부터는 정치와 전쟁의 참화에 어깨까지 손을 담갔으며 이 두 영역에서 끔찍하게 타락해버린 사람들의 열광적인 무신론에 비하면, 18세기의 무신론과 마찬가지로 우리의 무신론도 무신론이라고 말할 수조차 없다. 신성을 모독하는 서너 시간의 주연(酒宴)이 끝나자, 늙은 메닐그랑 씨의 식당은 최근에 몇몇 중국 문관들이 일인당 5프랑을 내고 하느님을 거역하여 소규모로 요란한 연회를 즐긴 그 초라한 음식점 별실과는 아주 다르게 들썩거렸고 그곳과는 아주 다른 모습을 보였다. 이곳에서는 그때와는 전혀 다른 대향연이 벌어진 것이다! 이러한 대향연은 적어도 같은 조건에서 아마 다시는 볼 수 없을 것이므로, 풍속의 역사를 위해서라도 이러한 대향연을 상기해 보는 것은 흥미롭고도 필요한 일이다.

이 불경한 대향연을 벌인 사람들은 이제 세상을 떠나고 없지만, 그 시대에는 살아 있었고, 심지어 가장 활기차게 살고 있었다. 능력은 떨어지지 않았는데 불행이 커질 때는 삶이 더욱 강렬해지는 법이다. 메닐그랑의 모든 친구들, 아버지 집의 손님들 모두는 예전과 다름없이 활기차고 힘이 넘쳤으며, 힘을 길렀으므로 그 정신을 잃게 만드는 독한 술에 제압당하지 않았고, 온갖 과도한 욕망과 쾌락을 통째로 마셔댔으므로 더욱 힘이 솟구쳤지만, 쿠나이게이로스가 배를 붙들기 위해 그랬던 것과는 달리(마라톤 전투가 끝나고 페르시아 군대가 퇴각할 때 쿠나이게이로스는 그들의 배를 오른손으로 붙잡았는데, 한 페르시아 군인이 그의 손을 잘랐다. 그는 다시 왼손으로 잡았지만 군인은 왼손마저 잘랐으며, 그러자 이번에는 이로 배에 달라붙었다고 한다) 통의 주둥이를 자기들의 이와 오그라진 손으로 붙잡지는 않았다. 그들은 빨던 젖에서 속에 든 것을 다 빨아먹지 않았는데도 상황 때문에 어쩔 수 없이 이를 떼어야 했고, 이미 빨아본 탓에 더욱더 목이 마르기만 했다! 메닐그랑에게나 그들에게나 격분의 시간이었다. 그들은 메닐, 그 격노한 롤랑 같은 고상한 영혼을 지니고 있지는 않았는데, 만일 아리오스또(Ludovico Ariosto, 1474~1533. 이딸리아의 시인. 거의 39,000행에 달하는 장시 『격노한 롤랑』은 그의 대표작)가 메닐을 주인공으로 하여 시를 썼다면, 비극의 천재성이 셰익스피어의 수준에 근접했을 것이다. 하지만 그들의 삶 역시 그들에게 어울리는 영혼의 수준에서, 정열과 지능의 층위에서이긴 하지만, 메닐처럼 죽음 이전에 이미 끝장이 나 있었는데, 죽음이란 삶의 종말이 아니며 흔히는 삶의 종말이 찾아오기 훨씬 전에도 다가오는 법이다. 그들은 무기를 들 힘이 남아 있지만 무장을 해제당한 자였다. 이 장교들은 모두 루아르 부대에서 해고당한 자이자 삶과 소망으로부터 해고당한 자이기도 했다. 제정이 붕괴되고, 성 미카엘이 용을 발로 밟는 것처럼은 아닐지라도 그 반동세력에 의해 대혁명이 짓눌리자, 자신들의 지위, 직무, 야망, 과거의 모든 특권으로부터 배척당한 이 남자들은, 모두 고향 마을로 돌아왔건만 다시 무력해지고 버림받고 모욕당했으며 자신들이 격분에 못이겨 말하듯이 "개처럼 비참하게 죽을 지경"이 되었던 것이다. 중세였다면 그들은 양치기, 사병(私兵), 산적 우두머리가 되었을 테지만, 시대를 선택하여 태어나는 사람은 없으니, 기하학적 균형과 강압적인 정확성을 갖춘 문명의 고정된 관례에 발목을 잡힌 그들로서는 잠자코 얌전히 지내고 화를 간신히 삭여가며 꼼짝 않고 입에 거품을 물거나 자기 피를 먹고 마시면서 환멸을 집어삼킬 수밖에 없었다! 결투라는 수단이 있긴 했지만, 그들이 격분과 원한으로 뇌의 핏줄이 터질 듯한 상태를 진정시키기 위해서는 땅을 덮을 정도로 피를 쏟아도 시원찮을 마당에, 칼질이나 총질 몇번 한다고 무슨 소용이 있으랴? 그러니 그들이 신에 관해 말할 때 신에게 드린 오레무스('기도합시다'라는 뜻의 라틴어)를 짐작하지 못할 것도 없는데, 그들이 신을 믿지 않았다 해도 다른 사람들, 즉 그들의 적은 신을 믿었기 때문에, 이러한 이유만으로도 그들은 사람들 사이에서 찾아볼 수 있는 거룩하고 신성한 모든 것을 저주하고 모독했으며 그것에 말의 포격을 쏘아댔다. 어느날 저녁 엄청난 양의 펀치가 희미하게 일렁이는 가운데 메닐그랑은 아버지의 식탁 주위로 그들을 둘러보며 말했다. "멋진 사략선(전시에 적선을 나포하도록 정부의 허가를 받은 민간 무장선)을 타야겠어!" "환상적인 사략선이라면, 거기에는 부속 사제를 제외하고 모든 것이 갖추어져 있을 거야." 그가 제복 없는 병사들과 섞여 있는 두세 명의 환속한 수도사를 훔쳐보면서 덧붙였다. "심지어는 부속 사제도 없지 않을걸!" 하지만 대륙 봉쇄가 해제되고 뒤이어 평화에 열광하는 시대가 다가오자, 사략선이 아니라 선주가 없었다.

아 참! 매주 ○○○시에서 주민의 빈축을 사는 금요일의 그 손님들은 메닐그랑을 성당에서 보고 놀라고 분개한 옛 동료가 그를 느닷없이 붙든 일요일 이후의 첫 금요일에도 관례에 따라 메닐그랑 저택으로 저녁식사를 하러 왔다. 이 옛 동료는 제8용기병(龍騎兵) 연대장 랑쏘네였는데, 여담이지만, 그는 일주일 내내 메닐그랑과 재회하지 못했고, 메닐의 성당 방문과 자신이 그에게 설명을 요구했을 때 그가 자신을 맞이하고는 우두커니 세워놓던 태도를 아직 이해할 수 없었던만큼, 그날의 저녁식사에 맨 먼저 도착한 사람 중 하나였다. 그는 자신이 목격한 이 몹시 놀라운 일을 금요일의 모든 손님 앞에서 반드시 거론하여 진실을 밝히고 그 이야기로 사람들에게 한턱내리라 생각했다. 연대장 랑쏘네는 금요일 무리의 불량한 남자들 중에서 가장 불량한 남자는 아니었지만, 그들 중에서 가장 심한 허풍선이이자 가장 고지식하게 불경스러운 자들 중 한사람이었고, 이로 인해 비록 바보는 아니라 해도 어리석은 사람이 되었다. 그의 정신 속에는 신의 관념이 콧속의 파리처럼 들어 있었다. 이 시대의 모든 단점과 장점을 지닌 그는 머리에서 발끝까지 전쟁에 의해, 그리고 전쟁을 위해 빚어진, 전쟁만을 신뢰하고 전쟁만을 사랑하는 장교, 옛 용기병 군가에 나오는 것 같은, 박차를 울리는 용기병이었으며, 비록 메닐이 성당 안으로 들어가는 것을 보았을 때부터는 나의 메닐이라는 끈을 잃었을지라도, 그날 메닐그랑 저택에서 저녁식사를 한 스물다섯 명 중에서 아마 메닐을 가장 좋아하는 사람이었을 것이다. 그들이 어떤 사람들인지 알려줄 필요가 있을까?…… 이 스물다섯 명의 손님은 대부분 장교였지만, 이 저녁식사에 군인들만 있었던 것은 아니다. 이 도시에서 가장 물질주의적인 의사들, 아버지 메닐그랑과 동시대인으로서 서원(誓願)을 저버리고 수도원에서 도망쳐나온 전직 수도사 몇명, 자칭 기혼자이지만 사실은 내연의 처를 두고 있는 사제 두세 명, 게다가 국왕의 사형에 찬성표를 던진 전직 국회의원…… 등이 있었다. 붉은 모자 또는 원통형 군모를 쓴 자들도 있었는데, 전자는 열렬한 혁명가들, 후자는 언제라도 서로 말다툼하고 처참하게 싸울 준비가 되어 있는 광적인 나뽈레옹주의자들이었지만, 모두 신을 부정하고 어떤 교회이건 경멸한다는 점에서만 가장 감동적으로 만장일치를 이루는 무신론자들이었다. 여러 종류의 뿔이 달린 악마들로 구성된 이 최고자치기관은 면직 모자를 쓴 우두머리 악마, 머리쓰개 아래로 창백한 얼굴을 하고 무시무시한 표정을 짓고 있는 아버지 메닐그랑에 의해 주재되었는데, 그는 이와 같이 아무렇게나 생긴 얼굴이었는데도 우스꽝스러운 모습이 전혀 없었고, 마녀집회에서 주교관을 쓸 자격이 있는 주교로서 미사를 집전하는 듯이 식탁 가운데에 자리한 채, 마치 휴식을 취하는 사자처럼 피곤한 표정이 역력하지만 근육은 언제라도 주름진 콧방울을 움직이고 눈에서는 섬광을 뿜어낼 준비가 되어 있는 아들 메닐그랑을 마주보고 꼿꼿하게 앉아 있었다……

아들 메닐그랑으로 말하자면, 그는 다른 사람들 모두와 위풍당당하게 구별되었다. 이 장교들, 그토록 많은 멋쟁이가 있는 제국의 옛 멋쟁이들은 물론 아름다움과 우아함을 갖췄지만 그들의 아름다움은 한결같고 균형 잡혀 있으며 순전히 또는 불순하게 육체적인 것이었고, 그들의 우아함은 군인다운 것이었다. 그들은 부르주아의 옷차림을 하고 있지만, 평생 동안 입던 제복의 뻣뻣함을 잃지 않았다. 그들의 발랄한 어휘에 따르면, 그들은 좀 지나치게 복장이 단정했다. 다른 손님들, 가령 의사를 비롯한 과학자들, 또는 격에 맞는 화려하고 신성한 사제복을 벗어

발로 짓밟아 버리고는 정말로 옷에 신경을 쓰는 그 옛 수도사들을 비롯하여 온갖 다른 세계에서 돌아온 사람들은 옷 때문에 비열한 겁쟁처럼 보였다…… 하지만 메닐그랑은, 여자들이라면 얘기했겠지만, 옷을 기가 막히게 잘 차려입었다. 아직 아침나절이었으므로, 그는 아주 멋진 검은 프록코트를 입었고, (당시의 유행에 따라) 손으로 수놓은, 자잘한 황금빛 별들이 여기저기 흩어져 있는 자연색 그대로의 하얀 실크 넥타이를 맸다. 그는 자기 집에 있었으므로 장화를 신지는 않았다. 거리의 보도 턱에 앉아 있는 가난한 사람들로 하여금 그가 옆으로 지나갈 때 "왕자님!"이라고 말하게 만드는 힘차고 날씬한 그의 발에는 속이 비치는 실크 스타킹과 발목이 많이 드러나고 뒤축이 높은 무도화가 신겨져 있었는데, 이 무도화는 꽁스땅땡 대공 이후로 유럽에서 가장 발에 신경을 쓰는 사람인 샤또브리앙이 몹시 좋아하는 신발이었다. 스또브(발자끄가 "당시의 가장 유명한 재단사"라고 말한 사람)가 재단한 그의 프록코트는 앞이 벌어져 있어서, 그 사이로 옅은 자줏빛 광택이 나는 프뤼넬 바지와, 금줄은 없지만 술이 달린 검은색 캐시미어 조끼가 보였다. 실제로 그날 메닐그랑은 목을 가려주는 매듭 없는 넥타이의 펴진 주름들을 거의 군대풍으로 가슴에 고정해주는, 아주 오래되고 매우 값비싼, 알렉산드로스의 얼굴이 새겨진 카메오를 제외하고는 어떤 종류의 보석도 착용하지 않았다. 누구나 그토록 확실한 안목을 느끼게 하는 그의 옷매무새를 보는 것만으로도, 그는 예술가가 군인을 스쳐간 자임을, 이러한 옷차림의 남자는 비록 그들 중 많은 이와 말을 놓는 관계라 할지라도 거기 있는 다른 남자들과는 다른 부류에 속한다는 것을 느낄 수 있었다. 이 타고난 세습 귀족, 그들이 군대 용어로 그에 대해 말하듯이, 황금자수 견장을 타고난 이 장교는, 원기왕성하고 매우 용맹스럽지만 저속하며 상급 지휘권을 갖기에는 부적합한 군인들에 비해 군계일

학처럼 선명하게 돋보였다. 자기 아버지가 식탁에서 손님들을 직접 안내하고 환대하므로 제2선에 물러나 있는 집주인 메닐그랑은, 페르세우스가 고르고네스의 머리를 자르듯이 자기 머리카락을 쥐어뜯게 만들고 자신으로 하여금 격렬한 능변을 거침없이 쏟게 만드는 논쟁 중 하나가 일어나지 않는다면 그 소란스러운 모임에서 좀처럼 말을 하지 않았는데, 거기 모인 사람들은 그와는 전혀 다르게 왁자지껄 떠들어댔으니, 그 모임들에서는 굴을 먹을 때부터 너무나 날카로운 목소리와 발상과 아이디어가 고조되곤 해서, 더 높은 음을 내는 것이 불가능했고, 다른 모든 병마개에 뒤이어 식당의 마개라 할 수 있는 천장이 튀어나갈 뻔했다.

가톨릭 교회에 대한 경멸을 드러내기 위해서는 아무리 사소한 것이라도 이용하는 이 비웃기 좋아하는 무뢰한들의 얄궂은 관례에 따라 정확히 정오에 사람들이 식탁에 앉았다. 서양의 이 독실한 나라에서는 누구나 교황이 식탁에 앉는 시간은 정오라고, 또한 교황은 식탁에 앉기 전에 기독교 세계 전체에 축복을 보낸다고 믿는다. 저런! 이 자유사상가들에게는 이 엄숙한 베네티키테('축복'이나 '강복'을 뜻하는 라틴어)가 우스꽝스러운 것으로 보였다. 그래서 늙은 메닐그랑 씨는 이것을 공개적으로 조롱하기 위해, 이 도시의 이중 종탑에서 정오를 알리는 종소리가 울리자마자, 굳어버린 자신의 창백한 얼굴을 때때로 둘로 쪼개는 그 볼떼르풍의 미소를 지으면서, 자신이 낼 수 있는 가장 높은 두성(頭聲)으로 다음과 같이 말하는 것을 결코 잊지 않았다. "자, 식탁에 앉아요, 여러분! 우리 같은 기독교도들은 교황의 강복을 포기해서는 안됩니다!" 이 말, 또는 이와 비슷한 말은, 그들 같은 남자들의 저녁식사에서 혼잡스레 뒤얽히는 모든 대화를 가로질러, 불경한 사람들이 덮고 뛰어오를 수 있는 도약대 같은 것이었다. 일반적으로 말해서, 안주인의 조화로운 천분이 주재하지도 않고, 식탁에 둘러앉은 남자들이 설령 재기발랄할지라도 어김없이 해대는 조악한 자랑, 고함치는 주장, 어리석은 다혈질적 분노 사이에 여자가 나타나 헤르메스의 지팡이처럼 매력을 던지고 분위기를 진정시켜주지 않는 남자들만의 이 저녁식사는 거의 예외없이 라피타이(테살리아 산맥에 사는 반 전설적인 민족)와 켄타우로스의 향연처럼 언제라도 끝낼 준비가 되어 있는 끔찍한 인신공격의 난투극이라고 말할 수 있는데, 아마 그 향연에도 여자들은 없었을 것이다. 여자들이 없는 이러한 식사에서 남자들은 아무리 공손하고 예의바르게 행동하더라도 매력적인 예절과 탁월한 천성을 잃는 법인데, 무슨 놀랄 일이 더 있을까?…… 그들은 청중이 없으므로 더이상 잘 보이려 하지 않고, 어떤 뻔뻔스러운 것에 즉시 물드는데, 이 어떤 것은 조금이라도 만지면, 정신들의 상호적인 충격을 조금이라도 받으면 조악해진다. 사교계의 수완은 이기주의를 상냥한 예절로 감추는 것인데, 이 설명할 수 없는 이기주의는 오래지 않아 식탁에 팔꿈치를 괴고 있다가, 당신들의 옆구리를 팔꿈치로 쳐서 눈치를 주기에 이른다. 가장 아테네적인 사람들, 가장 섬세하고 날렵한 정신의 소유자들도 이러할진대, 메닐그랑 저택의 손님들, 이러한 유형의 투사들과 검투사들, 언제나 자신들이 어느정도는 야영지나 집회소에, 때로는 더 고약한 장소에 있다고 생각하는 이 자꼬뱅파 정치집단과 군대 야영지의 사람들은 말해 무엇하겠는가?…… 그들에게 귀를 기울여본 적이 없다면, 변비를 일으키는 음식물로 배를 가득 채우고 독한 술로 목구멍에 불을 지르는 대식가이자 대주가인 이 남자들의 두서없고 격렬하며 야단법석인 대화를 상상하기 어려울 텐데, 그들은 세번째로 음식을 내오기 전에 모든 화제를 거침없이 쏟아냈고 요리들을 필사적으로 먹어댔다. 게다가 이러한 대화의 바탕이 언제나 종교의 모독인 것은 아니었다. 그것은 불경건의 꽃이었으며, 모든 꽃병마다 꽃이 있었다고 말할 수 있다!…… 생각해보라! 이때는 그 저녁식사들에 정말로 모습을 보였을 법한 뽈-루이 꾸리에(Paul-Louis Courier, 1772~1825. 프랑스의 작가)가 프랑스에 피를 끓게 하기 위해 다음과 같은 문장을 쓴 시대였다. "지금 문제는 우리가 독실한 신자인 체하는 사람이 될 것인가, 아니면 천한 사람이 될 것인가를 아는 것이다."(원래의 문장은 "독실한 신자인 체하는 사람이 될 것인가, 그렇지 않을 것인가? 오늘날은 바로 이것이 문제이다"이다) 하지만 이것이 전부는 아니었다. 정치 문제, 부르봉 왕가에 대한 증오, 꽁그레가씨옹(Congrégation, 1801년 옛 예수회 수도사 델쀠(Delpuits) 사제에 의해 창설되어 1830년 다시 해체될 때까지 현실정치에 막대한 영향을 끼친 종교결사. 극단적인 왕당파가 회원이었다)이라는 음울한 유령, 이 패배주의자들이 과거에 대해 갖는 미련, 분위기가 격해지는 식탁의 끝에서 끝으로 부글거리며 굉음을 내는 그 모든 엄청난 화제 이후에도 격론과 소음으로 폭발하는 다른 대화 주제들이 있었다. 예컨대 여자들. 여자는 특히 지상 최고의 거들먹거리기 좋아하는 나라 프랑스에서 남자들끼리 나누는 대화의 영원한 주제이다. 일반적인 여자들과 개별적인 여자들, 세계의 여자들과 이웃 여자들, 이 군인들 중 많은 이가 영예롭고 멋진 제복을 입고 우쭐대면서 돌아다닌 여러 나라의 여자들, 그리고 그들이 아마 방문하지는 않았겠지만, 마치 허물없이 지내는 것처럼 방자하게 이름으로, 또 성으로 부르고, 아무렴! 스스럼없이, 마치 복숭아의 껍질을 벗기고 나서 씨를 깨뜨리듯, 디저트 시간에 웃으면서 속속들이 평가를 해보는 도회지의 여자들이 있었다. 아무리 나이가 많은 사람이라도, 아무리 완고한 사람이라도, 그들이 냉소적으로 말하듯이 아무리 암컷을 혐오하는 사람이라도 모두 여자 포탄의 투하에 참여했다. 왜냐하면 남자들은 추잡한 사랑은 그만둘 수 있지만, 여자에 관한 자존심은 결코 버릴 수 없으며,('추잡한 사랑'은 l'amour malpropre, '자존심'은 l'amour-propre이다. 그러므로 전자 역시 하나의 낱말(복합어)로 보아야 한다. 이를테면 '타존심'이랄까. 아무튼 작가는 더럽다, 불성실하다, 추잡하다는 의미의 형용사 malpropre를 거의 사랑의 속성으로 간주하는 듯하다. 작가의 견해대로 이것이 사랑에 본질적으로 내포되어 있다고 전제한다면 그냥 '사랑'으로 옮길 수도 있을 것이다) 설령 스스로 무덤 구덩이를 판다고 하더라도, 그 거드름의 잡탕에 언제라도 주둥이를 들이밀 준비가 되어 있기 때문이다.

늙은 메닐그랑 씨가 제공한 모든 저녁식사 중에서 입안에 침이 잔뜩 고이게 할 정도로 가장 향긋했던 그날의 저녁식사에서 그들은 귀까지 잠길 정도로 음식에 주둥이를 담갔다. 지금은 조용하지만, 벽이 말을 할 수 있다면 내가 지니고 있지 않은 냉정함을 지니고 있을 터이니 묘한 이야기를 할 이 식당에서, 남자들의 저녁식사이니만큼 몹시 빨리 이르게 되는, 우선은 점잖다가 곧 저속해지며 그러고 나서는 단추를 끄르고 마침내 셔츠를 벗어 던지고 파렴치해지는 허풍의 시간에, 이야기들이 끌려나왔고, 각자 자신의 일화를 이야기했다…… 그것은 마치 악마들의 고백 같았다! 이 불쌍한 익살꾼들은 모두 수도회의 형제들 앞에서 수도원장의 발밑에 엎드려 큰 소리로 고해를 하는 어느 불쌍한 수도사만큼 신랄하게 놀림을 당하지는 않았을 것이지만, 이 수도사처럼 겸허해지기 위해서가 아니라 자기들의 가증스러운 삶을 뽐내고 자랑하기 위해서이지만, 완전히 똑같은 일을 실행했고, 모두가 어느정도는 신을 향해 자신들의 영혼을 위로 뱉은 것인데, 그들이 뱉은 영혼은 그들의 얼굴로 다시 떨어졌다.

그런데 이 넘칠 듯한 온갖 종류의 허풍 중에는 말하기 뭣한 것이 하나 있었는데, 가장 신랄한 듯하다고 말해야 할까? 아니, 가장 신랄한이라는 말로는 충분하지 않을 것이다. 가장 상스러운, 음란한 맛을 가장 많이 가미한, 독주를 삼켰을 이 광란자들의 얼얼한 입천장에 가장 잘 어울리는 듯한 이야기였다. 그렇지만 이 이야기를 꺼낸 사람은 이 모든 악마들 중에서 가장 냉정한 사람이었다…… 그는 사탄의 엉덩이처럼 냉정했다. 왜냐하면, 마녀집회의 마법의식에서 엉덩이를 까내리는 마녀들이 말하듯이, 사탄의 엉덩이는 지옥의 불로 덥혀지는데도 매우 차갑기 때문이다. 그는 르니앙(Reniant, '부인하는'이라는 뜻)이라는 대단히 예언적인 이름의 전직 사제로, 모든 것이 해체되는 대혁명 시기의 그 뒤죽박죽인 사회에서 독자적으로 신앙 없는 사제, 의술 없는 의사가 되어, 수상하고 어쩌면 많은 사람의 목숨을 빼앗을지도 모르는 경험의 술을 몰래 행했다. 그는 교양 있는 사람들에게는 자신의 떳떳하지 못함을 인정했다. 하지만 이 도시와 근교의 하층민들에게는 면허증과 학위가 있는 모든 의사보다 자신이 더 많이 안다고 넌지시 말했다. 사람들은 그가 치유의 비법을 가지고 있다고들 수근거렸다. 비법! 어떤 것에도 호응하지 않기 때문에 모든 것에 호응하는 이 과장된 말, 이제는 온전히 주술사일 뿐이지만 예전에는 대중의 상상력에 그토록 강력한 영향력을 미쳤던 모든 돌팔이 의사의 상투적인 주장. 이 전직 사제 르니앙은 "사제라는 이 괴상한 호칭은 이름 앞에 붙는 머리 피부병 같은 것이어서, 성직자가 쓰는 올무 모자로는 결코 떼어낼 수 없을 것이다!"라고 분개하며 말하곤 했으니, 결코 잇속을 차리려고 사람을 죽게 할 수도 있는 그 비밀스러운 제약(製藥)에 종사한 것은 아니었다. 다시 말해 그는 먹고살 것이 있었다. 하지만 그는 경험이라는 위험한 악마에게 복종했는데, 이 악마는 인간의 생명을 실험의 소재로 취급하는 것으로 시작하여, 쌩뜨-크루아와 브랭빌리에(독살자를 뜻한다. 브랭빌리에 후작부인(1630~76)은 자신의 연인 쌩뜨-크루아를 독살한 죄로 재판을 받고 처형되었다)

가 되는 것으로 결말이 난다. 영업 허가를 받은 의사들을 경멸하며 상대하려 하지 않는 그는 비록 싸구려 약을 지었지만 평판이 좋은 약제사였고, 물약을 팔거나, 약병을 다시 가져와야 한다는 조건으로 거저 주기도 했다. 실제로 거저 주는 경우가 아주 많았다. 멍청이는 아닌 이 망나니는 자신의 의료행위에 대해 환자들의 열광을 불러일으킬 줄 알았다. 그는 음주벽 때문에 수종이 생긴 사람들에게는 뭔지 모를 풀을 백포도주에 넣어주었고, 농부들이 눈짓을 하면서 말했는데, 임신한 아가씨들에게는 어쨌든 그녀들의 곤경을 사라지게 하는 탕약을 처방했다. 표백되지 않은 아마빛 얼굴 주위로 퇴색한 금발이 역겨운 색조를 띠고 양초처럼 뻣뻣한 머리카락(그가 사제였음을 알려주는 유일한 것)이 둥글게 나 있는 그는 중키에 냉랭하고 신중한 낯빛을 한 남자로, 늙은 메닐그랑 씨처럼 (하지만 파란색의) 옷을 입었고, 말하기를 그다지 좋아하지 않았지만 일단 말하기 시작하면 자신의 견해를 몇마디로 표현하면서도 핵심을 빠뜨리지 않았다. 누구나 모든 것을 말하는 그 저녁식사들에서 다른 사람들이 포도주를 한입에 꿀꺽 마실 때 식탁 구석에 냉정하면서도 네덜란드식 벽난로의 냄비걸이처럼 말쑥한 모습으로 앉아 짐짓 태를 부려가며 포도주를 홀짝홀짝 마시는 그는 이 격정적인 사람들의 마음에 그다지 들지 않았는데, 그들은 그를 자신들이 지어낸 가상의 포도밭 쌩뜨-니뚜슈의 변질된 포도주에 빗대었다. 하지만 자신이 볼떼르 씨라는 비열한 사람에 대항하여 실행한 최선의 것은 어느 날—부인! 누구나 자신이 할 수 있는 것을 하는 법이죠!—돼지들에게 면병더미를 던져준 것이었다고 그가 진지하게 말했을 때, 그의 이야기는 이러한 태도로 인해 더 자극적인 매력을 풍겼다!

이 말에 우레 같은 감탄사가 열광적으로 쏟아졌다. 하지만 늙은 메닐그랑 씨가 날카롭고 가냘픈 목소리로 탄성의 흐름을 잘랐다.

“신부님.” 그가 말했다. “아마 그건 당신의 마지막 성찬식이었겠죠?”

그러고 나서 웃지도 않고 농담하는 이 사람은 희고 마른 손을 눈 위로 올려 르니앙을 보았는데, 르니앙은 양쪽의 두 사람, 얼굴이 횃불처럼 붉게 타오르는 연대장 랑쏘네와 커다란 상자를 닮은 제6흉갑기병대 연대장 트라베르 드 모트라베르의 널따란 가슴 사이에서 술잔을 앞에 놓고 앉아 있었다.

“이미 오래전이오.” 전직 사제가 말을 이었다. “나는 성찬식을 맡지 않았고, 성직을 떠나 환속해 있었지요. 대혁명이 한창이던 때였죠, 여기 우리와 함께한 시민 르 까르빵띠에(Le Carpentier, 잔혹성과 수탈로 악명 높은 국민의회 의원으로 국왕의 사형에 찬성표를 던졌고, 왕정복고 시대가 되자 체포되어 몽-쌩-미셸에 감금되어 있다가 죽었다. 그러므로 그의 참석은 있을 수 없는 일이다) 당신이 민중의 대표자로서 지방을 순시하던 때 말이오. 당신이 구치소에 집어넣은 에메베스의 젊은 아가씨를 기억하시오? 미친 여자! 간질환자 말이오!”

“아니!” 모트라베르가 말했다. “면병더미에 여자가 섞여 있었나! 돼지들에게 여자도 주었소?” “이봐, 모트라베르, 스스로 재치있다고 생각하는 모양이지?” 랑쏘네가 말했다. “제발 신부님의 말 좀 끊지 마. 신부님, 이야기를 마저 들려주시죠.”

“아! 이야기는 곧 이어질 것이오.” 르니앙이 말을 이었다. “그러니까, 르 까르빵띠에 씨, 에메베스의 그 아가씨를 기억하시오? 이름이 떼쏭, ……내 기억력이 아직 괜찮다면, 조제핀 떼쏭이었소, 뺨이 통통하고 몸매가 뚱뚱한 여자, 다혈질인 점으로 보아 일종의 마리 알라꼬끄(Marguerite-Marie Alacoque, 1647~90. 프랑스 성모방문회의 신비주의 수녀), 올빼미당원들과 사제들에게서 피가 끓을 정도로 세뇌를 받아 그들을 맹종하다가 미쳐버린 여자…… 그녀는 사제들을 숨겨주면서 일생을 보냈어요…… 한 사제를 구해줄 때마다 서른 번이나 단두대에서 처형당할 위험을 무릅써야 했죠. 아! 주님의 종들이여! 그녀는 사제들을 이렇게 부르면서, 자기 집 곳곳에 숨겨주었어요. 침대 밑에, 침대 안에, 치마 속에 숨겼을지도 모르는데, 만일 그들이 머물러 있을 수만 있었다면, 그녀가 그들의 면병상자를 집어넣은 바로 거기에, 악마가 날 잡아가도 좋아! 자기 젖무덤 사이에라도 그들 모두를 쑤셔넣었을 것이오!"

"포탄 세례로군!" 흥분한 랑쏘네가 말했다.

"아니죠, 수많은 포탄이 아니라, 단지 두 발의 포탄이지요, 랑쏘네 씨." 음탕하고 늙은 자유사상가가 랑쏘네의 말장난을 비웃으면서 말했다. "그렇지만 구경(口徑)이 굉장한 것이었죠."

이 말장난은 꽤나 반향이 있었다. 사람들의 요란한 웃음소리가 울려 퍼졌다.

"여자 젖가슴은 특이한 성체함(聖體函)이지!" 의학박사 블레니가 몽상에 잠긴 채 말했다.

"아! 응급의 성체함이라오!" 벌써 냉정을 되찾은 르니앙이 말을 이었다. "그녀가 숨겨준 그 모든 사제들은 박해받고 추적당하며 쫓기는 데다 교회도 은신처도 그 어떤 안식처도 없는 처지에서 그녀에게 성체함을 보관해달라고 맡기면서, 그녀의 품속이라면 아무도 뒤져보지 않으리라고 생각하고는, 그것을 바로 거기에 넣어두게 했소!…… 오! 그들은 그녀를 철석같이 믿었어요. 그녀를 성녀라고 단언했고요. 그녀에게 자신이 성녀라는 것을 믿게 만들었소. 그녀에게 반항심을 불어넣었고 순교에 대한 갈망을 불러일으켰지요. 대담하고 정열적인 그녀는 성체함을 작업복의 가슴 안에 집어넣고 오가면서 대담하게 살았어요. 비가 오건 바람이 불건, 눈이 내리건 안개가 끼건, 어떤 날씨에도 그녀는 밤마다 은밀히 파멸의 길을 가로질러, 죽어가는 사람들에게 성체를 배령하게 하려는 은신한 사제들에게 성체함을 가져다주었어요…… 어느 날 저녁, 나하고 꼴론 앵페르날 드 로씨뇰(Colonnes Infernales de Rosignol, '밤꾀꼬리의 지옥기둥들'이라는 의미의 공화파 단체)의 몇몇 사내, 우리는 한 올빼미당원이 죽어가는 농가에서 그녀를 덮쳤지요. 맹렬한 욕정에 못이긴 전초(前哨) 우두머리들에게서 부추김을 받은 한 사내가 그녀에게 달려들어 엉큼한 짓을 하려 했지만, 그는 여자를 다루는 데 수완이 좋지 않았던 모양으로, 그녀의 열 손톱이 그의 얼굴을 어찌나 깊이 파놓았는지, 그의 얼굴에는 그녀의 손톱자국이 평생 동안 남았소! 이 상스러운 사내는 그녀에 의해 피투성이가 되었는데도 붙잡고 있던 것을 늦추지 않았고, 그녀의 가슴팍에서 성체함을 발견하여 그것을 빼앗았는데, 잘 세어보니, 면병이 열두 개쯤 들어 있었는지라, 나는 그녀가 독살스러운 여자답게 고함을 지르고 몸부림치며 우리에게 달려드는데도 곧장 돼지 먹이통 속으로 그것을 던져버리라고 했소."

그가 그토록 멋진 일에 대해, 곪은 종기에 꼼짝없이 묻어 있다가 구속에서 벗어나게 된 이처럼(comme un pou. 직역하면 '이(蝨)처럼'이지만 '매우, 몹시'라는 뜻의 숙어인데, 앞부분의 표현이 뜻을 더욱 강화시킨다. 또한 경멸의 속뜻도 담겨 있다) 으스대더니 말을 멈췄다.

"그러니까 복음서에서 예수 그리스도가 악령이 들게 만든 돼지님들의 원수를 갚은 셈이로구려." 늙은 메닐그랑 씨가 빈정거리는 두성으로 말했다. "돼지님들의 몸 안으로 악령 대신에 성체를 집어넣었군요. 가는 말이 고와야 오는 말이 곱지 않겠소."

"그런데 돼지님들, 다시 말하자면 그것을 먹은 식도락가들이 분개했나요, 르니앙 씨?" 르 애라는 이름의 흉측한 소시민, 어떤 것에 대해서건 결말을 고려할 필요가 있다고 말하는 버릇이 있는 얼치기 고리대금업자가 정중하게 물었다.

이 상스러운 신성모독의 물결이 한동안 정지한 듯했다.

"그런데 메닐, 웬일로 르니앙 신부의 이야기에 대해 아무런 말도 없지?" 메닐그랑의 성당 방문에 관해 어떤 구실로든 이야기할 기회를 노리고 있는 연대장 랑쏘네가 말했다.

실제로 메닐은 전혀 말이 없었다. 그는 식탁 가장자리에 팔꿈치를 올려놓고 턱을 괸 채, 철저한 무신론자들이 지껄이는 이 모든 악담에 대해, 이미 무감각해져 있고 아무런 감흥도 느끼지 못하는만큼 격분하지도 재미있어하지도 않은 채 그저 귀를 기울이고 있었다…… 평생 여러 환경 속에서 살아오는 동안 이런 말들을 수없이 들었던 것이다! 인간에게 환경은 거의 운명과 같다. 중세였다면, 메닐그랑 기사는 열렬한 신앙심으로 가득 찬 십자군 병사였을 것이다. 19세기에는 보나빠르뜨의 병사였는데, 아버지가 신을 믿지 않았으므로 아버지에게서 신에 관한 말을 결코 들어본 적이 없었고, 특히 에스빠냐에서, 어떤 짓이건 감행할 태세가 되어 있고 부르봉 총사령관(Charles III, de duc de Bourbon, 1490~1527. 이딸리아를 침공하기 위해 용병을 모았으며, 1527년 그의 군대가 로마를 점령하고 약탈하던 중 사망했다)의 병사들이 로마를 함락했을 때만큼이나 많은 불경을 저지른 군대의 진영에 속해 있었던 것이다. 다행히도 환경은 평범한 영혼과 정령에게만 절대적으로 숙명일 뿐이다. 진정으로 강한 인물들에게는, 설령 티끌만한 것이더라도, 환경을 벗어나려 하고 환경의 전능한 작용에 저항하는 무언가가 있다. 이 불굴의 요소가 메닐그랑 속에 잠들어 있었다. 그날 그는 아무 말도 하지 않으려 했고, 자기 앞에서 지옥의 역청처럼 거품을 내며 부글거리고 굉음을 내는 이 불경스러운 진창의 소용돌이를 청동상처럼 무심한 자세로 받아들이려 했지만, 랑쏘네의 시비에 걸려들었다.

"내게서 무슨 말을 듣고 싶어?" 그는 우울해 보일 정도로 무기력하게 말했다. "르니앙 씨는 자네가 탄복할 만큼 멋진 이야기를 한 건 아냐! 그가 당장 벼락을 맞거나 필경 나중에 지옥에 떨어질 위험을 무릅쓰고도 바로 그 하느님, 살아 있는 하느님, 복수의 하느님을 돼지들에게 던져주었다고 생각했다면, 하느님은, 만일 존재한다면, 가혹한 형벌이 끝없이 계속되게 할 테니, 그에게 적어도 용맹, 죽음보다 더한 것에 대한 경멸은 있었을 거야. 아마 경박한 허세일 테지만, 어쨌든 자네만한 두뇌를 유혹할 허세는 있었을 것이네! 그런데 실제로는 이러한 아름다움이 없지 않은가 말일세. 르니앙 씨는 그 면병들이 하느님이라고 믿지 않았어. 하느님이리라고는 조금도 의심해보지 않았단 말이야. 그에게 그것은 단지 어리석은 미신 때문에 축성(祝聖)된 빵조각일 뿐이었고, 이보게 랑쏘네, 그에게나 자네에게나 함에 든 면병을 돼지먹이통에다 털어넣는 것은 거기다 코담배상자나 빵봉지를 던져넣는 것보다 특별히 더 영웅적인 일은 아니었다는 것이지."

"흠! 흠!" 이번에는 의견이 일치했지만, 생각이 다를 때조차 자기 아들이 하는 말에는 늘 관심을 기울이는 늙은 메닐그랑 씨가 의자 등받이에 기대어 몸을 젖히고, 마치 자기 아들이 진짜 전선에서 권총 한 발을 쏘는 장면을 바라보는 듯이, 손을 모자의 챙처럼 만들어 자기 아들을 겨냥하면서 말했다. 그는 소리를 높였다. "흠! 흠!"

"그러니까 말일세, 이보게 랑쏘네," 메닐이 말을 이었다. "뭐랄까……음담만이 있을 뿐이지. 하지만 내가 아름답다고, 아주 아름답다고 생각하는 것, 내가 감히 감탄하는 것은, 여러분, 대단한 것이라고는 생각하지 않지만요, 그것은 르니앙 씨 당신이 떼쏭이라고 부르는 아가씨입니다, 자신이 하느님이라고 믿는 것을 품에 지니고, 자신의 순결한 젖가슴을 온전히 하느님의 순수한 감실(龕室)로 만들며, 하느님과 감실과 제단을 동시에, 그것도 언제든지 그녀의 순수한 피가 뿌려질지 모르는 제단을 그 대담하고 열정적인 가슴속에 힘겹게 감춘 채 숨 쉬고 살아가며 온갖 저속한 말과 생명의 위험을 침착하게 헤쳐나가는 그 아가씨입니다!…… 이보게들 랑쏘네, 모트라베르, 쎌륀, 그리고 나, 우리 모두는 황제의 레지옹도뇌르 훈장을 받았으니, 가슴에 황제를 품은 셈이었고, 그것 때문에 때로는 황제와 함께한 전투에서 더욱 용기를 발휘했지. 하지만 그녀가 자신의 가슴에 지닌 것은 하느님의 이미지가 아니라 하느님의 실체라네. 만질 수 있고 건네줄 수 있고 먹을 수 있고, 그녀가 자신의 목숨을 내걸고 그 하느님을 갈망하는 사람들에게 가져가는 실질적인 하느님이란 말이야! 자! 내 명예를 걸지! 나는 그것을 온전히 숭고하다고 생각해…… 그 아가씨에 대해 나는 자신들의 하느님을 그녀에게 맡긴 사제들과 같은 생각이야. 그녀가 어떻게 되었는지 알고 싶어. 아마 죽었을 테지, 어쩌면 어느 시골 구석에서 비참하게 살고 있을지도 모르지만, 내 솔직한 심정을 분명히 말하건대, 설사 내가 프랑스군의 총사령관이라 해도, 만일 내가 그녀와 마주친다면, 그녀가 진창에서 맨발로 먹을거리를 찾고 있더라도, 나는 말에서 내려 그 고결한 아가씨에게, 마치 하느님이 정말로 그녀 가슴에 아직도 감춰져 있는 듯, 모자를 벗고 경의를 표하겠어! 앙리 4세는 어느날 누군가가 한 가난한 사람에게 가져가는 성체 앞에서, 내가 그 아가씨 앞에서 무릎을 꿇는 것보다 더 감격적으로 진흙탕 속에서 무릎을 꿇지 않았느냔 말이야."

그는 이제 턱을 괴고 있지 않았다. 이미 머리를 뒤로 젖힌 상태였다. 그리고 무릎을 꿇는다는 말을 하는 동안에는 키가 커 보였으며, 괴테의 시에 나오는 코린토스의 약혼녀처럼, 의자에서 일어나지 않았는데도 상반신이 천장까지 자란 듯했다.

"정말 말세야, 말세!" 모트라베르가 꽉 쥔 주먹을 망치처럼 내려쳐 복숭아씨를 깨뜨리면서 말했다. "경기병 연대장이 독실한 여신도 앞에 무릎을 꿇는 세상이라니!"

"그러게 말이야." 랑쏘네가 말했다. "기병대 앞의 보병대처럼, 다시 일어서서 적을 짓밟기 위해서였다면 모를까! 결국, 오레무스를 말하는 그 여자들, 성체를 먹는 그 모든 여자들은 불쾌한 정부(情婦)는 아니지. 우리에게 행복을 주고 우리와 함께 행복을 나누는 정부들과는 달리, 그녀들은 자신들이 영원한 형벌을 받고 있다고 생각하니 말일세. 하지만, 이봐 모트라베르 연대장, 군인에게는 편협한 신앙심을 가진 여자들 몇몇을 유혹하는 것보다 더 나쁜 것이 있어. 기병용 칼을 차고 다니던 사람인데도 말이야, 겁 많은 민간인처럼 스스로 독실한 신자가 되어버리는 것이지!…… 여러분, 저는 바로 지난 일요일, 날이 저물 무렵에, 지금 여기 있는 지휘관 메닐그랑과 우연히 마주쳤죠, 어디에서라고 생각하시나요?"

아무도 대답하지 않았다. 모두 궁리하는 모습이더니, 이윽고 식탁 근처 모든 사람들의 시선이 연대장 랑쏘네 쪽으로 쏠렸다.

"내 칼을 걸고 맹세컨대!" 랑쏘네가 말했다. "그와 우연히 마주쳤어요…… 아니, 내가 장화를 신고 그들의 예배당으로 가서 내 장화에 똥을 묻힐 그런 사람은 아니니까요, 마주친 게 아니라, 광장 모퉁이의 작고 낮은 출입문 아래로 허리를 굽히면서 성당으로 미끄러지듯 들어가는 그의 뒷모습을 언뜻 본 것이죠. 어찌나 놀라고 경악했던지, 혼잣말을 했지요. 저럴 수가! 제기랄! 잘못 봤나?…… 하지만 분명히 메닐그랑의 모습이야!…… 그런데 메닐그랑은 성당에서 도대체 무엇을 하려는 걸까?…… 에스빠냐 성당을 배경으로 사탄처럼 가증스러운 연인과의 애정을 다룬 옛 소극들에 대한 생각이 내 머릿속에서 뛰어다녔어요. 설마! 끝난 일이 아니란 말인가? 옛 여자 때문일 거야. 좋아, 내가 이 친구의 성향을 알아내지 못한다면, 악마가 발톱으로 내 눈을 뽑아 버려도 좋아! 이렇게 중얼거리고는 그들의 미사 가게로 들어갔죠…… 불행하게도 지옥의 입구처럼 컴컴하지 뭡니까. 무심코 걷다가는 무릎을 꿇고 주기도문을 웅얼대는 노파들에게 발이 걸려 비틀거리기에 딱 좋아 보였습니다. 자기 앞에 있는 어떤 것도 분간할 수 없었지만, 기도 중인 독실한 노파들의 몸뚱이가 어둠과 뒤섞여 있는 그 지옥 같은 곳에서 더듬다시피 해서, 이미 측도를 따라 빠져나가고 있던 메닐을 붙잡았죠. 그런데 그가 나에게 뭐하러 그 생지옥 같은 성당에 갔었는지 말하려 들지 않았다는 것을 여러분은 정말로 믿을 수 있겠어요?…… 그래서 오늘 나는 여러분이 그에게 해명을 요구하도록, 여러분에게 그를 고발하는 바입니다."

"자, 말해, 메닐. 자신의 무죄를 증명해봐. 랑쏘네에게 대답하라고." 식당의 온 구석에서 고함이 들려왔다.

"내 무죄를 증명하라니!" 메닐이 활기차게 말했다. "내가 좋아서 하는 일인데, 도대체 왜 무죄를 증명해야 한다는 거죠? 종교재판에 대해 공공연히 험담하는 여러분이 지금은 거꾸로 종교재판관이란 말입니까? 일요일 저녁에는 그러고 싶었으니까 성당에 들어간 거요."

"그런데 왜 그러고 싶었지?" 모트라베르가 말했는데, 이는 악마가 논리학자라면 흉갑기병 연대장 역시 논리학자일 수 있기 때문이다.

"아! 그렇지!" 메닐그랑이 웃으며 말했다. "거기 갔었어…… 누가 알아? 아마 고해하러 갔나보지. 적어도 고해소의 문을 열긴 했어. 하지만 랑쏘네 자네는 나의 고해가 너무 길었다고 말할 수는 없잖아?……"

그들은 그가 자신들을 농락하고 있다는 것을 분명히 알아차렸다. 하지만 이 농락에는 그들의 신경을 건드리는 납득하기 힘든 무언가가 있었다.

"자네의 고해라! 엄청나게 불길한 소리로군! 자네가 성수반(聖水盤)에 뛰어들었다는 게 과연 사실일까?" 문제를 심각하게 받아들이는 랑쏘네가 얼빠진 표정으로 서글프게 말했다. 그러고는 다시 생각에 몰입하더니 뒷발로 선 말처럼 몸을 뒤로 젖혔다. "아냐," 그가 소리쳤다. "빌어먹을! 있을 수 없는 일이야! 여러분, 기병대대장 메닐그랑이 늙어빠진 노파처럼 사제의 초소 안에서 보조의자에 두 무릎을 꿇고 격자창문에 코를 들이밀고 고해를 하다니, 상상이나 할 수 있겠어요? 내 머리로는 결코 생각하지 못할 광경이군요! 차라리 수만 발의 총탄세례를 받겠어!"

"자네 정말 대단하군, 고마워." 메닐그랑이 어쭙잖게도 어린양처럼 부드러운 태도로 말했다.

"진지하게 이야기하세." 모트라베르가 말했다. "난 랑쏘네와 같아. 이봐, 정직한 메닐, 자네 같은 남자가 독실한 신자인 척하다니, 결코 믿을 수가 없어. 죽음의 시간이 와도 자네 같은 사람들은 성수함지(咸池) 안에서 겁먹은 개구리처럼 펄쩍 뛰어오르지 않잖아."

"죽음의 시간에 여러분이 뭘 할지 난 모르겠소." 메닐그랑은 천천히 대답했다. "하지만 나로서는 저승으로 떠나기 전에, 온갖 위험을 무릅쓰고, 원통형 부대(기병이 옷이나 일용품을 넣어 안장에 매달고 다니는 부대)를 만들고 싶소."

기병 장교들에게 익숙한 이 말이 무척 엄숙하게 들려서, 권총이 발사되어 요란한 소리를 내고 방아쇠가 부서져버린 장면처럼 침묵이 흘렀다.

"그건 그렇고……" 메닐그랑이 계속 말했다. "보아하니, 여러분은 전쟁과 우리 모두가 살아온 삶 때문에 나보다 훨씬 더 멍해졌군요……

여러분이 마음으로 믿지 않는데 말해봐야 뭐하겠소만, 랑쏘네, 자네가 말이야, 자네 친구 메닐그랑, 자네가 자기 자신만큼 무신론자라고 믿는 이 메닐그랑에 대해, 왜 그가 요전 어느날 성당으로 들어갔는지를 어떻게든 알고 싶어하니, 자네에게 분명히 알려주겠네. 거기엔 사연이 있어…… 하느님을 믿지 않는 자네라도 이 사연을 들으면 왜 그가 거기로 들어갔는지 아마 이해할거야."

그는 곧 말하려는 것에 더 많은 엄숙함을 부여하려는 듯이 잠시 뜸을 들이고 나서 말을 이었다.

"자네가 에스빠냐에 관해 말했잖아, 랑쏘네. 그래, 바로 에스빠냐에서 일어난 일이야. 여러분 중 몇몇은 1808년부터 제정을 무너뜨리고 우리 모두의 불행을 초래하기 시작한 비운의 에스빠냐 전쟁에 종군했죠. 그때 참전한 이들은 그 전쟁을 잊을 수 없을 텐데, 여담이지만, 쎌륀 소령, 자네는 누구보다 더 그럴 거야! 그 전쟁의 기억이 자네 얼굴에 지울 수 없을 정도로 깊이 새겨져 있으니 말일세."

늙은 메닐그랑 씨의 옆자리에 앉은 쎌륀 소령은 메닐과 마주하고 있었다. 그는 유능한 군인의 늠름한 풍채를 지닌 남자로, 기즈 공작보다 훨씬 더 금창공(金瘡公, '얼굴에 칼자국이 있는 사람'이란 뜻, 프랑수아 드 기즈와 앙리 드 기즈의 별칭)이라 불릴 만했다. 왜냐하면 에스빠냐에서 전초 근무를 하다가 얼굴이 구부러진 칼에 베였는데 어찌나 엄청난 타격이었는지, 왼쪽 관자놀이에서 코를 지나 오른쪽 귀까지 비스듬히 칼자국이 깊게 패었다. 보통의 상태라면, 병사의 얼굴에 제법 고결한 효과를 주는 끔찍한 상처에 지나지 않았을 것이지만, 군의관이 급해서인지 서툴러서인지 그 벌어진 자상(刺傷)의 두 입술을 제대로 봉합하지 못했는데, 전시(戰時)에는 여러가지 불편을 감수해야 하는 법이다! 부대가 진격하는 중이었고, 그래서 그는 상처 문제를 더 빨리 결말짓기 위해,

봉합된 자상의 한쪽으로 두 손가락만큼 삐져나온 살을 가위로 잘라버렸는데, 이로 인해 쎌륀의 얼굴에는 살짝 파인 홈이 아니라 아예 겁나는 협곡이 생겨났다. 그것은 끔찍스러웠지만 누가 뭐래도 웅장했다. 화를 잘 내는 쎌륀이니만큼, 피가 얼굴로 솟구치면 상처는 붉게 물들어, 구릿빛으로 그을린 얼굴을 가로지르는 널따란 붉은 띠 같았다. "자네는 2등급 레지옹도뇌르 훈장을 가슴에 달기 전에 먼저 얼굴로 받았네그려, 하지만 의연하게 기다리게, 아래로 내려올 거야."

훈장은 내려오지 않았다. 제정이 먼저 끝장난 것이다. 쎌륀은 기사일 뿐이었다.

"자! 여러분," 메닐그랑이 말을 계속했다. "우리는 에스빠냐에서 아주 잔혹한 일들을 목격했죠, 그렇지 않나요? 우리가 그런 일들을 벌이기도 했고요. 하지만 내가 지금부터 여러분에게 이야기하려는 것보다 더 가증스러운 일은 전혀 본 적이 없을 겁니다."

"나로서는 말일세." 쎌륀이 누구라도 하찮은 일로 자신의 정신을 어지럽히지 않기를 바라는 완고한 늙은이처럼 거드름을 피우면서 맥없이 말했다. "나는, 어느날 수녀 팔십명이 2개 중대에게서 실컷 능욕당한 뒤에, 반쯤 죽은 상태로 우물 속에 차곡차곡 내던져지는 광경을 보았지."

"병사들의 난폭함이란!" 메닐그랑이 쌀쌀맞게 말했다. "하지만 내가 하려는 이야기는 세련된 장교에 관한 거야."

그는 술잔을 들어 입술을 축이고는 식탁을 둘러보았다. 좌중의 관심이 그에게 집중되었다.

"여러분, 여러분 중에 말이죠," 그가 물었다. "혹시 이도프 소령을 만나본 사람 있습니까?"

랑쏘네를 빼고는 아무도 대답하지 않았다.

"나야." 그가 말했다. "이도프 소령! 내가 그를 만나보았다니! 휴우! 제기랄! 제3용기병 부대에서 나와 함께 근무했어."

"자네가 그를 만나보았다니 말하겠네." 메닐그랑이 말을 이었다. "그 자만 만났던 것은 아닐 거야. 그는 보란 듯이 한 여자를 동반하고 제8용기병연대에 도착했었지……"

"뿌디까('얌전한, 수줍어하는'의 뜻)라는 별칭이 붙은 로잘바, 그의 유명한……" 랑쏘네가 말했다. "그는 이 말을 노골적으로 입에 올렸지."

"그래." 메닐그랑이 생각에 잠긴 표정으로 다시 말하기 시작했다. "그런 여자는 정부, 게다가 이도프의 정부라는 이름으로 불릴 만한 여자가 아니었어…… 그 소령은 에스빠냐로 오기 전 어느 예비군 부대에서 대위 계급으로 근무하던 이딸리아에서 그녀를 데려왔다는군. 랑쏘네, 여기서 자네만이 그 이도프 소령을 만나보았으니 하는 말인데, 그 여자를 긴 목걸이처럼 달고 몹시 유난스럽게 제8용기병 부대로 도착한 그 기묘한 남자에 대해 이 양반들이 대충이나마 알고 있어야 할 테니까, 내가 이 양반들에게 그를 소개하도록 허락해주게…… 보아하니 그는 프랑스인이 아니었어요. 프랑스를 위해서는 오히려 다행이죠. 그는 일리리(아드리아 해 북부의 산악지방) 또는 보헤미아의 어딘가에서 누군가의 아들로 태어났다는데, 확실한 것은 없습니다…… 하기야 어디에서 태어났건, 그는 기이한 사람이었는데, 어디서건 국외자(局外者)는 다 그렇죠. 누구나 그를 여러 인종의 혼혈이라고 생각했을 것입니다. 그는 자신이 그리스 출신이므로 이도프라는 자신의 이름을 그리스 식으로 아이도브라고 발음해야 한다고 말했는데, 누구라도 그의 아름다운 외모를 보고는 이것을 사실이라고 믿었을 거예요. 실제로 그는 미남이었고, 악마가 날 잡아가도 좋아요, 아마 군인으로서는 지나치게 잘생겼을 것입니다. 얼굴이 그토록 아름다우니 얼굴을 망가뜨리지나 않을까 하고 걱정할 것이 뻔하지 않습니까? 누구나 걸작에 대해 갖는 존경심을 자기에 대해서도 갖는 법이죠. 그렇지만 그는 비록 걸작이라 해도 다른 사람들과 함께 싸움터로 나가야 했어요. 이도프 소령에 관해 할 수 있는 말은 이게 전부였죠. 그는 그저 자신의 임무만 행했을 뿐, 결코 자신의 의무 이상의 것을 수행하지 않았습니다. 그에게는 황제가 성화(聖火)라고 부르는 것이 없었죠. 게다가, 그의 아름다움을 분명히 인정하면서도, 그의 기막힌 용모에 감춰진 심술궂은 모습을 발견할 수 있었어요. 여러분은 결코 가지 않겠지만, 저는 미술관들에서 어슬렁거리다가, 이도프 소령을 닮은 모습과 마주친 적이 있어요. 안티노우스의 반신상들 가운데 하나에서…… 놀랍게도! 조각가가 변덕 때문인지 악취미 탓인지 눈동자 자리에 에메랄드를 박아놓은 그 대리석 반신상에서 그를 꼭 닮은 모습이 보이더라고요. 하얀 대리석 대신 그 소령의 초록빛 눈이 따스한 올리브 색조로, 나무랄 데 없이 훌륭한 얼굴의 각도로 빛났지만, 이 우울한 저녁 별 같은 눈의 희미한 빛 속에 매우 관능적으로 잠들어 있는 것은 엔디미온이 아니라 호랑이였는데, 어느날 저는 그것이 깨어나는 것을 보았답니다!…… 이도프 소령의 머리카락은 갈색이었고, 수염은 금색이었어요. 좁은 이마 주위에서 볼록한 관자놀이까지 촘촘히 나 있는 꼬불꼬불한 머리카락은 매우 검은 반면, 길고 비단처럼 부드러운 콧수염은 엷은 황갈색과 검은 담비의 노란색을 띤 황금색이었어요. 머리카락과 수염의 색깔이 다른 것은 반역이나 배신의 징후죠(그렇다고들 말하죠). 배반자요? 이 소령은 아마 나중이라면 배반자가 되었을 거예요. 그는 아마 수많은 다른 사람들처럼 황제를 배반했을 것입니다만, 틀림없이 그럴 시간이 없었을 거예요. 제8용기병연대로 부임했을 때는 분명히 교활한 사람에 지나지 않았을 것이고, 더군다나 교활함에 관해서는 모르는 것이 없는 노회한 쑤바로프가 바라듯이 교활해 보이지 않을 정도로까지 교활하지는 않았을 것입니다…… 동료들 사이에서 그의 평판이 나빠지기 시작한 것은 이러한 기색 때문이었을까요? 어쨌든 얼마 지나지 않아 그는 연대의 진딧물 같은 존재가 되었죠. 나라면 남다른 미모보다는 내가 아는 사람들의 못생긴 용모를 더 좋아했을 것입니다만, 미남이라고 매우 거들먹거리던 그는 결국, 병사들이 군대식으로 말하듯이, 뭐랄까, 랑쏘네, 자네가 조금 전에 이름을 댄 여자, 로잘바를 비추는 거울에 지나지 않는 듯했어요. 이도프 소령의 나이는 서른다섯이었습니다. 어떤 여자이건, 심지어 아무리 자존심이 강한 여자일지라도, 미남에게 마음이 끌리잖아요. 이것이 여자들의 문제점이죠. 그러니 이도프 소령도 여자들의 온갖 친절 때문에 타락하고 여자들이 옮기는 온갖 악습에 물들게 되리라는 것은 다들 쉽사리 짐작하겠지만 너무나 뻔한 일이었어요. 게다가 그에게는 여자들에게서 옮은 것도 아니고 누구도 전혀 물들지 않는 여러 가지 나쁜 습관을 가지고 있다고들 했어요…… 물론 그 시절에 우리는, 랑쏘네, 자네라면 이렇게 말했겠지만, 독실한 신자인 체하는 사람이 아니었죠. 심지어 우리는 꽤 사악한 인물, 노름꾼, 방탕아였고, 호색한에, 걸핏하면 결투하는 남자였으며, 필요한 경우에는 술꾼이었고, 온갖 방식으로 돈을 낭비하는 남자였어요. 우리는 그에게 까다롭게 굴 권리가 거의 없었죠. 휴우! 당시에 우리가 그렇긴 했지만, 그는 우리보다 훨씬 더 나쁜 남자로 통했어요. 우리는 말이에요, 아무리 악마였을지라도 차마 못할 일이, 많지는 않았지만, 한두 가지는 있었어요. 하지만 그는 모든 것을 할 수 있었죠(그렇다고들 하더군요). 나는 제8용기병연대에 소속되어 있지는 않았어요. 다만 그 부대의 모든 장교를 알고 있었을 뿐이죠. 그들은 그에 관해 가혹하게 말했어요. 그들은 그가 상관들에게 비굴하고 저속한 야심을 품고 있다고 비난했지요.

그들은 그의 성격을 수상히 여겼죠. 심지어 그들은 그가 간첩 행위를 하지 않나 하고 의심하기까지 했는데, 그는 알게 모르게 퍼져나가는 이러한 의혹을 불식시키기 위해 두 차례에 걸쳐 단호하게 싸웠지만, 그에 대한 평판은 바뀌지 않았습니다. 이 남자의 주위에는 여전히 어떤 안개가 남아 있었는데, 그는 이것을 없애버릴 수가 없었어요. 그의 머리카락과 수염은 갈색과 금색이 섞여 있는 것처럼, 그에게는 노름과 연애의 측면에서 동시에 행운이 따랐습니다만, 이러한 행운에 아주 비싼 대가를 치르게 되었죠. 이 이중의 성공, 로죙(Antonin Nompar de Caumont Lauzun, 1633~1723. 백작이었다가 공작이 된 프랑스군 원수. 루이 14세의 총애를 받고 왕의 사촌누이와 비밀결혼을 하기도 한다)풍의 외모, 아름다움, 이것들이 불러일으키는 질투심 — 왜냐하면 남자들은 추한 용모가 문제될 때는 강하고 냉정한 척해봐야, 남자란 자기 말〔馬〕을 겁먹게 하지만 않으면 그런대로 잘생긴 셈이라는 위안의 말을 생각해내어 반복한다 해도, 그들 역시 여자들이 서로 시샘하는 만큼 비열하고도 비겁하게 서로 질투를 하거든요 — 그가 반감의 대상이었던 것은 아마 이 모든 장점 탓이었을 텐데, 이러한 반감은 증오 때문에 경멸의 형태를 띠었습니다. 왜냐하면 증오하는 사람은 증오보다는 경멸이 더 속을 상하게 만든다는 것을 잘 알고 있기 때문이죠!…… 그가 위험한 불량배라는 것을 분명하게 입증하는 것이 필요하긴 했지만, 그런 것은 확실히 입증할 수 있는 성질의 것이 아니잖아요. 그런데도 그를 위험하고 너절한 놈으로 취급하는 수군거림이 얼마나 자주 들려왔는지 모릅니다…… 따라서 여러분에게 말하고 있는 지금도 내게는 이도프 소령이 과연 누구나 말하는 그런 사람이었는지 확실하지 않아요…… 하지만 제기랄!" 메닐그랑의 목소리에 기묘한 공포와 활기가 뒤섞여 있었다. "어느날 그가 어떠했는지에 대해서는 아무도 말하지 않았지만, 나는 알고 있는데, 내게는 그것으로 충분하죠!"

"아마 우리에게도 그것으로 충분하겠지." 랑쏘네가 활기차게 말했다. "제기랄! 하지만 내가 목격한 것에 관해 해명을 해야 할 것 아닌가? 자네가 일요일 저녁에 성당 안으로 들어간 사실과 에스빠냐를 비롯한 기독교 세계의 모든 성당 및 대성당을 약탈하여 성체 안치대의 황금과 귀금속으로 방탕한 자기 여자에게 패물을 만들어주었을 제8용기병연대의 그 빌어먹을 소령 사이에 도대체 무슨 관계가 있다는 거야?"

"대열을 이탈하지 마, 랑쏘네!" 메닐이 마치 자기 대대의 기동을 지휘하기라도 하듯 말했다. "제발 조용히 좀 있어! 여전히 성미가 급하군그래, 어디서나 적 앞에서인 것처럼 초조해할 건가? 내가 하고 싶은 대로 이야기를 진행하도록 가만히 내버려두게나."

"그래, 좋아! 진군해!" 격정적인 연대장이 말했다. 그는 냉정을 되찾기 위해 삐까르당(랑그도끄의 포도 묘목 삐까르당의 포도로 만든 백포도주) 한 잔을 꿀꺽 마셨다. 그러자 메닐그랑이 말을 이었다.

"그를 따라온 여자, 그의 정부일 뿐이고 그의 성을 갖지도 않았지만 누구나 그의 아내라고 부른 그 여자가 없었다면, 이도프 소령은 제8용기병연대의 장교들과 별로 어울리지 않았을 것이 거의 틀림없어요. 하지만 그와 같은 남자에게 매달린 점으로 보아 어떤 모습이었는지를 누구나 온전히 추측할 수 있던 그 여자 덕분에, 그녀가 없었다면 고독했을 소령의 주변에 적막한 분위기가 조성되지는 않았던 거죠. 나는 여러 연대에서 그런 일을 목격했습니다. 한 남자가 의심을 받고 신용을 잃게 되면, 누구나 그와는 엄밀한 업무 관계만을 맺을 뿐 더이상 친하게 지내지 않으며, 악수조차 안하려들뿐더러, 장교들이 모여드는 까페에서조차, 어떤 냉정한 마음이건 녹아버리는 까페의 따뜻하고 친밀한 분위기에서조차 늘 거리를 두며, 폭발할 때가 되면 폭발하더라도, 그 전까지는 최대한 어색하고 정중한 태도를 보이죠. 필시 이런 일이 소령에게 일어났을 것입니다만, 여자란 악마의 자식이지요! 소령 때문에 그녀를 만나지 않았을 사람들도 그녀 때문에 그를 만났습니다. 까페에서 자기 여자를 동반하지 않은 군의관에게는 슈니크 한잔 제공하지 않았을 사람도, 그의 반쪽을 생각하면서, 그의 집으로 초대받아 그녀와 마주칠 수 있을 기회라는 속셈에서 그에게 한잔 내곤 했어요…… '여자의 경우, 첫번째 연인과의 거리는 첫번째 연인으로부터 두번째 연인까지의 거리보다 더 멀다'라는 악마의 격려 같은 도덕 산술의 비례는 철학자에 의해 종이 위에 저술되기 전에 이미 모든 남자의 가슴속에 씌어 있는데, 보아하니 이것은 누구보다 소령의 아내에게 딱 들어맞는 얘기였죠. 그녀로서는 그에게 몸을 맡겼으니 또다른 남자에게 몸을 맡기는 것도 가능했어요, 맞아요! 모든 이가 그 다른 남자일 수 있었지요! 아주 짧은 시기 동안이지만 제8용기병연대에서는 누구나 이러한 기대를 정말로 뻔뻔스레 품을 수 있었죠. 여자에 대해 후각이 예민하고 여자를 둘둘 감싸고 있는 온갖 향긋하고 하얀 장막을 가로질러 여자의 진정한 냄새를 맡을 줄 아는 모든 사람에게 로잘바는 타락한 여자들 중에서 가장 타락한 여자로, 죄악의 관점에서 흠잡을 데 없는 여자로 곧장 받아들여졌으니까요!

나는 결코 그녀를 비방하는 게 아니에요, 그렇지, 랑쏘네?…… 자넨 아마 그녀와 관계를 가졌을 테지, 그랬다면, 이제는 그것이 일찍이 모든 악덕 가운데 가장 빛나고 매혹적인 결정체였는지 아니었는지 알 거야! 소령은 어디서 그녀를 얻었지?…… 그녀는 어디 태생이었지? 그녀는 참 젊었어요! 누구도 감히 먼저 이런 것을 자문하려 들지 않았죠, 그렇지만 망설임은 길게 가지 않았어요! 그녀는 제8용기병연대만 들뜨게 한 것이 아니에요. 내가 소속된 기병연대, 랑쏘네, 자네 기억하지, 우리가 속한 원정군의 모든 참모부에 불을 질렀잖아, 그녀가 일으킨 그 불길은 금세 예사롭지 않은 규모가 되었죠…… 우리는 많은 여자들, 장교들의 정부를 보았는데, 장교들이 자신들의 군사 장비로 어느 한 여자가 사치하는 비용을 댈 수 있을 때면, 그녀는 여러 연대를 따라다녔지요. 연대장들은 이러한 악습을 눈감아주었고, 때로는 자신들도 이러한 악습에 빠져들었습니다. 하지만 그 로잘바처럼 처신하는 여자들에 관해서는 우리도 생각조차 못했어요. 우리는, 글쎄요, 아름다운 아가씨들, 하지만 거의 언제나 비슷한 유형의 단호하고 대담하며 거의 남성적인데다 뻔뻔스러울 정도인 아가씨들, 대개 어느정도 정열적이고, 젊은 총각을 닮았으며, 장교들이 이따금 변덕을 부려 그들의 제복을 연인에게 입히기도 하는데 그럴 경우 매우 요염하고 관능적으로 보이는 흑발 미녀들에게 익숙해져 있었소…… 장교들의 정숙한 본처는 모두 군대 사회에서 살아가기 때문에 특별한 어떤 것에 의해 다른 여자들과 구별되죠. 물론 정부들의 경우에는 이 어떤 것이 아주 다르게 나타나긴 하지만요. 그런데 이도프 소령의 로잘바는 우리에게 익숙한 군대 주변의 모험적인 여자들이나 연대를 쫓아다니는 여자들과 비슷한 구석이 전혀 없었죠. 첫눈에 보기에 그녀는 숱 많은 금발에 키가 크고 얼굴이 창백하나 여러분이 곧 알게 되겠지만 오랫동안 창백하지는 않은 젊은 아가씨였어요. 이것이 전부였어요. 큰 소리로 외쳐댈 만한 것이 없었죠. 그녀의 얼굴빛이 희다고 해도, 여자들은 모두 피부 아래로 싱싱하고 건강한 피가 흐르니만큼, 유별날 정도로 희지는 않았어요. 그녀의 금발은 내가 만나본 몇몇 스웨덴 여자의 금발, 황금빛의 금속성 섬광이 일고 잿빛 호박의 무르고 둔한 색조가 느껴지는 눈부신 것이 아니었지요. 그녀의 얼굴은 카메오 얼굴(이목구비가 또렷하고 균형 잡힌 얼굴)이라고들 부르는 고전적인 얼굴이었습니다만, 변함없는 정확성과 통일성 때문에 열정적인 영혼들에게는 굉장히 짜증나게 보이는 얼굴과 비슷했어요. 취하건 버리건, 확실히 그녀는 몸 전체의 조화로 보아 누구나 아름다운 아가씨라고 부를 수 있는 여자였지요…… 하지만 그녀가 우리에게 내미는 미약(媚藥)은 결코 그녀의 미모에 있지 않았어요…… 다른 데에 있었죠…… 여러분이 결코 추측하지 못할 곳에…… 가당찮게도 로잘바라고 불리고, 순결에만 부여해야 할 그 무구한 이름을 지니며, 장미와 흰색이라는 뜻의 그 이름에 그치지 않고 덧붙여 순결한 여자라는 의미의 뿌디까라고까지 불리는 그 엄청난 음란성에 있었습니다!"

"베르길리우스 역시 '얌전한 남자'라 불렸는데도, 「코리돈 아르데바트 알렉심」(Corydon ardebat Alexim, '목동 코리돈이 알렉시스에게 몸이 달아오르다'라는 뜻)을 썼지." 라틴어를 잊어버리지 않은 르니앙이 넌지시 말했다.

"그런데 결코 우리가 지어낸 것이 아니라, 자연이 스스로 만들어낸 모든 장미로 써놓아, 그녀의 이마에서 첫날부터 읽어낼 수 있던 로잘바라는 그 별명은 말이죠." 메닐그랑이 말을 계속했다. "반어적인 것이 아니었어요. 로잘바는 나름대로는 놀랍게도 정숙한 외모의 아가씨였을 뿐 아니라 확실히 수줍음 그 자체였죠. 더이상 수줍음이 아니었다 해도, 천사의 시선 아래에서 얼굴을 붉히는 천상의 동정녀들처럼 순수하기는 했을 거요. 세계는 미친 악마의 작품이라고 도대체 누가 말했죠? 틀림없이 영국인이겠죠…… 악마의 즐거움을 얻고, 수줍음 속에 관능을 넣고 뒤이어 관능 속에 수줍음을 넣어 푹 익히며, 죽게 마련인 남자들에게 한 여자가 줄 수 있는 향락의 지옥 스튜에다 천상의 양념으로 풍미를 더하기 위해, 광기의 발작 상태에서 로잘바를 창조한 것은 분명 그 악마였을 거예요. 로잘바의 수줍어하는 태도는 단순한 관상학(觀相學)이 아니었는데, 예컨대 그녀는 라바테르(Johann Kaspar Lavater, 1741~1801. 스위스의 시인, 연설가, 개신교 신학자. 『관상학 단장』으로 유명하다. 그의 관상학 체계는 과학성이 전혀 없다)의 체계를 밑에서 꼭대기까지 뒤엎었을 거예요. 아니, 그녀의 경우에, 수줍음은 바구니의 윗부분(le dessus du panier, '제일 좋은 것'이라는 뜻. 사과 바구니에서 가장 좋은 사과는 위에 놓기 때문인 듯하다)이 아니었는데, 그녀는 여성의 윗부분인 동시에 아랫부분이었으며, 피부에서만큼 피 속에서도(autant dans le sang qu'à la peau, '행실의 측면에서도 (타고난) 기질의 측면에서도'라고도 해석할 수 있다) 마음속으로 소스라치고 가슴이 설렜어요. 그녀의 수줍음은 위선도 아니었소. 로잘바의 악덕은 미덕에 대해 결코 이러한 경의도 그밖의 어떤 경의도 표하지 않는 것이었죠. 그것은 정말로 진실이었어요. 로잘바는 관능적이었듯이 정숙했고, 가장 기이한 것은 그녀가 동시에 그러했다는 점이오. 그녀는 가장…… 대담한 것을 말하거나 행할 때, 아직도 내게 들리는 듯한 말, '부끄러워요!'라는 말을 정말 사랑스럽게 했지요. 상상을 초월하는 놀라운 일! 누구나 그녀와는 심지어 끝난 후에도 여전히 처음 시작하는 것 같았죠. 그녀는 바쿠스 신의 무녀(巫女)들이 벌이는 일종의 제전(祭典), 자기 원죄의 결백 같은 것이 아니었을까 합니다. 정복되어 반쯤 죽은 것처럼 황홀해진 상태에서조차 언제나 신선하고 우아한 동요를 보이고 서광처럼 매력적으로 얼굴을 붉혔기에 부끄러워하는 처녀의 모습이 엿보였어요…… 나는 이러한 대조가 여러분의 가슴속에 불러일으킨 얼얼하고도 민감한 느낌을 여러분에게 결코 이해시킬 수 없을 것이고, 언어는 이것을 표현하느라 무너질 것이오!"

그가 말을 멈췄다. 그도 그들도 그것을 생각하고 있었다. 그가 방금 말한 내용으로 인해, 믿기 어려울 테지만, 온갖 전투를 경험한 이 전사들, 이 타락한 수도사들, 이 늙은 의사들, 환상에서 깨어났던 이 모든 인생 모리배들이 몽상가로 변해버렸다. 혈기왕성한 랑쏘네조차 한마디 말이 없었다. 그는 회상에 잠겨 있었다.

"여러분도 분명히 직감할 수 있겠죠." 메닐그랑이 말을 이었다. "이 놀라운 일은 나중에야 알려졌어요. 우선, 그녀가 제8용기병연대에 도착했을 때는, 예컨대 황제의 누이동생 뽈린(Pauline Bonaparte, 1780~1825. 나뽈레옹의 여동생으로 이딸리아의 보르게제 공비가 되었으며 색정광으로 유명하다) 보르게즈 황녀 스타일인데다 그녀와 닮은, 성숙한 아름다움과 동시에 지극히 귀여운 아가씨의 모습이 보였습니다. 황녀 뽈린 또한 이상적으로 순결한 외모였는데, 그녀가 어떻게 죽었는지는 여러분 모두가 잘 알고 있는 바이지요…… 하지만 로잘바는 온몸을 붉게 물들일 정도로 수줍음이 많은 반면에, 뽈린은 매력적인 몸의 가장 작은 곳을 장밋빛으로 물들일 만큼의 수줍음조차 한방울도 지니고 있지 않았어요. 누군가가 뽈린에게 어떻게 까노바(Antonio Canova, 1757~1822. 이딸리아의 조각가. 1802년 나뽈레옹의 초청을 받아 빠리로 와서 나뽈레옹의 조각상을 로마 영웅의 모습으로, 뽈린 보나빠르뜨의 조각상을 고대 비너스 여신이 누워 있는 듯한 포즈로 제작했다) 앞에 발가벗고 포즈를 취할 수 있었느냐고 물었을 때, 그녀는 '하지만 조각실은 따뜻했어요! 난로가 있었거든요!'라는 황당하고 순진한 말을 했는데, 로잘바는 보르게처럼은 결코 하지 못했을 거예요. 누군가가 로잘바에게 동일한 질문을 던졌다면, 그녀는 완전히 주홍빛인 얼굴을 완전히 분홍빛인 손에 파묻었을 겁니다. 그러기는 했지만, 자리를 피하는 그녀의 드레스를 보면 엉덩이 쪽의 주름에 지옥의 온갖 유혹이 깃들어 있을 것이 틀림없어요!

연대에 도착했을 때 처녀의 얼굴로 우리 모두를 속인 그 로잘바는 바로 이와 같은 모습이었어요. 이도프 소령은 우리에게 그녀를 본처나 심지어 딸로 소개할 수도 있었을 것이고, 그랬다 해도 우리는 그대로 믿었을 거예요. 그녀의 맑고 파란 눈은 정말 멋졌지만, 내리깔았을 때가 가장 아름다웠어요. 눈꺼풀의 표정이 눈길의 표정보다 우세했던 것이죠. 누구나 상스럽지만 힘찬 표현으로 말하듯이, '고해하지 않았어도 성체를 배령하도록 허용되었을' 이 여자는 전쟁터를 누볐고, 여자들을, 그것도 보통이 아닌 여자들을 말입니다! 무수히 경험한 사내들에게 새로운 파문이 되었어요. 정말 멋진 아가씨야! 고참들, 노련한 베테랑들이 서로의 귀에 속삭였지요. 하지만 얼마나 새침떼기인지! 어떻게 처신하기에 소령을 행복하게 하는 걸까?…… 그 자신은 알고 있었으나 말하지는 않았어요…… 그는 혼자서 술을 마시는 진정한 술꾼들처럼, 내색하지 않고 자기 행복을 들이켰죠. 그는 자신의 은밀한 기쁨을 누구에게도 알려주지 않았는데, 이러한 기쁨은 주둔군의 로죙, 가장 심하게, 진절머리나게 거들먹거리는 사람이며, 나뽈리에서 그와 안면이 있던 장교들이 전해주었듯이 유혹의 고적대장(鼓笛隊長)이라 불리던 그를 평생 처음으로 신중하고 충직한 사람이 되게 만들었습니다! 그는 자신의 아름다움에 대해 우쭐해 있었는데, 에스빠냐의 모든 아가씨가 그의 아름다움에 끌려 그의 발밑에 쓰러졌을 테지만, 그는 어떤 아가씨도 안아 일으키지 않았을 거예요. 그 시기에 우리는 에스빠냐와 뽀르뚜갈 전선에서 영국군과 대치하고 있었고, 조제프 왕(Joseph Bonaparte, 1768~1844. 나뽈레옹 1세의 맏형으로, 나뽈리 국왕(1806~1808)과 에스빠냐 국왕(1808~13)이 되었다)에게 덜 적대적인 도시들을 점령해 나갔지요. 거기에서 이도프 소령과 로잘바는 평시에 군 주둔 도시에서 살기라도 하는 것처럼 함께 살았죠. 여러분은 그 에스빠냐 전쟁, 그 맹렬하고 더딘 전쟁이 얼마나 악착스러웠는지 기억하고 있을 것입니다만, 그 전쟁은 다른 어떤 전쟁과도 비슷하지 않았어요. 우리는 단순히 정복하기 위해서만이 아니라 우선 정복해야 하는 나라에 왕조와 새로운 조직체를 수립하기 위해 투쟁했기 때문이에요. 여러분 중에서 누구도 잊어버리지 않았겠지만, 그 악착스러운 상황에서도 휴식의 시기가 있었는데, 가장 끔찍한 전투들 사이에, 한 부분이 우리에게 속한 그 침략당한 고장의 한가운데에서, 우리는 점령 도시들에 있는 사람들 중 가장 프랑스에 우호적인 에스빠냐 사람들에게 축제를 열어주면서 즐겼어요. 바로 이 축제들에서 이도프 소령의 아내는 이미 말했듯이 눈길을 끌고 있는 탓에 유명인사가 되었지요. 실제로 그녀는 흑옥다발 사이로 빛나는 다이아몬드처럼 에스빠냐의 그 흑발 아가씨들 가운데에서 빛나기 시작했소. 그녀가 남자들을 매혹하기 시작한 것은 바로 거기에서였는데, 아마 그녀의 타고난 악마적인 부분에서 기인했을 이러한 매혹의 효과 때문에, 그녀는 라파엘로의 가장 숭고한 마돈나의 모습을 한, 가장 열광적인 화류계 여자가 되었어요.

정념이 어둠속에서 순조롭게 불타올랐지요. 얼마쯤 시간이 지나면서, 고참들이건 분별이 있을 만한 나이의 일반 장교들이건, 모두 '뿌디까'에 대한 정념으로 불길이 이글거렸어요. 이름을 부르는 것 자체가 자극적이라고 생각될 정도였으니까요. 이곳저곳에서 그녀를 중심으로 공공연한 요구가 들끓었고, 치근거림과 결투의 불빛이 뒤따랐으며, 늘 칼을 뽑는 불굴의 남자들 사이에서 한 여자가 가장 열렬한 친절과 유혹의 중심에 서게 된 탓으로 그녀의 삶이 온통 뒤흔들렸죠. 그녀는 이 가공할 하렘 남자들의 군주였고, 자기 마음에 드는 남자에게 손수건을 던졌는데(원래는 이슬람교 국가의 군주가 하렘에서 여자를 고를 때 하던 관례), 많은 남자가 그녀의 마음에 들었지요. 이도프 소령, 그는 그녀를 가만히 내버려두었소…… 꽤나 거들먹거리는 사람이어서 질투하지 않았던 것일까요, 아니면 자기 자신이 증오와 멸시의 대상이라고 느끼고는,

소유주로서의 오만에 휩싸여, 자신이 주인인 그 여자가 자신의 적들에게 불러일으키는 정념을 즐겼던 것일까요?…… 그는 분명히 무언가를 깨달았을 거예요. 때때로 나는 그의 에메랄드빛 눈이 당시의 세론에 의하면 우리 중에서 그의 반쪽의 연인이라고 의심되던 아무개를 바라볼 때 석류석처럼 검게 변하는 것을 보았지만, 그는 자제하더군요…… 그런데 사람들은 여전히 그에게 모욕하는 듯한 태도가 있다고 생각했으므로, 그의 초연한 평정심과 의도적인 외면을 가장 비열한 종류의 동기 때문이라고 생각했죠. 그의 아내가 그의 허영심을 위한 받침대라기보다는 오히려 그의 야심을 위한 사다리라고 생각했던 거예요. 숱한 소문과 함께 이런 말이 나돌았는데, 그는 이런 것들에 귀를 기울이지 않았어요. 그를 지켜볼 이유가 있었고 누구나 그에 대해 갖는 증오와 경멸을 정당하지 않은 것으로 생각한 나는 자기 정부에게 매일 배신당하는데도 질투의 고통을 조금도 내보이지 않는 이 남자의 침울하도록 냉정한 태도가 약점인지 아니면 강점인지 의아하게 여겼어요. 맹세코! 우리 모두는, 여러분, 한 여자를 비난하면서도 그녀를 신뢰할 만큼 그녀에게 열광하며 배신의 절대적인 확실성이 마음속으로 스며드는데도 복수하기는커녕 오히려 비열한 행복에 빠지고 머리에 쓰는 보호장비처럼 치욕을 자기 쪽으로 끌어당기는 남자들을 목격한 적이 있지요!

이도프 소령은 이런 남자들 중 한사람이었을까요? 아마 그랬을 거예요. 하지만, 물론이죠! 뿌디까는 품위를 떨어뜨리는 맹신을 그의 마음속에 불어넣고도 남을 여자였어요! 남자들을 짐승으로 변화시키는 고대의 키르케일지라도 이런 점에서는 이 뿌디까, 이 발레리아 메살리나(Valeria Messalina, 20~48. 클로디우스 1세의 세번째 황비로 브리타니쿠스와 옥타비아누스를 낳는다. 방탕에 빠진 뒤, 황제의 신임을 믿고 클로디우스를 폐위시키고 브리타니쿠스를 계승자로 세우려는 씰리우스와 결혼하려다 그와 함께 처형당한다)

에 비해 더 탁월한 부분은 이전에도, 그 동안에도, 이후에도 전혀 없었어요. 그녀는 자기 존재의 밑바탕에서 타오르는 정념과 자신이 그 모든 장교의 마음에 불러일으키는 정념 때문에 평판이 금세 위태로워졌지만, 스스로 자신의 평판을 위태롭게 하지는 않았어요. 이 미묘한 차이를 잘 이해할 필요가 있습니다. 그녀의 행동에는 흠잡을 만한 것이 전혀 드러나지 않았어요. 그녀에게 연인이 있었다 해도, 그것은 그녀와 규방 사이의 비밀이었죠. 겉보기에 이도프 소령은 그녀와 아무리 하찮은 언쟁이라도 벌일 여지가 없었지요. 혹시 그녀가 그를 사랑했던 것일까요?…… 그녀는 그와 함께 살았는데, 만일 그녀가 원했다면, 확실히 또다른 남자의 재산에 집착할 수 있었을 거예요. 한번은 제정의 한 장성이 자기 지휘봉을 깎아서 그녀의 양산 손잡이를 만들어줄 정도로 그녀에게 홀딱 빠졌지요. 하지만 이 경우에도 내가 여러분에게 말한 그 남자들의 경우와 별로 다를 것이 없어요. 누군가를 사랑하는 여자들이 있죠…… 이 누군가로 내가 의미하는 것은 그녀들의 연인이 아닙니다. 하기야 그녀들의 연인이기도 하지만요. 잉어는 못의 진창을 그리워한다고 맹뜨농 부인(Françoise d'Aubigné, marquise de Maintenon, 1635~1719. 아그리빠 도비네의 손녀로 1652년 스까롱과 결혼하지만 1660년 미망인이 된다. 1674년 맹뜨농 후작부인으로 추대되어 1683년 왕비를 잃은 루이 14세와 비밀리에 결혼한다)이 말했잖아요. 하지만 로잘바는 자신의 진창을 그리워할 이유가 없었죠. 그녀는 악의 구렁텅이에서 나오지 않았으니까요. 내가 거기로 들어갔어요."

"칼로 맥락을 잘라버리는군!" 연대장 모트라베르가 말했다.

"아무렴!" 메닐그랑이 말을 이었다. "내가 존중해야 할 게 뭐요? 알고 있겠지만 18세기에 불리던 가요를 들어보시오.

부플레르('관능 부인'이라는 별명이 붙은 부플레르 후작부인)가 궁정에 나타났을 때,
누구나 사랑의 여왕이라 믿었지,
다들 그녀의 환심을 사려 애썼네,
제각기 차례대로 그녀를 …… 했지!

그러니까 내 차례였어요. 나는 여자들을 무더기로 가지고 있었소! 하지만 이 로잘바 같은 여자는 없었다는 것은 의심할 바 없는 일이었어요. 악의 구렁텅이는 낙원이었죠. 소설가처럼 여러분에게 분석을 해 보이지는 않겠습니다. 나는 알마비바 백작(보마르셰의 희극 「쎄비야의 이발사」에 나오는 인물)처럼 여자를 난폭하게 다루는 남자였고, 그런만큼 그녀에 대해 처음에는 소설에나 나오는 식의 고결한 사랑을 품지 않았어요…… 영혼도 정신도 자만심도 그녀가 아낌없이 내게 준 그러한 종류의 행복과는 아무 관계도 없었지만, 그 행복에는 일시적 욕망의 가벼움은 전혀 들어 있지 않았어요. 나는 육체적 쾌락이 강렬할 수 있으리라고는 생각하지 않았죠. 그것은 가장 깊은 육체적 쾌락이었어요. 하얀 이로 베어먹는 붉은 과육의 아름다운 복숭아를 생각해보세요. 아니 차라리 어떤 것도 상상하지 마세요…… 슬쩍 눈길만 주어도 마치 깨물린 듯이 붉어지는 그 인간 복숭아에게서 분출되는 쾌락은 어떤 수사로도 표현할 길이 없습니다. 그 흥분한 붉은 살갗에 시선이 아니라 정념의 입술과 이가 닿을 때의 모습을 상상해보세요. 아! 그 여자는 몸이 유일한 영혼이었죠! 어느날 저녁 그녀는 바로 이러한 육체로 나에게 축제를 열어주었는데, 이 축제는 그녀에 대해 내가 덧붙일 수 있을 모든 말보다 더 분명하게 그녀를 판단할 수 있는 근거가 될 것입니다. 그래요, 어느날 저녁, 그녀가 대담하고도 음란하게 나를 맞이하지 않겠

어요. 옷이라고는 투명한 인도 모슬린, 구름, 수증기밖에 걸치지 않았으니, 내가 아는 유일하게 순수한 형태인데다 유일한 순수성 그 자체이고 관능과 수줍음이 이중적이고 유동적인 주홍빛으로 물들어 있는 그 몸이 비쳤지요!…… 구름옷 속의 그녀가 살아 있는 산호 조각상을 닮지 않았다면 악마가 날 잡아가도 좋습니다! 그때부터 나는 다른 여자들의 하얀 피부에 전혀 관심을 갖지 않았어요!"

이렇게 말하고 나서 메닐그랑은 오렌지껍질을 손가락으로 튕겨서, 왕의 머리를 떨어지게 만든 대표자 르 까르빵띠에의 머리 위를 지나 벽의 돋을새김 쪽으로 날아가게 했다.

"우리 관계는 얼마간 지속되었어요." 그가 말을 계속했다. "하지만 내가 그녀에게 싫증을 냈다고는 생각하지 마세요. 누구도 그녀에게는 싫증을 내지 않았어요. 철학자들의 알아들을 수 없는 천한 말로 얘기하자면 그녀는 유한한 감각으로 무한을 옮겨놓았죠! 아니에요, 내가 그녀를 떠난 것은 도덕적 반감, 나에 대한 긍지, 정신없이 한창 애무하고 있을 때에도 나를 사랑한다는 믿음을 내게 주지 않는 그녀에 대한 경멸 때문이었소…… 내가 그녀에게 '날 사랑해?'라고 물었을 때, 사랑받고 있다는 모든 증거가 제시되는데도 묻지 않을 수 없었던 이 말을 할 때면, 그녀는 '아니요!'라고 대답하거나 수수께끼같이 머리를 흔들었어요. 그녀는 수줍음과 수치심으로 움츠러들었고, 흥분된 감각들의 모든 무질서 한가운데에서 여전히 스핑크스처럼 속을 알 수 없었죠. 다만, 스핑크스는 차갑지만 그녀는 차갑지 않았어요…… 휴우! 나를 짜증나게 만들던 그 이해 불가능성, 그리고 또 내가 오래지 않아 예까쩨리나 2세의 방식으로 환상을 품고 있다는 확신은 내가 모든 욕망의 물통인 그 여자의 전능한 품에서 빠져나오려고 그녀에게 거침없이 굴욕을 가한 이중의 이유였어요! 나는 그녀를 떠났어요. 더 정확히 말하자면 더

이상 그녀에게로 돌아가지 않았어요. 하지만 그녀 같은 여자가 더는 있을 수 없다는 생각을 간직했는데, 이런 생각 때문에 그때부터 아주 얌전해졌고 모든 여자에 대해 아주 무관심했지요. 아! 그녀는 나를 장교로 완성시켰어요. 그녀를 떠나온 뒤 나는 군대생활만을 생각하게 되었지요. 그녀는 나를 스틱스 강물로 단련시켰던 것이죠."

"완전히 아킬레우스가 되어버렸구나!" 늙은 메닐그랑이 오만하게 말했다.

"내가 무엇이 되었는지는 모르겠습니다." 메닐그랑이 말을 이었다. "하지만 우리의 결별 이후에, 사단의 모든 장교들과 마찬가지로 나하고도 관계를 맺고 있던 이도프 소령이 어느날 까페에서 우리에게 자기 아내가 임신했고 자신은 곧 아버지가 되는 기쁨을 맛보리라고 알려주었다는 것은 잘 알고 있어요. 이 뜻밖의 소식에 어떤 이들은 서로 바라보았고, 다른 이들은 미소를 지었지만, 그는 눈치를 채지 못했거나 아니면 눈치를 챘는데도 아마 각오가 되어 있었는지, 오로지 직접적인 모욕인 것에만 신경을 썼어요. 그가 나가자, '자네 아들이야, 메닐?' 하고 내 동료 중 하나가 내 귀에 입을 대고 물었고, 내 머릿속에서도 은밀한 목소리, 그 동료의 목소리보다 더 분명한 목소리가 내게 같은 물음을 되풀이했어요. 나는 감히 대답하지 못했지요. 로잘바 그녀는 가장 자연스러운 둘만의 밀담에서도 나나 소령 또는 다른 누군가의 자식일지 모르는 그 아기에 관해 나에게 한마디도 말하지 않았소……"

"깃발(군대나 국가의 상징)의 자식이야!" 모트라베르가 마치 흉갑기병의 군도로 찌르기를 하듯이 끼어들었다.

"전혀." 메닐그랑이 말을 이었다. "그녀는 자신의 임신을 털끝만큼도 암시하지 않았소. 하지만 놀라울 것이 뭐 있겠어요? 이미 여러분에게 말했잖소, 뿌디까는 스핑크스, 쾌락을 조용히 먹어치우고 자신의 비밀을 간직하는 스핑크스였어요. 마음의 어떤 것도 이 여자의 육체적 장벽을 뚫고 나오지 못했는데, 이 여자는 쾌락 쪽으로만 열려 있었고……, 이 여자에게 수줍음은 아마 쾌락으로 인한 최초의 두려움, 최초의 전율, 최초의 작열(灼熱)이었을 거예요! 그녀가 임신한 사실을 알게 된 나는 기이한 느낌에 사로잡혔죠. 여러분, 지금으로서는, 우리가 정념의 동물계에서 빠져나왔다고 칩시다. 공유된 사랑, 그 공동의 밥그릇에서 찾을 수 있는 가장 역겨운 것은 공유의 불결함일 뿐 아니라, 아버지 의식의 일탈(逸脫)이며, 자연의 목소리에 귀를 기울이지 못하도록 방해하고 벗어날 수 없는 의심으로 자연의 목소리를 억누르는 그 끔찍한 불안이에요. 이런 경우에는 누구나 속으로 중얼거리게 되죠. 과연 내 자식일까?…… 공유, 수치스럽게도 굴복하게 된 가증스러운 공유에 대한 처벌처럼 여러분을 따라다니는 불확실한 느낌! 용기가 있을 때, 그것을 오랫동안 생각한다면 미쳐버릴지도 모르지만, 강력하고 가벼운 삶의 물결은 여러분에게 다시 밀려와 여러분을 줄이 끊어진 코르크마개처럼 실어가는 법입니다. 군의관 이도프가 우리 모두에게 그 사실을 공표한 뒤에, 내가 마음속 깊이 느꼈다고 생각한 아버지로서의 하찮은 전율은 진정되었어요. 더이상 어떤 동요도 일지 않았죠…… 사실 며칠 뒤 나는 어린애 같은 뿌디까를 생각할 겨를이 없었지요. 우리는 딸라베라에서 전투를 벌였는데, 이 전투의 첫 돌격작전에서 제9기병대의 지휘관 띠땅이 전사하는 바람에, 내가 부대를 지휘하지 않을 수 없었어요.

딸라베라의 그 굉장한 육박전은 우리가 수행하는 전쟁을 격화시켰어요. 우리는 더 자주 진격했고, 전투는 더 치열해졌으며, 적의 위협은 더 심해졌으니, 그러느라 우리 사이에서 뿌디까는 그다지 문제가 되지 않았죠. 그녀는 긴 의자들이 있는 마차를 타고 연대를 뒤따랐는데, 그녀는 그 마차 안에서 아기를 낳았다고 했어요. 자신이 이 아기의 아버지임을 의심치 않은 이도프 소령은 이 아기를 실제로 자기 아들인 양 사랑하기 시작했죠. 적어도, 태어난 지 몇달 지나지 않아 이 아기가 죽자, 군의관은 미칠 듯이 괴로워했는데, 연대 내에서 아무도 그의 격앙된 비애를 비웃지 않았어요. 처음으로 그에 대한 반감이 잠잠해졌지요. 아기의 어머니에게보다는 그에게 훨씬 더 많은 동정이 쏟아졌는데, 그녀는 자기 자식의 죽음을 슬퍼했다 해도 여전히 우리 모두가 알고 있던 로잘바, 악마에 의해 수줍음을 공급받는지, 그렇게 행동하는데도 하루에 수백번이나 골수까지 붉어지는 기적적인 능력을 간직한 특이한 창녀였소! 그녀의 아름다움은 사라지지 않았어요. 그녀는 온갖 손상을 견뎌냈죠. 그렇지만 이 타락한 삶이 지속되었다면, 그녀는 자신이 영위하는 삶으로 말미암아 급속히, 기병들 사이에서 낡은 안장깔개(늙은 화냥년을 암시하는 비유적 표현)라고 불리게 될 팔자였소."

"그러니까 지속되지는 않았군? 그 암캐 같은 년이 어떻게 되었는지 도대체 알고 있는 거야 아니야?" 랑쏘네가 자신에게 그토록 왕성한 호기심을 불러일으켰던 그 성당 방문을 잠시 잊어버리고 궁금해서 숨을 헐떡거리며 말했다.

"그래." 메닐그랑이 마치 자기 이야기의 가장 깊은 지점을 건드린 듯이 목소리를 억누르며 말했다. "다른 사람들처럼 자네도 우리를 에워싸고 우리들 대부분을 흩뜨리고 사라지게 만든 전쟁의 소용돌이 속에서 그녀가 이도프와 함께 파멸했다고 믿었을 거야. 하지만 오늘 자네에게 그 로잘바의 운명을 밝히겠네."

연대장 랑쏘네는 식탁에 팔꿈치를 괴고서 넓적한 손으로 식탁 위에 놓인 술잔을 칼 손잡이처럼 잡고 만지작거리면서 귀를 기울였다.

"전쟁은 멈추지 않았어요." 메닐그랑이 말을 이었다. "무어인들을 몰아내는 데 150년을 공들인 이 격분한 수형자들은 우리를 쫓아내는 데에도 그만큼의 세월을 필요로 했다면 기꺼이 그렇게 했을 것이오. 우리는 발걸음을 디딜 때마다 조심한다는 조건에서만 이 나라로 전진했을 뿐이라오. 점령된 마을들은 우리에 의해 즉각 요새화되었고, 적을 막는 진지 역할을 했어요. 우리가 점령한 작은 부락 알꾸디아는 상당히 오랫동안 우리의 주둔지였죠. 그곳의 한 넓은 수도원이 병영으로 개조되었는데, 참모부는 부락의 가옥들에 나누어 배치되었고, 이도프 소령은 에스빠냐 법관의 주택을 배정받았어요. 그런데 이 집이 가장 널찍했기 때문에, 그는 이따금 저녁이면 장교들을 맞이했죠. 우리만 볼 수 있었기 때문이었어요. 우리는 프랑스에 우호적인 사람들마저 불신하여 그들과 관계를 끊었는데, 그만큼 프랑스인들에 대한 증오가 확산되었지요! 우리 쪽 전초들에 적이 발포를 하여 중단되곤 했던 우리끼리의 그 모임들에서 로잘바는 내가 언제나 악마의 농담이라 여긴 그 비할 데 없이 순결한 태도로 친절하게도 우리에게 펀치를 만들어주었소. 그녀는 거기서 자신의 제물이 될 자를 고르곤 했지만, 나는 내 뒤를 이은 그녀 애인들에게 신경을 쓰지 않았어요. 나는 내 영혼을 그러한 관계에서 떼어냈을뿐더러, 누군가가 말했듯이, 희망이 어긋나 전혀 남아있지 않은 사슬을 끌고 다니지도 않았죠. 나는 원통함도 질투도 유감도 없었소. 나는 그저 방관자로서 순결과 당황이 뒤섞인 가장 매력적인 모습 아래 가장 파렴치한 악덕의 행실을 감추고 있던 그 여자의 살아가는 모습과 행동을 주의 깊게 지켜볼 뿐이었죠. 그래서 나는 그녀의 집에 가곤 했는데, 주위 사람들 앞에서 그녀는 내게 우물가나 숲 안쪽에서 우연히 마주친 아가씨처럼 머뭇거리다시피 짧게 말했어요. 취기, 멀미, 그녀가 내 안에 불붙인 맹렬한 감각, 이 소름끼치는 것들은 이제 전혀 없었죠. 나는 이 모든 것이 해소되고 사라져 이제는 돌이킬 수 없으리라고 생각했지요! 다만, 한마디 말이나 한번의 시선에도 그녀의 얼굴을 물들이는 그 마르지 않는 미묘한 선홍빛을 다시 보고는, 빈 술잔에서 방금 마신 분홍빛 샴페인의 마지막 한방울을 보고 이 잊혔던 마지막 방울과 함께 포도주잔을 깨끗이 비우고 싶은 남자로서의 감각만은 느끼지 않을 수 없었어요.

어느날 저녁 그녀에게 이런 느낌을 얘기했죠. 그날 저녁 그녀의 집에는 나밖에 없었어요.

나는 카드놀이와 당구 게임을 시작하고 많은 판돈이 걸린 놀음에 정신이 팔린 장교들을 까페에 남겨두고 밖으로 나와 있었어요. 저녁이었지만, 뜨거운 태양이 하늘에서 좀처럼 지지 않는 에스빠냐의 저녁이었어요. 그녀는 노출이 심한 옷을 걸치고 있어서, 아프리카의 뜨거운 바람에 탄 어깨와, 내가 수없이 깨물었던 그 팔, 나에게 그토록 자주 몰려온 격정의 순간들마다 화가들이 말하듯이 딸기 속살 같은 색조가 되는 그 아름다운 팔이 드러나 보였지요. 더위 때문에 윤기를 잃은 머리카락은 금빛 목덜미 위로 무겁게 흘러내렸죠. 이처럼 흐트러진 머리카락과 아무렇게나 입은 옷차림에 나른한 모습을 한 그녀는 사탄을 유혹하여 이브의 복수를 해줄 만큼 아름다웠소! 그녀는 조그만 원탁에 반쯤 누운 자세로…… 편지를 쓰고 있었어요. 그런데 뿌디까 그녀가 편지를 쓰고 있었다면, 그것은 의심의 여지가 없어요! 어떤 연인에게 만날 약속을 해서 이도프 소령에 대해 어떤 새로운 부정(不貞)을 저지르기 위한 것이었을 텐데, 그녀가 쾌락을 먹어치우듯이 그는 이것들을 말없이 집어삼켰지요. 내가 들어갔을 때 그녀는 편지를 다 쓴 상태였고, 그것을 봉하려고 은빛으로 반짝이는 파란 봉랍(封蠟)을 양초 불꽃에 녹이고 있었어요. 그 봉랍이 아직도 눈에 선한데, 무엇 때문에 그 은빛으로 반짝거리는 봉랍에 대한 기억이 나에게 이토록 뚜렷하게 남아 있는

지는 곧 알게 되실 겁니다.

'군의관은 어디 있어요?' 내가 들어오는 것을 보고 당황한 그녀가 내게 말했지요. 하지만 남자들의 자만심과 감각에는, 자기가 그들 앞에서 흥분되어 있다고 믿게 만드는 그 여자가 늘 동요되어 있는 것으로 보일 수밖에 없지 않겠어요!

'오늘 저녁에는 놀음에 열중하던데.' 내가 방금 그녀의 얼굴까지 올라온 그 보들보들한 장밋빛을 선망의 눈으로 즐겁게 바라보고 웃으면서 그녀에게 대답했지요. '나는 오늘 저녁 열중할 만한 다른 일이 생겼어.'

그녀는 내 말을 이해했어요. 어떤 것도 그녀를 놀라게 하지 않았지요. 그녀는 사방에서 남자들을 자기 앞에 불러들여 그들에게 욕망을 불러일으키는 데에 익숙했거든요.

'흥!' 그녀의 찬탄할 만하고 또한 혐오스러운 얼굴에서 들이마시고 싶은 산뜻하고 밝은 다홍빛은 내가 그녀에게 불러일으킨 생각으로 인해 짙어졌지만, 그녀는 천천히 말했지요. '흥! 당신의 열광은 끝장났어요. 봉랍이 끓어오르다가 가라앉고 굳어지면서 편지가 봉인되었어요.'

'자요!' 그녀가 도발적으로 말했어요. '이것이 당신의 이미지예요! 방금 전까지 타올랐지만, 곧바로 차가워지잖아요.'

이 말이 끝나기 무섭게, 그녀는 편지를 뒤집어서 고개를 숙이고 주소를 썼어요.

물리도록 되풀이할 필요가 있을까요? 물론이에요! 나는 그 여자에게 집착하지 않았어요. 하지만 우리는 모두 똑같은 사람이죠. 본의 아니게 나는 그녀가 누구에게 편지를 썼는지 알고 싶어졌고, 그래서 아직 앉지 않은 채로 그녀의 머리 위로 몸을 굽혔지만, 내 시선은 어깨 너머로 굽어보이는 계곡, 내가 입맞춤을 넘치도록 해댄 그 솜털로 덮인 황홀한 골짜기에 의해 가로막혔고, 정말이오! 그 풍경에 매혹된 나는 다시 한번 사랑의 개울에 입을 축이려고 했는데, 이로 인해 이상한 느낌이 든 그녀는 주소 쓰기를 그만두었지요…… 그녀는 탁자 위로 몸을 숙이고 있다가, 마치 불침에 허리를 쏘인 듯이 머리를 쳐들고는, 안락의자의 등받이에 상체를 기대고 머리를 뒤로 젖히더니, 욕망과 당혹감이 뒤섞인 바로 그 표정으로 매력을 내뿜으면서 뒤에 있는 나를 올려다보았는데, 그녀의 어깨 사이로 향하던 나의 입은 그녀의 살짝 벌어진 촉촉한 장밋빛 입과 마주쳐버렸소.

이 예민한 여자는 호랑이 신경을 지녔는지, 갑자기 뛰어올랐어요. '소령이 돌아와요.' 그녀가 내게 말했어요. '아마 그이가 졌을 거예요. 그이는 돈을 잃고 나면 질투가 심해져요. 나에게 격한 말을 무자비하게 퍼부어댈 거예요. 이봐요! 저기 들어가 계세요…… 그이를 다시 나가게 하겠어요.' 그러더니 그녀는 일어나서 드레스들을 걸어놓은 널따란 벽장을 열고 나를 거기에 밀어넣었어요. 남편이라든가 정식 자격을 가진 임자가 도착할 때 벽장 안으로 피신하는 남자는 정말 거의 없다고 생각하는데요……"

"벽장과 함께 행복했겠네!" 쎌뤼이 말했다. "나는 말일세, 어느날 석탄부대 속으로 들어갔어! 물론 이 빌어먹을 상처를 입기 전이었지. 당시에는 백색 제복의 경기병이었다고요. 석탄부대에서 나왔을 때 어떤 상태였을지 상상해봐요!"

"맞아요." 메닐그랑이 씁쓸하게 말을 이었다. "이번에도 간통과 공유로 인한 임시 수익일 뿐이오! 그럴 때는 아무리 허세가 심한 사람일지라도 우쭐댈 수 없는데, 겁에 질린 여자에 대한 아량 때문에 그런 여자만큼 비겁해지고, 이러한 비겁함 때문에 몸을 숨기게 되죠. 군복을 입고 옆구리에 칼을 찬 상태로, 더군다나 잃을 명예도 없고 내가 사랑하지도 않는 여자 때문에 그 벽장 속으로 들어갔으니, 우스꽝스러움의 극치죠! 그걸 생각하면 아직도 가슴이 아픈 것 같아요!

그녀의 체취를 풍기는 드레스들이 내 얼굴을 스치고 나를 도취시키는 어두운 벽장 속에서 초등학생처럼 숨죽이고 있는 것은 그야말로 천한 짓이긴 하지만, 나는 머뭇거릴 시간이 없었어요. 다만, 들려오는 말로 인해 이윽고 음탕한 감각에서 빠져나왔죠. 소령이 들어온 거예요. 그녀가 짐작한 대로 그는 몹시 언짢은 듯했고, 그녀가 말했듯이, 우리 모두에게 감추고 있었기에 그만큼 더 폭발적인 질투에 휩싸여 있더군요. 그는 의심하고 화를 내는 성향이 있었기 때문에, 그의 시선은 아마 탁자 위의 그 편지로 향했을 텐데, 내가 두 번 입맞춤을 하는 바람에 뿌디까는 거기에 주소를 쓰지 못한 채였죠.

'이 편지는 뭐야?' 그가 무뚝뚝한 목소리로 말했어요.

'이딸리아로 부칠 편지예요.' 뿌디까가 침착하게 말했소.

그는 이 평온한 대답에 쉽사리 속아넘어가지 않았어요.

'거짓말 마!' 그가 무례하게 말했지요. 실제로 이 남자 속의 로쵱을 많이 끌어낼 것도 없이 그는 금방 난폭한 군인의 본색을 드러냈죠. 이 말만으로 나는 이 두 사람의 내밀한 삶을 간파했는데, 사실 둘 사이에는 온갖 종류의 격렬한 언쟁이 오갔고, 그날은 하나의 사례가 내게 드러날 판이었지요. 실제로 나는 벽장 안에서 그들 사이의 전형적인 장면을 목격한 셈이었어요. 그들을 보지는 못했지만, 말하는 것을 들었고, 나로서는 그들의 말을 듣는 것은 그들을 보는 것과 마찬가지였소. 그들의 말과 억양에서 몸짓을 미루어 짐작하는 것은 별로 어렵지 않았는데, 그들의 목소리는 때때로 온갖 격분의 음역으로 높아졌지요. 소령은 주소 없는 그 편지를 보여달라고 끈질기게 요구했고, 뿌디까는 손에 쥔 편지를 한사코 그에게 건네려 하지 않았어요. 이윽고 그가 강제로 편지를 빼앗으려 했어요. 그들이 옥신각신하는 가운데 종이 구겨지는 소리, 발 구르는 소리가 들려왔지만, 여러분이 짐작하듯이, 자기 아내보다 더 힘센 소령은 마침내 편지를 빼앗아 읽었어요. 그것은 어느 남자에게 보내는 밀회의 약속이었는데, 편지에 의하면, 그 남자는 행복했었고, 또다시 행복의 제의를 받은 것이지요…… 하지만 그 남자의 이름은 적혀 있지 않더군요. 질투하는 사람이 으레 그렇듯 터무니없게도 끝없이 비밀을 캐고 싶어한 소령은 자신을 속게 만든 원인인 그 남자의 이름을 찾았지만 헛수고였어요…… 뿌디까는 편지를 빼앗기는 과정에서 손에 타박상을 입었고 어쩌면 손은 피로 뒤덮여 있었을 거예요. 싸우는 와중에 '내 손 찢겨나가요, 비열한 사람 같으니!' 하고 비명을 질렀으니까요. 아무것도 알아내지 못해 제정신을 잃고, 그녀에게 연인이 있다는, 한 명 더 있다는 한가지 사실만 알려주고 있을 뿐인 그 편지 때문에 무시와 조롱을 당했다고 느낀 이도프 소령은 사람의 성격을 망쳐버리는 격분에 빠졌고, 뿌디까에게 상스러운 욕설, 마차꾼이 하는 욕설을 퍼부었어요. 나는 그가 그녀를 마구 때릴 것이라고 생각했죠. 하지만 두들겨 패는 것은 조금 나중에 일어난 일이었어요. 그는 그녀에게 왜 이다지도…… 지금의 모습이냐고 비난을 쏟아댔는데, 정말 고약한 용어를 동원하더라고요! 그는 잔혹했고 비열했으며 차마 볼 수가 없었는데, 이러한 격분에 그녀는 더이상 조심할 것이 없고, 자신과 성관계를 가졌던 남자를 속속들이 알고 있는, 그리고 부부생활이라는 이 진흙탕의 본질은 영원한 싸움임을 알고 있는 진짜 여자로서 대처했어요. 그녀는 그보다는 덜 역겨웠지만, 쌀쌀맞기로는 그의 분노보다 더 지긋지긋했고 더 모욕적이었으며 혹독했지요. 그녀는 오만했고, 빈정거렸으며, 가장 강렬한 증오의 신경질적인 폭소를 터뜨렸을뿐더러, 소령이 면전에서 격류처럼 토해내는 욕설에 대해서는, 여자들이 우리를 미치게 만들려고 할 때 찾아내어 남자들의 폭력과 반란을 향해 화약 속으로 소화탄(消火彈)을 던지듯이 퍼부어대는 그런 말로 대응했어요. 그녀가 예리하게 다듬는 이 모든 냉정하고 모욕적인 언사 중에서 그를 가장 정확하게 찌른 것은 그녀가 그를 사랑하지 않는다는 것, 그녀가 그를 결코 사랑하지 않았다는 것이었죠. '결코! 결코! 결코!' 그녀는 마치 그의 가슴 위에서 앙트르샤(공중에 뜬 채 재빨리 양발을 서로 엇갈리게 하는 춤동작)를 추듯 맹렬하면서도 쾌활하게 되풀이했어요! 그런데 그녀가 그를 결코 사랑한 적이 없다는 이 생각은 그 잘난 체하는 행복한 남자, 아름다움으로 도배되어 있고 그녀에 대한 사랑의 배후에 여전히 허영심을 지니고 있는 그 남자에게는 가장 가혹하고 가장 뼈저린 것이었죠! 그녀가 그를 결코 사랑하지 않았다는 비정하게 되풀이된 이 말, 그가 믿고 싶지 않아서 끊임없이 거부하던 이 독침 같은 말로 인해, 어느 순간 그는 더이상 참지 못했어요.

'그럼 우리 아기는?' 마치 아기가 증거라도 되는 양, 그가 마치 추억을 내세우기라도 하는 듯이 반박했으니, 정신이상자가 아니고 뭐겠어요!

'아! 우리 아기!' 그녀가 웃음을 터뜨리면서 말했지요. '당신 씨가 아니야!'

나는 야생 고양이의 목멘 울음소리 같은 그녀의 말을 들으면서, 소령의 파란 눈이 과연 어떤 모습이었을지 상상했어요. 그는 하늘을 가를 듯한 욕설을 내뱉었지요.

'그럼 누구의 씨야? 가증스러운 악녀 같으니!' 그가 물었고, 곧바로 더이상 사람의 목소리가 아닌 어떤 소리를 내질렀어요.

하지만 그녀는 하이에나처럼 계속 웃어댔어요.

'넌 죽어도 알 수 없을걸!' 그녀가 그를 비웃으면서 말했지요. 그녀는 이 넌 죽어도 알 수 없을걸!이라는 조롱의 말을 수없이 되풀이해서 그를 힐책했고, 말하기가 싫증나자, 믿을 수 있겠습니까? 팡파르처럼 노래로 불렀소! 그러고 나서 제정신이 아닌, 자신이 손아귀에 쥐고 있다가 망가뜨릴 꼭두각시에 불과한 이 남자를 이 말로 실컷 후려쳤고, 이 말을 채찍 삼아 팽이처럼 돌렸으며, 이 말로 불안과 의심의 소용돌이에 몰아넣었을 뿐 아니라, 증오의 힘으로 파렴치해져서, 자기와 관계를 가졌던 모든 연인의 이름을 말했고, 장교단 전체를 들먹거렸어요.

'그들 모두를 가졌어.' 그녀가 외쳤어요. '하지만 그들은 나를 갖지 못했다고! 너는 너무 어리석어서 그 아기를 네 자식이라고 믿고 있지만, 그 아기는 내가 일찍이 유일하게 사랑했고 내가 일찍이 우상처럼 숭배했던 남자와의 사이에서 생긴 거야! 짐작하지 못했어? 아직도 짐작하지 못하는 거야?'

그녀는 거짓말을 했어요. 그녀는 결코 남자를 사랑한 적이 없었거든요. 하지만 이런 거짓말이 소령에게는 분명히 심한 고통을 야기하리라 느꼈고, 그래서 이런 거짓말의 단검으로 그를 찌르고 후벼파고 잘게 썰었으며, 이러한 고문 집행자 노릇을 하는 것에 싫증이 나자, 끝장을 내기 위해, 칼을 손잡이까지 쑤셔박듯이, 마지막 고백을 그의 가슴에 찔러넣었어요.

'그래!' 그녀가 말했어요. '그것도 알아차리지 못하다니, 됐어, 멍청아! 메닐그랑이야.'

아마 이번에도 거짓말이었을 테지만, 나는 확신이 없었고, 따라서 그녀가 이처럼 입 밖에 낸 내 이름은 총알처럼 벽장을 뚫고 나에게 꽂혔지요. 이 이름이 거명되자 마치 누군가 참수당한 것처럼 정적이 감돌았어요. '그녀에게 대꾸하는 대신 그녀를 죽였나?' 내가 이런 생각에 잠겨 있을 때, 수정유리를 바닥에 힘껏 내던져 산산조각내는 소리가 들려왔어요.

여러분에게 이미 말한 대로 이도프 소령은 자기 자식이라고 믿고 있던 아기에 대해 엄청난 부성애를 느꼈고, 그래서 아기를 잃었을 때, 죽을 때까지 계속되고 끝내 죽음에 이르는 그 미칠 듯한 번민들 중 하나에 사로잡혔지요. 이도프 소령은 자기 아들의 비석을 세워 날마다 찾아가고 싶었지만, 무덤에 대한 그 우상숭배란 참! 종군중인 군인으로서 그럴 수는 없었으므로, 자기 아들의 심장을 어디로든 더 쉽게 지니고 다니기 위해 방부처리를 해서 수정 항아리 안에 소중히 넣어뒀는데, 이 항아리는 늘 그의 침실 한구석의 세모꼴 탁자 위에 놓여 있었어요. 산산조각이 난 것은 바로 이 항아리였지요.

'아! 내 아기가 아니었다니, 가증스러운 매춘부!' 그가 소리쳤어요. 그러고 나서 군화로 항아리의 수정 조각들을 밟아 으깨고 자기 아들이라 믿었던 아기의 심장을 짓밟는 소리가 들렸어요!

아마 그녀는 그것을 줍고 싶었을 거예요. 그에게서 그것을 빼앗고 싶었을 거예요. 실제로 나는 그녀가 달려드는 소리를 들었으니까요. 마구 때리는 소리와 함께 싸우는 소리가 다시 시작되었어요.

'좋아! 그렇게 원해? 자, 네 장식인형의 심장이야, 후안무치한 창녀 같으니!' 소령이 말했어요. 그러고 나서 자기가 극진히 사랑한 그 심장으로 그녀를 후려쳤고, 포탄처럼 그녀의 머리를 향해 그것을 던졌어요. 재난은 재난을 부른다고들 하죠. 불경스러움이 불경스러움을 불러들였어요. 극도로 흥분한 뿌디까는 소령이 한 그대로 했지요. 고문에 대해 고문으로, 치욕에 대해 치욕으로 대해주고 싶었을 증오하는 그 남자, 그 남자와의 사이에서 생겨나지만 않았다면 아마 간직했을 그 아기의 심장을 그의 머리를 향해 되던졌던 거예요! 그토록 흉측스러운 꼴은 처음 보았어요! 아버지와 어머니가 죽은 자식의 심장으로 서로 번갈아 따귀를 때리다니!

그 부도덕한 전투는 한동안 지속되었어요…… 그것은 너무도 경악스럽고 비극적이어서, 나는 곧 벽장 문을 어깨로 부수고 뛰어나가 끼어들어야겠다고 생각했는데, 바로 그때, 전쟁터에서 제법 소름끼치는 비명을 들은 적이 있는 우리들이지만, 여러분도 나도 일찍이 들어보지 못한 것 같은 외침소리를 듣고는, 힘을 내서 벽장 문을 부쉈는데,…… 절대 다시는 보지 못할 것을 보고 말았소! 뿌디까는 편지를 쓰던 탁자 위에 너부러져 있었고, 군의관은 억센 손으로 그녀를 거기에 꽉 붙들고 있었는데, 그녀의 몸을 가리고 있던 모든 베일은 위로 쳐들려 있고, 그녀의 아름다운 몸은 드러난 채 그가 무지막지하게 조르는 탓에 토막난 뱀처럼 꿈틀거렸어요. 그런데 그가 다른 손으로는 무엇을 하고 있었다고 생각하시오, 여러분?…… 그 글쓰기용 탁자, 불 켜진 양초, 그 옆에 놓인 봉랍, 이 모든 상황은 군의관에게 사악한 생각을, 그녀가 편지를 봉인한 것처럼 그녀를 봉인하겠다는 생각을 떠올리게 했고, 그는 이 극악무도한 봉인에, 변태적으로 질투하는 연인으로서 이 끔찍한 복수에 악착스럽게 열중했어요!

'죄를 지은 곳으로 돌아가서 벌을 받아라, 추악한 계집!' 그가 외쳤어요.

그는 나를 못 봤어요. 더이상 소리치지도 못하는 제물 위로 몸을 숙인 자세로, 끓고 있는 봉랍 속에 둥그런 칼끝을 담갔다 꺼내고 담갔다 꺼내고 하면서 봉인 작업을 계속했으니까요!

나는 그에게 돌격하여, 방어하라고 말하지도 않고, 등 쪽에서 양어깨 사이에 내 칼을 깊숙이 쑤셔박았소. 당시의 심정으로는 그를 더 확실하게 죽이기 위해 내 칼과 함께 손과 팔까지도 처박고 싶었을 겁니다!"

"잘했어, 메닐!" 쎌륀 소령이 말했다. "그런 놈은 우리 중 한사람처럼 앞에서 찔러 죽일 가치도 없지!"

"저런! 아벨라르(Pierre Abailard, 1079~1142. 엘로이즈와의 애절한 사랑 이야기 『나의 불행한 이야기』로 유명한 중세 프랑스의 스콜라 철학자이자 신학자. 미와 지성을 겸비한 엘로이즈와 사랑에 빠져 사십세에 엘로이즈의 삼촌 퓔베르에 의해 거세당하나, 그뒤에도 계속 엘로이즈와 사랑을 이어나가고, 질투 때문에 그녀를 수녀원에 넣기도 한다)의 고초를 엘로이즈가 당한 격이로군!" 르니앙 신부가 말했다.

"훌륭한데다 드문 외과의학적 사례야!" 블레니 박사가 말했다.

하지만 메닐그랑은 내친김에 더 멀리 나아갔다.

"그는 혼절한 자기 아내의 몸뚱이 위로 죽어 쓰러졌어요." 그가 말을 이었다. "나는 칼을 뽑아 멀찍이 던져버리고는 발로 그의 시신을 밀어냈어요. 뿌디까가 내지른 비명에, 마치 암늑대의 음문(陰門)에서 나오는 듯한 비명에, 그만큼 야생적이었지요! 내 뱃속까지 뒤흔드는 비명에 하녀가 올라오더라고요.

'제8용기병연대의 외과전문 군의를 부르시오! 오늘 저녁 여기서 그가 해야 할 일이 있소!'

하지만 군의를 기다릴 시간이 없었어요. 갑자기 전투신호인 안장 준비 나팔이 맹렬히 울렸지요. 적이 조용히 접근하여 칼로 보초들의 목을 베고 우리를 기습한 것이었어요. 급히 말을 타야 했어요. 나는 멋지지만 훼손된 그 몸뚱이에 마지막으로 눈길을 던졌는데, 한 남자의 눈아래 꼼짝도 하지 않는 그 몸뚱이는 처음으로 창백해져 있더라고요. 그 가엾은 심장 때문에 그들은 서로 단검으로 찌르고 난자하기까지 했을 텐데, 나는 떠나기 전에 먼지 쌓인 바닥에서 그 먼지와 함께 덩그렇게 놓여 있는 그 가엾은 심장을 집어들었고, 그녀가 나의 자식이라고 말한 어린애의 그 심장을 나의 경기병 요대(腰帶) 안에 넣어가지고 갔어요."

여기서 메닐그랑 기사는 이야기를 멈췄는데, 이 물질주의자들과 방탕한 사람들도 그가 감정이 격해진 것을 존중했다.

"그런데 뿌디까는?……" 이제는 자신의 술잔을 만지작거리지 않는 랑쏘네가 머뭇거리며 말했다.

"뿌디까라고 일컫는 로잘바의 소식은 더이상 듣지 못했어." 메닐그랑이 대답했다. "죽었을까? 아직까지 살아 있을 수 있었을까? 외과전문 군의는 그녀에게 갔을까? 우리에게 몹시 치명적이던 알꾸디아 기습 이후에, 나는 그를 찾아보았지. 찾지 못했어. 수많은 다른 사람들처럼 사라지고는, 병력의 10분의 1을 잃고 지리멸렬해진 우리 연대로 귀대하지 않았어."

"그게 전부야?" 모트라베르가 말했다. "그게 전부라면 자랑스러운 이야기잖아! 메닐, 능욕당하고 우물 속으로 내던져진 여든 명의 수녀 이야기를 자네가 쎌린에게 갑절로 갚아주겠다고 말한 것은 옳았어. 다만, 랑쏘네가 지금 요리 한 접시를 앞에 두고 몽상에 잠겨 있으니, 내가 대신 그의 물음을 그대로 되풀이하겠네. 자네가 방금 들려준 이야기와 요전날 자네가 성당 안으로 들어간 것 사이에 무슨 관계가 있지?……"

"바로 그거야." 메닐그랑이 말했다. "자네가 물으니 생각이 나네. 그러니까 랑쏘네와 자네에게 말할 것이 남아 있는 셈이로군. 나는 여러 해 동안 어디에 가든 내 자식의 것인지는 의심스러웠지만 그 아기의 심장을 성스러운 유물처럼 지니고 다녔는데, 모트라베르, 자네에게 단언컨대, 나는 아주 가벼워 보이지만 무거운 그 심장이 몇년간 들어 있던 장교 요대를 맨 채로 죽기를 바랐지만, 워털루의 파국 이후로 그 장교 요대를 벗어야 할 때가 되자, 나이가 들어서 철이 드는지, 이미 그토록 모독당한 그 심장을 조금이라도 더 모독하는 것이 두려웠고, 그래서 기독교의 땅에 묻어주기로 결심했네. 오늘처럼 세세하게는 아니지만, 그토록 오래전부터 내 마음을 짓누르고 있던 그 심장에 관해 이 도시의 한 사제에게 말을 했고, 얼마 뒤 제실의 고해소에서 그에게 직접 건네주었는데, 그때 랑쏘네가 성당의 측도에서 두 팔로 내 허리를 붙잡은 것이지."

랑쏘네는 아마 호되게 대가를 치렀을 것이다. 그는 말 한마디 하지 않았고, 다른 이들도 그랬다. 누구도 감히 자신의 견해를 말하지 못했다. 어떤 지적보다 더 의미심장한 침묵에 눌려 모두 입을 다물고 있었다.

교회는 아무도 어떻게 처리해야 할지 모르는 죽은 사람들, 또는 살아 있는 사람들을 받아들이기 위한 곳이었을 때만 이처럼 제법 아름다웠으리라, 이것을 이 무신론자들이 마침내 이해했을까?

"자, 커피 드시오!" 늙은 메닐그랑이 예의 두성으로 말했다. "메닐, 커피가 네 이야기만큼 진하다면 맛있을 게다."

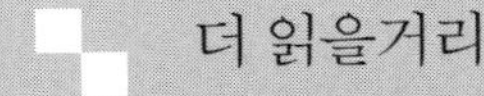

더 읽을거리

도르비이의 작품은 단편집 *Les diaboliques*만이 『마녀들』(이국형 옮김, 장원 1993)이라는 제목으로 번역되어 있지만 이 단편집의 마지막 수록작인 「무신론자들의 저녁식사」는 번역본에 포함되어 있지 않다.

Pierre-Jules Théophile Gautier

| 삐에르-쥘 떼오필 고띠에 |

1811~72

소설가보다는 시인으로 더 잘 알려진 탐미주의자이다. 고띠에의 문학관은 인공의 시각적인 형태미에 대한 강조, 유용성과 사회참여에 대한 거부로 특징지을 수 있다. "무용한 것만이 참으로 아름답다"라는 그의 주장은 많은 예술가와 시인의 호응을 얻는다. 특히 보들레르는 『악의 꽃』을 '완전무결한 시인' 고띠에에게 헌정한다. 고띠에의 대표적인 시집으로는 『칠보와 옥석』(*Emaux et Camées*)이 있다. 한편 소설가로서 그는 호프만의 숭배자이자 환상적인 이야기의 대가로 미학적이고 반어적인 환상미를 추구하는데, 이 경우에도 주제보다는 오히려 낱말들의 배열을 더 중요시하고 형식미를 추구한다. 요컨대 그는 전형적인 예술의식을 상징하는 인물이다.

■ 죽은 여인의 사랑 La morte amoureuse

이 단편은 장자의 나비의 꿈을 연상시키는 기이한 이야기이다. 로뮈알드에게 끌라리몽드는 어떤 존재일까? 여자 흡혈귀? 뮤즈? 현실의 여자일까, 아니면 환상의 여자일까?

어머니의 젖을 빠는 아기, "아직 젖방울이 맺혀 있는 아기의 작은 장밋빛 입술에 입맞춤을" 하는 젊은 어머니, 이 모습을 지긋이 바라보는 로뮈알드는 창밖으로 이 광경을 보고 "엄청난 증오와 질투"를 느낀다. 이 광경에서 어떤 의미를 읽어냈기에 그는 사흘 동안이나 그토록 몸부림쳤을까? 그의 증오와 질투는 누구를 향한 것일까?

운명의 밤에, 로뮈알드에게 끌라리몽드의 종부성사를 부탁하러 온 남자와 함께 로뮈알드가 말을 타고 맹렬하게 질주하는 장면은 어떤 분위기를 암시하는가? 길을 가로지르는 도깨비불, 인광이 반짝이는 야생 고양이들의 눈, 갈까마귀의 울음소리, 갈기가 헝클어지고 옆구리로 땀을 줄줄 흘리는 말들이 다급하게 뿜어대는 콧김, 남자의 거친 고함소리, 숲을 가로질러 성으로 들어가는 행위들은 모두 성행위의 알레고리가 아닐까?

끌라리몽드의 성에서 로뮈알드가 종부성사를 하러 들어간 방은 죽은 자의 방이 아니라 여자의 향기와 관능의 분위기가 떠도는 규방이다. 그는 잠자는 것 같은 흰 대리석상-끌라리몽드를 보면서 공포와 쾌감에 사로잡힌다. 따라서 끌라리몽드는 메두사이기도 하다. 이 공포와 쾌감은 창밖의 광경을 보고 느낀 엄청난 증오와 질투의 이면일 것이다.

쎄라삐옹은, 로뮈알드가 처해 있는 상황을 이미 경험한 사람처럼 영성 지도자로서 영적 아들에게 조언하고 "날카롭게 캐묻는 듯한 시선"을 던지며 마침내 로뮈알드가 지켜보는 가운데 끌라리몽드의 무덤을 파헤쳐 로뮈알드를 '쌍두의 삶'에서 벗어나게 한다. 그는 현실에서 도피하고 환상으로 빠져드는 로뮈알드의 병든 영혼을 치료하는 사람이다. 그런데 끌라리몽드의 시신을 가루로 만들기까지의 그 '음산한 작업'을 하는 쎄라삐옹을 보고 로뮈알드는 머리카락이 곤두서면서 그가 벼락을 맞아 죽기를 바란다. 이 결정적인 순간에 그는 왜 늙은 사제에게 증오를 내보였을까? 그의 흥건한 땀, 가쁜 숨결, 악마와 같은 모습, 부엉이들의 구슬픈 신음소리, 여우들이 짖는 소리 등은 로뮈알드와 그를 데려가는 남자가 숲을 가로지를 때와 비슷한 분위기를 환기한다. 그러나 이 장면에서 쎄라삐옹은 아버지의 형상이지만 어린이가 되어 로뮈알드의 모습을 연출하는 이중적 면모를 내보인다.

미셸 뚜르니에는 자신의 평론집에 '흡혈귀의 비상'이라는 제목을 붙였다. 작품의 의미를 찾아내는(작품에서 의미를 만들어내는) 해석 활동은 작품의 피를 빨아먹는 행위이고 해석자는 흡혈귀인 셈이다. 독서 활동과 독자의 경우도 마찬가지가 아닐까?

죽은 여인의 사랑

형제여, 자네는 내게 사랑을 해본 적이 있느냐고 물었지. 있다네. 기이하고 무서운 이야기인데, 내 나이 예순여섯이지만, 감히 이 추억의 재를 힘겹게 뒤적거리고자 하네. 그대에게는 어떤 일도 거절하고 싶지 않지만, 그대보다 믿음이 덜 가는 영혼에게는 이와 같은 이야기를 하지 않을 게야. 너무도 기묘한 사건들이라, 그것들이 내게 일어났다고 믿을 수가 없어. 삼년여 동안 나는 야릇하고 악마적인 환상의 장난감이었지. 보잘것없는 시골 사제인 나는 밤마다 꿈속에서(부디 꿈이기를!) 악마에 들린 사람, 세속적인 쾌락을 좇는 사람, 사르다나팔로스(앗시리아의 마지막 왕, 유약한 폭군. 전설에 따르면 니네베에 불을 지르고 자살했다. 들라크루아의 그림 「사르다나팔로스의 죽음」 참조)로서 살아왔어. 한 여자에게 지나치게 호의적인 눈길을 던진 것만으로 내 영혼은 파멸할 뻔했지만, 마침내 하느님과 내 수호성인의 가호로, 나를 엄습한 그 악령을 쫓아내는 데 성공했네. 나의 삶은 완전히 다른 밤 생활 때문에 복잡했었지. 낮에는 주님의 순결한 사제로서 기도와 성사(聖事)에 전념했지만, 밤에는 눈을 감자마자 젊은 귀족으로서, 여자와 개와 말에 대한 뛰어난 감식가로서, 주사위놀이를 하고 술을 마시고 신성모독적인 말을 떠벌

렸는데, 새벽에 잠이 깨면, 오히려 내가 잠들어 있고 사제로 행세하는 꿈을 꾸고 있는 것 같았어. 이러한 몽유병 같은 삶은 나에게 부인할 수 없는 추억의 단어와 물건 들을 남겼을 뿐 아니라, 나는 결코 사제관의 벽 밖으로 나간 적이 없지만, 내 말을 들어보면, 누구라도 나를 깊은 숲속에서 금세기의 상황과 어떤 관계도 없이 무명의 주임신부로 지내다가 늙어버린 겸손한 신학생이라기보다는, 오히려 세속에서 모든 것을 해보고 돌아와 수도사가 되었고 너무나도 들뜬 날들을 하느님의 품 안에서 끝내려 하는 사람이라고 말했을 거야.

그래, 무분별하고 광포하며 심장을 터뜨리지나 않을까 놀랄 정도로 몹시 강렬한 사랑, 세속의 누구도 경험하지 못한 사랑을 했지. 아! 굉장한 밤들! 굉장한 밤들이었어!

나는 어렸을 때부터 사제 신분에 대해 소명을 느껴왔고, 그래서 나의 학업은 이러한 방향으로만 진행되었으며, 스물네살까지 내 삶은 긴 수련기였을 뿐이네. 신학공부를 끝내고는, 온갖 소수도회를 연달아 거쳤는데, 내 상급자들은 내가 젊은 혈기로 가득 차 있긴 하지만 끔찍한 마지막 단계를 극복할 만한 인물이라고 판단했지. 내 서품식 날짜는 부활절 주일로 결정되었어.

나는 속세로 나간 적이 한번도 없었고, 나에게 세계는 중학교와 신학교의 울타리 안의 땅이었네. 여자라 불리는 것이 있다고 어렴풋이 알고 있었지만, 그것에 관해 깊이 생각하지는 않았으니, 그야말로 순진했지. 늙고 병약한 어머니도 일년에 두 번밖에는 만나지 못했어. 그것이 바깥과 맺는 관계의 전부였네.

어떤 것도 아쉬워하지 않았고, 이 돌이킬 수 없는 맹세 앞에서 추호의 망설임도 느끼지 못했으며, 그저 기쁨과 초조함으로 가득 차 있었지. 잠을 이루지 못했고, 미사를 올리는 꿈을 꾸었고, 사제가 되는 것을 세상에서 가장 멋진 일로 생각했으니, 젊은 약혼자라도 나보다 더 마음 졸이며 날짜를 세지는 않았을 것이네. 당시 나로서는 왕이나 시인이 되는 것도 거부했을 거야. 내 야망은 그 이상으로 뻗치지 않았어.

내가 이런 말을 하는 것은 나에게 일어난 일이 얼마나 내게 일어나서는 안되는 일이었는지, 내가 얼마나 설명할 수 없는 현혹의 제물이었는지를 자네에게 보여주기 위해서라네.

그 중요한 날이 오자, 성당을 향해 걸어가는 내 발걸음이 얼마나 가벼웠던지, 공중으로 들어올려지거나 어깨에 날개가 달린 듯했다네. 나 자신이 천사라고 생각했고, 내 일행의 어둡고 근심스러운 표정에 놀랐어. 우리는 여러 명이었거든. 나는 기도로 밤을 보낸 터라 거의 황홀경에 빠진 상태였어. 존경할 만한 노인인 주교가 나에게는 자신의 영원성 쪽으로 몸을 구부린 하느님 아버지로 보였고, 나는 사원의 궁륭을 가로질러 하늘을 보았네.

자네는 이 장중한 종교의식을 세세한 부분까지 알고 있지. 축성(祝聖), 빵과 포도주의 두 종류로 배령하는 영성체, 예비 신자들의 손바닥 도유식(塗油式), 끝으로 주교와 함께 협력하여 봉헌하는 미사 성제(聖祭)가 이어지지 않나. 이런 것을 길게 늘어놓지는 않겠네. 오! 욥은 정말로 옳고, 자신의 눈과 계약을 맺지 않는 그자는 정말로 경솔해! 그때까지 숙이고 있던 머리를 우연히 들었는데, 대단히 화려한 옷차림에 보기 드물게 아름다운 젊은 여자가 내 시야에 들어왔어. 실제로는 난간의 저편에 제법 멀리 떨어져 있었지만, 닿을 수 있을 정도로 몹시 가까워 보였지. 마치 눈에 씌어 있던 콩깍지가 떨어져나가는 듯했네. 맹인이 갑작스레 시력을 되찾은 듯한 감동을 느꼈어. 조금 전까지 환하게 빛나던 주교의 얼굴이 갑자기 흐려졌고, 아침에 별들이 희미해지듯이 금빛 촛대들 위에서 양초의 불빛이 약해졌으며, 성당 전체가 칠흑

같이 어두워졌네. 매력적인 그 피조물은 이 어두운 배경에서 계시의 천사처럼 뚜렷이 드러났는데, 그녀는 저절로 환해지는 듯했고, 빛을 받는다기보다는 오히려 빛을 발하는 것 같았어.

외부 대상들의 영향에서 벗어나기 위해, 내리깐 눈꺼풀을 다시는 올리지 않기로 결심했어. 왜냐하면 점점 더 주의가 산만해졌고, 무엇을 하고 있는지 거의 알지 못하게 되었기 때문이야.

잠시 후에 다시 눈을 떴네. 눈을 감고 태양을 바라볼 때처럼 주홍색의 희미한 빛 속에서 프리즘의 색깔들로 반짝이는 그녀의 모습이 속눈썹 너머로 보였기 때문이지.

오! 그녀가 어찌나 아름다웠던지! 하늘에서 이상적인 아름다움을 추구하여 마돈나의 숭고한 초상을 땅 위로 가지고 돌아온 가장 위대한 화가라도 이 특출한 실재에는 접근조차 하지 못할 거야. 시인의 싯구도 화가의 색채도 이것을 대충이나마 알게 해줄 수 없어. 키가 꽤 큰 그녀는 여신의 허리와 풍모를 지니고 있었는데, 연한 금발이 정수리에서 나뉘어 관자놀이 쪽으로 황금빛 강물처럼 흘러내렸고, 호화로운 관을 썼다면 여왕 같았을 것이며, 거무스름한 활 모양의 눈썹은 하도 특이해서 그렇지 않아도 감당할 수 없을 정도로 선명하게 빛나는 짙푸른 눈동자를 돋보이게 했지. 그 위로는 푸르스름하고 투명한 흰 이마가 넓고도 맑게 펼쳐져 있었어. 얼마나 묘한 눈이었는지! 그 눈은 섬광을 내뿜어 한 남자의 운명을 결정지었고, 인간의 눈에서는 한번도 본 적 없던 생기, 투명함, 격정, 반짝이는 물기를 지녔으며, 화살 같은 빛을 쏘아 내 가슴에 꽂았으니 말일세. 그녀의 눈을 빛나게 하는 불꽃이 하늘에서 온 것인지 지옥에서 온 것인지 모르겠으나, 그중 어느 한 곳에서 왔다는 것은 확실해. 이 여자는 천사이거나 악마였고, 어쩌면 둘 다였을 것이며, 아무튼 인류의 어머니 이브에게서 나오지 않은 것이 분명하네. 그 무엇보다 더 아름다운 진줏빛 이가 그녀의 붉은 웃음 속에서 반짝거렸고, 입이 살짝 벌어질 때마다 부드러운 장밋빛 천 같은 사랑스러운 두 볼에는 귀여운 보조개가 생겨났지. 그녀의 코로 말하자면, 대단히 위엄있고 섬세하며 긍지가 풍겨났고, 그녀가 아주 지체 높은 귀족 출신임을 말해주었어. 반쯤 드러난 어깨의 고르고 반드러운 피부에는 마노(瑪瑙)의 윤기가 흘렀고, 목과 거의 비슷한 색조를 띤 굵은 황금색 진주 목걸이가 여러 가닥 가슴으로 흘러내렸지. 때로는 뱀이나 공작의 물결치는 움직임처럼 머리를 뒤로 젖히고 가슴을 앞으로 내밀며 고개를 쳐들었는데, 그러면 은빛 격자처럼 머리를 둘러싸고 있는 투명 자수(刺繡)의 높은 주름 장식깃이 가볍게 살랑거렸네.

그녀는 연분홍 드레스를 입고 있었는데, 흰 담비털을 단 넓은 소매에서 솟아나온 한없이 섬세하고 우아한 손은 한번도 물을 묻힌 적이 없는 듯 곱디고운 데다가 기다란 손가락이 포동포동했어. 너무나도 완벽하게 투명해서 새벽 여신의 손처럼 햇빛을 통과시킬 정도였지.

이 모든 세세한 모습은 마치 어제 본 듯 아직도 생생하고, 비록 내가 극심한 동요를 겪고는 있었지만, 어떤 것도 잊을 수 없었어. 사소한 색조, 턱 부근의 작은 검은색 점, 입아귀의 미세한 솜털, 이마의 부드러운 모양, 볼에 드리워진 속눈썹의 떨리는 그림자, 이 모든 것을 놀랍도록 명료하게 파악했다네.

그녀를 바라보면서, 마음속에서 그때까지 닫혀 있던 문들이 열리는 것을 느꼈고, 막혀 있던 채광 환기창들이 사방으로 뚫려 미지의 광경들이 어렴풋이 보였으며, 삶이 전혀 다른 모습으로 보였을 뿐 아니라, 새로운 차원의 생각들에 눈뜨게 되었어. 끔찍한 번민으로 마음이 괴로웠고, 흘러가는 매순간이 찰나인 것 같기도 하고 한 세기인 것 같기도 했네. 그렇지만 의례는 계속 진행되었고, 나는 움트는 나의 욕망이 몰려들기 시작하는 세계로부터 아득히 휩쓸려갔지. 그러는 동안 나는 아니라고 말하고 싶으면서도, 혀가 영혼에 행사하는 폭력에 대해 마음속으로 격분하고 항의하면서도, 예라고 말했어. 어떤 내밀한 힘이 내 뜻에 반하여 내 목구멍에서 말을 앗아간 거야. 이것은 수많은 아가씨들이 신랑감으로 강요받고 있는 한 남자를 단호히 거부하겠다고 굳게 마음먹고 제단으로 걸어가지만 어느 아가씨도 자신의 다짐을 실행하지 못하는 상황과 똑같은 것이라네. 아마 수많은 가련한 수련 수녀가 서원을 말하는 순간에 베일을 찢어버리리라 단단히 마음먹지만 결국에는 순순히 수녀의 소명을 받아들이는 것과도 똑같을 거야. 누구도 감히 모든 사람들 앞에서 그와 같은 추문을 일으키지도 그토록 많은 사람의 기대를 저버리지도 않는 법이고, 그 모든 의향과 그 모든 시선이 납으로 된 제의(祭衣)처럼 그들을 짓누르며, 그러고 나서는 너무나도 분명하게, 너무나도 명백히 돌이킬 수 없는 방식으로 조처들이 취해져서, 생각은 상황의 무게에 굴복하고 완전히 무너져내리지.

그 낯선 미녀의 시선은 의례가 진행되면서 바뀌었어. 처음에는 부드럽고 다정했지만, 오해를 받았다는 듯한 불만스럽고 경멸하는 기색을 띠더군.

나는 사제가 되고 싶지 않다고 외치려고 산이라도 뽑을 만큼 노력했지만, 끝내 그렇게 하지 못했는데, 혀는 입천장에 달라붙어버렸고, 가벼운 동작으로 부정의 의지를 나타내는 것조차 불가능했네. 온전히 깨어 있기는 했으나, 삶을 좌우하게 될 말을 외치고 싶지만 끝내 외칠 수 없는 악몽과 비슷한 상태에 놓여 있었지.

그녀는 내가 겪고 있는 고통에 민감한 것 같았고, 마치 나를 격려하려는 듯이, 굉장한 약속들로 가득한 눈짓을 나에게 보냈어. 그녀의 눈은 시선 하나하나가 노래를 만드는 시(詩)였어.

그녀가 내게 말했네.

"당신이 저에게 온다면, 당신을 천국의 하느님보다 더 행복하게 만들어드릴게요. 천사들도 당신을 질투할 거예요. 당신이 두르게 될 이 음산한 수의는 찢어버리세요. 제가 곧 아름다움이고 젊음이며 생명이니, 제게로 오세요. 우리는 사랑일 겁니다. 여호와는 보상으로 당신에게 무엇을 제공할 수 있을까요? 우리의 삶은 꿈같이 흘러갈 것이고 그야말로 영원한 입맞춤일 거예요.

이 술잔의 포도주를 쏟아버리세요. 그러면 당신은 자유로울 겁니다. 당신을 미지의 섬으로 데려가겠어요. 당신은 순금 침대의 은빛 닫집 아래에서 저의 품에 안겨 잠들 거예요. 왜냐하면 저는 당신을 사랑하고 당신의 하느님에게서 당신을 빼내고 싶으니까요. 하느님 앞에서 그토록 많은 고결한 영혼이 물결치는 사랑의 감정을 느끼지만, 사랑의 물결은 하느님에게까지 도달하지 않죠."

이런 말이 한없이 부드러운 리듬에 실려 들리는 것 같았어. 왜냐하면 그녀의 눈길은 잔잔히 울리는 듯했고, 그녀의 눈길이 나에게 보내는 문장들은 마치 보이지 않는 입이 내 영혼 속에서 속삭인 것처럼 내 가슴 깊은 곳에 반향을 일으켰기 때문이야. 나는 하느님과 절연할 준비가 되어 있다는 느낌이었지만, 내 마음은 의례의 절차를 기계적으로 따라갔어. 미녀는 나를 두번째로 힐끗 보았는데, 그 시선이 어찌나 애원하는 듯하고 어찌나 절망적이었는지, 예리한 칼날들이 내 가슴을 꿰뚫었고, 나는 마테르 돌로로사(고통의 어머니라는 뜻으로 예수의 십자가형을 지켜보는 성모 마리아를 가리킨다)보다 더 많은 칼을 가슴으로 느꼈다네.

끝장이 났어. 나는 사제가 되었지.

그렇게 비통한 번민은 결코 사람의 표정에서 볼 수 있는 것이 아니었어. 갑자기 약혼자가 옆에서 쓰러지는 것을 보는 아가씨도, 아이가 없는 요람 곁의 어머니도, 낙원의 문턱에 앉아 있는 이브도, 자신의 보물 대신에 돌을 발견하는 수전노도, 자신의 가장 아름다운 작품의 하나뿐인 원고가 불 속으로 굴러떨어지는 것을 지켜보는 시인도 결코 그녀보다 더 경악하고 더 비탄에 빠진 표정을 지을 수는 없을 거야. 매력적인 얼굴은 핏기를 완전히 잃어 대리석처럼 하얗게 변했고, 아름다운 팔은 마치 근육이 풀린 듯이 몸을 따라 떨어졌어. 그녀는 기둥에 몸을 기대더군. 다리가 맥없이 구부러졌기 때문이야. 나는 얼굴이 창백해지고 이마가 예수 수난상의 이마보다 더 진한 핏빛 땀으로 넘쳐서, 성당의 출입문 쪽으로 비틀거리면서 나아갔는데, 숨이 찼고, 어깨 위로 궁륭이 평평해졌고, 머리만이 둥근 천장의 무게 전체를 떠받치고 있는 듯했어.

문턱을 막 건너려고 했을 때, 갑자기 누군가의 손이 내 손을 붙잡았네. 여자 손이었어! 여자 손은 한번도 만져본 적이 없었지. 뱀의 가죽처럼 차가웠고, 벌겋게 달궈진 쇠처럼 뜨거운 자국이 남았어. 그녀였네. "가엾은 사람! 가엾은 사람! 무슨 짓을 한 거야?" 그녀가 나에게 낮은 목소리로 말하고 나서 군중 속으로 사라졌어.

늙은 주교가 지나가면서 나를 준엄한 표정으로 바라보았지. 나는 세상에서 가장 기묘한 태도를 취했는데, 얼굴이 창백해지고, 붉게 물들었다가, 현기증을 느꼈네. 동료 중 한 사람이 나를 불쌍히 여긴 나머지 부축해서 데려갔는데, 나 혼자서는 신학교로 가는 길을 찾지 못했을 게야. 어느 길의 모퉁이에서, 젊은 사제가 다른 쪽으로 고개를 돌렸을 때, 기묘한 옷차림을 한 흑인 시동(侍童)이 나에게 다가와서 걸음을 멈추지 않은 채 모서리에 금장식이 달린 조그마한 지갑을 건네주고는 감추라는 몸짓을 하더라고. 나는 그것을 얼른 소매 안에 집어넣고는 내 방으로 돌아와 혼자일 때 꺼내보았어. 잠금고리를 벗겼더니, 종이 두장이 들어 있을 뿐이었는데, 거기에는 "꽁씨니 궁에서, 끌라리몽드"라는 말이 적혀 있었네. 당시에 나는 세상물정에 너무나 어두워서 유명인임에도 끌라리몽드가 누구인지 알지 못했으며, 꽁씨니 궁이 어디에 있는지도 전혀 몰랐네. 추측에 추측을 거듭했고, 어떤 추측들은 다른 것들보다 더 괴상했지만, 사실은 그녀를 다시 만나볼 수만 있다면 그녀가 어떤 여자이든, 귀부인이든 화류계 여자이든 개의치 않을 생각이었지.

방금 생겨난 이 사랑은 도저히 뽑아낼 수 없을 정도로 깊이 뿌리내렸고, 나로서도 그것을 뽑아버리려 할 생각조차 하지 않았는데, 그만큼 불가능한 일이라고 느꼈던 거야. 이 여자는 나를 완전히 사로잡았고, 단 한번의 눈길로도 충분히 나를 변화시킬 수 있었으며, 자신의 의지를 나에게 불어넣어서, 나는 더이상 내 안에서가 아니라 그녀 안에서 그녀에 의해 살고 있었지. 괴상한 언동을 수도 없이 했는데, 어떤 때는 그녀가 만진 자리를 손으로 어루만졌고, 또 어떤 때는 그녀의 이름을 여러 시간 동안이나 되풀이해 불렀어. 눈을 감기만 해도 그녀가 실제로 내 앞에 있는 것처럼 뚜렷하게 그녀를 볼 수 있었고, 그녀가 성당의 현관에서 내게 한 말, "가엾은 사람! 가엾은 사람! 무슨 짓을 한 거야?"라는 말을 혼자 중얼거리곤 했지. 내가 처한 상황이 얼마나 가증스러운 것인지를 온전히 이해했고, 내가 조금 전에 수락한 상태의 음산하고 무시무시한 측면들이 내게 뚜렷이 드러났네. 사제가 된다는 것! 다시 말해서 순결을 지킨다는 것, 사랑을 하지 않는다는 것, 성별도 나이도 구별하지 않는다는 것, 모든 아름다움으로부터 등을 돌린다는 것, 눈이 움푹 들어갈 정도로 명상한다는 것, 수도원이나 성당의 차디찬 응달에서 굽실거리며 다닌다는 것, 죽어가는 사람들만을 본다는 것, 낯선 이의 시신 곁에서 밤샘을 하고 검은 사제복 위에 상복을 걸친다는 것, 따라서 자네의 사제 옷으로 자네의 수의를 만들 수 있다는 것 말일세!

그런데 물이 불어나 넘치는 호수와 같은 내 마음속에서는 생기가 올라오는 느낌이었고, 내 동맥에서는 힘차게 피가 뛰었으며, 그토록 오랫동안 억눌려 있던 내 젊은 기운은 백년에 한 번 청천벽력과 함께 꽃이 피는 알로에처럼 단번에 터져나왔어.

끌라리몽드를 다시 만나보려면 어떻게 해야 하나? 도시에는 아는 사람이 없는만큼 신학교에서 외출하기 위한 어떤 핑곗거리도 없었고, 거기에 머물러 있으면 어떤 방법도 없었으며, 그래서 나는 반드시 차지하게 되어 있는 주임신부의 직에 임명되기를 기다렸네. 창살을 떼어내려고 해보았으나, 창문이 무시무시하게 높고 사다리도 없어서 포기할 수밖에 없었지. 게다가 밤에만 내려갈 수 있었으니, 설령 포기하지 않고 성공했다 해도, 미로처럼 복잡하게 얽혀 있는 거리에서 어떻게 길을 찾았겠나? 다른 사람들에게는 아무것도 아니었을 이 모든 어려움이, 가련한 신학생이자 이제 막 사랑에 빠진 남자로서 경험도 돈도 옷도 없는 내게는 엄청난 것이었네.

아! 사제가 되지 않았더라면, 그녀를 날마다 만나볼 수 있었을 테고, 그녀의 연인, 배우자가 되었을 텐데. 나는 이성을 잃은 상태에서 속으로 말하곤 했지. 처량한 수의로 몸을 감싸는 대신, 젊고 잘생긴 기병처럼 비단과 벨벳으로 된 옷을 입고 금줄과 칼을 차고 깃털 달린 모자를 쓰고 있을 텐데. 곱슬곱슬한 머리카락도 엉성한 삭발 때문에 체면이 깎이는 대신 길게 길러 목 주위로 물결치게 했을 텐데. 밀랍을 먹인 콧수염을 기르고, 용사가 되어 있을 텐데. 하지만 제단 앞에서 한 시간이 지나는 동안 가까스로 발음된 몇마디 말이 나를 영원히 죽여 없앴는데, 나는 내 무덤의 돌 뚜껑을 스스로 밀봉하고, 내 감옥의 빗장을 내 손으로 질렀던 거야!

창문 쪽으로 갔네. 하늘은 눈부시게 푸르고, 나무들은 이미 봄옷을 입고 있었으며, 자연은 얄궂은 기쁨을 과시하더군. 광장은 오가는 사람들로 가득했고, 젊은 미남 미녀 들은 쌍쌍이 정원과 정자들 쪽으로 향했네. 무리를 지어 지나가면서 권주가의 후렴구를 부르는 친구들은 활기, 생명력, 활력, 쾌활함 그 자체여서 고통스럽게도 내 슬픔과 고독을 드러나게 했어. 어느 젊은 아주머니가 현관문 앞에서 아기에게 젖을 먹이고 나서는 아직 젖방울이 맺혀 있는 아기의 작은 장밋빛 입술에 입맞춤을 했고, 귀여워 죽겠다는 듯이, 어머니만이 찾아낼 줄 아는 그 숭고하고도 유치한 짓거리들을 아기에게 해대더군. 조금 떨어진 곳에 서 있는 아버지는 팔짱을 끼고 이 매력적인 두 사람에게 살며시 미소를 지었는데, 가슴 위로 포개진 그의 두 팔은 기쁨을 지그시 누르고 있었지. 나는 이 광경을 견딜 수 없어서, 창문을 닫았고, 가슴에 엄청난 증오와 질투를 품고 침대로 몸을 던지고는, 삼일 동안 굶은 호랑이처럼 손가락과 모포를 물어뜯었어.

며칠이나 이런 상태였는지 모르지만, 격렬하게 경련을 일으키며 돌아누웠을 때, 방 가운데에 서서 나를 주의 깊게 바라보는 쎄라삐옹 신부가 언뜻 눈에 띄었다네. 내 자신이 부끄러웠고, 그래서 가슴으로 고개를 떨어뜨리고는, 두 손으로 눈을 가렸지.

얼마 동안의 침묵이 흐른 뒤 그가 말했어. "로뮈알드, 이 사람아, 자네 마음속에서는 어떤 이상한 일이 일어나고 있어. 그토록 경건하고 조용하며 다정한 자네가 방에서 맹수처럼 울부짖다니, 자네의 행동은 참으로 설명하기 어렵군! 이보게, 형제여, 악마의 유혹에 귀를 기울이지도 말게나. 자네가 주님께 영원히 몸을 바쳤다는 것에 화가 난 악령은 매혹적인 늑대처럼 자네 주위에서 배회하고, 자네를 유혹하기 위해 마지막 노력을 기울인다네. 친애하는 로뮈알드, 넘어지지 말고, 기도의 갑옷과 고행의 방패를 갖추어, 적과 용감하게 싸우시게. 자네는 적을 물리칠 거야. 미덕에는 시련이 필요하고, 도가니에서 정련될 때 금은 순도가 더 높아진다네. 두려워하지도 말고, 용기를 잃지도 말게. 가장 잘 보호되고 견고해진 영혼들은 다들 이러한 시기를 겪었어. 기도하고 단식하며 명상하게. 그러면 악령은 물러날 게야."

쎄라삐옹 신부의 말에 나는 제정신으로 돌아왔고, 좀더 침착해졌네. "자네가 C○○○의 주임신부로 임명되었다는 것을 알려주러 왔어. 그곳의 사제가 얼마 전에 숨을 거두었고, 그래서 주교 예하께서는 자네를 그 자리에 취임시키라고 나에게 분부를 내리셨으니, 내일 떠날 수 있도록 준비하게나." 내가 그러겠노라고 고개를 끄덕이자, 쎄라삐옹 신부는 물러갔어. 미사경본을 펼치고 기도문을 읽기 시작했지만, 얼마 지나지 않아, 눈 아래에서 행들이 뒤섞이고, 머릿속에서 생각들이 뒤얽혀, 나도 모르는 사이에 미사경본이 손에서 미끄러져 떨어졌다네.

그녀를 다시 만나보지도 못하고 내일 떠나다니! 우리 사이에 이미 존재하는 온갖 불가능에 또 하나의 불가능을 덧붙이다니! 기적이 일어나지 않는 한, 그녀와 마주칠 수 있다는 희망을 영원히 잃어버릴 게 아닌가! 그녀에게 편지를 쓸까? 누구 편에 편지를 전달하지? 나의 빌어먹을 성격으로, 누구에게 마음을 터놓고 누구를 믿는단 말인가? 심한 불안을 느꼈지. 그러고 나서 쎄라삐옹 사제가 악마의 술책에 관해 내게 한 말을 떠올렸어. 그 뜻하지 않은 사건의 기이함, 끌라리몽드의 아름다움, 그녀의 눈에서 발하는 푸른 빛, 그녀의 손에서 느껴진 타는 듯한 감촉, 그녀가 내게 불러일으킨 동요, 내 마음속에서 일어난 갑작스러운 변화, 한순간에 사라져버린 내 신앙심, 이 모든 것으로 보아 내게 악마가 들어와 있는 것은 부인할 수 없는 사실이고, 부드럽고 윤기나는 그 손은 아마 악마의 발톱이 감춰져 있는 장갑에 지나지 않을 거야. 이러한 생각으로 인해 커다란 두려움에 빠져, 나는 무릎에서 바닥으로 떨어진 미사경본을 집어들고 다시 기도를 하기 시작했네.

이튿날 쎄라삐옹이 나를 데리러 왔는데, 초라한 가방을 싣고 문 앞에서 우리를 기다리는 암노새 두 마리에 우리는 각자 그럭저럭 올라탔어. 나는 도시의 거리들을 지나가면서, 혹시 끌라리몽드를 볼 수 있지 않을까 하여 모든 창문과 발코니에 신경을 썼지만, 너무 이른 아침이어서 도시는 아직 눈을 뜨지 않은 상태였다네. 나는 우리가 지나치는 모든 대저택의 차양과 커튼을 꿰뚫어보려고 애썼지. 아마 쎄라삐옹은 이러한 호기심을 건축의 아름다움에 대해 찬탄하는 것이라고 이해했을 거야. 실제로 그는 자신이 타고 있는 암노새의 보조를 늦추어 내게 볼 시간을 주었어. 마침내 우리는 도시의 성문을 지나 언덕을 힘들게 오르기 시작했네. 언덕배기에서 나는 끌라리몽드가 살고 있는 곳을 다시 한번 보려고 뒤돌아보았지. 구름의 그림자가 온 도시를 덮고 있었고, 푸르고 붉은 지붕들이 온통 빛과 어둠 사이의 중간 색조에 물들어 있는 가운데, 여기저기에서 아침 연기가 하얀 거품덩어리처럼 떠다니더군. 기이한 광학 효과 때문에, 완전히 연무(煙霧)에 싸인 인근 건물들보다 더 높이 솟은 한 건물이 한줄기 빛을 받아 황금색으로 뚜렷이 드러났는데, 상당히 멀리 떨어져 있는데도 아주 가까이 보였네. 작은 탑들, 테라스들, 십자형 유리창들, 그리고 열장장부촉 모양의 풍향계들까지 아주 세세한 부분들을 뚜렷이 알아볼 수 있었어.

"저기 햇빛이 밝게 비추고 있는 궁전은 도대체 뭐죠?" 내가 쎄라삐옹에게 물었어. 그는 눈썹 위에 손을 올리고 바라보더니 내게 대답했네. "꽁씨니 공작이 끌라리몽드라는 화류계 여자에게 선사한 옛 궁정이야. 거기서는 무서운 일들이 일어난다네."

지금도 현실인지 환상인지 모르겠지만, 나는 그곳의 테라스 위에서 날씬하고 하얀 형태가 한순간 반짝이고는 미끄러지듯 지나가는 것을 보았다는 느낌이 들었네. 끌라리몽드였어!

오! 이 시간에, 내가 그녀에게서 떠나가는 길, 다시는 되돌아갈 수 없는 이 험하고 높은 언덕길에서, 그녀가 살고 있는 궁전을, 우스꽝스러운 빛의 장난으로 마치 주인처럼 나더러 그리로 들어오라고 초대하는 듯이 나에게 가까이 다가온 듯한 그 궁전을, 내가 열정과 불안에 싸여 눈에 넣을 듯이 바라보고 있다는 것을 그녀는 알고 있을까? 아마 그녀는 알고 있었을 거야. 왜냐하면 그녀의 영혼은 나의 영혼과 너무나 깊이 교감하고 있어서 아무리 사소한 내 영혼의 떨림이라도 느끼지 않을 수 없었을 테니까 말일세. 그녀는 이러한 감정에 떠밀려, 얼어붙은 장밋빛 아침이 아직 밤의 장막에 싸여 있는 가운데, 높은 테라스로 올라갔던 거야.

구름의 그림자가 궁전에 드리우자, 험한 기복만 보이고 어떤 것도 식별할 수 없는 지붕과 다락방 들은 고요한 대양이 되어버리더군. 쎄라삐옹이 자신의 암노새를 때려 길을 재촉했고, 이윽고 내 암노새도 뒤따라갔어. 이렇게 한 굽이 돌아서자, S○○○ 시는 나에게서 영원히 사라졌네. 왜냐하면 나는 거기로 돌아와서는 안되었기 때문이야. 우리가 꽤나 음산한 시골 마을들을 지나기 시작한 지 사흘 만에, 나무들 사이로 내가 임시로 맡게 되어 있는 성당의 종탑이 꼭대기의 수탉과 함께 보이기 시작했어. 우리는 초가집과 농가의 작은 뜰 들이 가장자리에 늘어선 구불구불한 몇몇 거리를 따라서 한참을 간 뒤, 그다지 화려하지 않은 건물 정면에 다다랐어. 서까래 몇개와 조잡하게 깎아놓은 사암 기둥 두세 개로 장식된 현관, 기와지붕, 기둥과 마찬가지로 사암으로 된 버팀벽, 이게 다였어. 왼편에는 웃자란 잡초로 가득하고 한가운데에 커다란 철 십자가가 세워져 있는 묘지가 보였고, 오른편에는 성당의 그림자가 사제관을 덮고 있었어. 지극히 소박하고 무미건조할 만큼 깨끗한 건물이었네. 우리가 들어갔더니, 암탉 몇마리가 땅 위에서 얼마 되지 않은 귀리 알을 쪼아먹고 있었는데, 성직자들의 검은 옷에 익숙해져 있었는지, 우리가 나타났는데도 전혀 겁을 먹지 않았고, 우리가 지나가도 좀처럼 흩어지지 않았네. 쉬고 갈라진 개 짖는 소리가 들리기에 둘러보니, 늙은 개 한마리가 달려왔네.

내 전임자의 개였지. 눈에 생기가 없고, 털이 잿빛이었으며, 어느 모로 보나 살 날이 얼마 안 남은 것 같았어. 내가 손으로 다정하게 쓰다듬자, 곧바로 형언할 수 없는 만족감에 겨워하며 내 곁에서 걷기 시작했네. 제법 나이가 들어 보이는, 전임 주임신부의 가정부였던 여자가 또한 우리를 맞으러 왔는데, 나를 낮은 방으로 안내한 후에, 자신을 계속 고용하겠느냐고 물었어. 내가 그러겠다고, 그녀뿐 아니라 개와 암탉, 그리고 고인이 남긴 가구까지 모두 인수하겠다고 대답했고, 뒤이어 쎄라삐옹 신부가 그녀에게 원하는 값을 즉석에서 치렀더니, 그녀는 뛸 듯이 기뻐하더군.

내가 입주를 마치자, 쎄라삐옹 신부는 신학교로 돌아갔어. 나는 나 자신밖에 달리 의지할 사람 없이 혼자 남았지. 끌라리몽드 생각이 다시 나를 사로잡기 시작했고, 그녀에 대한 생각을 없애려고 몇번이나 노력했지만, 늘 성공한 것은 아니었네. 어느날 저녁, 가장자리에 회양목이 늘어서 있는 작은 동산의 오솔길을 산책할 때, 내 모든 움직임을 뒤따르는 어떤 여자의 모습이 아치형의 소사나무 가로수 너머로 보이고 파란 두 눈동자가 나뭇잎 사이로 반짝이는 듯했는데, 그것은 환상이었을 뿐이고, 오솔길 저편으로 건너가서 살펴보았지만, 너무 작아서 어린이의 것이 아닐까 의심되는 발자국 하나만이 모래 위에 남아 있을 뿐이더군. 정원은 매우 높은 담으로 둘러싸여 있었는데, 구석구석 다 둘러보았지만, 아무도 없었어. 나는 이러한 상황을 도저히 납득할 수 없었어. 그런데 이러한 상황은 앞으로 나에게 일어날 기이한 일들과 비교하면 아무것도 아니었지. 아무튼 나는 내 신분에 따르는 모든 의무를 정확하게 이행하면서, 기도하고 금식하며 병자들을 격려하거나 구원하면서, 꼭 필요한 물건까지 내줄 정도로 적선하면서 살았어. 하지만 마음속으로는 극심한 메마름을 느꼈고, 나에게 은총의 원천은 닫혀 있었네. 성스러운 소명을 완수하는 데서 생겨나는 행복을 누리지 못했고, 내 생각은 다른 데로 향해 있었으며, 끌라리몽드의 말을 일종의 무의식적인 후렴구처럼 자주 입술로 웅얼거렸지. 오 형제여, 이것을 깊이 생각해보게! 나는 단 한번 눈을 들어 여자를 바라본 탓으로, 그토록 가벼운 허물 때문에, 몇년 동안이나 가장 비참한 동요를 겪었네. 내 삶은 영원히 혼란스러워졌어.

갈수록 더 심각하게 도지는 이러한 내면의 패배와 승리에 관해 자네에게 더 길게 이야기하지 않고, 곧장 결정적인 상황으로 넘어가겠네. 어느날 밤 누군가가 초인종을 세차게 눌러댔어. 늙은 가정부가 문을 열어주러 갔는데, 구릿빛 안색에 화려하지만 낯선 옷차림을 하고 긴 칼을 찬 남자가 바르바라의 등불에 모습을 드러냈네. 그녀의 첫 반응은 두려움이었는데, 이에 남자는 그녀를 안심시켰고, 내 사제직과 관련된 일 때문에 당장 나를 만나야겠다고 그녀에게 말했다는군. 나는 막 자려던 참이었지. 남자는 내게 자신의 여주인인 매우 높은 신분의 귀부인이 죽음의 순간을 맞아 사제를 찾는다고 말했네. 나는 그와 함께 갈 준비가 되어 있다고 대답하고, 종부성사에 필요한 것을 꺼내들고는, 서둘러 출입구로 내려갔어. 시커먼 말 두 마리가 초조한지 앞발로 땅을 밟아대면서, 가슴팍에 입김을 길게 내뿜고 있었지. 그는 등자를 붙잡아 내가 그중 한 마리에 올라타는 것을 도와주고 나서, 그저 안장머리에 한 손을 짚더니만, 다른 말 위로 훌쩍 뛰어올랐네. 그는 무릎을 꽉 쥐고, 화살처럼 출발하는 말의 고삐를 늦추었어. 그가 말 굴레를 쥐고 있는 내 말도 질주하기 시작했고 그가 탄 말과 나란히 내달렸지. 우리는 질풍처럼 달렸고, 우리 아래로 땅바닥은 잿빛 줄무늬를 이루며 지나갔으며, 나무들의 검은 윤곽은 패주하는 군대처럼 뒤로 달아났네. 미신적인 공포로 인해 오싹해지는 것을 피부로 느낄 정도로 몹시 어둡고 차가운 숲을 우리는 가로질렀어. 우리가 지나는 길에 편자가 조약돌과 부딪쳐 깃털 모양의 불꽃이 튀며 점점이 이어졌는데, 만일 그런 밤 시간에 누군가가 우리, 나의 안내자와 나를 보았다면, 우리를 악몽에 나타나는 두 유령이라 여겼을 거야. 이따금 도깨비불들이 길을 가로질렀고, 때때로 몇몇 야생 고양이의 눈에서 인광이 번쩍이는 것이 보이는 빽빽한 숲에서는 갈까마귀들의 울음소리가 들려오더군. 말들은 갈기가 점점 더 헝클어졌고, 옆구리로 땀을 줄줄 흘렸으며, 요란한 콧김을 다급하게 뿜어댔어. 하지만 말들의 속도가 떨어지자, 마술에 능한 그는 도저히 사람의 소리라고 할 수 없는 거친 고함을 질렀고, 맹렬한 질주는 다시 시작되었네. 마침내 회오리가 멈췄고, 몇군데가 반짝이는 검은 덩어리 같은 것이 갑자기 우리 앞을 가로막았으며, 우리가 타고 있는 말의 발굽소리가 징을 박은 마루 위에서 더 요란하게 울렸어. 우리는 궁륭 아래를 지나 두 거대한 탑 사이의 어두운 입구로 들어갔네. 성안에는 커다란 소동이 일고 있었는데, 하인들이 손에 횃불을 들고 앞마당을 이리저리 가로질렀고, 이 층계참 저 층계참으로 불빛들이 오르내렸어. 나는 거대한 건축물들, 기둥들, 회랑들, 층계들과 난간들, 완전히 장엄하고 환상적인 건축의 호사스러움을 멍하니 바라보았네. 나에게 끌라리몽드의 쪽지를 전해준, 내가 곧장 알아본 흑인 시동이 다가와 내가 말에서 내리는 것을 도와주었고, 깃에 금줄이 달린 검은 벨벳 옷을 입은 하인 우두머리가 손에 상아지팡이를 들고 내 앞으로 걸어왔어. 그의 눈에서 굵은 눈물방울들이 넘쳐나 볼을 따라 흰 수염 쪽으로 흘러내리더군. 그가 머리를 설레설레 흔들면서 말했네. "너무 늦었습니다! 너무 늦었어요! 신부님. 하지만 영혼을 구원할 수 없다 해도, 가련한 육체라도 보러 가시죠." 그가 내 팔을 붙들고 나를 장례실로 안내했는데, 나도 그 사람만큼이나 격렬하게 흐느꼈어. 왜냐하면 죽은 여자는 바로 내가 그토록 사랑하던 끌라리몽드였기 때문이야. 침대 옆에는 기도대가 놓여 있었고, 큰 청동잔 위에 나풀거리는 푸르스름한 불꽃이 방 전체에 엷고 희미한 빛을 던지고 있었으며, 여기저기에서 가구와 돋을새김되어 튀어나온 모서리들이 반짝거렸지. 잎을 하나만 남기고 모두 꽃병 아래로 향기로운 눈물처럼 떨어뜨린 흰 장미 한송이가 탁자 위에 놓인 조각된 항아리에 시든 채 꽂혀 있었고, 부서진 검은 가면, 부채, 온갖 종류의 가장(假裝) 용품들이 안락의자들 위에 널브러져 있었는데, 이로 미루어보아 죽음은 이 화려한 거처로 예고 없이 갑작스레 찾아왔던 모양이야. 나는 감히 침대로 눈길을 던지지 못한 채 무릎을 꿇었고, 이제 성스러워진 그녀 이름을 내 기도에 덧붙일 수 있도록 이 여자에 대한 생각과 나 사이에 무덤을 놓으신 하느님께 감사하면서, 매우 열렬하게 시편을 낭송하기 시작했네. 하지만 점차 이런 격정이 약해졌고, 나는 몽상에 빠져들었지. 그 방은 결코 죽은 자의 방이 아니었어. 내가 장례식의 철야에서 숱하게 들이마셔 익숙해진 역하고 파리한 분위기 대신에, 동양 나무들의 나른한 연기, 사랑의 감정을 불러일으키는 뭔지 모를 여자 향기가 쾌적한 공기 속에서 부드럽게 떠돌고 있었어. 이 희미한 빛은 시신 근처에서 살랑거리는 노란 반사광의 야등이라기보다는 오히려 관능을 위해 마련된 흐릿한 빛처럼 보였네. 나는 끌라리몽드를 영원히 잃어버리는 시기에 그녀를 되찾게 된 기이한 우연을 생각했고, 가슴속에서 회한의 한숨이 새어나왔어. 내 뒤에서 누군가가 또한 한숨을 쉰 듯해서 나도 모르게 돌아보았지. 내 한숨소리가 울린 것이었네. 이러한 동작 때문에, 눈이 그때까지 회피하고 있던 시신용 침대로 향하더군. 커다란 꽃무늬가 그려진 붉은 커튼이 황금색 장식 술에 의해 쳐들려 있어서, 가슴에 양손을 포개 얹고 길게 누운 죽은 여자를 볼 수 있었어. 그녀는 눈부신 흰색 아마포로 덮여 있었는데, 벽지가 어두운 진홍색이어서 훨씬 더 두드러져 보이는 이 아마포는 아주 얇았고, 그래서 그녀의 매력적인 몸매를 전혀 감추지 못했으며, 죽음도 뻣뻣하게 할 수 없었던, 백조의 목처럼 물결치는 그 아름다운 곡선들을 눈으로 따라갈 수 있게 해주었지. 마치 어떤 숙련된 조각가가 여왕의 무덤 위에 세워놓기 위해 제작한 흰 대리석상 같기도 하고 잠든 아가씨 위로 눈이 내린 형상 같기도 했네.

더이상 이런 자세로 버틸 수가 없었고, 이러한 침실 공기에 취했으며, 반쯤 시든 장미에서 풍겨나오는 그 자극적인 향기가 머릿속까지 올라왔네. 그래서 방안에서 성큼성큼 걸었지만, 그러다가도 한바퀴 돌 때마다 바닥보다 약간 높은 침대자리 앞에 멈추고는, 투명한 수의를 걸친 우아한 고인(故人)을 지그시 주시했어. 야릇한 생각들로 정신이 어지러웠는데, 그녀가 실제로는 결코 죽지 않았다고, 나를 자신의 성으로 끌어들여 나에게 자신의 사랑을 이야기하기 위해 죽은 척하는 것일 뿐이라고 상상했지. 한순간 흰 아마포 안에서 그녀의 발이 움직이고 수의 오른쪽 주름들이 흐트러지는 것을 본 듯했어.

그러고 나서 혼자 중얼거렸지. "정말 끌라리몽드일까? 무슨 증거가 있지? 그 흑인 시동은 다른 여자의 시중을 들기 위해 들른 것일 수도 있잖아? 이렇게 비탄에 잠기고 동요하다니 내가 정말 미쳤나봐." 하지만 두근거리는 마음으로부터 대답이 들려왔어. '분명히 그녀다, 분명히 그녀다.' 침대로 가까이 다가가서, 내 망설임의 대상을 두 배로 주의 깊게 바라보았네. 자네에게 고백할까? 이 완벽한 형태들은 비록 죽음의 그림자에 의해 정화되고 거룩해졌다 할지라도, 생각보다 더 관능적으로 나를 자극했고, 이 안식은 너무나도 잠과 비슷해서 누구라도 착각했을 거야. 나는 장례 미사를 위해 여기에 왔다는 것을 잊어버리고, 나 자신을 수줍어서 얼굴을 감추고 자신을 결코 보이지 않으려는 약혼녀의 침실로 들어가는 젊은 신랑이라고 생각했어. 고통으로 가슴이 아프고, 기뻐서 어쩔 줄 모르며, 공포와 쾌감에 떨면서, 그녀 쪽으로 몸을 숙여 침대 시트의 모서리를 붙잡고는, 그녀를 깨울까봐 숨도 제대로 쉬지 못하고 천천히 들어올렸지. 동맥이 어찌나 심하게 요동치던지 관자놀이에서 고동소리가 들려올 정도였고, 마치 대리석 판석(板石)을 들어 옮기기라도 하는 듯이, 이마가 땀으로 흥건했네. 정말로 서품식이 거행되던 성당에서 본 끌라리몽드였어. 그녀는 여전히 매력적이었고, 그녀에게는 죽음도 교태인 듯했어. 창백한 볼, 생기가 덜한 장밋빛 입술, 얼굴의 흰빛 위로 뚜렷이 드러나는 갈색 빗살무늬의 길고 가지런한 속눈썹으로 말미암아, 우울한 순결과 생각에 잠긴 듯한 번민의 표정이 되어, 말로 표현할 수 없는 유혹의 힘을 발산했고, 매듭이 풀린 긴 머리카락은 작은 파란색 꽃 몇송이가 여전히 꽂혀 있는 가운데 베개의 구실을 하면서 노출된 어깨를 곱슬곱슬 살포시 덮고 있었으며, 면병보다 더 순수하고 더 백옥 같은 두 손은 경건하게 휴식하고 조용히 기도하는 자세로 손가락들이 서로 깍지 끼어 있었는데, 이 자세는 진주 팔찌를 아직 차고 있는 드러난 팔의 그윽하고 포동포동한 형체와 상아빛 윤기가 죽음에서조차 발산했을 유혹적인 측면을 완화시키고 있었네. 오랫동안 나는 말없이 응시하는 데에 빠져들었고, 바라보면 볼수록, 이 아름다운 몸에서 생기가 영원히 떠났다는 것이 점점 더 믿기 어려워졌어. 환상이었는지 등불의 반사광이었는지 지금도 모르겠지만, 이 광택 없는 창백한 피부 아래에서 피가 다시 돌기 시작한 듯했네. 하지만 그녀는 여전히 꼼짝달싹도 하지 않았어. 그녀의 팔을 살짝 만져보았는데, 차가웠지만, 성당의 정문 현관에서 내 손을 스친 그녀의 손보다 더 차갑지는 않았지. 내 자리로 돌아와 내 얼굴을 그녀의 얼굴 위로 숙이고는, 내 뜨거운 눈물을 그녀의 볼 위로 이슬방울처럼 떨어뜨렸어. 아! 얼마나 쓰라린 절망감과 무력감이냐! 이 밤샘은 정말이지 번민이로구나! 내 생기를 모아 그녀에게 주고 나를 순식간에 태워 없애는 격정의 불꽃을 그녀의 차디찬 유해로 불어넣을 수 있었다면 얼마나 좋았을까. 밤이 깊어가고, 영원한 이별의 순간이 다가오자, 내 모든 사랑을 가졌던 여자의 생기 없는 입술에 입을 맞추는 최후의 감미로운 슬픔까지 멀리할 수는 없었지. 오! 기적이 일어났어! 가벼운 숨결이 내 숨결과 섞였고, 끌라리몽드의 입이 내 입의 압력에 반응을 보인 거야. 눈을 뜨고 눈에 약간의 광채가 되돌아오고, 한숨을 내쉬고, 손깍지를 풀더니, 이루 말할 수 없이 황홀한 표정으로 내 목을 끌어안았네. 그녀가 하프의 마지막 진동처럼 기운 없고 부드러운 목소리로 말했지. "아! 로뮈알드, 당신이군요. 아니 뭐하세요? 저는 당신을 그토록 오랫동안 기다리다가 죽었지만, 이제 우리는 약혼한 것이니, 당신을 만나보고 당신 집으로 갈 수 있을 거예요. 안녕, 로뮈알드, 안녕히! 사랑해요. 당신에게 이 말만은 꼭 하고 싶었어요. 당신이 입맞춤으로 제게 잠시 되돌아오게 한 생기를 당신에게 되돌려드립니다. 조만간 또 봐요."

그녀는 머리가 다시 뒤로 떨어졌지만, 팔로는 나를 놓치지 않으려는 듯 여전히 내 목을 감싸고 있었네. 세찬 바람의 소용돌이가 창문을 통해 방으로 몰아치자, 흰 장미의 마지막 잎사귀가 줄기 끝에서 날개처럼 한동안 파닥거리더니 떨어져, 열린 십자형 유리창으로 날아가면서 끌라리몽드의 영혼도 앗아가버렸어. 등불이 꺼졌고 나는 정신을 잃고 죽은 미녀의 젖가슴 위로 쓰러졌지.

정신이 돌아와 둘러보니, 나는 사제관의 내 작은 방에서 침대에 누워 있더군. 전임 신부의 늙은 개가 모포 밖으로 길게 삐져나온 내 손을 핥았어. 방안에서 바르바라가 노파심에 쫓겨 서랍들을 여닫거나 유리잔들에 가루약을 타서 휘젓는 등 분주히 움직였지. 내가 눈을 뜨자, 노파는 기쁨의 함성을 질렀고 개는 낑낑대면서 꼬리를 흔들었지만, 나는 너무 힘이 없어서 말 한마디 할 수 없었고 꼼짝도 할 수 없었네. 나중에야 알았는데, 거의 느낄 수 없을 정도로 가느다란 호흡 이외에는 살아 있다는 어떤 징후도 없이 사흘 동안 이런 식으로 누워 있었다더군. 이 사흘은 내 삶에서 빠져버린 날들이야. 그동안 내 정신이 어디로 가 있었는지 모르겠어. 전혀 기억이 나지 않아. 바르바라가 들려준 바에 따르면, 그날 밤에 나를 데리러 온 구릿빛 얼굴의 남자가 아침에 나를 닫힌 가마 안에 태워 데려다놓고는 곧장 돌아갔다는 거야. 생각을 정리할 수 있게 되자, 그 운명적인 밤의 상황이 온전히 떠오르더군. 처음에는 신기한 환상의 장난이었다는 생각이 들었지만, 이윽고 실제적이고 구체적인 상황이 떠오르면서 이러한 추정은 여지없이 무너졌지. 바르바라도 나처럼 검은 말 두 마리를 끌고 온 남자를 보았고 그의 몸단장과 생김새를 정확히 기억하고 있었으니, 내가 꿈을 꾸었다고 생각할 수는 없었네. 그렇지만 내가 끌라리몽드를 다시 만난 성과 비슷하게 생긴 성은 인근에 사는 어느 누구도 알지 못했어.

어느날 아침 쎄라삐옹 신부가 들어오더군. 내가 아프다고 바르라바가 그에게 기별해놓았고, 그래서 몹시 서둘러 달려온 거야. 이러한 배려가 내 일신의 안위를 염려하는 애정과 관심의 소산이기는 했지만, 나에게는 그의 방문이 생각만큼 즐겁지 않았네. 쎄라삐옹 신부의 날카롭게 캐묻는 듯한 시선 때문에 불편했어. 괜히 난처하고 죄스러운 느낌이었지. 그는 내 내면의 동요를 맨처음 간파한 사람이었고, 그래서 나는 그의 통찰력을 원망하고 있었던 것일세.

그는 위선적으로 짐짓 상냥하게 내 건강에 관해 물으면서, 마치 내 영혼을 들여다보려는 듯 사자의 노란 눈동자를 하고는 나를 뚫어지게 바라보았어. 그러고 나서 교구의 신자를 어떻게 지도하는지, 주임신부라는 직책이 마음에 드는지, 직무가 없는 자유시간에는 무슨 생각을 하는지, 주민 중에 친한 사람이 있는지, 좋아하는 읽을거리는 무엇인지, 그밖에도 잡다하고 세세한 것에 관해 질문을 던지더군. 나는 이 모든 것에 대해 가능한 한 간결하게 대답해나갔는데, 내 대답이 끝나기도 전에 그는 다른 얘기로 넘어가곤 했어. 이러한 대화는 분명히 그가 말하고자 하는 것과 아무런 관계도 없었네. 이윽고, 순간적으로 기억이 났는데 금방 잊어버릴까봐 걱정스러운 듯이, 느닷없이 그가 나에게 떨리는 목소리로 분명하게 말했는데, 그의 목소리는 내 귀에 최후의 심판의 트럼펫처럼 울렸어.

"최근에 화류계의 여걸 끌라리몽드가 일주일 동안 밤낮으로 지속된 요란한 연회 끝에 죽었네. 지독하게 휘황찬란한 연회였지. 발타자르와 클레오파트라의 향연에서나 벌어졌을 법한 가증스러운 언동이 난무했어. 지금이 몇세기인지 원! 낯선 언어를 말해서인지 나에게는 정말 악마들처럼 보인 구릿빛 노예들이 손님들의 시중을 들었는데, 그들 중에서 가장 하찮은 자의 제복이라도 황제의 정장이 될 만했지. 언제 어느 때나 이 끌라리몽드에 관해 아주 기이한 이야기들이 퍼져 있었고, 그녀의 연인들은 모두 비명횡사했어. 사람들은 그녀가 여자 흡혈귀라고 말했지만, 나는 그녀가 바알세불(Baalzeboul, 사탄을 이르는 말)의 화신이었다고 생각하네."

그가 입을 다물고는, 자신의 말이 나에게 미친 영향을 헤아려보기 위해, 전보다 더 주의 깊게 나를 관찰하더군. 끌라리몽드의 이름이 거명되자 나는 감정의 동요에 휩쓸리지 않을 수 없었고, 그녀가 죽었다는 이 소식은 내가 밤에 목격한 장면과의 묘한 일치 때문에 나에게 고통을 불러일으켰을뿐더러, 아무리 통제하려고 해도 내 얼굴에 나타나는 불안과 공포 속으로 나를 내던지게 했어. 쎄라삐옹이 근심어린 엄한 눈초리로 나를 쏘아보고 나서 나에게 말했지. "이보게, 자네에게 반드시 경고해야 할 것이 있는데, 뭔고 하니, 자네가 심연 쪽으로 발을 내디디려 한다는 것이야. 거기로 떨어지지 않도록 조심하게. 사탄의 발톱은 길고, 무덤이라고 해서 언제나 믿을 수 있는 것은 아니니 말일세. 끌라리몽드의 묘석은 틀림없이 삼중으로 봉인되었을 거야. 들리는 소문에 의하면, 그녀가 죽은 것이 이번이 처음은 아니니까. 하느님의 가호가 있기를, 로뮈알드!"

쎄라삐옹은 이런 말을 한 뒤, 느린 발걸음으로 현관문을 향했는데, 나는 그를 다시 볼 수 없었어. 그는 곧바로 S○○○로 떠났으니까.

나는 완전히 기운을 되찾았고, 사제로서 통상적인 업무를 다시 시작했네. 내 정신은 끌라리몽드에 대한 기억과 늙은 사제의 말에 여전히 붙들려 있었지만, 쎄라삐옹의 음산한 예측을 확증하는 어떤 특별한 사건도 일어나지 않았고, 그래서 나는 그의 두려움과 나의 공포가 너무 과장된 것이라고 믿기 시작했는데, 그러다가 어느날 밤 꿈을 꾸었지. 막 잠이 들었을 때, 침대의 커튼이 벌어지고 가로막대 위에서 고리들이 요란하게 미끄러지는 소리를 듣고는, 팔꿈치를 기대고 벌떡 일어났어. 여자 그림자 하나가 내 앞에 서 있었네. 그 자리에서 끌라리몽드임을 알아보았지. 그녀는 묘지에 걸어두는 것과 같은 형태의 작은 등불을 손에 들고 있었는데, 이 등불의 어슴푸레한 빛에 그녀의 날씬한 손가락이 투명한 장밋빛으로 물들었고, 이 장밋빛은 점점 희미해지기는 했지만, 노출된 하얗고 불투명한 젖빛 팔로 이어졌어. 옷이라고는 시신용 침대에서 그녀를 가린 아마포 수의가 전부였는데, 그녀는 그토록 얇은 옷 하나만을 걸치고 있는 것이 부끄러운 듯, 가슴 언저리의 주름을 여미고 있었지만, 그녀의 작은 손으로는 역부족이었지. 그녀의 피부는 어찌나 하얀지, 등불의 파리한 불빛으로는 헐렁하게 주름진 옷의 색깔과 살의 색깔을 구분할 수 없을 정도였어. 이 고운 피륙으로 감싸여 몸의 윤곽이 온전히 드러난 그녀는 생명을 부여받은 여자라기보다는 오히려 대리석으로 빚어놓은 고대의 목욕하는 여인상과 비슷했네. 죽었거나 살아 있거나, 조각상이거나 여자이거나, 그림자이거나 육체이거나, 그녀의 아름다움은 변함없이 똑같았는데, 다만 눈동자의 파란 광채가 약간 약해졌고, 예전에는 그토록 새빨갛던 입이 볼의 장밋빛과 거의 비슷한 미약하고 부드러운 장밋빛으로만 물들어 있었지. 내가 그녀의 머리카락에서 눈여겨본 작은 파란색 꽃들은 완전히 말라버렸고 잎사귀가 거의 다 떨어져나갔더군. 그래도 그녀는 여전히 매력적이었어. 너무나 매력적이어서, 이 기이한 뜻밖의 사건과 그녀가 방으로 들어온 설명할 수 없는 방식에도 불구하고, 나는 두려움을 느낄 여유조차 없었네.

그녀는 탁자 위에 등불을 올려놓고 내 침대 발치에 앉더니, 내 위로 고개를 숙이고는, 내가 그녀에게서만 들어본, 맑고 동시에 부드러운 그 목소리로 나에게 말했어.

"정말로 기다렸어요, 사랑하는 로뮈알드. 당신은 틀림없이 제가 당신을 잊었다고 생각했을 거예요. 하지만 저는 아주 멀리서, 아직 누구도 가서는 돌아온 적이 없는 장소에서 오는 길이죠. 제가 떠나온 나라에는 달도 태양도 없고, 그곳은 그저 공간과 그림자일 뿐이에요, 길도 오솔길도, 발을 디딜 땅도, 날갯짓을 할 공기도 없지만, 저는 여기 와 있답니다. 왜냐하면 사랑은 죽음보다 강하고, 결국은 죽음을 이겨낼 것이기 때문이지요. 아! 여행중에 침울한 얼굴과 끔찍한 일을 얼마나 많이 보았던지! 의지의 힘으로 이 세상으로 돌아온 내 영혼이 육체를 되찾고 이 세상에 다시 자리를 잡기 위해 얼마나 많은 아픔을 겪었던지! 나를 뒤덮었던 무덤의 돌을 들어올리려고 얼마나 많은 노력을 해야 했던지! 보세요! 내 가련한 손 안쪽이 온통 상처투성이잖아요. 입맞춤으로 치유해주세요, 내 소중한 사랑!" 그녀는 차가운 손바닥을 내 입에 하나씩 댔고, 내가 그녀의 두 손바닥에 정말로 여러 차례 입맞춤하는 것을 바라보면서, 이루 말할 수 없는 만족감을 내보이며 웃더군.

수치스럽게도 고백하네만, 나는 쎄라삐옹 사제의 조언과 나 자신의 직분을 완전히 잊어버리고 있었지. 처음부터 저항하지도 못하고 쓰러졌어. 사탄을 물리치려는 시도조차 하지 않았어. 끌라리몽드의 피부에서 내 피부로 신선함이 스며들고, 달콤한 떨림이 내 몸으로 퍼지는 듯한 느낌이었으니까. 가련한 어린애 같은 여자였어! 모든 것을 목격한 지금도 악마라고 믿기 힘들다네. 적어도 그녀는 악마처럼 보이지 않았고, 일찍이 사탄은 발톱과 뿔을 그렇게까지 잘 감추지는 못했지. 그녀는 발뒤꿈치를 구부리고, 작은 침대의 가장자리에서 교태에 겨워 무기력한 자세로 웅크리고 있었으며, 때로는 내 머리카락을 작은 손으로 빗겨내리기도 했고, 내 얼굴에 새로운 머리 모양새를 시도하려는 듯이 고리 모양으로 말아올리기도 했지. 나는 정말 온당치 않게도 만족감에 취해 가만히 있었고, 그녀는 이 모든 것에 이루 말할 수 없이 매력적인 수다를 곁들였네. 놀라운 것은 내가 그토록 이상한 일에 대해 전혀 놀라지 않았다는 점인데, 망상 속에서는 기묘한 사건이 아주 단순한 것으로 쉽사리 인정되듯이, 나는 그것을 완전히 자연스러운 것이라고만 생각했어.

"저는 당신을 보기 전부터 아주 오랫동안 당신을 사랑해왔고, 내 소중한 로뮈알드, 어디서나 당신을 찾았어요. 당신은 내 꿈이었고, 저는 운명의 순간에 성당에서 당신을 언뜻 보고는, 곧장 말했죠. '그이야!' 당신에 대해 품었고 품고 있으며 품을 수밖에 없는 사랑이 담뿍 실린 눈길, 추기경을 지옥에 떨어지게 할, 왕으로 하여금 모든 신하 앞에서 내 발치에 무릎을 꿇게 할 만한 눈길을 당신에게 던졌어요. 당신은 여전히 냉정했고, 저보다 하느님을 더 사랑했지요.

아! 당신이 사랑했고 저보다 훨씬 더 사랑하는 하느님을 제가 얼마나 질투했던지!

저는 얼마나 불행하고 불행한지 몰라요! 당신의 키스로 부활하여 당신 때문에 무덤의 문을 억지로 열고는 오직 당신을 행복하게 하기 위해서 되찾은 생명을 당신에게 바치러 오는 죽은 여자 끌라리몽드, 저만이 가져야 할 당신의 마음을 저는 결코 갖지 못하겠지요!"

이 모든 말은 열광적인 애무 때문에 군데군데 끊겼는데, 이러한 애무는 그녀를 위로하기 위해서라면 아무런 두려움도 없이 끔찍한 신성모독을 퍼붓고 그녀를 하느님만큼 사랑한다고 말할 정도로 내 감각과 이성을 취하게 만들었네.

그녀의 눈동자가 더욱 활기를 띠었고 에메랄드처럼 빛났어. 그녀가 아름다운 팔로 나를 얼싸안으면서 말했지. "정말이죠! 진심이죠! 하느님만큼! 그러니 저와 함께 가요, 제가 원하는 곳으로 저를 따라와요. 보기 흉한 검은 옷일랑 내버려둬요. 가장 당당하고 부러움을 받는 기사, 제 연인이 되어주세요. 교황을 거부하고 끌라리몽드의 연인임을 공개적으로 밝히는 것, 그건 정말 멋진 일이에요! 아! 정말 행복하고 즐거운 삶, 아름다운 황금빛 생활을 우리 함께해요! 언제 출발할까요, 귀족 나리?"

"내일! 내일!" 내가 헛소리하듯 외쳤어.

"내일, 좋아요!" 그녀가 말을 이었네. "잠시 옷을 갈아입겠어요. 이런 차림새는 좀 후진데다 여행하기에 전혀 어울리지 않으니까요. 그리고 제 하인들에게 알리러 가야 하는데, 그들은 정말로 제가 죽었다고 믿고 있으며 깊은 비탄에 잠겨 있지요. 돈, 의복, 마차 등 모든 준비를 갖춰서 이 시간에 당신을 데리러 오겠어요. 안녕, 내 사랑." 그녀는 입술 끝을 내 이마에 가볍게 스쳤어. 등불이 꺼지고, 커튼이 다시 닫히고, 더이상 아무것도 보이지 않았네. 깊은 잠, 꿈 없는 잠이 엄습하는 바람에 이튿날 아침까지 곯아떨어졌지. 평소보다 늦게 잠이 깨어서, 그 기묘한 환영의 기억 때문에 온종일 불안해하다가, 마침내 내 격앙된 상상력의 소산이라고 확신했지. 그렇지만 감각이 어찌나 생생했던지 현실이 아니라고 생각하기 힘들었고, 나에게서 사악한 생각을 몰아내고 내 순결한 잠을 보호해달라고 하느님께 기도한 뒤에 잠자리에 들었는데도, 곧 일어날 일에 대한 어떤 근심이 없지는 않았네.

이윽고 깊이 잠들었고, 꿈이 계속되었어. 커튼이 벌어지고 끌라리몽드가 보였는데, 그녀는 지난번처럼 희미한 빛깔의 수의를 입고 있지도 않았고 볼에 죽음의 보라색 기운도 없었으며 창백하지도 않았어. 금줄로 장식되고 쌔틴 치마가 보이도록 걷어올려진 화려한 파란색 벨벳 여행복 차림에다 유쾌하고 활달하며 상큼한 모습이었네. 깃털을 꽂아 제멋대로 삐딱하게 눌러 쓴 널따란 검은색 펠트 모자 아래로 곱슬곱슬한 금발이 풍성하게 빠져나와 있었고, 손에는 금빛 호각이 끄트머리에 달린 작은 승마용 채찍이 들려 있었어. 그녀가 그것으로 나를 살짝 건드리면서 말했네. "아휴! 잠꾸러기 서방님, 채비는 갖추셨나요? 일어나 계실 줄 알았죠. 어서 씻으세요. 머뭇거릴 시간이 없답니다." 나는 침대 아래로 뛰어내렸어.

그녀는 자신이 가져온 작은 꾸러미를 손가락으로 가리키면서 말했지. "어서 옷을 입고 출발해요. 현관문 밖에서 말들이 지루한 나머지 재갈을 물어뜯네요. 여기에서 멀리 떨어진 곳으로 가야 할 거예요."

나는 서둘러 옷을 입었는데, 그녀는 몸소 옷가지들을 나에게 건네주었고, 내가 실수할 때면, 내 서투름에 폭소를 터뜨리면서 입는 방법을 일러주었어. 내 머리카락을 일일이 손질해주었고, 그것이 끝나자, 가장자리가 은으로 마감된 베네찌아 산 조그마한 휴대용 수정 거울을 나에게 내밀며 말했어. "어때요? 저를 침실 담당 시종으로 두고 싶으시죠?"

더이상 예전의 내 모습이 아니었고, 나 자신을 알아볼 수 없었지. 완성된 조각상이 돌덩어리와 닮지 않은 것처럼 내 모습은 나 자신과 닮지 않았다네. 나의 옛 모습은 거울에 비치는 모습에 비하면 정말 조잡하고 불완전할 것 같았어. 나는 아름다웠고, 이러한 변신은 내 허영심을 몹시도 만족시켜주었지. 우아한 의복, 풍성하게 수놓인 그 조끼로 인해 전혀 다른 인물이 되었고, 내가 잘 모르는 어떤 방식으로 재단된 옷감 몇자의 위력을 실감했다네. 내 의상의 기품이 내 피부로 스며들었고, 십분이 지나자, 나는 거들먹거려도 될 만했어.

어색한 기분을 없애려고 방을 몇바퀴 돌았네. 끌라리몽드는 마치 어머니처럼 만족한 표정으로 나를 바라보았고, 자신의 작품에 매우 흡족해하는 듯했어. "어린애 같은 행동은 이제 그만두고 출발해요, 사랑하는 로뮈알드! 갈 길이 멀어서 제때에 도착할지 걱정이네요." 그녀가 내 손을 잡고 이끌었네. 그녀가 만지자마자 모든 문이 곧바로 열렸고, 우리는 개가 깨지 않도록 조심조심 그 앞을 지나쳤어.

현관문 앞에는 마르게리똔이 있었는데, 그는 이미 나를 안내한 적이 있는 시종으로, 나와 자기 자신 그리고 끌라리몽드가 탈, 지난번처럼 검은 말 세 필의 고삐를 붙잡고 있더군. 이 말들은 틀림없이 미풍에 의해 수태된 암말들이 낳은 에스빠냐 품종이었을 거야. 정말이지 바람처럼 빠르더라고. 우리가 출발할 때 우리를 비추기 위해 떠오른 달은 마차에서 떨어져나온 바퀴처럼 하늘에서 오른편 나무들 사이로 언뜻언뜻 모습을 보이면서 헐레벌떡 우리를 뒤쫓아 달렸어. 이윽고 평원에 도착한 우리는 작은 숲 근처에서 힘센 말 네 필이 딸린 마차로 옮겨탔는데, 마부들은 그 마차를 전속력으로 몰았지. 나는 한 팔로 끌라리몽드를 껴안았고, 한 손으로 그녀의 손을 쥐었으며, 그녀는 내 어깨에 머리를 기댔는데, 그녀의 반쯤 드러난 젖가슴이 내 팔에 살짝살짝 닿는 느낌이었어. 그토록 생생한 행복은 처음 느껴보는 것이었네. 그 순간에는 아무 생각도 들지 않았고, 어머니의 품에서 무엇을 했는지도, 사제였다는 것도 기억나지 않았지. 악령이 나에게 행사하는 현혹은 그만큼 엄청났다네. 그날 밤부터 내 성격은 이를테면 양분되었고, 내 마음속에는 서로 알지 못하는 두 남자가 존재했어. 나는 나 자신을 어떤 때는 매일 저녁마다 귀족이라고 공상하는 사제로, 또 어떤 때는 사제라고 공상하는 귀족으로 여겼네. 꿈인지 깨어 있는 것인지 더이상 구별할 수 없었고, 어디에서 현실이 시작되고 어디에서 환상이 끝나는지 알지 못했어. 거들먹거리고 방탕한 젊은 귀족은 사제를 조롱했고, 사제는 젊은 귀족의 방탕을 혐오했으니, 나의 삶은 서로 닿지 않고 뒤섞이는 뒤얽힌 두 나선과도 같은 쌍두(雙頭)의 삶이었지. 이처럼 기이한 입장이었는데도, 한순간도 광기에 이르지는 않았던 듯해. 내 두 가지 생활에 대해 언제나 매우 분명하게 인식하고 있었지. 다만, 납득할 수 없는 부조리한 현상이 있었는데, 그것은 그토록 서로 다른 두 남자 속에 동일한 자아의 감정이 존재했다는 점이라네. 내 자신이 ○○○ 소읍의 주임신부라고 믿건, 끌라리몽드의 공인된 연인 일 씨뇨르 로무알도라고 믿건, 그 점은 나도 이해하기 힘든 모순이었어.

어쨌든 나는 베네찌아에 있었거나 거기에 있다고 믿었던 것이 사실인데, 그 기묘한 모험에서 무엇이 환상이고 무엇이 현실인지 분명하게 밝힐 수 없었어. 우리는 까날레이오 강변의 커다란 대리석 궁전, 왕에게나 어울리는 궁전에서 살았는데, 그곳은 프레스코 벽화와 조각상으로 가득했고, 끌라리몽드의 침실에는 전성기의 티찌아노가 그린 작품이 두 점 걸려 있었지. 우리는 각자 곤돌라가 있었고, 제복을 입고 뱃노래를 부르는 사공을 고용했으며, 음악 감상실을 갖추었을뿐더러, 전속 시인을 두었어. 끌라리몽드는 상류층의 삶을 바랐고, 그녀의 성격에는 약간 클레오파트라 같은 면이 있었네. 나로 말하자면, 공작의 아들처럼 생활했고, 마치 베네찌아 공화국의 열두 사도나 네 복음서 저자 가운데 한 사람의 가문에 속하기라도 하는 듯이 부산을 떨었으며, 총독이 지나간다 해도 길을 비켜주지 않았을 것이니, 사탄이 하늘에서 떨어진 이래로 나보다 더 오만하고 불손한 사람은 아무도 없었다고 생각하네. 나는 리도또에 가곤 했고, 엄청난 도박을 하기도 했지. 이 세상에서 가장 대단한 사교계를 경험했고, 몰락한 명문가의 아들, 여자 연극인, 사기꾼, 식객, 자객 들을 만났어. 그렇지만 이렇게 방탕한 생활을 했는데도 끌라리몽드에게 여전히 충실했지. 그녀를 정신없이 사랑했다네. 그녀는 싫증이 났을지도 모르고 변심했을지도 모르지만 말일세. 끌라리몽드를 갖는 것은 정부 스무 명을 갖는 것이었고, 모든 여자를 갖는 것이었네. 그만큼 그녀는 변화무쌍하고 변덕스러웠으며 심지어 그녀 자신과도 달랐으니, 카멜레온이 아니고 무엇이었겠는가! 자네 마음에 드는 한 여자가 있을 때, 끌라리몽드는 이 여자의 성격과 외모와 특유한 아름다움을 갖춤으로써, 자네로 하여금 다른 여자들과의 외도를 그녀 자신과 갖도록 만들어버린다네. 그녀는 내 사랑을 나에게

백배로 돌려주었는데, 젊은 귀족과 심지어 10인 평의회의 고참 위원들이 그녀에게 아무리 멋진 제안을 해도 소용없었지. 포스까리(Francesco Foscari, 1373~1457. 베네찌아의 총독. 재임기간은 1423~57년) 같은 사람이 그녀에게 청혼하기까지 했지만, 그녀는 모든 것을 거절했어. 황금은 꽤 많았으니, 사랑만을 원했던 거야. 그녀가 일깨워주는 사랑, 처음이자 마지막이어야 하는 활기차고 순수한 사랑을 말일세. 내가 밤마다 꾸는 악몽, 내가 나 자신에게 자발적으로 고행을 부과하고 낮의 무절제를 회개하는 시골 주임신부로 나타나는 가증스러운 악몽이 없었다면, 나는 완벽하게 행복했을 게야. 그녀와 함께 있는 습관 덕분에 안심이 된 나는 이제 끌라리몽드를 알게 된 기이한 방식을 거의 떠올리지 않았어. 그렇지만 때때로 쎄라삐옹 신부의 말을 기억하고는 어김없이 불안해지곤 했네.

얼마 전부터 끌라리몽드의 건강이 그다지 좋지 않았고, 날이 갈수록 그녀의 안색이 파리해졌지. 의사들을 불렀지만, 그들은 그녀의 병에 관해 아무것도 이해하지 못했고, 어떻게 해야 할지 모르더라고. 몇가지 변변찮은 약을 처방하고는 더이상 오지 않았어. 그렇지만 그녀는 눈에 띄게 창백해졌고 점점 더 차가워졌네. 낯선 성에서 지독한 밤을 보냈을 때만큼이나 하얗고 생기가 없어 보였다네. 그녀가 이처럼 서서히 시들어가는 것을 보니 가슴이 아프더군. 내가 괴로워하는 것에 감동한 그녀는 곧 죽게 될 것을 알고 있는 사람 특유의 처연한 미소를 나에게 부드럽고 서글프게 지어보였어.

어느날 아침 나는 그녀의 침대 근처에 앉아 있었네. 잠시도 그녀를 떠나지 않기 위해 조그마한 탁자 위에서 점심을 먹고 있었던 거야. 과일을 자르다가 실수로 손가락에 제법 깊은 상처를 입었어. 곧장 진홍빛 피가 조금씩 흘러나왔고, 몇방울이 다시 솟아오르는 것을 끌라리몽드가 올려다보더군. 그녀는 얼굴이 환하게 빛나더니, 한번도 본 적 없던 사납고 잔인한 표정을 띠었네. 그녀는 동물처럼 민첩하게, 원숭이나 고양이처럼 날렵하게 침대 아래로 뛰어내려, 크세레스 또는 씨라꾸싸 산 포도주를 음미하는 미식가처럼 피를 몇모금 천천히 소중한 듯이 삼키고는, 눈을 반쯤 감았어. 둥글던 파란 눈동자가 기름해지더군. 때때로 내 손에 입을 맞춘 다음, 불거진 상처를 입술로 눌러 붉은 피 몇방울을 빨아먹었네. 더이상 피가 나오지 않자, 그녀는 축축하고 빛나는 눈을 쳐들었는데, 동그란 얼굴은 오월 새벽보다 더 장밋빛이었고, 손은 따뜻하고 촉촉했으며, 전보다 더 아름다웠을 뿐 아니라, 건강을 완전히 회복했더군.

그녀가 내 목에 매달려 반쯤 미친 듯이 기뻐하면서 말했네. "난 죽지 않을 거야! 난 죽지 않아! 당신을 영원토록 사랑할 수 있을 거예요. 제 생명은 당신의 생명 속에 있고, 저의 모든 것은 당신에게서 나와요. 세상의 모든 영약(靈藥)보다 더 귀중하고 효과적인 당신의 풍요롭고 고결한 피 몇방울이 저에게 삶을 되돌려주었어요."

나는 오랫동안 이 장면에 사로잡혔고, 끌라리몽드에 대해 야릇한 의심이 일었는데, 바로 그날 저녁, 잠이 나를 사제관으로 데려다놓았을 때, 예전보다 더 심각하고 걱정스러운 얼굴의 쎄라삐옹 신부를 보았어. 그가 나를 주의 깊게 바라보더니 말했지. "영혼을 잃는 것에 그치지 않고, 몸도 잃어버리고 싶어하는구먼. 불운한 젊은이여, 정말 지독한 올가미 속으로 떨어졌어!" 그가 나에게 던진 이 몇마디 말로 나는 깊은 충격에 휩싸였지만, 이러한 인상은 선명했는데도 오래지 않아 흩어졌고, 수많은 다른 걱정거리로 인해 내 정신에서 사라졌네. 그런데, 어느날 저녁, 뜻밖에 끌라리몽드가 비치는 위치에 있던 내 거울 속에서 그녀를 보았는데, 그녀는 자신이 늘 식사 후에 준비하는 진한 포도주 잔에 가루약을 타더구먼. 나는 잔을 들고 거기에 입술을 대는 척하고는, 한가할 때 또 마시려는 듯이 어떤 가구 위에 올려놓았다가 그 미녀가 등을 돌리는 틈을 타서 내용물을 탁자 아래로 쏟아버린 다음, 내 방으로 물러나서 잠들지 않고 일이 어떻게 될 것인지 지켜보기로 단단히 마음먹고 잠자리에 들었네. 오래 기다리지 않아 끌라리몽드가 잠옷 차림으로 들어와서는, 베일을 벗더니 침대 위로 올라와 내 옆에 몸을 쭉 펴고 눕더군. 내가 잠들었다는 확신이 들자, 내 소매를 걷어올리고 자기 머리에서 황금빛 핀을 뽑은 다음, 낮은 목소리로 중얼거리기 시작했어.

"한방울, 작고 붉은 한방울만, 내 바늘 끝의 루비!…… 당신이 나를 사랑하니까, 난 죽을 필요가 없어…… 아! 가련한 사랑! 당신의 멋진 피, 그토록 찬란한 진홍빛 액체를 마시겠어요. 주무세요, 내 유일한 행복이여, 잠드세요, 나의 신, 내 아기, 당신을 아프게 하지 않을 테니까요, 당신의 생명에서 나의 생명을 꺼지지 않게 하기 위해 필요한 만큼만을 취할 테니까요. 만일 당신을 그렇게 많이 사랑하지 않는다면, 작심하고 다른 연인들을 사귀어서 그들의 정맥을 고갈시킬 수도 있겠지만, 당신을 알고부터는, 모든 세상 사람에 대해 혐오감을 느껴요…… 아! 아름다운 팔! 정말로 포동포동해요! 참으로 하얗군요! 감히 이 멋진 파란 정맥을 찌르지 못하겠어요." 그녀는 이렇게 말하면서 눈물을 흘렸는데, 나는 그녀가 두 손으로 잡고 있는 내 팔 위로 그녀의 눈물이 떨어지는 것을 느꼈지. 마침내 그녀는 마음을 먹고 바늘로 내 팔을 살짝 찔렀고, 찔린 자국에서 흐르는 피를 빨아먹기 시작했어. 겨우 몇방울을 마셨지만, 나를 녹초가 되게 할지도 모른다는 두려움에 사로잡혀, 당장 아물게 하는 연고를 바른 뒤 내 팔을 작은 붕대로 감쌌네.

더이상 의심할 여지가 없더군. 쎄라삐옹 신부가 옳았어. 그렇지만 이렇게나 확실하게 알게 되었는데도 끌라리몽드를 사랑하지 않을 수 없었고, 그녀가 자신의 부자연스러운 삶을 유지하기 위해 필요로 하는 피를 모두 그녀에게 기꺼이 주려고 했어. 게다가 그게 그다지 두렵지도 않았는데, 이 여자가 흡혈귀임은 분명했지만, 내가 듣고 본 바로 인해 나는 완전히 안심하고 있었고, 당시 내게는 그렇게 빨리는 고갈되지 않을 풍요로운 정맥이 있었으니, 내 생명을 한방울씩 주는 데에 거리낌이 없었네. 스스로 팔을 드러내고는 "마셔! 내 사랑이 내 피와 함께 그대의 몸속으로 스며들도록 말이야!" 하고 그녀에게 말한다 한들 무슨 상관이었겠나. 나는 그녀가 나에게 마시라고 했던 술잔에 집어넣은 수면제에 대해, 그리고 바늘 장면에 대해 그녀에게 조금도 내색하지 않으려고 애썼고, 우리는 가장 완벽한 일치 속에서 살고 있었지. 그렇지만 나는 사제로서의 가책 때문에 전보다 더 마음이 괴로웠고, 내 육신을 뿌옇게 만들고 괴롭히기 위해 어떤 새로운 고행을 창안해야 할지 알지 못했어. 이 모든 환영은 비자발적인 것이었고 내가 거기에 전혀 참여하지 않았지만, 그토록 불순한 손과 현실이건 꿈속에서의 일이건 이러한 방탕에 의해 더럽혀진 정신으로는 감히 그리스도와 접촉할 수 없었네. 골치 아픈 환각에 빠져들지 않기 위해, 나는 손가락으로 눈꺼풀을 치켜올리거나 벽을 따라 서성임으로써, 온 힘을 다해 잠과 싸우고 잠자기를 스스로 금하려고 애썼지만, 오래지 않아 졸음의 모래가 내 눈 속에서 끊임없이 떠돌고, 모든 싸움이 소용없다는 것을 알아차리게 되어 낙담하고 무기력해져서 팔을 떨어뜨렸으며, 시간의 흐름에 따라 배신의 강가로 다시 이끌려가곤 했지. 쎄라삐옹은 나에게 열렬하게 권고를 했고, 나더러 나약하고 열성이 부족하다며 비난했어. 내가 평소보다 더 심하게 들떠 있던 어느날, 그가 내게 말했네. "이러한 망상을 떨쳐버리기 위해서는 한가지 방법밖에 없으니, 아무리 극단적인 것일지라도 이용할 필요가 있네. 병이 중하면 약도 강하게 써야 하는 법일세. 끌라리몽드가 어디에 묻혔는지 내가 알고 있으니, 우리가 그녀를 파내서, 자네 사랑의 대상인 여자가 얼마나 민망스러운 상태인지 직접 본다면, 자네도 벌레들이 뜯어먹고 곧 먼지로 변할 더러운 시체 때문에 영혼을 잃고 싶지는 않을 테고, 그렇게 되면 확실히 자기 반성을 할 거야." 나로서는 이러한 이중생활에 몹시 지쳐 있었으므로, 그의 제의를 받아들였어. 사제와 귀족 중에서 누가 환상에 속아넘어가는가를 확실히 알고 싶어서, 내 안에 있는 두 남자 중 어느 하나를 위해 다른 하나를 죽이거나 아니면 둘 다 죽이기로 결심했지. 이러한 삶은 지속될 수 없었으니까. 쎄라삐옹 신부가 곡괭이, 지렛대, 등불을 준비했고, 자정에 우리는 ○○○묘지로 향했는데, 그는 이 묘지의 위치와 배치를 완벽하게 알고 있었어. 등불의 희미한 빛으로 여러 무덤의 묘비명을 비춰본 다음, 무성한 잡초에 의해 반쯤 감춰져 있고 이끼와 기생식물로 뒤덮인 묘석을 마침내 찾아냈는데, 거기서 우리는 다음과 같은 묘비명의 첫머리를 해독했네.

살아생전에 이 세상에서
가장 아름다운 여자였던
끌라리몽드 여기 잠들다

"바로 여기군." 쎄라삐옹이 이렇게 말하고 나서, 등불을 땅에 내려놓고는, 묘석의 틈에 지렛대를 집어넣어 묘석을 들어올리기 시작하더군. 묘석이 비껴나가자, 그는 곡괭이로 일을 시작했네. 나는 밤보다 더 어두운 표정으로 말없이 그의 작업을 바라보았고, 허리를 구부린 채 음산한 작업에 몰두한 그는 땀으로 흥건히 젖어 숨을 헐떡거렸는데, 그의 가쁜 숨결은 죽어가는 사람의 헐떡거림처럼 들리더구먼. 기묘한 광경이었지. 누군가가 바깥에서 우리를 보았다면, 우리를 하느님의 사제들이 아니라 오히려 하느님을 모독하는 자들이나 수의를 훔치려는 도둑들이라고 생각했을 거야. 쎄라삐옹의 열의에는 그를 사도나 천사보다는 오히려 악마로 보이게 만드는 냉혹하고 잔인한 측면이 있었고, 등불에서 반사된 빛에 의해 뚜렷이 드러난 그의 준엄한 얼굴 표정은 전혀 불안감을 달래주지 못했어. 나는 팔다리에 차디찬 땀이 방울지는 것을 느꼈고, 머리 위로 머리카락이 고통스럽게 곤두섰으며, 마음속 깊은 곳에서 준엄한 쎄라삐옹의 행위를 가증스러운 신성모독으로 간주한 나머지, 우리 위에서 둔중하게 떠도는 어두운 구름으로부터 십자포화가 떨어져 그를 먼지로 만들어버리기를 바랄 지경이었네. 삼나무 가지에 앉아 있다가 등불의 빛에 불안해진 부엉이들이 구슬픈 신음소리를 내면서 날아 내려와 잿빛 날개로 창유리를 힘껏 후려쳤고, 멀리에서 여우들이 날카롭게 짖어댔으며, 을씨년스러운 소리들이 정적 속에서 무수히 새어나왔어. 마침내 쎄라삐옹의 곡괭이가 관에 부딪쳤는데, 그 소리는 관의 널빤지들이 내는 매우 둔탁하고 울리는 소리와 함께, 무(無)에 닿을 때 나는 그 무시무시한 소리와 함께 들려왔네. 그가 관 뚜껑을 뜯어내자, 양손을 맞잡은, 대리석처럼 창백한 끌라리몽드가 언뜻 보였는데, 그녀의 하얀 수의는 머리에서 발끝까지 단 한군데만 빼고 멀쩡하더구먼. 창백한 입 언저리에서 작은 붉은색 방울이 장미처럼 반짝였어. 쎄라삐옹이 이것을 보고 격노했다네. "아! 너로구나, 악마, 추잡한 화냥년, 피와 황금을 빨아먹는 년!" 그러고는 시신과 관에 성수를 뿌리고, 관에는 성수채로 십자가 형태를 그려놓더군. 가엾은 끌라리몽드의 아름다운 몸은 거룩한 이슬이 닿자마자 가루가 되어버렸고, 그러자 고열로 반쯤 탄 재와 뼈로 이루어진 소름끼치게 추한 혼합물에 지나지 않게 되었어. 무정한 사제가 나에게 이 처량한 유해를 보여주면서 말하더구먼. "이것이 자네의 정부라네, 로뮈알드 나리, 아직도 자네의 미녀와 함께 리도(베네찌아 석호를 닫고 있는 길쭉한 섬)와 푸지나로 산책하러 가고 싶은가?" 나는 고개를 숙였네. 조금 전에 내 안에서 커다란 붕괴가 일어났던 거야. 로뮈알드 나리이자 끌라리몽드의 연인은 몹시 오랫동안, 몹시 이상하게도 가련한 사제의 곁에 머물러 있었는데, 내가 사제관으로 돌아온 뒤로는 전자가 후자와 분리되었어. 다만, 이튿날 밤 끌라리몽드를 보았는데, 그녀는 성당의 정면 현관 아래에서 나를 처음 만났던 때처럼 나에게 말했지. "불행한 분! 불행한 분! 무슨 짓을 한 거죠? 왜 그 멍청한 사제의 말을 들었죠? 행복하지 않았나요? 제가 당신에게 무슨 짓을 했기에, 내 초라한 무덤을 모독하고 내 무의 비참을 드러냈습니까? 우리의 영혼과 육체 사이의 모든 소통은 이제 단절되었어요. 안녕히, 당신은 저를 못 잊을 거예요." 그녀는 연기처럼 공중으로 사라졌고, 나는 그녀를 두 번 다시 못 보았네.

유감이야! 그녀 말이 맞았어. 그녀를 수없이 그리워했고 지금도 여전히 그녀가 그리워. 나는 아주 비싼 값을 치르고 영혼의 평화를 얻었는데, 하느님의 사랑은 그녀의 사랑을 대체하는 데 쓸모없지는 않았다네. 형제여, 여기까지가 내 젊은시절의 이야기야. 결코 여자를 쳐다보지 말고, 언제나 눈을 땅에 고정시키고 걷게. 왜냐하면 자네가 아무리 순결하고 아무리 침착하다 해도, 자네의 영원을 잃게 만드는 데에는 한순간으로 충분하니 말일세.

더 읽을거리

『미라 이야기』(김주경 옮김, 파랑새어린이 2006)와 『모팽 양』(권유현 옮김, 열림원 2006) 등이 번역되어 있으며, 『세계 괴기소설 걸작선 3』(정선숙 옮김, 자유문학사 2004)에 「죽은 여인의 사랑」이 '클라리몽드'라는 제목으로 수록되어 있다.

Henri René Albert Guy de Maupassant

| 앙리 르네 알베르 기 드 모빠쌍 |

1850~93

모빠쌍은 어머니의 어릴 적 친구인 플로베르의 제자로 단편소설 분야에서 스승과 마찬가지로 명석한 글쓰기의 본보기가 된다. 그는 플로베르에게서 물려받은 몰개성(비개인성)의 탈을 아주 세심하게 가다듬어나간다. 에밀 졸라가 주도한 문학써클에서 여섯 사람이 전쟁에 관한 단편을 모아 『메당의 저녁나절』(*Les Soirée de Médan*)을 펴내는데, 모빠쌍은 여기에 「비곗덩어리」를 실어 유명해진다. 그뒤로 수많은 단편을 발표하여 세계적인 단편소설의 대가가 된다. 운동선수처럼 강인한 체력과 신경질환이 혼재하는 모순적인 상태, 이로 인한 색광증과 무작정 벌이는 온갖 탈주, 물에 대한 강박과 우울증, 『여자의 일생』의 마지막 대목에서 알 수 있듯 인생이란 생각만큼 나쁘지도 좋지도 않다는 확신, 자살기도와 정신병원에서의 죽음으로 점철된 그의 일생은 고스란히 작품세계의 굴곡이 된다.

■ 밤 La nuit

모빠쌍은 1885년부터 심하게 건강이 나빠져서 일시적이긴 하지만 환각에 이를 정도로 심한 증세가 나타난다. 겉으로는 건강해 보이는 가운데 질병의 위협이 구체적으로 다가오고, 그는 전보다 훨씬 더 여자와 마약에 빠져들게 된다. 이에 따라 그의 근본적인 비관주의가 더 심해지고 범죄, 자살, 정신착란에 이르는 강박적인 공포를 주제로 한 단편들이 계속해서 창작된다. 괴기스럽고 환상적인 그의 후기 단편들은 신경증 환자인 자기 자신에 관하여 쓴 주관적 임상기록이다. 악몽의 기록이라고 말할 수 있는 이 단편에서는 모든 것이 멈추고 굳어버리는 것으로 표현된 죽음의 인상이 매우 강렬하다.

밤

악몽

나는 밤을 열렬히 사랑한다. 사람들이 조국과 애인을 사랑하듯 나는 본능적이고 물리칠 수 없는 깊은 애정으로 밤을 사랑한다. 내 모든 감각으로, 밤을 보는 내 눈으로, 밤을 호흡하는 내 후각으로, 밤의 정적을 듣는 내 귀로, 어둠이 어루만지는 내 살갗 전체로 밤을 사랑한다. 종달새들은 햇볕 속에서, 파란 하늘에서, 따뜻한 대기에서, 맑은 아침나절의 가벼운 공기 속에서 노래한다. 부엉이는 어둠속에서 시커먼 공간을 가로질러 지나가는 검은 점이 되어 빠르게 멀어지고, 캄캄한 무한공간에 도취되어 기뻐하면서, 을씨년스럽게 떨리는 울음소리를 낸다.

낮은 나를 피곤하고 지루하게 한다. 낮은 거칠고 떠들썩하다. 나는 아침에 아주 힘들게 일어나고, 맥없이 옷을 입으며, 마지못해 밖으로 나가는데, 일단 밖으로 나오기라도 하면 마치 무거운 짐을 들어올리기라도 하는 듯이 어떤 발걸음이나 움직임에도, 몸짓에도, 말이나 생각에도 금세 피곤해진다.

하지만 해가 기울면, 막연한 기쁨, 내 몸 전체의 기쁨이 내게 밀려든다. 나는 깨어난다. 쾌활해진다. 어둠이 짙어감에 따라, 나 자신이 전혀 다르게, 더 젊게, 더 강하게, 더 활기차게, 더 행복하게 느껴진다.

나는 하늘에 넓고 부드러운 어둠이 드리워져 점차 짙어지는 것을 바라본다. 어둠은 도시를 뒤덮고, 파악할 수도 헤아릴 수도 없는 물결처럼 색깔들을 감추고 지우고 소멸시키며, 느낄 수 없는 터치로 집들, 존재하는 것들, 기념물들을 껴안는다.

그러면 나는 올빼미처럼 기쁨의 함성을 지르고 고양이처럼 지붕 위에서 이리저리 뛰어다니고 싶어지고, 내 혈관 속에서는 거역할 수 없이 맹렬한 사랑의 욕망이 깨어난다.

나는 어떤 때는 어두워진 교외로, 또 어떤 때는 나의 자매인 짐승들과 나의 형제인 밀렵꾼들이 어슬렁거리는 빠리 인근의 숲으로 가서 걸어다닌다.

누구나 격렬하게 사랑하는 대상에 의해 결국 죽임을 당하는 법이다. 하지만 내게 일어나는 일을 어떻게 설명할 수 있을까? 하물며 왜 내가 그것을 이야기하려하는지를 어떻게 이해시킬 수 있을까? 모르겠다. 더이상은 모르겠다. 다만 그것이 무엇인지는 알고 있다. —자, 시작하겠다.

그러니까 어제—어제였을까?—그래, 아마도, 그 전이 아닌 한, 요전 어느날, 다른 달, 다른 해가 아닌 한—모르겠다. 그렇지만 아직 날이 새지 않았으니까, 해가 다시 떠오르지 않았으니까 틀림없이 어제일 것이다. 하지만 언제부터 밤이 지속되고 있는 것일까? 언제부터? 누가 이걸 말해줄 것인가? 누가 알게 될 것인가?

그러니까 어제, 나는 여느 저녁때처럼 식사를 마치고 외출했다. 무척이나 온화하고 따뜻한, 좋은 날씨였다. 큰길 쪽으로 내려가면서 별들로 가득한 검은 강을 올려다보았는데, 이 별들의 강물, 별들이 떠도는 이 시냇물은 하늘에서 거리의 지붕들에 의해 그 윤곽이 뚜렷이 드러났고, 구불구불한 거리 때문에 진짜 하천인 듯 일렁였다.

별자리에서부터 가스등 불빛까지 모든 것이 환했다. 저 높은 하늘과 도시에 불빛들이 몹시 반짝였고, 그래서 어둠이 이미 내려앉았지만 사방이 밝아 보였다. 빛나는 밤은 해가 중천에 뜬 대낮보다 더 유쾌하다.

큰길가에는 까페들이 휘황하게 번쩍거렸고, 웃는 사람들과 지나가는 사람들, 그리고 술 마시는 사람들로 북적댔다. 나는 잠시 극장으로 들어갔다. 어떤 극장이더라? 더이상 생각나지 않는다. 그곳은 너무 환해서 마음이 울적했다. 황금빛 발코니로 쏟아지는 그 잔인한 빛의 충격, 부자연스럽게 반짝거리는 거대한 수정 샹들리에, 풋라이트가 비치는 등불 울타리, 눈에 거슬리는 그 침울한 모조 광채 때문에 기분이 우울해져 다시 밖으로 나왔다. 샹젤리제에 이르렀는데, 그곳의 까페-꽁쎄르(식사나 음료를 들면서 음악과 쇼를 즐길 수 있는 곳)들은 잎이 무성한 나무들 사이에서 마치 화재의 발원점 같았다. 마로니에들은 노란 불빛을 받아 채색된 것처럼 보였고, 야광 나무 같았다. 또한 희미하게 빛나는 달 같은, 하늘에서 떨어진 달 모양의 달걀 같은, 괴상하고 생기 넘치는 진주 같은 전구들이 신비롭고 호화로운 나전(螺鈿) 빛깔로 반짝거려서 가스등, 보기 흉하고 더러운 가스등의 보호망, 화환 모양의 채색유리잔 들이 희미해졌다.

개선문에서 걸음을 멈춰 불빛이 총총한 큰길, 두 줄로 늘어선 등불 사이로 빠리를 향해 뻗어 있는 길고 감탄할 만큼 빛나는 큰길과 별들을 번갈아 바라보았다! 저 높이 떠 있는 별들, 무한한 공간에 아무렇게나 뿌려져 기묘한 모양을 이루고 있으며 수많은 몽상과 꿈을 불러일으키는 미지의 별들.

불로뉴 숲속으로 들어가서 오랫동안, 오랫동안 머물렀다. 기이한 전율, 뜻밖의 강렬한 감동, 광기와 맞닿은 격앙된 사유가 엄습해왔던 것이다.

오랫동안, 오랫동안 걸었다. 그러고 나서 돌아왔다.

개선문 아래로 지나갔을 때가 몇시였을까? 모르겠다. 도시는 잠들어 있었고, 하늘에는 구름, 검은 뭉게구름이 서서히 퍼져나갔다.

난생 처음으로 기이하고 새로운 일이 벌어질 것만 같은 느낌이었다. 날씨가 춥고 대기가 짙어지며 밤이, 내가 가장 사랑하는 이 밤이 가슴을 무겁게 누르는 듯했다. 이제 큰길에는 인적이 드물었다. 다만 경찰 두 명이 삯마차 정류장 근처에서 순찰을 돌고 있었고, 꺼져가는 듯 보이던 가스등들이 희미하게 비추는 차도에서는 야채 마차들이 한 줄로 늘어서서 중앙시장으로 가고 있었다. 당근과 무와 배추를 실은 마차들이 천천히 움직이고 있었다. 마부들은 눈에 띄지 않게 졸고 있었으며, 말들은 나무 바닥이 깔린 길 위에서 앞 마차를 일정한 보조로 소리 없이 뒤따랐다. 보도의 불빛 앞을 지날 때마다, 당근 마차는 붉게, 무 마차는 희게, 배추 마차는 푸르게 훤히 드러났고, 불길처럼 붉고 은화처럼 희며 에메랄드처럼 푸른 이 마차들이 차례로 지나갔다. 나는 이 마차들을 뒤따라갔고, 그런 뒤에 루아얄 가로 방향을 틀어 큰길 쪽으로 돌아왔다. 이제는 아무도 없었고 불 밝힌 까페도 없었다. 다만 늦게 귀가하는 행인 몇몇이 걸음을 재촉하고 있을 뿐이었다. 빠리가 이토록 생기 없고 황량한 곳인 줄은 정말 몰랐다. 회중시계를 꺼냈다. 두시였다.

어떤 힘이 나를 떠밀었는데, 그것은 걷고 싶다는 욕망이었다. 그래서 바스띠유까지 갔다. 거기에서, 그토록 어두운 밤은 한번도 본 적이 없다는 사실을 문득 깨달았다. 실제로 바스띠유 광장의 혁명기념탑조차 알아볼 수가 없었는데, 꼭대기의 황금 입상은 칠흑 같은 어둠속으로 자취를 감추었다. 무한한 공간처럼 넓고 짙은 구름의 궁륭이 별들을 감싸고는 대지를 덮어버릴 듯 낮아졌다.

나는 돌아왔다. 이제 내 주위에는 아무도 없었다. 샤또-도 광장에서

한 술꾼이 내게 부딪칠 뻔하고는 사라졌다. 그의 비틀거리는 발소리가 얼마 동안 울려왔다. 나는 계속 걸었다. 몽마르트르 교외의 언덕에서 삯마차 한대가 센느 강 쪽으로 내려갔다. 나는 마차를 불렀다. 마부는 대답하지 않았다. 드루오 가 부근에서 한 여자가 배회하고 있었다. "아저씨, 잠깐만요." 나는 그 여자가 뻗는 손을 피하기 위해 걸음을 재촉했다. 더이상 아무런 일도 없었다. 보드빌 극장 앞에서 한 넝마주이가 개울을 뒤지고 있었다. 그의 작은 등불이 바닥에 닿을 듯이 흔들렸다. 내가 그에게 물었다. "여보게 몇신가?"

그가 투덜댔다. "내가 어찌 알겠소! 시계가 없소."

그때 불현듯 가스등이 꺼져 있다는 것을 알아차렸다. 이 시절에는 절약하기 위해 날이 밝기 전에 가스등을 끈다는 사실을 알고 있지만, 날이 새려면 한참 멀었던 것이다!

나는 생각했다. '중앙시장으로 가자. 적어도 거기라면 활기가 있을 거야.'

다시 걷기 시작했지만, 역시나 나를 안내할 사람을 만나지 못했다. 거리들을 하나하나 확인하고 셈하면서, 누구나 숲속으로 들어가면 그렇게 하듯이, 천천히 나아갔다.

크레디 리오네 은행 앞에서 개 한마리가 으르렁거렸다. 나는 그라몽가 쪽으로 접어들고는 길을 잃고 방황하다가 철책으로 둘러싸인 증권거래소를 알아보았다. 빠리 전체가 소름끼치는 깊은 잠에 빠져 있었다. 그런데 멀리서 삯마차 한대가 지나갔다. 단 한대의 삯마차였다. 어쩌면 조금 전에 내 앞으로 지나간 그 삯마차였을 것이다. 나는 이 삯마차를 만나기 위해, 황량하고 컴컴한, 컴컴한, 죽음처럼 컴컴한 거리들을 가로질러, 바퀴 소리가 나는 곳으로 갔다.

다시 길을 잃었다. 여기가 어디지? 가스등을 이렇게 일찍 꺼버리다니, 정말 미친 짓이야! 행인도, 귀가가 늦은 사람도, 부랑자도, 발정 나서 야옹거리는 고양이도 보이지 않아. 아무것도 없구나.

경찰들은 도대체 어디 있지? 나는 속으로 중얼거렸다. '고함쳐야겠어. 그러면 경찰들이 올 거야.' 고함을 내질렀다. 아무도 대답하지 않았다.

더 큰 소리로 불렀다. 내 목소리는 메아리 없이 날아갔다. 어둠, 이 출구 없는 어둠 때문에 희미해지고 억눌려 흔적도 없이 사라졌다.

나는 울부짖었다. "살려주세요! 살려주세요! 살려줘요!"

내 절망적인 부르짖음에 여전히 대답이 없었다. 도대체 몇시일까? 회중시계를 꺼냈으나, 성냥이 없었다. 작은 기계장치가 경쾌하게 재깍거리는 소리에 귀를 기울였다. 낯설고도 기묘한 기쁨을 느꼈다. 시계는 작동하는 듯했다. 덜 외로웠다. 얼마나 놀라운 신비인가! 나는 다시 걷기 시작했다. 맹인처럼 지팡이로 벽을 더듬거리면서 나아가다가도 날이 밝아오기를 바라며 수시로 눈을 들어 하늘을 쳐다보았으나, 천공(天空)도 캄캄했다. 완전히 캄캄했다. 도시보다 더 깊은 어둠이었다.

정말이지 몇시나 되었을까? 무한한 시간 전부터 걷고 있는 듯싶었다. 실제로 다리가 저절로 구부러지고, 가슴이 헐떡거렸으며, 지독한 허기로 고통스럽기까지 했다.

아무 집 대문이나 초인종을 울리기로 마음먹었다. 구리 손잡이를 끌어당기자, 반향이 잘 되는 집 안으로 초인종 소리가 기이하게 울려퍼졌다. 마치 이 떨리는 소리가 이 집에서 나는 유일한 소리인 듯했다.

나는 기다렸다. 아무런 반응이 없었다. 아무도 문을 열지 않았다. 다시 초인종을 울리고는 기다렸다. —어떤 소리도 들려오지 않았다!

무서웠다! 다음 집으로 달려가서, 스무 번 연달아 초인종을 울려, 대개의 경우 어두운 복도 어딘가에 잠들어 있게 마련인 수위를 깨우려고 했다. 하지만 그는 깨어나지 않았고, 나는 고리나 손잡이를 온 힘으로

잡아당기면서, 완강히 닫힌 문들을 발과 지팡이와 손으로 두들기면서 점점 더 멀리 갔다.

중앙시장에 이르렀다는 것을 돌연 알아차렸다. 중앙시장은 황량했다. 소리도, 움직임도, 마차도, 사람도, 야채나 과일더미도 없었다. 텅 비어 있었다. 고요하고 버려져 있고 죽은 것 같았다!

격렬한 공포가 나를 엄습했다. 소름이 끼쳤다. 무슨 일일까? 오! 맙소사! 무슨 일일까?

나는 다시 출발했다. 그런데 몇시지? 몇시지? 몇시인지 말해줄 사람 없을까? 종탑이나 기념건축물의 괘종시계도 울리지 않았다. 나는 생각했다. '회중시계의 유리를 빼내서 손가락으로 바늘을 더듬어보아야겠어.' 시계를 꺼냈다…… 재깍거리는 소리가 나지 않았다…… 멈춰 있었다. 이제는 아무것도, 아무것도, 도시에서 미미하게나마 들려옴직한 소리도, 희미한 빛도, 공중에서 무언가가 가볍게 스치는 소리도 없다. 아무것도! 더이상 아무것도! 삯마차가 굴러가는 아련한 소리조차도—더이상 아무것도 없다!

강변으로 갔다. 강물에서 차디찬 냉기가 올라왔다.

쎈느 강은 여전히 흐르고 있는 것일까?

알고 싶었다. 계단을 찾아내 내려갔다…… 평소 같으면 다리의 아치들 밑에서 거품을 내며 부글거렸을 물소리가 들리지 않았다…… 또 걸었다…… 모래사장…… 개흙…… 더 멀리로 강물…… 강물에 팔을 집어넣었다…… 강물은 흘러갔다…… 강물은 흘러갔다…… 차가웠다…… 차가웠다…… 차가웠다…… 거의 얼어붙었다…… 거의 말랐다…… 죽어버렸다.

이제는 다시 올라갈 힘이 없으리라…… 나 역시 거기서 곧 굶주림으로, 피로로, 추위로 죽게 되리라는 것을 느꼈다.

더 읽을거리

장편 여섯편 가운데 『여자의 일생』(*Une vie*)은 많은 번역본이 있으며 *Bel-Ami* (1885)는 『아름다운 남자』(김영하 옮김, 컬처클럽 2003)라는 제목으로, *Fort comme la mort* (1889)는 『사랑은 죽음보다』(방곤 옮김, 서문당 1975)라는 제목으로 소개되어 있다.

단편은 헤아릴 수 없을 정도로 많은 번역본이 나와 있다. 삼백여편 중에서 「비곗덩어리」 「보석」 「목걸이」 「의자 고치는 여인」 「두 친구」 「승마」 「미친 여자」 「달빛」 「목가」 「노끈」 「후회」 「쥘 삼촌」 「유령」 「누가 알겠는가?」 「크리스마스 이브」 「올리브나무 숲」 「첫눈」 「여행중에」 「씨몽의 아빠」 「침대」 「전원에서」 「고해성사」 「유산」 「집 팝니다」 「산장」 「구멍」 「안락사용 안락의자」 등이 여기저기 흩어져 있다.

Georges Bernanos

| 조르주 베르나노스 |

1888~1948

베르나노스는 어린시절부터 타협을 증오하고 악(惡)의 문제로 고통받는 연약한 영혼을 지닌 성인과 영웅 들을 숭배했다. 소설을 통해 그는 아직 언급되지 않은 것을 말하려 하며, 선의 한가운데에서나 악의 한가운데에서나 성스러운 고통의 포로인 인간의 존재를 드러내려 한다. 따라서 그의 작품은 악에 대한 뛰어난 묘사이자 하느님에게서 떨어져나와 공포로 귀착하는 인간 조건의 묘사이다. 베르나노스에 의하면 인간을 비인간화하는 것에 대한 공포는 신앙의 왜곡이나 이데올로기(기계화, 진보, 돈)의 침입에서 기인하는데, 이로부터 구원받을 길은 인간에 대한 경의와 기독교적인 사랑에 있다. 그는 이십세기 초의 대표적인 가톨릭 작가로 인간의 영혼 속에서 벌어지는 선과 악의 싸움을 설득력있게 보여준다.

■ 그림자들의 대화 Dialogue d'ombres

프랑쑤아즈는 『사탄의 태양 아래』의 프롤로그에 등장하는 여주인공 무셰뜨의 전신(前身)이다. 자끄는 권태를 피하려고 방탕에 빠져버린 중년 작가로, 지적으로나 감정적으로나 그녀를 감당하지 못한다. 그는 프랑쑤아즈를 신앙심 있는 여자, 작은 성녀로까지 생각하지만, 정작 프랑쑤아즈는 이러한 틀에 갇히는 것을 거부한다. 그의 결혼 요구마저 거부한다. 고백을 한 사람은 고백을 들어준 사람에게 종속되는 것이 일반적인데도, 프랑쑤아즈는 자끄에게 전혀 밀리지 않는데, 이는 그녀가 작가 자신의 사상에 이의를 제기하는 인물임을 말해준다. 여기에서 감지되는 이 단편의 가장 깊은 주제는 다음과 같은 그녀의 힘찬 말을 통해서도 뚜렷이 드러난다. "나는 한번 굴복했어요. 몸을 맡긴 거죠. 사랑 때문도 호기심 때문도 아니었고 더구나 악덕 때문도 아니었어요. 단지 그 마법의 원을 뛰어넘어 (…) 굴욕, 혐오, 수치의 밑바닥에서 마침내 나 자신을 되찾기 위해서였어요." 베르나노스가 이 단편을 통해 소묘해놓은 프랑쑤아즈는 이십세기 초의 억압적이고 위선적인 분위기와 단절을 꾀하고 새롭게 자기 정체성을 확립하려는 여성의 전형으로 오늘날에도 여전히 문제적인 인물이다.

그림자들의 대화

"염려 마세요." 그녀가 말했다. "랑스 강이 베르뇌유부터 범람해서, 도로가 삼십센티미터쯤 물에 잠겨 있어요, 어쩌면…… 보세요, 암소들이 벌써 비탈길로 올라갔어요. 오분만 지나면 울음소리도 더이상 들리지 않을 거예요."

그녀는 잔잔한 호기심을 띤 채 그의 눈을 바라보았다.

"다른 곳이라면 어디건 들키기 십상이지만, 자끄, 여기는 아니에요. 많이 생각해서 고른 곳이에요."

지극히 짧은 순간 그녀의 얼굴 위로 짓궂은 미소가 그림자처럼 살짝 지나갔다.

"놀라셨죠?"

"뭐가?"

"거짓말 마세요, 자끄." 그녀가 말했다. "난 사려 깊지도 신중하지도 않은 여자잖아요. 사랑받는 여자는, 제 생각엔, 많은 매력을 지니고 있는 것 같아요. 어린아이 같고, 변덕스럽고, 들떠 있으며, 몹시도 단순하지요. 하지만 일부러 경솔하게 굴지는 않아요."

"그래서 내가 널 사랑하는 거야." 그가 말했다. "스물세살인데도 네

두 눈썹 사이에, 네 아름다운 이마에 생겨난 이 주름살, 거의 안 보이고 옅긴 해도 없다고 할 수는 없는 이 주름살을 사랑하는 거야. 내 나이쯤 되는 남자라면 변덕쟁이 여자도 들떠 있는 여자도 그다지 믿지 않는 법이지. 경솔함은 너무나 자주, 너도 알잖아, 자기 마음의 힘을 의심할 때면, 자기 자신과 벌이는 희극이 되고 말아. 하지만 네가 너 자신도 나도 의심하지 않는다면 상관없지."

"맞아요, 무슨 상관이겠어요?" 그녀가 비에 잠긴 지평선 쪽으로 시선을 약간 돌리며 말했다.

그는 잠시 침묵하다가 말을 이었다. "프랑쑤아즈, 이런 말을 해서는 안되는데, 미안해. 너만은 믿어, 이 세상에서 아무도 믿은 적이 없지만, 너를 믿어. 자기보존본능만큼이나 강하고 무의식적인 마음의 움직임 때문에, 말하자면 불가피하게, 너를 향해서는 사랑보다 신뢰가 훨씬 더 강해. 너에게 의존하고 있기도 하지. 너에게 종속되어 있단 말이야. 내 삶은 너로 인해서만 의미가 있어. 영혼이라는 게 존재한다면, 그래서 나에게 영혼이 하나 주어졌다 해도, 너를 잃는다면, 그토록 긴 따분한 세월을 가로질러 영혼을 지니고 있어봐야 공허하기만 할 거야."

"그럴지도 모르죠." 그녀가 얌전한 목소리로 그저 그렇다는 듯이 말했다. "그럴 수도 있겠어요."

"진심이야."

"나도 당신에게 매여 있단 말이에요!" 갑자기 그녀가 화를 내는 것처럼 보일 만큼 깊은 기쁨에 떨며 외쳤다. "당신에게 전적으로 매여 있다고요. 그래요, 자끄, 당신이 바라는 것은 결코 나에게서도 다른 누구에게서도 얻을 수 없는 거예요. 그런데도 당신은 그걸 바라고 있죠. 나는요, 어떤 것도 바라지 않아요. 오! 그렇게 새쭉하지 마세요, 나를 동정하기에는 아직 이르잖아요. 마음이 제법 담대하고 민첩해서 자신의 행복을 재빨리 낚아채고는 단번에 다 써버린다면, 희망 없이도 지낼 수 있어요. 나는 당신이 나를 절실히 필요로 하는 그런 순간에만 온전히 행복을 느껴요. 난 서투르고 고집불통이고 외로운데다 형편없는 여자죠. 이런 여자는 자기가 느끼는 것을 표현하지 않아요. 당신이 나를 박살내더라도 난 결코 당신 책 속에서 들리고 되풀이될 법한 그런 비명, 그런 한숨은 내뱉지 않을 거예요."

"너를 박살낸다고, 프랑쑤아즈? 그토록 신중하고 얌전한 네가 이런 말을 할 수 있다니 정말 의외구나."

"나는 당신이 생각하는 그런 여자가 전혀 아니에요.(아직 가느다란 4월의 덤불숲을 가로질러 한바탕 바람이 불어와 그녀의 얼굴에 소나기가 쏟아지자, 그녀는 안절부절못하고 작은 황금빛 손으로 볼을 훔쳤다.) 나를 너그럽게 대하지 마세요. 결코 그렇게 하지 마요. 내가 신중하고 얌전했던 건 사실이지만, 그건 오래전부터 준비해온 일인데요, 당신이 사랑한 여자들 가운데 어느 누구와도 다르게, 아주 맹목적으로 나를 남자에게 완전히 주어버리는 것, 이런 행위를 불가피하고 필연적인 것으로 만들기 위해서였어요. 알아요, 신세를 망치게 되리라는 것을요. 다만, 당신이 사랑한 여자들도 나와 함께 파멸하겠죠. 그래요, 신세를 망칠 거예요. 난 오늘 저녁 이순간 당신에게 지켜질 수 없는 약속을 할 테니까요. 그래요, 언젠가는 내 희생을 원망하겠죠. 내 희생은 이미 헛된 것이니까요. 여자들 중에서 당신 마음에 들고 당신에게 애정을 불어넣을 수 있는 유일한 여자는 바로 나라고 믿어도 되나요? 얼마나 터무니없는 생각인지! 설사 그럴 수 있다 해도, 내게 속하던 것, 내게 권리가 있던 것, 당신이 다른 여자들에게 주어버린 것, 고갈시킨 것, 낭비한 것, 퇴색시킨 것—내가 시샘하는 당신의 젊은시절, 당신의 소중한 젊은시절이 되찾아지기를 당신에게서 기대할 수 있겠어요?

어머나, 자끄, 날 좀 봐요. 적어도 당신의 눈은 볼 수 있게 해줘요! 당신은 날 사랑해요, 모든 것이 좋아요, 모든 게 다 훌륭해요, 모든 것이 굉장해요, 어떤 것도 부질없지 않아요, 그래요, 어떤 것도 허망하지 않아요! 내가 바보처럼 말했네요. 이 터무니없는 말들 중에서 진실한 말은 딱 하나예요. 내가 신세를 망침으로써, 수많은 연적들도 나와 함께 파멸하리라는 거죠. 나는 오늘 나를 마지막으로 그녀들을 영원히 사라지게 할 거예요."

"이봐, 자기를 모욕하는 데서 무슨 야릇한 쾌감이라도 느끼는 거야?" 그가 낮은 목소리로 말했다.

그녀는 아주 주의 깊게 오랫동안 그를 뚫어져라 바라보았는데, 이에 따라 아름다운 잿빛 눈동자가 깊은 물처럼 짙어졌다.

"모르겠어요. 난 오만한 계집애였죠. 내 마음속에는 아직도 자만심이 남아 있어서, 당신을 사랑하고부터도 당신에게 완전히 속할 수 없다는 느낌이에요. 그것을 뽑아버리고 싶어요. 당신이 내 마음에서 그것을 뽑아내줬으면 해요."

그녀는 느닷없이 얼굴을 돌렸지만, 그는 그녀의 얼굴에서 눈물이 솟는 것을 보았고, 바람과 소나기를 가로질러, 어떤 오열보다 더 비통하고 마치 상처 입은 짐승의 숨결 같은 그녀의 탄식을 들었다.

"이봐……" 그가 하릴없이 말했다. 그러고는 꽉 쥔 작은 주먹 위로 묵묵히 손가락들을 잠깐 올려놓았다.

그들 주위에는 여전히 비가 쏟아지고 있었으나, 그들 위로는 무성한 솔잎 덕분에 빗줄기가 조금밖에 떨어지지 않았다. 대기는 돌풍과 낮은 까마귀 울음소리로 가득 차 있었다.

"난 할말이 없어." 그가 말을 이었다. "잠자코 있게 해줘. 너 같은 마음에서는 어떤 것도 뽑아낼 수 없어. 하지만 네 마음을 달래줄게, 정말이야, 너에게 마음의 평안을 가져다주겠어. 날 믿어."

"마음의 평안이라고요." 그녀가 이를 악물고 중얼거렸다. "오! 자끄, 내게 마음의 평안이라는 말은 하지 마세요. 그게 뭔지 난 알아요. 우리 뒤로 보이죠, 저 흉측한 집, 잔디밭, 진흙투성이인 오솔길들, 저 인적 없는 골짜기들, 드넓고 삭막한 지평선, 이 모든 구차하고 소름끼치는 풍경…… 난 내일이면 이미 여기를 떠나 있을 거예요."

"프랑쑤아즈, 네가 원한다면, 오늘 저녁에…… 내가 이십년만 더 젊었더라면(그럴 순 없겠지!) 아마 그것이 마음의 평안은 아니었다는 것, 네가 마음의 평안이라 한 것은 짓밟힌 어린 영혼의 말 없는 반항이었다는 것을 증명하려 들 정도로 분별없이 처신했을 거야. 그래봐야 무슨 소용이 있겠어? 어떤 것도 입증되지 않아. 사랑이 온갖 슬픔을 달래주는 건 아니지. 사랑은 위안을 줄 수 없어. 사랑은 너처럼 규칙도 규범도 없으니까, 사랑에 대해서는 지극히 좋은 것들만을 요구해야 해. 그러니까 이제는 애써 찾으려 하지 마. 더이상 걱정하지 마. 사랑이 네게 뭔가를 준다 해도, 네가 요구하는 것만을 줄 거야. 이게 우리의 관심사잖아. 안심해. 남자의 마지막 사랑보다 더 강렬하고 더 엄정한 것은 없어."

"오!" 그녀가 여전히 천진하게 웃고 고개를 저으면서 말했다. "강렬하고 엄정하겠지요, 그렇고말고요! 당신의 마지막 사랑은 나를 너그럽게 봐주지 않을 거예요."

그녀는 부드럽고 망설이는 듯한 몸짓으로 여전히 약간 굳어 있는 그의 팔을 잡았다.

"알죠, 자끄, 나를 탓할 필요는 없어요. 이해하셔야 해요. 내가 고향도 아닌 이 외진 마을에서 십오년, 십오년 동안 살았다는 것만 생각하세요. 꼬박, 아니 거의 십오년이나 말이에요!(화요일에 두들로 부인 집에서 그 우스꽝스러운 시골 귀족들, 작위를 가진 그 소농들 보셨잖아요.) 눈물을 흘리는 것은 죽어도 싫어요. 당신이 베푸는 동정이 아니라면, 동정을 혐오해요. 불행했다고 말하지 않겠어요. 기다렸어요. 난 무엇을 기다렸을까요? 사람들이 알기나 할까요?"

"넌 신앙심이 있는 여자야, 프랑쑤아즈."

"아니에요! 아니에요!" 그녀가 격분에 휩싸여 소리 질렀다. "하느님을 전혀 생각하지도 않고 하느님에 관해 알고 싶지도 않아요. 언젠가 하느님을 발견한다면, 그것은 내가 감히 상상조차 하지 못할 만큼 완전한 절망의 밑바닥에서 절대 빈곤에 허덕일 때일 것이고, 그래서 하느님을 증오할 것 같아요. 내가 아버지에게서 입은 유일한 혜택은 평온하고 솔직하며 단호한 이 불신앙이랍니다. 아버지의 불신앙을 빼다 박았지요."

"평온한 것이라고! 이 말이 네 입에서 나오다니!"

"왜 안되죠? 아니에요! 나는 당신이 상상하는 그런 인물이 아니랍니다. 그런 몽상적인 아가씨, 당신 소설 속의 여주인공이 아니에요. 당신을 사랑하긴 하지만, 당신의 소설 여기저기에서 내가 알지 못하던 그토록 섬세하고 다정한 얼굴을 한 당신을 마주치는 것은 나에게 너무나 큰 고통이에요. 어쩜! 당신은 앞으로도 제법 많은 거짓말을 해댈 테죠! 무엇이 나를 당당하게 만들어주는지 아세요? 내가 행복하건 불행하건, 무슨 일이 일어나건, 당신은 결코 우리의 사랑을 책으로 쓸 수 없으리라고 내가 확신한다는 사실이랍니다. 그럼요, 의심할 수가 없어요."

"무엇 때문에?"

그녀는 웃음을 터뜨렸고, 그를 소나무 가지 쪽으로 부드럽게 밀쳤다.

"우선 안전한 곳으로 피하세요. 멋진 펠트 모자를 버리겠네요. 당신은 고양이처럼 비를 겁내는군요. 참 말을 안 듣는 분이시네! 당신은 여름이면 그늘이 지고 겨울이면 물기가 없는 이 나무 그늘 아래에서 지내듯 삶을 보냈고, 당신에게는 남의 진창이 튀는 일은 한번도 없었을 거예요. 진창의 얼룩 하나 묻지 않았을 거고요. 만약……"

"그만! 더이상 한마디도 하지 마!"

"당신이 나를 정확히 이해했는데 그래봐야 무슨 소용이겠어요? 자끄, 나는 여자로서 내 명예가 완전히 더럽혀졌다고는 생각하지 않아요. 만약 명예를 잃었다면, 지금 당신에게 무엇을 바쳐야 할까요? 내 사랑을 차지할 사람은 바로 당신이에요. 예전의 내 잘못 때문은 아니더라도, 내가 당신에게 고백을 하고 나면 당신은 나를 용서한다고 위로하듯 말할 것이고, 나는 당신에게 몸을 맡기게, 어쨌든 당신에게 몸을 맡기게 될 것이기 때문에, 당신은 나를 더이상 사랑하지 않게 될 것이고, 그러면 당신에게는 나를 경멸할 권리가 있겠지요. 내 추측이지만, 나와 같은 민족의 여자들은 누구도 그렇게 하지 않았을 거예요. 우리 이딸리아 여자들은……"

"이딸리아 여자라니! 넌 그다지 이딸리아 여자로 보이지 않아! 모국어를 거의 말할 줄도 모르고. 너희 민족의 여자들에 관해 무엇을 알고 있어? 대답해봐. 프랑쑤아즈, 프랑쑤아즈, 난 잊지 않고 있어. 너를 조심스럽게 대해야 한다는 것, 그렇게 상처 입은 영혼은 애정이 담긴 연민과 다정한 침묵 이외에는 어떤 것도 바라지 않는다는 것 말이야. 그런데 어떻게 너는 감히 경멸이라는 말만 하는 거지? 너를 경멸하라고! 내가 누구라고 너를 경멸한단 말이야? 아! 네가 내 책들을 어떻게 여기는지 모르지만, 나는 그것들을 다시 읽기가 부끄러워. 그것들이 모조리 거짓이라면 좋겠어! 하지만 내 책들과 나 사이에는 흉측한 유사점이 있지. 나는 그것을 전혀 알지 못하고 있었는데, 네가 나에게 그것을 알려준 거야. 내 책들에는 가장 음험하고 가장 저열한 몇가지 거짓,

나에게는 유용하게 쓰인 거짓들이 들어 있어. 이 거짓들에 의해, 나는 쉽게 평범해질 수 있었고, 내 악덕들의 위험을 무릅쓰지도 않았지. 기발한 의심, 상냥함, 곳곳에서 느낄 수 있는 매혹하는 듯한 그 가벼운 떨림, 휴우! 나는 이 민망한 것들의 감춰진 원인을 알아. 이제 우리는 어떤 향락보다 더 강한 끈으로 묶여 있어. 너는 나 자신을 부끄럽게 만든 최초의 여자야. 자, 이제는 과거에 대해, 상상 속에서 저지른 잘못에 대해, 내가 질투하지도 않는 무의미한 연적에 대해 내게 말하지 마. 차라리 네가 사랑 없이 몸을 맡긴 그 얼간이에게 축복이 내리길! 너의 아름답고 순수한 이마에 아주 정교한 이 주름을 생기게 한 잘못, 탈선, 과연 탈선이었을까? 네가 완벽한 연금술로써 슬픔으로 변화시킬 줄 알았던 어느날 저녁의 그 탈선에 축복이 있기를! 저런! 이해할 수 없나보구나…… 너의 채워지지 않는 불굴의 작은 가슴속으로 들어오는 모든 것은 이윽고 거기에서 한결같고 부드러운 희미한 빛, 일종의 성스러운 슬픔이 되어 반짝이는 법이지. 나는 자유로워, 프랑쑤아즈. 내일이면 우리는 자유로울 거야. 너와 결혼하겠어. 나는 그것을 원해."

"안돼요." 그녀가 잘라 말했다. "당신이 그 대답을 요구한다면, 나는 당신을 따라가지 않을 거예요. 내가 줄 수 있는 것보다 더 많은 것을 당신에게서 받아들일 수는 없어요. 아마 입을 다물었어야 했을 테지만, 난 말해버렸어요. 고백했어요. 이제는 주워담을 수 없어요. 나는 당신의 뜻에 달려 있고 앞으로도 그럴 거예요."

"너는 자존심 때문에 말한 거로구나, 프랑쑤아즈."

"그래요. 자존심 때문에 말한 것 같아요. 멸시를 받지 않을 수 없기 때문이기도 하고, 내가 들떠 있기 때문이기도 하고, 내가 당신을…… 사랑하기 때문이기도 해요. 지금 당신의 용서를 받아들이겠어요. 행복하고 비굴한 모습으로 겸손하게 받아들이겠어요. 수치를 안고, 당신의 품안에서, 당신의 가슴 위에서, 몸과 마음을 온통 당신에게, 당신의 처분에 맡길 거예요."

"그것 또한 자존심이야, 프랑쑤아즈."

"제발 절 괴롭히지 마세요." 그녀가 애원했다. "가만히 내버려두세요. 오! 당신의 용서도 그렇게 순수하지는 않네요, 자끄…… 무엇보다 먼저, 내가 사랑 없이 몸을 줬다고 누가 당신에게 단언하던가요? 아무도 감히 당신 같은 남자를 지위가 낮고 촌스러운데다 매우 어리석으며 보잘것없는 자작과 비교하지는 않겠지요. 하지만 나는 그를 사랑하는 것보다 더 나쁜 짓을 했어요. 기분 내키는대로, 실수로, 또는 장난으로 그의 품안에 떨어지는 것보다 더 좋지 못한 짓을 했어요."

"너는 어떤 말로도 나에게 대항할 수 없어. 자학은 허망하기만 할 뿐이야! 네 영혼이 참으로 가엾구나!"

"나를 가만히 내버려둬요, 나를 가만히 내버려두세요! 이런 식으로 불행을 다 퍼내야 다시 태어날 것 같아요. 그러니까 오늘 저녁과 너무도 비슷한 어느 봄날 저녁, 비와 진창, 세찬 서풍이 몰아치고 까마귀 울음소리가 들려오던 어느날 저녁이었어요. 왜 나를 네살 때 이곳으로 데려왔을까요? 네살 먹은 가련한 여자아이를! 내 모국, 내 가족, 우리 민족 전체의 과거로부터 멀리, 업둥이처럼, 노예처럼. 저기 베네찌아에는 삼촌도 있고, 사촌들, 옛 친구들이 있는 것 같아요. 내가 뭘 알겠어요? 내가 우리 이름을 어느 한 페이지에서나마 읽을 수 있는 우리 공화국의 역사책은 한권도 없었죠. 그렇지만 내 앞에서 아버지는 나에게 유배보다 더 끔찍했던 그 침묵을 깨뜨리게 해줄 말이라고는 한마디도 하려 들지 않았어요! 실제로 자기 가족 모두를 거부했지요. 자신은 그들에 대해, 나에 대해, 모든 이에 대해 빚이 없다고 생각하고 있어요. 아버지는 어떤 것에도 빚지고 있지 않은 거예요."

"누구도 불행을 다 펴낼 수는 없어. 잊어버리는 거지. 너는 불행을 잊고 싶지 않은 거야."

"오늘 저녁만큼은 그 어느 때보다 더 잊어버리고 싶어요."

"예전이라면 나도 너처럼 생각했을 거야. 그런데 행복했건 불행했건, 과거는 모든 것을 망가뜨릴 거야. 모든 것을 망가뜨려."

"하지만 나는 다시 태어나고 있어요, 정말이라니까요. 자끄, 당신은 이해 못해요. 학대받는 딸과 흉포한 아버지 그리고 가정폭력에 관한 이런 이야기는 시시한 소설 같죠. 아주 터무니없기도 하고요. 그래요, 터무니없지요. 게다가(비웃지 마세요!) 나는 이방인, 귀족, 고아로서 시골의 후미진 성에 거주하는 우스꽝스러움에서 여전히 벗어나지 못하고 있고, 우울한 기질이 샤또브리앙의 아버지를 닮은 어느 부호(富豪)의 손아귀 안에서 놀아나고 있어요. 거기서 내가 무엇을 하기를 바라죠? 내가 이런 환경을 선택했던 것일까요? 나는 이런 환경을 증오해요."

"네가 내일 남겨두고 떠나버릴 것에 대해 증오하려 들지 마."

"나는 그것을 증오해요. 내색하지는 않아요. 아무도 짐작 못하죠. 나는 이곳에서 울지 않고 우직하게, 가능한 한 우직하게 고통을 겪었는데, 이런 우직함 때문에 내가 얼마나 괴로웠는지는 아무도 몰라요! 자끄, 만약 당신이 오지 않았다면, 내 마음의 모든 기력은 이런 우직함 때문에 차츰 소진되었을 게 틀림없어."

"누구에게 그런 희생을 했단 말이야? 아! 프랑쑤아즈, 네가 신앙심 있는 사람이라는 내 말은 분명히 옳아. 어떤 것도 너를 꾀어내지 못해. 어떤 것도 너를 유혹 못해. 너는 욕망하기에 앞서 소유할 필요가 있어. 그래, 인간은 서글프게도 욕망 속에서 살고 죽지만, 너는 욕망에서 어떤 휴식도, 어떤 평안도 구하지 마. 하지만 모든 광기를 꿰뚫어보는 사람에게도 여전히 가장 심각한 광기는 남아 있는데, 그것은 사랑 없는 희생이라는 그 끔찍한 꿈, 그 무모한 꿈을 집요하게 추구한다는 것이지. 가장 괴상한 성인들 중 그 누구도 감히 그와 같은 선택을 하지는 못했을 거야. 하느님이 존재함을 확인하는 데에는 좀처럼 얻기 어려운 기회 한번으로 충분해. 하느님을 시험해서는 안되는 법이야."

"그런 기회는 없어요. 내가 시험하는 것은, 자끄, 하느님이 아니라 나 자신이에요."

"그 성인들 중 한 사람이라면 아마 마찬가지라고 말할 거야. 거짓말이 아냐, 프랑쑤아즈. 그와 같은 도발이 얼마나 유치한 것인지 아주 잘 이해하고 있지만, 유치한 꿈은 일단 혹독했다 하면 어중간하게 그치지 않지. 이봐, 네가 몹시 싫어하는 것은 바로 너 자신이야! 너는 너 자신이 지닌 가장 소중하고 가장 고통스럽고 가장 상처받기 쉬운 것, 너의 자존심, 그래, 바로 너의 자존심에 대해 끔찍한 복수를 하고 있는 거야. 너는 작은 성녀야, 프랑쑤아즈, 분명해. 너는 작은 성녀야, 다만 너의 성스러움에는 대상이 없을 뿐이지. 너의 슬픔에는 인식도 대상도 없어. 너의 슬픔과 딱 맞아떨어지는 내 슬픔에도 그런 건 없지. 하기야 내 슬픔의 원인은 몹시도 불순해서, 어느 누구 앞에서도 말하기가 부끄러워. 가장 시시한 거야. 지어낸 이야기를 파는 장사치의 방탕, 문인의 방탕이지."

"방탕이라고요!" 그녀가 이 말을 하고는 파리한 입을 꼭 다물었다.

"나에게서 변명거리를 찾지 마. 나는 방탕이 지겹기만 해. 아무도 나처럼 권태롭지는 않았을 거야. 나에게 영혼이 있다는 것을 알게 된 건 바로 권태 때문이지. 적어도 내가 영혼을 진정시키기 위해 필요한 일을 할 때마다 권태는 내 영혼을 다시 깨어나게 했어. 너는 귀여운 미치광이처럼 끊임없이 네 영혼을 자극하고, 갈퀴와 채찍을 든 사육사처럼 네 영혼에 휴식을 허용하지 않으니, 네 영혼은 결국 너한테 잡아먹히고 말 거야."

"참 이상한 생각도 다 하는군요!" 그녀가 창백한 얼굴을 하고 이가 드러나도록 활짝 웃으면서 말했다.

"들어봐! 잠깐만 들어봐! 우리는 미쳤어. 우리 두 사람은 미치광이야. 너는 우리를 곧 덮칠 거대한 날개의 그림자 안에 갇혀 있어. 권태, 악덕, 절망 자체에는 중요성을 부여할 만하지만, 오만은 중요한 게 아냐."

그녀는 심각하고 창백한 얼굴을 그에게로 돌렸다. 그는 놀라고 거의 무서워하는 듯한 표정으로 그녀의 얼굴을 바라보았다. 그녀의 얼굴에서는 눈물이 줄줄 흐르고 있었다.

"오만이라고요!" 그녀가 낮은 목소리로 말했다. "정말 너무해요, 그럼, 나는…… 그래요! 나 아닌 다른 여자라면 누구라도 당신에게 감췄을 것을 괜히 고백한 셈이로군요."

"난 그렇게 많은 것을 묻지 않았어, 가엾은 사람아. 그렇게 금세 나를 멸시하지 마, 프랑쑤아즈! 나는 삶의 의욕을 어디에서인지도 모르고 잃어버린, 삶에서 양심의 가책은 없이 권태만을 느끼는 남자로서 너에게로 왔지. 비가 많이 와서 4월에도 가을의 썩는 냄새를 풍기는 이 고장에서 한동안 무엇인가를, 누옥(陋屋), 일종의 외딴 오두막(문인의 오두막! 뻔하잖아!)을 사려고 생각했으니, 나도 모르게, 틀림없이 병이 들어 있었을 거야. 그러다가 너를 만났지. 아딩똥 부인 집에서 처음으로 너와 마주쳤어. 내가 한순간이라도 너를 여느 아가씨와 마찬가지인 여자라고 생각했을 것 같아? 스무살의 연인이 요구하는 것을 너에게 바랄 권리가 내게 있었을까? 나는 내 슬픔, 나 자신의 슬픔만을 생각했는데, 그것이 네 눈에서도 나타나기 시작하더군. 너에게서 나는 경험을 대신하는 명철하고도 예리한 연민, 타인의 고통을 예감하는 그토록 치명적이면서도 애절한 심성, 한 편의 온전한 시라고 해야 마땅할 그 심성만을 기대했을 뿐이야. 초라할지언정 나에게 마지막으로 남아 있던 행복의 기회를 단번에 없애버릴 위험을 무릅쓰고, 나 자신을 시험에 들게 할 필요가, 프랑쑤아즈, 내 힘을 시험할 필요가 있었을까? 너와 함께 이러한 위험을 무릅써야 했을까?"

"나를 용서해줘요." 멀리 떨어진 마을에서 매서운 돌풍에 실려 땡그랑 울리는 모루소리가 그들에게까지 들려올 만큼 긴 침묵이 지나간 뒤 그녀가 말했다. "나를 용서해줘요, 내 사랑."

"이제 내 아내가 되어줄 수 있지. 적어도 언젠가는 승낙하겠다고 약속해줘. 네 아버지에게 너를 달라고 해서 그가 퇴짜를 놓는다면 무시하면 되는 것을, 두 명의 도둑처럼 시리아까지 도망치기로 했으니, 참 난감하구나."

"불가능한 것은 요구하지 마세요." 그녀가 여전히 눈물은 흘리고 있지만 흐느끼지도 않고 빛나는 얼굴에 동요를 내보이지도 않으면서 말했다. "오! 가혹하건 그렇지 않건, 이건 변덕이 아니에요. 당신의 정부가 되겠어요, 사랑하는 자끄, 그저 당신의 정부로 만족하겠어요, 당신의 한마디 말에도 한번의 몸짓에도 순종하겠어요, 당신만의 것이니까요. 뭐가 더 필요하지요? 하지만 당신의 아내가 되지는 않겠어요. 당신의 성을 갖지는 않겠어요. 내가 불평하지 않고 잠자코 있기만 하면 아무런 문제가 없어요. 내가 말했죠, 어쨌든 나를 가져요, 이제 그만하죠. 내 사랑, 난 수치로 죽지 않고 당신에게서 용서를 받았어요. 이것을 법률로 인정된 용서, 법률가들 사이의 문제로 만들지 말아줘요. 당신이 조금 전에 말한 성인들은 그저 그날그날 살아가지만, 그들은 영원한 재산을 바라고, 그들의 계좌는 천국의 장부에 맞춰져 있죠. 내가 성인들보다 더 가난하기를! 나는 내 비천한 삶의 매년, 매달, 매주, 매일 아침을 당신에게서, 당신의 선의로부터, 사랑하는 당신의 연민으로

부터 건네받겠죠. 아! 날마다 당신 집에서 보낼 밤은 시간, 망각, 싫증, 세상의 평가, 나를 억누르고 내가 증오하는 모든 억압에 대한 나의 승리일 거예요. 당신이 말하곤 했죠, 당신이 말했잖아요, 내가 고백하고. 음, 그러니까, 내가 뽑아버릴 수 없는 그런 오만은 어디에서 오는 것일까요? 그것을 뽑아내겠어요! 불가능하고 비인간적인 완벽, 금욕, 순교에 대한 그런 흉측한 취향은 어디에서 오는 걸까요? 그것을 억누르겠어요! 내 영혼이라 해도, 천사이건 짐승이건, 이제는 오래 감내할 수 없어요."

"천사이건 짐승이건, 그렇지, 프랑쑤아즈, 네 영혼은 언제나 우리를 이기지."

"설마, 농담이겠죠. 물론 나는 하느님을 전혀 생각하지 않을뿐더러, 하느님에 대해 전혀 궁금하지도 않아요. 내 추측이지만, 그들은 죽음에 대한 두려움이라든가 뭔지 모를 어떤 것을 신격화했을 거예요. 아무렴 어때요? 우리는 죽음을 두려워하지 않잖아요."

"나는 죽음이 두려워. 나는 죽음만을 두려워해."

"그렇다면 당신은 아무것도 두려워하지 않는 거죠. 나중에 당신이 죽음으로부터 무엇을 경험하게 될까요? 한동안 아주 생생한 불안…… 아니에요, 나는 하느님도 영혼의 존재도 믿을 수 없지만, 나에게 상처를 주고 내 의지를 빼앗아가거나 술수를 써서 나를 현혹하는 어떤 요소가 내 안에 있다는 것은 믿고 있어요. 아! 스스로 모순되는 말을 하고 쓸데없이 자학한다고 당신이 나를 비난할 때, 나는 그것과 싸우는 것이고, 내가 당신에게 종종 무모하거나 미친 것처럼 보이는 이유는 내가 맹목적으로 싸우기 때문이죠. 실제로 나는 그 원수가 나에게 타격을 가함에 따라 조금씩 그것의 존재를 알아차릴 뿐이에요. 맞아요, 나는 그것의 힘을, 이것의 이중성을 조금씩 발견하죠. 그렇지만 그것에 이름을 붙일 수는 있을 것 같아요. 그것은 오만이에요, 자끄. 나를 쉽게 사로잡는다고 조금 전에 당신이 비난한 바로 그 오만, 나를 얌전하다가도 무분별하게, 신중하다가도 무모하게, 변덕스럽게 만드는 바로 그 오만이죠."

"그게 단지 오만일 뿐인가? 프랑쑤아즈, 멀쩡한 정신으로 격정에 휩싸이는 성향은 어떻게 하고?"

"오! 자기 민족에 의해 억눌린다는 것, 노예처럼 짓밟힌다는 것이 무엇인지 당신은 몰라요! 두 달 전부터 이따금씩 내 아버지를 보았잖아요. 잠깐 그를 보고 목소리를 듣는 것으로도 충분해요. 설명할 수 없는 모순 때문에 꿈꾸는 것 같으면서도 동시에 매몰찬 그 시선, 세로로 주름살이 지고 웃을 때조차 냉정한 그 길고 좁은 얼굴, 그 거만해 보이는 턱, 찬성도 반대도 하려 들지 않고 나몰라라하며 마치 자기 부류의 불행이나 어리석음을 이미 떨쳐버린 듯 처신하는 남자처럼 경멸보다 더 무례한 동정어린 태도를 취하고, 머리를 들면서 어깨를 약간 틀어 거드름을 피우는 그 모습을 떠올려봐요. 나는 아버지에게서 마지못해 하는 것일지언정 한마디의 충고도 조언도 지시도 받지 못했죠. 아버지의 삶에서는 모든 것이 엄격하게 정돈되어 있지만, 정작 그의 삶 자체는 무척이나 고독하고 은밀해요. 아무리 심한 악의라도 거기에 끌릴 리는 없을 거라고요. 어머니는 내가 태어나고 나서 여섯 달이 지났을 때, 한창 젊고 아름다운 나이에 돌아가셨는데, 어느날 아버지는 나에게 어머니가 소박하고 완벽한 여자였다고 말하더군요(얼마나 묘한 어조였던지!)…… 참, 아파트에서도, 확신컨대, 서랍 안에서도 어머니 사진은 한장도 찾아낼 수 없을 거예요. 아버지가 발길을 끊은 작은 치장용 방에는 몽돌리의 예쁜 판화가 걸려 있지요. 또 무엇을 말해야 할까요? 아버지가 친지들과 결별했을 뿐 아니라 고향에서 수천리나 떨어진 곳에서 체념하고 늙어가는 것은, 내가 모르지만 막연히 예감하고는 있는 이유, 아버지 자신과 유사한 이유 때문이랍니다. 다른 사람들이 접근할 수 없고 아버지의 용법에만 들어맞으며 미개인들의 종교처럼 아주 단순하고 미신적인 것일 뿐이므로 그의 명예, 그만의 명예라고 말해야 하는 것과 관련된 어떤 일에 금욕적으로 매달렸기 때문이죠. 그래요, 아버지는 어떤 원인 때문이건 간에, 자존심, 자존심에만 이끌려 여기로 왔고 여기에서 죽을 거예요…… 아버지네 민족은 모두 다 이런 식이죠, 자끄. 웃지 마세요! 당신은 프랑스인이니까, 민족이 무엇인지 이제 거의 알지 못하고, 재기가 넘치니까, 폭소로 난관을 벗어나는데, 사실 웃음, 당신의 웃음, 프랑스식 웃음은 해방의 효과가 있지요. 난 결코 당신처럼 웃을 수 없었어요. 앞으로도 그럴 수 없을 겁니다. 우리 같은 민족은 정말 무거운 짐이죠!"

"유령이야, 그렇지. 정면으로 바라보면 금방 사라졌을 텐데, 뭐. 너의 안개 속에서, 너의 잔디 위로 어슬렁거리는 유령…… 하지만 너는 나와 함께 아주 멀리 갈 것이고, 그러면 다시는 그것과 마주치지 않을 거야."

"어머나! 진실을 말해줘요, 자끄."

"이 가련한 친구야, 정말로 내가 사실대로 말하기를 원해?"

"오! 당신이 무슨 생각을 하는지 난 잘 알아요! 당신의 연민에는 늘 약간 짓궂은 데가 있죠. 그런데 내 가족, 가장 가까운 친족에 관해서는 물론 아무것도 알지 못해요. 내가 나의 가족에 관해 알고 있는 것은 내 고장의 옛이야기에서 배운 것인데, 그 총독들과 그 총독 부인들이 오늘날 내게 무슨 상관이 있겠어요? 나는 그들을 경멸해요. 그들은 내게 어떤 고통도 줄 수 없어요. 우리가 어제 업신여긴 귀족 출신의 라 프라메뜨 부인이나 작은 끌레르장과 같은 허영을 정말로 내가 부릴 수 있다고 생각하나요? 세상 여기저기에는, 작위가 없고 귀족이 아닌데도, 나무랄 데 없고 나서지 않으며 완고하게 선을 행할 뿐 아니라 얌전하고 동시에 순진하며 무사(無私), 금욕, 희생의 각오가 되어 있는 여자들, 자기를 희생하는 데 미친 여자들의 계보를 좇아 도덕적 거리낌, 정직, 조상 대대로 내려온 경직된 가내(家內) 덕목을 나와 마찬가지로 어깨 위에 놓인 그토록 무거운 짐이라 느끼는 다른 가련한 처녀들이 있어요. 나는 말하곤 했죠. 어디에다 나를 바칠 것인가? 그녀들은 독실했고, 아마 하느님과 지옥과 죄를 두려워했을 것이며, 천사들의 존재를 믿었을 뿐 아니라, 유혹에 저항했고, 유혹을 이겨냈어요. 그녀들은 연민의 심성을 전해주었고, 내게 지혜만을 남겨주었지요. 그녀들의 지혜로 무엇을 할 수 있을까요? 그녀들의 지혜는 내 삶을 범속하게 만들어요. 나는 결코 유혹받지 않았어요. 그녀들이 광기라고 부른 것은 아직도 내 감각과 내 이성에는 혐오스러운 것이죠. 그녀들의 종속은 누구나 동의하는 것이었지만, 나의 종속은 터무니없고 압제적이며 견딜 수 없는 것이에요. 나는 한번 굴복했어요. 몸을 맡긴 거죠. 사랑 때문도 호기심 때문도 아니었고 더구나 악덕 때문도 아니었어요. 단지 그 마법의 원을 뛰어넘어 그녀들과 결별하기 위해서, 굴욕, 혐오, 수치의 밑바닥에서 마침내 나 자신을 되찾기 위해서였어요. 어떤 사람 앞에서 얼굴을 붉힐 필요가 있었던 것이죠. 그러니 그 뿌리가 내 마음속에 있지 않은 오만이 소멸되기를 내가 어떻게 기대할 수 있었겠어요? 나는 아버지의 시선 앞에서도 눈을 내리깔지 않았어요. 아무리 아버지라도 내 가슴속에서 내 환멸을 읽어낼 수 있었더라면, 그렇게 내내 반항하는 태도에 비추어 과연 내 딸이구나 했으리라는 것을 나는 너무나도 분명히 느끼고 있었어요."

그녀는 떨리는 입술을 그에게로 돌리고는, 낯선 듯한 목소리로 말했다.

"하지만 당신의 용서, 자끄, 당신의 용서로 말미암아 나는 겸손해졌어요."

그는 그녀를 품에 안았고, 짧은 순간 자신의 입술로 그녀의 차가운 입술을 느꼈으며, 감히 용기를 내보았지만, 고작 떨고 있는 작고 따뜻한 몸을 손으로 껴안을 뿐이었다. 벌써 그녀는 일어서 있었다.

"내 영혼을 이길 사람은 내가 아니라 당신이야…… 알지, 영혼이란 위대한 말이잖아. 영혼은 사람들이 추측하는 것만큼 그렇게 다루기 힘든 것이 아냐. 그런 무서운 눈으로 쳐다보지 마! 그렇게까지 미신을 믿는 거야, 내 사랑?"

그녀는 웃으면서 그를 따돌렸다.

"내일 루씨엔에서 기다릴게요, 내일 아침에…… 여기에서 아무것도 가져가지 않겠어요, 아시겠어요? 진짜 아무것도, 그래요, 애원하는 여자들의 짧게 자른 머리카락으로, 맨손으로 가겠어요…… "

서쪽으로 길게 갈라진 틈 사이로 연한 푸른빛 하늘이 보였고, 구름들의 어수선한 한쪽 면이 일시에 환해졌다. 떠도는 태양이 마지막으로 꿈틀대자 갑자기 수많은 빛줄기가 반짝였다.

더 읽을거리

최근에 『사탄의 태양 아래』(1926년, 윤진 옮김, 문학과지성사 2004)가 출간되었고, 이전에 소개된 작품으로는 1937년작 『무쉐트의 새로운 이야기』(남궁연 옮김, 성바오로출판사 1978), 1929년작 『기쁨』(김의정 옮김, 성바오로출판사 1978), 1937년작 『어떤 시골 신부의 일기』가 있고 1949년에 쓴 씨나리오 『카르멜회 수녀들의 대화』(안응렬 옮김, 을유문화사 1968)도 나와 있다.

Marcel Aymé

| 마르셀 에메 |

1902~67

리얼리즘과 환상, 노골성과 감성, 납득할 만한 불합리와 엄청난 단순성이 뒤섞여 있는 연민과 경탄의 작가이다. 소박함과 기괴함의 비범한 조화, 기상천외한 발상은 단편소설과 동화에서 유감없이 발휘된다. 이십세기의 라퐁뗀 혹은 샤를 뻬로라고 평가할 만하다.

■ 난쟁이 Le nain

마르셀 에메의 작품 중에서 가장 많이 알려진 단편 「벽으로 드나드는 남자」의 주인공 뒤띠유월이 마흔세살에 그런 초자연적인 능력을 갖게 되었듯이, 난쟁이는 서른다섯살에 키가 자라 잘생긴 미남이 되는데, 이 단편은 그 환상적인 변화가 일어난 뒤의 후일담 같은 것으로, 매우 기괴한 현상이 이야기의 출발점을 이루지만 몹시 일상적인 리얼리즘으로 녹아들어 자연스럽게 느껴진다. 환상적인 것이 현실의 영역 안으로 틈입한다는 점에서 이 단편은 카프카의 「변신」을 연상시킨다.

난쟁이는 키가 자란 뒤에야 발랑땡이라는 이름을 되찾게 되는데, 이 이름은 난쟁이처럼 보통명사이기도 하다. 프랑스어 명사 valentin은 2월 14일의 발렌타인 축제에서 처녀들이 골라잡는 남자를 뜻한다. 따라서 이 단편의 주제는 정체성 찾기이겠지만, 이 문제는 생각보다 훨씬 더 복잡하다. 그는 마지막 장면에서 군중에 섞여들어 써커스단 단장의 눈에 하나의 점에 지나지 않게 되는데, 이는 몰개성을 함축하며, 적어도 그가 평범해지는 것만은 사실이므로 오히려 무언가의 상실이다.

써커스단은 예인들의 세계이다. 제르미나 양은 예외겠지만 그들은 대중에게 조롱을 받는 일종의 비정상성(합리성과 상식의 수준을 넘어서는 특성)을 지니고 있다. 키가 너무 크거나 너무 작다. 난쟁이가 아닌 정상적인 발랑땡은 "정신과 거동이 너무 합리적"이라서 어릿광대도 되지 못하고, "정직한 규칙을 저버리지" 못해서 저글링도 포기하며, 또한 너무 합리적이어서 맹수 조련에도 소질이 없는 것으로 드러나고 만다.

키가 자란 뒤 발랑땡과 제르미나 양 사이의 관계도 어색해진다. 발랑땡은 제르미나 양에게서 아직 그 감정이 무엇인지도 모르는 채 쎅스-어필을 느끼지만, 제르미나 양은 발랑땡의 준수한 미모에 끌리기보다는 오히려 난쟁이를 그리워한다. 게다가 써커스단은 인정이 살아 있는 집단으로 그려지고 있다. 서민들의 애환 같은 것이 엿보인다. 많은 것이 결여되어 있고 사회에서 소외된 사람들이지만 나름대로 서로 어울려 잘 살아간다는 느낌이 드는데, 이는 가난한 예술가들에 대한 마르셀 에메의 애틋하고 따뜻한 시선 덕분일 것이다. 긴 여운을 남기는 이 단편은 토마스 만의 「토니오 크뢰거」나 「키 작은 프리데만 씨」의 세계에 대한 비꼼이 될 수도 있다.

난쟁이

바르나붐 곡예단의 난쟁이는 서른다섯살 되던 해에 키가 자라기 시작했다. 학자들이 난처해졌는데, 성장의 한계를 스물다섯살로 못박아 둔 터였기 때문이다. 그래서 이 사건을 은폐하려고 애썼다.

바르나붐 곡예단은 순회공연을 하면서 순차적으로 빠리에 당도할 예정이었다. 리용에서 있던 한 번의 낮공연과 두 번의 저녁공연에서 난쟁이는 늘 출연하던 자신의 프로그램에 등장했는데, 여느 때처럼 무난히 연기를 해냈다. 꼴사나운 차림새로 뱀-남자와 한 조가 되어 무대로 올라와서는 뱀-남자를 한눈에 알아보지 못하는 척했다. 그만큼 뱀-남자는 길었다. 그러자 계단식으로 된 객석에서 일제히 웃음이 터져나왔다. 한 사람은 아주 크고 다른 사람은 아주 작았기 때문이다. 뱀-남자는 한 걸음이 난쟁이의 예닐곱 걸음에 달하는 넓은 보폭으로 걸었고, 무대 한가운데에 이르러 굵고 낮은 목소리로 말했다. “벌써 피곤해지기 시작하는군.” 관객들의 웃음이 잠잠해지자 난쟁이가 여자아이 목소리로 대꾸했다. “참 잘됐어요, 피프를랭, 아저씨가 피곤하다니, 전 아주 기뻐요.” 그러자 또다시 포복절도할 웃음이 터져나왔고, 관객들이 배꼽을 쥐면서 말했다. “둘 다 정말 웃기는군…… 그런데 특히 난쟁이가 웃겨…… 정말 귀엽기도 하고…… 어쩜 저렇게 앳된 목소리를 내는지……" 이따금 난쟁이는 희미한 빛 속에서 맨 뒷줄이 어렴풋이 보이는 깊은 관중석으로 눈길을 던졌다. 웃음과 눈길 들은 그를 거북하게 만들지 않았다. 그는 웃음과 눈길에서 괴로움도 즐거움도 느끼지 않았다. 사람들 앞에 모습을 드러낼 때, 그는 다른 예인(藝人)들의 목을 조르는 불안을 전혀 겪지 않았다. 어릿광대 빠따끌라끄의 노력, 군중의 관심을 끌기 위한 마음과 정신의 긴장이 그에게는 필요치 않았다. 또비가 코끼리인 것으로 충분하듯이 그는 난쟁이인 것으로 충분했고, 따라서 관객을 사랑할 필요가 없었다. 자기 프로그램이 끝나면 그는 서둘러 무대를 떠났고, 그와 짝을 이룬 뱀-남자는 바닥에서 그를 우스꽝스럽게 들어올렸으며, 계단식 좌석에서는 온통 박수갈채가 쏟아졌다. 그러고 나면 루아얄 씨가 그를 외투로 감싸서 바르나붐 씨에게 데려갔는데, 바르나붐 씨는 그의 공연에 만족할 때면 사탕 한두 개를 그에게 주곤 했다.

"당신은 뛰어난 난쟁이요." 바르나붐 씨가 말했다. "그런데 한쪽 팔로 반원을 그리는 동작 말인데, 거기에 좀더 신경을 쓰는 게 좋겠소."

"예, 단장님." 난쟁이가 말했다.

그러고 나서 그는 천막 뒤에서 무대로 올라갈 순간을 기다리고 있는 곡마사 제르미나 양 곁으로 갔다. 그녀는 다리가 훤히 드러나는 장밋빛 타이츠와 가슴을 졸라매는 검은색 벨벳 탱크탑을 입고 등 없는 의자에 아주 꼿꼿하게 앉아 발레용 스커트와 얇은 장밋빛 주름 칼라가 구겨질까봐 신경을 쓰고 있었다. 난쟁이가 그녀의 무릎 위로 올라앉자, 그녀는 그의 이마에 입을 맞추고 머리를 어루만지면서 그에게 부드러운 말을 속삭였다. 그녀 주위에는 늘 남자들이 꼬였는데, 그들은 그녀에게 꽤나 은밀한 말을 하곤 했다. 난쟁이는 그 임시변통의 말들에 오래전부터 익숙해져 있었던만큼 적당히 웃음을 띠고 추파를 던지면서 그것들을 되풀이할 수는 있었을지 모르지만, 그 내용이 여전히 수수께끼 같아 기분이 찜찜했다. 어느날 저녁 그가 제르미나 양의 무릎에 앉아 있을 때, 그들 곁에는 빠따끌라끄만이 있었는데, 빠따끌라끄의 하얗게 칠한 얼굴에서 눈이 이상한 빛을 내며 번들거렸다. 빠따끌라끄가 뭔가 말을 하려 하자, 장난으로 선수를 쳐야겠다고 생각하고 있던 난쟁이는, 허리를 꽉 조이는 장밋빛 발레용 스커트를 입고 있는 모습이 아침의 나비를 닮은 완벽한 금발의 사랑스러운 여자 때문에 여러 날 밤 잠을 설쳤다고 곡마사에게 속삭였다. 그녀는 큰 소리로 웃음을 터뜨렸고 어릿광대는 나가버렸는데, 사실 천막에 문은 없었지만 마치 문이 쾅 하고 닫힌 듯했다.

제르미나 양이 말에 올라탔을 때, 그는 공연장 입구로 달려가 객석 옆에 섰다. 어린애들이 그를 향해 손가락질하고 웃으면서 "난쟁이다" 하고 말했다. 그는 그애들을 흘겨보았고, 부모가 안 보는 틈을 타서, 험상궂은 표정으로 그들을 자지러뜨리고는 즐거워했다. 모래마당에서는 곡마사가 빠르게 말을 몰았는데, 그녀의 얇은 장밋빛 발레용 스커트는 곡예로 인해 더욱 현란해 보였다. 그는 조명기구의 불빛과 제르미나 양의 우아한 날갯짓에 눈이 부시고 공연장에 가득 찬 갑갑한 웅성거림과 입김 때문에 피곤해져서 눈꺼풀이 자꾸 무거워지는 바람에 트레일러로 돌아갔는데, 거기서 메리 아줌마는 그의 옷을 벗긴 다음, 그를 침대에 누이고 이불깃을 침대 가장자리로 접어넣었다.

*

리용에서 마꽁으로 가는 도중에, 아침 여덟시 무렵 난쟁이는 고열과 심한 두통에 시달리다가 잠이 깼다. 메리가 그에게 탕약을 다려주고 발이 찬지 물었다. 그녀는 직접 확인해보려고 이불 밑으로 손을 슬그머니 집어넣었는데, 난쟁이의 발이 여느 때처럼 적어도 30센티미터쯤 위에 있으리라는 예상과 달리 침대 끝에 닿아 있는 것을 발견하고 깜짝 놀라 어안이 벙벙해졌다. 너무나 당황한 메리는 창문을 열고 행렬을 향해 소리를 질렀다.

"맙소사! 난쟁이가 커졌어요! 멈추세요! 멈추라고요!"

하지만 그녀의 목소리는 엔진 소리에 묻혀버렸고, 게다가 모두들 트레일러 안에서 자고 있었다. 행렬을 멈추게 하려면 특단의 조치가 필요했고, 메리는 곰곰이 생각하다가 바르나붐 씨를 화나게 만들지 모른다는 두려움이 생겨났다. 이에 그녀는 고통과 불안으로 비명을 지르는 난쟁이의 성장을 무력하게 지켜보았다. 때때로 그는 아직은 어린애 같지만 이미 확정하기가 어려워진 목소리, 즉 사춘기의 목소리로 메리에게 물었다.

"메리, 온몸이 조각나는 것 같고 바르나붐 씨의 말들이 모두 내 팔다리를 잡아끄는 듯이 아파요. 나에게 무슨 일이 일어나고 있는 거예요, 메리?"

"키가 크고 있기 때문이야, 난쟁이야. 하지만 그렇게 불안해하지 마. 의사들이 치료법을 찾아낼 것이고, 그러면 넌 뱀-남자와 함께 프로그램을 계속할 수 있을 테고, 이 메리가 나이가 많긴 해도 계속 널 돌봐줄 거니까."

"아줌마가 남자라면, 난쟁이이고 싶어요, 아니면 바르나붐 씨처럼 콧수염이 난 어른이고 싶어요?"

"남자에게 콧수염은 매우 호감이 가는 것이지만, 다른 한편으로 난쟁이도 매우 편한 점이 있어!"

아홉시 무렵 난쟁이는 작은 침대에서 소총의 공이치기처럼 웅크리고 누워야 했는데, 그래도 여전히 편안하지 않았다. 메리가 그를 위해 탕약을 다려주었지만 소용이 없었다. 그는 눈으로도 알아볼 수 있을 만큼 커졌으며, 마꽁에 도착했을 때에는 이미 매력적인 청년이 되어 있었다. 연락을 받고 급히 달려온 바르나붐 씨는 우선 깊은 연민을 내보이면서 동정하듯 중얼거렸다.

"불쌍한 녀석! 이제 출셋길은 틀어져버린 거야. 출발은 좋았는데……"

그는 난쟁이의 키를 쟀는데, 60센티미터나 자랐다는 것을 확인하고는 분한 생각을 숨기지 못했다.

"정말 쓸모없게 되어버렸군. 키가 160센티미터라는 것밖에는 다른 특기가 없는 사내로 도대체 무엇을 할 수 있겠어? 대답해봐요, 메리. 확실히 기이한 사례이긴 하지만, 요컨대 이것으로 공연 프로그램을 만들어낼 방법이 안 보여. 그의 '이전 모습과 지금 모습을' 보여줄 수 있어야 할 테니까 말이야. 아! 머리라든가 코끼리 코라든가, 아니면 무엇이건 어느정도 참신한 것이 돋아났다면 이렇게 난처하지는 않을 텐데. 하지만 정말로 이 느닷없는 성장으로는 할 게 없네. 걱정스럽기 짝이 없군. 이봐, 난쟁이, 당장 오늘 저녁에 대신 누구를 내보낸단 말인가? 어, 내가 계속 자네를 난쟁이라고 부르네. 발랑땡 뒤랑똥이라는 자네 이름을 부르는 것이 낫겠어."

"제 이름이 발랑땡 뒤랑똥인가요?" 이전의 난쟁이가 물었다.

"그다지 확신하고 있지는 않아. 뒤랑이나 뒤발 아니면 뒤랑똥이나 뒤랑다르일 거야. 확인할 방법이 없어. 어쨌든 이름은 발랑땡이 확실해."

바르나붐 씨는 메리에게 이 사건이 소문나지 않게 하라고 지시했다. 그는 소문이 퍼져 써커스단의 예인들 사이에 작은 소동이라도 일어나

지나 않을까 걱정이었다. 수염 난 근사한 여자와 뜨개질하는 외팔이를 비롯한 기형 인간들은 아마도 자신들의 신체적 결함에 대해 어느정도 우울해하거나 말도 안되는 소망을 품기에 이를 테고, 그러면 그들의 공연에 지장이 생길 거야. 난쟁이는 매우 심각한 병에 걸려 꼼짝없이 누워 있어야 하기 때문에 어떠한 방문도 허용될 수 없다고 말하기로 합의가 이루어졌다. 바르나붐 씨는 트레일러를 떠나기 전에 다시 한번 환자의 키를 쟀는데, 환자는 대화하는 사이에 4센티미터나 더 자라 있었다.

"정말 잘돼가는군. 계속 자란다면, 오래지 않아 제법 내보일 만한 거인이 될 테지만, 여기에 큰 기대를 품을 수는 없어. 저것 봐, 침대에 계속 누워 있기가 무척 어려운 것이 분명해. 앉아 있는 편이 더 나을 거야. 그런데 이제는 키에 맞는 옷이 없으니까, 평소의 단정함을 잃지 않도록 하려면 어떻게 해야 좋을까? 그래, 지난해에 배가 나오는 바람에 처박아둔 회색 양복이 있지, 짙은 분홍빛 줄무늬가 있는 옷 말이야. 그것 좀 내 옷장에서 찾아서 저녁석에게 갖다줘요."

*

저녁 여덟시에 발랑땡은 자신의 성장이 멈췄다는 것을 알아차렸다. 그는 키가 175센티미터였고, 어느 모로 보나 우쭐거려도 좋을 만큼 대단한 미남이었다. 메리 아줌마는 그를 하염없이 바라보았고, 양손을 모으고는, 그의 우아한 콧수염, 그의 아름답고 젊은 얼굴을 몹시 돋보이게 하는 얼굴을 따라 난 멋진 턱수염, 넓은 어깨, 바르나붐 씨의 윗옷을 채우고도 남는 넉넉한 상반신에 찬사를 보냈다.

"조금만 걸어봐, 서너 걸음만, 난쟁이…… 아니 이제는 발랑땡 씨라고 불러야겠지. 어디 좀 보자. 참 멋진 몸매네! 이렇게 우아할 수가! 허리와 어깨의 균형이 정말 보기 좋아! 정말이지 우리 미남 곡예사 자니도 씨보다 더 멋져 보여! 스물다섯살 때의 바르나붐 씨도 네 풍채에 깃든 이 당당하고 우아한 기운은 풍기지 못했을 거야!"

이 모든 찬사에 발랑땡은 기쁨을 느꼈지만, 귀담아듣지는 않았다. 다른 놀라운 일들이 많았기 때문이다. 가령, 예전에는 그토록 무겁게 보였던 물건들, 자신의 두꺼운 그림책, 방풍 램프, 가득 찬 물통 들을 가볍게 들 수 있었고 몸통과 팔다리에 힘이 남아도는 느낌이었는데, 모든 것이 작아 보이는 그 트레일러에서는 그런 힘을 쓸 데가 없었다. 그 전날까지만 해도 난쟁이로서의 정신과 상상력을 가득 채우고 있던 온갖 개념과 관념 역시 마찬가지 사정이었는데, 그는 이제 그것들이 더 이상 충분하지 않다는 것을 알게 되었고, 말을 할 때면 늘 자신에게 무언가가 결여된 것 같았다. 그는 곰곰이 생각하려고 애썼고, 메리 아줌마가 이야기할 때마다 새로운 것을 발견하고는 그것에 경탄했다. 때로는 자신이 뭔가 잘못했다고 생각하면서도, 불확실한 직관으로 인해 잘못된 길에서 헤매는 일도 있었다. 메리 아줌마가 그의 넥타이 매무새를 고쳐주려고 가까이 다가왔을 때, 그는 그녀의 손을 잡고, 다른 상황에서 수없이 들었던 탓에 외워버린 문장을 지껄였다.

"당신이 뭐라 해도 나는 당신을 매력적인 여자라고 생각합니다. 당신 눈은 멋진 여름 저녁처럼 부드럽고 깊은 색일 뿐 아니라, 당신의 명랑한 입이 만들어내는 미소는 그 무엇보다 더 감미롭고, 당신 몸짓은 새의 비상과도 같아요. 당신 마음의 비밀스러운 길을 찾아낼 줄 아는 이는 행복하고 또 행복한 사람일 테죠. 하지만 그 사람이 내가 아니라면 그에게 저주가 내릴 겁니다."

이런 말을 듣고 메리 아줌마는 처음에는 약간 놀랐지만 나중에는 그만 자기도 그에게 비슷한 찬사를 건넬 수 있으리라는 생각이 슬그머니 찾아들었다. 그녀는 입에 생기를 모아 웃음짓고, 날아오르는 새처럼 우쭐하다가 가슴에 손을 얹고 한숨을 쉬었다.

"아! 발랑땡 씨, 몸매보다 재기가 더 뛰어나군요. 누구라도 이토록 많은 매력에는 무너지지 않을 수 없겠다는 생각이 드네요. 나는 잔인한 여자가 되고 싶지 않아요, 발랑땡 씨. 게다가 그건 내 기질에도 맞지 않고요……"

하지만 이 호색가는 왠지 모르게 요란한 웃음을 터뜨렸고, 메리는 자신이 멋진 말에 속아넘어갔다는 것을 곧 알아차렸다.

"내가 바보지." 그녀가 웃으며 말했다. "하지만 정말로 빨리 변하네그려, 발랑땡 씨. 벌써부터 가련한 여자를 놀리다니."

공연이 시작되자, 바르나붐 씨가 여느 때처럼 매우 급한 기색으로 트레일러에 잠깐 들렀다. 그는 발랑땡을 알아보지 못하고서, 메리 아줌마가 의사를 불렀다고 생각했다.

"자, 의사 선생, 우리 환자를 어떻게 생각하시오?"

"전 의사가 아니라 환자인데요. 저 난쟁이예요."

"아니, 당신의 회색 양복과 이 옷의 짙은 분홍빛 줄무늬를 알아보지 못하는 거예요?" 메리가 덧붙였다.

바르나붐 씨의 눈이 휘둥그레졌다. 하지만 그는 오랫동안 놀랄 사람은 아니었다.

"잘생긴 청년이로군!" 그가 말했다. "내 양복이 그에게 이토록 잘 어울린다고 해서 놀랄 것은 없지."

"아! 이 사람이 얼마나 재치있는지 아신다면! 믿기지 않는 일이에요."

"메리가 좀 과장하는 겁니다." 발랑땡이 얼굴을 붉히며 말했다.

"음! 이봐, 참 묘한 일이 자네에게 일어나는구먼. 어떤 결론을 내려야 할지 아직 모르겠어. 그때까지 이 숨 막히는 트레일러 안에만 머물러 있을 수는 없잖아. 나와 함께 밖으로 나가지. 내 친척이라고 할 테니까."

바르나붐 씨가 동행하지 않았더라면, 발랑땡은 아마도 써커스단 주위를 뛰어다니면서 자기 다리의 힘을 시험해보거나 목청껏 소리를 지르고 노래를 부르는 짓 같은 엉뚱한 행동을 저질렀을 것이다.

"삶은 정말 아름다워요. 어제저녁까지만 해도 몰랐어요. 그리고 약간 높은 데서 내려다보니 세상이 참 넓어 보이네요……"

"아마 그럴 거야." 바르나붐 씨가 대꾸했다. "하지만 처음에 생각하는 것만큼 그렇게 넓지는 않아. 아마 오래지 않아 알게 될 거야."

나가는 길에 그들은 자신의 트레일러에서 나오는 뱀-남자와 마주쳤다. 그는 그들 곁에서 걸음을 멈추었는데, 천성적으로 우울한 사람인 그는, 단장과 동행하는 건장한 젊은이의 활짝 핀 얼굴을 못마땅한 듯 쳐다보았다.

"난쟁이는 좀 어때요?" 그가 물었다.

"좋지 않아." 바르나붐 씨가 대답했다. "조금 전에 의사가 와서 병원으로 옮겼어."

"가망이 없다고 해도 과언이 아닙니다." 발랑땡이 초조한 듯 쾌활하게 덧붙였다.

뱀-남자는 눈물을 훔치더니 떠나기 전에 말했다.

"그는 내가 만나본 사람 중에서 제일 점잖은 친구죠. 너무나 작아서 악의가 들어앉을 자리도 없었어요. 다정하고 믿음직한 사람이었어요. 그가 무대로 올라가기 위해 나에게 작은 손을 내밀 때, 내가 얼마나 행복했는지 이루 다 말할 수 없어요."

발랑땡은 감동했다. 그는 자신이 난쟁이이고 거의 아무것도 변하지 않았다고 뱀-남자에게 말하고 싶었지만, 이와 동시에, 다시 작아져서 예전의 한계를 받아들이기가 겁이 났다. 뱀-남자는 그에게 적대적인 눈길을 던지고 코를 훌쩍이며 떠났다. 바르나붐 씨가 발랑땡에게 말했다.

"친구들이 있었구먼……"

"다른 친구들이 생길 겁니다."

"불가능하지는 않겠지…… 하지만 그는 자네에게서 어떤 것도 바라지 않는 믿을 만한 친구였어."

"제게서 두려워할 어떤 것도 없었겠죠, 바르나붐 씨."

"그래, 자네가 옳아. 자네의 재기가 뛰어나다는 메리 아줌마의 단언 역시 틀리지 않았어."

그들은 함께 공연장 안으로 들어갔다. 난쟁이는 조금 전에 병원으로 출발했으며 써커스단에서 다시는 그를 볼 수 없게 될 것이라고 수차례 설명해줘야 했다. 모두가 눈물을 훔치고 아쉬움을 표하는 말을 했다. 루아얄 씨, 어릿광대 빠따끌라끄, 곡예사 자니도와 그의 세 형제, 줄넘기 곡예사 프림베르 양, 줄타기 곡예사인 일본인들, 동물 조련사 쥘리위스, 규모가 큰 바르나붐 써커스단의 모든 예인들이 가장 좋은 친구를 잃었다고 탄식했다. 코끼리도 코를 흔드는 모습이 여느 때와 달랐고 불행한 것 같았다. 그렇지만 바르나붐 씨가 발랑땡을 자기 사촌이라고 소개했는데도, 그에게 주의를 기울이는 사람이 전혀 없었다. 마치 그가 존재하지 않는 듯했고, 그래서 그는 자신이 원인인 이 커다란 슬픔과 무관한 듯 잠자코 있었다. 아무도 자기에게 관심을 갖지 않는다는 사실에 놀라고 충격을 받은 그는 여전히 그토록 많은 자리를 차지하고 있는 난쟁이가 원망스러웠다.

무대 위에서 뱀-남자는 버팀대 둘둘 감기, 바늘구멍 통과하기, 다리로 이중 매듭 만들기를 비롯한 재치있는 묘기에 몰두하고 있었다. 발랑땡은 객석에서 울려나오는 찬탄의 웅성거림에 약간 질투어린 표정을 한 채 귀를 기울였다. 그 역시 대중의 인기를 누린 적이 있었고, 게다가 아직도 누리기를 바랐다. 이 젊은 몸과 정신의 기운, 자신이 스스로 느끼는 이 완벽함에 관객은 왜 탄복하지 않는 것일까?

*

공연 구경에 싫증이 나고 어서 빨리 세상을 발견하고 싶은 그는 도시의 거리로 발걸음을 옮겼다. 그는 난쟁이를 떨쳐버린 행복감 속에서 자신의 힘과 자유에 대한 자부심을 느끼면서, 들뜬 기분으로 보도를 성큼성큼 걸어갔다. 하지만 그의 도취는 오래가지 않았다. 행인들은 거리의 어느 누구에게나 그러듯 그에게도 관심을 기울이지 않았다. 자신의 새로운 조건으로 인해 다른 사람들과 똑같아졌다는 것을 잘 이해하지 못한 그는 예전에 공연이 있는 도시의 거리로 뱀-인간이나 메리 아줌마가 자신을 데려갔을 때, 모든 시선이 자신에게로 쏠렸던 것을 생각하고 있었다.

"난 키가 커져버렸어." 그가 한탄했다. "이제 내게는 어떤 일도 일어나지 않아. 미남이 된다는 것이 누구도 보아주지 않는 것이라면 도대체 무슨 소용이야? 세상은 난쟁이들을 위해서만 존재하는 것 같아."

십오분쯤 걷노라니 도시의 광경은 그에게 지극히 단조로운 것으로 보였다. 그는 이제껏 이토록 외로움을 느낀 적이 없었다. 행인은 드물었고, 희미한 가로등 아래 어슴푸레한 거리는 음산하기까지 했다. 그는 바르나붐 써커스단의 휘황한 불빛을 마음속에 그려보고는 그곳에서 멀리 벗어난 것을 후회했다. 그는 외로움을 감추려고 어느 까페 안으로 슬며시 들어가서 뱀-남자가 하던 대로 카운터에서 맥주 한 컵을 주문했다. 주인은 괘중시계를 보면서 하품을 하더니 그에게 건성으로 물었다.

"그러니까, 써커스를 구경하러 가지 않은 게요?"

"시간이 없었어요. 아저씨도요?"

"제기랄, 내 팔자지 뭐. 여기 가게를 봐야 하니까."

"그러니까, 아저씨는 삶이 즐겁지 않군요?"

"나 말이오?" 주인이 항변했다. "그래도 내가 제일 행복한 사람이지! 자화자찬을 하려는 것은 아니지만……"

그는 자신의 직업에 대해 상세히 설명했다. 발랑땡은 감히 자신의 생각을 말하지 못했지만, 유명한 예인의 무리에 속할 기회가 없을 때는 행복도 권태로운 것인 듯했다. 관습을 모르는 그는 맥주값을 치르지 않고 나와 바르나붐 써커스단으로 돌아갔다.

*

발랑땡은 마구간 쪽에서 어슬렁거리다가, 마부가 제르미나 양의 말에 마구를 다는 동안 등받이 없는 의자에 앉아 있는 그녀를 얼핏 보았다. 한동안 들키지 않고 그녀를 바라보던 그에게 자신의 숭배를 설명해줄 새로운 핑곗거리가 떠올랐다. 그는 윤기 나는 주름 칼라, 장밋빛과 검은색이 조화를 이룬 의상, 그보다 더 나긋나긋한 몸매, 밀랍으로 빚어놓은 것 같은 무릎과 다리, 가늘고 섬세한 목, 그리고 굉장한 쎅스-어필에 대해 알지 못하는 사람으로서는 뭔지도 모르고 이름 붙일 수도 없는 비밀에 관심이 갔다. 그는 전날만 해도 자신이 곡마사의 무릎 위에 앉아 볼록하고 부드러운 검은색 벨벳 탱크탑에 머리를 기댔다는 사실을 떠올리며 몸을 떨었다. 하지만 그의 추억은 왜곡되었다. 왜냐하면 그는 탱크탑에 난쟁이의 머리가 아니라 얼굴을 따라 이어진 턱수염과 세련된 콧수염이 난 새롭고 멋진 머리를 기댄 듯했기 때문이다. 그럼에도 그는 제르미나 양의 무릎에 더이상 앉을 수 없다고 판단했다. 그는 너무나 키가 크고 무거웠다.

"난 발랑땡이라고 합니다." 그가 곡마사에게 말했다.

"얼마 전에 얼핏 본 듯하군요. 바르나붐 씨의 친척이라는 말을 들었어요…… 보다시피 난 매우 상심하고 있답니다. 내 친구 난쟁이가 병원에 입원했다는 소식을 들었거든요."

"그건 중요하지 않아요…… 아가씨가 무척 아름답다는 말을 하지 않을 수 없군요. 금발, 검은 눈동자, 코, 입…… 모두 멋지다고 생각해요. 아가씨를 한번 안아본다면 소원이 없을 거예요."

제르미나 양은 눈살을 찌푸렸고, 발랑땡은 주눅이 들었다.

"아가씨를 불쾌하게 하려는 의도는 없었어요." 그가 말했다. "아가씨가 나에게 요구할 때까지 기다리겠습니다. 하지만 아가씨는 무척 아름다워요. 얼굴, 목, 어깨, 모든 것이 완벽해요. 그 가슴처럼요. 사람들은 가슴에 관심을 갖지 않는다는 것이 내 확신이랍니다. 그래요! 하지만 나의 관심을 끄는 것은 무엇보다 가슴입니다. 아가씨의 가슴은……"

이런 솔직한 말에 스스로 도취한 그는 예절에 어긋나는 끔찍한 짓이라는 것을 모르고서 두 손을 내밀었다. 제르미나 양은 화가 나서 그에게 예의바른 사람은 그처럼 행동하는 법이 아니며 자신은 가난하지만 자긍심 있는 예인이라고 말했다. 그는 변명할 말이 없었다. 어찌되든간에 그는 빠따끌라끄나 자니도 형제들의 입에서 수차례 들었던 달콤한 말을 그대로 써먹었다.

"나는 사랑 때문에 이성을 잃게 될 겁니다." 그가 속삭였다. "아! 사랑스러운 곡마사 아가씨, 왜 나는 아가씨의 금발과 부드러운 눈길, 요정처럼 우아하고 위풍당당한 몸매에 눈멀어야 했던 것일까요?"

그녀는 그가 말을 썩 잘한다고 생각했고, 열의를 갖고 귀를 기울였다. 발랑땡이 말을 이었다.

"하지만 내가 어떻게 해야 아가씨의 미모에 합당한 재물을 당신의 영혼 끝자락에 바치고 싶은 내 마음을 알아주실 건가요?"

곡마사가 상냥하게 웃었으나, 바로 그때 바르나붐 씨가 들어와서 이 말을 들었다.

"귀담아듣지 마." 그가 제르미나 양에게 말했다. "이 녀석은 한푼도 없어. 그의 말은 빠따끌라끄의 말보다 훨씬 더 기만적이야. 적어도 그는 어릿광대로서 매우 촉망받는 재능이 있잖아."

"나도 마찬가지예요." 발랑땡이 다시 말하기 시작했다. "매우 뛰어난 재능이 있는데도, 다만 관중이 내게 갈채를 보내지 않은 거라고요."

"도대체 무슨 일을 하시죠?" 곡마사가 물었다.

바르나붐 씨가 서둘러 다른 얘기를 했고, 그러고 나서는 발랑땡을 데리고 밖으로 나가버렸다.

"자네의 재능에 관해 얘기 좀 해보자고!" 그들만 있게 되자 그가 말했다. "그걸 제대로 망쳐버렸다는 것을 뽐낼 수 있을 거야! 그래, 무대에 올라가. 그러면 관중이 여전히 자네에게 갈채를 보낼지 알 수 있겠지…… 아! 자네는 멋진 신사지! 물론 자부심을 가질 만한 점이 있어. 자네의 키가 95센티미터였고 자네가 이 써커스단의 자랑거리였다는 것을 생각할 때, 이런 옷차림을 한 자네를 보니 참 한심하구먼!…… 이제는 정말 자네가 아가씨들의 환심을 사기 위해 애쓸 차례지만, 그녀들은 자네가 어떻게 생활비를 버는지조차 알지 못해. 오분 동안이라도 이것을 깊이 생각해봤어?"

"생활비를 번다고요?" 발랑땡이 말했다.

그의 순진함, 그가 삶의 필요에 관해 전혀 생각하지 않았다는 것, 이것을 알아차린 바르나뷤 씨는 그에게 이 점을 일깨워주려고 했다. 그에게 돈이 들어가는 곳, 정직한 사람이 돈을 버는 데 따르는 어려움, 사랑의 쾌락이 의미하는 것 들을 설명해주었다. 발랑땡은 놀랍도록 잘 이해했다. 다만 사랑으로 인한 약간의 불안이 남아 있을 뿐이었다.

"제르미나 양에게 내가 결혼하자고 하면 받아들일 것 같으세요?"

"물론 아니지!" 바르나뷤 씨가 말했다. "그런 미친 짓을 감행하기에는 너무나 현명한 아가씨야. 아! 자네가 위대한 예인이라면, 혹시……"

*

제르미나 양에 대한 사랑 때문에, 그리고 난쟁이나 코끼리가 아니라면 인생에서 무언가를 해야 한다는 것을 이해했기에, 발랑땡은 위대한 예인이 되기로 결심했다. 바르나뷤 씨는 그의 지난 공연활동을 참작하여, 기꺼이 그의 실습비용을 부담하기로 했다. 우선 전문분야를 선택할 필요가 있었다. 그네 곡예와 줄타기 곡예는 어쨌든 그에게 맞지 않았다. 그런 곡예에는 특별한 소질뿐 아니라 어릴 때부터 훈련을 해야만 갖출 수 있는 몸의 유연성과 탄력이 요구되기 때문이다. 발랑땡은 우선 빠따끌라끄의 지도를 받기 시작했지만, 얼마쯤 시간이 지나자, 어릿광대는 그에게 이 방면에서 어떤 것도 기대해서는 안된다는 것을 친절하게 알려주었다.

"자네는 결코 어린애를 웃기지 못할 거야. 내가 보기에 자네는 정신이며 거동이 너무 합리적이라 뜻밖의 것으로 관중을 휘어잡을 수가 없어. 무엇이건 생각하는 대로 행하고, 마땅히 행해져야 할 방식대로 생각하니까 말이야.

어릿광대에게는 상식이 결여되어 있어야 한다는 말이 아냐. 오히려 그 반대지. 하지만 우리는 어릿광대를 사람들이 기대하지 않는 바로 그곳으로, 찌푸린 얼굴이나 발가락의 꼼지락거림 같은 곳으로 더욱 기꺼이 몰아가는 거야. 이것은 어릿광대가 되고자 할 때 필수적으로 익숙해져야 할 사항이니까, 자네 같은 사람은 시간만 낭비하는 꼴이야."

발랑땡은 마지못해 빠따끌라끄의 판단을 받아들이고, 두 일본인에게로 가서 저글링을 배우기 시작했다. 써커스단이 주아니에 도착했을 때, 그는 나무공 두 개로 웬만큼 손재간을 부렸지만, 결코 더 큰 진전은 이룰 수 없으리라는 것을 깨달았고, 게다가 이 재간은 그다지 그의 마음에 들지 않았다. 자신이 온전히 동의하는 정직한 규칙을 저버리는 짓인 듯했다.

그는 다른 곡예들을 익히기 시작했으나, 성공을 거두지 못했다. 모든 곡예에서 그는 제법 능숙한 모습을 보였지만, 보통의 수준을 뛰어넘는 것은 아니었다. 말을 타려 했을 때에는 헌병 중대장만큼이나 훌륭하게 해냈고, 바르나붐 씨는 기초가 닦여 있다는 것을 인정했다. 하지만 이것으로는 충분하지 않았다. 정말로 예인이 되려고 한다면 다른 자질들이 필요했다.

발랑땡은 이 모든 좌절 때문에 너무나 낙심한 나머지, 공연을 볼 엄두도 내지 않았다. 그에게는 바르나붐 써커스단이 거쳐 간 도시들 모두가 처음으로 자기 혼자 위험을 무릅썼던 도시만큼이나 적막하게 느껴졌다. 저녁이면 그는 누구보다 메리 아줌마와 함께 있고 싶었다. 그녀는 아직도 그를 위로할 줄 알았다.

"걱정하지 마." 그녀가 말했다. "모든 것이 결국 잘될 테니까. 자니도 씨나 빠따끌라끄 씨처럼 훌륭한 예인이 되겠지. 아니면 다시 난쟁이가 되거나. 이처럼 멋진 모습은 더이상 볼 수 없게 된다 해도, 그렇게 나쁜 일도 아닐 거야. 난쟁이가 되렴. 그럼 넌 난쟁이용 작은 침대로 잠을 자러 돌아올 테고, 늙은 메리는 저녁마다 네 이불깃을 침대 가장자리로 접어넣을 거야……"

"그럼 제르미나 양은요?"

"예전에 그랬듯이 널 무릎에 앉힐 거야."

"그러고 나서는요?"

"네 이마에 입을 맞추겠지."

"그런 다음에는요?…… 아! 메리…… 메리…… 아줌마가 어떻게 알겠어요! 싫어요, 다시는 난쟁이가 되고 싶지 않아요."

*

바르나붐 써커스단이 빠리에 도착해서 뱅쎈 문 부근에 천막을 쳤을 때는 발랑땡의 키가 커버린 지 벌써 한 달이 지나 있었다. 첫날 저녁부터 수많은 관객이 객석을 가득 채웠고, 바르나붐 씨는 공연 프로그램을 걱정스러운 표정으로 지켜보고 있었다. 발랑땡은 제복 입은 하인들이 오가고 예인들이 출연 차례를 기다리는 무대 뒤편에 서 있었다. 그는 예인으로서 경력을 쌓겠다는 모든 희망을 잃어버린 상태였다. 쥘리위스 씨와 함께한 마지막 시도도 다른 시도들처럼 실패로 끝난 터였다. 그는 너무나 차분한 성격이어서 맹수 우리 안으로 위험을 무릅쓰고 들어갈 때면 다치지 않은 적이 없었다. 그에게는 위험에 미리 대비하는 주도적인 몸놀림이 결여되어 있었는데, 용기도 침착함도 이것을 대체할 수 없는 것이다. 쥘리위스 씨는 사자들 앞에서 너무 합리적이라며 그를 비난했다.

발랑땡은 공연장에서 말을 타고 질주하는 제르미나 양을 바라보았다. 곡마사는 말 위에 서서 팔을 관중 쪽으로 뻗어, 갈채에 웃음으로 답하고 있었는데, 발랑땡은 그녀의 웃음이 결코 자신에게 보내는 것은 아니라고 생각했다. 그는 자신의 고독이 지겨웠고 수치스러웠다. 그는 조금 전에 빠따끌라끄, 자니도 형제들, 줄넘기 곡예사 프림베르 양, 피프를랭과 일본인들 등 써커스단의 동료 대부분이 무대 위에서 줄지어 행진하는 것을 본 터였다. 그들의 공연이 모두 그를 새로이 좌절하게 했다.

"끝났어." 그가 한숨지었다. "결코 공연장으로 들어가지 않을 거야. 이제 바르나붐 써커스단에 나를 위한 자리는 없어."

그는 관중 쪽으로 시선을 던졌다. 얼마쯤 떨어진 곳에 기둥에 가려 무대를 볼 수 없는 빈자리가 그의 눈에 띄었다. 그는 거기로 가서 앉았다. 우울한 심사가 곧 잊혔다. 주위에서 곡마사에 관해 말하는 소리가 들려왔다. 그녀의 매력과 솜씨를 칭찬하는 말이었다. 그도 주위 사람들과 어울려 자신의 소견을 늘어놓았다. 발랑땡이었다는 것을 잊은 채, 그는 군중과 뒤섞여 눈치 살피지 않고 갈채를 보냈다.

"그녀가 우리를 보고 웃고 있어!" 그가 관중의 목소리로 중얼거렸다.

공연이 끝나자, 그는 관객의 물결을 따라 출구 쪽으로 떠밀려갔다. 더이상 예인으로서의 경력도 생각하지 않았고 찬사를 받을 필요도 느끼지 않았다. 반대로 그는 이 수많은 무리에 속해 있고 이제 자신의 겉모습에 대해 전혀 책임이 없다는 사실로 말미암아 행복감에 젖어들었다. 그가 객석에 앉아 있는 것을 보고 있던 바르나붐 씨는 그가 군중 속에서 하나의 점으로 보일 때까지 오랫동안 그를 눈으로 좇다가, 곁에 있는 루아얄 씨에게 말했다.

"그런데 말이오, 루아얄 씨, 아직 당신에게 말하지 않았는데…… 난쟁이는 죽었소."

더 읽을거리

장편소설로 『초록 망아지』(최경희 옮김, 작가정신 2004)가 나와 있으며, 단편집 『벽으로 드나드는 남자』(이세욱 옮김, 문학동네 2002)와 『파리의 포도주』(최경희 옮김, 작가정신 2006) 등이 출간되어 있다. 동화집 *Les contes du chat perché* (1934~46)는 『세상을 바꾸는 아름다운 이야기』(전3권, 최경희 옮김, 작가정신 2000)라는 제목으로 출간되었다.

Marguerite Yourcenar

| **마르그리뜨 유르스나르** |

1903~87

본명은 마르그리뜨 크레앙꾸르(Crayencour)이다. 유르스나르라는 필명은 본래의 성의 철자를 재배열한 것이다. 태어나면서 어머니를 잃은 이 작가는 아버지에 의해 매우 일찍부터 그리스-로마 문화와 세계주의자의 삶으로 입문한다. 1929년 자비로 출간한 첫 소설 『알렉시 또는 헛된 투쟁의 협정』(*Alexis ou le traité du vain combat*)은 아내에게 동성애를 고백하는 젊은 남자가 주인공이고, 그녀에게 세계적인 작가로서의 명성을 안겨준 역사소설 『하드리아누스의 회상록』(*Mémoires d'Hadrien*, 1951)에는 이상적인 남성상이 여느 남성 작가의 경우보다도 더 진실되게 그려져 있다. 1968년에는 『흑의 단계』(*L'Deuvre au noir*)로 페미나 상을 수상하고 1980년에는 여성으로서는 최초로 아까데미 프랑쎄즈의 회원이 된다. 이 몇몇 전기적 사실에다가 2차대전 직전에 여자 동무 그레이스 프릭(Grace Frick)과 함께 미국으로 건너가 미국 국적을 얻고 1949년까지 뉴욕에서 프랑스 문학을 가르쳤다는 점까지 감안하면, 그녀의 인문학적 소양과 세계주의적 성향 그리고 남성적 기질을 충분히 짐작할 수 있다. 여기에 예술가로서의 치열한 열정을 덧붙이지 않을 수 없는데, 우리의 단편 「어떻게 왕부는 구원받았는가」는 이 열정의 일단을 엿보게 해준다.

■ 어떻게 왕부는 구원받았는가 Comment Wang-Fô fut sauvé

청나라 오경재의 『유림외사』 중 어느 한 이야기에 바탕을 둔 단편이지만, 동양철학을 아는 사람은 "왕부는 자기 그림을 죽 한그릇과 맞바꿀 뿐"이라는 구절에서 공자의 제자 안회를, 제자 링의 출신 내력에서 자공의 이미지를, "선생님께서 살아 계시는데 어찌 제가 죽을 수 있었겠습니까?"라는 말에서 공자와 안회 사이의 대화를 알아볼 수 있을 것이다. '아홉 군데 구멍'으로 독이 스며든다는 황제의 말에서는 장자가 말한 혼돈의 고사가 연상된다. 『동양이야기들』(*Nouvelles orientales*)에 들어 있는 이 단편에서 유르스나르는 이처럼 중국에 대한 단편적인 지식과 동양화에 대한 감상의 경험을 바탕으로 예술을 통한 구원이라는 환상을 실감나게 펼쳐 보인다.

그러나 유르스나르 식으로 예술을 통해 구원받을 수 있는 사람은 현실적으로는 없다고 봐야 할 것이다. 작품 속에서도 황제만이 "바다의 씁쓸함을 조금 간직할" 뿐, 다른 사람들은 "자신들의 소매가 젖었다는 것조차 기억하지 못할" 것이라고 한다. 그렇다면 이 단편을 읽고 난 독자의 정신에는 무슨 일이 일어날까? 순간적이나마 그림의 세계로 들어가 물에 흠뻑 젖은 기분이 들고 왕부와 링처럼 이 세상 밖 어디론가 떠나고 싶은 갈망을 느낄 듯하다. 그 순간이 지나면 독자는 마치 꿈에서 깨어난 듯 왕부와 링에게서 멀어지고, 일말의 부러움과 예술적 진실이란 무엇인가 하는 의문을 품고서 그림 속의 그들을 바라보게 될 것이다.

어떻게 왕부는 구원받았는가

늙은 화가 왕부와 그의 제자 링은 한(漢)나라의 길을 따라 떠돌아다녔다.

그들의 행보는 느렸다. 왕부가 밤에는 별자리를 관찰하느라, 낮에는 잠자리들을 바라보느라 걸음을 멈추었기 때문이다. 그들은 짐이 거의 없었다. 왕부는 사물 자체가 아니라 사물의 이미지를 좋아했고, 붓과 옻칠통과 먹통, 비단과 화선지 두루마리를 빼면 세상의 어떤 것도 그에게는 애써 손에 넣을 만한 대상이 아닌 듯했기 때문이다. 그들은 가난했다. 왕부는 자기 그림을 죽 한그릇과 맞바꿀 뿐, 엽전은 거절했기 때문이다. 그의 제자 링은 초벌그림으로 가득한 배낭의 무게 때문에 허리를 굽히고 마치 하늘을 짊어진 듯 정중히 몸을 숙였다. 링이 생각하기에 이 배낭 안에는 눈 덮인 산과 봄 강, 그리고 여름 달의 얼굴이 가득 차 있었기 때문이다.

링은 새벽을 포착하고 황혼을 붙잡는 이 늙은이를 모시고 떠돌아다닐 운명을 타고난 것은 아니었다. 그의 아버지는 금화 환전상이었고, 그의 어머니는 옥을 파는 상인의 외동딸이었는데, 그의 외할아버지는 아들이 아니어서 실망하긴 했지만 모든 재산을 외동딸에게 물려준 터였다. 링은 유복한 집안에서 아무런 어려움 없이 자랐다. 집 안에 틀어박혀 온갖 위험으로부터 보호받는 생활로 인해 그는 소심해져갔다. 그는 이를테면 벌레와 천둥, 죽은 사람의 얼굴 따위를 무서워했다. 그가 열다섯살이 되었을 때, 그의 아버지는 그에게 배우자를 골라주고 며느리를 살갑게 대했다. 밤이 되면 잠이 드는 나이에 이르렀지만, 아들에게 행복을 마련해주었다는 생각에서 위안을 얻었기 때문이다. 링의 처는 갈대처럼 가냘프고 우유처럼 어린아이 같고 침처럼 감미롭고 눈물처럼 짭짤한 여자였다. 결혼식 이후에 링의 부모는 조용히 살다가 세상을 떴고, 아들은 해마다 봄이면 자두나무 한그루에서 연분홍 꽃이 피어나는 붉은색 집에서 늘 웃음을 머금고 있는 젊은 아내와 단둘이 살게 되었다. 링은 마음이 맑고 고요한 아내를 마치 흐려지지 않는 거울이나 효험이 변함없는 부적을 대하듯 사랑했다. 그는 유행을 좇아 찻집을 드나들고, 곡예사와 무희 들을 적당히 후원해주었다.

어느날 밤 주막에서 링은 우연히 왕부와 한 식탁에 앉게 되었다. 이 노인은 술에 취한 사람을 더 잘 그릴 수 있게 될까 하여 술을 마셨는데, 마치 자기 손과 술잔 사이의 거리를 가늠해보려는 듯, 머리가 옆으로 기울어져 있었다. 곡주(穀酒)가 이 과묵한 장인(匠人)의 혀를 풀어주었다. 마치 침묵은 벽이고 말은 그 벽을 가득 채우는 색채인 듯, 그날 저녁 왕부는 말이 많았다. 이 노인 덕분에 링은 따뜻하게 데운 술에서 피어오르는 김으로 인해 희미해진 손님들의 얼굴이 아름답다는 것과, 널름거리는 불길로 고르지 않게 익어가는 거무스름한 쇠고기가 화려하게 빛난다는 것과, 시든 꽃잎처럼 식탁보를 수놓은 분홍빛 술 자국이 그윽하다는 것을 비로소 알게 되었다. 돌풍이 불어 창호지에 구멍이 났고, 소나기가 들이쳤다. 왕부는 링에게 번개의 푸르스름한 줄무늬가 얼마나 경탄할 만한지 설명하는 데 열심이었고, 감탄한 링은 이제 천둥 치는 비바람을 무서워하지 않게 되었다.

링은 늙은 화가의 술값까지 치렀다. 왕부는 돈도 머물 곳도 없었으므로, 링은 왕부에게 자기 집에서 묵으라고 겸손히 여쭈었다. 그들은 함께 길을 나섰고, 링은 등불을 들고 있었다. 물웅덩이 여기저기에 희미한 불빛이 언뜻언뜻 비쳤다. 그날 저녁 링은 자기 집 담벼락이 전에 생각했던 것처럼 붉은색이 아니라 막 썩으려 하는 귤색이라는 것을 알아차리고 깜짝 놀랐다. 왕부는 마당에서 이제껏 아무도 관심을 기울이지 않던 작은 관목의 우아한 형태를 눈여겨보고 그것을 바람결에 머리 말리는 여자에 비유했다. 복도에서 그는 벽 틈새를 따라 머뭇거리며 기어가는 개미 한마리를 유심히 지켜보았고, 그러자 이 작은 곤충에 대한 링의 혐오감은 흔적도 없이 사라졌다. 그때 왕부가 마음의 눈을 뜨게 해주었다는 것을 깨달은 링은 부모가 돌아가신 방에 이 노인을 정중히 재웠다.

몇년 전부터 왕부는 버드나무 아래에서 비파를 타는 옛날 공주의 초상화를 그리고 싶은 마음이 간절했다. 여자들은 하나같이 너무나 현실적이어서 그에게 모델이 될 수 없었으나, 링은 여자가 아니었으므로 모델로 나설 수 있었다. 그러고 나서 왕부는 큰 측백나무 밑동에서 활을 쏘는 젊은 왕자를 그리고 싶다고 말했다. 당대의 젊은 사내들 역시 너무나 현실적이어서 모델이 되기에 적합하지 않았고, 그래서 링은 자기 아내에게 정원의 자두나무 아래에서 활 쏘는 자세를 취하게 했다. 뒤이어 왕부는 그녀를 황혼의 구름 사이에서 선녀 옷을 입은 모습으로 그렸고, 젊은 여자는 눈물을 흘렸는데, 자신의 이런 모습에서 죽음을 예감했기 때문이다. 링이 그녀보다 왕부가 그린 그녀의 초상화를 더 좋아하면서부터, 그녀의 얼굴은 뜨거운 바람이나 소나기를 맞은 꽃처럼 시들어갔다. 어느날 아침 그녀는 분홍빛 자두나무 가지에 목을 맨

채로 발견되었다. 목에 걸린 얇은 천의 끝자락이 머리카락에 섞여 흩날렸다. 그녀는 평소보다 더 수척해 보이고 옛 시인들이 기린 미녀들처럼 순수해 보였다. 왕부는 그녀를 마지막으로 다시 한번 그렸는데, 이는 죽은 자들의 얼굴에 나타나는 그 푸르스름한 빛을 좋아했기 때문이다. 그의 제자 링은 여러가지 색깔의 염료를 개었는데, 이 작업에는 고도의 집중력이 요구되었기 때문에 그는 눈물 흘리는 것조차 잊었다.

링은 스승에게 서양에서 들여온 자주색 염료를 마련해주느라 노비와 옥, 연못의 물고기 들을 차례로 팔았다. 그들은 텅 비어버린 집을 떠났고, 링은 자기 과거의 문을 닫았다. 왕부는 사람들의 얼굴이 더이상 자신에게 추함이나 아름다움에 대한 어떤 비밀도 알려주지 못하는 도시에 염증을 느꼈고, 스승과 제자는 함께 한나라 여기저기를 떠돌아다녔다.

그들의 명성은 그들 자신을 앞질러 마을, 견고한 성의 문턱, 저녁녘에 순례자들이 걱정스레 찾아드는 절의 입구로 퍼져나갔다. 사람들은 왕부가 화룡점정(畵龍點睛)의 수법으로 그의 그림에 생명을 불어넣는 능력을 가지고 있다고들 했다. 농부들은 그에게 집 지키는 개를 그려달라고 부탁하러 왔고, 제후들은 그에게 병사 그림을 원했다. 승려들은 왕부를 현자로 공경했고, 백성은 그를 귀신 붙은 사람이라며 두려워했다. 왕부는 주변에서 감사나 두려움 또는 존경의 표정을 탐구하게 해주는 이러한 견해차를 몹시 기꺼워했다.

링은 음식을 구걸했고, 스승의 잠자리를 보았으며, 스승이 넋을 잃고 무언가에 골몰해 있을 때면 얼른 스승의 발을 주물렀다. 날이 밝아올 때, 노인이 아직 잠자고 있으면, 링은 갈대밭 뒤로 수줍은 듯 감춰져 있는 풍경을 찾아나섰다. 저녁에 스승이 낙담하여 붓들을 바닥으로 내팽개치면, 링은 그것들을 주워모았다. 왕부가 처량한 심사에 젖어 나이 많음을 한탄할 때면, 링은 소리 없이 웃으면서 그에게 오래된 참나무의 단단한 줄기를 가리켰고, 왕부가 유쾌한 기분으로 농담을 할 때면, 링은 공손히 그에게 귀를 기울이는 체했다.

어느날 해질녘에 그들은 황제가 거처하는 도시의 외곽에 다다랐고, 링은 왕부를 위해 묵을 곳을 찾아다녔다. 노인은 누더기로 몸을 둘렀고, 링은 그를 덥혀주기 위해 곁에 꼭 붙어서 잠을 청했다. 봄은 이제 막 찾아와 있었고, 왕래가 잦은 길바닥은 아직 얼어 있었다. 새벽에 여관 복도에서 둔중한 발소리가 울렸고, 겁먹은 주인이 속닥거리는 소리와 거친 말투로 명령하는 고함소리가 들려왔다. 링은 전날 스승의 끼니를 위해 떡 하나를 훔친 것이 떠올라 몸이 후들후들 떨렸다. 자신을 체포하러 온 것이라 확신한 그는 내일 근처에 있는 얕은 강을 건널 때에는 누가 왕부를 도와줄지 근심스레 자문했다.

병사들이 초롱불을 들고 들어왔다. 얼룩덜룩한 종이 사이로 새어나오는 붉고 푸른 희미한 빛이 가죽 투구 위에 어른거렸다. 그들의 어깨 위에서는 활시위가 떨렸고, 가장 사나운 병사들은 까닭 없이 고함을 내지르곤 했다. 그들은 왕부의 목덜미를 힘껏 잡았는데, 이런 와중에도 그는 소매가 군복 색깔과 어울리지 않는다고 한마디 했다.

왕부는 제자의 부축을 받으면서 울퉁불퉁한 길을 따라 비틀거리는 걸음으로 병사들을 뒤따랐다. 모여든 행인들은 아마도 끌려가 참수당할 이 두 죄인을 공공연히 조롱했다. 왕부의 온갖 물음에 병사들은 험악한 표정으로 대답했다. 왕부는 포승줄에 묶인 두 손이 아팠고, 절망한 링은 스승을 바라보고 빙긋이 웃었는데, 링에게 이것은 슬픔을 표현하는 가장 다정한 방식이었다.

그들은 대낮에 드리워진 한자락 황혼처럼 보랏빛 벽들이 우뚝 솟아 있는 황궁의 문턱에 도착했다. 왕부는 병사들에게 이끌려 네모꼴 또는 원형인 수많은 방을 지나갔는데, 이 방들의 형태는 사계절, 동서남북, 음양, 장수, 황실의 특권을 상징했다. 문은 각각 음표(音標) 하나씩의 소리를 내면서 여닫혔는데, 궁전을 동쪽에서 서쪽으로 가로지르면 온음계를 거치는 셈이 되게끔 문들이 배열되어 있었다. 모든 것이 인간의 한계를 넘어선 힘과 신묘함에 대한 생각을 불러일으키도록 고안되어 있었으며, 아무리 하찮은 명령일지라도 여기에서 내려지는 한, 조상의 지혜처럼 결정적이고 무시무시하리라는 느낌이 절로 들었다. 마침내 대기가 엷어졌고, 정적이 너무나 깊어서 마치 여기서는 고문을 당하는 사람조차 감히 비명을 지르지 못할 것 같았다. 한 환관이 발을 걷어올리자, 병사들이 여자처럼 떨었고, 천자(天子)가 옥좌에 앉아 있는 넓은 공간으로 얼마 안되는 사람들이 무리지어 들어왔다.

그곳은 벽이 없고 굵은 푸른색 돌기둥들이 천장을 떠받치고 있는 홀이었다. 대리석 주춧돌 저쪽으로 보이는 정원에는 꽃이 만발했는데, 잡목숲 속의 꽃들은 모두 바다 저편에서 가져온 희귀종이었다. 하지만 좋은 냄새 때문에 천룡(天龍)의 사색이 어지러워지지 않도록, 향기 나는 꽃은 하나도 들여놓지 않았다. 고요한 가운데 그가 사념에 잠길 수 있도록, 어떤 새도 실내로 날아들지 못하게 했고, 심지어는 꿀벌까지도 쫓아냈다. 죽은 개와 전쟁터의 시신 위를 지나온 바람이 황제의 옷소매를 스칠 수 없도록, 정원과 나머지 세상 사이에는 거대한 벽이 우뚝 솟아 있었다.

황제는 옥좌에 앉아 있었는데, 이제 막 스무살이 되었을 뿐인데도 그의 손은 노인의 손처럼 주름져 있었다. 그의 옷은 겨울을 상징하는 푸른빛과 봄을 상기시키는 초록빛이었다. 얼굴은 잘생겼지만, 너무나 높은 곳에 놓여 있어서 별과 무정한 하늘만 비치는 거울처럼 표정의 변화가 없었다. 그의 오른쪽에는 황제의 뜻을 완벽하게 전하는 대신이,

그의 왼쪽에는 올바른 형벌을 내리는 대신이 서 있었다. 기둥 밑동에 늘어선 신하들은 그의 입에서 나오는 말이라면 아무리 사소한 것이라도 알아듣기 위해 귀를 기울였으므로, 그는 언제나 낮은 목소리로 말하는 것이 습관이 되어 있었다.

“천룡이시여, 소인은 늙고 가난하며 쇠약하옵나이다.” 왕부가 엎드려 말했다. “폐하는 여름과 같고, 소인은 겨울과 같나이다. 폐하는 만수(萬壽)를 누리시오나, 소인의 목숨은 하나뿐인데다 곧 끊어질 것이옵니다. 소인이 폐하께 무슨 잘못을 했나이까? 소인은 결코 폐하께 해를 끼친 적이 없는데, 소인의 손은 결박되어 있나이다.”

“네가 짐에게 무슨 잘못을 했는지 짐에게 묻는 것이냐, 왕부?” 황제가 말했다.

그의 목소리는 울고 싶어질 만큼 감미로웠다. 그가 오른손을 들어올렸는데, 왕부에게 그 손은 옥으로 된 바닥에 어른거리는 그림자들로 인해 마치 수중식물처럼 청록색으로 보였다. 왕부는 그 날씬한 손가락들의 길이에 감탄하면서, 혹시 황제나 그의 선조를 위해 보잘것없는 초상화를 그린 적은 없는지 기억을 더듬어보았다. 만일 그랬다면 죽어 마땅할 것이다. 하지만 그럴 개연성은 거의 없었는데, 지금껏 왕부는 황궁을 거의 드나들지 않았고, 황궁보다는 농부의 오두막집이라든가, 도시에서도 하역 인부들이 서로 싸워대는 선창가의 유곽과 주막을 더 좋아했기 때문이다.

“네가 짐에게 무슨 잘못을 했는지 물었느냐, 왕부?” 황제가 자기에게 귀를 기울이는 늙은이 쪽으로 호리호리한 목을 기울이면서 말을 이었다. “자, 말할 테니 들어보아라. 그런데 타인의 독(毒)은 우리의 아홉 군데 구멍을 통해서만 우리 안으로 스며들 수 있을 뿐이니, 네가 너의 잘못을 분명히 깨닫게 하려면, 너를 짐의 기억 속으로 끌어들이고 너에게 짐의 생애를 이야기해야 한다. 짐의 부친이신 선대 황제께서는 황궁의 가장 은밀한 곳에 너의 그림을 수집해놓으셨다. 속인의 면전에서는 그림 속 인물들이 눈길을 내려뜨리지 않으니 속인이 볼 수 없는 곳에 두어야 한다고 생각하셨기 때문이다. 짐은 그곳에서 자랐다. 알겠느냐? 짐이 그곳에서 자라도록 하기 위해 짐의 주위에는 고독이 마련되어 있었느니라. 인간 영혼의 흙탕이 튀어 짐의 천진함을 더럽히지 않도록, 내 미래의 신하들이 불러일으킬 요란한 파도를 짐에게서 멀어지게 했고, 갑남을녀(甲男乙女)의 그림자가 짐에게까지 이를까봐, 어느 누구에게도 짐의 문턱 앞으로 지나다니는 것을 허락하지 않았다. 짐에게 배정된 몇몇 늙은 종복(從僕)도 가능한 한 모습을 보이지 않았고, 시간은 제자리에서 맴돌았으며, 네 그림들의 색깔은 새벽이면 생생해지다가도 황혼이 질 때면 희미해졌다. 짐은 잠을 이루지 못하는 밤이면, 네 그림들을 바라보았다. 거의 십년 동안 밤마다 보았다. 낮에는 무늬를 속속들이 알고 있는 방석 위에 앉아, 노란 비단옷으로 싸인 무릎 위에 빈 손바닥을 올려놓고, 미래가 마련해줄 기쁨을 꿈꾸었다. 짐은 이 세상과 그 한가운데에 있는 한나라를 마음속으로 그려보았다. 한나라는, 운명선 다섯 줄기가 긴 주름을 남기는 손바닥에 오목하게 파인 단조로운 평원과 같다. 주위에는 괴물들이 태어나는 바다가 있고, 더 멀리에는 하늘을 떠받치는 산들이 있다. 짐은 이 모든 것을 마음속으로 그려보는 데 너의 그림들을 이용했다. 너는 짐으로 하여금 바다는 너의 화포 위에 펼쳐진 드넓은 수면, 너무나 푸르러 돌멩이 하나 떨어지면 청옥으로 변할 수밖에 없는 그 수면과 닮았다고, 여자들은 네 정원의 오솔길에서 바람에 떠밀려 나아가는 여자들과 똑같이 꽃처럼 열리고 닫힌다고, 변경의 성채에서 경계를 서는 날렵한 몸매의 젊은 병사들은 심장을 꿰뚫을 수 있는 화살이라고 믿게 했다. 열여섯

살이 되자, 짐을 세상으로부터 떨어뜨려놓았던 문들이 다시 열리더구나. 짐은 황궁의 누각에 올라 구름을 바라보았는데, 그것은 네가 그린 황혼의 구름만큼 아름답지 않았다. 짐은 가마를 대령시켰다. 진창도 돌멩이도 있으리라고는 미처 예상하지 못한 길을 따라 흔들리는 가마를 타고 제국의 지방들을 돌아다녔으나, 반딧불을 닮은 여자들로 가득한 네 그림 속 정원도, 몸 자체가 정원인 네 그림 속 여자도 발견하지 못했다. 해변의 자갈은 나에게 바다에 대한 혐오감을 불어넣었고, 고문당한 자들의 피는 네 화포 위에 형상화되어 있는 석류만큼 붉지 않으며, 마을에 우글거리는 벌레는 나로 하여금 논의 아름다움에서 눈을 돌리게 하는데다, 살아 있는 여자들의 육신은 도살장의 갈고리에 매달린 죽은 고깃덩어리처럼 짐에게 혐오감을 주고, 짐의 병사들이 내는 거친 웃음소리는 짐의 마음을 뒤흔들어놓더구나. 너는 짐을 속였다, 왕부, 이 늙은 사기꾼아. 이 세상은 미치광이 화가가 허공에 흩뿌리고 우리의 눈물에 의해 끊임없이 지워지는 어수선한 얼룩들의 더미에 지나지 않아. 한나라는 가장 아름다운 왕국이 아니며, 짐은 황제가 아니다. 다스릴 가치가 있는 유일한 제국은, 늙은 왕부야, 네가 천변만화(千變萬化)의 도(道)에 의해 뚫고 들어가는 곳이다. 너만이 만년설로 덮인 산과 시들지 않는 수선화가 핀 들판을 평화롭게 통치할 수 있는 게야. 그래서 짐은, 왕부야, 요술을 부려 짐으로 하여금 짐이 소유하고 있는 것을 혐오하게 하고 짐이 소유하지 못할 것을 열망하게 한 너에게 무슨 형벌을 내리는 것이 합당할지 모색하다가, 왕부야, 너의 두 눈은 너에게 네 왕국을 열어주는 마법의 문이니, 너를 빠져나올 수 없는 유일한 감옥에 가두려면 네 눈을 불로 지져 못 보게 해야겠다고 결정했노라. 또한 네 손은 너를 네 제국의 심장부로 이끄는 열 갈래 중 두 길이므로, 너의 두 손을 잘라야겠다고 결정했노라. 알아들었느냐, 늙은 왕부야?"

이러한 선고를 들은 제자 링은 허리춤에서 이 빠진 단도를 꺼내 황제에게 달려들었다. 두 호위병이 그를 붙잡았다. 천자는 빙긋이 웃더니 한숨을 내쉬고는 덧붙였다.

"늙은 왕부야, 네가 이토록 사랑받으니만큼, 짐은 너를 증오하노라. 이 개를 죽여라."

링은 자신의 피가 스승의 옷에 튀지 않게 하려고 앞으로 껑충 뛰었다. 한 병사가 검을 빼들었고, 링의 머리는 꺾인 꽃처럼 목에서 떨어져나갔다. 시종들이 그의 유해를 치웠고, 왕부는 절망감 속에서도 자기 제자의 피가 청옥 바닥에 만들어놓은 아름다운 진홍빛 얼룩에 감탄했다.

황제가 손짓으로 신호를 하자, 두 환관이 왕부의 눈물을 닦아주었다.

"여봐라, 늙은 왕부야, 그만 울음을 그쳐라. 눈물지을 때가 아니니라. 네 눈은 아직 맑아야 한다. 네 눈에 남아 있는 약간의 빛이 눈물로 흐려지지 않도록 하라. 사실 짐이 너의 죽음을 바라는 것은 원한 때문만이 아니며, 짐이 너의 고통을 보고자 하는 것은 잔혹성 때문만이 아니다. 짐에게 다른 계획이 있노라, 늙은 왕부야. 짐이 수집해놓은 네 작품 중에 찬탄할 만한 그림이 한점 있는데, 거기에는 산과 강의 하구와 바다가, 아마도 한없이 줄어들었겠지만, 수정구슬에 비치는 형상처럼 대상 자체보다 더 명증하게 반영되어 있다. 하지만 그 그림은 미완성이다. 네 걸작이 초벌 상태로 머물러 있어. 아마 외딴 계곡에 앉아 그림을 그릴 때, 지나가는 새나 그 새를 뒤쫓는 어린이를 눈여겨보았을 테지. 새의 부리나 어린이의 볼 때문에 너는 물결의 푸른 눈꺼풀을 잊어버린 게야. 너는 바다 외투에 달린 술 장식도, 바위에 붙은 해초 머리카락도 마무리하지 않았다. 왕부야, 짐은 너에게 남아 있는 빛의 시간을 이 그림을 완성하는 데에 바치기를 바라노라. 그러면 이 그림은 너의 긴 인생 동안 쌓인 마지막 비결들을 담아낼 테니 말이다. 곧 떨어져나갈 네 손은 비단 화포 위에서 떨릴 것이고 무한은 불행의 이 선영(線影)들을 통해 네 작품 속으로 스며들 것이 틀림없다. 또한 곧 없어질 네 눈은 인간의 감각이 발휘되는 극한에서 비율을 발견할 것이 틀림없다. 이것이 짐의 계획이노라. 그러니 너는 짐의 계획을 실행에 옮기도록 하라. 만일 네가 거부한다면, 짐은 너를 눈멀게 하기 전에 너의 모든 작품을 불에 태워버릴 것이고, 그러면 너는 자손이 살육당하고 대가 끊긴 아버지와 같게 될 것이다. 하지만 이 마지막 명령은 다만 짐의 선의에서 우러나온 것이라는 점을 명심해라. 네게 화포는 네가 일찍이 유일하게 어루만진 애첩임을 짐은 알고 있노라. 그러니 네 최후의 시간을 보내도록 너에게 붓과 염료 그리고 먹을 하사하는 것은 곧 죽음을 당할 남자에게 기녀를 적선하는 셈이노라."

황제가 새끼손가락으로 신호를 하자, 두 환관이 나가더니 왕부가 바다와 하늘의 모습을 선으로 그려놓은 미완의 그림을 공손히 가지고 돌아왔다. 왕부는 눈물을 닦고 빙긋이 웃었는데, 이 작은 밑그림을 보자 자신의 젊은시절이 떠올랐기 때문이다. 이 밑그림의 전체에는 이제 왕부가 꿈꿀 수 없는 영혼의 신선함이 깃들어 있었지만, 무엇인가가 결여되어 있었으니, 이 밑그림을 그리던 시절의 왕부는 아직 산이라든가 벌거벗은 제 옆구리를 바닷물에 씻는 바위 들을 충분히 응시하지도 못했고, 황혼의 슬픔에 흠뻑 젖어보지도 못했던 것이다. 왕부는 종복이 내미는 붓 중에서 하나를 골라 미완의 바다 위로 푸른색 물결을 넓게 펼치기 시작했다. 한 환관이 그의 발치에 웅크려 염료를 개었는데, 환관의 이 작업은 꽤나 서투르게 진행되어서 왕부는 여느 때보다 더 제자 링이 그리웠다.

왕부는 먼저 산꼭대기에 걸린 구름 날개의 끝을 엷은 장밋빛으로 칠하기 시작했다. 다음으로 바다의 표면에 작은 주름을 덧붙였는데, 이로 인해 그의 차분한 감정이 더욱 깊어갔다. 야릇하게도 비취 바닥이 축축해졌으나, 그림에 몰두한 왕부는 자신이 물속에 앉아 작업하고 있다는 것을 알아차리지 못했다.

조각배는 화가의 붓질에 따라 점점 커지더니 이제는 비단 두루마리의 온 전경을 차지했다. 날갯짓처럼 빠르고 활기차며 규칙적인 노 젓는 소리가 먼 곳에서 갑자기 일더니, 점점 가까이 다가와 부드럽게 홀을 가득 채우고는 멈췄으며, 사공의 노에 맺힌 물방울들이 가볍게 떨렸다. 형리가 왕부의 눈을 지지려고 잉걸불로 달구고 있던 붉은 쇠막대기는 오래전에 이미 식어 있었다. 물이 어깨까지 차오르는데도 예절 때문에 자리를 뜨지 못한 신하들은 물속에서 깨금발을 하고 서 있었다. 마침내 수면이 황제의 가슴께로 높아졌다. 너무나 고요해서 눈물 떨어지는 소리가 들릴 정도였다.

분명 링이었다. 그는 여느 때처럼 낡은 옷을 입고 있었는데, 오른쪽 소매에는 그날 아침 병사들이 들이닥치는 바람에 수선할 시간이 없었던 찢어진 부분의 흔적이 그대로 남아 있었다. 하지만 목에는 이상한 붉은색 목도리가 둘려 있었다.

왕부가 그리는 것을 멈추지 않은 채 부드러운 목소리로 그에게 말했다.

"난 네가 죽은 줄 알았다."

"선생님께서 살아 계시는데 어찌 제가 죽을 수 있었겠습니까?" 링이 공손히 말했다.

그는 스승이 조각배에 오르는 것을 도왔다. 비췻빛 천장이 물 위에 비쳤고, 그래서 링은 동굴 속에서 배를 타고 가는 것처럼 보였다. 물속에 잠긴 신하들의 땋아 늘어뜨린 머리채가 물 위에서 뱀처럼 구불거렸고, 황제의 창백한 얼굴이 연꽃처럼 떠 있었다.

“보아라, 내 제자야.” 왕부가 서글프게 말했다. “이 가련한 사람들은 곧 죽을 게다, 이미 죽지 않았다면 말이다. 바다에 황제를 익사시킬 정도로 많은 물이 있다고는 미처 생각하지 못했구나. 어떻게 해야 할까?”

“걱정하지 마십시오, 선생님.” 제자가 속삭였다. “오래지 않아 그들은 물이 완전히 마른 상태가 될 것이고, 일찍이 자신들의 소매가 젖었다는 것조차 기억하지 못할 것입니다. 다만 황제는 가슴속에 바다의 씁쓸함을 조금 간직할 것입니다. 저들은 결코 그림 속으로 사라질 부류가 아닙니다.”

그가 덧붙였다.

“바다는 아름답고 바람은 선선하고 바닷새들은 둥지를 트는군요. 물결 너머의 나라로 떠나시죠, 선생님.”

“떠나자.” 늙은 화가가 말했다.

왕부는 키를 잡았고 링은 노 쪽으로 몸을 숙였다. 심장 박동처럼 굳세고 규칙적인 노 젓는 소리가 또다시 홀에 가득 찼다. 수직으로 솟아 있는 커다란 바위들 주위로 서서히 수위(水位)가 낮아졌고, 바위들은 다시 기둥이 되었다. 이윽고 몇군데의 물웅덩이만이 비취 바닥의 오목한 곳에서 반짝였다. 신하들의 옷은 말랐지만, 황제의 옷 소맷부리에는 거품 몇방울이 남아 있었다.

왕부가 완성한 두루마리 그림은 낮은 탁자 위에 놓여 있었다. 조각배 하나가 전경을 차지하고 있었다. 조각배는 뒤로 가느다란 자취를 남기면서 점점 멀어졌고, 조각배가 지나간 자국이 움직임 없는 바다 위에서 점차 희미해졌다. 배에 앉은 두 사람의 얼굴은 이미 분간할 수 없게 되었다. 하지만 여전히 링의 붉은 목도리가 얼핏 눈에 띄었고, 왕부의 수염이 바람에 휘날렸다.

한결같던 노 젓는 소리가 약해지더니 아련히 먼 곳으로 사라졌다. 황제는 눈썹 주위에 손을 대고 몸을 앞으로 숙여, 왕부의 조각배가 멀어져가는 것을 바라보았는데, 조각배는 벌써 황혼의 희미한 빛 속에서 미미한 점으로밖에 보이지 않았다. 바다 위로 금빛 안개가 피어올라 퍼져나갔다. 마침내 조각배가 먼 바다의 입구에 놓인 바위를 돌아나갔고, 절벽의 그림자가 조각배 위로 드리워졌으며, 조각배 지나간 자국이 쓸쓸한 해수면에서 지워졌다. 그리고 화가 왕부와 그의 제자 링은 왕부가 방금 전에 만들어낸 비취빛 바다로 영원히 사라졌다.

더 읽을거리

가장 유명한 작품 『하드리아누스의 회상록』(남수인 옮김, 세계사 1995), 이 단편이 수록되어 있는 단편집 『동양이야기들』(윤정선 옮김, 한불문화출판 1990) 외에도 『아홉의 손, 은화 한 닢』(정혜용 옮김, 책세상 1992), 『알렉시』(남수인 옮김, 열림원 1997)가 출간되었고, L'Œuvre au noir는 『어둠속의 작업』(신현숙 옮김, 한길사 1981)이란 제목으로 번역되었다.

| 장 지오노 |

1895~1970

자연, 대지, 삶이 그의 중심 주제이다. 그는 고지 프로방스 지방의 풍경과 주민들에게서 발상을 얻어 “대지는 온전한 육신”이라는 말로 상징되는 우주적인 몽상으로까지 나아가며, 행복과 비극을 뒤섞어놓는다. 그의 작품은 강과 숲에 대한 송가이자, 일종의 농촌공동체를 드높이는 노래로 보인다. 일부의 비평가와 역사가는 그의 작품에서 흔히 엿보이는 자연에 대한 마을의 투쟁, 고독과 절망의 확산, 전투적 평화주의, 범신론적 비상 등의 주제를 ‘속이지 않는 땅’에 대한 뻬땡주의적 집착과 연결짓기도 한다.

■ 씰랑스 Silence

줄거리는 간단한데, 내용을 파악하기는 만만치 않은 작품이다. 씰랑스라는 멋진 농장을 소유한 거구의 지방유지 알렉상드르의 갑작스러운 죽음, 서로 죽고 죽이는 상속인들. 이런 일은 농촌에서 드물지 않게 찾아볼 수 있다. 그러나 이 예사로운 사건의 계기들 사이사이로 작가의 사상이 넘쳐난다. 특히 '피'라는 말에는 원대한 생각이 함축되어 있다. 그것은 지오노의 상상력과 글쓰기를 결정하는 요소로까지 보인다. 피의 영광을 거의 종교적인 열정으로 찬미하고 있는 이 단편의 줄거리는, 웅변적이지만 얼른 파악하기 힘든 작가의 생각에 비하면 사유의 형상화를 위한 구실에 지나지 않는 것으로 여겨진다.

지오노가 피의 은유를 통해 말하고자 하는 것은 욕망의 뿌리 또는 욕망 자체이다. 지오노에 따르면 '위대한 기분전환'이나 축제는 피를 흐르게 함으로써 가능하다. 집이나 토지 등에 대한 욕구와 풍경의 아름다움에 대한 취향 역시 피에 함축되어 있다. 지오노는 갓난아기에게서 즐거움의 원천 같은 것, 충동의 뿌리 같은 것을 직관하고 그것을 깊은 창조적 상상력의 바탕으로 삼는 듯하다. 흘린 피는 "아메리카 같은 곳"이다. 다시 말해 꿈이 실현되고 축제가 벌어지는 나라이다.

시트에 주름 하나 없는 침대, 갓난아기의 수유 광경, 아메리카 같은 곳은 서로 통한다. 이것들은 우리가 피 앞에서 느끼는 쾌락의 원형을 가리키고 있다. 특히 피를 맛볼 때 어린아이의 눈, 아직 보이지는 않지만 이미 매혹되어 있는 눈을 갖게 된다는 말은 누구나 일상생활에서 맛보는 음식, 바라보는 풍경, 느끼는 감격에 바탕이 되는 것이 원초적 생명력이라는 것을 암시한다. 이 단편에서 지오노는 이 피의 은유를 통해 파괴적이자 창조적인 생명의 정기를 말하고 있는 것이다. 어떻게 보면 이 이야기에는 비난받을 여지가 없지 않다. 그럼에도 지오노는 흘린 피가 나타내는 심층적인 욕망의 힘이 부인할 수 없는 인간의 진실임을 독자에게 납득시키고자 한다.

이 단편은 음담패설과 사회활동이 밑바탕에서는 서로 통한다는 것을 느끼게 해준다. 성적인 것 앞에서 느껴지는 모호한 감정과 그 매혹의 바탕에 대한 문제를 폭발적인 어조, 취한 듯 쏟아지는 서술, 현기증 나는 문체에 담아낸 이 작품은 엄한 금기만큼이나 강한 매혹을 발산한다. 독자로 하여금 인간의 존재방식이 기본적으로 어떤 것인지 곰곰이 생각게 하는 이 단편은 또한 지오노 언어의 강렬한 밀도를 느껴볼 기회이기도 할 것이다. 지오노의 언어는 원초적 생명력의 주제와, 지명이지만 '침묵'이라는 의미의 보통명사이기도 한 제목이 공통으로 가리키는 것에 맞닿아 있는 듯하다.

씰랑스

"뭐 좀 알고 있어? 무슨 일이 일어난 거지?"

"기다려보세요! 아직 이른 아침이잖아요."

"밤사이에 많은 일이 일어날 수도 있잖아."

"알렉상드르가 죽었으니 적어도 한가지 일은 일어났군요."

"그래, 하지만 우리가 기다리고 있는 건 그 여파야."

"미남이었는데!"

"잘생겼다고? 아름다운 건 바로 그의 농장이지. 여전히 그렇고."

"콧수염은 흰 패랭이꽃 같았고 눈은 노간주나무 열매 같았죠. 턱수염은 젖먹이 어린 양의 털처럼 부드러웠고요. 아마 부드러웠을 거예요. 만져본 적은 없지만요."

"그의 소유인 로샤의 농장은 죽 이어진 땅으로 143헥타르나 되는데, 이 중에서 60주르날(한 사람이 하루에 경작할 수 있는 토지의 면적)은 경작지이고 40주르날은 골풀 하나 없는 목초지인데다 이십년 자란 떡갈나무 윤벌구역도 일곱 군데나 있어."

"그는 키가 족히 2미터는 되었어요. 아무리 키가 큰 사람도 그의 곁에 서면 머리가 그의 어깨에 닿을 뿐이었죠. 그만큼 키가 큰 사람은 쌩-맴의 제철공박에 없지 않을까 싶어요. 하지만 그녀석은 얼간이죠."

"까트르-센(떡갈나무 네 그루라는 뜻)이라 부르는 곳에 까트르-센이라 부르는 두번째 농지를 갖고 있었지. 거기에는, 방이 열네 개나 되고 방마다 이동막사를 설치할 수도 있는 튼튼한 저택, 열한 명이 살 수 있는 소작인 농가, 암양 이백 마리를 위한 우리들, 1만 제곱미터의 꼴을 모아놓을 수 있는 헛간들, 말 스물다섯 마리를 위한 마구간들, 영주의 것인 아주 오래된 작은 교회 주위에 서 있는 앞서 말한 떡갈나무 네 그루를 빼고는 쓸데없는 나무 한 그루 없는데다 300주르날에 달하는 죽 이어진 경작지까지 포함돼 있어."

"그의 어깨통은 보호자다운 데가 있었어요. 푸른 작업복의 단추들 양쪽에는 여자를 위한 자리가 넉넉했죠. 무화과나무처럼 강한 냄새가 났어요."

"모든 사람에게 침묵을 강요하는 탓에 '씰랑스'(Silence, 원래는 Silance로 표기된 지명이었는데 작가가 이렇게 바꿔 썼다. 그래서 이 글의 제목은 '침묵'이라는 뜻도 지닌다)라는 별명이 붙은 농장의 주인이었지. 우리를 지배하는 그 농장, 여기서 너도밤나무 너머로 내다보이는 농장 말이야. 저기 보이는 것은 여러 채로 된 집의 일부일 뿐이야. 높은 곳에 네모반듯하게 자리잡아 마을을 굽어보는 농장, 담이 마을보다 더 많고 지붕이 마을보다 더 많고 창문이 마을보다 더 많은, 문이 마을보다 더 많고 밭이 마을보다 더 많고 모든 것이 마을보다 더 많은 농장이지. 우리가 마시는 물도 그곳의 저수지에서 넘쳐 나오는 거야."

"그는 오일장, 시장, 집회, 지방 축제, 기념일, 무도회, 예배행렬의 큰키나무와도 같았어요. 그가 눈썹을 찡그리기만 해도 공증인 열네 명, 부동산업자 스무 명, 그에게 고용된 대금업자 백 명이 벌벌 떨었죠. 차압 집행관들은 말할 것도 없고요."

"그는 밀가루를 빻는 빵공 방앗간, 기름을 짜는 르꾸르 방앗간, 도방에 있는 무두질 공장, 뽕슈에 있는 벽돌 공장, 계곡을 오가는 짐수레들의 임자였지. 제재소는 물론이거니와 숲으로 내려가기 위한 그 케이블 설비도 그의 소유였고, 나무통, 그릇, 수레, 손수레, 쟁기, 도끼, 곡괭이, 괭이, 갱목, 식기, 수건, 가구 들, 일반적이고 하찮은 모든 물건의 가치는 따져볼 수조차 없어. 말하지 않아도 알겠지만, 도시로 진출해서 그에게 부를 몰아다주는 사람도 넷이나 되었지. 그들은 손가락에 남은 기름만으로 여러 거리에서 목 좋은 곳에 대리점을 냈어. 씰랑스로 올라온 은행가들이 서너 차례 식료품점에 심부름꾼을 보내 연필을 사오게 하는 동안 그들의 자동차가 오후 내내 그곳에 주차되어 있었다는 것을 생각해봐.(거래를 위해 오랫동안 경쟁적으로 그를 설득했다는 의미) 직접세 담당관에게 뇌졸중을 일으킬지 모르는 것은 모두 빼고라도 말이야."

"그의 주름살은 떡갈나무의 굴곡처럼 그를 더욱 돋보이게 했어요."

"그는 돌멩이가 쌓여가는 무더기였지."

"그가 늙는 것을 기뻐하는 상속인은 전혀 없었어요."

"이제 죽었으니 두고 보면 알겠네."

"그는 결코 증서에 얽매이지 않았어요. 읍사무소에서도 서명한 적이 없고요. 도장을 찍지도 않았고 결혼한 적도 없어요."

"하녀들이나 하녀가 되고 싶어하는 여자들, 또는 그를 미남이라고 생각하는 여자들과 동침했지. 마르그리뜨에게서 자식을 하나 얻었어. 스물여덟살쯤 되는 사내야. 쥘리에게서는 둘을 낳았지. 스물세살과 스물다섯살 먹은 사내들이야. 오귀스따에게서도 딸자식을 얻었어. 스무살이야. 바로 여기서부터 상황이 야릇해지겠지."

"비켜줘요! 실례합니다! 지나가게 해줘요, 제발!"

"떼레즈로구나! 한데 핼쑥하구먼! 어디에서 오는 길이야?"

"거기서요."

"오! 그래, 말해봐!"

"그의 충실한 하녀 중 하나로군. 그를 미남이라고 생각한 여자들 중 하나야. 내 말은, 순수한 의도로 말이야. 이봐, 떼레즈, 너에게는 그가 두 발 달린 것들을 기념으로 남기지 않았으니까. 사람들은 어떤 것도 입증할 수 없을 때면 치안판사에게 모욕죄로 고소하러들 가지. 그런 눈으로 나를 볼 필요는 없잖아. 난 무엇보다 내 남편 쥘에게 엉덩이를 걷어차일까 두렵다고. 그이는 정숙한 체하는 여자의 눈물에 언제나 약하니까. 정말 울고 있네. 바라는 게 뭐야?"

"여자들이란! 새벽부터 꼼짝 않고 있다니. 그 여자들, 오늘 아침에는 커피를 늦장부리지 않고 삼켜버리더군. 잔에 설탕을 반이나 남겼을 게 분명해. 열렬히 사랑한 것을 불태우지 않으면 안되었겠지. 자, 남자들은 합리적으로 설득하는 편이야. 이봐, 여편네들, 목을 조르는 데에는 밧줄보다 말이 더 나아. 알렉상드르에게 빚지지 않은 사람이 누가 있어? 당신들은 우리의 모든 장롱 중 절반이 그의 소유라는 것을 잊어버리고 말하지 않았지. 내 생각인데, 우리의 가구를 지키기 위해 싸워야 할 거야. 상속인 한 명은 구두쇠 두 명과 맞먹지. 그런데 상속인은 누가 될까?"

"난 아무것도 바라지 않았어요. 바라는 것이 전혀 없었죠. 나에게 돌을 던지는 여자들은 아마 나보다 더 권리가 있을 테지만. 나는 그가 보고 싶었을 뿐이라고요."

"그를 보았니?"

"그래요. 치욕스러운 꼴이죠!"

"그는 빈손이었어? 혀 아래에 동전이 있나 살펴보지 않았어?"

“그들은 그에게 옷을 입히지도 않았어요. 침대 씨트로 둘둘 말아놓았더라고요. 지하실이 더 서늘하다는 핑계로 거기에 내려놓았죠. 그는 거기 두 술통 사이의 널빤지 위에 있어요.”

“술통은 비어 있었니?”

“입 다물어, 여편네들아! 도저히 듣고 있을 수가 없군. 이런 수다가 계속된다면 우리가 혼쭐을 내주겠어. 그는 대단한 인물이었어. 그에게 옷을 입혔어야 했어. 우리를 위해 그런 것도 안한다면 도대체 뭘 하겠다는 거야? 어쨌든 죽은 사람들은…… 그만두자고.”

“말해봐, 떼레즈. 우선, 어떻게 일어난 일이니?”

“간단해요. 어제는 살아 있었는데, 오늘은 죽어 있어요. 어제 그는 페랑의 벌목구역에서 일하는 우두머리 인부들을 사열했지요. 그들에게 새 밧줄과 새 도끼날을 나눠주었죠. 상자에서 그가 몸소 고른 것들이죠. 오늘은 죽어 있어요. 어제는 무두질 공장들의 올 겨울 작업계획을 짰는데, 오늘은 침대 씨트에 둘둘 말린 채로 지하실의 널빤지 위에 쓸쓸히 놓여 있는 거예요.”

“아픈 기색이었나? 그래서 어떻게 됐지?”

“잠시 낮잠을 잤어요. 그러다가 벌떡 일어나 ‘자 어서!’ 하고 말하더니 느닷없이 뻣뻣하게 쓰러져 숨을 거두었죠.”

“이봐요, 남정네들, 당신들은 아무 말도 안해? 당신들은 ‘편안한 죽음인가?’라고 말하지 않지. 언제나 ‘편안한 죽음이로군!’ 하고 말하잖아.”

“그러니까 옷을 입은 채 죽었어? 죽은 다음에 옷을 벗긴 거야?”

“네가 갔을 때 누가 있었니?”

“하인들 아홉 명이요. 그들이 헛간 아래에 식탁을 설치했어요. 거기서 멜론을 먹지요.”

"멜론을 먹는 데에는 식탁이 필요 없잖아."

"그렇죠. 하지만 수프를 먹기에는 편리해요. 그들은 어제 저녁 밖에서 수프를 먹었고 이따가 정오에도 밖에서 먹을 거예요. 당연히 집 전체를 폐쇄했고 더이상 발을 들여놓지 않았어요. 무언가를 훔쳤다고 고소당할까봐 몹시 두려워하고 있어요."

"누가 고소한다고 그래?"

"없지는 않을 거야."

"마르그리뜨의 아들이 있잖아. 그는 산의 숲들에 벌목구역들을 소유하고 있어. 그곳에서의 벌목 일은 악마의 작업이야. 가장 좋은 삼나무들이 낭떠러지 위에 매달려 있고 낭떠러지의 벌채구역들에 심겨 있기도 해. 마르그리뜨의 아들은 바로 이것들을 쓰러뜨리기 좋아해. 그러니까 허공에서 밧줄에 매달려 살아가고 있어. 햇볕에 그을려 있지 않고, 상처로 무두질되어 있지. 현기증과 바람에서 즐거움을 얻어. 이것과는 별개로, 그는 그다지 강하지 않아. 체력이 그렇다는 것은 아냐. 체력으로 말하자면 황소를 죽일 수 있을 정도야. 그가 여자들과 함께 있는 것을 본 적이 없어. 마실 것과 먹을 것으로 그를 구스를 수도 없어. 현기증은 틀림없이 그를 유혹할 미끼가 될 거야. 늘어나는 농지에 현기증을 느낄지도 몰라. 쌓여가는 부에 대해서도 역시 그럴 수 있지. 우리는 매우 이상한 문제들을 단번에 다루고 싶지 않아. 우선 많은 목재를 산출하는 나무들이 그의 마음을 끌 것이라고 짐작했지. 그러고 나서 우리는 커다란 자랑거리가 되는 그 나무들을 그가 좋아한다고 생각했어. 지금은 쓰러지면서 굉장한 소리를 내는 나무들을 그가 좋아한다는 정도로만 만족하고 있지. 결코 더 멀리 나아가려고 하지 않았어. 알고 보니 그의 어머니가 아주 젊더라고. 그녀는 우리 나이 또래야. 우리 중 한사람과 정말 결혼할 수도 있었지. 우리 재산은 알렉상드르 재산의 절반에도 한참 못 미치지만, 그렇다고 우리가 가난한 건 아니고, 또 상환 기한이 남아 있는 한 결코 빚을 지고 있다고 볼 수는 없잖아. 어쨌든 우리 아내들은 무조건 연기하는 것에 단호히 반대해. 그러다가는 집에서 쫓겨나. 소송대리인, 변호사, 집달리, 재판관 들. 그러니까 서로 주고받는 것이지. 봄, 여름, 가을, 겨울의 냉혹함을 깨달은 아가씨는 우리에게 하지와 동지에 대한 보험을 들어. 우리는 알렉상드르보다 서른 살이나 적잖아. 게다가 우리 중 몇사람, 특히 그 시절에 마르그리뜨와 함께라면 위험을 무릅쓰고 기꺼이 결단을 내렸을 샤를이라는 사람은 대단한 미남이었지. 우리는 그녀가 또한 그 굉장한 소리, 그 많은 목재, 그 커다란 자랑거리를 좋아한다고 생각했어. 그런데 우리는 그녀에 대해 약간 더 멀리 나갔지 뭐야. 실제로 그녀는 우리와 동침할 수 있는 여자 중 하나였는데, 이런 경우에는 누구나 곧장 또다른 종류의 통찰력을 발휘하는 법이야. 그래서 우리는 마르그리뜨가 평화 속에서보다는 오히려 전쟁 속에서 더 편안해하는 부류의 여자라는 결론에 도달했어. 그녀는 불안정을 더 좋아해. 불균형을 필요로하지. 현혹당하는 취미가 있다고나 할까. 헛디딤만을 즐길 뿐이야. 어느 쪽에도 정착하지 못한 채로 살아가는 거야. 우리처럼 순간들이 쌓이면서가 아니라 주사위게임으로 운을 상쇄시켜가면서 늙어가지. 될 대로 되라! 이것이 그녀의 인생 지침이야. 그녀가 접어드는 길을 따라 정말로 하느님에게로 간다면, 심상치 않은 일을 기대할 수 있을 거야.

한마디 덧붙이자면 우리는 척박한 고장에 살고 있어. 확실한 증거가 있는데도 운명에 관해 떠들면서 우울해하는 것은 불가능하지."

"당신이 말하는 사이에 어느정도 해가 떠올랐네요. 아르샤의 높은 봉우리를 아직 지나지 않았지만 벌써 페스트르 고개를 넘어오는 긴 햇살이 앞산의 숲길들을 환하게 비추고 있잖아요. 삼나무 줄기들 사이로 뭔가 움직이는 게 보이지 않으세요?"

"보여. 선명한 파란색 점이로군."

"그리고 움직이는 검은 형태 위로 반짝이는 섬광 같은 것도요. 마치 금빛 장식이 잔뜩 달린 낡은 강철 갑옷 같군요."

"길이 드러나는 곳에 다다르면 저게 뭔지 알 수 있을 거야."

"생기 넘치는 기독교 신자라는 것을 뻔히 알면서 왜 그래요? 꼭 봐야겠어요? 예상할 수는 없어요? 이런 아침에 누가 산길을 내려올 수 있겠어요? 그런 사람은 많지 않아요."

"아니! 도박하는 여자들처럼 구네."

"확실히 도박이지 뭐예요. 저 선명한 파란색은 새 작업복이고 저 갑옷은 상복이죠. 저 상복에서 햇빛에 반짝이는 것은 마르그리뜨의 조악한 구리패물이고요."

"왜 '구리'라고 하는 거야?"

"구리로 만든 것이니까요. 그녀가 아무리 뽐내도 소용없어요. 그녀는 저것들을 문질러 윤을 내죠."

"그래, 마르그리뜨와 그녀의 아들이야. 이제 똑똑히 보이는구먼."

"나는 삼십년 전부터 그들을 똑똑히 보고 있어요."

"작업복이 펄럭이는 것을 보세요. 어찌나 빠르게 내려오는지 동그라미를 넓게 그리며 내려오는 새들 같아요."

"바로 그거야, 말재주를 부려봐. 저 여자가 여느 사람들처럼 말한다면, 그것도 병일 거야. 『유행의 메아리』에서 그거 읽어봤어? 그저 상속인들만 상속받게 되는 법이지."

"저들이 커다란 너도밤나무 근처까지 이르렀어. 돌무더기를 가로지르는군. 짐수레 길로 접어드네. 목초지에 도착했어. 귀리밭 가장자리를 따라가는데."

“황소들처럼 발밑에 먼지를 일으키는군. 정말 적절한 이미지야. 헛간 모퉁이에 가려 안 보이네. 잘 좀 살피자고, 그러면 그들의 머리가 산울타리를 지나 회양목들 위로 큰 들쥐처럼 달리는 것을 곧 보게 될 테니까.”

“저런 걸음으로 계속 가면 순식간에 도착하겠어.”

(침묵)

“마을로 들어오네. 이제는 느릿느릿 걷는군. 아들은 가까이에서 보니 키도 크고 몸집도 좋구먼! 뛰지도 않은 것 같아. 땀 한방울 흘리지 않고 훨씬 더 힘겨운 일도 해치울 수 있겠는데. 그들은 발걸음을 아주 정확히 조절할 줄 알아. 교습을 받았다 해도 더 잘하지는 못할 거야.”

“교습받은 적 있어. 새 작업복도 입고 있네. 높은 산에서 새 작업복을 사기는 매우 어렵지. 작업복들은 통상 보따리로 싸놓게 마련인데도 주름이 없어. 녹말풀과 다리미 역시 페랑의 외진 골짜기들에는 꽤나 귀하다고 생각했는데 말이야. 내 생각엔 이 모든 것에 중요한 비밀이 있어.”

“마르그리뜨는 예전보다 더 커 보이는군.”

“발파용 쇠막대를 허리에 차고 있어.”

“그녀도 천천히 걷는군.”

“내 짐작이 틀리지 않는다면 그녀는 정확히 일초에 한 걸음씩 내딛고 있어. 저렇게 걷는 게 공식이지.”

“멋진 블라우스를 입고 있잖아!”

“도시에서나 구경할 수 있는 옷인데. 내가 틀렸나?”

“아니, 맞아.”

"그래, 흔히 말하듯이, 알렉상드르의 죽음에 뭔가 잘못된 점이 있어."
"드디어 그들이 왔어! 그들에게 무슨 말이라도 해야지."
"안녕하신가, 마르그리뜨! 불행한 일을 맞아 크게 상심했겠구먼!"
"고맙군요!"

(침묵)

"번개처럼 지나가버렸네. 이보게들, 흙손으로 매끄럽게 다듬은 벽처럼 풀 먹여 다듬질한 그 블라우스 봤지? 잔돌이 아니라 아주 반들반들하게 발라놓은 석회층 같지 않나! 독신자들이 관리하는 오두막이 다들 그렇듯 암퇘지도 제 새끼들을 찾아내지 못할 만큼이나 험한 산의 오두막에서 내려오는 길이라는 것을 누가 믿기나 하겠어? 허 참! 아니면 성령처럼 하늘에서 내려왔군!"
"험담이긴 하지만 맞는 말이야."
"다시 한번 말하지만 그는 평소 습관대로 잠시 낮잠을 잤어요. 건강은 좋았어요. 벌떡 일어났죠. 건강은 좋았어요. '자 어서!'라고 말했죠. 건강은 좋았어요. 그런데 뻣뻣하게 쓰러져 숨을 거뒀어요."
"누가 너에게 말해주었지?"
"하인들이요."
"한 명이야, 아홉 명 다야?"
"아홉 명 모두가요."
"정말로 어느 시대에 살고 있는지 모르겠군요. 한 명보다는 아홉 명을 휘어잡는 게 더 쉬운 법이에요. 나라면 어떻게 처신했을지 알아요? 첫번째 하인에게는 '초를 들어'라고 하고, 두번째 하인에게는 '밧줄 가져와', 세번째 하인에게는 '못 가져와', 네번째 하인에게는 '망치 가져와', 다섯번째 하인에게는 '못을 박아', 여섯번째 하인에게는 '나무의자를 가져와', 일곱번째 하인에게는 '밧줄을 매', 여덟번째 하인에게는 '고리 매듭을 지어', 아홉번째 하인에게는 '내가 하는 것을 잘 봐'라고 했을 거예요. 그러고는 늙은이를 매달았겠죠. 누가 말할 수 있겠어요? 이 방법은, 이건 제가 공짜로 말씀드리는 건데요, 독, 엽총, 식칼, 통상적인 집안 관리, 심지어 문명국가들의 통치에 비해 유리한 방법이에요. 잘 끝난 살인은 모두 뇌졸중으로 위장되지요."

"저 여자 너무 앞서나가는군. 아무도 살인에 관해 말하지 않았잖아. 말하기 전에 몇번은 생각해야 하는 법인데 말이야. 그렇고말고, 조금 전에 마르그리뜨가 자기 아들을 데리고 늙은 왕비처럼 지나갔어. 이게 전부야. 아니면 내가 개자식이다."

"맹인에다 귀머거리, 벙어리일지라도 정신은 말짱한 법이야. 약간 마비되어 있다면 그게 성인(聖人)이지. 나는 자네들을 결코 비난하지 않아. 살인자들에 대한 숭배는 큰곰자리처럼 불가결한 것이야. 지구가 도는 이상, 지구가 무언가를 중심으로 돈다는 것은 그만큼 유효해. 내 류머티즘이 나를 속이지 않는다면 잠시 후에는 굉장한 팽이 위에 꼼짝 않고 서 있게 될 거야. 저기 봐, 누가 다가오고 있어."

"쥘리와 그녀의 두 아들놈이군."

"저 여자를 왕비라고 보기는 어려워요. 그리고 왕자들로 말하자면……"

"그래도 따지고 보면 나쁜 여자는 아냐."

"걸작이기도 하죠."

"네 얼굴을 마구 때려주겠어, 그렇게 해야 입을 다물겠다면 말이야! 한시도 조용히 있을 수가 없으니 원. 나는 쥘리가 착하다고 생각해! 성격도 소탈하고 말이야. 있는 그대로 내 마음에 들어. 언제 봐도 설거지를 하다 말고 앞치마에 손을 쓱 문질러 닦고 나온 것 같아. 모자를 쓰지도 않지. 그녀의 아들들? 흠잡을 데가 있어? 긴장하지는 않아, 동감이야. 하지만 숲 언저리에서 그들과 마주치고 싶은 것은 아니잖아?

그들은 좀 양탄자 상인 같지만 양탄자 상인들에게도 삶의 권리가 있어. 쥘리는 자기 아들들의 환경과 무관해. 누구보다 활동적인 편이지. 그들이 발미의 병사처럼 돌진해오는데. 천천히 오질 않는구먼, 제길."

"지금 당장 애도의 표현을 지어내야겠어."

"마르그리뜨는 도착했나요?"

"도착했어, 쥘리. 방금 아들과 함께 지나갔네."

"아이고, 한발 늦었구나. 이 후레자식 두 놈 탓이야."

"우리를 두고 하는 말이에요, 어머니?"

"너희 둘이 아니면 누구겠냐? 두 시간 전에 저놈은 내가 들볶아대는데도 머리에 포마드만 처바르고 있었으니, 원. 봐요, 손이 아직도 번들거리잖아요. 그리고 나머지 한놈! 내가 발을 동동 구르는 동안 이놈이 뭘 하고 있었는지 알아요? 동생 욕을 하고 있었어요. 겁쟁이라고 말이에요."

"이 녀석은 그런 말을 들어도 싸요. 무능력한 놈이죠. 응석받이라고요."

"나는 나일 뿐이야. 그리고 지금의 성공을 오래 누리지 못할 사람들이 누구인지 나는 알고 있지."

"그래, 그럼 여기서 뭐하고들 있어? 너는 마르그리뜨와 그녀의 아들을 꺾어야 하잖아. 우리 자리는 저 위야."

"우리 자리는 돼지우리 안이죠. 어머니나 형이나 수프에 코를 처박고 후후 불고만 있었잖아요. 마르그리뜨는 벌써 팔걸이 의자에 앉아 있어요. 어머니와 형이 차지할 수 있었던 자리라고요."

"저 망나니 말고 내게 진짜 동생이 있었다면 그들은 올라간 것보다 더 빠르게 굴러떨어지거나 그렇게 빨리 올라간 이유를 불 텐데 말이야."
"형 없이도 그렇게 만들 수 있어."
"그럼 올라가. 배의 털을 자랑해보시지."
"형도 따라와."
"기꺼이 가지. 하지만 네 맘대로 해. 난 가만히 있을 테니까. 오늘 나는 증인일 뿐이야."
"자, 어쩌면 나에게도 아들들이 있다는 것을 보여줄 수 있겠구나. 지름길로 가자. 힘을 내. 당신들은 여기까지 불똥이 튀더라도 신경 쓰지 마슈. 가족 문제니까."
"나라면 자네들이 저 여자를 위해 준비해둔 애도의 표현을 궁금해했을 거야. 이번에는 자네들도 참담한 심정이라고 감히 주장할 텐가?"
"우리는 온화한 사람들이야. 우리가 뭘 해야 하는지 알아? 집으로 돌아가서 급한 집안일에 몰두해야 해. 냄비에서 수프가 끓어 넘칠 판이니까. 그런데, 오귀스따를 못 봤잖아?"

"내가 여기 온 지는 당신네들만큼이나 한참 되었어요. 온통 상속인들에 대한 관심뿐이더군요. 흥미로운 문제이긴 하죠. 당신네들의 견해에 동의해요. 집으로 돌아가요."
"하지만 너도 상속인이 될 수 있어."
"무엇에 대한 상속인이죠?"
"저런! 그 모든 부동산 말이야!"
"그에 대한 권리가 내게 있다면 좋겠어요. 하지만 난 정직해요."
"마치 하늘의 요새(대형폭격기)들이 다가온다는 경보 싸이렌처럼 귀를 쫑긋 세우게 하는 말이로구먼."

"악담이지만 그러면 너는 틀림없이 아주 불행해질 거야."

"나는 여전히 무너진 잔해나 담벼락 일부의 아주 적은 뒷부분만을 갖고 있어. 그렇지만 온전한 집은 벽돌공들에 의해 건축되잖아? 나는 이것을 알고 있어. 그러면 적으나마 분별력은 얻게 되지."

"옳은 말씀이에요. 나는 내가 말한 것만큼 그렇게 정직한 사람이 못 돼요. 오늘 아침에는 유혹을 느꼈어요. 씰랑스에 들어앉아 그 드넓은 토지를 마음대로 관리하고 수확물을 소유하며 수천 짐의 장밋빛 밀을 금으로 바꾸려는 마음을 누군들 억누를 수 있겠어요? 동이 튼 뒤에도 넓은 침대에 누워 집안 구석구석에서 펠트 나막신들이 오가는 소리며 밑창이 나무로 된 구두들이 웅성거리는 소리에 귀를 기울이고 싶지 않은 사람이 어디 있겠어요? 설탕을 알맞게 넣은 아주 따끈하고 맛있는 커피를 잔에 따라 들고 들어오는 하녀, 따뜻한 모직 드레스, 살구색 또는 복숭아색 비단 숄, 또각또각 소리가 나는 작고 아름다운 구두를 가져다 주는 다른 하녀, 빗과 솔을 들고 곧 들어올 또다른 하녀, 그녀가 내 머릿속을 세심하게 긁고 내 머리카락을 정성껏 빗질하는 동안, 나는 아침 공기를 평온하게 들이마실 것이고 안뜰 아래에 도열해 있는 하인들과 하녀들에게 지시사항을 나눠 내릴 테죠. 또한 훌륭한 식사도 할 수 있어요. 나는 음식 생각을 했어요. 나는 아직 꿩에도, 검은 쏘스에도, 약한 불에 살짝 익힌 요리에도, 맑은 수프에도, 고기 찜에도, 양파와 포도주를 넣은 스튜 요리에도, 졸여서 지방으로 싼 고기에도, 크림에도, 파이에도, 식빵에도, 꼬치에도, 주스에도, 비계에도 싫증이 나지 않아요. 고기와 야채를 넣고 삶은 스튜, 살찌운 암평아리, 빠떼, 푸아그라, 연한 양지머리, 양의 넓적다리 고기, 고기와 야채를 다져 속을 채운 요리, 등심, 넓적다리 살, 크로켓, 젤리, 멧새, 항아리 빠떼, 쑤플레, 소의 위, 트뤼프, 과일 퓌레, 닭 가슴살 요리, 구운 새고기 스튜, 그라땡, 고기젤리, 설탕으로 졸인 과일, 송아지 넓적다리 살에 베이컨을 끼워 찐 요리, 고기를 쏘스에 졸여 찐 파이, 가리비껍데기에 담은 요리, 육즙 쏘스, 와플, 크레이프 빵, 둥글납작한 케이크, 튀김, 잼이 든 파이, 크림과자, 크루스따드, 그라땡 수프, 튀김과자, 잘게 썬 골에도 싫증 나지 않았어요. 오래된 포도주, 아니스 술, 버찌 브랜디, 지중해산 버찌 술, 식후 주(酒)를 아직도 몹시 마시고 싶다고요! 특히 감복숭아 크림을 아주 좋아해요.

아! 그러면 발아래 하느님의 땅이 정말 더 단단하게 느껴지겠죠! 나는 제법 홀짝거릴 줄도 안다고요. 여름에는 서늘한 데서 아주 잠깐 자는 낮잠에만 열광할 뿐이고, 신경의 끝부분을 촉촉하게 해주는 봄을 아주 조금씩만 빨아먹으며, 한 모금 한 모금의 가을에 오래도록 침이 넘어가는데다, 겨울에는 눈덩이를 만들죠. 게다가 화려함과 거드름을 좋아해요. 이것이 내 귀여운 잘못이랍니다. 숨길 이유가 있나요? 그리고 지나치게 정중한 인사를 받을 때면 어찌할 바를 모른답니다. 나 또한 씰랑스에서 왕비였던 때를 추억한 적이 있어요. 널찍한 방들에 애벌벽지를 바르게 하고 창문들에 기다란 붉은 커튼을 매달고 마루에 왁스칠을 하고 구리 그릇들을 닦게 하며 주석 제품들에 윤을 내고 물을 충분히 사용하여 난로들을 씻고 모든 장작 받침대, 모든 벽난로 흑연판을 갈아 끼우며 성당에서처럼 아무리 작은 속삭임이라도 울려나올 때까지 구석구석을 문질러 닦게 하는 내 모습을 보았지요. 다시 말해, 상석을 차지하고 있는 내 모습을 보았죠. 알다시피 나는 지금 고해할 때처럼 거의 모든 것을 숨김없이 말하는 중이에요. 하지만 내게는 어떤 권리도 없어요. 내 딸은 알렉상드르와의 사이에서 태어나지 않았어요."

"무슨 말을 하는 거야? 게다가 지금 이런 때에? 네 딸의 아버지가 알렉상드르가 아니라고?"
"그래요."
"그가 네 말을 믿던가?"
"믿고 싶어했고요, 아마 당연히 믿었을 거예요."
"하지만 그를 쏙 빼닮았잖아!"
"내 설명을 들으면 당연하다고 생각할 겁니다."
"오귀스따, 정말로 그들에게 설명하고 싶어?"
"물론이에요!"
"내 말은 '필요한 일일까?'라는 뜻이 아냐. '정말 그러려고 굳게 결심한 거야?'라는 의미지."
"뭐라고? 그들에게 말한다고?"
"아니. 네가 계획한 것, 그리고 네가 그들에게 말해야 하는 이유를 알고 싶다고."
"내가 무엇을 계획할 수 있었다고 그래요? 나는 먹을 것도 못 먹고 지내는데!"
"글쎄, 무언가 방금 전의 비곗덩어리와 일치하는 것이 있는데 말이야."
"네 말을 이해할 수 없어."
"할 수 없지. 그래, 설명해봐."
"이 여자 목소리에 주눅이 드는군."
"오히려 어떤 사람이 네 집 문을 두드릴 때 나는 소리 같지 않아?"
"내 집 문을요? 왜 두드릴까? 누가?"
"채권자야, 내가 왔노라 하는 거지."
"나는 누구에게도 빚이 없는데요."
"실제로 아직은 아니지만 오래지 않아 그렇게 될 거잖아."
"줄곧 빚으로 살아온 마당에 계속 빚을 진다고 해서 누가 나를 비난

할까요? 나는 끊임없이 꿈들에 빚지지 않을 수 없었고, 그만큼 현실에서 내 몫은 거의 없었지요. 부러워하면서 살았단 말이에요. 이번에는 은행을 파산시키는 놀음을 하기 위해 단번에 꽤 많이 빌리고 싶어한다고 해서 누가 나를 비난하겠어요? 이다음에 내 집 문을 두드릴 사람이 그런 부채에 대한 채권자라면, 지불할 테니, 걱정 마세요."

"두렵지 않아?"

"아뇨, 두려워요. 하지만 이러한 두려움 덕분에 나는 벌써 왕비가 되어가고 있어요. 자, 보세요, 이 가련한 오귀스따가 너무 엄청난 판돈을 걸고는 벌벌 떨잖아요."

"이 여자가 속옷까지 거는구먼. 넌 발가벗고 죽을 거야."

"당신네들은 나를 볼 일이 없을 거예요."

"이제는 지긋지긋해?"

"그래요."

"그러니까 이 일이 너에게는 단지 세속적인 일이란 말이야?"

"그렇다니까요."

"확대될 가능성이 있는 거잖아."

"내 경우에는 아니에요."

"오귀스따 부인이여, 기뻐하소서."

"그러니까 어떤 기이한 일도 일어나지 않았어요. 당신들에게 설명하겠어요. 대낮처럼 명백한 일이에요. 내 딸은 8월 28일에 태어났어요. 아버지를 알고 싶다면 12월 27일로 거슬러 올라가야 해요. 27일은 몹시 추운 날이었어요. 알렉상드르는 첫눈이 오기 전인 11월에 이미 떠났죠. 크리스마스에도 돌아오지 않았어요. 정확히 주현절(기독교에서 치르는 1월 6일의 축일) 후 12일째 되는 날 도착했습니다. 분명해요. 난 스무 살이었어요. 기억해두세요. 꼬께뜨(교태부리는 여자)라고 불렸지요. 두 달 동안 그 집 열쇠들을 맡았죠. 그 집에서는 자유였어요. 말린 자두와 살구를 보관하는 방들이 극장처럼 널찍한 곳이에요. 나는 모든 체를 검사하고 곰팡이가 슬거나 쥐가 갉아먹은 과일을 골라내야 했어요. 저 위쪽은 쓰러져 죽을 만큼 추웠답니다. 커다란 창문들 곁으로 겨울이 다가와 있었고, 눈(雪)의 반사광에 눈이 시렸어요. 누군가가 내 곁에 화로를 갖다놓았어요. 나는 다리를 조금 따뜻하게 하려고 치마에 자주 훈기를 쏘이지 않을 수 없었죠. 처음에는 매우 좋아들 하지만 종내는 취하고 마는 과일향이 풍겼지요. 결국에는 졸게 만드는 그 환한 눈 빛이 쏟아져 들어왔어요. 발을 들여놓자마자 사방의 벽에서 발소리가 울리는 널찍한 극장들이 있었고요. 숯에서 여름 냄새가 나는 그 화로에서는 잉걸불의 온기가 곧바로 나에게 전해져와 볼이 발그레해졌죠. 또한 여러분이 반드시 기억해야 하는 젊은이가 있었어요. 마른 얼굴에 눈이 약간 심술궂어 보이고 상반신과 어깨가 아주 건장했지요. 나중에, 곱슬곱슬한 수염이 났어요. 이름이 앙뚜안이었죠. 산에서 목동의 일을 도왔었지만, 정식 하인은 아니었고 뭔지 모를 무언가를 기다렸어요. 흔히들 그러듯이 말입니다. 나는 너무 가냘픈 몸매라서 혼자 힘으로는 화로를 다른 방으로 옮길 수가 없었어요. 마룻바닥의 뚜껑 문을 열고 그를 불렀죠. 그가 나를 도와주러 왔어요. 그렇게 된 것입니다."

"그래, 하지만 닮았잖니?"

"아니, 모르고들 있었어요? 그럼 마무리를 위해서는 말하지 않기를 잘했군요. 그 앙뚜안은…… 알렉상드르가 젊었을 때 프레부아의 아가씨에게서 낳은 그 아기를 기억하세요? 바로 그 아기였어요. 난 이 사실을 알았을 때 어리벙벙했지요. 알렉상드르는 앙뚜안에게 돈을 줬고, 그는 멕시코로 떠나 거기서 죽었어요."

"우리는 멕시코를 매우 좋아해. 먼 곳이지. 사실 거기에 갈 수 있는 사람이라면 다른 일도 능히 해낼 수 있을 텐데."

"어쨌든, 그래요, 내 딸이 알렉상드르를 빼닮았다 해도 이상할 것은 없어요."

"네 딸은 아주 예쁘게 생겼어. 누구나 탐내지. 부모가 지켜본다고들 말하기도 해."

"저 위의 넓은 농장 쪽으로 조금 돌아들 봐. 씰랑스의 고요가 온 고장으로 퍼진 것 같아. 얼마 전부터 나무들이 더이상 움직이지 않고 있어. 내내 해를 가리고 있던 구름 몇점이 흩어졌어. 찬란한 햇빛에 벽들이 달궈지고 있어. 창문들은 여전히 닫혀 있고. 상속인들 사이에 합의가 이루어진다면, 분명 창문들이 열릴 거야. 그러면 들여다봐야겠어. 그러고 나서 한잔해야지.

우리는 벽 뒤에서 일어나는 일들을 안다고 주장할 수는 없지만 예감하는 습관이 있어. 어떤 것도 불길한 생각만큼 태양을 흐리게 하는 것은 없는 법이야. 우리를 한 마을 사람이라고 부르지만 우리는 사실 혼자 사는 사람들의 모임이고 그래서 감춰진 것이나 다름없는 일들을 이해하는 데 능숙해. 어느 모로 보나 이상한 사건이 일어나고 있다는 것을 충분히 예측할 수 있어. 예를 들어 입을 다물고 있는 이 여자들, 그리고 아무 말도 하지 않으려 들면서도 안심하기 위해 말하는 우리들만 해도 그렇잖아.

이보게들, 저 소리 좀 들어봐, 멀리서 들려오는 날카로운 외침 아니면 땅강아지가 우리 곁에서 끽끽 우는 소리 같은데?

갑자기, 아냐, 이보게들, 들어봐, 발걸음 소리야. 골목길에서 들려와. 누군가가 오고 있어. 이 시간에 누가 저렇게 한가롭게 산책하듯 평온하게 걸어오는 걸까? 매순간 머뭇거리고 움직이지 말아야 할지 나아가야 할지 망설이는 사람이라면 모를까. 거기에서 나오는 게 누굴까?

쥘리의 아들이구먼. 쥘로, 성체를 나르는 것 같은 표정이구나. 무슨 일이 있었어?"

"아이고! 커피가 너무 진하네! 다들 존재하지 않는 사람들처럼 보이네요. 여기는 다른 세계로군요!"

"네가 그렇게 자연스럽게 도착하니까 우리가 유령을 만들어낸 것 같구나. 너 정말 멀쩡한 육신이냐?"

"그래요, 온전한 사람이에요."

"혼자니?"

"그럼요, 멀쩡한 혼자 몸이죠. 이런 대답을 기대한 것이라면."

"내가 묻는 건, 다른 사람들은 어디로 갔느냐 하는 거야."

"다른 사람들은 전사했어요."

"죽었다고?"

"예, 그 말이 그 말이죠. 내 동생이 죽이리라는 것을 나는 알고 있었어요."

"물론 알고 있었겠지."

"무슨 말이야? 난 전혀 모르고 있었어. 방금 네 앞에서 그렇게 말했잖아."

"나를 위해 애쓸 필요 없어요."

"죽었다니! 그러면 우리가 나서야 해."

"내 생각도 그래. 쉬울 거야. 증인들이 있어."

"증인들이 있다면 완벽해."

"우선 내가 있잖아요."

"너는 중요하지 않아. 곁다리야."

"하인들이 있어요. 모든 것은 그들의 눈앞에서 일어났어요."

"그렇다면 너는 궁지에서 벗어난 거야."

"그들에게 들어오라고 말했을 때 그들이 나를 도와줄 거라고 생각했어요. 게다가 그들은 매우 공손했지요. 안쪽 벽에 나란히 기대더군요. 내 동생은 바보예요. 마르그리뜨의 아들은 내 동생을 서출이라고 불렀어요. 모욕이 나에게까지 이르지는 않더군요. 나는 잊힌 존재였죠. 마르그리뜨의 아들은 나를 보지도 않았고 나에게 얘기하는 것을 바랄 수조차 없었어요. 칼에 찔렸으니까요. 내 동생의 칼이 자기 배에 손잡이까지 박혔다는 말은 하더라고요. 온통 얼이 빠져 쓰러졌어요. 그의 어머니도 역시 놀랄 만했습니다. 삽날 휘두르는 것을 두 번 보았다니까요. 첫번째는 내 동생의 머리를 내리쳤고 두번째는 내 어머니의 머리를 찍었어요. 하인들이 벽에서 뛰쳐나올 시간도 거의 없었지요. 결국, 지금 생각하니 그래도, 그들은 천장에 밧줄과 멋진 들보가 있는 헛간에다 마르그리뜨를 가둘 수 있었어요. 나머지는 검증을 위해 그대로 내버려뒀습니다. 일단 시작되면 빠르게 진행되는 것 같아요."

"드디어 네가 지주로구나."

"네."

"너도 놀란 것 같은데?"

"일이 이렇게 되리라고는 짐작도 못했어요. 더 간단하리라고 생각했죠."

"무슨 말이지?"

"마을 얘기예요."

"걱정도 팔자로군."

"정말로 그렇게 할 필요는 없다고 생각했어요."

"결국 모든 것이 바위 틈새의 물처럼 분명해. 증인이 아홉 명 있어. 너는 잊힌 존재였지. 네 동생이 혼자 죽인 거야. 마르그리뜨는 네 동생만 죽였다면 여전히 권리를 가질 수 있었을 테지만 네 어머니마저 죽였으니까 자기에게 권리가 있다는 것을 입증할 수 없어. 드디어 네가 지주야. 그런데 왜 마을을 걱정하지?"

"나도 그것이 궁금해요. 나는 잘못을 찾아내려는 사람이 아니에요. 바라는 것을 갖고 있으니까요. 다른 것을 고려할 이유가 없어요. 손에 피를 묻히면 반드시 함정에 빠지는 법이죠. 내 손은 깨끗해요. 이러한 측면에서 나는 규범에 어긋남이 없어요. 완전히 자유로워요. 당신들이 술책을 알고 있다 해도 난 신경 쓰지 않아요. 당신들에게 똑같이 해줄 수 있어요. 내 동생은 술책을 쓰지 않는 것이 죄라는 점에서 멍청한 놈이죠. 그리고 내가 그곳에 있었던만큼 그는 너무 과격하게 처신했어요. 내 어머니도 달리 처신할 수가 없었어요. 하지만 솔직히 나는 무슨 일이 일어날지 예측하지 못했어요. 어떤 관점에서 보자면, 내가 생각한 것보다 훨씬 더 잘 진행되었어요. 당신들이 좋게 생각하건 나쁘게 생각하건 내가 받는 유산은 당신들에게 침묵을 강요해요. 행운의 여신은 나에게 미소지었죠. 내가 옳아요. 행운의 여신을 웃게 하려고 턱을 간질여야 했다 할지라도 말입니다. 하지만 어리둥절하군요."

"맛있는 수프를 먹으면 다시 안정이 될 거야. 자네 집에는 자네에게 수프를 끓여줄 사람이 없지 않나. 자, 일어나게, 따뜻한 수프가 있어."

"나를 일으켜 걷게 하기가 쉬울 거라고 생각하지 마세요. 아마도 내가 당신 집에 가서 수프 접시를 가운데 두고 당신 딸의 권리에 관해 논의하리라고 생각하고 있을 테죠? 나는 수프값을 치를 수 있고 원하는 만큼 많은 하인을 부릴 수 있어요."

"하인이나 수프가 중요한 것은 아니지. 자네 집에는 자네 어머니의 치마가 아직도 못에 걸려 있어. 자네 동생의 포마드 상자는 아직 서랍장 위에 놓여 있네. 저 위 자네의 넓은 집에서 마루판을 씻어낼 때까지 기다려야 해. 내가 자네에게 제공하는 것은 나무식탁, 짚의자, 쇠숟가락이야. 소박한 것들이지. 내 딸로 말하자면 논의에 참여할 권리가 없어. 그애는 자네의 누이가 아니네."

"그게 무슨 말이에요?"

"나에게 조금이라도 권리가 있었다면 내 몫을 요구하러 갔을 거야. 내가 과묵하고 사람을 깔본다는 평판을 받는 사람인가?"

"실제로 당신의 딸이 내 누이가 아니라면 그 증거가 되겠죠. 그녀는 아름다워요. 내가 눈길을 던질지도 모르죠."

"보는 거야 막을 수 없지."

"빤히 들여다보이는 악의로군요. 내 아버지는 결혼하지 않았고 자기 비위를 맞추게 했지요. 나는 그를 대신하고 있어요."

"누가 자네에게 결혼에 관해 말하지?"

"무엇을 기대하죠? 당신 딸이 아들을 낳아서 나를 대신하기를?"

"내가 기대하는 것에 왜 신경을 쓰는가? 만일 그렇다면, 자네는 내가 기대할지 모르는 것에서 아직 오십년은 떨어져 있잖나? 뭐가 두려워?"

"아무것도 두렵지 않아요. 당신의 수프와 당신 딸을 보여줘요. 웬만큼 시작된 것이로군요. 더 잘된 셈이니, 좀더 서두르죠."

"굉장한 아침나절이었어. 조금 정돈하자고.

위인들은 우리가 평생 동안 서서히 갈망하는 것을 빨리 이루기 위해 칼을 휘두르지. 의자를 다시 세우고 식탁의 위치를 바로잡고 죽은 사람의 옷을 정리하고 마룻바닥을 씻는 일을 맡아하는 것은 우리들이고. 그렇게 하면 사람들은 우리가 법을 실행한다고 말하고, 우리 행위는 매우 미화되지. 순간순간마다 이행할 의무가 있어. 내 모든 시간은 거기에 사용돼. 시간이 남으면 약한 불로 서서히 죽이고, 시간이 너무 많이 남으면 어떤 것도 할 수가 없으며, 심지어는 무엇을 해야 하는지조차 모르게 돼. 삶을 즐겁게 만드는 요소들을 빼앗기는 거야. 죌로 같은 녀석은, 아무리 말해도 소용없는 일이야, 저기 높은 곳에서 완전히 취한 상태로 내려왔어. 발정난 고양이의 눈을 지니고 있었어. 피는 위대한 기분전환이야. 일하는 것, 그게 무슨 소용이야? 반면 누군가에게 구멍을 내버리면, 어렵지 않은 일이야, 피가 흐르자마자 곧바로 다른 사람이 되는 법이거든. 평범한 일상의 반복에서 잠시 벗어난 사람이 되는 거지. 무엇을 얻을 수 있는지에 관해서는 말하지 말자고. 그저 흘러나오는 피에 관해서만, 예를 들어 저기 높은 곳 씰랑스의 큰방에서 바닥으로 쏟아져 흐르는 피에 관해서만 말하자는 거지. 정말로 감탄할 만한 농지야! 얼마나 찬란한 고장인가! 멋진 지방, 아름다운 공국, 새로운 세계이고말고! 모든 창조물에서 찾아봐. 결국 아무것도 찾아내지 못할 거야. 낙원은 당나귀의 코앞에 매달아놓은 당근처럼 결코 가까워지지 않으니, 이 기준점에 도달하기 위해서 얼마나 많은 노력이 필요한지 몰라.

인간들의 비옥한 방목장은 어디에 있지? 흘린 피 속에 있어. 하지만 거기에서는 아프리카 제비들마저 황금빛이며 해가 뜨는 곳보다 더 멀리에서 출발해 춤을 추고 공중곡예를 벌여. 그리고 메추라기들은? 흘린 피 속에는 가장 살진 메추라기들이 있어 사냥할 모든 이에게 고급 음식을 제공하지 않나? 흘린 피? 하지만 박새, 휘파람 소리를 내는 카나리아, 야생 거위 들은 산 저쪽에서 그토록 많은 경계를 넘어와서 마침내 무엇인가를 살찌우지 않나? 흘린 피! 그런데 무엇을 하기 위해서지? 비옥해지고 탐나게 되며 눈짓으로나 코를 킁킁거리는 것으로 평가할 수 있는 공간과 숲의 드넓은 면적을 나타내기 위해서지. 흘린 피? 아! 그곳에 감도는 좋은 공기. 건강 상태가 좋지 않거나 활력을 잃었을 때, 또는 엉덩이에 상처가 있을 때, 그곳에 가면 금방 나아버려. 흘린 피? 그것으로 반죽을 해서 얼마나 맛있는 빵을 구울 수 있는지 몰라! 바삭바삭하고 달콤한 껍질의 최상급 빵 말이야. 빵의 속살은 오월의 구름 같아. 그리고 짜내어진 포도주는 '날 마셔' 하고 외치고 유리잔에서 홀로 흔들리지. 아! 흘린 피는 세상에서 가장 아름다운 고장이야. 정말로 안락하게 살 수 있는 유일한 곳이지. 몸을 누이는 침대의 씨트에는 주름 하나 없어.

그렇지만 나는 평범한 사람일 뿐이야. 내가 규범과 의무와 선량한 마음과 누가 보더라도 완전히 인도주의적이고 대중에게 호평받는, 다시 말해서 양질의 감정을 갖추고 있는지 아닌지는 하느님이 알고 있지. 이런 내가 진실을 말하자면 흘린 피, 쏟아져 흐르는 피보다 보기에 더 아름답고 냄새를 맡기에 더 유익하며 살기에 더 바람직한 곳은 아무데도 없어. 나는 지옥에라도 갈 만큼 피를 흘리고 쏟고 흐르게 하는 것이 좋아. 말만 들어도 입에 군침이 돌아. 왜냐하면 더 좋은 잠두콩과 이집트콩, 렌즈콩과 완두콩, 기장과 밀, 수수와 스펠타 밀, 보리와 귀리, 배추와 상추, 파슬리와 총각무, 양파, 마늘, 염교와 파, 오이, 호박, 멜론, 순무와 고추냉이는 어디에도 없기 때문이야. 과일도 그래. 예를 들어 블레뜨 사과, 루이예 사과, 레네뜨 사과, 맛이 순한 사과, 공주 사과, 유난히 유혹적인 오만가지 사과, 또한 배와 호두 그리고 개암열매가 나지. 게다가 이 고장에서는 수풀과 가시덤불도 열매를 맺고, 개울과 웅덩이에도 송어가 살아. 잉걸불로 굽는 고기는 죽은 사람의 식욕도 돋울걸. 이런 끝없는 과수원과 물고기가 바글거리는 이런 하천이 도대체 어디에 있겠어? 흘린 피, 쏟아진 피, 줄줄 흐르는 피, 우리가 몹시도 흘리고 쏟고 줄줄 흐르게 만들고 싶어하는 피 속에 있지. 우리의 온전한 자유가 들어 있는 다른 사람들의 피 말이야. 벽보들에 적혀 있는 자유가 아니야. 최상의 자유야!

겉모습을 믿어서는 안돼. 세계에는 우리 마을과 비슷한 곳이 수없이 많아. 이곳은 광인들의 마을이 아냐. 시민들의 마을이지. 큰길가에는 가장 으리으리한 집들과 또다른 집들이 늘어서 있고, 작은 길들의 가장자리를 따라서는 곳간과 가금사육장과 마구간이 줄지어 있어. 우리 모두가 집 주위에 가꾸는 작은 꽃밭에는 지극히 우아한 접시꽃, 아주 아름다운 제라늄, 금련꽃이 피어 있지. 우리는 이 모든 꽃을 좋아해. 말할 필요도 없어. 우리가 이 꽃들을 어떻게 돌보는지 알면 금방 느낄 수 있지. 우리 마을에는 식료품점, 빵집, 정육점, 카드와 공과 자동피아노를 비치해놓은 네다섯 군데의 까페가 있어. 일요일마다 무도회가 열리지. 우리는 알렉상드르의 부에 관해 이미 말했어. 알렉상드르의 부는 중요하지 않아. 우리는 모두 얼마간의 밭과 가축과 넉넉하다고 말하기에 충분한 면적의 숲을 소유하고 있어. 하지만 꽃밭을 믿지 마. 적어도 꽃밭을 잘 살펴봐. 왜냐하면 바로 거기에서 겉모양과 실체 사이의 경계를 발견할 수 있기 때문이야.

새처럼, 새보다 더 잘 날 수 있다면, 모든 접시꽃 정원(사제의 정원이라 불리는 것)을 높은 곳에서 동시에 바라볼 수 있다면, 세상의 모든 마을에 있는 모든 사제의 정원을 높은 곳에서 조감할 수 있다면, 때때로 꽃들 가운데 꼼짝 않고 서서 꽃들을 바라보는 우리의 모습, 나 또는 내 아내 아니면 내 아들들이나 딸들의 모습을 얼핏 보게 될 거야. 그것이 보편적인 몸짓이라는 것, 노랫말에서처럼 지구의 모든 나라에서 모든 연령의 모든 남녀가 세상의 끝에서 끝까지 자신들의 정원에 우뚝 서서 꽃들을 바라본다는 것을 알고는 충격을 받을 거야. 그러면 아마 살아 있는 존재들의 마음에 깃든 평화에 대한 송가를 부르고 싶은 유혹이 일 거야. 내가 겉모습에 속는다는 것은 바로 이 얘기야. 우리가 꽃들에게서 얻으려는 것은 기분전환이야. 우리는 기분을 바꾸려고 창가를 꽃으로 장식하는 거야. 세상의 일상적인 광경, 찬탄할 만한 우리 밭과 숲, 개울과 강, 산과 평원은 우리의 무료함을 달래주지 않아. 우리의 부도 돈도 우리 기분을 풀어주지는 못해. 우리의 아내와 자식들도 우리를 즐겁게 해주지 못하고, 우리도 아내와 자식들을 즐겁게 해주지 못해. 사랑도 역시 우리를 근심에서 잠시나마 벗어나게 해주지 못해. 이 모든 것은 결코 우리를 우리의 조건에서 떼어내지 못하고 우리를 우리의 조건에서 구해내지 못해. 참된 진실, 이른바 슬픈 진실은, 기분전환이 없다면 삶이 죽음보다 더 나쁘고 헛되며 매순간 우리가 삶의 무용성에 직면한다는 거야.

하지만 그 작은 꽃밭들을 찬찬히 바라보면 그것들이 우리에게 일시적으로만 소용될 수 있다는 것을 이해할 거야. 꽃이 피지 않는 계절도 있다는 것은 차치하고라도 말이야. 우리가 봄에 그러한 안도의 한숨을 내쉬는 것은 우리가 기분전환을 하고 싶다는 저항할 수 없는 갈망에 저항해야 하고 굴레를 씌워야 하며 자제력을 발휘하여 그 갈망을 무던히 견뎌내야 했던 긴 계절을 방금 통과했기 때문이지.

피를 맛보지 않은 이상, 아마 아직도 방법이 있을 것이고, 그래서, 생각건대, 누구나 이러한 조건을 받아들이는 것 말고는 달리 할일이 전혀 없으므로 한 해 한 해 근근이 살아가고, 눈가리개를 하고 그럭저럭 끝까지 가는 것을 받아들이게 마련이지. 하지만 피를 맛보았을 때는! 꽃? 하찮은 것이지! 실제로 우리가 꽃들 가운데에서 팔을 흔들며 서 있을 때 찾는 것은 새로운 것이야. 우리가 창가에 꽃을 심을 때 기대하는 것은, 창유리 너머로 새로운 것이라고는 전혀 없는 세계, 늘 같은 방식으로 나무, 짐승, 산이 존재하고 대지나 바다가 굽이치며 여전히 똑같은 성격의 심심풀이, 사용할수록 흔해지고 결코 방종한 생활을 허용하지 않게 되는 심심풀이만 존재하는 세계를 바라볼 때마다 꽃이 가져다줄지 모르는 새로운 것이지.

또한 우리가 여자와 결혼할 때 여자에게서 찾는 것도 같은 거야. 우리가 사랑할 때 찾는 것도 똑같은 거야. 우리가 모든 것에서 찾는 것은 언제나 똑같아. 우리는 새로운 것을 찾고 있지.

그런데 새로운 것은 없고 오직 피만이 새로운 것을 만들어낼 수 있어. 그래서 당신이나 나, 우리가 이삼십년 동안 날마다 순간마다 미터마다 킬로미터마다 새로운 것은 없으며 앞으로도 없으리라고, 우리에게 남아 있는 이십년, 삼십년, 사십년의 삶은 이전의 이십년, 삼십년, 사십년 동안의 삶과 전혀 다르지 않으리라고 분명히 확신할 때, 그러고 나서 우리가 피를 맛보면, 그때는 대향연이 벌어지지! 모든 것이 새로워. 북극이야. 한 시간 전에 태어나 처음으로 어머니의 젖꼭지를 입에 물고 초유를 빠는 아기야. 아기는 아직 보이지는 않지만 이미 매혹된 눈을 뜨고, 아무것도 할 줄 모르는 손으로 스펀지나 과일을 눌러 그토록 맛있는 즙이 온전히 흘러나오게 하는 동작을 곧바로 할 줄 알지. 자, 우리는 막 분출하는 흘린 피를 맛볼 때 아직 보이지는 않지만 이미 완전히 매혹된 그런 눈을 갖게 돼. 그 새로운 고장의 경치를 전혀 볼 수 없지만 본능적으로 놀라운 빛 속에 눈이 멀 정도가 되지. 결코 어떤 것도 할 줄 몰랐던 우리의 손이 마침내 무언가를 할 줄 안다고 생각하고 곧 매우 만족해하지. 잘 마무리된 일에 대해서도 힘들게 완수한 의무에 대해서도 이렇게까지 만족스러워한 적은 결코 없었어. 우리가 지금까지 했던 일이나 우리가 지금까지 따라야 했던 의무는 여태까지의 관례에 따라 수없이 활용되었을 뿐 아니라 모든 이가 뒤적거린 소재들로 구성되어 있었고, 따라서 그러한 물질을 가공하거나 그러한 정신에 복종하는 데는 엄밀하게 말해서 축제가 될 수 없는 법이야. 그런 물질이나 정신은 기존의 모든 낡은 형태에 순응할 정도로 이미 주름져 있었어. 하지만 흘린 피가 아메리카 같은 곳인 동안에는 누구나 거기로 우르르 몰려가는 거야.

혹자는 '그 집이나 그 여자를 차지하기 위해 죽인 거야'라고 말하겠지. 살인은 아무것도 의미하지 않아. 그 집, 그 여자는 아무런 의미도 없어. 낡은 세계의 징후들일 뿐이지. 그저 (아무렇게나) 닥치는 대로 말한다 해도 구성의 소재들일 뿐이지. 집을 위해서나 여자를 위해 피가 흐른 뒤, 곧바로 징후가 되는 것은 바로 피야. '피가 흐를 것이지만 나는 그것을 갖게 될 거야'라고 말한 아무개는 피가 흐르기 시작하면 그 피의 흐름에만 관심을 기울이지. 실제로 그 안에서 그는 다른 모습의 재료를 얻어. 만약 이 집이나 이 여자를 확보했으니 마침내 행복할 것이다,라고 그가 이제껏 상상해왔다 해도, 흐르는 피는 그에게 무언가를 단번에 가르치지 않을까? 흐르는 피는 그에게 무언가를 즉각 제안하지 않을까? 그것은 집에 관한 얘기야, 그것은 여자에 관한 얘기지! 특히 그것은 재산에 관한 얘기라고!

평상시라면 쥘로가 오귀스따의 집으로 그렇게 서둘러 갔으리라 생각하나? 정확히 말해 오귀스따의 딸에게로 달려갔을 것이라고 생각해? 아니지, 그것은 의문의 여지가 없어. 그런데 무도회에서나 토론 모임에서 혼자서든 자기 동생과 함께이든 이미 수차례나 칼을 휘두르고 약간 피가 흐르게 한 적이 있는 쥘로에게는 이미 새로운 세계를 보는 눈이 있었지. 몸을 단번에 위험에 내맡기지 않고 신중하게 갔으며(이것은 보잘것없는 무뢰한, 보잘것없는 비열한 작자, 보잘것없는 화냥년을 늘 배출해온 그의 어머니 가계와 관계가 있어), 조금씩 들어갔어. 이미 피에 관해서라면 무엇으로 만족해야 할지 어느정도 알고 있었던 거야. 그렇지만 우리 중 누구에게든 물어보게나. 쥘로가 오귀스따의 딸 앞에서 '아냐, 아냐, 몸이 달아오르는군!' 하고 말했으리라는 쪽에 20프랑을 걸지도 몰라. 자, 알아차렸는가? 뭐가 남았지? 잠시 생각해봐야겠다고? 생각해볼 것도 없어. 그러니 앞으로! 실제로 사태의 본질을 생각할 때 오귀스따의 술책(오귀스따를 안다면 술책이 있다고 확신할 거야), 그게 뭔지 정확하게 아는 사람이 있을까? 모든 것이 추정될 수 있어. 그러므로 즉각 그 안으로 무턱대고 달려드는 거야! 이십년 동안 누이였다가 갑자기 이제는 누이가 아닌데, 내 생각에 그녀는 너무나 아름다워. 쥘로에게도 너무 아름다워, 확실해. 하지만 이번에는 그가 피를 잔뜩 맛보았어. 그래서 과감하게 뛰어드는군!

이제 우리는 저기 높은 곳으로 가서 사람들이 그토록 친절하게도 마르그리뜨의 손이 닿는 곳에 남겨둔 그 밧줄과 들보를 그녀가 사용했는지 알아볼 것이고, 그러고 나서 그 모든 시신을 침대 위로 약간 옮겨놓을 생각이야. 그건 그렇고 당장 우체국에 가서 헌병대에 전화를 해봐야겠어."

더 읽을거리

『폴란드의 풍차』(박인철 옮김, 민음사 2000) 『권태로운 왕』(송지연 옮김, 이학사 1999) 『영원한 기쁨』(이원희 옮김, 이학사 1999) 『보뮈뉴에서 온 사람』(송지연 옮김, 이학사 1998) 『소생』(이원희 옮김, 두레 1996) 『언덕』(이원희 옮김, 이학사 1998) 『나무를 심은 사람』(김경온 옮김, 두레 1995) 『지붕 위의 기병』(송지연 옮김, 문예출판사 1995) 『진정한 부』(김남주 옮김, 두레 2004) 등 10편이 번역되었는데, 이처럼 지오노가 다른 프랑스 작가들에 비해 상당히 많이 소개된 것은 그의 주제나 사상이 우리의 현실에 어느정도 들어맞거나 보편성을 지니고 있다는 증거이다.

Alain Robbe-Grillet

| 알랭 로브-그리예 |

1922~2008

19세기의 사회소설은 죽었다는 신조, 작가는 구체적인 대상들을 몰개성적으로 묘사하는 데 그쳐야 한다는 주장으로 특징지어지는 누보로망의 대표적인 작가이자 이론가이다. 그의 작품은 극적인 줄거리 구성, 일관성 있는 시간 개념, 인물의 심리분석 등 관례적인 요소들이 배제되어 있으며, 그 대신 반복적으로 나타나는 이미지들, 몰개성적으로 묘사되는 구체적인 대상들, 일상생활의 임의적인 사건들로 구성된다. 시각적인 세계에 대한 강조는 영화-소설을 낳기도 한다.

■ 바닷가 La plage

세 어린이가 나란히 걸어가고 그들 앞에서 새떼가 날아올랐다가 내려앉는 바닷가, 한쪽은 절벽이고 다른 쪽은 바다인 모래사장이 그야말로 객관적으로 묘사되고 있다. 아무런 사건도 일어나지 않는다. 다만 멀리서 종소리가 아련히 들려올 뿐이다. 그들이 왜 바닷가를 걷는지, 어디로 가는 중인지, 무슨 생각을 하는지 등은 전혀 알 수가 없다. 그저 하나의 풍경이 머릿속에 그려질 뿐이다. 깔끔하고 아름다운 이 단편은 로브-그리예의 작품세계를 살짝 들여다보기에 안성맞춤이다.

바닷가

어린이 셋이 모래사장을 따라 걷는다. 서로 손을 잡고 나란히 나아간다. 키가 거의 같아 보이고, 아마 나이도 다같이 열두살쯤일 것이다. 그렇지만 가운데 아이는 옆의 두 아이보다 키가 조금 더 작다.

이 어린아이 셋 말고는 기다란 바닷가에 아무도 없다. 병풍을 친 듯한 가파른 절벽과 바다 사이로, 거의 경사지지도 않고 외딴 바위도 물구덩이도 없는 제법 넓은 모래밭만 단조롭게 펼쳐져 있을 뿐이다.

날씨가 참 좋다. 내리꽂히는 강렬한 햇빛에 노란 모래톱이 환하다. 하늘에 구름 한점 없다. 바람도 없다. 드넓은 바다로 수평선까지 탁 트인 곳인데도 먼 바다에서 파도 하나 밀려오지 않아 푸른 바닷물이 그저 잔잔하기만 하다.

하지만 일정한 간격을 두고, 물결 하나가 모래밭 가장자리에서 몇 미터 떨어진 지점에서 갑자기 일고는 언제나 똑같은 지점에서 느닷없이 부풀다가 곧장 부서진다. 바닷물이 밀려오고 다시 물러나는 것 같기도 하고, 반대로 이 움직임이 제자리에서 일어나는 것 같기도 하다. 파도가 부풀어오르자 먼저 모래사장 쪽의 바닷물이 살짝 내려앉는데, 파도는 자갈 구르는 미미한 소리를 내며 약간 물러나더니 젖빛으로 부서져 비스듬히 퍼지고는 별 수 없이 제자리를 찾는다. 여기저기에서 더 세찬 물결이 높아져도 고작 한순간 몇십 쎈티미터만을 추가로 적셔놓을 뿐이다.

모든 것이 다시 부동의 상태로 돌아가고, 잔잔한 푸른 바다는 정확히 노란 모래톱 높이에서 가만히 멈춰 있는데, 어린이 셋이 모래톱을 따라 나란히 걸어간다.

그들은 모래와 거의 똑같은 빛의 금발이다. 다만 살갗은 약간 더 진하고 머리카락은 약간 더 연할 뿐이다. 셋 다 빛이 바래고 올이 굵은 푸른색의 짧은 반바지와 반소매 셔츠를 입었다. 그들은 나란히 손을 잡고 일직선을 이루어 바다와 절벽 사이의 중간쯤이지만 바다에 약간 더 가까운 위치에서 바다와 평행하게, 절벽과 평행하게 걷는다. 한낮의 태양은 그들의 발치에 그림자를 남기지 않는다.

바위에서 바다까지 그들 앞에 펼쳐진 노란 모래사장은 아무런 자국도 없고 반들반들하다. 어린이들은 손을 잡고 일직선을 이루어, 전혀 방향을 바꾸지 않고 일정한 보폭으로 조용히 나아간다. 그들 뒤로 물기가 거의 없는 모래사장에는 그들의 맨발이 남긴 세 줄의 흔적, 똑같은 간격으로 알맞게 파인 일정한 흔적이 깔끔하게 찍혀 있다.

어린이들은 똑바로 앞을 바라본다. 그들은 왼쪽의 높은 절벽 쪽으로도, 작은 파도들이 주기적으로 부서지는 오른쪽의 바다 쪽으로도 눈길을 던지지 않는다. 하물며 고개를 돌려 걸어온 거리를 뒤돌아보랴. 그들은 한결같고 빠른 걸음으로 쉬지 않고 나아간다.

물결이 밀려오고 물러가는 바로 그들 앞의 바닷가 언저리에서 바닷새떼가 성큼성큼 걷는다. 바닷새들은 세 어린이에게서 백여 미터 떨어진 곳에서 그들과 같은 방향으로 그들의 걸음과 나란하게 나아간다. 하지만 새들이 훨씬 더 느리기에, 어린이들과 새들 사이의 거리가 좁혀진다. 그리고 새들의 별모양 발자국은 곧장 파도로 지워지는 반면, 어린이들의 발자국은 거의 습기가 없는 모래에 뚜렷이 남아 있고, 세 줄의 발자국은 계속 길어진다.

발자국들의 깊이는 2센티미터쯤으로 일정하다. 이 자국들은 가장자리가 무너지지도 않고 너무 깊이 파인 뒤꿈치나 앞부리 때문에 변형되지도 않는다. 땅의 좀더 부드러운 표층에 구멍을 뚫어놓은 것처럼 보인다.

이 발자국들 세 줄은 이처럼 갈수록 더 멀리로 이어짐과 동시에 작아지고 느려지며 한가닥 선으로 합쳐지는 듯한데, 이 하나의 긴 선은 모래톱을 위아래의 두 지대로 나누고, 저 아래 제자리에서처럼 실행되는 사소한 기계적인 움직임, 즉 여섯 맨발이 교대로 오르내리는 모양으로 끝난다.

그렇지만 맨발들은 앞으로 나아감에 따라 바닷새들과 가까워진다. 맨발들이 빠르게 전진할 뿐만 아니라, 두 무리를 갈라놓는 상대적인 거리가 이미 지나온 길에 비해 훨씬 더 빨리 줄어든다. 이윽고 두 무리 사이는 몇걸음밖에 벌어져 있지 않게 된다……

그런데 마침내 어린이들이 새들에게 곧 닿을 듯하자, 새들은 먼저 한 마리가, 그러고 나서 두 마리가, 다음으로 열 마리가…… 갑자기 날개를 치고 날아간다. 그리고 흰색과 회색의 새떼 전체가 바다 위로 하나의 곡선을 그리더니, 바로 물결이 밀려왔다 밀려가는 모래톱의 언저리로 다시 내려앉아, 어린이들에게서 대략 백여 미터 떨어진 곳에서 여전히 같은 방향으로 성큼성큼 걷기 시작한다.

이 거리에서는, 십초 간격으로 부서지는 물결의 거품이 햇빛을 받아 반짝거리는 순간 갑자기 일어나는 색의 변화를 제외하면, 바닷물의 움직임은 거의 감지되지 않는다.

금발의 세 어린이는 아무런 자국이 없던 모래밭에 자기들이 끊임없이 찍어대는 발자국에도, 자기들 앞에서 어떤 때는 날아가고 어떤 때는 걸어가는 새들에도 관심을 기울이지 않은 채, 손을 잡고 나란히 한결같은 걸음으로 빠르게 나아간다.

햇볕에 타서 머리카락보다 더 짙은 세 얼굴은 서로 닮았다. 진지하고 깊은 생각에 잠겨 있으며 어쩌면 근심스러운 듯한 표정이 똑같다. 분명히 이 어린이들 중 둘은 소년이고 세번째 어린이는 소녀이지만, 그들의 용모 또한 동일하다. 다만 소녀는 머리카락이 좀더 길고 약간 더 곱슬곱슬하며, 팔다리가 기껏해야 약간 더 가늘고 섬세하다. 하지만 옷은 완전히 똑같아, 아래위 모두 빛이 바래고 올이 굵은 푸른색의 짧은 반바지와 반소매 셔츠 차림이다.

소녀는 오른편, 바다 쪽에 있다. 소녀의 왼편으로 두 소년 중에서 키가 약간 더 작은 소년이 걷고 있다. 절벽 쪽의 나머지 한 소년은 소녀와 키가 똑같다.

그들 앞에는 온통 노란 모래사장이 까마득히 펼쳐져 있다. 그들의 왼쪽에는 어떤 출구도 보이지 않는 갈색 암벽이 거의 수직으로 솟아 있다. 그들의 오른쪽에서는 수평선으로부터 움직임이 없는 푸르고 평평한 수면의 가장자리가 모래톱으로 밀려와 곧장 부서지는 물결에서 퍼져나가는 하얀 포말로 장식되곤 한다.

그러고 나서 십초쯤 뒤에 바닷가 쪽에서 물결이 자갈 구르는 소리를 내며 부풀었다가 또다시 오목하게 내려앉는다.

잔물결이 부서지고, 젖빛 거품이 다시 경사면을 몇십 센티미터 기어오르더니 본래의 위치를 되찾는다. 곧바로 정적이 이어지고, 고요한 대기 가운데에서 매우 아련한 종소리가 울린다.

"종소리야." 가운데에서 걷고 있는 키 작은 소년이 말한다.

하지만 종소리는 너무나 약해서 바다가 거세게 내는 자갈 소리에 묻혀버린다. 거리 때문에 미약해지는 종소리를 다시 들으려면 정적이 다시 깃들기를 기다려야 한다.

"첫번째 종소리야." 키 큰 소년이 말한다.

그들의 오른편에서 잔물결이 부서진다.

다시 정적이 깃들었으나, 그들은 아무것도 듣지 못한다. 금발의 세 어린이는 다함께 손을 잡고 여전히 일정한 보폭으로 걷는다. 그들 앞으로 몇걸음밖에 떨어져 있지 않은 새떼가 전염되기라도 한 듯 일제히 날개를 치고 날아오른다.

새들은 바다 위로 지난번처럼 곡선을 그리더니, 곧바로 물결이 밀려왔다가 밀려가는 모래톱 언저리로 다시 내려앉아, 어린이들에게서 백여 미터 떨어진 곳에서 또다시 앞으로 성큼성큼 걷기 시작한다.

"어쩌면 첫번째가 아닐 거야." 키 작은 소년이 말을 잇는다. "……앞서 다른 종소리가 들리지 않았다면 말이야."

"그러게. 비슷하게 들렸던 것 같기도 해." 옆의 소년이 대답한다.

하지만 그들은 이런 이유 때문에 걷는 속도를 바꾸지는 않았고, 그들의 여섯 맨발이 지나감에 따라 그들 뒤로 같은 자국이 계속 생겨난다.

"조금 전에는 이렇게 가깝지 않았어." 소녀가 말한다.

잠시 후, 절벽 쪽의 키 큰 소년이 말한다.

"아직 멀어."

뒤이어 그들 셋은 모두 말없이 걷는다.

그들이 이처럼 잠자코 있는데, 역시나 그다지 분명하지 않은 종소리가 조용한 대기에서 다시 울린다. 그때 키 큰 소년이 말한다. "종소리야." 나머지 두 어린이는 대꾸하지 않는다.

새들은 그들이 막 따라잡으려는 순간, 우선 한 마리가, 그러고 나서 두 마리가, 다음으로 열 마리가…… 날개를 치고 날아가버린다.

그러고는 무리 전체가 모래톱에 다시 내려앉더니, 어린이들 앞쪽으로 백여 미터 떨어진 곳에서 바닷가를 따라 나아간다.

바다는 새들의 별모양 발자국을 차례로 지운다. 반대로 절벽 쪽에 좀 더 가까운 곳에서 손을 잡고 나란히 걷는 어린이들은 그들 뒤로 깊은 흔적을 남기는데, 바닷가와 나란한 이 세 줄의 흔적은 기다란 모래톱을 따라 죽 이어진다.

오른편으로, 잔잔하고 움직임 없는 바다 쪽에서는 여전히 잔물결이 같은 지점에서 부서진다.

더 읽을거리

장편소설로 『질투』(박이문·박희원 공역, 민음사 2003)와 『되풀이』(이상해 옮김, 북폴리오 2003) 등이 있으며 이론서로 『누보 로망을 위하여』(김치수 옮김, 문학과지성사 1981)와 『히드라의 거울』(고광단 옮김, 미리내 1994)이 나와 있다. 중편 Le voyeur가 『변태성욕자』(최석기·김치수 공역, 삼성세계문학전집 1982)로 출간되었으며, 『질투 외』(윤영애 옮김, 학원사세계문학전집 1985)에는 '엿보는 자'라는 제목으로 실려 있다.

Julien Gracq

| **쥘리앙 그라끄** |

1910~2007

독일 낭만주의와 초현실주의에서 문학적 자양분을 흡수한 그라끄의 작품은 기괴함과 환상적인 상징성의 혼합물이다. 고등사범학교를 졸업하고 역사와 지리 교수자격을 획득한 그는 여러 고등학교에서 교편을 잡는다. 고집스럽게 조제 꼬르띠 출판사에서만 책을 내는 작가이다. 1951년에는 문단의 상황에 대한 비판을 견지하기 위해 공꾸르 상의 수상을 거부한다. 깊은 교양이 묻어나는 시적이고 마술적이며 정교한 그의 문체에는 풍부한 다의성이 담겨 있다.

■ 코프튀아 왕 Le roi Cophetua

화자는 「누항」의 아뽈리네르 또는 『율리씨즈』의 제임스 조이스처럼, 1917년 늦가을 비바람이 몰아치는 어느날 오후부터 이튿날 아침까지 자신에게 일어난 일을 이야기한다. 이상한 초대, 외딴 저택, 불안한 기다림, "안주인 같은 하녀"와의 정사, 작별인사도 하지 않고 나와버리고는 일요일이라는 느긋한 생각에 잠긴 채 마시는 커피. 이것이 줄거리이다. 마치 랭보의 「새벽」처럼 이 에피쏘드는 틀림없이 독자들에게도 "이미 끝났지만, 천천히 사라지는 뭔지 모를 부드럽고도 뜨거운 흔적을 뒤에 남길" 것이다.

한동안 머뭇거리던 화자는 어느 순간 이야기의 무대를 떠나 마을의 어두운 골목길에서 방황하며 어느 정도 거리를 두고 저택의 상황을 되돌아본다. 이때 비로소 이야기가 전환된다. "구름이 빠르게 흩어졌고, 길바닥의 깊이 파인 물구덩이에 축축한 별 두세 개가 비쳤다. (…) 이처럼 폭풍우가 그쳐 긴장이 풀린 나는 가벼운 마음으로 발걸음을 옮겼다." 그러나 욕망에는 어김없이 긴장이 따르는 법이다.

화자가 촛불을 든 여자를 뒤따라 '여성의 방'으로 가는 장면에서 여자는 불꽃이 된다. 내밀한 몽상을 불러일으키고 이미지를 낳는 '초의 불꽃'에 화자의 욕망이 흑백으로 어른거린다. 마침내 여자는 '횃불의 소용돌이'가 되고 화자는 그것에 끌려들어간다. 사실상 이 작품 전체는 촛불의 희미한 빛에 의해 생겨난 이미지들의 묘사라 할 수 있다. 화자가 현재로 돌아와 말하는 '촛불들의 떨리는 미광'이 '비현실의 극장'을 세운 것이다. '초의 불꽃'은 이 작품의 상징이다.

이야기의 한가운데에는 두 그림에 관한 묘사가 자리하고 있다. 고야의 「말라 노체」는 화자의 기억 속에 떠오른 것이고, 에드워드 번-존스의 「코프튀아 왕과 거지 아가씨」는 이 허구 이야기의 무대 위에 걸려 있다. 이것들은 이야기의 푯말이자 이 이야기가 갖는 의미의 은유로, 여자로 상징되는 파악할 수 없는 신비를 형상화하려는 시도를 나타내며, 화자의 암중모색과 충동의 양면성을 비춰준다. 그러므로 이 그림들은 작품의 배경을 이룬다고 볼 수 있다.

전쟁의 소음, 아련한 포성은 주술적인 후렴구 같은 "그냥 그렇게"처럼 작품 전체를 가로지르면서 이야기에 단락을 짓는다. 포격전의 아련한 굉음은 어떤 때는 돌풍에 섞이고 또 어떤 때는 조용한 집 안으로 밀려든다. 포성의 변화는 이야기 자체의 곡선을 이룬다. 또한 지평선에서부터 아련히 울려나오는 전쟁의 소리는 1917년 전쟁의 암울한 분위기를 환기하는 첫 부분의 묘사와 더불어 허구의 공간을 한정짓는다. 이 이야기는 전쟁의 테두리 안에서 재창조된 하루 동안의 현실일 뿐이다. 그렇지만 이 작품은 언어의 질감이 생생하게 살아 있는 근사한 예술품이라는 느낌을 주며, "짙고 검은 머리카락 더미"로 화자에게 다가오는 "안주인 같은 하녀"의 상징적 의미(메두사? 소설 또는 문학?), 이 단편의 배경인 브레(Braye)와 프루스트의 『잃어버린 시간을 찾아서』의 중요한 무대인 꽁브레(Combray) 사이의 관계(더 나아가 이 두 작품 사이의 친화력), 그리고 상상세계의 구성과 소설 창작의 이유에 대해 깊이 생각하게 한다.

코프튀아 왕

내 젊은시절이 끝나가던 무렵을 돌이켜 생각할 때, 아직 아무도 모르는 채 1914년 전쟁 결정이 무르익던 그 몇달 동안의 기억에 비하면, 다른 어떤 기억도 그보다 더 고통스럽거나 혼란스럽지는 않은 것 같다. 살대를 넣고, 바지의 무릎부분이 닳지 않도록 끝자락을 접어올리고 세모꼴로 단추를 단 군용외투, 방독면, 하나같이 자동차 문에서 파란 수통을 들고 건배하는 휴가병들 —감자 포대로 방어 진지를 구축하고, 마치 순무 수확기를 맞이하여 북쪽에서 다시 내려오는 플랑드르 사람들처럼 알아들을 수 없는 말을 주절대는, 일종의 참호(塹壕) 노예들 —을 왕복 수송하는 닳고닳은 비포장도로, 이런 것들과 더불어 이 전쟁은, 우리가 다시금 모던 스타일을 고급스러운 것으로 여기는만큼, 유행의 그 중간 시기들로, 이를테면 아직 의복 박물관으로 보내질 때는 아니지만 쇼윈도 뒤에 있는 퇴색되고 잊힌 마네킹들 같은 어정쩡한 시기로 빠져들고 있다. 넓은 퇴적암 고원에서 순무는 이제 땅에서 뽑히지 않고 땅속으로 세게 박혀버렸지만, 온갖 고난을 무릅쓰고 계속해서 점토질 땅을 길게 파헤쳐 그 안으로 내려가고 있던 1917년의 프랑스는, 온갖 궂은 일을 해내야 하는 농업국답게, 여전히 유별나게 벌이가 시원찮고 촌티가 나는 전쟁에다 판에 박힌 국민성을 그럭저럭 결합시켰다. 1917년에도 전쟁은 파종자의 엄숙한 몸짓처럼, 그저 평년작에 머무른 포도를 짐수레로 운반하는 일처럼 계속되었는데, 쓸데없는 정당화에 시달리는 일 없이 그저 막대한 양의 흙이 열심히 파헤쳐질 뿐이었다. 과연 전쟁이 시작되기나 한 걸까 하고 누구나 의아해할 정도였다. 순조롭게 작동하는 기계장치처럼 교대가 이루어지고, 가족들을 위무하려 시장이 방문하고, 적은 저축을 대상으로 철마다 공제가 발생하고, 작은 숲 하나 또는 유채밭 한뙈기를 일주일 간격으로 빼앗았다거나 다시 빼앗겼다는 세세한 전황 공보가 정해진 시간에 나붙는 후방에서 바라볼 때, 이 전쟁은 전망이 어떤지는 알 수 없는 것이었지만, 기다리면서 살기 위해 인간이 필요로 하는 소박한 필수품, 즉 질서나 안정 같은 그럴듯한 이미지는 제공하고 있었다.

그렇지만 해가 거듭됨에 따라, 행진하다가 잠들어 머릿속이 벌써 꿈으로 가득하지만 내친김에 몇걸음 더 나아가는 보병처럼, 짓누르는 듯한 피로가 찾아왔다. 나는 1914년 겨울 플랑드르 접전에서 부상을 입었고, 그 뒤 제대조치되었으며, 의회 출입기자로 복직하고부터는, 병원의 낡은 지붕처럼 네모난 빈칸을 갈수록 많이 요구하던 검열 때문에 당시의 신문들이 말하지 못하던 그 꿈들에 관해 좀더 자세히 알게 되었다. 여름의 반란(전쟁이 계속되어 쌓인 피로와 막대한 인명피해에서 기인한 반란. 1917년 봄 니벨이 개시한 공격이 참혹하게 실패한 뒤 제법 많은 사단에서 일어났는데, 니벨의 후임으로 최고사령관에 임명된 뻬땡이 병사들의 처형, 전선생활의 개선, 특히 일시적인 공격중지 등의 조치를 취해 겨우 진정되었다)은 원인이 제거되지 않은 채 끝났고, 그래서 한두 주 내에 언제라도 다시 일어날 수 있었다. 내각은 쇠약해져서 죽어가고 있었으며, 의회 복도에서는 이미 죽은 것으로 여겨졌다. 멀리서 께렌스끼(러시아 임시정부의 수반. 1917년 7

월 볼셰비끼 소요를 진압했으나 꼬르닐로프 장군의 군사 꾸데따에 맞서기 위해 볼셰비끼의 지원을 받지 않을 수 없었고, 그뒤 완전히 부패한 군대를 대독일전에 투입하려고 시도하였다가 공격의 실패로 인기를 잃자 1917년 10월 볼셰비끼의 권력 장악에 반대할 수 없게 되었다)의 러시아는 폭풍우가 닥치기 전의 나뭇잎처럼 모스끄바와 뻬뜨로그라드의 진흙탕 거리에서 어이없게도 소용돌이에 휘말렸는데, 신문에 실린 거리 사진 중 군중이 집중포화를 받아 혜성의 핵처럼, 자기를 띤 줄밥처럼 방사형으로 흩어지는 것을 주시한 사람들조차 거기서 알 수 없는 부분적인 긴장만을 간파했을 뿐, 그 어떤 해독의 격자로도 이 거리 사진들에서 뭔가 심각한 사태를 읽어내지는 못했다.(실제로 러시아의 2월 혁명에 대해서는 검열 때문에 단편적인 정보만이 유통되었고, 승리할 때까지 독일과의 전쟁을 계속하겠다는 러시아의 의지와 애국적인 모습만이 강조되었을 뿐이다) 그것은 마치 아직은 충격파가 우리에게까지 이르지 않은 먼 폭발의 조용한 이미지 같았다. 처음으로 사람들은 한 도시에 국한된 이 엄청난 살육이 스트라스부르의 첨탑에 걸려 있는 삼색기만이 아닌 다른 어떤 것을 향해 있으리라고 막연하게 느꼈다. 처음의 진흙탕이 중단되어 전선이 굳어져 변하지 않는만큼, 너무나 오래 지속되는 강렬한 이미지들의 충격 때문에 짓이겨지고 몇해 동안 그치지 않는 격렬한 망치질 소리에 지쳐버린 영혼은 혼란스럽고 불합리한 예감을 느끼는 동시에 희망이라는 부득이한 선택에 온통 빠져들었고, 찢어지는 큰 구름을 가로질러 뭔가를 알아내려는 것 같았다.(이 문장에서 '처음의 진흙탕'은 유혈을 동반한 전쟁상황을 가리키며, '망치질 소리'는 군인들의 발걸음, 포격, 싸이렌 등 전쟁과 관련된 규칙적인 소리를, '찢어지는 큰 구름'은 바로 앞에서 언급된 뻬뜨로그라드의 거리 사진, 즉 운집했다가 기관총 세례를 받고 흩어지는 군중을 암시한다) 결정적인 충격이 다가올 판이었다. 누구나 그것이 봄에 일어나리라고 기대하고 있었다. 하지만 11월의 비와 함께 내려오는 이 마지막 전야(前夜)의 계절은 무거운 피로, 기쁨 없는 예언적인 꿈으로 빼곡히 들어차 있었는데, 이것들은 참호의 새벽빛처럼 땅 위로 올라왔지만 파헤쳐진 땅을 덥히지는 못했다.

그 만성절 오후에 빠리의 북역을 떠나 공장지대와 그곳의 작은 쉼터들 위로 바람에 휘날리는 물의 장막 같은 빗줄기를 가로지르면서부터 이곳저곳에서 유독 눈길을 끄는 것은, 꽃들의 엄청난 폭동 같은 변두리 묘지들이었는데, 물에 젖고 줄이 쳐져 있으며 온통 삼색기로 덮인 그곳들 여기저기로는 검은 빗물이 맥없이 빨려들었고, 그곳들에서 졸렬하게 염색된 옷을 입은 군중은, 사이사이로 푸른 지평선이 보이고, 간호사 머릿수건의 흰 반점이 여기저기 찍혀 있으며, 상이군인용 삼륜차로 북적대는 숲속에서 자그마한 빈터들에 의해 구멍이 뚫린 듯 끊어지는 그을음의 흐름처럼, 덤불들 사이로 천천히 움직였다. 가장 심하게 곰팡이가 슬고 가장 소홀히 취급되는 민간인 사망자들은 최근 몇해 동안 성대하게 치러진 위령의 날(11월 2일) 때에 비하면 결코 무덤이 더 잘 손질되지도 않았고 그때보다 방문객도 더 적었으며 그때보다 더 따뜻하게 위로받지도 못했지만, 군인들을 대신하여, 포화의 제방 덕분에 참호로는 쉽사리 밀려오지 못하는 번쩍이는 물결에 잠긴 채, 활기를 되찾고 있었다. 그러고 나서 물 위에서 불타는 듯한 그 타오르는 덤불들은 교외와 함께 사라졌고, 삼색기는, 들이치는 소나기를 막으려고 군용외투의 깃을 들어올리고 다리들의 난간을 따라 정찰하다가 빗속으로 사라지는 철도경비병들의 초소 위에서, 엷게 색이 바랜 소집명령처럼 뜸하게 나부꼈으며, 작은 건물 두 채를 포함한 규석 깔린 정거장들이 늘어서 있는 북부의 적막한 들판이 나타났는데, 경마장의 군중이 떠나버리고 나면, 기차역들의 승강장은 다른 곳보다 더 넓고 더 텅 비어 보인다.

내가 탄 칸에는 나 혼자뿐이었다. 이 느릿하고 한가한 교외 열차에 거의 나 혼자 탄 것 같았다. 내가 시골에서 보낼 하루의 풍경은 나에게 점점 매력적으로 보이지 않게 되었다. 도로들 위로 일찌감치 어둠이 내리기 시작했다. 잿빛의 낮은 하늘이 잠시 개어 서쪽 지평선으로 뻗치면서, 경작지 여기저기에 생겨난 물웅덩이들이 새삼 거울처럼 반짝였다. 떨어진 나뭇잎들이 빗발치듯 바람에 흩날렸다. 나는 내 눈 아래 변함없이 스쳐지나가는 납 광산 빛의 물기어린 풍경으로부터 고개를 돌리고는, 역에서 산 신문들을 한동안 훑어보았다. 프랑스 공군은 지난밤에 카이저슬라우테른의 병영을 폭격했다. 언론 특파원들의 신중하고 완곡한 표현을 통해서도, 러시아에서 상황이 악화되고 있다는 것을 분명히 알 수 있었다. 잘 맞지 않은 유리창을 통해 습한 냉기가 객실 안으로 스며들었다. 나는 몸을 웅크리고 외투로 몸을 둥글게 감싸고는 일종의 반수면상태에 떨어졌다. 나는 뻬뜨로그라드를, 첫눈 때문에 갑자기 더러워진 붉은 깃발들의 경직된 물결을, 광기어린 병영처럼 둥그렇게 원을 그리며 돌고(10월 혁명 전야의 상황. 감히 전선으로 돌려보내지 못한 일단의 군인이 뻬뜨로그라드의 병영에 하는 일 없이 머물러 있었다. 께렌스끼는 이들을 볼셰비끼 봉기를 진압하는 데 동원할 수 없었다) 곳곳에 널려 있는 신문지들과 녹은 눈을 반죽하는 육중한 군화 수백만 개의 발걸음을 생각했다. 기차가 이제르 강(프랑스의 플랑드르 지방과 벨기에 사이를 흐르는 강)의 늪지대를 우회하자, 나는 전선의 음산한 겨울이 다시 시작되는 듯한 느낌에 사로잡혔다. 민간인으로 돌아온 지 오래였고 포화의 기억이 벌써 다른 세계의 일처럼 보였지만 가을비가 다시 내릴 때면 류머티즘 환자가 관절의 통증을 느끼듯이 본의 아니게 여전히 참호를 의식했다. 습한 냉기가 또다시 내 손목에 엄습했고, 아무도 전선으로 다시 데려다주지 않는 기차는 각 정거장에서 한없이 널브러져 있었다. 이보다 더 우중충한 장소, 이보다 더 우중충한 하루는 상상하기 어려웠고, 내 느낌에 대지는 온통 물기를 머금은 해면 상태에서 서서히 곰팡이가 슬면서 나와 함께 질퍽한 악몽 속으로 내려앉는 듯했는데, 이 악몽은 죽은 짐승들이 배를 하늘로 향한 채 떠다니는 침수된 이회암(泥灰巖) 채석장들의 빛깔을 띠고 있었다. 그렇지만 때때로 호기심의 물결이, 작지만 뜨거운 불꽃이 이 대홍수의 습기에 스며들었고, 나는 자끄 뉘에 이유를 다시 만나보러 가는 길이라는 사실을 불현듯 떠올렸다.

나는 그와 그다지 친분이 있는 사이는 아니었다. 전쟁 전 몇년 동안 나는 그가 한때 음악 비평을 맡았던 한 일간지의 편집부에서, 연주회장 안에서, 때로는 그가 안경을 쓰고 장갑을 끼고 군복 같은 먼지막이 외투를 두른 채 오늘날 자동차 박물관에나 전시되어 있는 그 지극히 고상한 쿠페들 중 하나에 나를 태우고 데려가곤 했던 항공 박람회장, 교외의 누레진 장소에서 이따금씩 그와 만났다. 그는 해마다 자동차가 바뀌었다. 그의 씰루엣은 거의 매번 그를 리볼버 권총집처럼 느닷없이 내게로 쏠리게 한 빠리 거리의 굴곡과 함께, 최고급의 빠른 자동차들이 사과나무들 사이로 매연을 길게 내뿜는 도빌르 가로(街路) 위의 떨리는 여름 공기와 함께 내 기억 속에서 떠돌았다. 막 싹트기 시작한, 약간은 심심풀이 같고 느슨하게 맺어진 그와의 우정은 전쟁 때에도 계속 이어져, 바람에 날리는 스카프처럼 산들바람으로 되살아나서는 활기를 띠곤 했다. 이따금 나는 그에게서 전선의 말투가 파고들지 않은, 빈정거리는, 매우 꾸민 듯한, 극도로 빠리풍인 짤막한 편지를 받았다. 공군은 1910년의 이 스포츠맨들 중에서 최초의 조종사들을 선발했는데, 조금쯤 영국에 심취하고 약간 속물적이며 자신들끼리는 은어를 사용하고 종교에 입문하듯 엔진의 시대로 들어서 있던 그들은 포효와 냄새 때문에 외톨이가 되는 외래 동물상(動物相)의 척후병들처럼 토착의 프랑스를 누비고 다녔다. 그러나 뉘에이유는 착륙 사고를 당하고 나서, 긴 시간적 간격을 두고 팔츠(독일 바이에른 인근의 군부대 주둔 지역)의 기차역과 공장 들에 현저한 피해 없이 폭탄을 투하하는 부아쟁 야간폭격기 중대 중 하나로 제때 전속된 덕분에 지금까지 살아남았다. 나는 그의 편지를 열어볼 때마다 얼굴이 뜨거운 열기로 살짝 달아올랐다. 잃어버린 전쟁 전의 기억이 내게 분명히 떠올랐는데, 그때는 기이한 전조 같은 허약한 직물 및 목재 곤충들이 실제보다 더 쾌청한 여름들을 이미 약탈한 뒤였지만, 활기에 넘쳤고 놀이가 성행했으며 경박함도 없지 않은데다 모험으로 가득했고 여느 전쟁 전처럼 분위기가 풀어져 있었다. 일찍이 프랑스 도로가 그토록 싱그럽게 뚫린 적은 없었고, 여전히 내게는 아르센 뤼뺑의 비웃음에서, 또는 모리스 슈발리에가 유행시킨 한쪽으로 삐딱하게 쓰는 둥글납작한 밀짚모자에서, 그뿐 아니라 아뽈리네르의 시들에서도 그때의 불가사의하게 독특한 모습이 되살아났다.

내가 그다지 잘 알지 못하는 뉘에이유의 또다른 모습이 있었는데, 그것은 자신의 곡을 발표하지는 않지만 「공중제비」를 듣는 관객들과는 아주 다른 관객들 사이에서 거론되기 시작하는 작곡가의 모습, 내가 조만간 평생 처음으로 그를 다시 만나러 갈 곳인 자신의 교외 별장에 칩거한 채 오랜 기간 동안 작업에 몰두하는 작곡가의 모습이었다. 그는 나에게 전보를 보내 자신이 짧은 휴가를 받아 만성절 오후를 보내기로 한 별장으로 오라고 했다. 나는 주머니에서 벌써 구겨진 파란 장방형 전보를 꺼내 다시 한번 약속날짜를 확인하다가, 낯설지 않은 침울한 유머의 흔적 같은 것을 발견했다. 나는 그가 자신의 은밀한 별장에서 혼자 살고 있는 것은 아닌지 처음으로 자문했다. 나는 창문 너머로 눈길을 던졌다. 검은 들판 위로 소나기가 쏟아지고 있었다. 이제 기차는 나무들 사이로 달렸고 발루아의 가장자리를 이루는 점점이 이어진 숲을 뚫고 들어갔으며, 나뭇잎이 덮인 미끄러지듯 뻗은 철길에 크게 자란 옛 왕실 나무숲들이 펼쳐지는 광경 때문에, 나는 비가 내리고 있는데도 더 여유롭게 심호흡을 할 수 있었다. 그때 기차는 빠리의 소란을 지나, 약간 통과의례적인 정적의 장막처럼 시민 생활의 전진을 가로막는 고결하고 비어 있는 숲들을 가로질렀는데, 이 숲들을 넘어가자 벌써 귀는 또다른 소리 쪽으로 쫑긋하면서 약간 긴장되었다. 빗줄기로 흐릿한 지평선의 깊은 안쪽으로부터 전쟁이 또다시 나에게로 역류했고, 나는 말벌을 쫓는 듯한 신경질적인 손짓을 했다.

내가 손에 가방을 들고 브레-라-포레의 텅 빈 승강장에 내렸을 때, 바람이 단번에 나를 휘감았다. 소나기는 걷혔고, 아직 그다지 늦은 오후는 아니었는지, 갑자기 눈에 띄게 더 밝아졌다. 이제 빗발을 동반한 돌풍은 그쳤다. 완만한 큰 바람이 바다에서 불어와 승강장 위의 아직 푸른 나뭇잎들을 한아름씩 날려보냈다. 나무들의 꼭대기가 매우 높은 곳에서 아래를 굽어보는 기찻길 옆 작은 건물들 뒤로, 꺼질 듯이 살랑대지만 넓게 퍼져나가는 소리가 파도처럼 잇달아 밀려와 부서지는 까닭에, 기차가 사라지자, 아주 가까이에 있는 굽은 나무들에 의해 가려진 승강장은 갑자기 모래사장보다 더 버려진 듯한 느낌을 주었다. 아무도 나를 맞으러 오지 않았다. 나는 건널목 차단기의 곁문을 지나 가방을 잠시 땅에 내려놓고는 거의 겁먹은 듯한 표정으로 푸른 거품더미를 휘저으며 일렁대는 바다 소리에 귀를 기울이면서 위치를 알아보려 했다. 아무도 보이지 않았다. 내 앞으로 노란 진창의 골목길이 나 있었는데, 거기에는 풀이 무성했고 주름진 물웅덩이들이 산재했으며 가장자리를 따라 늘어선 규석 담벼락의 꼭대기가 벽돌로 장식되어 있었으니, 이 골목길은 벌써 승마 전용로 같은 기미를 풍겼다. 곳곳에서 나뭇잎들이 벌떼처럼 날아다녔고, 오솔길은 11월의 길들이 풍기는 흠뻑 젖고 씁쓸하며 아직 싱싱한 냄새로 가득했다. 나는 무정한 벽들 사이에서 이상하게 혼자라는 느낌이 들었는데, 이 벽들 너머로 소사나무 울타리들은 제방을 따라 서 있는 듯 맹렬한 바람을 맞아 커다란 파도처럼 격렬하게 부풀고 부서지기를 거듭했다.

브레-라-포레는 과연 야외에 대한 빠리 사람들의 취향에 힘입어 정비되고 유원지가 되기 시작한, 옛 왕실 숲들에 기대어 살아가는 마을들 중의 하나였다. 오래전에 형성된 촌락으로 일요일의 휴양을 위해 조성된 침울해 보이고 황량하기까지 한 장소들 가운데에 박혀 있는 것이었다. 시골풍의 골목길은 갈퀴로 치운 적이 없었던만큼 바닥에 널린 나뭇잎이 녹슨 철책과 다시 어수선해진 화단을 가로질러 전쟁으로 인한 오랜 침체기를 여실히 드러내는 정원 담벼락들 사이로 한동안 마구 사행(蛇行)하고 나서, 포석이 깔린 보도 위에서 발걸음 소리가 잠시 울리는 시골길로 느닷없이 변했고, 사람들은 발루아의 짧은 적갈색 기와 아래 초록색 겉창 뒤에서 잠들어 있는 두 줄의 서로 인접한 작은 집들 사이로 지나다녔다. 더 멀리로 초등학교를 지나면 나무들보다 낮은 교회, 담뱃가게 겸 까페, 정원 담벼락이 최신 곡물창고의 건물들과 재차 접합되었는데, 이 건물들의 닫혀 있는 높은 문짝은 이쪽으로부터 마을을 단단히 폐쇄했다. 돌풍은 골목길을 자갈층의 급류만큼이나 평온하게 점유했고, 나는 길을 묻기 위해 어느 작은 집 대문에서 오랫동안 초인종을 울려야 했다. 또다시 사유 수림(樹林)들의 미궁에서 질풍만이 나의 고독을 달래주었다. 내 머리 위에서 서로 합쳐지는 나뭇가지들로부터 물방울이 단조롭게 떨어졌고, 나는 걸으면서 암탉의 그 기계적인 동작으로 머리를 흔들어 물방울을 털어내기 시작했다. 그런데 이 흠뻑 젖은 여행으로 인한 나의 언짢은 기분이 점차 해소되었다. 나뭇가지들 아래 파묻힌 별장들의 정적이 어찌나 완벽했는지 나의 발걸음은 본의 아니게 더 가벼워지고 더 더뎌졌으며, 나는 나뭇잎에 가려 안 보이는 이 움푹한 길의 깊숙한 곳에 이른 것 같았다.

뒤쪽으로 매우 울창한 정원이 넓게 펼쳐져 있는 라 푸즈레는 이쪽에서 숲을 파고드는 형태로 최근에 마련된 경작지였는데, 이곳의 철책 너머에서 골목길은 반출작업 때문에 수레바퀴 자국들이 팬 지저분한 오솔길이 되었고 작은 협곡을 뒤덮은 무성한 너도밤나무 숲을 향해 수직으로 잠겨들었으며, 규조토 분말과 규석으로 된 꽤 낮은 정원 담벼락 때문에, 웅크리고 숨은 농지들이 골목길과 격리되어 곳곳에서 몹시 보기 힘들어졌다. 나는 초인종을 울리기 전에, 철책 앞을 지나 정원의 모퉁이까지, 바퀴 자국투성이인 오솔길이 골짜기에 수직으로 잠겨드는 바로 그곳까지 계속해서 몇걸음 걸었다. 이쪽에서 담벼락은 골짜기 초입의 가장자리를 따라 뻗어 있는 옹벽에 수직으로 접해 있었고, 옹벽 위로 쌓아올린 노대(露臺)의 가장자리에는 소사나무 울타리가 서 있었다. 곱게 다듬은 회양목들과 전정(剪定)한 보리수들은 브레를 둘러싸고 있는 방치된 정원들과 두드러지게 대조를 이루었지만, 작은 협곡의 나무들에 기대어 메워진만큼 조망이 막혀 있는 노대는 다른 것들보다 훨씬 더 생생하게 막다른 골목 또는 혼잡한 숲속에 스카프처럼 처박힌 전초(前哨)의 관념을 떠올리게 했다. 분명히 숲속의 분양받은 토지에 휴가용 주거를 건축하는 작업이 이쪽의 전쟁으로 말미암아 불시에 중단되었을 것이다. 숲은 잃었던 땅을 점차로 회복하고 있었으며, 큰 가로들에서 자유롭게 순찰하는 나뭇잎 회오리, 이제 담벼락을 덮을 만큼 크게 자란 덥수룩한 수림은 아주 가까이에서 야생의 형제들이 부르는 소리에 털이 곤두서고 엉클어지는 그 가축들을 생각나게 했다. 짐을 꾸려 떠나는 듯싶은 이 가장자리에서 나는 갑자기 무척 외로운 느낌이 들었다. 심지어는 정말 나를 기다리는 것일까 하는 의심을 품기 시작했다. 철책의 초인종 쪽으로 이미 손을 들어올리고서 나의 도착을 알릴까 하고 망설이다가 갑자기 불어온 돌풍에 골목길의 나무들이 눕는 소리를 듣고는 겁이 났다. 차가운 습기가 스며든 이 그루터기의 어린 줄기들 안쪽에서 울리는 초인종 소리가 나에게는 이상하게도 철 지난 듯 느껴졌다.

내 앞에 나타난 씰루엣의 움직임, 말하자면 한쪽 발끝이 간신히 땅에 닿는 듯한 그 움직임에는 마치 느닷없이 스냅사진에 찍힌 것처럼 생생하면서도 야릇하게 정지된 무언가가 있었다. 내 망설임 앞에서, 마치 가늘고 뾰족한 끝부분이 눈동자를 스쳐지나간 듯이, 웃음이라기보다는 오히려 갑작스러운 날카로움이 눈동자 안에 잠시 비쳤다.

"그래요, 뉘에이유 씨는 오늘 오후에 당신을 기다리기로 되어 있습니다. 하지만 아직 도착하지 않으셨어요."

그토록 긴장된 눈을 잠깐 스쳐지나간 날카로움은 침잠되었고, 더 많은 것을 의미하지는 않는 듯이 보였다. 나란히 걸어가는 우리의 발걸음에 따라 젖은 자갈이 비거덕거리는 소리만이 들려왔다. 하지만 내 눈은 폭풍우 치는 소리가 담을 넘으면서 가라앉는 듯한 비에 젖은 정원이 점차 선명해지는 모습에 좀처럼 고정되지 않았고, 나란히 걷고 있는 나에게는 옆에서 부드럽게 모래를 밟는 활기찬 발걸음만이 놀랄 만큼 뚜렷이 의식되었다.

윗부분이 담벼락 앞으로 나와 있는 나무들의 장막 뒤로 우리는 영국식 정원을 가로질렀는데, 이 정원의 자갈은 소나기가 내렸는데도 여전히 갈퀴로 다듬은 흔적을 간직하고 있었다. 이 노출된 공간의 저쪽에서 별장이 철책부터 보이기 시작했다. 뒤쪽에 높이 솟아 있는 정원의 나무 꼭대기가 굽어보고 있는 그 철책은 막 돋아난 무성한 나뭇잎에 벌써 반쯤 파묻힌 상태로 나무들 아래 길게 뻗어 있었다. 제법 우아한 건축물은 정면의 가운데로 보아 2층이었으며, 곳곳에서 빛을 들이는 정원 쪽의 긴 채광창들은 그 시대의 건축물들에서는 여전히 매우 희귀한 것으로, 후미진 장소 때문에 더욱 두드러져 보이는 거의 공격적이라고 할 만한 근대성을 환기했다. 이 채광창들은 너무 넓은데다 몇군데는 커튼이 없어서, 애도하는 분위기를 풍기는 정원의 어슴푸레함에 가로막혀 있던 공기와 빛을 불러들이는 것 같았다. 겉모양은 사람이 살고 있는 집보다는 오히려 은근히 호화롭고 약간 외진 데 자리한 예비 건물들 또는 정자들을 어렴풋이 환기했는데, 이것들은 유행하는 경마장이나 골프장 부근의 탁 트인 곳에 마련된 우량 고객용 장소로 여름이면 나무 그늘이 지는 시원한 곳이지만 겨울이면 녹이 스는데다 물이 스며들고 퇴색하여 갑자기 한적한 작은 만에서 나뭇가지들 아래 좌초한 조각배와 비슷해진다.

내가 안내받아 들어간 방은 틀림없이 응접실이자 흡연실 및 음악실로, 더 정확히 말해서 서재로 쓰였을 것이다. 왜냐하면 분명히 뉘에이유는 바로 여기에서 작곡을 했을 것이기 때문이다. 방의 왼쪽 부분은 그랜드 피아노 한 대와 업라이트 피아노 한 대가 온통 차지하고 있었으며, 이것들을 갈라놓고 있는 칸막이 선반에는 제본된 악보들과 괘선이 그어진 새 종이 두루마리들이 정돈되어 있었다. 그런데 방에서 가장 깊숙한 이 구석은 일상적인 작업의 열정적인 무질서를 드러내지 않았다. 내가 세심하게 분류된 악보들을 손가락 끝으로 비스듬히 빼내어 하나하나 제목을 읽는 동안, 먼지가 하나도 묻어 있지 않은 피아노 뚜껑 위로 내가 손가락을 미끄러뜨리는 동안, 내 정신에 들어박히는 이미지는 쌀쌀하고 심지어 얼음처럼 차가워졌다. 그것은 생가(生家)-박물관들의 이미지였는데, 그런 곳들을 방문하는 사람이 가로지르는 방들 가운데 하나에는 예전에 저명한 인물의 손때가 묻은 거룩한 탁자,

의자, 잉크스탠드, 여전히 다듬어져 있는 펜들이 팽팽하게 당겨진 사슬과 게시판에 의해 차단된 채 구석에 놓여 있으며, 그런 곳들의 말끔하게 먼지 털어낸 무질서에는 삶의 떨림이 아니라 장례의 딱딱함이 배어 있게 마련이다. 활활 타는 장작불만이 비추는 방의 이쪽은 벌써 땅거미에 잠겨 있었다. 동쪽으로 출입창의 양쪽에 나 있는 널찍한 채광창들은 내가 길에서 관찰한 소사나무 울타리 쪽의 잔디밭 너머를 바라보고 있었다. 내 시선은 이쪽에서 나무들의 꼭대기 쪽으로 미끄러지듯 움직이다가 작은 협곡을 굽어보는 가파른 비탈에서 멈추었다. 작은 정원의 무성한 가장자리가 분간되었다. 숲은 모래가 깔리고 갈퀴로 긁은 자국이 난 숲속의 빈터를 사방에서 둘러싸는 듯했다. 출렁거리는 바닷소리가 숲속의 빈터를 가을 모래톱처럼 쓸고 지나갔다. 때때로 한바탕 불어오는 돌풍에 나뭇잎들이 날아올라 흔들리는 창유리에 들러붙었고, 장작불에도 고립과 축축한 냉기의 분위기가 방으로 밀려왔으며, 장작불의 반사광이 천장에 어른거리는 상부는 벌써 어둠에 잠겼지만, 아직도 채광창들을 통해 들어오는 햇빛은 양탄자들 사이로 광택 있는 마루판, 전등들의 구리 갓, 피아노의 니스 칠한 뚜껑을 약하게 비추었다. 비어 있는 넓은 방은 밤을 향해 출범 준비를 했고, 나는 조금쯤 편안한 기분이었다. 누군가가 이 시간에 여기 그의 집으로 돌아올 수 있으리라고는 생각하기 어려웠다.

나는 창유리를 통해 흠뻑 젖은 정원으로 날이 저무는 것을 바라보는 동안 이따금 귀를 기울였다. 마치 나만 혼자 집에 남겨진 듯했으며, 몹시 잘 울리는 이 방까지는 어떤 소리도 도달하지 못했다. 서성거리는 데에 진력이 난 나는 벽난로 모퉁이의 안락의자에 앉았고, 맥없이 장작불을 뒤적거렸으며, 시간을 보내기 위해 칸막이 악보 선반 위에 개봉되지 않은 채로 놓여 있는 조간신문을 펼쳤다. 내가 멍한 눈으로 전황 공보를 다시 읽는 동안 — 건넌방에서 끈질기게 울리는 전화벨 소리가 졸다 깬 사람의 귀에 갑자기 들려오듯이 — 카이저슬라우테른이라는 지명이 내 정신에 뚜렷이 새겨졌다. 나는 신문을 장작불의 희미한 빛 쪽으로 가까이 가져가서 신문지의 접힌 자국의 주름을 신경질적으로 손가락을 놀려가며 폈다. 모든 비행기가 무사히 귀환했다는 의례적인 발표를 찾아볼 수 없었다. 나는 기차역에서 산 신문들을 급히 펼쳤으나, 거기에서도 마음을 놓이게 하는 짧은 문장은 찾아볼 수 없었고, 열쇠를 잃어버렸을 때처럼 짜증이 났다. 인쇄상의 실수가 아니었다.

나는 나의 신경과민을 살펴보려고 애썼다. 하지만 어둠에 잠긴 방의 정적이 참기 힘들었고, 바람을 쐴 필요가 있었다. 출입창을 열고는 축축한 조약돌을 삐걱거리게 하면서 정자까지 몇걸음 나아갔다. 바깥은 날이 완전히 저물지 않았고, 정원과 정자 사이로 서쪽 지평선의 둥근 구름지붕 아래에는 확연히 더 밝은 납빛 틈새가 아직 벌어져 있었다. 바람이 차가워졌고, 때로는 날씨가 일시적으로 갤 것을 예고하는 돌풍처럼 숲 위로 휘몰아치는 광풍에 나뭇가지들이 상했다. 그러다가 갑작스럽게 소강상태가 되었을 때, 나는 갑자기 걸음을 멈추고서 귀를 기울였다. 결코 착각이 아니었다. 고요한 어둠과 공조하여 먼 산맥의 봉우리들처럼 거리 탓에 균등한 강도로 울려오는 이 굉음을 나는 플랑드르 시절부터 잘 알고 있었다.

그것은 아주 예기치 못했던 현상은 아니었다. 희미한데다 거리 때문에 이미 강도가 일정해지는만큼 특별히 불길하지도 않았다. 다만 몇달 동안 들려오지 않던 그것이 마침내 들려와 틀림없이 내 귀를 어느정도 긴장시켰을 것이고, 브레-라-포레의 개구쟁이라면 누구나 저녁에 학교가 끝나고 돌아오면서 길의 어느 굽이에서 그것을 들을 수 있는지 알고 있었다. 머리가 얼떨떨해지고 다리가 묵직해진 나는 경직된 채 그 소리에 귀를 기울였다. 큰길들을 휩쓰는 더 건조한 바람에 실려오는 그 소리는 분명히 북쪽의 먼 포성이었다. 사방이 어둑해지는 가운데 그 소리가 들려오자 대지는 소스라쳤다. 나는 기분이 바뀌어 응접실로 되돌아왔다. 진흙투성이 발을 거리낌 없이 나부대고 꼬리와 귀를 흔드는 강아지만큼 친숙한 소리가 열린 출입창을 통해 유리와 반들반들한 가구 사이로 나를 뒤따라왔다. 나는 스위치를 눌러 전등을 켜고, 담배에 불을 붙이고, 짜증스러운 동작으로 이미 캄캄해진 채광창들에 등을 돌려 멍한 눈으로 서가를 훑어보았다. 더 거센 돌풍에 정원의 나무들은 옆으로 휘었고 나뭇가지들이 우지끈 부러졌으며, 모든 불빛이 꺼졌다. 나는 갑작스러운 어둠에 놀란 나머지 안락의자의 팔걸이를 붙잡고 깊숙이 내려앉아 한동안 꼼짝없이 기다렸다. 컴컴한 방으로 포격전의 굉음이 더 확실하게 밀려들었다. 방이 소스라치듯 흔들리는 바람에 때때로 벽난로 위에 놓인 작은 유리 비너스 상들이 서로 부딪혀 소리를 냈다. 몽상에 잠기기에나 좋을 법한 이 집에 나를 이처럼 홀로 내버려두다니 야릇한 일이었다. 그렇지만 나는 오랫동안 꼼짝도 하지 않고 앉아 있었다. 나는 어린시절부터 집이 꽉 닫힌 채 어슴푸레한 분위기에 잠겨들 때의 느낌을 늘 좋아했고, 썰물이 불러일으키는 모호한 감정, 불을 켜기 전 빈방에서 한동안 잠기게 되는 신경의 전율을 늘 맛보았다. 나는 벽난로 위의 유리 세공품들이 가볍게 부딪히는 소리, 어둠 덕분에 낮의 소음으로부터 점차 풀려나는 추시계의 한결같은 똑딱소리를 가만히 듣고 있었다. 마주 보이는 벽난로의 거울에서는 마지막 햇빛 웅덩이가 주석과 수은의 합금 색깔로 이제는 방에서 정말로 유일하게 흐릿한 빛을 발하고 있었다. 압박감을 주는 하루가 끝나가고 있었는데, 뒤이어 오는 것은 정확히 말해서 밤이 아니었다. 나에게는 오히려 잠든 방들 한가운데에서 흔들리는 작은 불꽃처럼 한결같고 고요한 저녁나절인 듯했다.

어떤 것도 살아 있는 것 같지 않다. 정전이 되었을 때 시골의 캄캄한 어둠속에서 부드럽게 풀리는 마음만큼, 다시 뛰기 시작할 집의 따뜻한 심장처럼 마치 잠에서 깨어나듯 비추기 시작하여 벽을 따라 흐르는 작은 빛의 파동만큼 느닷없이 어머니 같은 느낌을 주는 것은 없다. 나는 복도 안쪽에서 흔들리며 나타난 희미한 빛을 막연한 행복감에 들떠 잠시 바라보다가 벌떡 일어나서는 문 쪽으로 걸어갔다. 어둠속에서 늘어져 있는 내 모습을 누군가가 갑자기 볼까봐 찜찜하던 참이었다.

나를 안내한 여자를 내가 알아본 것은 몇초가 지나서였다. 처음과 똑같은 주의력과 경각심 그리고 놀람의 파동이 나에게 이번에는 한층 더 분명하게 밀려왔다. 먼저 스카프의 한자락이 가볍게 스치는 맨팔의 씰루엣만이 보였는데, 문을 지나는 이 씰루엣의 우아하면서도 감지할 수 없을 만큼 작위적인 몸짓 때문에 두 갈래 촛대의 불꽃이 높아졌다. 엷게 떨리는 빛 덤불 뒤로 눈과 입술만 반짝였을 뿐이다. 짙고 거의 산발한 검은 머리카락 더미는 벽에 찰싹 달라붙는 확대된 그림자 속으로 자취를 감추었다. 들어올린 팔의 동작은 탁자를 찾는 데 걸렸을 시간보다 잠깐 더 오래, 조금쯤은 잠자는 환자의 얼굴을 비추듯이, 죄수가 있는지 확인하는 야간 순찰대처럼 어느정도 몽환적인 자기만족의 분위기를 풍기면서, 일시정지된 상태를 유지했다.

"늦게 와서 죄송합니다." 마침내 그녀가 근무중인 가정부 같은 말투로 말했다. 이 말투는 촛대를 들어올리고 있는 팔의 기묘한 동작과 잘 어울리지 않았다. 요즘 그 장면이 매우 자주 떠오른다. 그것은 더이상 잘리지 않는 나뭇가지들이다.

"뉘에이유 중위는 아직 도착하지 않았습니까?"

그녀는 대답하지 않고 내게는 다시금 낯설게 느껴지는 동작으로 그저 머리와 어깨를 흔들었다. 그녀의 동작에 당혹감이 스쳤다. 그것은 대답이라기보다는 오히려 자신의 시선에서 나를 한순간 사라지게 하는 막연한 거부였다.

"하지만 내가 그의 전보를 잘못 읽은 것 같지는 않는데요. 분명히 오늘 오후에 오라고 했습니다."

순간적으로 짧은 정적이 흘렀다.

"맞습니다." 그녀가 나를 바라보지도 않고 울림 없는 목소리로 말했다. "틀림없이 무슨 사정이 있었겠지요."

씰루엣은 어두운 복도로 사라졌고, 나는 다시 혼자가 되었다. 이제는 창유리에도 어둠이 깃들어 그렇지 않아도 슬프게 느껴지는 방 분위기가 더 무거워졌다. 가끔씩 가구 모퉁이의 반질반질한 반사광이 방의 어둠에서 빠져나왔고, 바닥에서는 고급 모직 양탄자의 굵은 잿빛 장식 끈들이 애벌레처럼 움직이는 듯했다. 때로는 더 날카로운 빛줄기가 빛의 가시를 방 안쪽의 테 없는 거울 속으로 찔러넣었다. 나는 손으로 내 위의 서가에서 얼마 전에 출간되어 아직 뜯지도 않은데다 몹시 춥고 생기 없는 이 방을 닮은 소설책을 뽑아들었지만 집중해서 읽을 수가 없었다. 나는 양탄자 위에 떨어져 있는 신문을 다시 집어들고, 마치 내게 중요한 뉴스를 어딘가 건너뛰기라도 한 듯, 다시 훑기 시작했다. 촛불의 희미한 빛이 마치 미약하게 날개를 퍼덕이는 듯이 신문지 위로 부드럽게 내려왔지만 글자를 읽을 수 있을 정도는 아니었다. 나는 다시 신문을 바닥으로 슬며시 떨어뜨리고는 안락의자에 몸을 웅크렸다. 나는 불꽃 끝부분에서 그을음이 나선형으로 피어올라 어둠속으로 사라지는 것을 멍하니 바라보았다. 아련한 대포 소리는 정원 쪽으로 살짝 열려 있는 문을 통해 계속 흘러들어왔고, 나는 마치 귀가 가슴에 달려 있는 듯 온 신경을 집중하여 복도 너머 집의 심장부에서 나는 소리를 감지하려 애썼다. 그 여자는 어디로 물러갔을까? 나는 그녀가 누구인지, 여기에서 무엇을 하는지 거의 자문할 생각을 하지 않았다. 나의 방기 상태에 대해서도 건성으로밖에는 놀라지 않았다. 심지어는 때때로 더이상 뉘에이유를 생각하지도 않았다. 나는 어둠에 싸인 집 어딘가에 빽빽하게 살아 있는 그 짙고 검은 머리카락 더미를 생각했다.

벽난로 위의 추시계가 깊은 어둠속에서 가냘픈 울림으로 일곱시를 쳤고, 내가 일어서서 한 손으로 촛대를 잡아들자 초들의 작은 불꽃이 누웠으며, 방 안쪽의 거울과 긴 물웅덩이 같은 피아노가 활기를 띠기 시작했다. 일곱 번의 가느다란 금속음 때문에 백일몽에서 깨어난 나는 아무 생각 없이 복도로 나가 걷고 있었다. 집의 어둠은 갱도의 어둠 같았다. 두꺼운 양탄자 때문에 발걸음 소리가 약해지는 가운데 나는 아무런 소리도 내지 않고 나아가다가, 고요함에 겁을 먹고는 일부러 요란하게 촛대의 손잡이를 가구에 한두 차례 부딪쳤다. 나는 머리 위에서 어두운 구멍 속으로 곧장 자취를 감추는 계단 앞을 지나다가, 호기심에서 몇단 올라가서 촛불들의 불꽃을 내 위에서 한순간 흔들었는데, 또다시 층계참에서 거울의 반사광이 내 위로 빛났고 난간의 몇몇 구리살을 조금 반짝이게 했으며, 응접실에서처럼 여기에서도 모든 것이 니스를 바른 듯 반짝이고 차갑고 활기 없어 보였다. 백화점에서 야간 순찰을 도는 것도 이보다 더 텅 비고 특징 없다는 느낌을 일깨우지는 않았을 것이다. 나는 꽤나 머뭇거리다가 쑥 들어간 측면을 향해 직각으로 꺾어지는 복도를 계속 따라갔다. 벽을 따라 미끄러지듯 스며드는 빛의 통로 뒤로는 응고된 공기가 다시 채워지는 듯했다. 오른쪽에서 열려 있는 문의 장방형을 알아본 나는 혹시라도 내가 홀로 버려진 상태가 아닌지 자문하기 시작했다.

방의 문턱 너머로 팔을 뻗어 촛대를 내밀었을 때, 얼른 보기에는 아무도 없는 것 같았다. 가구 없는 방에는 흰색과 검은색 타일이 깔려 있었고, 기도용일지 모르는 탁자의 모서리만이 어둠에서 삐져나와 있었다. 이윽고 촛불들의 빛이 내부를 비추자, 맞은편에서 자명종의 똑딱거리는 소리가 들려오는 선반, 발 하나 달린 조그만 버들가지 원탁에 놓여 있는 반짇고리를 알아보았고, 나를 안내한 여자가 탁자의 가장자리에 꼼짝 않고 앉아 있다는 것을 알아차렸다.

마치 예기치 못한 불빛에 몸짓을 중도에 멈추기라도 한 듯이 그녀의 얼굴은 나를 향하고 있었으며 그녀의 팔뚝은 세워져 있었는데, 이 멈춘 몸짓은 탁자에 팔꿈치를 괴고 두 손바닥으로 얼굴을 감싼 그녀의 모습을 방금 전인 듯 생생하게 보여주었다. 매정한 불빛을 받은 타오르는 듯하고 어두운 눈의 표정이 너무도 분명히 넋을 잃은 표정이어서 나는 그저 다소곳한 몸짓으로 탁자 위에 촛대를 올려놓았는데, 흐릿한 얼굴은 단숨에 어슴푸레한 빛 속으로 다시 잠겨들었지만, 불시의 방문객에게 몸단장하는 모습을 보이게 된 여자가 팔을 내려 노출된 젖가슴을 본능적으로 가리는 여자처럼, 벌써 그녀는 순수한 반사적 방어반응으로 말을 하기 시작했다.

"저녁식사는 곧바로 준비될 거예요. 초가 부족해서요. 기다리게 해서 죄송합니다."

"저녁식사가 문제라고는 생각하지 않습니다. 뉘에이유 중위가 아직도 오지 않는군요. 부질없이 그를 더 오래 기다리고 싶지는 않습니다. 확실히 무슨 사정이 있을 것입니다."

"그래요." 목소리가 약해서 거의 속삭이는 소리 같았다. 한결 친밀감을 불러일으키는 촛불들의 빛이 목소리의 어조를 낮추게 한 것인데, 나는 이 분명하지 않은 목소리의 관능적인 음악성과 동시에 거기에 감춰져 있는 다정한 애원에 강한 인상을 받았다. 갑자기 이 캄캄한 집에 우리뿐이라는 감정이 처음으로 느껴졌다. "이 시간에는 브레 역으로 오는 기차가 더이상 없습니다." 그녀가 더 조급한 낮은 목소리로 말했는데, 이것은 딱한 거짓말을 더욱 두드러지게 했다.

"그럼 어떻게 하죠?"

"기다리고 싶지 않으세요?" 그런데 또다시 목소리에 뿌리치기 어려운 신중한 애원이 스쳤다.

"좋아요……" 내가 짧게 망설이고 나서 말했다. 나는 아마도 결심하기가 크게 어렵지 않았던 것 같았다. "그러면 저녁식사를…… 촛불이 하나 필요하지 않을까요?" 내가 약간 거북살스럽게 말을 이었다. 나는 동정을 받고 주눅이 든 느낌이었다. "집안이 몹시 어두워요."

"예……" 가장 단순한 외마디 말들이 그 입에서는 더 무겁고 거의 육감적이라 할 만한 의미를 띠었다. 동의도 거부도 아니었고, 오히려 매번 액막이이며 고백인 것 같았다. 아니요는 불안하고 당혹스러운 내면의 폭발 같았고, 예는 확신에 찬 포근한 항복 같았다. 그녀는 일어나서 선반 위의 단순한 모양의 촛대를 손으로 잡았고, 나는 내가 들고 온 촛대를 기울여 그녀가 쥐고 있는 촛대의 초에 불을 붙였다. 좀더 따뜻한 빛의 파동이 벽 위로 번져갔고, 우리는 술을 마시기 전에 술잔을 부딪는 사람들처럼 희미한 빛 쪽으로 얼굴을 숙이고 눈길을 보내면서 한순간 말없이 웃었다.

"조금 있다가 부르러 가겠어요." 그녀가 변함없이 낮고 단조로운 목소리로 말했다…… 걱정하실 것 없습니다."

또다시 나는 어두워진 응접실로 돌아왔다. 포성은 어둠 쪽에서 응접실을 부수는 듯했다. 파도와 마주하고 있는 황량한 해안의 그 별장들처럼 집이 둘로 갈라지는 것 같았다. 벽에 부딪히고 창유리를 떨게 하는 먼 바다의 세찬 밀물 뒤로 내 등 뒤 복도 너머에서 집의 뒷부분이 풍기는 수도원 경내 같은 뜻밖의 그윽함, 이를테면 닫혀 있고 조용한 어둠, 장롱에서 오래된 향기와 함께 새어나오는 것 같은 먼 옛날부터의 어둠을 나는 여전히 생생하게 느끼고 있었다. 이 여자는 누구일까? 나에 대한 그녀의 태도는 우리가 만나는 여자를 분류하기 위해 이용하는 매우 간단한 건반에서 보자면 어떤 뚜렷한 건(鍵)에도 속하지 않는 것이었다. 개인의 입장을 떠난 공손한 말씨, 접대를 할 필요가 있을 때만 나타나는 버릇으로 보아서는 단순히 가정부라는 생각이 들지만, 느닷없이 전부 당신만을 위해 존재하는 것이라고 암시하는 직접적이고 좀처럼 의례적이지 않으며 거의 대담하기까지 한 그 태도에 비추어보면 그렇지도 않았다. 집을 관리해주러 온 먼 친척이라면 더 자유롭게 말했을 테고 뉘에이유라는 성이 아니라 그의 이름을 불렀을 것이다. 안주인 같은 하녀라는 진부한 관념이 내 상상 속에서 감돌면서 우습게 보고 빈정거리는 듯한 새쭉한 표정을 짓게 했다. 내 정신은 한가지 가능성에서 또다른 가능성으로 확신 없이 오가는 동안에도, 어떤 여자인지 알아야 할 긴급한 필요를 별안간 증발시켜버리는 고정된 이미지, 즉 캄캄한 방의 구석에서 양 손바닥에 묻은 그 얼굴을 덧그리고 길게 늘어놓았다.

이따금 포격전의 굉음은 아까보다 더 둔중하게 창유리를 두드렸다. 어둠이 내린 탓에 거리는 단축되지 않았지만 추상적이고 거의 비물질적으로 변했으며, 문으로 전해오는 이 둔중한 충격과 나 사이에 이제는 아무것도 없는 것 같았다. 내가 기차역의 승강장에 발을 내려놓자마자 느꼈던 고립된 인상이 기묘한 몽상으로 흘러갔다. 빠리는 이 흠뻑 젖은 숲, 이 칠흑같이 어두운 폭풍우에 의해 내게서 격리되어 돌연 매우 멀리 떨어져 있는 듯했다. 내가 여기 그다지 자유롭지 않은 변방에 있다는 느낌이 내 마음속에서 움텄다. 버려진 독립 지역, 말하자면 사람들이 떠나고 행정관청이 벌써 옮겨가지만 아직은 적이 돌파해오지 않은 지대 중 하나라는 느낌이었다. 나는 잡초가 무성한 정원 안쪽에 여러 해 전부터 들어박혀 있고 물웅덩이들로 둘러싸여 있으며 나뭇가지들이 세차게 스치는 별장들을 내 주위에 불안스레 그려보고서, 그곳들의 음산한 연못 같은 정적 속에서 은밀한 위험 신호처럼 떨리는 창유리 소리에 가만히 귀를 기울이고 있었다. 때때로, 풍향이 급변하여 얼마 동안 포성이 장막처럼 비켜날 때, 나는 크게 자란 나무숲들로 몰아치고는 일시적으로 가라앉았다가 재형성되고 나쁜 밤을 위해 숨을 가다듬는 뇌우에 귀를 기울였다. 「말라 노체」(Mala noche, 고야의 에칭 판화 연작 『변덕』의 서른여섯번째 작품. 제목의 의미는 '나쁜 밤'이다. 고야는 이 작품에 다음과 같은 설명을 덧붙였다. "집에 머물러 있기를 싫어하여 떠도는 소녀들은 이와같은 역경에 직면한다.")…… 이 말이 내 정신을 가로질렀고 느닷없이 내 정신에 힘차고 생생한 흔적을 남겼다. 촛불들이 너울거리는 희미한 빛 속에서 이미지들이 내 정신 속으로 미끄러지듯 순조롭게 스며들었고, 별안간 고야의 판화에 대한 기억이 나를 삼켜버렸다. 이미지들을 몰고 오는 폭풍우 치는 밤의 불투명한 납 광산 빛의 배경에서 검은 모습과 하얀 모습의 두 여자가 보인다. 달 없는 이 깊은 밤에 이 외딴 황야에서는 무슨 일이 일어나고 있을까? 유아살해의 마녀집회 아니면 유괴? 야간 회합의 은밀하고 다투기 쉬운 측면은 아기를 유괴해 감춰놓은듯 부풀어 있는 검은 씰루엣의 육중한 치마에, 무거운 눈꺼풀이 처져 있고 몽골인처럼 무표정한 그늘진 얼굴에 온전히 감춰져 있다. 하지만 어둠 위로 하얀 씰루엣의 윤곽을 뚜렷이 드러내는 생석회 빛, 밝은 치마를 허리까지 쳐들리게 하여 완벽한 다리를 드러내고 베일을 깃발처럼 펄럭이게 하며 머리카락을 휘날려 어깨와 매력적인 머리의 윤곽을 드러나게 하는 어지러운 바람, 이것들은 전적으로 욕망의 빛이고 욕망의 바람이다. 어둠 쪽으로 돌려 감춰진 얼굴은 사람들이 보지 않는 것을 바라보며, 자세는 일률적으로 두려움이나 매혹 또는 경악의 자세이다. 욕망의 원시적인 익명성이 있으며, 치맛자락 걷어 올리고 채찍질을 당하지만 뭔지 모를 숨겨진 우아함이 지배하는 이 씰루엣, 베일을 눈과 입에 달라붙게 하고 넓적다리를 드러내는 이 거친 바람에는 어떤 더 나쁜 유혹이 있다.

아무도 오지 않았다. 한번 더 나는 안락의자에서 일어나 귀를 기울였는데, 때때로 슬레이트 기와 하나가 떨어지면서 울리는 분명한 소리, 쓸쓸한 안뜰로 휘몰아치는 바람소리 외에는 집의 안쪽에서 어떤 소리도 들려오지 않았다. 나는 문을 지나 어두운 정원으로 몇걸음 나아갔다. 비는 그쳤지만 돌풍이 곧장 나를 휘감았다. 짙은 어둠속에서 나뭇잎들이 무더기로 날렸다. 넓은 장소로 나왔기 때문인지 북쪽에서 들려오는 요란한 대포 소리가 안정성과 기이한 단조로움을 띠었다. 이제는 지평선에 자리잡은 폭풍우의 급변을 가로질러, 눈이 벽에 부딪히듯이 지평선에 부딪히는 귀에 어떤 빈도 또는 음량의 변화도 감지되지 않았다. 뉘에이유가 아직 올 수 있으리라는 생각은 갑자기 터무니없어 보였다. 폭우의 이 요란한 소음, 무너지는 이 지평선에서는 살아 있는 것이 도저히 나올 수 없을 듯했다. 정원 안쪽의 눈에 띄지 않는 소사나무 울타리들 위로 소나기가 쏟아지면서 따닥따닥 하는 소리가 났다. 나는 발걸음을 재촉하여 현관 앞의 낮은 층계로 되돌아오는 동안, 돌연히 관심이 급변하여 이미 나는 다시금 친숙한 발자취를 따라갔고, 이제는 집의 뒤편에서 안뜰의 벽에 비치어 춤추듯 흔들리는 희미한 빛을 눈으로 뒤쫓았다.

비가 억수같이 내린 그 만성절을 돌이켜 생각할 때, 그때의 조명을 정확히 밝히려고 애쓰는 것보다 나에게 더 중요해 보이는 것은 없다.

촛불들의 떨리는 미광으로 말미암은 그 위태롭고 불안정한 내밀성, 몽상적이면서 동시에 음산한 그 평화로운 탄생의 분위기가 없었다면 어떤 것도 그런 식으로 일어날 수 없었으리라는 생각을 떨칠 수 없다. 때때로 바깥의 돌풍이 문들의 틈새로 어찌나 세차게 불어닥쳤는지 가느다란 불꽃들이 옆으로 기울었고 그럴 때마다 그림자들이 벽면에서 이리저리 흔들렸다. 하지만 어둠이 온전히 위협인 것은 아니었다. 졸졸거리는 개울에 뿌리를 내리고 자라는 기다란 풀처럼 불꽃이 옆으로 눕기는 했어도 꺼지지 않고 일렁였다. 미약하나 강인하고 마르지 않는 빛의 원천, 주변으로 어둠의 울타리를 없애는 보호받고 포근한 작은 배와도 같았다. 창유리로 칸막이하여 그토록 어설프게 방어되는 일본식 주택의 이 방에는 폭풍우의 눈이 있었고, 변덕스러운 희미한 빛 때문에 빛과 그림자의 무대, 비현실의 극장이 세워졌다. 깜박 잊고 커튼을 치지 않은 불 밝힌 방의 발코니에서 어둠에 싸인 거리를 한가한 눈길로 한없이 바라볼 때면, 느리게 흐르는 물 위에 떠 있는 것 같은 씰루엣들이 그 생소한 내부의 수족관에서 움직이는 체스의 말들만큼이나 이해할 수 없는 방식으로 움직이는 것을 볼 수 있다. 보이지 않는 문이 그 씰루엣들을 하나하나 흡수하고, 마침내 마지막 씰루엣만이 움직이는데, 그것은 눈이 더이상 뚜렷이 드러나지 않고, 잔잔한 물결처럼 율동적으로 밀려오는 뭔지 모를 정신착란에 갑자기 시달리는 듯하다. 이 단속적이고 평온한 정신착란자(여성이다), 마치 한 손을 때때로 창유리에 대고 있는 듯이 수양액(水樣液) 속에서 오가는 이 인간 잠수 인형에 시선이 집중되는 동안 심장은 뛰기 시작한다. 나는 그 낯선 광학상자들 중 하나 안에 있었다. 나는 안에 있으면서 동시에 밖에 있는 듯했다. 나는 기다렸다. 나는 더이상 읽지 않았다. 촛불에 대한 한가로운 시선의 관계는 아랍의 단조로운 선율에 대한 매혹된 귀의 관계와 같은

데, 그 선율은 길고 높게 지속되다가 플루트 소리 같은 돌연한 꾸르륵 소리로 종결되고는 팔꿈치를 바닥에 대고 엎드려도 좋다는 것 같은 신호로 또다시 평탄하고 단조롭게 재개된다. 한순간 브레-라-포레의 이미지가 왕의 도로 때문에 여전히 울퉁불퉁하고 약간 꾸불꾸불하며 축축한 거리와 함께 되살아나 내 정신 속에서 맴돈다. 나는 낮은 주택들의 이중 울타리 뒤로 이것들보다 두세 배 더 높고 빨간 기와지붕들 위로 격하게 부풀어오르는 크게 자란 나무숲들을 생생하게 기억했다. 그것은 바다의 위험에 처한 마을 같았다. 4대 기본요소 사이에서 벌어지는 일종의 설욕전에서 거품 이는 숲은 때때로 제방 위로 몰려들 것만 같았다. 그렇지만 틀어박힌 마을의 안쪽에는, 폭풍우 치는 이 오후의 바탕에는 뭔지 모를 보호된 평온이 감춰져 있었다. 나는 집의 안쪽으로부터 다시 복도의 벽 위에서 미끄러지듯 조화롭게 물결치는 희미한 빛을 바라보았다.

나를 위해 식사준비가 되어 있는 방은 음악실보다 좁았지만 거기에도 음악실처럼, 집 전체가 그런 것 같았는데, 발소리가 흡수되는 두꺼운 양탄자가 깔려 있었다. 응접실의 피아노들과 똑같은 투명한 빛으로 번쩍거리는 긴 식탁은 가운데만 식탁보로 덮여 있었다. 은그릇의 광택이 촛불의 빛에 의해 몹시 차가운 잠에서 이끌려나오는 듯한 찬장 위로, 정원 쪽에 나 있는 두 창문 사이의 벽에는 약간 기울어지고 단순한 검은색 테를 두른 긴 거울 하나가 낮게 걸려 있었는데, 가장자리까지 그토록 맑고 그토록 완벽하게 투명한 수면 같아서 들여다보자마자 테두리의 단순함은 귀중한 물질을 다룰 때 요구되는 신중함으로만 보였고, 거기에 비친 방의 자질구레한 물건들은 네덜란드 실내화풍 화가들의 그림에서 찾아볼 수 있는 그 매력적인 어두운 방의 정결함을 연상하게 했다. 어두운 청색의 도안들이 있고 천장처럼 칸막이된 중국 융단을 제외하면 방은 시대의 취향에 비해 도발적으로 보일 만큼 장식이 없었고 이러한 강렬하고 개성 없는 간결미는 어렴풋이 대형 여객선의 호화 선실이나 고급 호텔의 특실을 생각나게 했다.

나는 아주 조용히 저녁식사를 했다. 혼자가 되고 나서 찬장의 큰 쟁반 위에서 흔들리는 유리 인형들의 가볍게 떠는 컬컬한 소음만이 들려왔다. 마치 3년 전부터 집이 닫혀 있기라도 한 듯이, 박물관의 전시물이 잠길 법한 잠에서 삐거덕거리는 가구 소리가 때때로 깨어나는 듯했다. 나는 배고프지 않았다. 집안으로 들어왔을 때부터 나를 떠나지 않았던 목구멍이 조여드는 듯한 느낌은 여전했다. 하지만 불안이나 불길한 예감이 그 정도로 강하지는 않았다. 나도 모르게 눈길이 정면에 있는 낮은 거울을 향했다. 내 뒤로 열려 있는 문의 장방형 안에 여자가 다시 나타날 순간을 엿보고 있었던 것이다.

분명히 하녀였다. 허리에 앞치마를 둘렀고 머리에 흰 천으로 된 끈 달린 모자를 썼으므로, 이 점은 더이상 의심할 여지가 없었다. 그렇지만 나는 어쩔 수 없이 이 외관에 정신이 쏠렸는데, 예상 외로 거의 굴욕적일 정도로 정확하게 갖춰 입은 하녀 복장이 너무나 단정하고 과시적이며 오만한 탓에 그 차림이 접대의 편의를 위한 것인지, 아니면 괜시리 강조된 일종의 격식 때문이지 의심스러워졌고, 그녀는 이제 하녀로서 자신의 시간에 나타나서, 신분을 드러내는 군주처럼 뭔지 모를 위압적인 여유를 되찾는 것 같았다. 그녀가 내 앞의 탁자 위에 내려놓은 촛대의 빛 때문에 자신의 머리와 허리에 묶었다기보다는 오히려 입은 듯이 보이는 이 하얀 장식들의 관례적인 성격이 기묘하게 두드러졌다. 그녀가 약간 기울어진 찬장 곁에서 잠시 등을 돌리고 서자, 아래로 검은색 비단을 무지갯빛으로 빛나게 하는 고상한 긴 다리에 의해 씰루엣의 고결한 성격이 더 돋보였다. 불거진 근육을 따라 화살 모양의 붉은 반점이 올라왔고 스타킹의 가터벨트가 두드러져 보였다.

그녀가 소리 없이 다가왔다. 복도를 덮는 양탄자에 발소리가 묻혔던 것이다. 나는 거울을 통해 내 눈과 순간적으로 교차하는 그녀의 눈, 찢어진데다 눈화장 때문에 관자놀이 쪽으로 약간 길어져 보이는 그 눈에서, 생기있고 매복해 있으며 곧장 억제되는 시선을 엿보았다. 그녀는 눈을 내리깔고 서두르지도 늑장을 부리지도 않으면서 분명하게 중립적이고 차분한 태도로 나의 식사시중을 들었다. 말도 하지 않았다. 그녀의 태도에서 풍기는 어떤 것 때문에 나도 그 순간 그녀에게 말을 걸지 못했다. 그녀는 오히려 중세의 세밀화들에서 기사의 무기와 투구를 받아들고 그에게 음식을 내놓으며 그를 목욕시키기 위해 끈 달린 모자를 쓰고 성문의 도개교(跳開橋) 저쪽에 줄을 지어 기다리는 그 말없고 엄숙한 여인들 중에서 내 식사 시중을 들도록 혼자 파견된 여자처럼 보였다. 그렇지만 한동안 그녀가 방에서 이리저리 오갈 때 그녀의 존재감은 잠시도 잊히지 않았다. 눈에 보이는 침묵 때문에 그녀의 동작과 몸은 충만함을, 당혹스러운 인접성을 갖게 되었기 때문이다. 그녀가 나에게 식사시중을 들기 위해 가까이 왔을 때, 내 손등은 닿지 않았는데도 그녀의 드러난 팔에서 전해오는 약한 듯 강한 열기에 한순간 화끈거렸다.

그녀가 잠시 사라지자 단조롭고 하찮은 소음이 다시 밀려왔고, 나는 창유리를 스치는 희미하게 밝아진 나뭇가지들의 끄트머리를 바라보았다. 내 왼쪽의 칸막이벽 중앙에 걸려 있는 상당히 작은 크기의 그림 하나만이 장식 없는 벽의 단조로움에 변화를 주고 있었다. 촛불들의 빛이 그것을 희미하게 비추었고, 처음에는 어두운 장방형만 간신히 보였다. 나는 하녀가 나간 순간을 이용하여 자리에서 일어나 벽의 촛대를 가까이 가져왔다. 나는 들키고 싶지 않았고, 한심하지만 매력적인 이 조용한 저녁식사를 망칠까봐 벌써 두려워졌다.

그림(에드워드 번-존스(Edward Burne-Jones)의 「코프튀아 왕과 거지 아가씨」. 이 단편의 발상은 이 그림에서 얻은 것이지만, 그라끄의 묘사는 실제의 그림과 다소 다르다)은 짙은 색조였고, 비록 그레비 또는 까르노 시대의 미전(美展)에 부조화를 초래하지 않았을 법한 매우 관습적인 기법은 그다지 눈에 띄게 오래되지는 않았지만, 틀림없이 연속적인 층들로 덧칠되어 본디의 갈색을 평미리치고 흐릿하게 했을 노란 밀랍빛 니스칠은 표면이 비늘처럼 벗겨져 있어 퇴색되고 흐릿하고 낡은 듯한 느낌을 주었다. 나는 그림을 자세히 보기 위해 촛대를 아주 가까이 가져가야 했다. 어슴푸레한 빛이 그림 밑부분의 오른쪽 모서리로 퍼지자, 자주색 외투를 걸친 인물의 구릿빛 얼굴과 이방인의 왕관을 쓴 채 동방박사 같은 자세로 무릎을 굽히고 이마를 숙인 자세가 차츰 드러났다. 이 인물 앞에 왼쪽으로는 맨팔과 맨발에 머리카락의 매듭이 풀려 있는 매우 젊은, 거의 어린 소녀 같아 보이는 처녀가 아주 꼿꼿하게, 그렇지만 머리를 기울인 모습으로 서 있었다. 아주 낮게 수그린 이마, 어둠 속으로 숨은 얼굴, 씰루엣의 엄숙한 수직성은 성모 방문화 같은 것을 생각나게 할 수 있었지만, 드레스는 생생하면서도 동시에 우스꽝스러운 방식으로 웨딩드레스를 연상시키기는 해도 찢어지고 낡은 흰색 누더기에 지나지 않았다. 이 두 마비된 듯한 씰루엣만큼 잠자코 있기란 어려울 것 같았다. 설명할 수 없는 장면 주위에는 어디서 생겨나는지 모를 긴장감이 감돌았다. 보호 장비처럼 그림의 짙고 희미한 빛을 주위로 몰아내는 것 같은 갑작스럽고 강하며 열렬한 부끄러움과 당혹, 말을 넘어선 고백, 역겹고도 다행스러운 항복, 상상할 수 없는 일을 수락하는 정신의 혼미가 엿보였다. 나는 마음의 동요를 느끼고 필요한 적응이 잘 이루어지지 않는다는 것을 의식하면서 그림 앞에 한동안 머물러 있었다.

무어인 왕의 얼굴은 나로 하여금 혹시 오셀로가 아닐까 하고 의심하게 했으나, 데스데모나 이야기는 어떤 것도 이 치사스러운 징조의 거북함을 환기하지 않았다. 아니다. 오셀로가 아니다. 그렇지만 셰익스피어…… **코프튀아 왕이다!** 거지 처녀에게 반한 코프튀아 왕……

코프튀아 왕이 거지 처녀를 사랑했을 때.

(「로미오와 줄리엣」의 2막 2절. 셰익스피어의 작품에서 코프튀아 왕은 이밖에도 「헨리 4세」(제2부 5막 3장)와 「잃어버린 사랑의 고통」(1막 2장)에 언급되는데, 이 구절의 원전은 더 오래된 민요시이다)

그녀는 내 예상보다 더 일찍 돌아왔다. 내가 식탁으로 가서 다시 앉으려고 재빨리 발걸음을 옮기자 옆으로 기울어지는 초의 불꽃에 벽 위로 그림자들이 흔들렸고 그녀의 씰루엣은 이미 문의 테두리 안에 들어와 있었다. 아주 짧은 순간 그녀는 한 발이 문지방에 잠깐 멈춘 상태로 붙박인 듯 보였다가, 뒤이어 양탄자 위에서 다시 조용하게 미끄러지듯 움직이기 시작했다. 시선을 어색하게 떨어뜨리고서 들어오는 것이 바람에 밀려오고 밀려가는 가볍고 무거운 파도의 몰려듦과도 같았다. 그녀는 나를 보았고, 아주 짧은 순간 어안이 벙벙해했다. 하지만 그녀의 충격에는 당혹스러움도 마음의 동요도 없었다. 그녀가 나에게 정원의 출입문을 열어주었을 때부터, 그녀에게는 "사정이 그렇게 된 것입니다"라고 말하는 듯했던 어떤 몸짓도 없었다.

저녁식사가 끝나자, 내게는 불안이 엄습했다. 어둠속으로 말없이 은밀하게 잠겨드는 이 집에서 무작정 기다리기가 불가능해졌다. 나는 음악실을 바라보다가 수화기를 들었다. 겨울이면 외딴 시골 기차역 대합실에서 지칠 줄 모르고 떠는 차가운 종만큼이나 하찮은 전화벨이 허공중에서 내 귀에 오랫동안 울렸다. 모든 통신이 두절된 것 같았다. 나는 늦은 시간임에도 우체국까지 가서 라 푸즈레로 호출 전화가 왔었는지 알아보기로 마음먹었다. 차가운 공기를 쐬는 것도 나에게 좋을 듯했다. 비는 이미 그쳤고 폭풍우는 가라앉았다. 때로는 바람이 갑자기 멈추었고, 길에서는 담벼락 위로 물기 빠지는 숲의 물방울 듣는 소리가 들려왔다. 어두워진 골목길이 는개로 가득했다. 수북한 나뭇잎 아래 길의 조약돌들 사이로 곳곳에 물이 스며들어 있었고, 내 위의 나뭇가지들 사이로 약간 더 맑고 압지처럼 물을 머금은 하늘에서 미끄러지듯 움직이는 습하고 뿌연 구름은 바로 그 숲의 꼭대기를 짓누르는 듯했다. 이따금 나는 한참동안 멈춰 서서, 어둠으로부터 올라오는 진한 흙냄새를 한껏 들이마셨고, 부서지는 해소(海嘯)와 같고 거의 가라앉아서 자연스러운 느낌을 주는 아련한 천둥소리에 귀를 기울였다. 기이하게도 갑자기 모든 밧줄로부터 아주 멀리 떨어져나가 어찌할 바를 모르고 둥둥 떠다니는 느낌이 들었다.

큰길에서 그다지 멀지 않은 우체국은 짧은 골목길 중 하나에 인접해 있었는데, 이 골목길들은 한동안 정원들의 담장을 끼고 이어지다가 밟아 다져진 희미한 보행로가 옆으로 나 있는 구간에 접어들고는 거의 곧바로 숲속의 오솔길들로 이어졌다. 모든 겉창이 닫혀 있는 노란색 규석 정자는 산림 감시원의 집처럼 나무들 사이에 박혀 있었고, 10미터만 나가도 사라져버릴 점토질 보도는 물웅덩이들로 덮여 있었다. 너무나 외진 곳으로 보였고, 그래서 거의 다 왔다고 잘못 확신했다가, 물웅덩이들 사이로 갈지자를 그리며 나아가다 못해 손전등을 켰다. 빛바랜 파란 표시판이 전짓불에 드러났다. 여기저기서 물방울이 나뭇가지들에서 눈물처럼 떨어졌고, 우체통의 구멍은 폭풍우에 날려온 넓고 축축한 노란색 나뭇잎들로 막혀 있었다. 꼼짝없이 겨울나기를 하고 있는 이 작고 누추한 건물에서는 어떤 소식도 나올 수 없을 것 같았다. 그렇지만 나는 작은 뜰의 문을 따라 늘어져 있는 쇠사슬을 잡아당겼다. 담 뒤에서 큼직한 수도원 종이 잠에서 깨어나 빗물에 젖은 너도밤나무 숲으로 경보음을 울려댔다. 요란한 소리에 겁먹은 나는 본의 아니게 담벼락에 기대 몸을 웅크렸다. 종소리가 그치자마자 다시 포격전의 소음이 큰길로 울려왔고, 이제는 바람이 잤으므로, 생기 없는 물웅덩이들에서 미약하게 잔물결이 이는 것은 오직 이 소음 때문인 것 같았다. 이삼분 후에 나는 위층의 한 덧창 뒤에서 아마도 방금 전에 울린 종소리와는 관련 없는 듯싶은 희미한 불빛이 깨어나 흔들리는 것을 보았다. 종소리에 대한 반응 같다기보다는 오히려 잠시 지나가는 겨울밤의 불면이며 멍한 몽상 같았다. 희미한 불빛이 꺼졌다. 재차 종을 울렸지만 다시 켜지지 않았다. 잠시 나는 누군가가 감시창을 통해 얼굴을 뚫어지게 바라보고도 맞아들여지지는 않는 사람처럼 물웅덩이들 사이에 어쩔 줄 모르고 가만히 서 있었다.

서둘러 되돌아갈 이유는 전혀 없었다. 이상하게도 종소리 덕분에 나는 약간 공식적인 근심에서 풀려나 있었고, 이제는 아주 가까이 다가온 하나의 이미지에 사로잡혔는데, 그것은 내 구두 바닥 아래에서 비거덕거리는 자갈과 잎이 우거진 잔가지들에서 듣는 납빛 물방울들을 가로질러 나를 마중하러 올 등불의 이미지였다. 내가 응접실에서 불시에 목격했던 것과 같은 등불을 불빛에 보물 상자 비춰보는 사람처럼 약간 엄숙할 정도로 느릿느릿 들어올리는 맨팔의 동작에 모든 신경이 집중되었다. 누군가가 나를 기다리고 있다는 감정에 내가 이토록 사로잡힌 적은 결코 없었다.

나는 곰곰이 생각했다. 더 정확히 말해서 뒤죽박죽인 나의 길 앞으로 내 생각들이 달려나가도록 내버려두었다. 내가 촛불로 그림을 비추자마자, 그림에 함축되어 있는 고백의 성격, 그와 동시에 내가 명백히 원해서 그림을 발견한 것은 아니었다 해도 어쨌든, 아니 정반대로, 그림을 발견하지 못하게 할 여지는 전혀 없었다는 생각이 왜 내게 느닷없이 그토록 강한 인상을 주었던 것일까? 여러 해 전부터 이 식탁에서 그녀는 거울이 거울 속의 얼굴에 기운을 불어넣고 마법을 걸듯이 이 그림이 압축하고 신성화하는 다정하고 숨 막힐 듯한 거북함에 몸짓과 눈길이 옭매인 상태로 그처럼 말없이 관례에 따라 뉘에이유의 식사시중을 들었던 것일까? 나는 뉘에이유의 돌연한 은거를 생각했다. 나는 라푸즈레에서 최근에 보낸 평온한 여름들, 삐거덕거리는 소리가 나는 니스 칠한 방들의 공간, 새초롬하게 내리깐 속눈썹의 싱그럽고 예민한 울타리 같은 별장 주위의 짙은 녹음을 상상했다.

우체국 골목을 떠난 나는 마을의 중심부로 거리를 한동안 계속 거슬러 올라갔다. 돌아가야 한다는 생각이 머리에서 떠나지 않았고 그러자 마음이 조급해졌다. 시간의 여유를 얻을 필요가 있었다. 갑자기 내 발소리가 포석 위로 울렸고, 굳게 닫힌 집들의 산울타리에서 올라오는 유령 나올 듯한 정적이 한동안 물러났다. 하지만 거리의 울림 자체는 내가 작은 집들 중 하나의 앞을 지나가고 있다고 내게 알려주는 유일한 것이었는데, 나는 이 울림에 힘입어 별장으로 되돌아가면서, 내 발걸음과 동시에 자갈길 위에서 갑자기 바드득 소리를 내는 그 발걸음이 내게 불러일으켰던 전율에 다시 사로잡혔다. 그 발걸음은 다소곳하고 유순하지만 은근히 권위적이며 숙달되어 활기찬데다, 반들반들한 방들을 밤낮으로 누비고 다니면서, 말 없고 부자유스러운 고상한 언어이지만, 기묘하게도 무언가를 올곧이 전달하는 것이었다.

낮 동안 줄곧 소나기가 퍼붓다가 밤이 되어 바람이 자고 비가 그치면, 마을의 거리는 코르셋을 푼 듯 느슨해지고 살아 숨쉬는 듯하며 꽃처럼 활짝 피어나니 마치 외투를 벗고 밝은색 드레스 차림이 되는 여자 같다. 나는 브레의 시장 앞을 지나갔고, 기차역까지 가파르게 내려가는 짧은 숲길을 넘어 집들의 간격이 다시 벌어지고 길이 숲속으로 다시 사라질 때까지 제법 오랫동안 걸었다. 구름이 빠르게 흩어졌고, 길바닥의 깊이 파인 물구덩이에 축축한 별 두세 개가 비쳤다. 오른쪽으로 숲길 안쪽에서 별안간 세찬 급류가 수풀에서 튀어나오는 짐승처럼 밭에 흙 부스러기를 이리저리 넓게 흩뿌리며 흘러내렸다. 물에 씻긴 밤은 다시 잘 울리게 되었고, 소리의 자취는 오랫동안 사라지지 않고 되살아나 높아지고 낮아질 때마다 숲속 여기저기로 더 호사스럽게 울려퍼졌다. 나는 한동안 걸음을 멈추고 그것에 귀를 기울였다. 격노한 천사의 소동 같은 아련한 소리가 잠잠해지면서 답답한 밤에 숨통이 트이는 듯했다. 분꽃이 피듯이, 나뭇가지들로 가려진 창문에서 불빛 하나가 잔잔하게 떨면서 노랗게 피어올랐다. 이제 세차게 소리내며 흘러내리는 격류로는 산골짜기에 혼란이 일어나지 않는 것과 마찬가지로 지평선에서 밀려오는 요란한 소동의 물결로도 정적이 깨지지는 않았다. 공기 중에는 고요하고 촉촉한 온기가 퍼져 있었다. 이처럼 폭풍우가 그쳐 긴장이 풀린 나는 가벼운 마음으로 발걸음을 옮겼다. 닫힌 방에서 똑바로 솟아오르는 촛불의 이미지가 거울의 방 한가운데에서처럼 내 정신 속에서 다시 떠올라 고정되었고, 잠시 잠잠해진 숲은 기묘하게 밤을 매혹시키는 이 희미한 불빛을 중심으로 하여 굳어져버린 듯싶었다.

길은 나무들로 다시 막혀 있었고, 나는 어떤 곳으로도 길이 나 있지 않고 물기가 몹시 굼뜨게 빠지는 숲속을 뚫고 나아가다가 가던 길을 되돌아왔다. 때때로 나는 거의 건성으로 뉘에이유를 생각했다. 이제는 평온해지고 너무나 움직임이 없어서 때로는 잿빛 새벽의 띠가 뒤에서 떠오를 것처럼 보이기도 하는 크게 자란 나무숲 위로 전쟁의 소음이 아주 멀리에서 지나갔다. 몹시 늦었다는 생각이 들었다. 뜬눈으로 밤을 지새우고 이른 아침에 자기 집으로 돌아가다가 길가의 덜 어두운 집들에서 사람들이 더 가벼운 잠에서 깨어나 벌써 환기를 시키는 것을 느끼는 사람처럼 나는 물기 빠지는 포석 깔린 길을 걸어갔다. 발걸음을 늦추려고 했지만, 부드럽고 서글프며 예민한 무언가가 깊이 웅크리고 있는 듯한 움직임 없는 이 어둠에 쫓겨 빠른 걸음으로 나아갔다.

라 푸즈레의 철책 출입구는 반쯤 열려 있었지만, 나는 안뜰의 모래밭을 통해 별장 쪽으로 나아가면서 아무도 오지 않았다는 느낌을 받았고, 집 뒤쪽의 창문 하나에만 희미하게 불이 밝혀져 있었는데, 이 불빛은 담쟁이덩굴로 덮인 곳간의 벽을 비추고 있었다. 나는 안뜰의 한가운데에서 잠시 걸음을 멈추고 불이 밝혀진 창문을 두드릴까 말까 망설였다. 인기척에 살짝 흔들린 희미한 불빛은 담쟁이 벽을 떠나 현관의 낮은 층계를 향해 십자형 유리창에서 십자형 유리창으로 미끄러지듯 움직였다. 그것은 시선을 아랑곳하지 않고 놀라서 동요하지도 않았으며 짐짓 늑장을 부리지도 않고 단호하고 느긋하게 나아갔다. 그냥 그렇게. 여기에서는 자신의 도착을 알릴 필요가 전혀 없었다.

내가 현관의 계단을 올라가자 소리 없이 문이 열렸다. 다시 한번 나는 이 똑바른 씰루엣이 불빛을 받아 형성하는, 자세히 관찰하기가 몹시 어려운, 어둡고 불투명한 모습에 충격을 받았는데, 그것은 복도의 어슴푸레한 빛 쪽으로 달아나는 불완전한 씰루엣, 짙은 머리카락 더미에서 가까스로 빠져나오는 흐릿한 뺨의 윤곽에 지나지 않았다.

"예, 아무도 오지 않았습니다." 그녀가 내 무언의 물음에 대답했다.

목소리에 특이한 무기력의 기미가 있었다. 냉정하거나 당황한, 또는 체념한 목소리가 아니었다. 오히려 분명한 사실에 의해 뒷받침된 의연하고 중립적인 목소리였다. 아무도 올 수 없었으니, 아무도 오지 않았던 것이다.

나는 또다시 음악실에 혼자 있게 되었다. 안락의자에 깊숙이 앉아 한동안 신경질적으로 묵묵히 담배를 피웠다. 오늘도 깊어가는 겨울밤에 하릴없이 이 표류하는 안락의자의 팔걸이에 잠시 팔꿈치를 괴고 있다. 내 주위에서 전쟁의 무분별한 세계가 폭우처럼 무차별적으로 무너져내린다. 시간은 절망적인 계절의 가장 깊은 나락으로 둔중하게 흐르고, 삶은 밀려날 대로 밀려난 썰물 때에 이른 듯하다. 하지만 무슨 상관인가! 대홍수가 끝나고 비둘기의 날개와 까마귀의 날개가 뒤섞여 퍼덕일 새벽처럼, 이 음산한 비와 이 처참한 날에 이어 막연한 자유가 아른거린다. 내 기다림 외에는 어떤 것도 더이상 존재하지 않고, 평온해진 밤은 열리는 문처럼 갑작스레 찾아오며, 내 주위에서 낙엽들은 연기 나는 어두컴컴한 대지 위로 까마득하게 날아다닌다.

나는 기다렸다. 믿을 수 없을 정도로 정신이 멀쩡한 기분이었다. 손으로 촛대를 들고 악보들이 정돈되어 있는 선반을 이리저리 살펴보기 시작했다. 소리가 나지 않는 두터운 양탄자 때문에 내 왕래의 은밀함이 더 두드러져 보였다. 갑자기 응접실에서 그림자 하나가 나와 함께 하늘거리는 듯했다. 이것은 빠리에서 그토록 많은 사망자 가족들이 해질녘에 탁자를 중심으로 둘러앉아 조용히 손깍지를 끼고 기도하기 시작하는 그 겨울의 시작이었다. 나는 별안간 미친듯이 돌아섰다. 나의 신경과민은 극심해졌다. 집의 캄캄한 뒷부분 어디에서 지금 그녀는 홀로 움직이고 있을까? 오후부터 그토록 은밀히 나를 감싸고 있던 그 굴종적인 조심성을 구실로 기이하게도 그녀가 나를 마음대로 조종하고 있는 것 같았다.

나는 불빛이 약해지는 초들을 벌써 교체했거니와 유령이 든 이 방에 머무를 수 없어서 빈방들을 가로질러 걷기 시작했다. 이곳에는 몹시 거북해져 안락의자에 파묻혀 있을 수 없게 하는 사치스러운 동시에 냉랭한 분위기가 곳곳에 퍼져 있었다. 방이란 방은 죄다 이리저리 서성이거나 가만히 서 있게 만들어져 있는 듯했다. 내가 저녁식사를 한 방은 차가운 질서로 되돌아가 있었다. 이 저녁나절에서 뿜어나오는 비현실의 느낌이 갑자기 내 마음속으로 미끄러지듯 스며들었다. 내가 나아감에 따라, 여기 문들이 내 뒤에서 다시 닫혔고, 물건과 가구가 저절로 본래의 자리에 다시 놓였다. 나는 나 자신이 지나간 흔적을 박탈당한 기분이었다. 그림은 변함없이 벽 위의 어두운 반점으로 남아 박물관 같은 정적 속에 굳어 있었고 핀들에 꿰뚫린 인형처럼 방을 비추고 있었다.

나는 짧은 계단 중 하나를 오르기 시작했다. 내가 다다른 복도는 몰개성적이어서 호텔 복도를 연상시켰으나, 그보다는 더 넓었고 갑갑한 밀랍 냄새가 배어들어 더 숨이 막혔다. 복도의 끝은 어둠을 배경으로 더 희미한 장방형 십자창으로 막혀 있었다. 나는 커튼을 벌리고 창유리에 이마를 댔다. 밤은 완전히 불투명하지는 않았다. 시골 밤의 그 짙은 잿빛을 잃었던 것이다. 낮 동안 소나기가 내려 깨끗해진 공기는 수정처럼 맑았는데, 이로 인해 풍경의 어두운 덩어리들이 창유리에 달라붙었다. 안뜰에 점점이 이어진 성긴 흔적의 끝에는 서양밤나무들의 횡선과 소사나무 울타리가 보였다. 옹벽 너머로는 골짜기와 그 양쪽의 높고 평평한 땅에 서 있는, 울퉁불퉁하고 이제는 매우 고요한 둥근 지붕 모양의 나무들이 흡수성 좋은 토양이 발효에 의해 부풀어오른 육중한 검은 기포처럼 솟아올라 서로를 지탱하고 있었다. 일렬로 선 나무들은 더 밝은 회색의 지대를 배경으로 뚜렷이 드러나 보였는데, 거기에는 지평선 아래 아주 멀리로부터 올라오는 것 같은 아주 미미한 빛이 줄곧 떨리고 있었다. 넘실대는 활엽낙엽수들에서는 야만스러운 인상이 풍겼다. 그것들은 어슴푸레한 빛의 변화 많은 화포(畵布)에 윤곽이 뚜렷이 드러나 있어서, 아래에서 스포트라이트가 막 스쳐지나가는 무대 막의 생동감으로 되살아나는 듯했다. 나는 창문을 반쯤 열었다. 별안간 내 등 뒤의 커튼이 복도 쪽으로 펄럭거리고 초의 불꽃들이 옆으로 기울었다. 순간 나는 수문을 통과한 강물처럼 복도를 따라 굽이치는 요란한 바람소리에 가벼워진 마음으로 활기차게 쏟아져 들어오는 공기를 들이마셨다. 나는 창문을 다시 닫았다. 가구들이 조금씩 비거덕거리는 소리, 가볍게 스치는 소리 등이 집을 가로질러 오랫동안 자유로이 퍼져나갔다. 가구 없는 집 같았다. 냉랭하고 반질반질하며 의아해하는데다 야릇하게 푸대접하는 것 같았다. 나는 응접실로 되돌아가는 동안 순간적으로 뉘에이유의 모습을 생생하게 그려보았는데, 그것은 음악실에서 모든 문을 열어놓고 홀로 피아노 앞에 앉아 작업하면서 건반을 두드리는 손가락으로 몹시 차갑고 잘 울리는 허공을 퉁기고 복도들이 귀처럼 소리를 인도하는 듯한 집의 안쪽으로 움직임도 없고 말도 없는 관객의 관심을 일깨우는 모습이었다. 여러 해 동안 날마다 집주인의 유별난 작업 때문에 틀림없이 그의 주변으로 밀려났을 것 같은 고요가 늦은 밤의 정적과 함께 방들의 분위기, 말도 거의 없고 특징도 거의 없는 집에 다시 깃드는 듯했는데, 거기에서는 수녀원의 작업장에서나 성당의 제의실(祭衣室)에서처럼 가장 친근한 몸짓들에 의해 부엌이나 찬방 안으로까지 더 많은 중압감이 옮아갔고 다른 곳보다 더 많은 정적이 그곳들 주위에 변함없이 감돌았다.

시계가 열한시를 쳤고, 거의 곧장 불빛의 부드러운 반사광이 복도의 천장에서 움직이기 시작했다. 또다시 나는 안락의자에서 벌떡 일어섰다. 더이상 어떤 것도 생각하지 않았다. 나를 향해 다가오는 희미한 불빛이 복도의 천장에서 움직이는 것을 신경이 곤두선 상태로 바라보았다. 아무런 기대도 없었다. 목이 조이는 나는 이제 기다림일 뿐이었고, 캄캄한 방에서 문 뒤로 발걸음 소리가 울리기를 기다리는 남자에 지나지 않았다. 희미한 불빛은 머뭇거리다가 문턱에서 잠깐 멈췄고 열려 있는 문의 문짝에 가려 보이지 않았으며, 그러고 나서 씰루엣이 옆모습을 보이며 들어와 내 쪽으로 돌아서지 않은 채 두 걸음을 떼더니 아무런 소리도 내지 않고 촛대를 들고 있는 팔을 앞으로 들어올렸다.

나는 이렇듯 초조하고 이만큼 불안하게 기다려본 적이 별로 없다. 아마 사랑을 위해서조차 이런 적은 결코 없었을 것이다. 가슴이 두근거렸고 목이 메었다. 그렇지만 여기에서 나에게 누군가는 '한 여자'일 수밖에 없었다. 다시 말해서 하나의 문제, 하나의 순수한 수수께끼일 수밖에 없었다. 때때로 방과 복도로 굽이치며 미끄러지듯 밀려오는 그 고요한 파랑(波浪) 외에는 아무것도, 이름도, 어림잡아 어떤 사람인지도 모르고, 심지어 몰래 엿보기만 했을 뿐 비스듬히 뒤에서 본 옆얼굴의 흐릿함만을 간직하고 있는 낯 모르는 여자, 나는 무엇보다 그녀가 마치 물결에 실려오는 것처럼 걷는 동안에만 초들의 불빛이 벽에서 일렁이는 방식으로 그녀를 알아보았지 않았나 싶었다. 하지만 내가 거의 배제되어 있는 이 기다림과 순수한 긴장의 순간에도 나는 한결같이 어두운 배경에서만 나를 위해 움직인 이 씰루엣이 여전히 간직하고 있는 대단히 불분명한 모든 것에 강한 충격을 받았다. 그녀는 어둠 전체에 물을 대는 일종의 탯줄로 어둠과 이어져 있어서, 어둠에서 빠져나왔어도 여전히 어둠에 붙어 있는 듯했고, 흐트러진 검은 머리카락의 물결과 뺨의 윤곽을 가리는 그림자와 짙은색의 옷은 그 순간에도 어둠에서 벗어났다기보다는 오히려 어둠을 길게 늘이고 있었다.

그녀는 띠로 허리를 졸라맨 짙은색의 넉넉한 실내복을 입고 있었고,

걸을 때만 맨발의 끝부분이 살짝 보일 뿐이었으며, 뒤로 젖힌 검은 머리카락은 깃으로 흘러내리다가, 목덜미 위에서 곧추세워져 목을 아주 높이까지 감싸는 주름장식에 의해 물결쳤다. 그녀의 옷은 실내복이라기보다는 오히려 나이트가운이라 할 수 있었는데, 제멋대로 두드러지게 하고 감지할 수 없을 만큼 작위적인 이 사소한 요소와 더불어, 빳빳한 주름들이 허리 아래로 늘어지는 딱딱하고 약간 엄숙한 모습 때문에, 이 우스꽝스러운 하녀 복장은 너무나 뻔한 계략으로 보였다. 무도회를 위해 옷을 입듯이 밤에는 옷을 벗는 법이다.

말을 나누지는 않았다. 내가 라 푸즈레에 들어오고부터, 그녀는 자신의 말 없는 관례를 나에게 강요했다. 그녀는 결정했고 알고 있었으며 나는 그녀의 관례를 따랐다. 심지어는 동요하지도 당황하지도 않았다. 다만 보살핌을 받았고 더이상 끊을 생각이 없는 가벼운 끈에 때때로 이끌려다녔다. 나는 그녀 뒤에서 계단을 올라갔는데, 불빛이 움직여 계단 전체가 생기를 띠었고 거울들과 매끈매끈한 널판자들이 차례로 환해졌으니, 이 집은 아무리 하찮은 광채에 의해서도 구석까지 깨어나는 거울의 궁전이 되었다. 하얗고 거무스레한 두 좁은 발바닥은 한순간 환하게 타오르다가 곧장 두터운 그을음 속으로 다시 잦아드는 맹렬한 불꽃처럼 내 앞에서 번갈아 공중으로 떠올라서는 일렁였다. 나이트가운은 숱 많은 검은 머리카락의 생동하는 물결에 의해 작은 머리와 이어져 있었고, 촛불의 빛을 가리고 흔들리는 씰루엣의 나머지 부분에서는 알 수 없는 우아함이 풍겨나왔다. 바람 때문에 바닥에 닿지 않고 높은 곳으로 흔들리며 올라가는 이 횃불의 소용돌이는 은밀하게 나를 빨아들였고, 우리는 양탄자 위로 아무런 소리도 내지 않고 가분가분 나아갔다. 내 귀에서 피가 고동쳤지만, 나는 그 조용한 상승을 목격하는 듯했다. 나는 그것을 바라고 있었다. 이제는 알고 있었다. 첫 순간부터, 그녀와 나란히 걷는 나의 발걸음에 안뜰의 자갈이 바스락거렸을 때부터 그것을 바라고 있었다. 하지만 이 순간 나의 바람은 별 의미가 없었다. 이제는 내 목덜미를 뻣뻣하게 하는 변치 않는 긴장, 계단을 따라 드레스의 소용돌이로 그녀의 발목을 채찍질하는 듯한 바람뿐이었다.

그녀는 촛대를 침대 쪽의 벽에 기대어 있는 오래된 궤 위에 올려놓고는 머리를 약간 앞으로 기울인 채 불빛 곁에 잠시 서 있었다. 촛불들이 연속적으로 깜박거리는 가운데 방은 온통 어두운 구석들로 가득한 것 같았지만, 허물없이 머물러 있을 수 있다는 느낌을 주었다. 밝은 인도 사라사 커튼이 쳐져 있고 안쪽의 경대에서는 거울이 때때로 강렬하게 깨어나는 여성의 방이었다. 이 방의 문 앞에서는 일층 방들의 요란하다시피 한 모더니즘이 멈춰버렸고, 기둥이 나선형으로 꼬여 있고 짙은 색조가 반짝이며 육중한 느낌을 주는 세공된 가구들은 옛 에스빠냐를 떠올리게 했으며, 마치 야생 떡갈나무의 딱딱한 모퉁이에 암컷의 둥지가 임시로 불안정하게 붙어 있는 것처럼 친근하고 맑은 울림들이 여기저기에서 성급하게 내질러져 참된 화음을 이루지 못하는 듯했다. 닫집 침대의 다리들이 벽에 투사되어 기다란 그림자들의 틀을 이루고 있었다. 어쩐지 사람을 환대하지 않는 듯한 방이었고, 이 순간 나에게는 유난히도 쌀쌀맞은 것으로, 옷을 벗는 여자 주위에 감도는 부드러운 이미지들보다는 오히려 간소한 나이트가운에 더 어울리는 것으로 느껴지기까지 했는데, 그녀는 이 나이트가운을 입고 있어서 이번에도 하녀처럼 보였다. 나는 살짝 벌어진 나이트가운 속으로 양손을 미끄러지듯 밀어넣어 그녀의 어깨에 얹었다. 맨 어깨의 그녀는 고개를 조금 더 숙였고, 얼굴 앞으로 검은 머리카락이 커튼처럼 출렁이며 흘러내렸다. 나는 격자 뒤에서처럼 마침내 가려진 이 얼굴에 주눅이 들어 감히 그녀의 입을 찾으려 하지 않고 다만 그녀의 어깨에 입을 맞추었다. 그녀는 전혀 움직임이 없었고 방어하지도 않았지만, 나는 따뜻한 피부의 자극이 입에 느껴지지 않았고 놀라움도 기대도 흥분도 일지 않았다. 그냥 그랬다. 그녀는 다만 여전히 숙이고 있는 머리와 허리에 매여 있는 띠를 윤곽이 뚜렷한 손가락들로 풀고는 한번 더 조용히 오만하게 나를 보살폈다.

그날 밤 내내 우리는 한마디 말도 나누지 않았다. 그녀가 내게 준 즐거움은 격렬하고 짧았지만, 이것에 대해 내가 간직하고 있는 추억은 빛깔도 없고 내밀함도 거의 없다. 오직 내게서 멀리 떨어져 있을 때 생기를 띠고 눈을 감은 상태에서 은밀한 이미지를 깊이 생각하는 것 같았던 그 길쭉한 몸, 검은 가운의 주름에도 즐거운 자극을 주는 것으로 보였던 그 고상한 다리, 이를테면 그 고분고분하면서도 잘난 체하고 으쓱대는 태도, 어떤 것으로도 채울 수 없는 그 거리가 떠오를 뿐이다. 촛불들의 기름한 빛으로 인해 침대의 구겨진 씨트에 비친 새까만 그림자들 중에서 한쪽 젖가슴, 한쪽 무릎, 허리의 주름은 윤곽이 꽤 명료하게 드러나 있었으나, 얼굴은 파묻혀 있었고 침대의 어두운 쪽으로 기울어져 있었으며 내숭스럽게 머리카락으로 다시 가려져 있었다. 잠시 나는 그녀를 익사한 사람처럼 침대 씨트의 주름과 뒤섞어놓는 이 가물거리는 불빛에 짜증이 나서 그녀의 몸을 세게 내리눌렀고 내 경직된 팔로 움직이지 못하게 했지만, 그녀의 몸은 여전히 긴장하지도 않았고 반응을 보이지도 않았으며 맥없이 느슨한데다 어떤 위기감도 없이 널브러져 있었다. 나는 일종의 당혹감에 휩싸여 숨고 달아나는 그 얼굴을 때리려고까지 했다. 마침내 나는 곤한 잠 속으로 단번에 스르르 빠져들었다.

내가 깨어났을 때에는 틀림없이 밤이 이슥해졌을 것인데, 커튼을 가로질러 네모난 창문의 모습이 겨울 새벽처럼 희미한 빛으로 드러났다.

나는 일어나 커튼 중 하나를 열어젖혔다. 날이 새려면 아직 멀었지만, 폭풍우는 잠잠해져 있었다. 맑게 갠 드넓은 하늘을 가로질러 가는 초승달의 희미한 빛으로 이제는 좋은 날씨로 부풀어 매우 느리게 흘러가는 뭉게구름의 가장자리가 하얗게 드러났다. 나를 이곳으로 이끌었던 비포장도로가 철책 뒤로 뚜렷이 보였는데 이제는 바퀴자국들에만 잔잔한 물이 고여 있었을 뿐 그 외의 부분은 물이 빠져 거의 말라 있었다. 길의 다른 쪽으로는 위에 철책을 설치한 낮은 담이 넓은 도랑에 의해 끊기는 데까지 이어져 있었고, 그 뒤로는 또다른 정원의 나무 군락이 솟아 있었다. 비에 씻겨 깨끗해진 공기는 유리처럼 투명했고 보기에 즐거웠으며, 개가 짖고는 자신이 짖는 소리의 맑은 울림에 귀를 기울이고 나서 다시 짖는 소리를 거의 들을 수 있을 것 같았다. 굉음은 줄곧 들려왔지만 약해져 있었고 엄청난 폭포수 소리 같지는 않았으며, 떨어지는 폭죽처럼 더 둔탁한 단속적인 북소리에 맞춰 경련하듯 탁탁 튀는 것 같았을 뿐, 더 가깝지만 심적 압박은 덜한 듯이 보였다. 나는 날씨가 일시적으로 개면서 깨어나는 그 고요한 밤에 끌려 집 밖으로 나왔고, 더 멀리 나가 다시 소리가 잘 울리게 된 마른 길을 무턱대고 걷고 싶은 생각이 잠깐 들었으나, 이윽고 침대로 되돌아와 소리를 내지 않고 초 하나에 불을 붙였다. 그 밤이 안전해진 덕분에 평정을 되찾은 나는 새로운 성향의 생각들로 슬그머니 넘어가기 시작했다. 촛대를 약간 들어올려 침대의 저쪽을 비추었다. 분명치 않은 착잡한 불안의 눈길로 그녀를 바라보았다. 침대에서 그녀는 녹초가 되어 머리를 약간 옆으로 돌리고 흘러내린 머리카락에 얼굴이 반쯤 가려진 상태로 얌전한 어린아이처럼 길게 누워 자고 있었다. 한쪽 팔이 씨트를 아래에서 걷어올려 한쪽 젖가슴이 드러나 있었고, 목의 주름과 입 언저리에서 작은 땀방울이 몇몇 불빛에 반짝였다. 보이지 않는 무거운 짐이 그녀

위에 놓여 있어서 그녀를 밤의 갑갑한 압력으로 씨트와 베개 안에 파묻는 듯했는데, 그녀는 근심도 생각도 불안도 없이 정말로 잠에 빠졌던 것이다. 비가 그친 밤이어서 대포의 굉음이 가까이 들렸으므로 뉘에이유가 다시 생각났지만, 이 생각이 전날처럼 견디기 어렵지는 않았다. 비바람이 일시적으로 가라앉아 불길한 환영들이 깨끗이 사라졌고 죽음에 대한 생각이 물러났다. 저녁나절의 이미지들이 하나둘 생생하게 다시 떠올랐지만, 내 목을 조였던 번민이 이제는 말끔히 사라졌으므로, 조명은 바뀌었고 그녀를 더 혼란스럽고 더 은밀한 부드러운 분위기 쪽으로 슬그머니 기울게 했다. 나는 전날의 그 이상한 관례를 뒷받침했고 그녀 혼자 처음부터 끝까지 유지해야 했던 그토록 설명하기 어려운 안전을 생각했다. 내가 어두침침한 방의 문을 밀쳐 열었을 때 별안간 마주쳤던, 이제는 내게 걱정보다는 오히려 일종의 공포를 나타내는 것으로 보이는 그 표정을 생각했다. 마치 뉘에이유가 올지 모른다는 것은 그에게나 그녀에게나 한순간도 문제가 되지 않기라도 한 듯했다. 마치 그 기괴한 접대의 전개—침대와 식탁—에 내가 애초부터 참석해 있고 필요하지만 평화적으로 은밀하게 배제되기라도 한 듯했다.

나는 '아무리 그래도……' 하고 한순간 생각했지만, 곧 이것은 순수한 관례라는 느낌이 들었고, 그다지 질겁하지는 않았다. 오히려 씨트에 던져져 있는 그 몸에 주눅이 들었는데, 그 몸은 잠들어 있으면서도 여전히 오만한 무관심을 간직하고 있었으며 긴 시간을 두고 그토록 마음 깊이 시선을 사로잡았다. 나는 촛대를 약간 더 들어올리고 그녀에게로 몸을 굽혔다. 그녀를 바라보는 것이 또한 그녀에게로 몸을 굽히는 나 자신을 바라보는 것 같았다. 이미지의 포로가 되어 그림 속으로 들어가는 느낌이었는데, 거기에서 내 자리는 아마 특별한 요청으로 인해 이미 정해져 있었을 것이다. 이 순간 그는 자고 있지 않은 것이 틀림없었다. 갑자기 나는 별이 총총한 한밤중에, 모습은 보이지 않고 굉음만 낼 뿐인 비행기, 군데군데 불빛이 반짝이고 피아노 줄들의 교차에 의해 지도처럼 격자를 친 듯 보이는 대지에 의거하여 항로를 읽어내는 무거운 비행기—벙어리장갑과 모피 비행복에 파묻힌 조종사의 가까스로 깨어 있는 점토질 덩어리, 계기판의 불빛에 의해서라기보다는 오히려 이 여자가 어쩌면 그만을 위해 그저 다시 빠져들어 살고 있을 뿐일 차분하고 냉엄한 고정된 이미지에 의해 아래에서부터 비치는 얼굴—를 선명하게 상상하고 있었다.

나는 꼼짝 않고 누워 잠자고 있는 수수께끼 같은 이 여자를 깊은 생각에 잠긴 채 바라보았다. 나의 상상은 우연히 세월의 흐름을 거슬러 올라갔다. 그 기묘한 각본에서 모든 것을 찾아낼 수는 없었던 것이다. 빈틈없이 짜인 계획에 따라 행동할 수 없게 된 그녀를 보자, 그녀는 정말 뉘에이유의 하녀였다고 무엇인가가 내 귀에 속삭였는데, 그것은 그녀에게 존재하는 뭔지 모를 초라하고 거북하며 공손하나 엉큼한 그 무엇이었다. 그가 그녀에게 매혹되었던 잃어버린 경험, 말하자면 그의 집에서 그녀가 앞치마를 두르고 느닷없이 그에게 허락한 아름다움의 현기증을 그것은 아마 다른 사람들을 통해 되살리려고만 했을 것이다. 어쩌면 그녀는 자신이 그때 틀림없이 하나의 권력처럼 거의 주술적으로 맛보았을 것을 매번 새삼스럽게 확인하려 했을 것이다. 사실 이 역할은 반쯤만 수행되었을 뿐이다. 나는 그녀가 이 역할을 냉정하게 해내지 못한다는 것을 알고 있었다.

그녀 곁에서 나는 제법 오랫동안 깨어 있었다. 우리가 바라보는 여자의 잠은 순결과 거의 무분별한 안전을 주위에 간청하는 셈이다. 눈을 뜨고 있는 사람에게 이처럼 눈을 감고 몸을 내맡기는 것이 내게는 언제나 상상할 수 없는 일로 보였다. 이제는 포성이 뜸해졌고 커다란 정적의 간격들이 생겨났으며 집의 깊숙한 곳, 숲속의 빈터 같은 니스 칠한 긴 방들에서와는 다른 느낌이 이 정적을 가로질러 나에게까지 이르렀다. 소나기가 그쳤으므로 틀림없이 날씨가 서늘해졌을 것이다. 왜냐하면 차갑고 습기 찬 공기가 푸르스름한 어둠으로 덮인 높은 창유리들에서 방안으로 새어들어왔기 때문이다. 이른 아침의 이 쌀쌀하고 청명한 시간에 나는 욕망이 사그라들면서 찾아오게 마련인 약간 냉담하고 초연한 기분에 젖어 생각을 차분히 정리함으로써 잔잔한 자제심과 너그러운 지배의 감정을 느꼈다. 깨어 있으면서 그녀가 잠자는 모습을 바라보노라니 그녀의 기만이 확연히 드러났지만 납득하기 힘든 호기심만 일었을 뿐 유감은 없었다. 길든 나에게 그것은 그다지 중요하지 않았다. 이유들은 나에게 그다지 중요하지 않았다. 그녀에게나 나에게나 해명해야 할 것은 없었다. 다만 어쩌다보니 그렇게 되었을 뿐이다. 나는 그녀가 나에게 열어주었고 그녀가 나를 어디로 인도할지 나 자신도 아직 잘 몰랐던 길로 걷기 시작했다. 어쨌든 설명, 회한, 변명, 말에 대해 응답이 없는 지름길로 짧게 질러갔다. 그날 저녁나절 내내 그녀가 고수한 침묵은, 간직하고 있던 순수성, 마법처럼 강력한 매력을 일이 끝난 뒤에야 내뿜었다. 나는 누구나 어둠의 왕국에서 오르페우스가 뒤돌아보지 않는 한 그를 아주 멀리 뒤따라갈지 모른다고 생각했다. 그녀는 결코 돌아서지 않았다. 나는 그녀를 뒤따라갔던 것이다. 그녀의 발걸음을 좇아 한 걸음 한 걸음 옮겨놓는 한 전혀 헛디딜 염려 없이, 이를테면 기묘하게 보살핌 받고 기묘하게 매혹된 채 아직도 뒤따라가고 있는 셈이었다. 내 눈길이 한순간 방의 벽을 따라 미끄러지듯 움직였다. 어둠 때문에 방이 널찍하고 가벼운 듯 보였다. 또다시 그녀 곁에 길게 누워 씨트 위에 가만히 놓인 그녀의 손, 그녀의 몸보다 더 드러나 있고 더 시원한 손을 찾았다. 촛대의 촛불들을 불어 끄고 잠들었다.

내가 깨어났을 때 옆자리는 비어 있었고 커튼이 걷혀 있었으며 여전히 축축한 노란 햇빛이 방으로 쏟아져 들어오고 새들이 노래하고 있었다. 아침 햇살이 하도 찬란해서 얼른 창가로 가서는 창문을 열었다. 공기는 세례의 물처럼 신선했고, 솔솔바람은 떨어진 나뭇잎들에 여전히 남아 있는 푸른 내음을 실어왔다. 삶에 질서가 다시 깃들었고, 정원의 가장자리를 따라 뻗은 가로수 우거진 길에는 짐수레 한 대가 보이지는 않았지만 덜컹거리는 소리를 내면서 지나갔으며, 식기 부딪는 맑은 소리가 집의 뒤쪽에서 안뜰을 가로질러 올라왔다. 나는 그녀가 허리에 앞치마를 매고 흰 머릿수건으로 머리카락을 흐트러짐 없이 싸맨 차림으로 아침식사를 쟁반에 담아 양팔로 들고 오리라, 그때는 돌이킬 수 없으리라 하고 불현듯 생각했다. 황급히 옷을 입고 계단을 급히 내려가 안뜰로 들어섰다. 내 발걸음에 자갈이 비거덕거리기 시작하자, 식기 부딪는 소리가 별안간 그쳤지만, 나는 돌아서지 않았다. 이를 악물고 앞쪽의 모래를 뚫어지게 바라보면서 빨리 걸었다. 뒤돌아보지도 않고 철문을 다시 닫았다. 벌써 마른 길에는 나뭇잎이 덮여 있어 걷기에 부드러웠고, 가로수가 있는 큰길가의 별장들은 내가 걸어감에 따라 아침 햇살에 씻긴 신선한 모습으로 하나씩 깨어났다. 우유배달차 한 대만이 나뭇잎으로 덮인 좁은 길들을 이리저리 돌아다니다가 때때로 빈 정원들의 철문 앞에서 종을 울렸다. 격자무늬의 무성한 나뭇가지들 사이로 햇빛이 새어나오는 가운데, 나는 재게 걸었다. 내가 마을의 중심부를 가로질렀을 때는 건물들의 정면에서 덧창이 열려 게으르게 덜컥거렸고 몇몇 사람이 보도의 푸른 나뭇잎더미를 물동이로 퍼담아 치우기 시작했다. 위령의 날이라는 기억이 떠올랐다. 하지만 저녁나절 내내 나를 짓눌렀던 번민은 날아가버렸고, 나는 커피를 한잔 마셔야겠다는 생각으로, 나무들에 둘러싸인 공터에서 솔방울 모양의 간판을 달고 장사하는 조그마한 가게 안으로 들어갔다. 이야깃거리는 이미 끝났지만, 천천히 사라지는 뭔지 모를 부드럽고도 뜨거운 흔적을 뒤에 남겼다. 나는 작은 창유리들을 통해 아침 숲을 바라보았다. 마치 삶이 잠시동안 더 가벼워지고 더 친근해지기라도 한 듯이, 숲은 비뿐 아니라 다른 어떤 것에 힘입어 새로이 되살아났고 순화(馴化)되었다. 곧 날씨가 좋아질 것이었고, 나는 오늘 온종일이 일요일이라는 느긋한 생각에 젖어들었다.

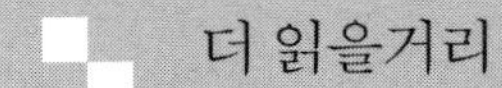

더 읽을거리

최근에야 두 편의 장편소설, 그의 대표작 『시르트의 바닷가』(송진석 옮김, 민음사 2006)와 『숲속의 발코니』(김영희 옮김, 책세상 2001)가 번역되었다.

Jean-Marie Gustave Le Clézio

| 장-마리 귀스따브 르 끌레지오 |

1940~

르 끌레지오의 작품은 공격과 생존, 방황과 화해라는 이중의 체계를 중심으로 전개된다. 현실은 작은 모험들을 통해 우화적으로 드러나고 파악되지만 여전히 불투명하다. 그는 일견 평온해 보이는 일상을 파고들어 인간의 내적 무질서와 세상과 인간 사이의 불화를 드러내는 데 뛰어난 소설가이다. 펜을 쥔 그의 손은 그 불화와 무질서에서 비롯되는 환각, 현기증을 기록하는 지진계이다. 종종 작중인물들이 비참한 운명을 맞는데, 이것은 자기파괴의 흔적이 뚜렷한 세계에 대한 작가의 염세적 판단의 귀결인 듯하다. 그렇지만 지혜의 재발견, 세계와의 화해를 카타르시스의 전조처럼 느껴볼 수 있다.

륄라비 Lullaby

며칠 동안 무단결석을 하고 나서 학교로 돌아온 륄라비에게 여교장은 그동안 무슨 일이 있었는지 바른대로 말하라며 윽박지른다. 그러나 륄라비는 여교장이 생각하는 것보다 훨씬 더 순수한 학생이다. 일반적으로 청소년들은 어른들이 생각하는 것보다 훨씬 더 순수할 것이다. 필리삐 선생은 머리카락이 흰 것으로 보아 어쩌면 여교장보다 나이가 많을 터인데 그녀와는 달리 륄라비를 편안하게 대해준다. 필리삐 선생은 륄라비에게 아버지 같은 존재인 듯하다.

륄라비는 영어로 자장가라는 뜻이다. 이 단편은 자장가와 같은 시적 산문이다. 따라서 사건이라 할 만한 것이 없다. 여고생 륄라비가 분명하지 않은 이유로 며칠 학교에 가지 않고 바닷가로 가서 멱감고 소년을 만나고 남자에게 쫓기는 것이 고작이다. 그러나 두번째로 바닷가에 간 날 륄라비는 '카리스마'라는 이름의 그리스풍 집에서 따뜻한 햇볕을 받고, 몸이 열리고, 구름이나 공기와 비슷해져서 자연과 하나가 되는 경험을 하는데, 이 경험은 곰곰이 생각해볼 만하다. 이것은 도시에서나 학교에서는 얻을 수 없는 아주 귀중한 경험이다. 이것에 굳이 이름을 붙이자면 '시적 경험'이라고 말하고 싶다. 자장가는 시의 원형인 것이다.

륄라비

1

륄라비가 더이상 학교에 가지 않기로 결심한 것은 시월 중순 무렵 어느날, 아직은 꽤 이른 아침이었다. 그녀는 침대에서 빠져나와 방을 맨발로 가로지르고는 블라인드의 살을 조금 벌려 밖을 내다보았다. 햇살에 눈이 부셔 고개를 약간 숙였더니 한조각 푸른 하늘을 볼 수 있었다. 아래쪽 보도 위에는 비둘기 서너 마리가 뒤뚱거리며 걸어다녔는데, 깃털이 바람에 곤추섰다. 멈춰선 자동차들의 지붕 위로 바다는 검푸른 빛이었고 흰 요트 한 척이 힘겹게 나아가고 있었다. 륄라비는 이 모든 것을 바라보았는데, 더이상 학교에 가지 않기로 결심해서인지 마음이 한결 가볍게 느껴졌다.

그녀는 방 한가운데로 되돌아와서는 탁자 앞에 앉아 불도 켜지 않고 편지를 쓰기 시작했다.

안녕 아빠.
오늘은 날씨가 좋아. 하늘이

나 좋으라고 아주아주 파래. 아빠가
여기 와서 하늘을 본다면 얼마나 좋을까. 바다도
아주아주 파래. 곧
겨울이 될 거야. 아주 긴 한 해가 또
시작된다고. 아빠가 곧 올 수 있었으면 좋겠어,
하늘과 바다가 오랫동안
아빠를 기다려줄 수 있을지 모르겠어서 그래.
오늘 아침 깨어났을 때
(깨어난 지는 한 시간이 넘었어)
내가 다시 이스딴불에 와 있다고 생각했어.
눈을 감고 싶어. 눈을 다시 뜨면
또 이스딴불에 있는 것 같을
거야. 기억 나? 아빠가 하나는 내 것으로
하나는 로랑스 언니 것으로
꽃다발을 두 개 샀잖아. 냄새가 강한 (그래서 그걸 아로마라고 부르나?)
커다란 흰 꽃이었어. 냄새가 너무 강해서
아마 욕실에다
놓았을 거야. 아빠는 꽃병 안의 물을 마셔도 된다고
말했고 난 욕실로 가서
오랫동안 마셨어. 그랬더니 내 꽃들이 모두 시들어
버렸잖아. 기억 나?

릴라비는 쓰기를 멈췄다. 파란 볼펜의 끝을 살짝 깨물면서 편지지를 바라보았다. 하지만 읽지는 않았다. 그저 종이의 흰 부분을 바라보면서, 어쩌면 하늘의 새라든가 천천히 지나가는 작고 흰 배 같은 어떤 것이 나타나리라고 생각했다.

그녀는 탁자 위에 놓인 자명종을 바라보았다. 여덟시 십분. 검은 도마뱀 가죽으로 싸인 작은 여행용 자명종으로, 일주일에 한 번씩 태엽을 감아줘야 했다.

륄라비는 편지지에 이렇게 썼다.

사랑하는 아빠, 자명종을 다시 가져갔으면 좋겠어.
내가 테헤란을 떠나기 전에 아빠가 나한테 준 거잖아.
엄마랑 로랑스 언니가 무척 예쁘다고
했고, 나도 이게 참 예쁘다고
생각해. 하지만 이제 나에게는
더이상 소용이 없을 거야. 그러니까
이걸 가지러 오면 좋겠어. 아빠에게는 다시 쓸모가 있을
거야. 시계는 아주 잘 가. 밤에 시끄러운 소리를
내지도 않아.

그녀는 편지를 항공봉투에 넣었다. 봉투를 봉하기 전에 뭔가 넣을 게 더 없나 하고 주위를 둘러보았다. 하지만 탁자에는 편지지, 책, 비스킷 부스러기밖에 없었다. 그래서 봉투에 주소를 썼다.

뽈 페를랑드 씨
P.R.O.C.O.M.
84, 페르도우시 가
테헤란

이란

그녀는 탁자 가장자리에 봉투를 내려놓고 재빨리 욕실로 가서 이를 닦고 얼굴을 씻었다. 찬물로 샤워를 하고 싶었지만 샤워 소리에 어머니가 깰까 두려웠다. 여전히 맨발인 채로 자기 방으로 되돌아갔다. 서둘러 속옷을 입고는 초록색 털 스웨터, 갈색 벨벳 바지, 밤색 점퍼를 걸쳤다. 그러고 나서 양말과 고무창이 달린 굽 높은 구두를 신었다. 거울을 들여다보지도 않고 금발을 빗은 다음 립스틱, 휴지, 볼펜, 열쇠, 아스피린 통 등 주위에, 탁자와 의자 위에 있는 모든 것을 가방에 마구 집어넣었다. 자신이 무엇을 필요로 하게 될지 확실하게 알지 못했기에 동그랗게 말려 있는 붉은 목도리, 모조 가죽으로 싸인 낡은 사진첩, 주머니칼, 작은 강아지 모양의 도자기 등 자기 방에 보이는 것을 아무렇게나 던져넣었다. 장롱에서 구두 상자를 열어 편지 꾸러미를 꺼냈다. 또다른 종이 상자에서 발견한 연필 그림을 접어 편지 꾸러미와 함께 가방에 넣었다. 비옷 주머니에서 찾아낸 지폐 몇장과 동전 한줌도 가방 안에다 떨어뜨렸다. 나갈 때 탁자 쪽을 돌아보고 조금 전에 쓴 편지를 집었다. 왼쪽 서랍을 열어 물건들과 서류들 사이를 뒤져 작은 하모니카를 찾아냈는데, 거기에는

에코 최고급 반주악기 MADE IN GERMANY

라고 씌어 있었고,

다비드

라는 이름이 칼끝으로 새겨져 있었다.

그녀는 잠시 하모니카를 바라보고 나서 가방 안으로 떨어뜨리고는 가방을 오른쪽 어깨에 둘러메고 나갔다.

바깥에는 햇볕이 뜨거웠고 하늘과 바다가 눈부셨다. 륄라비는 눈으로 비둘기들을 찾았으나, 사라져버리고 없었다. 멀리 수평선에 매우 가까운 곳에서 하얀 요트가 기울어진 채 천천히 움직이고 있었다.

륄라비는 심장이 매우 세차게 고동치는 것을 느꼈다. 가슴속에서 심장이 펄떡이는 소리를 낸 것이다. 왜 이러지? 아마 하늘의 빛에 취한 걸 거야. 륄라비는 걸음을 멈추고 난간에 기대어 두 팔로 가슴을 아주 세게 죄었다. 약간 화가 나서 입속으로 어물어물 말하기까지 했다.

"아니, 이것 참 성가시네!"

그러고 나서 더이상 신경 쓰지 않으려 애쓰면서 다시 걷기 시작했다.

사람들이 출근하고 있었다. 그들은 도심 방향으로 큰길을 따라 자동차를 빠르게 몰았다. 소형 오토바이들은 굉음을 내면서 경주를 했다. 유리창이 닫힌 새 자동차들 안에서 사람들은 급한 모양이었다. 그들은 지나가면서 고개를 슬쩍 돌려 륄라비를 바라보았다. 그리 큰 소리는 아니어도 경음기를 울리는 사람들도 있었는데, 륄라비는 그들을 보지 않았다.

그녀 역시 큰길을 따라 고무창 신발로 소리 없이 빠르게 걸었다. 반대 방향으로, 언덕과 바위 쪽으로 나아갔다. 썬글라스 쓸 생각을 못했기 때문에 눈살을 찌푸리면서 바다를 바라보았다. 바람이 불어 커다란 이등변삼각형 돛이 부풀어오른 하얀 요트는 그녀와 똑같은 방향으로 나아가는 듯했다. 륄라비는 걸으면서 바다와 파란 하늘, 하얀 돛, 곶의 바위를 바라보았고, 더이상 학교에 가지 않기로 결심한 것이 매우 만족스러웠다. 모든 것이 몹시 아름다워서 마치 학교가 애초부터 없기라도 한 듯했다.

찬바람이 불어 머리카락을 엉클어뜨리고 눈을 찌르고 뺨과 손을 붉게 물들였다. 륄라비는 어디로 가는지도 모르는 채 그저 햇볕과 바람 속에서 이렇게 걷는 것이 좋았다.

그녀는 도회지를 빠져나와 밀수업자들의 길 앞에 이르렀다. 내리막길이 파라솔소나무들의 작은 숲에서 시작되어 해안을 따라 바위까지 이어졌다. 여기에서는 바다가 온통 빛에 젖어 더욱더 아름답고 강렬해 보였다.

륄라비는 밀수업자들의 길로 나아갔는데, 바다가 더 거칠어져 있다는 것을 알게 되었다. 빠른 파도가 바위에 부딪쳐 반대 방향으로 거품을 내뿜었고 움푹 꺼졌다가 되돌아왔다. 소녀는 바위틈에 멈춰서서 바다에 귀를 기울였다. 그녀는 바다의 소리, 찰랑거리고 찢겨 갈라졌다가 다시 합쳐져 공기를 터지게 하는 바닷물의 소리를 잘 알고 있었다. 그녀는 이것을 매우 좋아했지만 오늘은 마치 처음으로 듣는 듯했다. 흰 바위, 바다, 바람, 햇살뿐이었다. 난바다 멀리 다랑어와 돌고래가 살고 있는 곳에서 배를 타고 있는 것 같았다.

륄라비는 더이상 학교를 생각조차 하지 않았다. 바다는 이런 것이다. 세상에서 가장 중요한 것이기 때문에 땅 위의 이런 일들을 잊게 한다. 푸름과 빛은 더할 수 없이 드넓었고 바람과 파도소리는 세차고도 부드러웠으며 바다는 머리를 뒤척이고 꼬리로 대기를 가르는 커다란 동물 같았다.

그래서 륄라비는 좋았다. 밀수업자들의 길 가장자리에 놓인 평평한 바위 위에 앉아 쉬었고, 선명한 수평선, 바다와 하늘을 분리하는 검은 선을 바라보았다. 거리, 집, 자동차, 오토바이는 전혀 생각나지 않았다.

바위 위에 제법 오랫동안 앉아 있었다. 그러고 나서 다시 길을 따라 걷기 시작했다. 이제는 집들이 보이지 않았다. 맨 끝에 있는 별장들이 그녀 뒤로 멀어져갔다. 륄라비는 뒤돌아서서 그 별장들을 바라보았고, 하얀 정면 위로 겉창들이 닫혀 있어 마치 잠자는 듯한 그 모양이 우습다고 생각했다. 여기에는 정원이 없었다. 미끌미끌하고 기묘한 초목, 가시투성이인 공, 흠집투성이인 노란 라켓, 알로에, 나무딸기, 열대산 덩굴식물이 자갈밭에 널브러져 있었다. 아무도 여기 살지 않았다. 바윗덩이들 사이로 뛰어다니는 도마뱀들과 꿀 냄새 나는 풀 위로 날아다니는 두세 마리 말벌뿐이었다.

태양은 하늘에서 강렬하게 내리쬐었다. 흰 바위는 번쩍였고 파도거품은 눈처럼 희어서 눈이 부셨다. 여기는 세상의 끝처럼 행복한 곳이야. 더이상 바랄 것도 없고 필요한 사람도 없어. 륄라비는 앞으로 바짝 다가와 커 보이는 곶, 바다 위의 수직으로 깎아지른 절벽을 바라보았다. 밀수업자들의 길은 독일군 벙커까지 이르렀고, 좁은 교통호(交通壕)를 따라 지하로 내려가게 되어 있었다. 터널에서 소녀는 찬 공기에 오한을 느꼈다. 동굴 속처럼 사방이 어두웠고 공기가 축축했다. 요새의 벽에서는 곰팡내와 오줌 냄새가 났다. 터널의 저쪽은 낮은 벽으로 둘러싸인 씨멘트 포좌(砲座)로 통해 있었다. 바닥의 균열에서 약간의 풀이 돋아나 있었다.

륄라비는 빛에 눈이 부셔 눈을 감았다. 바다와 바람을 완전히 정면으로 마주하고 있었다.

갑자기 포좌의 벽에서 그녀는 첫 신호를 발견했다. 그것은 분필로 쓴

삐뚤삐뚤한 대문자들로서 단 한줄의 짧은 문장이었다.

나를 찾아보세요

륄라비는 잠시 주위를 둘러보고 나서 낮은 목소리로 말했다.

"알았어요, 그런데 당신은 누구죠?"

포좌 위로 커다랗고 흰 제비갈매기가 찢어지는 듯한 울음소리를 내며 지나갔다.

륄라비는 어깨를 으쓱하고는 다시 걷기 시작했다. 밀수업자들의 길은 아마 지난 전쟁 동안 벙커를 세운 사람들에 의해 파괴되었기 때문인지 걷기가 더 힘들어졌다. 미끄러지지 않도록 양손을 사용하여 기어오르고 이 바위에서 저 바위로 건너뛰어야 했다. 해안은 점점 더 가팔라졌고 륄라비는 저 아래에서 바위에 부딪히는 에메랄드빛 깊은 물을 보았다.

다행히 그녀는 바위들 사이로 잘 걸었다. 이것은 그녀가 가장 잘하는 것이기도 했다. 거리를 눈짐작으로 매우 빨리 계산해야 하고 적절한 통로나 계단, 발판이 되는 바위를 찾아내야 하며 높은 곳으로 이르는 경로를 꿰뚫어보아야 한다. 막다른 장소, 부서지기 쉬운 암석, 깊이 파인 좁은 곳, 가시덤불은 피해야 한다.

이건 아마 수학 수업을 위한 과제일 거야. "45도로 기울어진 바위와 금작화 수풀에서 2.5미터 떨어진 또다른 바위가 있다고 하자. 탄젠트는 어디로 지나갈까?" 흰 바위들이 책상과 비슷한 탓에 륄라비는 엄한 얼굴을 한 로르띠 선생님이 커다란 사다리꼴 바위 위에서 등을 바다 쪽으로 돌린 채 당당히 자리하고 있는 모습을 떠올렸다. 하지만 어쩌면 이것은 정말이지 수학 수업을 위한 문제가 아닐 거야. 여기서는 무엇보다 먼저 중심(重心)을 계산해야 해. "방향을 명확하게 표시하기 위해서는 수평선과 수직으로 만나는 선을 하나 그리세요" 하고 필리뻬 선생님이 말했지. 그는 기울어진 바위 위에 균형을 잡고 서서 인자한 미소를 짓고 있었다. 그의 흰 머리는 햇빛 아래에서 왕관처럼 빛났고, 그의 파란 눈은 근시용 안경 뒤에서 기묘하게 반짝였다.

뤌라비는 자신의 몸이 문제들의 해답을 그토록 쉽게 찾아내는 데에 만족했다. 앞뒤로 몸을 구부렸고 한 발로 균형을 유지했으며 그러고 나서 유연하게 펄쩍 뛰었다. 그녀의 발은 바라던 지점에 정확하게 착지했다.

"아주 잘했어요, 아주 좋아요, 학생." 필리뻬 선생님의 목소리가 그녀의 귀에 울렸다. "물리학은 자연과학입니다. 이것을 결코 잊지 마세요. 그렇게 계속해요. 학생은 올바른 길로 나아가고 있어요."

"예, 하지만 어디로 가기 위한 건가요?" 뤌라비가 중얼거렸다.

실제로 그녀는 자신이 어디에 다다를지 잘 알지 못했다. 숨을 돌리려고 다시 멈췄고 바다를 바라보았지만 거기에도 문제가 있었다. 수면에 대한 햇빛의 굴절각을 계산해야 했다.

'난 결코 저기 도착하지 못할 거야.' 그녀는 생각했다.

"자, 데까르뜨의 법칙들을 적용하세요." 필리뻬 선생님의 목소리가 그녀의 귀에 들려왔다.

뤌라비는 기억하려 애썼다.

"굴절광선은……"

"……언제나 입사평면에 있습니다." 뤌라비가 말했다.

"좋아요. 두번째 법칙은?"

"입사각이 커지면, 굴절각도 커지고 이 각들의 sin 비율은 일정합니다."

"일정하지." 목소리가 말했다. "따라서?"

"sin i/sin r는 불변입니다."

"공기에 대한 물의 지수는?"

"1.33입니다."

"푸꼬의 법칙은?"

"한 매질에 대한 또다른 매질의 지수는 후자에 대한 전자의 속도비와 같다는 것입니다."

"그러니까?"

"$N_{2/1}$ 은 v_1/v_2와 같습니다."

하지만 바다에서 태양 광선이 끊임없이 반사되었고, 굴절 상태에서 반사 상태로 너무나 빨리 넘어가는 바람에 륄라비는 계산을 하는 데 성공하지 못했다. 그녀는 나중에 필리뻬 선생님에게 편지로 여쭤봐야겠다고 생각했다.

날씨가 몹시 더웠다. 소녀는 멱을 감을 만한 장소를 찾아보았다. 약간 더 먼 곳에서 작은 만을 찾아냈는데, 거기에는 파손된 선착장이 있었다. 륄라비는 물가까지 내려가서 옷을 벗었다.

물은 매우 투명하고 차가웠다. 륄라비는 망설이지 않고 뛰어들었는데, 물이 살갗의 모공을 죄는 느낌이었다. 수면 아래에서 눈을 뜨고 한참동안 헤엄쳤다. 그러고 나서 선착장의 씨멘트 위에 앉아 몸을 말렸다. 이제 햇빛은 수직으로 쏟아졌고 더이상 반사되지 않았다. 그녀는 배의 살갗과 허벅지의 가는 털에 매달린 작은 물방울들 속에서 매우 강렬하게 빛났다.

차디찬 물은 그녀에게 도움이 되었다. 그녀는 머릿속의 생각들을 씻어냈고, 더이상 탄젠트의 문제도 물체의 절대 굴절률도 생각하지 않았던 것이다. 그녀는 아버지에게 또다시 편지를 쓰고 싶었다. 가방에서 항공 편지지 뭉치를 찾아 볼펜으로 맨 아랫부분부터 적어나갔다. 그녀의 젖은 손이 편지지에 흔적을 남겼다.

사랑을 담아서
LLBY가

나 있는 데로 빨리 와!

그러고 나서 그녀는 편지지의 한가운데를 채웠다.

어쩌면 내가 좀 바보짓을 하고 있는지 몰라.
후회하진 않을 거야. 정말로 감옥에
갇혀 있는 기분이었어. 아빠는
모를 거야. 아니, 아, 어쩌면
아빠는 모든 것을 알고 있을 거야. 그런데 아빠는
머무를 용기가 있지만 난 아냐. 이 사방의 벽,
아빠는 셀 수 없을 만큼 아주 많은 벽,
철조망, 철책, 창살이 있는 벽을 상상해봐!
내가 싫어하는 그 모든 나무들,
마로니에, 보리수, 플라타너스가 서 있는
운동장을 상상해봐. 특히 플라타너스는
끔찍해, 껍질이 벗겨지고 있어.
병든 것 같아!

약간 더 위쪽에 그녀는 이렇게 썼다.

아빠도 알지, 나는 바라는 게
너무 많아. 너무 너무 너무
바라는 게 많아. 아빠에게 말할 수 있을지
모르겠어. 여기에서는 많이 부족한
것들, 전부터 정말 보고 싶던
것들이야. 푸른 풀, 꽃,
새, 시내 들. 아빠가 여기 있다면 이것들에 관해
나에게 말해줄 수 있을 테고 난 이것들이 주위에서
드러나는 것을 볼 텐데, 학교에서는 아무도
이것들에 관해 말할 줄 몰라.
여자애들은 눈물 짜는 얼간이야! 남자애들은
멍청해! 걔들은 오토바이랑 점퍼만
좋아할 뿐이야!

그녀는 편지지의 맨 위로 거슬러 올라왔다.

안녕, 사랑하는 아빠. 아주 좁은 바닷가에서
아빠에게 편지를 쓰고 있어. 이곳은 정말
너무나 좁고 내가 앉아 있는 선착장은
부서져 있어서 요새로 쓰던 바닷가가 아닌가 하는
생각이 들어(난 조금 전에 개운하게 멱을 감았어).
바다는 좁은 해변을 집어삼키려고 해.
안쪽까지 혀를 날름거려.
마른 상태를 유지할 수가 없어! 내 편지에 바닷물이

많이 묻을 거야. 기분 나쁘게 생각하지 마. 여기에는
나 혼자뿐이지만 무척 즐거워. 이제 난 더이상
학교에 가지 않아. 이미 결정된 일이야.
돌이킬 수 없어. 감옥에 갇히게 된다 해도
결코 다시는 가지 않겠어. 게다가 학교보다 더
나쁘지도 않을 거야.

이제는 편지지에 여백이 그다지 남아 있지 않았다. 그래서 륄라비는 재미삼아 낱말들, 짧은 문장들을 되는 대로 써서 빈틈을 메웠다.

바다는 푸르다
태양
흰 난초꽃을 보내줘
통나무 오두막, 그게 여기 없어서 유감이야
나한테 편지 좀 보내
배가 한 척 지나가는데, 어디로 가는 것일까?
높은 산에 가고 싶어
아빠 사는 곳은 햇빛이 어떤지 말해줘
산호잡이들에 대해서 얘기해줘
슬루기는 어떻게 지내?

그녀는 마지막 공백을 낱말들로 채웠다.

해초
거울

멀리
개똥벌레
랠리 경주
시계추
미나리
별

뒤이어 그녀는 편지지를 접어 꿀 냄새가 나는 풀잎 하나와 함께 봉투 안에 넣었다.

바위 사이로 거슬러 올라갔을 때 그녀는 분필로 바위에 쓴 기묘한 두 번째 신호를 보았다. 따라갈 길을 가리키는 화살표도 있었다. 평평한 큰 바위 위에서 다음과 같은 글귀를 읽었다.

용기 잃지 마세요!

그리고 좀더 멀리에는 이런 글귀가 있었다.

어쩌면 끝이 좋지 않을지 몰라요

륄라비는 또다시 주위를 둘러보았지만 눈길이 닿는 바위들 사이에는 아무도 없었다. 그래서 길을 계속 걸어갔다. 기어오르고 다시 내려와 틈새 위로 건너뛰었다. 마침내 곶의 끝에 다다랐다. 거기에는 높고 평평한 자갈밭과 그리스풍의 집이 있었다.

륄라비는 멈춰서서, 경탄했다. 이렇게 예쁜 집은 한번도 본 적이 없어. 집은 바위와 잎이 두툼한 식물 한가운데에 세워져 있고, 바다를 정면으로 바라보고 있었으며, 기둥 여섯 개가 지탱하고 있는 베란다를 갖춘 소박한 사각형으로, 사원 모형과 비슷했다. 눈부시게 흰 그 집은 가파른 절벽 아래 조용히 웅크리고 있었는데, 절벽은 집을 바람과 시선으로부터 가려주었다.

뤨라비는 서서히 집 쪽으로 다가갔다. 심장이 매우 세차게 뛰었다. 아무도 없었다. 잡초와 담쟁이덩굴이 베란다를 침범했고 덩굴식물들이 기둥들을 감아 올라가 있었다. 여러 해 전에 버려진 집임이 분명했다.

집에 아주 가까이 다가서자, 늘어선 석고 기둥들 안쪽의 문 위에 새겨진 낱말 하나가 보였다.

카리스마

이 이름을 큰 소리로 읽은 뤨라비는 어떤 집도 이름이 이토록 아름답지는 않았다고 생각했다.

녹슨 철책 울타리가 집을 둘러싸고 있었다. 뤨라비는 입구를 찾으려고 철책을 따라갔다. 철책이 들어올려진 곳 앞에 이르러, 그곳을 통해 네 발로 기어들어갔다. 무섭지 않았다. 사방이 고요했다. 뤨라비는 베란다의 계단까지 정원을 가로질러서 그 집 문 앞에 멈췄다. 잠시 망설이다가 문을 밀었다. 집 안은 어두워서, 어둠에 눈이 익숙해지기를 기다려야 했다. 벽이 무너진 방 하나만이 보였는데, 바닥에는 벽의 잔해, 낡은 누더기와 신문지가 잔뜩 널려 있었다. 집 안은 추웠다. 아마 여러 해 전부터 창문이 열리지 않았을 것이다. 뤨라비는 겉창들을 열려고 해봤지만 꼼짝도 하지 않았다. 눈이 희미한 빛에 완전히 익숙해지자, 뤨라비는 자기만 여기에 들어와본 게 아니라는 사실을 알아차렸다. 벽이 음란한 낙서와 그림으로 뒤덮여 있었다. 이에 그녀는 마치 이 집이 정말 자기 집인 것처럼 화가 났다. 누더기 하나를 집어 낙서를 지우려고 해보았다. 그러고 나서 베란다로 나갔다. 문을 너무 세게 끌어당기는 바람에 손잡이가 부서지면서 넘어질 뻔했다.

하지만 밖에서 보면 집은 아름다웠다. 랄라비는 기둥 하나에 등을 기대고 베란다에 앉아 그녀 앞에 펼쳐진 바다를 바라보았다. 파도소리와 바람소리만 흰 기둥들 사이로 밀려오는 것이 그럭저럭 좋았다. 아주 반듯한 기둥들 사이로 하늘과 바다는 끝이 없는 듯했다. 이곳은 더이상 땅 위가 아니었고 뿌리 없이 떠 있는 것 같았다. 소녀는 등을 곧추세우고 목덜미를 따뜻한 기둥에 기댄 채 서서히 심호흡을 했다. 공기가 폐로 들어올 때마다 마치 수면에서 하늘로 더 높이 올라가는 듯했다. 수평선은 활처럼 휘는 가느다란 줄이었고, 햇빛은 직선으로 쏟아지고 있었다. 다른 세계, 프리즘의 가장자리였다.

랄라비는 귓가에 바람을 타고 오는 목소리를 들었다. 그것은 이제 필리뻬 선생님의 목소리가 아니라 하늘과 바다를 가로지른 매우 오래전의 목소리였다. 그녀 주위를 감싸는 따뜻한 햇볕 속에서 부드러우면서도 약간은 장중한 목소리가 울려나와 그녀의 예전 이름, 어느날 잠들기 전에 아버지가 붙여준 이름을 되풀이해 말했다.

“아리엘…… 아리엘……”

랄라비는 그토록 오랜 세월이 흘렀건만 잊어버리지 않은 노래를, 처음에는 조용히 나중에는 점점 더 큰 목소리로 불렀다.

꿀벌이 꿀을 빠는 곳에서 나는 젖을 빨아
앵두꽃 방울 속에 길게 드러누워
올빼미들이 울어도 쉬고 또 쉰다네.
여름은 가고 난 유쾌하게

박쥐의 등에 타 날아가지.
유쾌하고 흥겹게 살아갈 거야
만발한 꽃나무 가지 아래에서

그녀의 맑은 목소리가 탁 트인 공간으로 퍼져 그녀를 바다 위로 들어 올렸다. 그녀는 안개 낀 해안 너머로, 도시와 산 너머로 모든 것을 보았다. 파도가 열 지어 나아가는 바다의 넓은 길을 보았고, 다른 쪽 연안, 삼나무들이 숲을 이루고 있는 긴 띠 모양의 어두운 잿빛 땅까지 모든 것을 보았으며, 더 멀리 신기루 같은 쿠하-예-알보르즈의 눈 덮인 봉우리를 보았다.

륄라비는 오랫동안 기둥에 기대 앉아 바다를 바라보았고 아리엘의 노래와 아버지가 만들어낸 다른 노래들의 가사를 혼자 읊조렸다. 태양이 수평선에 아주 가까이 접근하고 바다가 보랏빛으로 보일 때까지 앉아 있었다. 그러다가 이윽고 그리스풍의 집을 나왔고 밀수업자들의 길로 다시 접어들어 도시 쪽으로 걸어갔다. 벙커 쪽에 도착했을 때, 고기잡이에서 돌아오는 한 소년을 언뜻 보았다. 그는 돌아서서 그녀를 기다렸다.

"안녕!" 륄라비가 말했다.

"안녕!" 소년이 말했다.

그는 진지한 얼굴에, 파란 눈은 안경에 가려져 있었다. 긴 낚싯대와 고기 담는 자루를 들고 있었으며 신발을 묶어 목에 걸고 걷는 중이었다.

그들은 몇마디씩 말하면서 함께 걸었다. 길의 끝에 도착했을 때, 해가 지려면 아직 몇분이 남았으므로, 바위들 사이에 앉아 바다를 바라보았다. 소년은 신발에 끈을 꿰었다. 륄라비에게 자기 안경의 내력을 이야기했다. 몇년 전 어느날 일식을 바라보려 했고 그때부터 자기 눈에 해의 자국이 났다는 것이었다.

그러는 동안 해가 졌다. 그들은 등대에 불이 켜지고 다음으로 가로등과 항공기 표시등이 켜지는 것을 보았다. 바닷물이 어두워졌다. 그러자 안경 낀 소년이 먼저 일어났다. 그는 낚싯대와 자루를 주워들고는 륄라비에게 손짓을 하면서 가버렸다.

그가 벌써 어느만큼 멀어졌을 때, 륄라비가 그에게 외쳤다.

"내일 나한테 그림 하나 그려줘!"

소년은 고개를 끄덕였다.

2

륄라비가 그리스풍의 집 쪽으로 간 지 여러 날이 지났다. 그녀는 그 모든 바위 위로 뛰어다닌 다음, 여기저기를 달리고 기어올라 정말로 숨이 가빠지고 바람과 빛에 약간 취한 채, 정박한 배를 닮은 신비로운 흰 씰루엣이 절벽을 배경으로 솟아오르는 것을 보는 순간이 정말 좋았다. 그즈음은 날씨가 매우 좋았고, 하늘과 바다는 푸른빛이었으며, 수평선이 너무나 투명해서 파도의 물마루가 훤히 보였다. 륄라비는 집 앞에 도착하자 걸음을 멈추었다. 심장이 더 빨리 더 세게 고동쳤다. 이곳에는 확실히 비밀이 있었기 때문에, 혈관에서 이상한 열기가 느껴졌다.

바람이 한순간에 잦아들었다. 그녀는 태양 빛이 자신을 부드럽게 감싸는데다 피부와 머리카락을 강렬하게 만든다고 느꼈다. 오랫동안 잠수하러 물속으로 들어가기 전처럼 좀더 깊이 숨을 들이마셨다.

입구까지 철책을 천천히 한바퀴 돌았다. 햇빛에 하얗게 빛나는 일정한 간격으로 늘어선 여섯 기둥을 바라보면서 집으로 가까이 다가갔다. 석고 기둥들 안쪽에 써놓은 매혹적인 단어를 큰 소리로 읽었다. 이토록 많은 평온과 빛이 있는 것은 어쩌면 이 단어 때문이었을 것이다.

"카리스마……"

이 단어는 마치 그녀의 마음속에 씌어 있었다는 듯이, 그녀를 기다리고 있었다는 듯이 그녀의 몸 속으로 번져나갔다. 륄라비는 베란다의 바닥에 앉았다. 오른쪽의 마지막 기둥에 등을 기댔다. 그러고는 바다를 바라보았다.

햇볕에 얼굴이 따가웠다. 햇살이 손가락, 눈, 입, 머리카락을 통해 그녀에게서 뻗어나와 바위와 바다의 강렬한 빛과 합쳐졌다.

무엇보다, 사방이 고요했다. 너무나 적막해서 륄라비는 자신이 곧 죽으리라는 느낌을 받았다. 생명은, 아주 빠르게 그녀에게서 빠져나와 하늘과 바다로 떠나버렸다. 이것은 이해하기 힘들었지만, 죽음이란 이런 것이리라고 륄라비는 확신했다. 그녀의 몸은 온통 열기와 빛으로 둘러싸여 흰 기둥에 기대앉은 자세 그대로 남아 있었다. 하지만 활기는 떠나갔고 그녀 앞에서 사라져버렸다. 그녀는 활기를 붙잡을 수 없었다. 모든 것이 자신에게서 떠나고, 찌르레기의 날아오름처럼, 먼지의 회오리처럼 매우 빠르게 멀어지는 느낌이었다. 그것은 팔과 다리의 모든 움직임, 내면의 떨림, 전율, 소스라침이었다. 그것들이 빛과 바다를 향해 공간 속으로 쏘아올려져 앞으로 빠르게 떠나갔다. 하지만 륄라비는 기분이 좋았고, 그래서 저항하지 않았다. 눈을 감지 않았다. 눈을 깜박거리지 않고 커진 눈동자로 앞을 똑바로 바라보았다. 그녀의 시선은 하늘과 바다 사이의 주름이 있는 곳, 수평선의 가느다란 줄 위에 있는 한 지점에 내내 머물러 있었다.

호흡이 점점 더 느려졌다. 가슴속에서 심장의 고동이 서서히, 서서히 느려졌다. 그녀에게는 넓어지다가 빛다발처럼 공간과 뒤섞이는 시선만이 있을 뿐 더이상 움직임도, 생기도 거의 없었다. 륄라비는 자기 몸이 문처럼 아주 살그머니 열리는 것을 느꼈고, 바다와 합쳐지기를 기다렸다. 오래지 않아 이 합치가 이루어지리라는 것을 알고 있었고, 아무것도 생각하지 않았으며, 다른 어떤 것도 바라지 않았다. 그녀의 몸은 멀리 뒤에 남아 있을 것이고 움직임도 없고 말도 없는, 흰 기둥들과 석회로 덮인 벽을 닮을 것이었다. 집의 비밀은 이것이었다. 그것은 바다의 높이, 커다란 푸른 벽의 맨 꼭대기, 마침내 저쪽에 있는 것을 보게 되는 곳으로의 도달이었다. 륄라비의 시선은 넓어져, 수면 위 공중의 빛 속에서 떠돌았다.

그녀의 몸은 방에 안치된 시신들과 달리 차가워지지 않았다. 빛은 기관들의 안쪽까지, 뼛속까지 계속해서 들어왔고, 도마뱀들처럼, 공기와 같은 온도에서 살아 있었다.

륄라비는 구름, 가스와 비슷해져서, 주위의 것에 섞여들었다. 언덕 위에서 햇볕을 받아 따뜻해진 소나무 향기, 꿀 냄새가 나는 풀 향기와 비슷해졌다. 그녀는 날렵한 무지개가 빛나는 파도의 물보라였다. 바람, 바다에서 불어오는 차가운 미풍, 덤불의 발치께의 삭은 땅에서 불어오는 숨결처럼 따뜻한 미풍이었다. 소금, 오래된 바위 위의 서리처럼 반짝이는 소금, 또는 바다의 소금, 해저 협곡의 진하고 톡 쏘는 듯한 소금이었다. 폐허가 된 가짜 그리스풍의 낡은 집 베란다에 앉아 있는 유일한 륄라비는 더이상 없었다. 그녀들은 파도 위에 반짝이는 광채만큼 많았다.

륄라비는 모든 눈으로 모든 곳에서 보았다. 예전에는 상상할 수 없던 것들을 보았다. 아주 작은 것들, 곤충 은신처들, 벌레 지하통로들을 보았다. 두툼한 나뭇잎들, 뿌리들을 보았다. 아주 큰 것들, 구름의 이면, 하늘 영사막 뒤의 별들, 억센 털들, 심해의 엄청난 골짜기들과 한없이 높은 뾰족한 산봉우리들을 보았다. 이 모든 것을 동시에 보았다. 각 시선은 여러 달, 여러 해 동안 지속되었다. 하지만 그녀는 이해하지 못한 채 보았다. 그녀 앞으로 공간을 뚫고 지나가는 것은 흩어진 그녀 몸의 움직임들이었기 때문이다.

마치 그녀가 세계를 형성하는 법칙을 죽은 다음에야 마침내 검토할 수 있게 된 듯했다. 그것은 책에 씌어 있고 학교에서 암기하는 법칙과는 전혀 다른 이상한 법칙이었다. 몸을 끌어당기는 수평선의 법칙, 아주 길고 아주 가느다란 법칙, 하늘과 바다의 불안정한 두 영역을 이어주는 견고한 선이 있었다. 거기에서 모든 것은 태양을 어둡게 만들고 미지를 향해 멀어지는 숫자와 기호 들을 날아오르게 하면서 생겨나고 늘어났다. 시작도 끝도 없는 바다의 법칙이 있었다. 바다에서는 빛의 광선들이 부서졌다. 하늘의 법칙, 바람의 법칙, 태양의 법칙이 있었다. 하지만 그것들의 기호는 인간에게 속하지 않았기에 누구도 그것들을 이해할 수 없었다.

얼마쯤 지나 깨어난 륄라비는 자신이 무엇을 보았는지 기억하려고 애썼다. 필리뻬 선생님에게 이 모든 것을 편지로 알릴 수 있기를 정말로 바랐을 것이다. 그라면 아마 이 모든 숫자와 기호가 무엇을 의미하는지 이해할 것이기 때문이다. 하지만 그녀는 문장의 단편들만을 찾아냈을 뿐이다. 그것들을 여러 차례 큰 소리로 되풀이해 말했고 이것들에 별 의미가 없었기 때문에 어깨를 으쓱했다.

"바다를 마시는 곳."

"수평선의 받침점들."

"바다의 바퀴들(또는 길들)."

그러다가 륄라비는 자리를 떴다. 그리스풍 집의 정원에서 나와 바다 쪽으로 내려갔다. 바람이 단번에 되돌아와 모든 것을 다시 정돈하기 위해서인 듯 그녀의 머리카락과 옷을 세게 흔들었다.

륄라비는 그 바람을 좋아했다. 바람에게 여러 가지를 주고 싶었다.

바람은 나뭇잎, 먼지, 신사들의 모자, 또는 바다와 구름에서 얻어내는 작은 물방울들을 자주 먹을 필요가 있기 때문이다.

륄라비는 물에서 몹시 가까워 파도가 발치를 핥는 바위의 움푹한 곳에 앉았다. 태양이 바다 위에서 불타고 있었으며 파도의 옆구리에 반사되면서 바다를 눈부시게 했다.

태양과 바람과 바다 말고는 아무도 없었고, 륄라비는 가방에서 편지 다발을 찾았다. 고무줄을 벗겨내 하나씩 꺼냈다. 무턱대고 몇마디 말, 몇마디 문구를 읽었다. 때로는 이해가 되지 않았다. 좀더 절실하게 들리도록 큰 소리로 다시 읽었다.

"……깃발처럼 펄럭이는 붉은 옷감……"

"창문에 아주 가까이 놓여 있는 내 책상 위의 노란 수선화들 알지, 아리엘?"

"네 목소리가 들린다. 너의 말은 공기 중에 퍼져 있어……"

"……아리엘, 아리엘의 노래……"

"네가 늘 기억하도록 너에게 주는 거야."

륄라비는 편지지들을 바람에 날려보냈다. 편지지들은 찢어지는 소리를 내며 빠르게 떠나갔다. 순식간에 바다 위로 날아가 돌풍 속의 나비들처럼 흩어졌다. 약간 푸른빛을 띠는 항공편지지들이었는데, 그러고 나서 그것들은 바다로 금세 사라졌다. 륄라비는 그 종잇장들을 바람에 날려보내는 것, 그 말들을 흩뿌리는 것이 좋았고, 그래서 바람이 기쁜 듯이 그것들을 잡아먹는 것을 바라보았다.

그녀는 불을 피우고 싶었다. 바위 틈에서 바람이 너무 세차게 불지 않을 만한 장소를 찾아보았다. 약간 더 멀리에서 폐허가 된 선착장이 있는 작은 만을 찾아내어 바로 거기에 자리를 잡았다.

불을 피우기 좋은 곳이었다. 흰 바위들이 선착장을 둘러싸고 있었다.

거기까지는 돌풍이 불지 않았다. 바위의 밑바닥에 바짝 마르고 따뜻한 파인 곳이 있었다. 곧바로 불꽃이 부드럽게 바스락거리는 소리를 내면서 가볍고 약하게 피어올랐다. 륄라비는 끊임없이 종잇장들을 던져넣었다. 종잇장들은 단번에 타버렸다. 매우 건조한데다 얇아서 금방 소진되었다.

륄라비는 불꽃 속에서 비틀리는 파란 종이, 어디론지는 모르지만 뒷걸음질 치듯 사라지는 말들을 보는 것이 좋았다. 아버지도 남겨두기 위해 편지를 쓰는 것은 아니었기 때문에 여기 와서 자신의 편지가 불타는 것을 보고 싶어했으리라고 생각했다. 어느날 그는 바닷가에서 그렇게 말하고, 편지 하나를 파란 헌 병에 집어넣어 바다 멀리로 던졌던 것이다. 아버지는 오직 그녀를 위해서만, 그녀가 읽고 자기 목소리를 듣도록 하기 위해서만 편지를 썼는데, 이제 말들은 이렇게 빨리 공중으로 불빛과 연기가 되어 본래의 장소 쪽으로 되돌아갈 수 있었고 보이지 않게 될 수 있었다. 어쩌면 거울처럼 반짝이는 불꽃과 희미한 연기를 바다 저쪽에서 누군가 볼 것이고, 그러면 그는 이해하겠지.

륄라비는 작은 나뭇조각, 잔가지, 마른 해초 들을 모닥불에 던져넣어 불꽃이 사그라지지 않게 했다. 항공편지지의 가볍고 약간은 달콤한 냄새, 숯불과 나무의 강한 냄새 등 온갖 종류의 냄새와 해초의 짙은 연기가 공중으로 피어올랐다.

륄라비는 재빠르게, 번개처럼 뇌리를 스칠 정도로 빠르게 사라지는 말들을 바라보았다. 때때로 불에 의해 비틀려 기묘하게 변형된 말들을 언뜻 알아보고는 슬쩍 웃었다.

비이이이!
속상해!

에에에엘랑
에떼떼떼떼!
아위엘, 이엘, 에에엘……

그녀는 갑자기 뒤에 누가 있는 느낌이 들어 돌아보았다. 안경 낀 소년이 그녀 뒤쪽의 바위 위에 서서 그녀를 바라보고 있었다. 그는 변함없이 손에 낚싯대를 들고 있었으며 신발을 묶어 목에 걸고 있었다.

"왜 종이를 태워?" 그가 물었다.

륄라비는 그에게 웃어 보였다.

"재밌으니까." 그녀가 말했다. "봐!"

그녀는 나무가 그려진 커다란 파란색 종잇장에 불을 붙였다.

"잘 타네." 소년이 말했다.

"그래, 종이는 매우 불타고 싶어했어." 륄라비가 설명했다. "종이는 오래전부터 불에 타기를 기다렸어. 낙엽처럼 말라 있었으니까, 이렇게 잘 타오르는 거야."

안경 낀 소년은 낚싯대를 내려놓고 불 피울 잔가지를 찾으러 갔다. 그들은 태울 수 있는 모든 것을 불에 던져넣으면서 즐거운 시간을 보냈다. 륄라비는 연기로 손이 검게 그을렸고 눈이 따가웠다. 둘은 불을 꺼뜨리지 않으려 애쓰는 통에 매우 피곤하고 숨이 가빴다. 이제는 불도 약간 지친 듯했다. 불길이 좀더 약해져 있었고, 잔가지와 종이는 차례로 재가 되었다.

"불이 곧 꺼질 거야." 소년이 안경을 닦으면서 말했다.

"더이상 편지가 없기 때문이지. 불이 바라는 것은 바로 그거야."

소년은 주머니에서 두 번 접은 종잇장을 꺼냈다.

"그게 뭐야?" 륄라비가 물었다. 그녀는 종이를 받아 펼쳤다. 검은 얼굴의 여자를 그린 그림이었다. 륄라비는 자신의 두툼한 스웨터를 알아보았다.

"나를 그린 거야?"

"응, 너 주려고 그렸어." 소년이 말했다. "하지만 태워도 상관없어."

그러나 륄라비는 그림을 다시 접고는 불이 꺼지는 것을 바라보았다.

"지금 태우고 싶지 않아?" 소년이 물었다.

"그래, 오늘은 아니야." 륄라비가 말했다.

불이 꺼지자 연기도 사그라졌다. 재가 바람에 날렸다.

"정말 태우고 싶을 때 태울 거야." 륄라비가 말했다.

그들은 오랫동안 선착장에 앉아 바다를 바라보았다. 말도 별로 하지 않았다. 바람이 바다 위로 지나갔고, 물보라 방울들이 그들의 얼굴까지 휘날렸다. 먼 바다에서 뱃머리에 앉아 있는 것 같았다. 파도소리와 길게 이어지는 바람소리밖에 들리지 않았다.

해가 중천에 이르렀을 때, 안경 낀 소년은 일어나 낚싯대와 신발을 집어들었다.

"갈 거야." 그가 말했다.

"좀더 있지 않을래?"

"그럴 수 없어, 돌아가야 해."

륄라비도 일어섰다.

"여기에 남아 있을 거야?" 소년이 물었다.

"아니, 저기 더 멀리로 가볼 테야."

그녀는 곶 끝의 바위들을 가리켰다.

"저 아래에 또다른 집이 있는데, 훨씬 더 커서 극장 같아." 소년이 륄라비에게 설명했다. "바위를 기어올라야 해. 그래야 밑으로 들어갈 수 있어."

"가본 적 있어?"

"응, 자주. 아름답지만 가기가 어려워."

안경 낀 소년은 목에 신발을 매고는 재빨리 멀어졌다.

"또 봐!" 륄라비가 말했다.

"안녕!" 소년이 말했다.

륄라비는 곶의 끝을 향해 걸어갔다. 이 바위에서 저 바위로 건너뛰면서 거의 달리다시피했다. 여기는 더이상 길이 없었다. 억새 뿌리와 풀을 움켜잡으면서 바위를 기어올라야 했다. 멀리 흰 바위들 한가운데에서 하늘과 바다 사이에 매달린 모습이 까마득한 점 같았다. 찬바람이 부는데도 륄라비는 햇볕의 따가움을 느꼈다. 옷 속으로 땀이 흘렀다. 가방이 거추장스러웠다. 어딘가에 가방을 감춰놓았다가 나중에 찾기로 했다. 커다란 알로에 발치의 움푹한 곳에 가방을 숨겼다. 돌덩이 두세 개를 밀어넣어 숨겨둔 곳을 막았다.

소년이 말한 집이 이제 그녀 위로 모습을 드러냈는데, 씨멘트로 지은 이상한 집이었다. 거기에 가려면 무너져 쌓인 돌더미를 따라 올라가야 했다. 흰 폐허가 햇빛을 받아 반짝였다. 륄라비는 잠시 머뭇거렸다. 이곳은 모든 것이 매우 이상한데다 적막했기 때문이다. 바다 위의 암벽에 꼭 달라붙은 긴 씨멘트벽에는 창문이 나 있지 않았다.

바닷새 한 마리가 폐허 위를 선회했다. 륄라비는 갑자기 저 높은 곳으로 올라가고 싶었다. 돌더미를 따라 기어오르기 시작했다. 돌의 모서리가 손과 무릎에 흠집을 냈고, 작은 돌들이 밑으로 굴러떨어졌다. 맨 꼭대기에 도착하자 돌아서서 바다를 바라보았다. 그러나 현기증을 느끼지 않으려면 눈을 감아야 했다. 너무 아득해서 내려다볼 수 없는 저 아래에는 바다만이 있었다. 드넓고 푸른 바다가 확장된 수평선까지 공간을 채웠다. 바다는 파도의 모든 주름이 움직이는 끝없는 지붕, 거무뒤뒤한 금속으로 만든 거대한 돔 같았다. 바다 위 여기저기에서 태양이 빛났고, 륄라비는 해류의 얼룩과 어두운 길, 해초의 숲, 거품의 흔적을 보았다. 바람은 쉬지 않고 바다를 쓸어 수면을 매끄럽게 했다.

륄라비는 손가락으로 바위에 달라붙은 채 눈을 뜨고 모든 것을 바라보았다. 바다는 몹시도 아름다워서 그녀에게는 바다가 머리와 몸을 전속력으로 꿰뚫고 한꺼번에 수많은 생각을 재촉하는 듯했다.

륄라비는 천천히 조심스럽게 폐허로 접근했다. 안경 낀 소년이 말한 대로였다. 커다란 철근 씨멘트벽으로 이루어진 일종의 극장이었다. 높은 벽들 사이로 식물이 자라나 있었다. 가시덤불과 칡이 땅을 완전히 뒤덮고 있었다. 벽 위로는 평판 콘크리트 지붕이 군데군데 무너져 있었다. 지붕 골조의 철 조각들을 뒤흔드는 돌풍과 함께 바닷바람이 건물의 모든 면에서 열린 부분들로 들이쳤다. 물결들이 서로 부딪혀 기묘한 음악소리를 냈다. 륄라비는 꼼짝도 않고 여기에 귀를 기울였다. 제비갈매기의 울음소리와 파도의 속삭임 같았다. 리듬이 없고 몸을 떨게 만드는 비현실적인 야릇한 음악이었다. 륄라비는 다시 걷기 시작했다. 외벽을 따라 나 있는 길은 무성한 잡초를 통과하여 반쯤 무너진 계단까지 이어져 있었다. 륄라비는 계단을 밟아 올라가다가 지붕 아래 돋워놓은 편평한 곳으로 이르렀는데, 거기에서는 구멍을 통해 바다를 볼 수 있었다. 바로 거기에서 륄라비는 햇볕을 쬐며 수평선을 정면으로 마주하고 앉아 내내 바다를 바라보았다. 그러고 나서 눈을 감았다.

갑자기 그녀는 몸이 부르르 떨렸다. 누군가가 오고 있는 것을 느꼈기 때문이다. 지붕의 얇은 철제 판들을 흔드는 바람 이외에는 다른 소리가 나지 않았지만, 위험을 느꼈던 것이다. 실제로 폐허의 저쪽 끝에서 가시덤불 한가운데의 길로 누군가가 오고 있었다. 햇볕에 그을린 얼굴, 덥수룩한 머리털에 파란 면바지와 점퍼를 걸친 남자였다. 그는 마치 무언가를 찾는 듯이 때때로 걸음을 멈추면서 소리 없이 걸어왔다. 륄라비는 그가 자신을 못 보았기를 바라면서 벽에 등을 대고 움직이지 않았다. 가슴이 두근거렸다. 왠지 모르지만 이 남자가 자신을 찾는다는 것을 그녀는 알고 있었다. 그가 듣지 못하도록 숨소리를 죽였다. 하지만 그는 길의 중간쯤에서 가만히 고개를 들어 소녀를 쳐다보았다. 그의 초록빛 눈이 어두운 얼굴 안에서 기묘하게 반짝였다. 그러고 나서 서두르지 않고 계단을 향해 다시 걷기 시작했다. 다시 내려가기에는 너무 늦었고, 그래서 륄라비는 벌떡 일어나 구멍을 통해 밖으로 나갔고 지붕 위로 기어올랐다. 바람이 몹시 세차게 불어 그녀는 넘어질 뻔했다. 가능한 한 빨리 그녀는 지붕의 다른 쪽 끝으로 달리기 시작했다. 폐허가 된 넓은 방에서 울리는 자신의 발소리를 들었다. 가슴속에서 심장이 매우 세게 덜컹거렸다. 지붕의 끝에 이르자 달음질을 멈췄다. 그녀 앞에는 절벽과 그녀를 갈라놓는 넓은 배수로가 있었다. 그녀는 사방으로 귀를 기울였다. 여전히 지붕의 철제 판들에서 바람소리만 들려왔다. 하지만 미지의 남자가 멀리 있지 않다고 느꼈다. 그는 폐허를 한 바퀴 돌아 배후를 공격하기 위해 가시덤불 한가운데의 길로 달렸다. 그때 륄라비는 뛰어내렸다. 절벽의 기슭으로 떨어지면서 왼쪽 발목을 삐어 통증을 느꼈지만, 짧은 비명을 질렀을 뿐이다.

"아!"

남자가 그녀 앞에 갑자기 나타났다. 그녀는 그가 어디에서 나왔는지 이해할 수 없었다. 그는 손이 가시덤불에 긁힌 채로 조금 헐떡거리고 있었다. 초록색 눈이 작은 유리조각처럼 험악해진 그는 그녀 앞에 움직이지 않고 서 있었다. 그는 길을 따라 분필로 바위에 전언을 써놓은 사람일까? 아니면 그는 그리스풍의 멋진 집 안으로 들어가 그 모든 외설스러운 낙서로 벽을 더럽힌 사람이다. 그가 륄라비에게 몹시 가까이

다가와서 그녀는 그의 냄새, 옷과 머리카락에 스며든 역겹고 시큼한 땀냄새를 맡게 되었다. 갑자기 그는 약간 작아진 눈에다, 입을 벌리고는, 앞으로 한걸음 내디뎠다. 발목이 아팠지만 륄라비는 펄쩍 뛰어 비탈을 급히 내달리기 시작했다. 그 바람에 자갈이 마구 굴러떨어졌다. 절벽 아래에 이르렀을 때에야 멈춰 돌아보았다. 남자는 균형을 잡으려는 듯이 팔을 벌리고 폐허의 흰 벽 앞에 서 있었다.

햇빛이 바다로 세차게 쏟아졌고, 찬바람 덕분에 륄라비는 기운을 되찾은 느낌이었다. 그녀는 또한 혐오감과 함께 분노를 느꼈는데, 이에 따라 점차로 두려움을 떨쳐버릴 수 있었다. 그러고 나서 갑자기 자신에게는 어떤 일도 일어날 리 없다는 것을 이해했다. 사방에 바람, 바다, 태양뿐이었다. 그녀는 아버지가 어느날 바람과 바다 그리고 태양에 관해 한 말을 기억했다. 그것은 자유와 공간, 이와 같은 어떤 것에 관한 긴 문장이었다. 륄라비는 바다 위로 솟아오른 뱃머리 형태의 바위에 멈춰섰다. 이마와 눈꺼풀로 햇빛의 열기를 더 잘 느끼기 위해 머리를 뒤로 젖혔다. 기운을 다시 차리려면 이렇게 하라고 아버지가 가르쳐주었던 것인데, 아버지는 이것을 '햇빛 마시기'라고 불렀다.

륄라비는 발 아래에서 넘실대고 바위의 발치에 부딪혀 소용돌이와 무수한 거품을 만들어내는 바다를 바라보았다. 그녀는 머리부터 바다로 뛰어들었다. 물거품 속으로 들어갔다. 차가운 물이 그녀를 감싸고는 고막과 콧구멍을 눌러댔다. 눈 속에서는 희미한 빛이 번쩍거리는 것 같았다. 그녀는 수면으로 다시 올라와서 머리카락을 흔들었고 고함을 질렀다. 그녀 뒤로 멀리 육지가 돌과 식물을 싣고 거대한 잿빛 화물선처럼 흔들렸다. 꼭대기에서 폐허가 되어버린 하얀 집은 하늘로 열려 있는 구름다리와 비슷했다.

륄라비는 물결의 느린 움직임에 잠시 몸을 맡겼다. 옷이 해초처럼 피부에 달라붙었다. 그러고 나서 곶이 멀어지고 도시 건물들의 희미한 선이 따뜻한 안개 속에서 거의 보이지 않을 때까지 먼바다를 향해 자유형으로 아주 오랫동안 헤엄쳤다.

3

그것이 언제까지나 지속될 수는 없었다. 륄라비는 이 사실을 잘 알고 있었다. 우선 학교와 거리에 그 모든 사람들이 있었다. 그들은 무엇에 관해서든 이야기했고 너무 말이 많았다. 륄라비를 멈춰세워 그녀에게 조금 과장하는 게 아니냐고, 그녀가 아프지 않다는 사실은 여교장을 비롯해 모두에게 알려져 있다고 말하는 여학생도 있었다. 게다가 설명을 요구하는 편지들이 있었다. 륄라비는 그 편지들을 열어보고 어머니 이름으로 서명한 답장을 보냈다. 심지어 어느날은 학감의 사무실로 전화해서 어머니 목소리를 흉내내면서 딸이 아프다고, 몹시 아프다고, 수업에 참석할 수 없다고 설명하기도 했다.

하지만 이런 일을 계속할 수는 없다고 륄라비는 생각했다. 뒤이어 필리뻬 선생님이 별로 길지 않은, 그녀에게 학교로 돌아오기를 요청하는 기묘한 편지를 보내왔다. 륄라비는 이 편지를 접어 주머니에 늘 지니고 다녔다. 필리뻬 선생님에게 답장을 보내 설명하고 싶기는 했던 것 같으나, 혹시 여교장이 읽지나 않을까, 륄라비가 아프지 않다는 것, 돌아다닌다는 것을 여교장이 알까 두려웠다.

아침에 륄라비가 아파트에서 나왔을 때 날씨가 몹시 좋았다. 그녀의 어머니는 사고 이후로 저녁마다 복용하는 약 때문에 아직 자고 있었다. 륄라비는 거리로 들어섰다. 햇빛에 눈이 부셨다.

하늘은 희뿌했고 바다는 번쩍였다. 다른 날들처럼 륄라비는 밀수업자들의 길로 접어들었다. 흰 바위들이 바다 위의 빙산 같았다. 륄라비는 맞바람에 약간 고개를 숙이고 해안을 따라 한동안 걸었다. 하지만 이제는 벙커 저쪽 씨멘트 포좌까지 가려 하지 않았다. 여섯 개의 기둥이 있는 그리스풍의 멋진 집을 정말로 다시 보고 거기 앉아 바다 한가운데까지 실려 갔으면 했을 것이다. 하지만 벽과 바위에 낙서를 하는 더벅머리 남자와 마주칠까봐 두려웠다. 그래서 길가의 돌 위에 앉아 그 집을 상상하려고 애썼다. 절벽을 배경으로 웅크려 있는 아주 작은 집인데, 겉창들과 문이 닫혀 있지. 기둥들 위로 삼각형 기둥머리에 새겨진 이름이 햇빛에 여전히 선명해.

카리스마

정말 세상에서 가장 아름다운 말이야.

륄라비는 바위에 기대어 바다를 마치 다시 보아서는 안된다는 듯이 오랫동안 바라보았다. 수평선까지 물결이 촘촘하게 움직였다. 파도의 물마루가 햇빛을 받아 빻은 유리가루처럼 반짝거렸다. 소금기 있는 바람이 불었다. 바다가 날카로운 바위들 사이에서 윙윙거렸고 관목들의 나뭇가지에서 휘파람 소리가 났다. 륄라비는 바다와 텅 빈 하늘이 풍기는 기이한 취기에 다시 한번 휩싸였다. 그러고 나서 정오 무렵에 바다로부터 돌아서서 도심 쪽으로 향하는 길까지 달려갔다.

거리에는 바람이 달라져 있었다. 선회하다가 돌풍으로 변해 겉창들을 흔들었고 먼지 구름을 일으켰다. 사람들은 바람을 좋아하지 않았다. 서둘러 거리를 통과했고 모퉁이에 몸을 숨겼다.

마른 바람이 매우 강렬해졌던 것이다. 사람들은 신경질적으로 뛰어다니고 서로 부딪히고는 서로에게 설명을 요구했다. 때로는 검은 차도에서 자동차 두 대가 커다란 고철소리와 긴 경적소리를 내면서 충돌했다.

뢸라비는 먼지 때문에 눈을 반쯤 감고 성큼성큼 걸었다. 도심에 도착했을 때에는 머리가 현기증에 휩싸인 듯이 빙빙 돌았다. 군중이 낙엽처럼 어지럽게 오갔다. 남녀의 무리가 자장 속의 줄밥처럼 모였다가 흩어지고는 더 멀리에서 다시 모였다. 그들은 어디로 가는 걸까? 그들은 무엇을 바랄까? 뢸라비가 이해하지 못하는 그토록 많은 얼굴, 눈, 손을 본 것은 너무 오랜만이었다. 그녀는 보도를 따라 가는 군중의 느린 움직임에 휩쓸려 어디로 가는지 모르는 채 앞으로 밀려갔다. 사람들이 그녀 가까이로 지나갔고, 그녀는 그들의 숨결과 스치는 손을 느꼈다. 한 남자가 몸을 숙여 그녀의 얼굴을 들여다보고는 몇마디 말을 중얼거렸지만, 마치 미지의 언어로 말하는 것 같았다.

뢸라비는 불빛과 소음으로 가득한 백화점으로 아무런 생각 없이 들어갔다. 마치 내부에서도 통로와 계단을 따라 바람이 불어 커다란 광고지들을 빙빙 돌게 하는 듯했다. 문 손잡이는 정전기를 방전했고 네온 난간들은 생기 없는 번개처럼 반짝였다.

뢸라비는 거의 달리다시피 하며 백화점의 출구를 찾아다녔다. 문 앞을 지날 때 누군가와 부딪히고는 "미안합니다, 부인" 하고 중얼거렸다. 하지만 그것은 그저 방수 모직 망토를 입혀놓은 커다란 플라스틱 마네킹이었다. 마네킹의 벌어진 팔들이 약간 흔들렸다. 밀랍 색깔의 뾰족한 얼굴이 여교장의 얼굴과 비슷했다. 충격 때문에 마네킹의 검은 가발이 삐딱하게 미끄러져 곤충의 발과 비슷한 속눈썹이 달린 한쪽 눈을 가렸다. 뢸라비는 웃음이 나면서도 몸이 떨렸다.

그녀는 이제 매우 피곤하고 속이 빈 느낌이었다. 아마 전날부터 아무것도 먹지 않았기 때문일 것이다. 그래서 까페로 들어갔다. 약간 어두운 안쪽에 앉았다. 까페 종업원이 그녀 앞에 서 있었다.

"오믈렛 하나 주세요." 륄라비가 말했다.

종업원은 마치 못 알아들은 듯 그녀를 잠깐 쳐다보았다. 그러고 나서 계산대를 향해 외쳤다.

"여기 오믈렛 하나!"

그는 계속 그녀를 쳐다보았다.

륄라비는 점퍼 주머니에서 종이 한 장을 꺼내 편지를 쓰려고 했다. 긴 편지를 쓰고 싶었지만, 누구에게 보낼지 몰랐다. 아버지에게, 로랑스 언니에게, 필리뻬 선생님에게, 그리고 안경 낀 소년에게 모두 편지를 쓰고 싶었다. 소년에게는 그림을 그려주어서 고맙다는 말을 하고 싶었다. 하지만 잘되지 않았다. 그래서 종잇장을 구기고 또다른 종이를 꺼냈다. 쓰기 시작했다.

교장 선생님께,

제 딸아이가 현재 수업에 참석할 수 없어 죄송합니다. 건강 상태로 보아

또다시 멈췄다. 어떻다고 하지? 무슨 말을 써야 할지 생각해내지 못했다.

"자, 오믈렛 나왔습니다." 까페 종업원의 목소리가 들렸다. 그는 식탁 위에 접시를 내려놓고 기묘한 표정으로 륄라비를 쳐다보았다.

륄라비는 두번째 종잇장을 구겼고 고개를 들지 않은 채 오믈렛을 먹기 시작했다. 따뜻한 음식을 먹으니 힘이 났고 곧 일어나서 걸을 수 있었다.

학교의 교문 앞에 도착하고 나서 얼마간 망설였다.

들어갔다. 학생들의 웅성거림이 단번에 그녀를 둘러쌌다. 그녀는 곧장 마로니에 나무 하나하나, 플라타너스 하나하나를 알아보았다. 빈약한 가지들이 돌풍에 흔들렸고 나뭇잎들이 운동장에서 소용돌이쳤다. 그녀는 또한 벽돌 하나하나, 파란 플라스틱 벤치 하나하나, 반투명한 유리 창문 하나하나를 알아보았다. 뛰어다니는 학생들을 피하기 위해 운동장 안쪽의 벤치로 가서 앉았다. 기다렸다. 아무도 그녀에게 관심을 기울이지 않는 듯했다.

그러고 나서 떠들썩한 소리가 줄어들었다. 학생들은 교실로 들어갔고 문들이 차례로 닫혔다. 이윽고 바람에 흔들리는 나무, 운동장의 한가운데에서 원무를 추는 먼지와 낙엽만이 남았다.

륄라비는 추웠다. 일어나서 필리뻬 선생님을 찾기 시작했다. 실습실들이 있는 조립식 건물의 문들을 열었다. 그럴 때마다 순간적으로 한 문장씩을 생각해냈는데, 그것은 잠시 공중에 매달려 있다가 그녀가 문을 닫을 때 다시 사라졌다.

륄라비는 또다시 운동장을 가로질러 수위실로 가서 유리 끼운 문을 노크했다.

"필리뻬 선생님을 만나고 싶어요." 그녀가 말했다.

수위는 놀란 표정으로 그녀를 바라보았다.

"그 사람 아직 안 왔어." 그가 말하면서 곰곰이 생각하는 눈치였다. "하지만 교장 선생님이 널 찾고 계실 거야. 나와 함께 가자."

륄라비는 고분고분하게 수위를 따라갔다. 그는 니스 칠한 문 앞에 멈춰 노크를 했다. 그러고 나서 문을 열었고 륄라비에게 들어오라고 신호했다.

책상 뒤에서 여교장은 날카로운 눈으로 그녀를 쳐다보았다.

"들어와 앉아요. 자, 말해봐요."

륄라비는 의자에 앉아 밀랍 칠한 책상을 바라보았다. 침묵이 너무나 위협적이어서 말을 하고 싶지 않았다.

"필리삐 선생님을 만나고 싶어요." 그녀가 말했다. "저한테 편지를 보내셨어요."

여교장은 그녀의 말을 가로막았다. 여교장의 목소리는 그 눈길만큼이나 차갑고 몰인정했다.

"알고 있어요. 그는 학생에게 편지를 썼지. 나도 썼어. 하지만 문제는 그게 아니라 학생이야. 어디에 있었지? 물론 학생에겐 흥미로운 얘깃거리가 있을 거야. 어디, 말해봐, 학생."

륄라비는 여교장의 눈길을 피했다.

"어머니께서……" 그녀가 시작했다.

여교장이 목소리를 높였다.

"어머니는 나중에 모두 다 아시게 될 거야. 물론 아버지에게도 알릴 거다."

여교장은 종잇장을 하나 꺼냈다. 륄라비는 그것을 곧장 알아보았다.

"그리고 이 편지는 가짜야!"

륄라비는 부인하지 않았다. 놀라지도 않았다.

"자, 말해봐." 여교장이 되풀이해 말했다. 륄라비의 심드렁한 모습에 여교장은 점점 더 흥분하는 것 같았다. 이것은 아마 바람 탓이기도 했을 것이다. 바람 때문에 모든 것이 강렬해졌던 것이다.

"그동안 어디 있었니?"

륄라비는 말했다. 적당한 말을 약간 더듬더듬 찾아가면서 천천히 말했다. 그다지 익숙하지 않았기 때문이다. 말하는 동안 눈앞에는 여교장이 아니라 흰 기둥들의 집, 바위, 햇볕 속에서 빛나는 아름다운 그리스어 단어가 보였다. 그녀가 여교장에게 말하려 애쓴 것은 바로 이 모든 것, 반사광이 다이아몬드처럼 반짝이는 푸른 바다, 깊은 파도소리, 검은 선 같은 수평선, 제비갈매기들이 날아다니는 짭짤한 바람이었다. 여교장은 귀를 기울였다. 그녀의 얼굴은 잠시 동안 매우 아연실색한 표정을 띠었다. 그래서 그녀는 검은 가발이 삐딱하게 미끄러져내린 마네킹과 정말 비슷했고, 륄라비는 웃지 않으려고 무척 애를 써야 했다. 그녀가 말하기를 멈췄을 때, 얼마 동안 정적이 흘렀다. 그러고 나서 여교장의 얼굴은 다시 한번 바뀌었다. 마치 자기 목소리를 찾는 것 같았다. 륄라비는 그녀의 음색에 깜짝 놀랐다. 전혀 다른 목소리였다. 더 근엄하고 더 부드러워졌다.

"이봐, 얘야." 여교장이 말했다.

그녀는 륄라비를 바라보면서 밀랍 칠한 책상 위로 몸을 기울였다. 그녀의 오른손은 금테를 두른 검은 만년필을 쥐고 있었다.

"얘야, 난 모든 것을 잊을 준비가 되어 있단다. 예전처럼 교실로 돌아가도 좋아. 하지만 나에게 말해야 해……"

그녀는 머뭇거렸다.

"이해하지, 난 학생이 잘되기를 바라고 있어. 나에게 온전한 진실을 말해야 해."

륄라비는 대답하지 않았다. 여교장이 무엇을 말하려고 하는지 이해가 되지 않았다.

"두려워하지 말고 나에게 말해도 돼. 모든 것은 우리끼리의 이야기로 남을 거야."

륄라비가 여전히 대답하지 않았으므로, 여교장은 꽤 낮은 목소리로 매우 빠르게 말했다.

"애인이 있지, 맞지?"

륄라비는 항변하려 했지만, 여교장은 그녀의 말문을 막았다.

"부인해봐야 소용없어. 네가 남자애와 함께 있는 것을 몇몇 여학생, 네 동료 중 몇명이 봤단다."

"거짓말이 분명해요!" 륄라비가 말했다. 그녀는 목소리를 높이지 않았다. 하지만 여교장은 마치 그녀가 소리를 지르기라도 한 듯이 몰아붙이듯 말했다.

"그의 이름을 말해!"

"전 애인이 없어요." 륄라비가 말했다. 그녀는 왜 여교장의 얼굴 표정이 변했는지 단번에 이해했는데, 그것은 여교장이 거짓말을 하고 있기 때문이었다. 그래서 자신의 얼굴이 돌처럼 차가워지고 반들반들해지는 느낌이었다. 이제 여교장이 두렵지 않았기에 여교장의 눈을 똑바로 바라보았다.

여교장은 동요했다. 시선을 돌리지 않을 수 없었다. 우선 그녀는 부드럽고 거의 다정하기까지 한 목소리로 말했다.

"나에게 진실을 말해야 한다, 얘야, 네 행복을 위해서야."

그러고 나서 그녀의 음색은 다시 냉혹하고 신랄해졌다.

"그 남자애의 이름을 대!"

륄라비는 마음속에서 분노가 치밀어오르는 것을 느꼈다. 그것은 돌처럼 매우 차갑고 묵직했으며 가슴과 목구멍에 자리 잡았다. 그리스풍 건물의 벽에서 음란한 문장들을 보았을 때처럼 심장이 매우 빠르게 고동치기 시작했다.

"저는 그런 남자애 몰라요. 거짓말, 거짓말이에요!" 그녀가 외쳤다. 그녀는 일어나서 나가버리고 싶었다. 하지만 여교장은 그녀를 붙들려는 몸짓을 했다.

"가만히 있어, 아직 나가지 마라!" 그녀의 목소리는 한층 더 낮아졌고 약간 쉬어 있었다. "너를 꾸짖자고 하는 말이 아냐. 너 잘되라는 거야, 얘야, 다만 널 도와주기 위해서란다. 내 뜻을 이해하겠지."

그녀는 촉이 금빛인 작은 검은색 만년필을 놓고 안절부절못하면서 마른 손으로 깍지를 끼었다. 륄라비는 다시 앉아 더는 움직이지 않았다. 가까스로 숨을 쉬었고 얼굴이 돌로 된 가면처럼 완전히 하얗게 되었다. 쇠약해진 느낌이었다. 아마 요즈음 바닷가에서 거의 먹지도 자지도 못했기 때문일 것이다.

"인생의 위험들로부터 너를 보호하는 것이 내 의무란다." 여교장이 말했다. "넌 모를 거다. 너무 어려. 필리삐 선생이 나에게 너를 매우 칭찬했어. 넌 좋은 학생이야. 이 모든 것을 어리석은 사고로 망치기를 나는 바라지 않아……"

륄라비에게는 그녀의 목소리가 벽 너머에서 나오는 듯이 바람 탓에 변형되어 매우 아련하게 들렸다. 말하고 싶었지만 정말로 입술을 움직이지는 못했다.

"언제부터더라, 그러니까 네 어머니가 사고를 당해 병원에 입원하고부터 넌 힘든 시기를 보냈지. 얘야, 나는 그 모든 것을 알고 있단다. 그래서 너를 잘 이해할 수 있어. 하지만 너도 나를 도와줘야 해. 노력을 해야 한다는 말이야……"

"필리삐 선생님을…… 만나고 싶은데요……" 륄라비가 말했다.

"나중에 보게 될 거야, 나중에." 여교장이 말했다. "하지만 나에게 진실을, 네가 어디에 있었는지를 말해야 한다."

"말했잖아요, 바다를 보고 있었다고요. 바위들 사이에 숨어 바다를 바라보고 있었어요."

"누구와 함께?"

"이미 말씀드린 대로 혼자였어요. 혼자."

"거짓말!"

여교장은 목소리를 높였으나 곧바로 고쳐 말했다.

"누구와 함께 있었는지 나에게 말하고 싶지 않다면, 네 부모에게 편지를 쓰는 수밖에 없겠다. 네 아버지는……"

륄라비의 심장이 다시 몹시 세차게 고동치기 시작했다.

"만약 교장 선생님께서 그렇게 하신다면, 결코 다시는 여기에 오지 않겠어요!" 그녀는 자기 말의 힘을 느꼈고, 눈길을 돌리지 않은 채 천천히 되풀이했다.

"만약 아버지에게 편지를 쓰신다면, 더이상 이 학교도 다른 어떤 학교도 다니지 않겠어요."

여교장은 한참 동안 침묵을 지켰다. 정적이 찬바람처럼 넓은 방을 가득 채웠다. 그러고 나서 여교장은 일어섰다. 주의 깊게 여학생을 살펴보았다.

"너를 이런 상태로 놔두면 안되겠다." 마침내 그녀가 말했다. "지금 넌 매우 창백하고 피곤해. 다음에 이야기하자."

그녀는 손목시계를 보았다.

"몇분 있으면 필리삐 선생의 수업이 시작될 거야. 거기로 가봐."

륄라비는 천천히 일어났다. 커다란 문을 향해 걸었다. 나가기 전에 다시 한번 돌아보았다.

"고맙습니다, 교장선생님." 그녀가 말했다.

고등학교의 수업은 또다시 학생들로 가득 찼다. 바람이 플라타너스와 마로니에 가지를 뒤흔들었고, 아이들은 정신을 못차리게 하는 왁자지껄한 소리를 질러댔다. 륄라비는 한 무리의 학생들과 뛰어다니는 아이들을 피하면서 운동장을 천천히 가로질렀다. 멀리서 여자애들 몇명이 그녀에게 손짓을 했지만 감히 가까이 오지는 않았고 륄라비는 그녀들에게 가벼운 웃음으로 답했다. 조립식 건물에 다다른 그녀는 B기둥

근처에서 필리뻬 선생의 모습을 보았다. 그는 여전히 회청색 양복을 입고 있었고 자기 앞을 바라보면서 담배를 피우고 있었다. 륄라비는 걸음을 멈추었다. 필리뻬 선생은 그녀를 언뜻 보고는 유쾌하게 손짓을 하면서 그녀를 맞이하러 왔다.

"저기, 괜찮아?" 그가 말했다. 그는 이런 말밖에 하지 못했다.

"선생님께 여쭤보고 싶었어요……"

"뭘?"

"바다와 빛에 대해 여쭤볼 문제가 많았어요."

하지만 륄라비는 갑자기 질문거리들을 잊어버렸다는 것을 깨달았다. 필리뻬 선생은 즐거운 듯이 그녀를 바라보았다.

"여행을 했니?" 그가 물었다.

"네……" 륄라비가 말했다.

"그래…… 좋았어?"

수업 시작을 알리는 종소리가 운동장으로, 복도로 울려퍼졌다.

"난 기쁘구나……" 필리뻬 선생이 말했다. 그는 구두 뒤축으로 담배를 껐다.

"나중에 나한테 전부 얘기해줄 거지?" 그가 말했다. 안경 너머 푸른 눈에서 즐거운 빛이 희미하게 반짝였다.

"이제는 여행을 떠나지 않을 거지?"

"네." 륄라비가 말했다.

"좋아, 가봐야겠다." 필리뻬 선생이 말했다. 그는 다시 한번 되풀이 했다. "정말 기뻐." 조립식 건물 안으로 들어가기 전에 소녀 쪽으로 몸을 돌렸다.

"조금 뒤에 수업이 끝나면 나에게 마음껏 물어봐. 나도 바다를 무척 좋아해."

더 읽을거리

우리나라에서 가장 많이 번역된 프랑스 작가들 중의 하나이다. 그의 작품에 어떤 대중성이 있는 걸까? 2008년 그가 노벨문학상을 받기 전부터 『조서』(김윤진 옮김, 민음사 2001) 『아프리카인』(최애영 옮김, 문학동네 2005) 『황금 물고기』(최수철 옮김, 문학동네 1998) 『섬』(홍상희 옮김, 책세상 1997) 『침묵』(김화영 옮김, 세계사 1996) 『사막』(홍상희 옮김, 책세상 1995) 『륄라비 혹은 어떤 여행』(김예령 옮김, 주니어파랑새 2003) 등 열다섯 종의 번역물이 나와 있다. 그가 해마다 노벨문학상의 유력한 후보자라는 부질없는 소문 때문일 것이다.

Daniel Boulanger

| 다니엘 불랑제 |

1922~

불랑제는 2차대전 당시 독일군에게 싸보따주를 감행하여 구금당한다. 독일로 이송되던 중 탈출한 그는 우아즈의 농가에 숨어들어 살아난다. 1945년 양치기로서 브라질로 갔다가 이듬해 프랑스로 돌아와서 트뤼포, 고다르, 샤브롤이 이끄는 누벨바그 운동과 로브-그리예, 올리에 등이 주도한 누보로망 문학을 경험하면서 「네 멋대로 해라」(À bout de souffle) 「피아니스트를 쏴라」(Tirez sur le pianiste) 등의 영화에 배우로 출연하기도 한다. 20세기의 모빠쌍이라 할 수 있는 소설가로, 아무도 관심을 갖지 않는 사람들에 주목하여 그들에게서 무한한 풍요로움을 끌어낸다. 그의 작품은 무시되거나 경멸당하는 서민의 영광과 매력을 노래한다. 달리 말하자면 시끄럽게 떠들지 않는 사람들의 음악이다. 『자, 출발!』(*Fouette, cocher!*, 1973) 『수탉의 노래: 단편 소설집』(*Le chant du coq: nouvelles*, 1980) 『오늘의 정식(定食)』(*Table d'hôte*, 1982) 등의 단편집을 비롯하여 수많은 소설, 씨나리오, 희곡을 썼다.

■ 낙서 Graffiti

이 작품에 부제를 붙인다면 중년 여성의 '너털웃음' 또는 '아내의 반란'쯤이 될 것이다. 판사 부인인 크리스띠안 로즐리에의 낙서는 전혀 가볍지 않은 의미를 담고 있다. 그녀의 낙서는 여성이 자기 목소리를 내는 한 방법이다. 더군다나 그녀의 행위는 공공연한 것이다. 무용을 배우는 것 또한 강렬한 자기표현의 한 방식이다.

이 작품은 불륜이 조용히 마무리되는 점이 인상적이다. 어떠한 혼란도 일어나지 않고 크리크리와 데스따끄 씨 사이의 관계가 사람들 사이에서 받아들여진다. 결말 부분에서 크리스띠안은 누구에게도 속하지 않는 완전한 독립을 얻는 반면, 사람들의 반감을 사는 사람은 데스따끄 부인인데, 이 사실은 작품의 주제를 뚜렷이 부각시킨다. 여성의 적극적인 사회참여를. 이 주제는 또한 크리스띠안이 데스따크 씨와의 사이에서 크리크리(Cricri)로도 불린다는 점에서 확인되는데, 이 별칭은 보통명사일 경우 한편으로는 귀뚜라미(울음소리)라는 의미이기도 하지만 다른 한편으로는 외침이나 함성이란 의미의 낱말을 두 번 연이어 놓은 것이다.

낙서

오랜 선거기간이 끝나자 바람이 바뀌었다. 나라가 새로운 꿈들에 사로잡혔다. 입후보자용 벽보판들은 아직 제자리에 남아 불량 시민들에게, 학교에서 반항아라 불리고 선생이 안 볼 때면 몰래 숨겨놓았던 분필로 욕설을 써넣으러 가는 학생들에게 칠판으로 이용되고 있었다. 아침마다 길을 걷던 사람은 이런저런 후보의 사진이 박박 찢겨 있거나 더럽혀져 있는 것을 발견했고, 휘갈겨 써놓은 글귀, 이를테면 "돈!" "거짓말!" "남 생각 좀 하슈" 같은 좀더 일반적인 논평, 아니면 "네 성기는 내거야" "메라는 갈보다" 같은 개인적인 평가를 읽을 수 있었다. 도시가 텅 비어 있던 화창한 여름의 그날 아침, 대성당의 광장에서 데스따끄 씨는 우연히 애인을 만났다. 그들은 이곳 사람들의 웃음거리였으나 자신들의 관계가 여전히 남들에게 알려져 있지 않다고 무턱대고 믿고 있었다. 혹시 자신들을 알아보는 사람이 있지 않나 하고 각자 나름대로 주위를 힐끗힐끗 살피다가 누군가가 밤사이에 새로 써놓은 "유대인들에게 죽음을"이라는 엄청난 문구에 눈길이 갔다.

"생각할 수는 있어도 쓰기까지 하다니!" 한 여자가 모퉁이를 돌아 다가와서 말했다.

"분무칠이니 그렇게 금세 지워지지는 않을 거예요!" 로즐리에 부인이 말했다.

다른 구경꾼은 가버리고 없었다.

"우리는 암살자들과 가까이 지내고 있어요. 그들과 악수를 하게 될지도 모르죠." 데스따끄 씨가 말했다.

"그런 말 하지 마세요. 등골이 오싹하네요, 앙뚜안! 세상에는 별일이 다 있다는 걸 알고 있긴 하지만, 내가 다니는 식료품 가게 주인, 내 우체부, 배관공, 앞집 남자를 살인자로 보고 싶지는 않아요."

"당신은 나의 페미니즘 반대론을 비난하더니." 데스따끄 씨가 말했다. "하지만 당신, 죄악을 언급할 때는 남자들만 끌어들인단 말이야! 이 낙서가 담배가게 여주인, 우체국 여직원, 당신의 여자미용사, 청진기를 목걸이 삼아 걸고 다니는 가냐 부인의 소행일 수도 있지 않소? 당신이 방금 전에 목소리를 들은 그 여자가 한 짓일지도 모르잖소. 자기 그림자를 무서워하면서도 어루만지는 여자니까. 아무 말도 못하는구려 당신!"

"대성당 안으로 들어가는 게 낫겠어요, 앙뚜안. 당신의 수호성인의 제실 안에서 우리는 언제나 행복했잖아요, 우리는 침착성을 잃고 있어요. 게다가……"

"또 뭐요?" 데스따끄 씨가 크리크리의 손을 쥐었다. 그녀의 두 눈동자는 풍접초 꽃봉오리처럼 강렬하게 톡 쏘는 맛이 있었는데, 연인 관계에서 언제나 상대 여자를 미화하려 드는 남자가 연인의 세번째 눈이라 부르는 애교점이 그녀의 두 눈썹 사이에 풍접초 꽃만한 크기로 박혀 있어서 이런 느낌을 더욱 강하게 자아냈다.

그들은 시간이 별로 없을 때면 안식처가 되어주던 성역 안으로 들어가 돼지 조각상 아래 자신들이 좋아하는 자리에 앉았는데, 이 자리에서는 스테인드글라스를 통과한 빛이 그림자에 장밋빛 비단옷을 덧입힌다.

“유대인들에게는 서글픈 일이지.” 데스따끄 씨가 말을 이었다. “미안하지만, 난 곰곰이 생각을 해봐야겠소. 그들은 비유대인이 그들에 관해 감히 말하는 것을 용납하지 않으니 말이오.”

“좋게 말하는 것도요?” 로즐리에 부인이 대꾸했다.

“그건 불가능한 일이지.” 앙뚜안이 말했다.

“무슨 말인지 알고 하는 건가요? 어떤 것도 불가능하지 않다는 것을 당신에게 입증해보일 수 있어요! 이렇게 아침 일찍 당신과 마주친 뜻밖의 행복으로 좋은 하루가 될 조짐이 보였는데 벌써 서글퍼지네요.” 그녀가 말했다.

“장보러 가는 길이었소?” 데스따끄 씨가 물었다.

“아뇨, 걷고 있었어요.”

“그냥?”

“몸이 저려서 좀 풀어볼까 했죠. 그래요, 그저 그뿐이었어요. 그런데 당신은요?”

“나?”

“정오 전에는 결코 외출하지 않잖아요!”

“시내를 한바퀴 돌고 있었소.”

“전에 없던 일이군요! 보통은 저녁때 하는 일이잖아요.”

“이봐, 크리스띠안!”

“저녁때 당신 아내와 함께 한바퀴 도는 걸 보면 때로는 낯선 여자를 달고 다니는 것 같다니까! 그러고는 내 창문 아래로 지나가잖아요. 그래도 난 괜찮아요.”

“그리고 당신 남편이 창가에서 팔꿈치를 괴고 있으면 난 그에게 인사를 하지. 하지만 자기가 키우는 제라늄에게만 말을 거는, 그것도 천박하게 말을 거는 내 아내는 내버려둬요. 난 제라늄이 싫다고!"

"목소리가 너무 커요!"

"목소리 높이지 않았어." 데스따끄 씨가 말했다. "교회 안에 있다는 건 나도 알고 있소."

"당신 목소리가 굳어지는군요. 목소리를 죽이기가 힘드니 그렇죠. 나는 더이상 당신의 암시, 책망, 의심, 질투를 견딜 수 없어요. 게다가……"

"아니 뭐가 또?"

"우리는 우연히 마주치는 기쁨을 누리죠. 내 가슴은 두근거리고 내 손바닥엔 땀이 솟는데 당신은 기회를 놓치고 모든 것을 메마르게 해요! 특별한 이유도 없이!"

"그 낙서 앞에서 걸음을 멈출 필요가 있었소?"

"그러라고 써놓은 거잖아요!" 로즐리에 부인이 말했다.

"젠장, 망할놈의 선거!"

"그럼, 기권하겠네요!"

"당신은 기권할 거요?"

"아뇨."

"당신 남편은? 그 흰 담비 모피를 입은 고양이, 늘 저울질을 하는 그 판사 말이오!"

"그만둬요. 그러지 않으면 당신을 기하학자나 영원히 떠도는 측량사로 취급하겠어요! 브누아 이야기는 하지 마세요. 그는 투표할 거예요. 그의 선택은 정해져 있어요, 앙뚜안. 아마 내 선택과는 다르겠죠. 앙뚜안, 지금은 우리가 말다툼할 때가 아니에요. 하지만 내게 싫증이 났다면 말해요. 확실히 해둬야겠어요. 우리 사이가 틀어지고 있다는 걸 얼마 전부터 알고 있다고요!"

"크리크리, 제정신이 아니로군!" 데스따끄 씨가 그녀의 손을 잡으며 중얼거렸다. "자, 가만히 있어요."

그는 그녀의 손에서 장갑을 벗겨 자신의 웃옷 속으로 슬그머니 집어넣고는 가슴에 올려놓고 눌렀다. 그의 귀에 두근거리는 소리가 굉장히 크게 들려왔는데, 그에게 이것은 게임을 시작하기 전에 카드를 세는 소리처럼 들렸다.

"여기선 곤란해요!" 로즐리에 부인이 속삭였다.

"우리가 하느님에게 가르쳐줄 것은 하나도 없어." 앙뚜안이 말했다.

"아직 아니에요!"

"아직 아니라니?"

그는 탐스러운 손을 빼내 입을 맞췄다.

"가봐야 해요." 그녀가 말했다. "쉬고 있다가, 약속대로 오늘 오후에 봐요. 아니, 얼굴을 찌푸리시네! 또 무릎 꿇고 눈물이나 쥐어짤 거예요? 조만간 정면으로 난관을 돌파하게 해줄게요. 여기서 성모 마리아와 함께 잘 있어요, 그녀를 너무 쳐다보지는 말고! 눈이 멀 테니까."

그녀는 무릎을 꿇고 성호를 긋는 시늉만 하고는 곧바로 나갔다. 데스따끄 씨가 눈으로 그녀를 좇았지만 그녀는 어두운 측랑을 따라 멀어져 갔는데, 돌로 된 통로 안쪽 창유리들에서 쏟아져내리는 빛을 통과할 때, 그리고 또다시 검은색 철제 부품을 통과할 때 갑자기 꽃으로 뒤덮였다. 앙뚜안은 가슴이 조여드는 듯한 통증을 느꼈고, 기도대의 나무로 된 부분을 손으로 움켜쥐고 몸을 기댔다. 그는 성역을 존중하는 마음과 왼쪽 다리의 원활한 움직임을 방해하는 무릎의 통증이 허용하는 한도 내에서 급히 앞으로 달려나갔다. 크리크리는 벌써 비뉴-몽덴 가의 모퉁이를 돌고 있었는데, 이 거리의 이름은 지난 세기까지 성직자들의 소유가 아닌 고립된 땅으로 이 도시의 명물이 된 포도밭에서 따온 것이었다. 그들의 소유지에 얼마 전부터 세워지고 있는 문화회관은 두꺼운 유리 총안(銃眼)들이 있는 낮고 거의 빛이 들지 않는 건물의 정면 때문에 입이 건 사람들이 구치소라는 별칭을 붙였지만, 어린 아카시아 뒤로 그 중량감과 선들이 맞은편의 옛날 주택들과 잘 어울렸다. 데스따끄 씨는 발을 질질 끌며 걸었다. 크리크리는 도대체 무엇을 하고 있을까? 그녀는 어디로 지나갔을까? 날아갔나? 빈 거리에는 회사원들만이 돌아다녔다. 앙뚜안은 극장을 바라보고는 받침돌에서 세 단을 기어올라 테베 풍의 문을 넘어갈 것인지 자문했다. 그는 마지못해 나아갔다. 다음 토요일에 열리는 터키 민속음악회의 포스터가 붙어 있었다. 홀은 텅 비어 있었고, 매표구와 관리소의 자단(紫檀)나무 계산대들에도 사람이 없었다. 데스따끄 씨는 잠시 자기가 육지로 끌어올려져 수리중인 대형 여객선의 중갑판에 있다고 생각했다. 그도 그럴 것이 기둥들에는 재받이용 홈들이 패어 있어서 승강구와 비슷했다. 크리크리는 나를 도대체 어떤 모험으로 끌어들이는 걸까? 그런데 나는 무슨 근거로 그녀가 여기로 들어왔다고 믿는 거지? 왼쪽과 오른쪽에는 지하방들로 내려가는 계단이 있다. 데스따끄 씨는 꿈을 꾸고 있는 것이 아닐까 하고 자문했다. 어떤 거북함 같은 것, 잘못하고 있다는 의식이 들어 오히려 안심이 되었다. 누군가가 여기서 뭘 하는 거냐고 묻는다면 뭐라고 대답할 것인가? 이 건물을 좋아하지 않는다는 것과 환락의 장소를 찾아 여기로 다시 오지는 않으리라는 것이 분명하지 않은가! 칙칙한 빛을 내뿜는 자이로스코프 조명기구들 아래 장밋빛 스타킹 차림의 배우들이 「염세주의자」를 공연하던 어느날 저녁에만 여기에 발을 들여놓았을 뿐이다. 얼마나 괴로웠던지! 눈을 감아도 소용없었다. 대사만이라도 정확히 알아들으려고 했지만 들려오는 대사는 부르짖음인데다 그나마도 익사할 때처럼 갑자기 토막토막 끊기는 것뿐이었다. 데스따끄 씨는 벨벳으로 싸인 문짝 중 하나를 밀고 방으로 뛰어들었다. 피아노 화음, 떤꾸밈음, 대무(對舞) 추는 소리가 계단으로 희미하게 들려왔다. 그는 바닥에 이르렀지만 눈높이에 검게 칠한 창유리가 장식으로 달린 마지막 문은 감히 통과하려 하지 않았다. 거기 바짝 붙어 있는 그에게 무대에서 박자를 맞춰 움직이는 희미한 형태들이 얼핏 보였다.

"들어가셔도 됩니다." 속옷 차림의 젊은이가 말했는데, 그는 이 젊은이가 다가오는 소리를 듣지 못하고 있었다. "안쪽으로 가서 앉으세요. 아무에게도 방해가 되지 않을 겁니다."

"리허설인가요?" 앙뚜안이 물었다.

"뤼바의 무용 강습입니다."

"뤼바?"

"크라씨바 양 말입니다. 우리 도시의 행운이죠! 마침내 그녀가 우리에게 한 씨즌을 할애해주었어요. 어서 들어와보세요."

"아들 바야르 아닌가?" 데스따끄 씨가 물었다.

"그렇습니다."

"자네 아버지는 우리에게 늘 훌륭한 버터를 생산해줬어. 고맙네."

젊은이가 그를 위해 문을 붙잡고 있는 사이에 데스따끄 씨는 좌석 맨 뒷줄로 슬그머니 다가앉아 안경을 꺼냈다. 정면의 배경 조명기구 아래로 옆쪽에는 스탠딩 피아노 한 대, 흰 타이츠를 입은 소녀 여섯 명과 소년 세 명, 뒤쪽에는 한쪽 다리를 들어올리는 사람들, 이들 사이에 크리크리가 보였다. 아니, 저 나이에! 그는 놀라 자빠질 지경이었다. 그에게 맨 처음 떠오른 의문은 크리스띠안 로즐리에의 남편이 그녀의 이러한 변덕을 알고 있느냐 하는 것이었다. 그래도 균형을 잃지는 않는군! 전반적인 동작을 정말 완벽하게 따라하는구먼. 재킷과 미니스커트

차림으로. 저런 모습은 이제껏 본 적이 없어! 당혹의 구름이 걷히자 데스따끄 씨는 그제야 애인의 몸을 발견한 것 같았는데 정말로 멋진 몸이라고 생각하는 듯했다. 사람이란 결코 알 수 없는 존재야! 물론 그는 크리크리를 여러 각도에서, 그러나 너무나도 가까이에서 지켜보았다.

"너무나도 가까이에서!!!" 이 말이 그의 입에서 저절로 새어나왔다.

수은빛 머리카락에 챙 달린 모자를 쓴 뤼바 크라씨바가 피아니스트의 어깨를 두드리자 그가 연주를 멈췄다. 그녀는 눈을 가늘게 뜨고서 어두운 홀 쪽으로 몸을 구부렸다. 학생들의 시선이 그녀의 시선을 좇았다. 데스따끄 씨는 움직이지 않고 머리를 숙이거나 몸을 기울여 나갈 수 있었겠지만, 또다시 죄인이 된 듯한 기분이었다. 그는 일어났다.

"죄송합니다." 그가 말했다.

"앙뚜안!" 로즐리에 부인이 소리를 질렀다. "어떻게 들어왔어요? 어떻게 알았죠?"

"난처해할 것 없어요." 뤼바가 말했다. "아는 분입니까?"

"네." 크리크리가 말했다.

"다시 시작합시다." 안무가가 말했다.

"미안하지만 저는 안되겠어요. 금요일에 다시 오겠어요." 로즐리에 부인이 말했다.

"하지만 교습 시작입니다!" 뤼바가 소리를 내질렀다. "평소에는 그토록 사려 깊은 분이!"

뤼바는 성가신 방문객을 불러 설명해보라고 요구하려 했으나, 그는 조금 전에 나가버리고 없었다.

"로즐리에!" 뤼바가 외쳤다. "제자리로!"

하지만 크리크리는 탈의실로 들어가 이미 옷을 갈아입고는 데스따끄 씨가 숨어 기다리고 있음을 느끼고 주위를 살피면서 비상구를 통해 빠져나가고 있었다. 그녀는 연초록빛 작은 나무들 가운데 한 나무 밑에서 각진 얼굴에 다이아몬드 같은 눈을 반짝이며 까마귀처럼 움직이지 않고 있는 그의 모습을 보았다.

"당신에게 말하려고 했어요, 앙뚜안. 무용 교습소에 등록했어요. 신선한 일이잖아요. 좋은 일이기도 하고요. 이 모든 일이 당신의 것인 이 몸매를 유지하기 위한 일이란 말이에요."

"아무것도 묻지 않겠소." 데스따끄 씨가 말했다.

"틀림없이 당신에게 기쁨이 될 거예요."

"그래서 두 달 전부터 그렇게 갑자기 사라지고, 시간 여유가 없고, 변명을 늘어놓고, 미안한 말이지만, 얼굴에 내내 피로한 기색이 드러났던 게로군!"

그녀는 그의 한쪽 손을 잡고 끌어당기면서 한숨을 내쉬었다.

"그 청년들은 당신 손자뻘일지도 몰라!" 그가 말했다. "젊은 바야르는 틀림없이 유제품을 파는 자기 가게에서 이런 말을 할 거라고."

"앙뚜안!" 그녀가 소리를 질렀다. "당신은 나보다 더 예술가들을 잘 알잖아요. 예술만 생각하세요. 호기심 많은 짐승처럼 나를 쳐다보지 말고요. 그래요, 우리의 예술만을."

"참 뒤늦게 예술에 맛을 들였구먼."

"너무 늦지는 않았어요! 내 마음속에 예술을 지니고 있었으니까요. 그런 줄 알면 그걸 세상에 내놓을 수 있게 나를 도와줘요! 당신 자신만 생각하지 말고요! 나도 마음이 내키면 목소리를 높일 테고, 그러면 모두들 내 말을 들을지 몰라요."

"크리크리!" 데스따끄 씨가 속삭였다.

"무슨 곤란한 일이 있어요? 누가 비웃나요? 하하!"

"그렇게 웃어넘길 일이 아냐! 물론 난 당신이 춤추는 것을 보지만,

그건 식사할 때마다 무턱대고 식탁에 올라가 춤추는 꼴이야. 그들은 당신을 쳐다보고 당신의 속옷 차림에 대해 이러쿵저러쿵 떠들어대겠지!"

"난 정맥류도 하나 없어요!" 로즐리에 부인이 외쳤다. "내 다리는 어떤 여자에게도 꿀릴 것 없어요! 내가 당신에게 선물을 준 셈이라는 것을 당신은 결국 알게 될 거예요. 난 당신에게 이 말을 하려고 기회를 엿보고 있었다고요. 또 봐요!"

"오늘 오후에 오지 않을 거요?"

그녀는 멀어져갔다. 그녀의 태도가 시시각각으로 이렇게 완전히 변하는 것에 어안이 벙벙해진 그는 그녀를 따라잡았다.

"왜 벌컥 화를 내는 게요?" 데스따끄 씨가 차분하게 말했다. "더이상 변덕 부리지 마요. 그래 좋아, 당신은 춤의 매력을 발견하고는 내게 알리지 않았지만, 아마도 일단 실행에 옮기고 나서 나중에 나를 놀래주고 싶었겠지."

"실행에 옮긴다? 하지만 앙뚜안, 당신은 나를 봤잖아요! 첫날부터 뤼바는 나를 칭찬했다고요."

"이봐," 데스따끄 씨가 훨씬 더 부드럽게 말을 이었다. "당신은 사람들이 뭐라고 말할지에 대해 온통 신경을 쓰면서 살다가 어느날 아침 당신 운명이 사람들 앞에서 다리를 올리는 것임을 깨달았잖아? 그래서 말인데 만일 내가 지금 여기서 당신에게 껴안고 키스하자고 한다면?"

"꼭 하고 싶어요?"

"어서, 크리크리! 당신이 잘 알다시피, 나는 야외를 좋아하지 않아요."

"오!" 그녀는 고개를 돌리는 데스따끄 씨의 어깨 위로 손가락을 내밀면서 외쳤다.

그는 아무것도 보지 않았고, 자세를 고쳐앉아, 은밀한 키스를 할 준비가 되어 있는 로즐리에 부인의 입술을 기습했다. 크리크리는 양손으로 앙뚜안의 머리를 붙들었고, 앙뚜안의 시선은 먼 곳을 향했다. 운 좋게 아무도 나타나지 않았지만, 뒤쪽은 어땠을까? 그렇지만 멋진 입이 그의 무장을 해제하고 그를 굴복하게 했으며 그에게서 혀를 훔쳐갔다.

"앙뚜안, 이 순간을 기다리고 있었어요." 로즐리에 부인의 시선이 너울거렸다. "대성당에서 당신이 내 손을 잡았을 때 당신에게 모든 것을 말할 뻔했어요. 딱 한가지 회한밖에 없었어요."

"회한이라니?"

"그 한심한 브누아에게 먼저 알렸다는 회한이요."

"당신 남편은 우리 사이를 전혀 눈치 채지 못하고 있겠지?"

"아뇨." 그녀가 미소와 활기를 되찾고서 말을 이었다. "당신도 곧 이해하게 되겠지만 춤은 나의 새로운 탄생, 진정한 탄생이에요! 모든 것은 어느 일요일 아침 플로리쌍 빵집에 브리오슈를 사러 갔을 때 시작되었죠. 나는 가정부 또는 보모를 구한다거나 애완견을 판다거나 하는 전단을 빼놓지 않고 읽는데, 그날은 크라씨바의 작은 전단이 눈에 띄더군요. 바로 무용 배울 사람을 찾는다는 전단이었죠. 나에게 딱 맞는 제안을 받은 느낌이었지만 나는 나 자신의 욕망을 모르고 있었어요. 나는 속으로 중얼거렸어요. 나를 받아줄까? 나는 열렬한 환대를 받았어요! 그날 저녁 당신에게 말하려고 했던 것 같아요. 그런데 감히 하질 못했어요. 그렇지만 내 삶은 변했어요. 어떤 것도 이전처럼 보이지 않았어요. 당신은 나를 이상하다고, 지쳐 보인다고 생각했지요. 헛짚은 거예요. 나는 선언할 순간을 기다렸어요. 그런데 큰길에 거의 창문 아래까지 선거용 벽보판들을 세우더군요. 브누아가 식탁에서 잡담을 늘어놓기 시작했어요. 나는 그의 말을 자르고 진실을 말했죠. '브누아, 지겨워. 당신은 당신 편에 표를 던져. 난 바꿨어. 공산당을 찍을 거야.' 그는 전에 보지 못한 웃음을 터뜨리더군요."

"말은 그렇게 했어도 공산당에 투표하지는 않았지?" 데스따끄 씨가 물었다.

"했어요."

"농담 아니오?"

"전혀."

"1, 2차 투표 다?"

"물론이죠! 내 투표용지를 남편이 보는 앞에서 투표함에 넣지 않은 것을 후회하면서요. 그러고는 덧붙였죠. '브누아, 내 말을 믿지 않을 수 없을 거야. 증거를 댈 테니까. 당신은 나와 함께 투표소에 가지 않으려 했지만 상관없어. 내게는 애인이 있거든.'"

"나 말이오?" 데스따끄 씨가 목소리를 높였다.

"물론, 당신이죠! 하지만 명확하게 밝히지는 않았어요. 그는 내 말을 믿지 않더라고요. 고집스럽게 계속하지는 않았는데, 만일 그랬다면 그가 진실에 눈을 뜨도록 하는 것은 아주 쉬운 일이었을 거예요. 하지만 당신에게 알리지 않은 것은 내 생각에도 다정한 처신이 아니었어요. 오늘 오후의 약속 말인데요, 그에게 알리고 나서 당신을 만나러 가겠어요. 결정해요."

데스따끄 씨는 그녀에게 팔을 잡히고 가면서 번민에 휩싸여 불쌍하고 헐벗은 자신의 모습을 그려보았으며 여태까지 잊고 지내던 예전 어느날, 중학교 운동장을 걸어가다가 자루에서 구슬을 쏟자 친구들이 달려들어 전리품으로 주워가버렸던 어린시절의 어느날을 생생하게 떠올렸다. 얼마 전에는 로즐리에 씨, 크라씨바, 공산당 의원, 아들 바야르, 여자 무용가들, 크리크리가 그에게 똑같은 방식으로 골탕을 먹인 것이다. 그는 쐴리-프뤼돔 광장에서 긴 의자를 발견하고는 로즐리에 부인에게 앉자고 했다. 그녀는 그에게 바싹 다가앉았다. 행인들이 지나갔다. 비둘기들이 날았다. 다른 비둘기들은 땅에서 걷거나 주사위의 5점 형태로 심어놓은 가시나무들의 가지에 앉아, 이목을 끌지는 않지만 행복하고 강렬한 만남, 키와 옆모습과 눈동자에서부터 거동과 발걸음 그리고 의복의 천까지 모든 것이 서로 화답하는 진실 속에서 아름다운 결합이라는 이미지를 변함없이 내보이지만 서로 느끼지는 못한 채 사랑을 나누는 이 한쌍의 남녀 쪽으로 눈길을 던졌다. 로즐리에 씨와 데스따끄 부인의 존재는 오래전부터 잊혀 있던 것이 아닐까? 그들이 외출할 때에도 그들을 눈여겨보는 이는 전혀 없다. 그들은 고독의 고객이다.

"앞으로는 당신을 남몰래 만나고 싶지 않아요." 크리크리가 말했다. "삶이 시작되고 있어요. 내일 빠리로 가는 기차의 승강장으로 나와요. 9시 27분 차예요."

그녀는 말괄량이 같은 몸짓으로 그의 턱을 붙잡았다.

"오늘 오후는?" 데스따끄 씨가 다시 한번 물었다.

"가겠어요." 그녀가 말했다. "하지만 아르-깡-씨엘(Arc-en-ciel, 무지개라는 뜻의 상호)에 들르자고요."

"일용잡화점 말이야?"

"오, 하느님, 내가 왜 당신에게 더 일찍 말하지 않았을까!"

앙뚜안이 알기로 자신의 애인은 결코, 결코 하느님의 이름을 헛되이 말한 적이 없었다. 마치 머리 위로 한동이의 물세례를 받은 듯했지만, 기묘하게도 다음 순간부터 기쁨을 느꼈다. 아르-깡-씨엘은 여전히 냄새가 온갖 색깔을 지니고 있는 가게였다. 데스따끄 씨는 이 사실도 잊고 있었다. 로즐리에 부인이 붓을 고르고 녹 방지용 산화연 페인트 한 통을 주문하는 동안, 그는 자신의 달콤한 액운(厄運)을 분석하려고 애썼는데, 이는 해먹 안에 누워 있을 때와 같은 무사태평한 분위기를 높이고 낮추며 엮는 것이다. 벌써 현기증을 느끼는 그의 머리는 테레빈유에서 후추향 과일들, 황마, 석유 등의 냄새가 생생하게 퍼져나오는 이곳의 약간 우울한 열대성 나른함에 공격당했다.

"출발!" 로즐리에 부인이 소리를 질렀다.

그는 그녀의 고양감에 보조를 맞추기가 어려워졌고 점점 더 많아지는 산책자들이 엉큼하거나 재미있어하는 눈길로 자신들의 얼굴을 빤히 바라보지나 않는지 지켜보았다.

"우리 어디로 가는 거지? 좀더 천천히 가, 크리스띠안! 이 열쇠는 뭐야?"

"깡통따개요. 벽보판들이 가장 눈에 잘 띄고 가장 많이 훼손되어 있는 빠르비(공공건물 앞의 광장)로 가는 길이에요. 급해요! 오늘 오후에 당신을 거기로 데려갈 생각이었죠."

데스따끄 씨는 커다란 정면 현관 앞에서 걸음을 멈추었는데, 이 현관의 목 잘린 성인상들 위에는 비둘기가 한마리씩 앉아 구구거리고 있었다. 그는 로즐리에 부인이 페인트 깡통을 내려놓고 여는 것을 보았다. 크리크리는 가택침입 강도처럼 민첩하게 마치 아무도 자기를 볼 수 없다는 듯이 이 벽보판 저 벽보판으로 번개처럼 질주하면서 유대인이라는 말에 가위표를 하고 머저리라는 말을 대신 써넣었다. 데스따끄 씨는 기절할 것만 같았다. "머저리들에게 죽음을"이라는 구절을 일곱 번 되풀이하여 읽느라 눈이 화끈거렸다. 광장의 한쪽을 막고 있는 사제관의 담벼락까지 물러나 담쟁이덩굴에 등을 기댔는데, 오랜 세월에 걸쳐 자라 무성한데다 무언가를 숨기기 좋은 이 담쟁이덩굴은 그가 크리크리와 처음 관계를 맺었을 즈음에 편지함으로 이용되던 것이다. 밤이 오면 그가 슬그머니 밀어넣고 아침 일찍 연인이 와서 끄집어내던 연애 편지들의 추억은 그에게 잊고 있었던 감미로움을 불러일으켰다. 그는 이제부터 자신이 적지에 들어와 있음을, 일찍이 경험한 적이 없는 위험한 분위기에 휩싸여 있음을 직감했다. 이제 로즐리에 부인은 자신의 작품을 더 잘 읽고 감상하기 위해 뒤로 물러났는데, 이러한 로즐리에 부인의 검고 날렵한 이 저항에 비하면 전쟁은 아무것도 아니었다. 이와 동시에 데스따끄 씨는 크리크리를 누구 앞이든 간에 지체 없이 두 팔로 꽉 껴안고 싶은 이런 열정, 이 욕망이 왜 치밀어오르는지 자문했다. 새로운 직관이 번득였고, 그러자 그녀가 옳다는 것, 자신은 그녀를 지지하지만 아직은 그녀에게 감히 말하지 못하고 있다는 것이 분명하게 드러났다. 그녀에 비하면 내 아내는 얼마나 흐릿한 사람인가! 그림자만도, 한줌의 재만도 못해! 한사람이 자전거를 타고 가다가 멈추고는 새로운 낙서를 읽더니 다시 페달을 밟고 떠나갔다. 한 손에는 붓을, 다른 손에는 페인트가 방울져 떨어지는 통을 들고 가방을 어깨에 비스듬히 둘러맨 로즐리에 부인은 진지한 얼굴로 자기 애인에게 돌아왔다. 사람들이 갑자기 몰려들어 걸음을 늦추더니 벽보판들을 바라보았다. 어떤 이들은 반대편 담벼락 쪽을 돌아보았다.

"페인트랑 붓을 담쟁이덩굴 아래에 감춰!" 데스따끄 씨가 말했다.

그녀가 여전히 흥분 상태로 움직이지 않고 있어서 그는 도구 일체를 빼앗아 잎사귀들 아래에 숨겼다. 방금 낙서를 읽은 존 가의 실내장식업자가 몸을 돌려 그들 쪽으로 왔다. 데스따끄 씨는 등을 기대야 했고 담쟁이덩굴은 새로 들여놓은 안락의자처럼 바스락거리는 소리를 냈다.

"로즐리에 부인, 당신은 판사의 훌륭한 아내요." 실내장식업자가 말했다. "당신에게 한마디만 하리다. 브라보!" 그러고 나서 그는 멀어져갔다.

"그래, 잘했어. 하지만 이제 그만해둬. 사람들이 모두 알게 될 거야.

우리 뭐라고 말하지?"

"'당신 우리 뭐라고 말하지?'라고 했나요? 앙뚜안, 나는 다른 보상을 바랄 순 없어요."

그녀는 그의 손을 잡고는 다리를 저는 그를 처음으로 현관문까지 데려다주었다.

"오늘 오후에는 빠라디(낙원을 뜻함)로." 그녀가 말했다.

공인 측량사로서 은퇴를 생각하지 않고 자기 일을 우직하게 계속하던 데스따끄 씨는 여전히 마레(늪지대라는 뜻)라고 불리지만 엄청나게 많은 땅뙈기로 나뉜 도시 북쪽의 드넓은 채소밭 지대의 맨 끝부분을 취득했는데, 이 지대는, 건너가야 하지만 쉽게 건너뛸 수 없는 사람들을 위해서 바닥이 평평한 조각배가 구비되어 있는 좁은 수로들에 의해 바둑판 모양으로 구획되어 있었다. 이곳은 황혼녘이면 농기구를 넣어두는 수많은 헛간들이 노을과 안개에 싸여 몽상가들에게 밀물을 기다리는 대함대의 이미지를 제공했다. 전경의 배들은 성벽에 닿아 있는 반면 원경의 배들은 아주 멀리 떨어진 곳에서 교회의 종탑이 등대의 역할을 맡은 가운데, 파견대처럼 이미 수평선에 이르러서 흔들리고 있었다.

데스따끄 씨와 크리크리는 온갖 방법을 동원하여 빠라디에 가곤 했다. 흔히는 걸어서, 어떤 때는 자전거를 타고 갔으며, 몇년 전부터는 긴 갈고리 모양의 더 단단한 땅을 따라 자동차로 가다가 야채 재배용 습지의 가장자리를 따라 흘러가는 개울에 이르면 중국식으로 가운데가 솟은 작은 다리를 걸어 건넌다. 데스따끄 씨는 결코 채소를 기르지 않았다. 야생화로 만족하고 잡초가 무성해도 그냥 내버려둔다. 판자 헛간에 이르러 창유리의 덧창을 떼어내면 도시는 미니어처가 된다. 탁자 하나, 의자 하나, 침구가 없는데다 가죽 띠들이 너덜거려 혹독한 전투와 수도사들의 모닥불을 생각나게 하는 야전침대 하나, 별로 값어치는 없지만 일상적으로 부랑자들이 지나가는만큼 반드시 필요한 것, 초들, 병들, 개흙에 설탕을 넣은 것 같은 냄새, 지붕에 매달려 눈높이쯤까지 늘어진 모기 잡는 끈끈이처럼 주위를 맴돌고 들러붙는 정적. 그는 움직이지는 않았지만 덧없다는 감정과 영원하다는 감정을 동시에 격렬히 느끼면서 여기에 섞여든다. 데스따끄 씨가 버드나무 아래 자동차를 주차하고 아직 내리지 않았는데 로즐리에 부인은 벌써 조그마한 다리 위로 걸어갔다. 그녀는 열쇠를 지니고 있었고 다른 손은 조금 전에 야생 울타리에서 꺾은 쌩-자끄의 백합을 들고 있었다. 앙뚜안이 문을 밀고 들어갔을 때, 크리크리는 벌써 백합을 병에 꽂아놓고 있었다.

"물론 나는 우리가 지금 멀리에서 이 도시를 보듯이 삶을 바라보는 것이 현명하리라고 확신하지는 않았어요." 그녀가 다시 말문을 열었다. "그렇게 되면 삶은 꿈을 꾸게 만드는 아름다운 장식일 뿐이죠. 내 조카들이 배우고 있고 내가 그들의 어깨너머로 배운 적 있는 사회참여는 내게 젊음의 증거로 보였고, 나는 아주 늦게 사회참여를 실천하고 있는 거예요. 앙뚜안, 감행할 용기가 필요해요! 차 안에서 내가 말했죠. 나는 온갖 판단, 심지어 나와 가장 가까운 그 판사의 판단조차 개의치 않아요."

"새삼스럽지도 않은 말이군. 게다가 당신 남편은 행복해 보여. 그에게는 다행이지. 거듭 말하지만 우리의 관계를 그에게 밝힌 것은 쓸데없는 짓이었소."

"그렇다는 게 확연히 드러났으면 좋겠군요! 브누아는 아랑곳하지 않았다니까요. 그이는 내게 단지 이렇게 말했을 뿐이에요. '정오의 악마가 오후의 간식시간에 당신을 방문하는 셈이지.' 그이가 '식지 않도록 해, 향은 금세 사라지니까!'하고 덧붙이지만 않았다면 아주 옳은 말이죠."

"그가 상황을 그런 식으로 받아들이다니 좋지 않아." 데스따끄 씨가 말했다. "정말 야무지지 못한 사람이야!"

"초연해지기로 했나봐요." 크리크리가 말을 이었다. "돌이켜 생각해봐요! 내가 이중으로 반응해야 했다는 것을 이해하겠어요? 당신 문제로 말하자면, 당신 아내는 날마다 더 보이지 않게 되었죠. 당신은 그녀의 그림자만을 손에 넣고 있었을 뿐이에요. 게다가 나는 어느 궂은 날 여기에서 얼마 떨어지지 않은 곳에서 누구라도 좋을 사람을 찾아 헤매다가 우연히 당신과 마주치게 되었죠. 당신은 이 땅의 주인이니 어쩌면 당연한 일이었을 거예요. 당신은 비에 흠뻑 젖는데도 개의치 않고 큰 소리로 숫자를 세면서 큰 걸음으로 성큼성큼 걷다가, 내가 눈에 띄지 않게 머물러 있던 버드나무숲 아래로 비를 피하러 왔죠."

로즐리에 부인은 오두막집의 문을 다시 열고 밝은 목소리로 말을 계속했다.

"버드나무들이 두 배로 컸네. 한 가족이 비를 피할 수도 있겠어요."

"그렇지만 한 가족을 새로 이루기에는 좀 늦었소." 앙뚜안이 말했다.

"하지만 전혀 후회하지 않아요!" 크리크리가 쏘아붙였다.

그들은 옷을 벗지 않았다. 결국, 눈곱만큼도! 로즐리에 부인은 앙뚜안의 흔들림에 영향을 받아 탁자에 팔꿈치를 괴고는 유난히 크게 피어난 가장 바깥쪽 꽃잎이 오두막집과 초원, 그리고 도시와 세상을 황금빛으로 감쌀 만큼 활짝 벌어지는 오렌지색 백합을 바라보았다.

이튿날 9시 27분에 그들은 빠리행 기차에 몸을 실었다. 23시 12분에는 크리스마스 이브에 흔히 볼 수 있듯이 짐꾸러미, 종이상자, 장식리본으로 묶은 상자 들을 잔뜩 들고서 또다른 기차를 타고 돌아왔지만, 여름밤은 별들이 하도 총총하여 고광나무에서 가볍게 스치는 소리를 내고 있었다. 브누아 로즐리에 씨는 아내가 돌아오는 소리를 들었다. 그는 검은 말총의자에서 일어나지 않은 채, 뚜껑이 달린 책상에서 계속하여 큰 판형의 공용 종이에다 보라색 잉크가 담긴 펜을 들고 판사답게 머뭇거림 없는 필치로 면밀하게 뭔가를 쓰고 있었다. 제대 이후 일기 쓰기를 중단하지 않은 그는 매일 저녁 평균 네 쪽을 채운 뒤, 그것을 이전의 것들이 보관되어 있는 맹꽁이자물쇠가 달린 철제 여행가방에 집어넣었는데, 그가 죽고 나면 그의 일기는 국립도서관에 기증될 터였다. 그러니까 출입문이 닫히는 소리를 들었을 때에는 42312쪽을 쓰고 있었다. 42313쪽에서는 계단이 삐거덕거리는 소리가 났고 그의 아내가 비극의 여배우처럼 등장했다. 브누아는 안경을 벗고 크리스띠안을 쳐다보았고, 그녀는 문틀에 가만히 서 있었지만 남편에게서 아주 격렬한 반응이 나오기를 바라지는 않았다. 그는 결코 격한 반응을 내보인 적이 없었다. 이번에도 마찬가지였고 일기에만 감정을 쏟았다. 게다가 그는 자신의 일기를 아내가 읽지 못하게 하고 있었다. 크리스띠안은 예전에 한번 호기심이 일어 아직 보관 가방에 집어넣지 않은 수정 예정인 일기 몇장을 책상의 책받침에서 빼내 몰래 읽은 적이 있었지만 그것들은 그녀에게 전혀 놀라움이나 흥미를 불러일으키지 않았다. 정오에 식사를 했다, 의연금을 냈다, 피고인에 관해 생각했다, 또는 이런저런 사소한 일에 관해서나 포크의 모양 또는 저승의 신비에 관해 별안간 생각했다는 것 따위가 그녀에게 무슨 관심을 불러일으켰겠는가?

"당신 마음에 들어요?" 그녀가 물었다.

"당신의 낡은 실내복을 더이상 볼 수 없다면야!" 그가 말했다.

"하지만 지금은 실내복을 입은 게 아니잖아요! 이건 외출용이란 말이에요!" 그녀가 힘주어 말했다. "평상복이죠!"

"검은색을 그렇게 좋아하는 당신이 머리를 자르고 적갈색으로 염색을 했군. 뭐 안될 것 있겠어?"

"하지만 잘 어울리냐고요?" 그녀가 격한 어조로 말했다.

크리크리는 짧은 가지색 저고리, 발목에 꽉 끼는 풍성한 노란 바지 차림에 유리구슬 목걸이를 걸고 있었으며 발레화 같은 꽃무늬 신발을 신고 있었다. 로즐리에 씨는 돌연 데스따끄 씨가 이런 차림새의 여자와 함께 다니면 괴짜라 여겨질 것이라고 생각했다.

그가 태연하게 덧붙였다.

"각자 제 갈 길로 가는 거지."

"그럼, 난 당신을 놀라게 할 수도 없는 거군요?"

"이봐요, 크리스띠안, 어떻게 그러길 바라지? 나는 소송 자료에서 모든 것을, 범죄와 편집증과 성도착과 동성애를, 불가능한 것에 대한 온갖 추구를 목격한 사람이오."

로즐리에 부인은 미소를 지었다. 저이는 충격을 받은 거야. 그녀는 그가 안경을 집어 다시 쓰는 것을 보면서 생각했다.

"당신은 모든 것을 알고 있군요." 그녀가 말했다. "난 그런 사실을 잊고 있었네요!"

"잘 자요. 좋은 꿈 꾸고." 그가 잘라 말했다.

그녀는 손잡이를 천천히 돌려 문을 열고 나가버렸다. 그는 다음과 같이 썼다: 새벽 한시. 반쯤 열려 있는 창문의 외풍이 드세지만 나는 일어나서 창문을 닫을 용기가 없다. 나를 붙드는 것은 이웃 정원에서 풍겨오는 닭장의 냄새일까? 나는 내 출생지를 환기시키는 모든 것에 늘 민감했다. 제국 군수의 증손녀와 재혼한 외할아버지네 농가의 안뜰이 다시 보인다. 하기야 이것은 몇몇 낱말이 위압적인 만큼이나 이상한 일이다. 이를테면 제국이라는 낱말, 광대함이라는 이미지, 그리고 특이한 왕관. 십여년 전부터 내게는 실제로 나 자신의 제국이 있고 나머지는 야만일 것 같은 생각이 든다. 이에 대해 나는 내 가련한 신체 탓으로만 돌릴 수 있을 뿐인 결점을 조금도 감추지 않을 터이므로 그만큼 더 진실하게 판단한다. 가정부는 병이 났고 배우자는 여행중인 오늘, 나는 홀로 남아 달걀 하나를 깨뜨려 얹은 베이컨 두 조각을 노르스름하게 구워먹었다. 아니, 아직도 소화가 되지 않았다. 여전히 트림이 올라온다. 이것 역시 창문으로 바람이 들어오게 내버려두는 이유가 될까? 숭고함이 저속함과 이웃해 있는 우리의 기묘한 운명. 아니, 그게 아니다. 추함과 우아함이 손에 손을 잡고 나아간다. 하나가 없으면 다른 하나는 아무것도 아니다. 조끼에 얼룩이 묻었다. 기름 자국인 듯하다. 가정부의 말에 따르면 선거 전부터 가정용 청소용품의 가격은 15퍼센트나 올랐다. 그녀는 "하지만 모든 것이 질서와 아름다움뿐인 판사님 댁에서 일하고 있어서 얼마나 즐거운지 몰라요" 하고 덧붙였다. 그녀가 시인의 집에서 일하고 있다면 내게는 꽤나 진부해 보이는 이러한 표현도 존중받으리라는 생각이 든다. 들을 줄 알기만 하면 가장 비천한 사람들에게서도 가장 큰 행복의 목소리를 발견할 것이다. 시란 원래 과대평가를 받는 법이다. "다시 하던 일 하세요!" 어쨌든 나는 더 이상 질서와 아름다움을 찾아내지 못한다. 얼마 전부터 일고 있는 바람은 광기의 바람이다. 나는 부엌으로 내려가서 잔에 물을 따르고 벽시계에서 몇시인지 확인한다. 내 손목시계는 멈춰 있었다. 나는 정말이지 어둠속에 있다!

로즐리에 판사는 방금 털어놓은 이러한 하소연의 정체를 좀더 분명히 파악하기 위해 아내의 방 앞으로 가서는, 멈추지 않고 그냥 지나쳐버렸다. 그녀가 꿈을 꾸고 있는 걸까, 콧노래를 하고 있는 걸까? 그저 피곤해서 귀가 웅웅거리는 걸까? 그는 물잔을 비우고 손목시계의 태엽을 감아 시간을 맞추고는 집의 반대편에 있는 자기 침대로 갔다. 크리크리의 이미지가 새로 꿈속에 나타나지는 않았다. 그는 아침에 세수를 하자마자 전화벨이 울려 수화기를 들었다. 알베르 트루아두 시장이었는데, 자기 집에 들러달라는 것이었다.

"로즐리에 씨, 아직 식사 전이면 아침 함께 먹읍시다. 그래요, 유행을 따르기로 했소. 우리를 다스리는 높은 양반들은 함께 둘러앉아 아침을 먹지요. 자, 농담은 그만합시다. 긴급하고 심각한 일이오."

플로리쌍 빵집에서 방금 사와 바구니에 담아놓은 의심할 바 없이 가장 맛 좋은 크루아쌍 앞에 판사가 앉자마자 시장은 식탁보 위에다 ('길쭉한 크루아쌍의 새로운 형태에 대해 적어놓아야겠어' 하고 로즐리에는 생각했다. '전혀 초승달 모양이 아냐. 마름모꼴이지. 말하자면 크루아쌍 두 개가 서로 들러붙은 형태로군.') 사진기에서 바로 현상되어 나온 컬러 폴라로이드 사진 일습을 펼쳐놓았다.

"이게 뭡니까?" 로즐리에가 말했다.

"당신 아내 사진이오." 시장이 말했다. "사제관 이층에서 찍은 겁니다. 수석사제가 찍었어요. 그는 예술가죠. 카메라 앵글을 정말 잘 잡지 않았소? 밖으로 나다니지도 않고 손에 교회법령집을 들고 줄곧 시간을 보내는 사람이 어쩌면 이렇게 사진을 잘 찍을 수 있는지 믿기지 않을 정도요. 그런 양반들을 이해해야 합니다. 그들은 고해를 거의 듣지 않죠. 그자들은 고해를 수집하러 다녀요. 그는 데스따끄 씨를 통해 이 증빙자료를 내게 보냈소. 물론 데스따끄 씨는 봉투를 뜯지 않았어요. 문제는 다른 데 있습니다. 당신이 성당에 다닌다는 사실을 나는 알고 있소. 추문을 일으킬 게 뻔해요. '머저리들에게 죽음을.' 모든 사람이 표적입니다. 시대가 변하긴 했죠. 그다지 오래전의 시대가 아니더라도 옛날 같았으면 당신은 도시를 떠났을 것이오. 그래도 아내를 돌보게 되기는 했을 테지만 말이오. 로즐리에 씨, 나는 당신 아내를 고소할 권리와 시의 물품을 보호할 의무가 있지만 고소는 하지 않겠고 그런 훼손의 장본인을 알고 있는만큼 다만 물품에 관해서만 말하겠소. 우리 도시는 관광지인데, 이래서야 관광객들에게 무슨 모습을 보여줄 수 있겠습니까? 당신의 아내가 측량사와 함께 도시를 돌아다녀도 당신은 전혀 지장을 못 느끼는지 그냥 내버려두고 있다는 것을 알고 있습니다. 그때부터 미풍양속이 땅에 떨어졌지 뭡니까."

"이런 말은 데스따끄 씨에게 해야 할 걸요." 판사가 말을 잘랐다. "그 사람이라면 그녀에 관한 말을 귀담아들을 겁니다."

"고려해보겠소." 시장이 잔에 설탕을 넣으면서 말했다.

갑자기 정적이 흘렀다. 로즐리에는 연한 장밋빛 아마포로 도배된 벽 위에 그려진 빠리 에뚜알 광장의 개선문, 로마의 쎕티미우스 세베루스 개선문, 콘스탄티누스 개선문, 쌩뜨의 개선문, 너무 멀어서 정확히 확인할 수 없지만 아마 에스빠냐와 누미디아의 개선문 들을 바라보았다.

"그런데 먼저 유대인들에게 야하게 덧칠을 한 사람은 당신 아내가 아니라고 누가 나한테 말했더라? 모든 것이 가능해요. 로즐리에, 알다시피 내 생각은, 그만둘 줄 알아야 한다는 거요. 쏘뮈르의 까드르누아르 기병학교 졸업생처럼 생긴 데스따끄는 내가 보기에 가장 고약한 괴짜요. 그는 내가 누이와 함께 상속받은 토지의 명세서와 관련해서 나를 속인 적이 있소. 철저히 남자에게는 해를 끼치고 여자에게는 잘해주는 녀석이오. 어떻게 견뎌낼 수 있었습니까? 게다가 이제 결정할 단계에 이르렀으니 당신에게 분명하게 말해야겠소. 내가 들은 대로 당신을 제외하고 사람들이 모두 그들의 말썽을 알고 있다는 것이 사실입니까? 믿을 수가 없습니다."

"데스따끄 씨는 내 일기에 나오는 사람입니다, 시장님."

"무슨 일기 말이오?"

"내가 매일 쓰는 일기, 내 일기 말입니다."

"당신이 일기를 써요? 모든 것을 털어놓습니까? 우리의 대담도 기록할 겁니까? 새삼스러운 말이지만 그녀는 친절하지요. 내가 좀 흥분했지만 별것 아니니 잊어버립시다. 수석사제는 명백히 현대의 풍물에 사로잡혀 있긴 하지만 착한 사람이오. 어느날 저녁 내가 그를 배관공으로 착각했다는 것 아시죠? 무릎에 주머니가 달린 벨벳 바지 차림으로 온 거예요! 그러고는 기도대로 가더라고요! 하지만 예전에 그들은 사제복 아래 체크무늬 옷만을 입었어요."

"데스따끄 씨는 내 일기의 28000쪽쯤에, 다시 말해서 대략 3분의 2 되는 부분에 등장했습니다. 처음에는 크리스띠안이 그에 관해 말하는 것, 이런저런 낱말들을 적었는데, 나중에는 낱말들이 모여 문장들, 독백인 문장들을 이루더군요. 그러다가 진력이 났습니다. 얼마 지나지 않아 그들에게 더이상 관심을 기울이지 않게 되었죠. 최근에 그녀가 나에게 그들의 관계를 고백했다는 것을 생각해보세요. 그래요, 아무것도 나에게 떠오르지 않더군요. 이제 나는 그녀를 바라보지 않습니다. 예전에는 왜 내가 물의를 빚었을까요? 어느날 그녀에게 이성이 돌아온다면 그녀는 내게 고마워할 것입니다. 사랑이 상대방을 자유롭게 내버려두는 것이라면 누구도 그녀를 나보다 더 사랑하지는 않았을 것입니다. 당신에게 충고하려는 것은 아니지만, 그 낙서에 관해서는 더이상 말하지 맙시다. 3주쯤 지나면 이미 잊혀 있을 것입니다. 어떻게 모든 것이 잊히는지 눈여겨보았습니까? 어떻게 언론의 그 모든 대단한 제목이 생쥐를 낳는지("C'est la montagne qui accouche d'une souris(생쥐를 낳는 것은 산이다)"라는 속담을 변형한 것으로 예고만 떠들썩하고 결과는 보잘것없음을 이르는 말) 말입니다. 내 일기에 삽화로 쓰기 위해 이 사진들을 나에게 넘겨달라고 당신에게 부탁하려 했습니다만, 웃기는 일입니다. 사진은 누렇게 되고 지워지지요. 한동안은 빛이 바래지 않을 것이니 수석사제에게 돌려주세요. 그에게는 몽상거리가 될 텐데, 만일 그가 가장 세속적인 죄의 감각을 간직했다면 그에게는 또한 징벌이 되겠지요. 크리스띠안은 여전히 무척 아름답습니다. 특히 거의 정면으로 돌아보는 듯한 얼굴에 기뻐하는 기색이 완연한 이 사진에서는 말입니다."

로즐리에 판사의 생각은 틀리지 않았다. 그의 아내가 알맞은 때를 노려 붓으로 낙서를 했다는 것을 온 도시가 알게 되었지만 경악했던 사람들조차 끝에 가서는 웃어넘겼던 것이다. 무지개처럼 다채로운 옷차림에 십년이나 젊어진 모습으로 장을 보러 가는 그녀의 모습이 눈에 띄고부터는 누구라도 반대되는 반응을 상상할 수 없었을 것이다. 데스따끄 씨의 경망스러움은 누구나 쉽게 납득하면서도 사람들은 좀처럼 그를 용서하지 않았다. 그는 무람없이 처신할 수가 없었다. 그는 가슴 부분에 레이스가 달린 셔츠에 밝은색 양복을 걸치고 맨발에 모조 가죽신을 신은 채 돌아다녔다. 분명 자기 모습과 애인의 모습이 과히 안 어울리게 하고 다니지는 않았을 것이다. 하지만 그는 왜 다리를 더 심하게 절게 되었을까? 별일 아니었을 것이지만, 그는 그녀를 뒤따라가지 않고 그녀처럼 안절부절못하고 서성거렸는데, 그러자 어쩔 수 없이 그녀는 웃음을 터뜨리고는 선머슴 같은 계집아이의 거친 몸짓으로 그의 내민 손을 잡고서 그가 사는 층까지 그를 데려다주었다. 게다가 마음을 터놓는 그 너털웃음과 새처럼 돌아서는 모습 때문에 누구나 그녀를 좋아하기 시작했다. 이제는 그에게 크리크리가 조금밖에 주어지지 않았다! 반대로 사람들이 이제 반감을 갖는 여자는 데스따끄 부인이었는데, 다행히도 그녀는 자기 방에서부터 교회까지, 그러니까 자신에게 어울리는 익숙한 제라늄에서부터 숭고한 침묵에 사로잡힌 백합에까지 드물게만 외출했을 뿐이다. 그녀는 태양 앞을 지나가는 구름의 냉기를 지녔으며, 반듯한 정원들에서, 십자가들과 돌들 사이에서, 누구도 이름이 무엇이며 자리가 어딘지 알려 하지 않는 가운데 주위를 맴도는 그 나이 모를 그림자들과 닮아 있었다.

| 해설 |

환상성과 언어의 함수, 프랑스 근현대소설

이규현

'이야기꽃이 피었다'라는 말이 있다. 이야기가 없다면 삶은 정말로 재미가 없을 것이다. 삶은 이야기가 있기 때문에 살 만하다고까지 말할 수 있을지 모른다. 이야기 속에서는 막연한 소망들이 이루어질 수도 있고 한번밖에 살 수 없는 우리가 비록 상상으로지만 여러가지 삶을 살아볼 수도 있기 때문이다. 그만큼 이야기는 우리 삶과 떼려야 뗄 수 없는 관계를 맺고 있다.

예로부터 짧은 이야기는 선호되어왔다. 디드로의 말대로 이야기가 길어지면 듣는 사람이 지루해하기 때문이다. 시중에서 돌아다니는 짧은 이야기가 그대로 문학일 수는 없지만, 문학의 한 장르인 단편소설은 민간의 이야기에서 유래했을 것이다.

프랑스에서 단편소설은 꽁뜨(conte)라 불리기도 하고 누벨(nouvelle)이라 불리기도 한다. 둘 다 짧은 이야기를 뜻하지만, 전자가 더 일반적인 의미로 쓰인다. 꽁뜨는 무료함을 달래주거나 재미를 통해 교훈을 주는 것으로, 실화이지만 믿기 어려운 이야기를 뜻하기도 하고 가공의, 꾸며낸 이야기를 뜻하기도 한다. 그러므로 12세기에 생긴 이 용어는 우화나 설화 또는 동화와 인접해 있으며 그 역사도 이것들만큼 길다. 반면 누벨은 길이가 짧으면서 작중인물의 수가 적고 인물간의 행동이 강렬하고 단선적이며, 내용이 엉뚱한 것이 주를 이룬다. 누벨이라는 용어에 이러한 의미가 추가된 것은 15세기 무렵으로, 아마도 보까치오의 『데까메론』이 라틴어 '노벨라'(novella)라고 불렸기 때문일 것이다.

누벨을 표방하고 나선 작품집으로는 15세기의 『백가지 새로운 누벨르』(*Cent nouvelles nouvelles*)와 16세기의 『엡따메롱』(*Heptaméron*)이 있고, 꽁뜨라는 용어가 붙은 작품집으로는 17세기 샤를 뻬로의 동화집으로 알려져 있는 『내 어머니 우아의 꽁뜨들』(*Contes de ma mère l'Oye*)이 있다. 18세기에 이르면 볼떼르나 디드로가 자신들의 풍자적인 짧은 이야기를 꽁뜨라고 이름붙인다. 그러므로 단편소설이라는 장르를 먼저 점령한 용어는 꽁뜨보다 삼백년 뒤에 생겨난 누벨이다. 그렇지만 19세기에 이르면 어떤 작가들(예컨대 알퐁스 도데)은 자신의 단편소설을 꽁뜨라고 불렀고 또 어떤 작가들(예컨대 메리메)은 누벨이라고 불렀다. 두 용어의 혼용과 경합은 지금까지도 계속되고 있다.

단편소설의 영역에 대해 권리가 있다고 주장할 수 있지만 오늘날 거의 퇴출된 또하나의 용어는 파블(fable) 또는 파블리오(fabliau)이다. 둘 다 12세기 후반에 생겨난 단어인데, 파블은 전설이나 신화라는 뜻에서부터 우화를 거쳐 터무니없는 지어낸 이야기라는 뜻까지 넓은 의미를 갖는다. 실제로도 이러한 이야기들에 파블이라는 명칭이 붙었을 것이다. 그런데 라퐁뗀의 『우화집』(*Fables*)의 영향으로 문학의 영역에서는 주로 우화라는 의미로 좁혀졌다. 파블리오는 13, 14세기의 익살스럽고 풍자적인 10음절 운문 이야기로 일반적으로 '우화시'라고 번역된다. 라퐁뗀의 우화 역시 산문이 아니라 운문이므로 이 용어들은 산문으로 씌어지는 단편소설을 지칭할 수 없게 된 것이다. 그러나 파블리오는 기본적으로 부르주아들 사이의 이야기이므로 프랑스 단편소설의 출발점이라고 평가할 수 있다.

사실 단편소설의 융성은 소설 일반과 마찬가지로 부르주아지의 세력 확대와 궤를 같이한다. 12세기에 용어가 생겨나고 13~16세기까지 주목할 만한 작품이 드물게나마 빛을 보게 된 것은 부르주아지의 꾸준한 증가라는 전반적인 흐름이 반영된 현상이다. 따라서 귀족을 바탕으로 영어의 '젠틀맨'(gentleman)에 해당하는 '오네뜨 옴'(honnête homme)의 인간상이 확립되고 부르주아가 조롱받는 17세기의 풍조에서는 단편소설이 저속한 것으로 치부되어 시들할 수밖에 없었다. 프랑스의 17세기는 문화예술이 꽃을 피운 이른바 '위대한 세기'라고 불리지만, 오히려 그렇기 때문에 부르주아 대중의 향유물인 단편소설은 침체를 면하지 못했다. 17세기 말에 나온 뻬로의 동화집은 민담을 채집하여 다듬은 이야기책으로서 거의 유일하게 부르주아지의 문화적 욕구를 대변하는 것이었으나, 작가가 각 이야기의 말미에 운문으로 쓴 교훈적인 해석을 달아놓은 것은 그가 자기 시대의 한계를 오롯이 넘어서지 못했다는 방증일 것이다.

고전주의 시대를 지나 18세기에 이르면 단편소설은 계몽철학자들, 특히 볼떼르와 디드로가 풍자와 비판의 도구로 이용하면서 새롭게 기지개를 펴기 시작한다. 그 시대에 부르주아지는 경제력뿐 아니라 정치권력을 이전 시대와는 비교할 수 없을 정도로 크게 장악하고 급기야 1789년에는 프랑스대혁명을 일으키는데, 혁명에 앞서 자유나 평등 같은 이념들을 전파하는 데에는 운문보다는 산문이 효과적이었고, 따라서 비주류로서 단편소설도 발전한 것이다. 18세기의 단편소설 중 디드로와 싸드 그리고 까조뜨(Jacques Cazotte, 1719~92. 프랑스 환상소설의 선구자) 등의 작품은 그 현재적 의미가 여전히 탐색되고 있다. 그러나

오늘날 단편소설을 이해하는 방식에 18세기의 단편소설은 잘 들어맞지 않는 듯한 낯선 느낌을 주는 것도 사실인데, 그만큼 단편소설이라는 장르가 19세기를 거치면서 갈수록 정교한 형식을 갖추었다고 볼 수 있다.

근대 단편소설의 기점은 대체로 18세기 중엽으로 잡는 것이 타당할 것이다. 그 시작이 미약하고 지위가 종속적이라는 반론이 제기될 수는 있겠지만, 이러한 사정은 19세기에도 마찬가지인만큼, 그것이 기점 변경의 근거가 되기에는 무리가 있다. 모빠쌍이 등장하기 전에는 단편 위주로 소설을 쓴 작가가 없었다. 이러한 현상은 20세기에도 크게 변하지 않는다. 단편이 장편보다 많은 20세기 작가로는 다니엘 불랑제 정도가 있을 뿐이다.

19세기에는 독일(특히 호프만)과 러시아(특히 뿌슈낀과 고골)의 환상소설이 유입되면서 그 영향으로 샤를 노디에(Charles Nodier, 1844~85), 떼오필 고띠에 등의 환상적인 단편이 씌어진다. 발자끄도 오늘날 리얼리즘의 확립자로 추앙받긴 하지만 환상소설의 영향 아래 소설을 쓰기 시작했고, 그의 인간희극(*Comédie humaine*)에는 환상소설로 분류할 수 있는 작품이 꽤 있다. 리얼리즘을 극단까지 추구한 소설가로 평가받는 플로베르가 남긴 세 편의 단편소설 역시 환상적인 요소를 내포하고 있으며, 단편소설의 대가 모빠쌍의 많은 작품들(특히 후기작)에서도 공포와 불안을 낳는 괴기스러움이 주조를 이루고 있고, 19세기의 또다른 걸출한 단편소설가인 메리메의 작품 또한 환상에 뿌리를 내리고 있다. 릴라당(Villiers de L'Isle-Adam, 1838~89)의 단편소설 역시 잔인성에 기반을 둔 환상소설이고, 도데(Alphonse Daudet, 1840~97)의 경우에도 장편소설은 리얼리즘의 범주에 속하겠지만 단편소설만큼은 목가적인 것, 애국심에 호소하는 것, 삶의 비애를 감성적으로 이야기하는 것 외에 가령 「아를의 여인」(L'Arlesienne)에서처럼 일상의 삶에서 합리적으로 이해하기 어려운 황당한 요소도 포함되어 있다.

이러한 환상성의 구체적인 양상과 밀도는 작가마다 다르다. 그렇지만 환상성이 단편소설의 한가지 특성으로 확고하게 자리잡은 것은 사실인데, 이는 발자끄의 「붉은 여인숙」에서 엿보이는 문제의식의 발로, 즉 프랑스대혁명의 이념이 현실에서 구현되기는커녕 속악함이 기승을 부리게 되고 부르주아지가 점차 18세기의 고결함을 잃고 천박해지는 경향에 대한 반발의 일환일 것이다. 20세기로 이어지면서도 에드거 앨런 포우와 카프카의 큰 영향 아래 환상성은 단편소설에 거의 불가결한 요소가 된다(예컨대 아뽈리네르의 「달 왕」(Roi-Lune)이나 단편집 『이교교주 주식회사』(*L'Hérésiarque et Cie*)의 여러 작품, 마르쎌 에메의 「벽으로 드나드는 남자」나 「난쟁이」 등을 떠올리면 쉽게 수긍할 수 있을 것이다).

환상성과 짝을 이루는 또하나의 요소는 작품의 근거를 외부가 아니라 작품의 언어 자체에 두려는 경향이다. 시에서는 말라르메가, 소설에서는 플로베르가 극단적으로 추구한 이른바 작품의 자율성은 문학이 인간 중심의 근대성에 저항하려는 몸부림의 소산으로, 단편소설에서도 나타나는데, 언어가 자기 안으로 움츠러드는 경향 또는 언어의 사물화는 디드로의 단편 「이것은 소설이 아니다」에서부터 그 싹이 보이고 누보로망(nouveau roman)의 작가 로브-그리예의 「바닷가」와 같은 단편에서 그 절정을 이룬다. 다만 단편소설은 문학의 실험에 적합한 장르이므로 그만큼 덜 완성된 형태가 되기 쉽다. 이것은 단편이라는 양식에 고유한 어쩔 수 없는 한계이다. 그러나 바로 이러한 한계 덕분에 단편소설은 사유의 실험실이라는 문학작품 고유의 속성에 걸맞은 장르가 되기도 한다. 또한 언어적 완벽성의 추구는 단편소설이라고 예외일 수 없다.

이 책에 들어갈 작품을 선정하면서 어렴풋하게 가졌던, 그리고 번역하고 나서 좀더 분명하게 갖게 된 생각은 근대 단편소설의 역사가 환상성과 언어의 함수라는 것이다. 이 양자의 결합이 어떻게 어설픈 인간중심주의로부터의 이탈을 구현하면서 아름다운 작품으로 이어지느냐 하는 것은 여전히 수수께끼 같은 문제이지만, 디드로의 「이것은 소설이 아니다」에서 다니엘 불랑제의 「낙서」까지 각 작품은 작가들 각자가 시대를 달리하며 소설이란 무엇인가에 대해 진지하게 고심한 결과물이라고 생각한다. 그들은 모두 환상과 언어에 기대어, 달리 말하자면 환상과 언어의 진지를 구축하여 각자 자기 시대에 돌파구를 뚫으려 했다고 평가할 수 있는데, 이 문제화와 해방의 태도야말로 오늘날 더욱 절실히 요청되고, 따라서 우리의 것으로 체득할 필요가 있는 소중한 정신의 유산이다.

이 열네 편의 단편소설은 근현대 프랑스 단편소설의 다채로운 파노라마를 하나의 흐름으로 보여주고 있다. 이 작업과정에서 여러 친구들이 초역본을 읽고 귀중한 지적을 많이 해주었다. 어떤 친구는 작업실을 제공해주었다. 그들에게 고마움을 표한다.

| 수록작품 출전 |

이것은 소설이 아니다

Diderot, Denis. *Œuvres* II. Robert Laffont. 1994.

붉은 여인숙

Balzac, Honoré de. *La Comédie humaine* X(Études philosophiques). Bibliothèque de la Pléiade, Gallimard. 1980.

푸른 방

Mérimée, Prosper. *Romans et nouvelles*. Bibliothèque de la Pléiade, Gallimard. 1951.

무신론자들의 저녁식사

Barbey d'Aurevilly, Jules-Amédée. *Œuvres romanesques complètes* II. Bibliothèque de la Pléiade, Gallimard. 1966.

죽은 여인의 사랑

Gautier, Théophile. *Avatar et autres récits fantastiques*. Folio classique, Gallimard. 1981.

밤

Maupassant, Henri René Albert Guy de. *Contes et nouvelles* II. Bibliothèque de la Pléiade, Gallimard. 1979.

그림자들의 대화

Bernanos, Georges. *Œuvres romanesques*. Bibliothèque de la Pléiade. 1961.

난쟁이

Aymé, Marcel. *Œuvres romanesques complètes* II. Bibliothèque de la Pléiade, Gallimard. 1988.

어떻게 왕부는 구원받았는가

Yourcenar, Marguerite. *Œuvres romanesques*. Bibliothèque de la Pléiade, Gallimard. 1982.

씰랑스

Giono, Jean. *Œuvres romanesques complètes* V. Bibliothèque de la Pléiade, Gallimard. 1980.

바닷가
Robbe-Grillet, Alain. *Instantanés*. Les Éditions de Minuit. 1969.

코프튀아 왕
Gracq, Julien. *Œvres complètes* II. Bibliothèque de la Pléiade, Gallimard. 1995.

륄라비
Le Clézio, Jean-Marie Gustave. *Mondo et autres histoires*. Gallimard. 1978.

낙서
Boulanger, Daniel. *Table d'hôte*. Gallimard. 1982.

| 원저작물 계약 상황 |

륄라비
「Lullaby」 in Mondo et autres histories by Jean-Marie Le Clézio

난쟁이
「Le Nain」 in Le Nain by Marcel Aymé

어떻게 왕부는 구원받았는가
「Comment Wang-Fô Fut Sauvé」 in Mouvelles Orientales by Marguerite Yourcenar

씰랑스
「Silence」 in Faust au village by Jean Giono

바닷가
La Plage © Alein Robbe-Grillet

낙서
Graffiti © Daniel Boulanger